韋應物詩論

――「悼亡詩」を中心として――

黒田眞美子著

汲古書院

目次

序

韋應物（七三五？～七九〇？）は、唐代を代表する自然詩人の一人と目されている。人口に膾炙する「滁州西澗」を挙げれば、その評価に異論は無いだろう。

獨憐幽草澗邊生　　独り憐れむ　幽草の澗辺に生ずるを
上有黄鸝深樹鳴　　上に黄鸝（コウライウグイス）有り　深樹に鳴く
春潮帶雨晩來急　　春潮　雨を帯びて　晩来急なり
野渡無人舟自横　　野渡　人無く　舟自ずから横たはる

この鄙びた渡し場が醸し出す興趣に、多くの人々が心惹かれてきた。一世代後に生まれた劉禹錫（七七二～八四二）もその一人である。晩年の親友、白居易（七七二～八四六）は、劉の「東屯　滄海闊く、南瀼（大きな川に注ぎ込む谷川）洞庭寛し」（「秋水詠」）という壮大な水景色を好んだが、劉は韋應物の右の詩には劣ることを「余　自ら知る　韋蘇州に及ばざるを」と告白する。[1] その白居易も韋詩を「高雅閑澹」と評して、「今の筆を秉る者は、誰か能く之に及ばんや」[2] と敬愛する。当該作もやはりその評に適っている。なぜそういえるか。起承句は、俯角仰角の対句によって空間が広がり、その中で視覚と聴覚の対比が双声畳韻によってリズムよく表わされる。五感を研ぎ澄ませば、起句では「幽草」の側を流れる谷川の水音が伝わってくるし、承句では「黄鸝」の囀りを響かせるが、鮮やかな色彩を隠している。視覚的表現の中に聴覚を、聴覚的表現の中に視覚を包摂して五感を刺激する。さらに起承句末に揃えられた動詞が、春の息吹をのびやかに補強する。人の訪れることも稀な「澗邊」「深樹」という静的場所を背景にして、無から有を生ずる動的表現が印象的である。それを最大限に強めるのが、まさに転ずる第三句。水ぬるむ潮流の勢いが、日暮れから降り出した雨によって増幅される。各句に三水偏の字が側対として散りばめられ、豊かな水のイメージの中で、「急」が予期しない速度と激しさを表わし、音を立てて自然の生命力を詠い上げる。これを「閑澹」とは言えまい。だが水面を眺めている詩人の視線が、そのまま水平に寂れた渡し場に流れ着くや、そこは「無人」、一艘の小舟が浮かぶのみ。次第に深まる夕闇の中で、雨に濡れながら、水嵩の増した波浪に揺れている。静謐がすべてを包み込む。鳥の囀りも川の流れも雨音も、各々分節化された音声が暮色の中で渾然と融合し、かえってその静寂を引き立てる。唯一の人工物である「舟」が、「自」という他物他人と無関係を意味する副詞を用いて「横たわる」。無言のまま、それに見入る詩人に同化して、人はそれぞれの思いを託すのである。例えば次のように。

　南宋末・謝枋得（一二二六〜一二八九）は、「幽草」を君子、「黄鸝」を小人の喩えと解し、転句を「季世危難多し」の比喩、結句は、君主に用いられない賢人の不遇を詠うと説く(3)。謝に先んずる北宋・歐陽脩（一〇〇七〜一〇七二）は、滁州知として赴任して、「西澗」を探し回る。挙句、滁州城西に西澗は無い、城北に「一澗」あるが、「水極めて浅く」「舟するに勝へず。又江潮も至らず」と述べて、「豈に詩家務めて佳句を作り、実は此の景無きか」と、実景を疑う(4)。清・王漁洋（一六三四〜一七一一）は、それに対して「詩人は但だ興象を論ずるのみにして、豈に必ず潮の至ると至らざるとを以て拠と為さんや」と述べる(5)。漁洋には、「野渡菴」と題する詩もあり、「西澗　蕭蕭として数騎過ぎ、韋公の詩句　愁ひを　奈何せん」（起承句）と詠う。

　今各説の是非はさて措き、いずれも三者三様に、「滁州西澗」の詩興に魅せられているのは、間違いなかろう。それは、冒頭の「獨憐」というこの詩唯一の抒情表現に導かれているのではないか。「獨」という入声の強いアクセントによって強調されて、この詩の世界が始まる。以下の〈景〉は、すべて詩人が自らの好尚に従って選び取った自然であり、一貫して詩人の眼差しを意識させる。読者はそれに同化して、いわば詩人の耳目になって、谷川の景観を眺める。眼差しの奥には詩人の〈情〉（「憐」）があり、読者の心はそれに感応して、様々な思いを喚起させるのである。

深林の側を流れる谷川のほとりには、幽けき風情でひそやかに草が生い茂っている。詩人は、とりわけこの「幽草」をいとおしむ。「幽草」は、韋應物の「悼亡詩」にも見える。「悼亡詩」は、妻の死を悼む作である。詩人は、妻が病没した旧宅の官舎に、残された遺品を収めに訪れる（「過昭國里故第」五古十二韻、第一・二・三聯）。

不復見故人　　復た故人を見ざるに
一來過故宅　　一たび来りて故宅に過ぎる
物變知景暄　　物変はりて景の暄かなるを知り
心傷覺時寂　　心傷みて　時の寂しきを覚ゆ
池荒野筠合　　池荒れて野筠合し
庭綠幽草積　　庭緑にして幽草積もる

もう二度と妻に会えないと、自らに言い聞かせるようにして詠い始める。冬に亡くなって以来の再訪で、周囲の景物の変わりようが、あたたかい春の陽射しに初めて気づかせてくれた。季節の推移も認識されないほどの深い哀しみが吐露される。主無き旧宅の庭は荒れ果て、池のほとりの野生化した植物は伸びるに任せ、緑濃い草も鬱蒼と茂っている。本来なら美しい春の到来にも関わらず、荒涼としたこの景観は、傷心の詩人の〈情〉にふさわしい〈景〉であろう。彼の審美観にも通じて行き、「幽」はその美意識をシンボライズする。約六年後、ひとり滁州に赴任した詩人は、「西澗」にも「幽草」を見出して「獨憐」と詠う。「憐」は「戀」と音通する。この時、彼は旧居の「幽草」を、そして妻との日々とその喪失を想起していたというのは、牽強付会に過ぎるであろうか。それも含めて、二首ともに、本論で繰り返し論ずることになる。「幽草」以外にも、韋應物は、「幽」なる風情を好んで表現し、その〈景〉からは、すぐれて〈情〉が感受される。したがって、従来の韋應物詩論の多くが〈景〉を考察して、結論を「景情融合」とするのも宜なりといえよう。ただそれは単なる結論に止まり、精細に分析していない嫌いがある。拙論は、「悼亡詩」という〈情〉に比重を置くことによって、これまでの韋應物詩論とは異なる観点から、「景情融合」の様相や来由、所以を闡明し、それによって韋詩の本質に迫らんとする試みである。

「悼亡詩」は、唐以前には計六篇が数えられる。唐代に至ると、管見の限り、初・盛唐には無く、安史の乱後、突如、韋應物の「悼亡詩」（以下「韋悼」と略称）が出現する。しかも従前六篇が一～三首に過ぎない（江淹の十首を除く）のに対して、「韋悼」は三十首を超えている。それらは綿々と十年近く詠み継がれている。拙論は、質量豊かな「韋悼」がなぜ出現し得たのか、いかなる特質や意味を有するかを考察し、その上で韋應物詩の枢要と看做される自然詩との関わりを審究する。以下に概要を述べる。

序章「問題の所在と方法論」では、上記の問題提起を行い、一、先行研究。二、韋應物略伝。三、先唐悼亡詩の概略を記した。一、先行研究は、三種（1伝記研究、2自然詩論、3その他、文学史的周辺研究など）に大別され、その紹介と併せて拙論の立場を明らかにした。二、略伝では、時代背景、特に安史の乱が与えた衝撃を述べて、出仕と閑居の繰り返しという韋の人生の特異性に言及した。三、先唐悼亡詩は、後述（第二・三章）の潘岳・江淹両詩を除く短章の四篇（孫楚・沈約・庾信・薛德音）を対象に略記して悼亡詩の系譜を綴った。中でも孫楚詩の成立は、一般に濫觴とされる潘岳詩よりも早く、妻を対象として詩作することのなかった当時の韻文世界に斬新な一石を投じたことを証した。また各悼亡詩はいずれも時代状況と深く関わっており、西晉から斉梁、隋という不安定な政治社会の中で、詩人にとって妻はとりわけ大きな存在であり、それゆえ悼亡詩も重要な意味を有していることを指摘した。それらは悼亡詩の流れにおける「韋悼」の位置づけをも明確にする。

第一章「韋應物の悼亡詩十九首への懐疑」では、まず妻の出自・係累などから結婚の経緯や二人の関係を記述し、特に安史の乱後の苦難を共に乗り越えてきたという妻への共感と喪失感の大きさを述べた。次いで、「韋悼」は現行本において、十九首連作として編まれているが、その構成に疑義を呈した。韋應物詩は、拙論の底本（四部叢刊所収本）および通行本ともに十四部による体裁だが、それは、北宋・王欽臣の手に成るとされ、十九首連作も、王欽臣によって再編成された蓋然性が高い。十九首は、四季の推移を基軸として構成されている。本来、悼亡詩とすべきにもかかわらず、他部に収録された諸篇は、季節感が希薄であること、また詩題も「寄～」「酬～」など、「寄贈」「酬答」各部居にふさわしい作品であることによって、他部に組み入れられたと推論し、悼亡詩として新たに十四篇を提示した。

第二章「韋應物の悼亡詩と潘岳の哀傷作品との関わり」では、まず「韋悼」の特質を考察し、今（悲）と昔（喜）の対比が多用されているが、それはノスタルジア発生の必要条件であり、その詩境はノスタルジックな時空であることを論じた。「韋悼」の今昔は、先行詩篇の単純な対比と異なり、旧宅故地を再訪して空間移動を伴いながら今と昔を往還する。すなわち、その今と昔は通底しており、独自の時空を看取した。さらに先唐六篇に無い「老」の意識も、過去へと誘うノスタルジアへの誘因であり、それは非現実の「幽」なる世界であった。

次いで潘岳の悼亡詩（以下「潘悼」と略称）と比較し、韋應物は「潘悼」の詩語やモチーフを踏襲して詩境を広める一方、官務への復帰による〈悲傷の克服〉という現実的モチーフを、忌避していることを証した。次いで、潘岳の「悼亡賦」「哀永逝文」「寡婦賦」という他ジャンルの哀傷作品との関わりを分析した。「韋悼」の新しさとして、〈妻像〉〈夢〉などのモチーフが挙げられるが、それらは「潘悼」には無く、哀傷諸篇に見出された。韋應物は、悼亡詩というジャンルを超えて襲用したのである。この営為は、潘岳自身の試みであった。その点こそが「韋悼」と「潘悼」との本質的関わりであることを論じた。この模擬性ゆえに、韋應物は、潘岳との価値観の相違や「寡婦賦」との性差をも対照化して動的に関わらせることができ、それらの触媒によって、詩境を広め得た。ここに「韋悼」の多様性が生み出された動因の一つが認められるのである。

第三章「韋應物の悼亡詩と江淹詩篇との関わり」は、斉梁・江淹「悼室人」（以下「江悼」と略称）との比較である。「江悼」は「佳人永へに暮れたり」と詠い始め、「佳人」は「江悼」の象徴的詩語である。「韋悼」は「佳人」を継承して、幽艶な詩境を築いた。また「江悼」「韋悼」は、ともに「潘悼」には無い「夏の歌」を詠むが、「江悼」が道教的神仙世界に妻を登場させるのに対して、「韋悼」は仏教的解脱を求めるという対照的内容である。しかし、両詩とも官務復帰を目指す「潘悼」の現実性を忌避し、「潘悼」とは異なる次元での悲哀の止揚という共通性が認められた。また江の代表作「雜體三十首」には「潘悼」の模擬詩「潘黄門 述哀」があり、その中の「寂寞」という詩語は、「韋悼」のみならず韋詩全体においても特質と関わる重要な詩語である。ここでも韋應物の模擬への関心が看取される。『楚辭』が出自のこの詩語の多義性獲得を歴史的に辿り、六朝時代最も多用したのは江淹であり、従来の意味（「無人」「無聲」の静寂）に、悲傷（情）による空しさを含ませた嚆矢でもあったことを明らかにした。さすれば「江悼」は、詩語詩句の表層レベルでは「潘悼」ほど顕著ではないものの、本質的意味において、「韋悼」に大きな影響を与えたと指摘した。その結果、潘岳から江淹へという感傷文学の系譜において、韋應物は、それを継承するといえよう。すなわち韋應物詩は、自然詩人の系譜のみならず、悲哀を主とする〈情〉の系譜にも属すのである。

第四章「韋應物の悼亡詩と〈古詩十九首〉との関わり」では、「韋悼」との類似性が認められる「古詩十九首」（以下「古十九」と略称）との関わりを考察した。韋は「擬古詩」（以下「韋擬」と略称）をも作成しており、「古十九」への関心は明らかであるが、同時にその模擬性をも確認し得る。それを観点として考究した結果、『詩經』を原拠とする詩語が「古十九」を媒介させることで意味を変換させ、また「古十九」を原拠とする詩句や表現が潘岳作品を受容して踏襲されるという重層性、「古十九」と関連の深い「長門賦」や西晉・陸機「擬古詩」をも襲用するという複合性が認められた。これらの特質は、「韋悼」出現の遠因とみなせよう。模擬という営為を十全に駆使しながら、新たなる創造を試みたのである。それを実現したのは、玄宗の「太平の世」を謳歌した青春と、乱後の苦難を共有した妻、二つの喪失への哀惜であった。「韋擬」考察によって、それを把握し得た。「韋擬」は「韋悼」とのアナロジーを先行研究に指摘されるが、その先後は不明であった。「韋擬」成立は洛陽前期と推定し、死の世界にも等しい乱後の荒廃をいかに復興すべきか、深刻に苦悩する三十代の彼の姿が浮上する。「韋擬」は女性の独白体をも借りることによって、隠された主題として「太平の世」の喪失を詠む。その詩興と手法が下支えとなり、後の「韋悼」に結実したのである。「韋悼」における今昔の往還は失われた時空への旅であり、旅のよすがとなるのが、「韋擬」をも含めた「古十九」であった。

第五章「韋應物の自然詩——洛陽時代を中心に——」は、韋詩の枢要というべき自然詩および自然描写についての論述である。まず「自然」という語の「みずから」という本来的意味から、次第に多義性を獲得していく経過を追究し、その中で『文心雕龍』が、見られる〈物〉と見る詩人〈我〉との相即的関係、すなわち「物我一體」「景情融合」に言及しており、それを韋の自然詩考察の観点とした。その際、縦軸として王維・孟浩然、遡れば、陶淵明・謝靈運などの自然詩人との比較を勘案し、横軸として、同時代の大暦詩人との関わりをも視野に入れた。韋詩は、洛陽時代・灃上滁州時代・蘇州時代の三期に分けられるが、本章では洛陽時代を対象に、前期・揚州旅行期・後期に分けて、各時期の特質を考察した。前期においては、盛唐詩の継承と新しさの創出という過渡的傾向が見られ、古都洛陽の歴史を踏まえて乱後の荒廃を慨嘆する。黒く塗りつぶされた暗黒世界というべき光景は、韋詩の原画であり、心象風景であった。揚州旅行では、自由な境遇が独自性を生み出す契機となった。老いの認識から過去への眼差しを獲得し、技巧的には、歇後に類する歇中法という斬新な手法を試みる。五言の上の二語と下の三語、七言なら上の四語と下の三語の意味内容が繋がらず、読者にそのまま投げ出して、その空白を埋めさせる。一句の真ん中の繋がりを欠いて余韻を生じさせ、解釈を深める手法である。後期は、それらを駆使して、〈景〉〈情〉の融合を試みる。〈情〉は、王孟よりも深い悲哀を直接に表現し、〈景〉は時間の推移を背景に、〈清〉〈幽〉なる詩興を生ずるが、それは大暦詩風の類型でもあった。

終章「自然詩と〈悼亡詩〉」では、最後のまとめとして、「韋悼」の自然を中心に論究し、最終的に韋詩の本質に迫る。「韋悼」の成立は第二期灃上滁州時代であり、自然詩論としては第五章の続編となるので、続けて「景情融合」を観点とした。韋の自然詩に数多く吹いている「風」は、川や池の水に作用して「清景」をもたらすが、それは妻との思い出を蘇らせる今昔二重写しの景色であり、妻への哀惜の〈情〉が内在していた。韋詩の、〈清〉は、風や水の流動感に因るが、今昔往還の動きに重なるのである。「雨」も多様な興趣を醸し出す。特に「林」に降り注ぐ「微雨」が印象的であり、それは陶淵明詩を祖述する。だが陶詩は田園での喜びを詠うのに対して、韋詩の雨は、自閉的空間を形成して彼の「幽情」を包みこむ。詩人は、悲哀に身を委ね、いつしか現実の時空を超えた「幽」なる「凄境」に至る。韋詩の「廃墟」も陶詩を祖述するが、陶詩は無常感を表すのに対して、韋詩はそこに美を見出す。王維詩の「衰草」などをも踏襲して、韋は衰残の美を表現した。彼はその中に、過去の時間の堆積と未来の滅びを観想する。青春の蹉跌と妻の逝去という二つの悲劇が、詩人を衰残の〈景〉へと導いたが、特に前者を共有した妻の喪失が大きな影を及ぼしている。その美は、哀惜の〈情〉を内包するがゆえに美しい。韋詩の特質である〈清〉〈幽〉は、過去からいずれ闇に消える時間の関数としての機能をもつことで、衰残の美の因子となり、「景情融合」を成立させたのである。衰残の〈景〉こそ、〈情〉との融合が可能である。それは安史の乱直後の洛陽の廃墟、あの黒い原画に通じていく。大暦詩人に衰残の美がないのは、韋の二つの悲劇を体験せずにすんだからであり、逆に言えば韋詩の審美観の所以を物語る。韋詩は第二期において大暦詩風からの離脱が明らかになったのである。

韋の自然論の多くは、結論として〈清〉〈幽〉を特色とする「景情融合」と説くに止まる。拙論では「悼亡詩」を視座に据えることによって、その所以や実相を明らかにした。「韋悼」は失われた時空を求める今昔往還の旅である。彼は、冒頭に挙げた「滁州西澗」のみならず、水辺に佇んで清流を眺めていることが多い。その流れは「絶えずして、しかももとの水にあらざる」ことに感じ入りながら。それゆえに二度と戻らぬ失われた時空を一層、いとおしむ。時間を凝視することで生まれる蕭条とした「清景」と寂寞たる「幽情」との融合によって生じる衰残の美を詩人は求め続けた。韋應物詩は、「韋悼」によって育まれ、内奥に闇を抱えることで、「景情融合」を実現したといえよう。その闇は、死という人間ひとしなみに避け難い普遍性と安史の乱という時代性に起因する。未曾有の戦乱直後の特異な状況の中で詠われた愛と死の絶唱は、荒廃の中で慨嘆しながら、過去の文学によすがを求めつつ、新しい世界を模索した結晶といえるのではないだろうか。韋應物詩の存在意義をここに確認する次第である。

簡単ながら、以上を序言として、大方の批正を乞う。

注

（1）「秋水詠」は、現在伝わる劉禹錫の別集には収載されていない。『全唐詩』巻三五六に「句」と題して、当該聯のみ引く。劉禹錫の告白は、『唐詩紀事』巻三九、『雲溪友議』巻中など。
（2）「與元九書」（『白氏長慶集』巻四五）。
（3）『唐詩品彙』巻四九、当該詩の高棅注引。
（4）「書韋應物西澗詩後」（『文忠公集』巻七三）。
（5）『帶經堂詩話』巻十三。「野渡菴」詩は、『漁洋詩話』巻上に引かれている。転結句は、「黄鸝喚客且須住、野渡菴前風雨多」。続けて「滁州西澗」に因む「題清流關」（七絶）も記す。「瀟瀟寒雨渡清流、苦竹雲陰特地愁。回首南唐風景盡、青山無數繞滁州」。

凡例

一、底本は、四部叢刊集部所収『韋江州集』上海涵芬樓蔵、明嘉靖戊申（一五四八）、華雲江州刊本原書版。対校本は、元刻本影印『須溪先生校本　韋江州集』（福建人民出版社、二〇〇八年十月、以下「元刻本」と称す）。適宜、下記の三校注本を参照。陶敏・王友勝校注『韋應物集校注（増訂本）』（上海古籍出版社、二〇一二年七月、以下「陶校注本」と称す）。阮延瑜校注『韋蘇州詩校注』（華泰文化事業股份有限公司、二〇〇〇年十一月、以下「阮校注本」と称す）。孫望編著『韋應物詩集繫年校箋』（中華書局、二〇〇二年三月、以下「孫校箋本」と称す）。併せて宋・劉須溪先生校本『韋蘇州集』（和刻本漢詩集成第八輯所収）、官板『韋蘇州集』（文政三年刊）、近藤元粋評訂『韋蘇州集』（嵩山堂蔵版、明治三十三年五月）をも参照。

韋應物詩以外の引用作品の底本は、必要に応じて注記した。

二、原詩・詩題は旧字体、書き下し文は常用漢字と歴史的仮名遣いを用いた。韋應物詩以外の引用詩文も、同じ原則である。また重要な文字異同については注記するが、異体字や俗字を改める場合は特に断わらない。

三、ルビは、書き下し文および本文ともに現代仮名遣いを用いた。

四、注は、各章末にまとめた。

五、注の通し番号（算用数字）は、章毎に付した。別章の注は重複を恐れず繰り返したが、やむを得ない場合は、別章の注番号を記した。

六、本文中、書き下し文のみを引いた場合、漢数字による通し番号を付して、【附録】壱にまとめて掲載した。その際、書き下し文に該当する原文のみならず、本文説明に関わる前後の原文も記述した。ただし、短文などで、原文を掲げるまでもない場合は、省略した。

七、難解な詩語についての簡単な注解は、書き下し文中、括弧内に記した。

八、現代中国語の簡体字は、日本の常用漢字に改めた。

九、引用詩文の省略は、「……」符号を用いた。

韋應物詩論——「悼亡詩」を中心として——

序章　問題の所在と方法論

詩史を俯瞰する際、ある時期の傾向や特質を端的に表す術の一つとして、代表的詩人の並称がある。中唐・韋應物（七三五？〜七九〇？）は、ほかの詩人と並称されることが多く、晩唐の司空圖（八三七〜九〇八）が、「王右丞・韋蘇州は、澄澹精緻、格は其の中に在り」[1]と、盛唐・王維（七〇一？〜七六一）と並称するのに始まって、枚挙に遑ない。その中で、主要例を挙げると、北宋・蘇軾（一〇三六〜一一〇一）は、李白・杜甫を「英偉絶世の姿」と高く評価し、その後の詩人たちの才は李杜に及ばないが、「独り韋應物・柳宗元のみ纖穠《せんじょう》を簡古に発し、至味を淡泊に寄するは、余子の及ぶ所に非ず」[2]と、柳宗元（七七三〜八一九）と並べる。南宋・劉須溪（一二三二〜一二九四）は、盛唐・孟浩然（六八九〜七四〇）と並称して、「二人の意趣相似るも、然れども入る処は、同じからず。韋詩の潤なる者は石の如く、孟詩は雪の如し」[3]と比較する。明代に入ると、右の評語をまとめた形で、明・張以寧（一三〇一〜七〇）が、東晉・陶淵明（三六五〜四二七）を継承するのは、「韋孟王柳」の四家で、彼らの秀作は、「精絶超詣、趣は景と会す」（『翠屏集』巻三）と述べる。〈景〉即ち自然の風景であり、韋應物は、唐代を代表する自然詩人の系譜の中に位置づけられ、詩論の多くもそれを対象としている。論者も異を唱えないが、韋應物は、自然詩のほかに、数多くの悼亡詩をも詠じた。妻元蘋（七四〇〜七七六）の死を悼み、墓誌銘を記すとともに、詩作によって幽魂を慰撫した。それらの作品の特異性、独自性は際立っており、彼の詩作においても、また文学史においても看過し得ない重要性を孕んでいる。拙論はそれを実証し、従来の詩論とは異なり、悼亡詩を中核に据えて、韋應物詩の本質を闡明せんとする試みである。

悼亡詩とは、西晉・潘岳（二四七〜三〇〇）の作を嚆矢とする。[4]『文選』巻二三「哀傷」に「悼亡詩三首」（以下「潘悼」と略す）と題して収録され、以後、妻（または愛する女性）の死を悼む詩として、詠い継がれていく。「悼亡」という語について、『文選』の唐・李善（?〜六八九）注は、「風俗通に曰く、終りを慎しみ亡を悼む」[5]を引く。「慎終」とは、『論語』学而の「曾子曰く、終りを慎しみ遠きを追へば、民の徳、厚きに帰す」を踏まえ、「喪に其の礼を尽くす」（朱注）の意である。したがって「悼亡」とは、礼を尽し、懇ろに死を悼むことを意味する。

此の如き原義が詩と結びつき、「潘悼」以後、死者が妻妾や愛姫に限定されて、ひとつの系譜として成立してゆく。その経緯について、清・趙翼『陔餘叢考』（巻二四）は次のように記す。

> 寿詩・輓詩・悼亡詩、惟だ悼亡詩のみ最も古し。潘岳・孫楚皆悼亡詩有りて、載せて文選に入る。南史に宋の文帝の時、袁皇后崩じ、上は顔延之をして哀策を為《つく》らしめ、上自ら「撫存悼亡、感今懐昔」の八字を益すと。[6]此れ悼亡の名の始まる所なり。崔祖思伝に、斉の武帝の何美人死し、帝　其の墓に過り、自ら悼亡詩を為り、崔元祖をして之に和せしむ、と。[7]則ち斉梁より起こる。[四]

悼亡詩の祖として、潘岳・孫楚の名が挙げられ、時代の下る劉宋・斉の帝の事例が記されている。袁皇后の伝記（『南史』巻十一后妃上「文元袁皇后」）には、元嘉の三大詩人の一人、顔延之（三八四〜四五六）の哀策文も記述され、文帝が補ったとされる八字が認められる。それに拠れば、袁皇后は、元嘉十七年（四四〇）、三十六歳で亡くなり、帝は「甚だ相悼痛」したという。皇后を深く悼む思いが「悼亡」を中心に、八字に凝縮されたのであろう。それを指して、「此悼亡名所始也」とするのは、爾来、「悼亡」が、詩題や系譜の名称としてのみならず、一般化された言辞として用いられるようになったことを意味するのであろう。

次いで斉・武帝の宮女「何美人」の例が記される。何美人については未詳であるが、「美人」は後宮の女官名であり、妻（皇后）でない女性をも悼亡詩の対象として、武帝自ら悼亡詩を詠ったと記される。

趙翼は以上をまとめて、「悼亡詩」は、潘岳の西晉ではなく、「斉梁より起る」という。これは、同一の主題を有するひとつの系譜の名称としては、斉梁から認識され始めたことを述べているのであろう。『南史』は唐・貞観年間、崇文館学士などを務めた李延壽の編纂であり、正史においても初唐までに「悼亡詩」という名称が成立していたことを物語る。それを裏付けるように、斉梁期の沈約「悼亡」（『古詩紀』巻七三などでは「一作悼往」）一首・江淹「悼室人」十首・庾信「傷往」二首（すべて五言古詩）が今に伝えられている。江・庾詩には「悼亡」の名称は用いられていないが、各作は「潘悼」の詩句や表現を踏襲しており、彼らが「潘悼」を祖とする「悼亡詩」を詩作しているという認識は明白である。隋に下って、薛德音が「悼亡」（一首）と題するのも、隋に至るまでの諸詩の堆積（おそらく三作以外にもあったと推考できる）がひとつの系譜として明確に意識され始めたと考えられよう。ただ後世の悼亡詩は、「悼亡」と題することは少数であり、詩の内容別分類において、「哀傷」に属す細目名として定着すればするほど、むしろ詩題としては避けることになったのではあるまいか。その傾向は、前掲、江・庾詩のような「悼亡」に類似する詩題ではなく、一般的な詩題を冠するまでに至る。すなわちある作品を「悼亡詩」であるか否かを判断する際、詩題は、その基準にはならないのである。拙論における「悼亡詩」の定義としては、詩題とは無関係に、簡潔に「亡妻（または愛する女性）を悼む詩」と定めたい。この点は第一章において、具体的に検討する。

隋の後、悼亡詩は管見の限り、初唐盛唐には見当たらない。中唐初期に至って初めて、韋應物の悼亡詩（以下、「韋悼」と略称）が出現する。しかも今本では、十九首という多篇が伝えられている。拙論では調査検討の結果、第一章で述べるように、さらに十四首を加えた三十三首を悼亡詩と看做す。趙翼が筆頭に挙げた「潘悼」は三首、孫楚詩は一首[8]、そして右に列挙した詩人の篇数と比較すれば、「韋悼」の多数が際立つ。従来悼亡詩は、「潘悼」に倣って三首連作が定型とされ、(9) それは挽歌が三首であることと関連づけて説かれてきた。(10) しかしながら、斉梁及び隋の四詩人の悼亡詩が三首構成ではないことからも明らかなように、三首が定型とは断じ得ない。韋詩以降、清代までの主な悼亡詩の系譜を概観すれば、確かに直近、元稹の「三遣悲懐」、北宋・梅堯臣「悼亡」、南宋・王十朋「悼亡」、明・何景明「悼亡」の四篇はいずれも三首であるが、それ以外の多数は三首構成を取らない。この四篇は、挽歌を意識するとともに、むしろ「潘悼」に拠ったというべきであろう。さらに指摘すべきは、元稹は右の三首を含む三十三首、梅堯臣も総計四十余首を作成しており、清代に至るまでの悼亡詩史の中で、突出していることである。即ち元・梅両詩の多篇作成の嚆矢として、韋應物の悼亡詩が位置づけられよう。

また清・何焯（一六六一～一七二二）が「潘悼」を挙げて、「悼亡の作は蓋し終制の後に在り」（『義門讀書記』巻四六）と説くように、没後一年、除服後の作詩という慣行であった。だが「韋悼」は、妻の逝去後、約十年にも亙って綿々と詠い継がれている。そして先唐六篇の悼亡詩は、（孫楚の四言詩を除いて）すべて五言古詩であるのに対して、近体詩成立後の「韋悼」は、当然のことながら五絶・七絶・五律という近体詩をも含む。篇数も含めて、従来の慣行や詩数・詩形を、大きく塗り替えることになったのである。

前述の如く、管見の限り、悼亡詩は初唐盛唐期には皆無である。同じく自然詩人とされる王維も開元十九年（七三一）頃、妻を亡くしたが、(11) 悼亡詩は見当たらない。その意味で、「韋悼」が安史の乱後の中唐に至って、突如出現したことは、時代性との関わりを示唆して興味深い。古典詩研究の方法として、時代性を勘案することは不可欠であるが、それも含めて通時的・共時的観点、いわば縦軸・横軸の視座が要求されよう。拙論においても、第一段階として、潘岳以来の悼亡詩の系譜の中で、「韋悼」がどのように位置づけられるかを考究する。具体的には、特に重視すべき「潘悼」と南朝斉梁・江淹「悼室人」との比較によって、「韋悼」の独自性を明確にする。

第二段階として、「潘悼」の淵源でもある「古詩十九首」との関わりを審究する。「韋悼」の詩語や発想が、少なからず「古詩十九首」を踏まえており、韋はその模擬詩（「擬古詩」十二首）をも作成しているからである。「擬古詩」の分析は、韋應物詩全体における「韋悼」の意味、いわば横軸における追求の端緒である。

韋應物詩は、前述の如く、唐代の代表的自然詩と目されている。第三段階は、「韋悼」が韋詩の中核とされる自然詩といかなる関わりを有するかを考覈する。まず「韋悼」に先行する洛陽時代の自然詩を対象にする。それによって、横軸としての韋應物詩全体における「韋悼」の意味とその特質が、より明確になろう。その際、王維・孟浩然、遡れば、陶淵明・謝靈運などの自然詩人の作と比較検証する。王・孟も含めて自然詩は、「景情融合」と評されることが多い。また「韋悼」の評語としても用いられる。(12) 拙論は、韋應物詩の〈景〉を「悼亡」という〈情〉の観点から照射する試みでもある。また安史の乱後の荒廃した世情を共有する大暦年間の詩風との関わりをも視野に入れ、共時的横軸とする。

以上のような方法を用いて、一代を画する「韋悼」が、なぜ出現し得たのか、それはいかなる特質や、意味を有するかについて考察し、ひいては韋應物詩の本質に迫り、中唐詩の一端を明らかにしたい。

第一節　韋應物詩の先行研究

韋應物詩論に関する専著は、管見の限り、日中及び台湾も含めて、まだ無い。したがって、先行研究としては論文が主となり、著書としては、総論的主題（例えば自然詩論など）の下、その一角を占める部分的論述になる。内容傾向は、以下の三種に大別される。一、伝記研究。二、自然詩論（陶謝、王孟柳との比較も含む）。三、その他（自然詩以外の詩論や文学史的周辺研究など）。論文に関しては、その都度、必要に応じて注記参照することにして、本節では、著書収録の研究を中心に、概略を述べることにする。

一の伝記研究に関して詳細は次節に譲るが、従来、萬曼「韋応物伝」（『国文月刊』第六十・六十一期、一九四七、附録「韋応物交遊録」）を皮切りに、羅聯添「韋応物事跡繋年」（『幼獅学誌』第八巻第一期、一九六九）に継承され、傅璇琮「韋応物詩繋年考証」（『唐代詩人叢考』中華書局、一九八〇・一）、芳村弘道「韋應物の生涯」（上・下）（『學林』第七・八號、一九八六・一、同年七、のち『唐代の詩人と文献研究』第一部第四章所収　中國文藝研究會、二〇〇七・六）[13]と精密度を増していった。蔣寅『大暦詩人研究』第一章「江南地方官詩人創作論」五「自成一家之体　卓為百代之宗──韋應物」（中華書局、一九九五・八）は、前半に伝記論、後半に詩論という構成である。伝記論は、右の諸書と異なり、編年形式ではなく、繰り返される韋の閑居をめぐって、隠遁との関わりを問題提起する。隠遁憧憬を表白しながら隠遁を実行しない中途半端さへの近藤元粋の批判的評語[14]を引用し、それへの反論として、大暦という社会的経済的にも困難な時代背景を挙げ、葛藤を抱えた「吏隠」（地方官の循吏）としての「世俗的」韋應物像を肯定的に説く。

二〇〇七年十一月、韋應物の墓誌銘（「唐故尚書左司郎中蘇州刺史京兆韋君墓誌銘」丘丹書）が妻子の墓誌銘とともに発掘された。それまで不明だった字は「義博」と判明したほか、結婚の時期や洛陽丞に至るまでの官職などが明らかになった。陶敏「韋應物生平再考」は、墓誌銘に拠って、先行の「韋應物生平新考」（原載『湘潭師範學報』一九九八年第一期）を訂正補足した（両篇ともに『唐代文學與文獻論集』所収、中華書局、二〇一〇・四）。陶敏・王友勝校注『韋應物集校注』（増訂本）（上海古籍出版社、二〇一一・七、以下「陶校注本」と称す）の注釈および付録「簡譜」は、その成果に基づく。拙論の基本的な繫年は、陶校注本に拠り、異論のある場合には、その旨を記す。また孫望編著『韋應物詩集繫年校箋』（中華書局、二〇〇二・三）は、年代別編集で、各篇末に〔箋評〕として、伝記的記述や時代背景に言及する。

二の自然詩論のうち、主要なものとしては、まず葛暁音『山水田園詩派研究』（遼寧大学出版社、一九九三・一）第九章「山水田園詩派的余響」一、「高雅閑淡的韋蘇州」がある。陶淵明詩との比較から始めて、多くの用例を挙げながら、韋詩は、陶詩の淡然たる詩趣を継承しながらも、さらに「澄淡蕭散」「淸曠蕭疏」という意境を創造した。遊覧詩の構成は、劉宋・謝靈運（三八五～四三三）に倣うが、平易な詩語で流れるような展開を繰り広げて、「幽賞の趣」を表現しており、「滁州西澗」は、その代表作。また大曆十才子の李端・吉中孚・夏侯審らとの交遊があり、彼らの「淡靜冷寂」な審美感と類似する。暮鐘を好み、山水詩の禅境を深めたが、人口に膾炙する「寄全椒山中道士」は、道士の仙境を隠遁者に託して、独自性が見出されることなどを指摘する。総じて大曆詩が衰退する中で、盛唐詩の理想を追求する伝統を継承し、山水田園詩の中にも陶詩の「真趣」を再現した。同時に、大曆詩風の影響をも受けて、「蕭散淡冷」な意境を築き、中晩唐から宋代にも影響を及ぼす詩風を樹立し、「高雅閑澹」(15)と評されるに至ったと説く。簡潔ながら、首肯し得る所論である。

前掲の如く、蔣寅『大曆詩人研究』第一章第五節の後半は、詩論である。主に陶淵明詩との比較によって、共通点と相違点を論ず。共通点は、陶詩の「感情真摯」と「熱愛生活」の二点。韋應物の兄弟、妻子を初めとする親族や友人たちへの温情溢れる詩篇を数多く挙げ、それは陶詩から学んだというよりも、両者ともに感情豊かな性格に発するものと述べる。陶詩は、帰田後の生活と自然への「熱愛」を詠い、韋詩も「官場」に対立する山水田園風景の瑞々しさ、清らかさを数多詠った。それは大曆詩人たちの「陰冷、黯淡、衰颯」という詩趣とは異なっていると説く。相違点としては、二人の感情の濃淡を指摘する。陶詩はともすれば濁世への激憤を吐露するのに対して、韋詩は、失意を感じても恨みはなく、喜びすら「平淡」である。悼亡詩や懐旧の作を例外として、平静さを失った感情表現は、詩中、極めて少ないと論ず。拙論は悼亡詩を中心とするので、（陶詩との比較はさておき）この見解は、まったく異なる。ここでは反論せず紹介するに止めるが、一言だけすれば、「喜び」を詠った作として蔣氏が挙げる「永定寺喜辟強夜至」（巻八、五古四韻）[16]も一見、確かに喜びを表現する詩語はない。「辟強」は韋の甥で、永定寺閑居中の孤独な韋を、深雪を衝いて訪ねてくれた喜びを詠じた作である。しみじみ酒を酌み交わしながら⑦⑧「還って一樽に対するを将って、言無し　百事違ふと」と詠う詩句に籠められた千々の思い（「喜び」のみならず）は、多言を尽くすよりも溢れんばかりに伝わってくるのである。決して「平淡」ではない。蔣氏の「感情豊富的性格特徴」という評語は首肯し得るが、それならば、「平淡」との齟齬を説明する必要があろう。悼亡詩や懐旧詩を例外と看做すか否かも含めて、後に検証する。

　また韋詩の彫琢を加えない「簡古」「淡泊」な表現については、北宋・蘇軾や清・賀裳らの評語を引いて、典故が少なく、比喩や象徴も用いないで、透明度を増しているとする。同時に「生新」な詩語を列挙し[17]、それは大暦詩壇の詩語を練磨する影響であるが、韋の詩人としての出発が遅かったので、修辞は伝統に偏せず個性的になり、かえって「生硬」「古拙」ひいては「古雅」という詩興になったとする。つまり「歪打正着（けがの功名）」と言う。「伝統」的ではなく「古雅」であるというのも、理解し難い。興味深い説ではあるが、これも検討の余地があろう。

　最後に韋應物を「大暦時期の最も特殊な詩人」として、大暦詩風との相違を以下の各点について、指摘する。〔詩形〕大暦詩は五言の近体詩が多いが、韋詩は古体詩を採用する。〔表現〕大暦詩は象徴や感情移入、「烘托（周辺を描くことで主題を際立たせる手法）」を用いるが、韋詩は直叙。〔時空〕大暦詩は狭窄空間の中で、切迫した気風が認められるのに対して、韋詩は悠然として「淡遠」。〔情調〕大暦詩は老いや官位の低さを嘆き苦悩を吐露するが、韋詩はおだやかでのびやかな心情を詠う。〔信奉者〕大暦詩は斉・謝朓（四六四〜四九九）を尊崇するが、韋詩は大小二謝のほかに、陶淵明の「古淡清腴」を継承した。柳宗元に直接的影響を与えたことをも記す。

私見に拠れば、これらの見解の多くは、年代による変容を鑑みていない。最晩年、蘇州時代（徳宗の貞元年間の約五年）の特色としては賛同し得るが、多を占める澧上・滁州時代またさらに遡及した洛陽期の作としては、該当しない。〔詩形〕の古体詩採用は、澧上時代以降であり、洛陽期には、それほど顕著ではないし、〔表現〕も大暦年間には、多様な工夫が試みられている。〔情調〕は特に拙論との大きな相違であり、韋詩は悲哀表現を主とすると看做す。韋詩の洛陽期は殊に大暦詩と類似し、異なって見えるとすれば、むしろ彼は大暦時代の特質を最も体現するからであり、特殊な例外的詩人ではないのである。第五章で詳述する。

赤井益久「韋応物詩論――屛居の位相を中心に――」（『中唐詩壇の研究』創文社、二〇〇四・十、第Ⅰ部「大暦から元和へ」第三章）は、「高雅閑澹」な詩風の形成について、時系列に従って論述する。彼の生涯の特異さは、「仕官と屛居が交互に認められること」であり、「屛居」の動機を二十代・三十代・四十代の事績から探り、一種の伝記論にもなっている。いずれの閑居時も疾病を理由にするが、それは単なる口実であることを証し、「養素」（「本然の性を涵養するという意味」）を目的として、「積極的に退隠の意味づけ」を行い、「玄虚」「寂寞」（「玄妙な心理、深奥な境地とも言うべきもの」）をよすがに閑居したと説く。最後にいずれの閑居先も寺院であることに着目し、韋詩のなかに占める〈寺院詩〉の割合の多さ（「全体の一割五分強」）を示したうえで、大暦十才子が「題材としての寺院を主とした」のに比して、彼は、「寺院をめぐる幽寂の中に、自らの意境を求め」、「山水詩に向けたと変わらぬ視点を有していた」。韋詩の詩語の特色である「清」「幽」も、〈寺院詩〉に多く認められ、〈寺院詩〉こそが、「韋応物の詩風を特色づける自然詩の一斑を担うもの」と論ず。その到達点は、「景情一致・物我一体の境地の希求」とする。なお韋應物の閑居に関しては、白居易との関わりで、「〈諷喩〉と〈閑適〉の先駆者韋応物」「〈陶韋〉と閑居」（両篇とも前掲書第Ⅱ部「韋応物と白居易」第一章所収）、「韋応物の〈閑居〉」「閑居の対境」（前掲書第Ⅱ部第三章「閑適詩考」第三・四節）にも論究されている。出仕と棄官の繰り返しは、「官吏としてのつよい自覚と自負」ゆえであり、また官舎にあっても、「精神の自在」という〈退隠〉のあり方によって「閑居」と意識し得た。韋にとって「閑居」の場所は、必ずしも深山幽谷である必要はなく、官舎や寺院においても可能であり、その点が帰田した陶淵明との相違とする。

同じく赤井氏に「〈王孟韋柳〉評考――〈王韋〉から〈韋柳〉へ」（前掲書、第Ⅰ部第四章）があり、韋詩に特化しているわけではないが、自然詩人の系譜の中で、韋詩が如何に位置づけられるかを論ず。自然詩人としての四家並称が定着する清代以前の二家並称を司空圖評（「王韋」）から説き始め、陶淵明・謝靈運との関わりも視野に入れて、「韋應物こそが四家併称の関鍵・紐帯」と指摘する。それは陶詩評価においても画期をなし、陶詩を意識して、閑居の世界を自らのものにしたと述べる。従来文学史上の基礎知識とされる「王孟韋柳」の系譜を審究し、その中における韋應物詩の重要性を明確にした意義は大きい。

赤井氏の『中国山水詩の景観』（新公論社、二〇一〇・三）は、「あとがき」によれば、一般読者を対象にした連載のまとめとのことである。それゆえ出典や注釈、論証は簡略で、論述の中に紹介解説も混じる。第七章「川をめぐる城市と郊外」は韋の自然詩論である。三部構成で、第一節「川岸のながめ」は、四十代半ば、京兆府功曹参軍・鄠県令・櫟陽県令を辞任して灃水ほとりの善福精舎における閑居時の作を対象に、その「静中の趣」を捉え、「寂寞」「玄默」に価値を見出したと説く。第二節「不繫の舟」は、玄宗の近侍の回想から洛陽での仕官と挫折までを記す伝記論。第三節「滁州の西澗」は、刺史としての「郡齋詩」と辞任後の「滁州西澗」を挙げ、滁州の自然の中に「人間世界の在り方を観照」し、「詩人の自然観・世界観に大きな変化をもたらした」とまとめ、単なる解説に堕していない。ただ「川」を中心に据えた独自の観点は、拙論も意を同じくするので、紙幅の狭さが惜しまれる。

三のその他の詩論としては、送別詩を対象にした松原朗氏の二篇を挙げるべきであろう。「韋應物詩考――灃上退去と「變風」の形成」（『村山吉廣教授古稀記念中國古典學論集』汲古書院、二〇〇〇・三）は、盛唐詩を「正風」とみなす文学史観からすれば、韋詩は「変風」と看做されるが、当時それは新しさとして肯定的に評価され、その所以を考察する。櫟陽県令辞任後の灃水での閑居時の作を中心に、辞任の理由となる当時の政治的状況や妻の死という伝記的記述の後、「最も客観的な変化」として、五言律詩の減少と五言古体詩の増加を指摘する。五律の多作は、大暦詩人共通の傾向であり、官場が求める外的基準であったが、五古の増加は、「自己の審美的基準にのみ合わせるという意識の転換」であったと論じ、送別詩を対象にその変容を実証する。大暦期の韋詩の五律の送別詩が「最も平均的」であるのに対して、灃水のほとり、善福寺での送別詩は、詩形・内容ともに、大暦期の類型様式を意識的に破壊して、「新鮮な感情の脈動を送り込む」という工夫の結果と考察する。最後に滁州刺史時代の送別詩を挙げて、「斉梁期の離別詩の意識的模倣」と評する。文学史上、大暦から元和への大きな転換において、韋詩が果たした重要な役割を、灃上退居時の転換を中心として明示した。

松原氏のもう一篇「大暦様式の超克――韋応物離別詩考――」（『中国離別詩の成立』Ⅱ、研文出版、二〇〇三・六）の初出論文（「韋応物送別詩考――五言古体詩型の活用と大暦様式の超克」専修大学人文科学年報第三十号、二〇〇〇・三）は、右の論文とほぼ同時期に記されており、相互補完的内容である。(18) 当該論文は、右の論文に引かれない大暦十才子の韓翃の作や、曹植・孫楚という魏晉の離別詩を提示して、通時的共時的比較を試み、大暦様式の克服を実証する。さらに最晩年の蘇州時代の送別詩が、余裕と「滋味に満ちた惜別の思い」が詠われていることを論ず。対象が送別詩に限定されるものの、むしろそれゆえに文学史上、韋詩の果たした重要性が明確に位置付けられている。拙論は悼亡詩の系譜における韋詩の意味を、通時的共時的に考察するので、ジャンルは異なるが方法論を同じくして、参考に資する所大である。

悼亡詩論の専著としては、唯一、胡旭『悼亡詩史』（前掲注（4）参照）がある。「先唐悼亡詩」から始めて、最後は第九章「清代中後期悼亡詩」まで全時代の作を網羅する通詩史であるが、第二章「唐代悼亡詩」の第二節に「韋応物：斯人既已矣」を記す。「韋悼」は従来の十九首に限らず、「三十余首」に達すと主張する。これは拙論第一章の主張である十九首への懐疑を同じくする唯一の論著でもある。悼亡詩として八首、悼亡が主題ではないが、亡妻に関わり、悼亡の情が表されているとする六首を追加し、総計三十三首の詩名と成立時期・場所を列挙する。対象とする篇数は拙論と同じ三十三首だが、対象作は異なる。胡氏の対象作のうち、十首[19]は、妻の死ゆえの悲哀とは特定されず、悼亡詩と認定する理由も記されていない。

同著は「韋悼」の内容を以下の三分類とする。一、子供をも含めた日常生活。二、景物に悲哀を託し、季節の推移に哀感を表現。三、長期にわたって、深く沈潜する孤独と悲傷の吐露。技巧上の特徴としては、一、口語に近い平易な詩語による真情表現。二、「景情融合」。「往富平傷懐」を挙げて、厳冬の風景と詩人の悲苦の情との融合を指摘し、韋詩の景物は、単なる「写景」ではなく、抒情が籠められていると説く。三は、「白描と対比」法。多くの墨を使わずに独特の風致を描出する絵画的手法は、ほかの韋詩でも見られるが、「韋悼」にとりわけ顕著であり、また対句などを多用して無常感を表現すると述べる。いずれも首肯し得る見解である。ただ通詩史という体裁上、止むを得ないことではあるが、「韋悼」は一節を割かれたに過ぎず、より多くの例示や論証を欲するのは、望蜀の嘆であろうか。しかしながら通史としては充実している。唐代ではほかに元稹・李商隠・韋荘を各節で扱い、第六節「其の他の詩人の悼亡詩」で、小短篇の唐暄・孟郊・劉禹錫・趙嘏・王渙をまとめて対象にする。以後、北宋南宋から清代中後期まで全時代の作を網羅収録し、各時代においても「其の他の詩人の悼亡詩」の節を設けて、小短編を採録しており、高く評価できよう。

以上、著書収録論文を中心として、主要先行研究を紹介するとともに、拙論の立場を略述した。

第二節　韋應物略伝

韋應物の伝記研究は、先述の如く、近年頓に充実し、二〇〇七年の墓誌銘発掘は、新事実を追加した。それらをも加味して、以下に略伝を記す。史書の体裁に倣い、家祖から始めて、以後は、便宜上、簡単な年表を付す（傍線は、発掘による新事実）。

韋應物、字は義博、京兆府杜陵（西安市東南）の人。韋家は漢代より丞相、宰相や高官を輩出した名門で、北周の高士韋夐（逍遙公）の流れを汲み、高祖挺は、唐の太宗時の刑部尚書、御史大夫兼黄門侍郎、曾祖父待價は則天武后期の尚書左僕射・同中書門下平章事。[20] 祖父令儀は梁州都督、父鑾は、宣州司法參軍。應物はその三男。鑾は、曾祖や祖父に比して官位こそ低いが、晩唐・張彥遠『歴代名畫記』（巻十）や晩唐・朱景玄『唐朝名畫錄』（能品上六人）にその名を挙げられた当時の代表的画人である。慈恩寺の院内東廊の北より第一房の南壁に「松樹」を描いたという（『名畫記』巻三）。また父の兄鑒、その子偃も、ともに『歴代名畫記』（巻十）に名を連ねている。[21] 韋應物の幼少期の環境を考える上で、興味深い。

以下に簡譜を掲げる（前掲、陶敏校注本附録簡譜などを参照）。

【玄宗】

開元二十三年（七三五）一歳　誕生か。（墓誌銘にも明記されないが、以下、一応、生年とする）

天宝八載（七四九）十五歳　この頃、恩蔭によって右千牛（近衛官）となる。

十二載（七五三）十九歳　この前後に、太学に入る。

十三載（七五四）二十歳　この頃、羽林倉曹（正八品下、穀物倉庫の管理）となる。

十四載（七五五）二十一歳　十一月、安禄山起兵。十二月、洛陽陥落。

【粛宗】

至徳元載（七五六）二十二歳　六月、都長安陥落。八月二十二日、元蘋と結婚。京兆府昭応県驪山に居住。後、乱を避けて武功（陝西省）の寶意寺へ転居。

乾元元年（七五八）二十四歳　この頃、高陵（陝西省）尉となる。

上元元年（七六〇）二十六歳　この頃、大理評事（投獄などの評定）、河陽府（河南省）従事となる。

宝応元年（七六二）二十八歳　四月五日、玄宗崩御。十八日、粛宗崩御。二十日、代宗即位。

【代宗】

広徳元年（七六三）二十九歳　冬、洛陽丞となる。

永泰元年（七六五）三十一歳　神策軍の兵を鞭打ち、洛陽留守に訴えられる。

大暦元年（七六六）三十二歳　春、辞職し、洛陽郊外の同徳寺に閑居。その後、長安へ。

四年（七六九）三十五歳　秋、長安から洛陽、楚州を経て揚州へ。

五年（七七〇）三十六歳　秋、揚州から帰郷。

六年（七七一）三十七歳　洛陽で河南府兵曹参軍となる。

八年（七七三）三十九歳　兵曹参軍をやめ、同徳寺に閑居。冬、洛陽から長安へ。

九年（七七四）四十歳　京兆尹黎幹の推薦により、京兆府功曹参軍（正七品下）となる。

十年（七七五）四十一歳　高陵令を兼任。

十一年（七七六）四十二歳　朝請郎（正七品上）。九月二十日、功曹東庁内院の官舎にて妻逝去。十一月埋葬。

十三年（七七八）四十四歳　晩春または初夏に鄠《こけん》県の県令。

十四年（七七九）四十五歳　六月、櫟陽の県令に任じられたが、七月辞し、長安西の郊外、灃水のほとりの善福精舎に閑居。


【徳宗】

建中二年（七八一）四十七歳　四月、尚書比部員外郎（従六品上）。

三年（七八二）四十八歳　夏、滁州（安徽省）刺史（正四品下）。秋、着任。

興元元年（七八四）五十歳　冬、滁州刺史をやめ、永定寺に閑居(22)。

貞元元年（七八五）五十一歳　秋、朝散大夫（文散官）を加えられ、江州（江西省）刺史（正四品下）。

三年（七八七）五十三歳　扶風県男爵に封ぜられ、食邑三百戸。入朝し、左司郎中（従五品上）。

四年（七八八）五十四歳　九月より後、蘇州（江蘇省）刺史（従三品）。

六年（七九〇）五十六歳　冬、または七年初めに蘇州の官舎で病死。

七年（七九一）　十一月、長安萬年県少陵原に帰葬。

以上のように、「開元の治」と言われる大唐帝国の最も繁栄した太平の末期に生を受け、五十代半ばまで生きた韋應物の人生において特筆すべきは、二点ある。一は、二十歳の頃、安史の乱（七五五～七六三）に遭遇したこと。二は、その後の官僚生活の中で、四回も辞職と閑居を繰り返したことである。

第一点について記せば、安史の乱によって彼はすべてを失い、存在基盤を根底から覆された。それ以前の韋應物は、家祖の特権によって、十代半ばにして、玄宗の禁衛軍の一員に選ばれている。この履歴は、韋にとって重要な意味を有し、詩中、繰り返し詠われるほか、蔣寅氏が指摘するように、同時代の大暦詩人が、十代として開元年間の繁栄を享受する機会もなく、それゆえに往事を追憶する作は、極めて少ないことを[23]勘案すれば、韋詩の独自性に深く関わっているといえよう。その喪失が、政治的社会的事件であることは無論、自らの体験とせざるを得なかったことは、大暦という時代の本質を、より深刻に受け止めたのではあるまいか。韋詩の懐旧傾向は、この大きな喪失感ゆえと推察されるのである。

韋は当時を共に過ごした人物と出会っては、懐旧の涙を流し、必ず詠うのは、つぎの作（「燕李錄事」巻一、七律）のように、玄宗の崩御と温泉宮のある驪山への行幸である（丸囲み算用数字は、第何句かを表す。以下同じ）。

①與君十五侍皇闈　　君と十五にして皇闈に侍り
②曉拂爐烟上赤墀　　暁に爐烟を払ひて赤墀（宮中の台階）に上る
③花開漢苑經過處　　花は開く　漢苑　経過の処
④雪下驪山沐浴時　　雪は下る　驪山　沐浴の時
⑤近臣零落今猶在　　近臣零落して　今猶ほ在るも
⑥仙駕飄颻不可期　　仙駕飄颻として期す可からず

⑦此 日 相 逢 思 舊 日　　此の日　相逢ふて　旧日を思ひ
⑧一 杯 成 喜 亦 成 悲　　一杯　喜びを成し　亦た悲しみを成す

大暦四年（七六九）、揚州往路時の作。第五章に詳述するが、足かけ一年に亙るこの旅は、韋にとって官界から遠ざかって自らを見直す機会となり、詩人としても後の独自性を形成する萌芽期となった意味深いものであった。当該詩は二十年前を回顧して、李（未詳）との再会を喜びながらも、⑧「亦成悲」と詠む。それは、ひとえに首聯頷聯の往時と頸聯の現況との落差ゆえである。当時、韋は、傷害事件を起こして洛陽丞を辞職し、まさに「零落」の身であった。安史の乱平定に功あった宦官魚朝恩率いる神策軍が、禁軍に昇格されて横暴を極める状況に、かつての近侍としての思いもあって、韋は、遂に軍騎撲抶事件を起こしたのである。若き韋の武勇伝である。揚州への旅の目的は、兄や親族を訪問する以外に判然としないが、官職を求める意味もあったと思われる。さらに落差を決定的にしたのは、⑥「仙駕飄颻不可期」すなわち神仙と化した玄宗の不在であった。詩作の具体的な場所は不明だが、長安から洛陽を経ての旅路ゆえ、久しぶりに驪山の麓を経て懐旧の念に駆られ、洛陽では、復興途上ながらまだ戦乱の荒廃の消えぬ現実を眼にして、「舊日」の喪失に胸塞がれたのである。太平の繁栄を象徴するのが、花の香りも漂ってくる「漢苑」、そして湯気の中で雪見を楽しみながら入浴した温泉だったのである。

揚州では、たまたま出会った老人が元侍衛で、少年の韋を宮中で見かけたと言う（「白沙亭逢呉叟歌」[五] 巻十、七言歌行九韻）。老人は、今や「零落艱難　却って樵を負う」（第八句）という韋と同じく「零落」の境遇で、二人で盃を汲みかわし、老人の口を借りて、往時を語る。「冬狩春祠　一事無く、歓遊洽宴　頒賜多し。嘗《つね》に陪る　夕月竹宮の斎、毎に返る　温泉灞陵の酔」（第六・七聯）と。最後は、「盛時は忽ち去って良に恨む可し、一生の坎壈　何ぞ云ふに足らんや」と結ぶ。この旅行と前後して、洛陽時代には、「温泉行」（巻九）、「驪山行」（巻十）と驪山行幸を主題とした作が繰り返し詠われる（第五章参照）。韋にとって十代半ばの近侍が、いかに重要であったかが明白である。それを象徴するのが、驪山だったといえよう。

この回顧は洛陽時代に限らず、白沙亭の詩から約十五年後、滁州時代にも認められる。「逢楊開府」（巻五、五古十二韻）である。前半八聯を引く。

①少事武皇帝　少くして　武皇帝に事へ
②無頼恃恩私　無頼にして　恩私を恃む
③身作里中横　身は里中の横と作り
④家藏亡命兒　家に　亡命児を蔵す
⑤朝持樗蒲局　朝に樗蒲《ちょぼ》（博打）の局を持し
⑥暮竊東鄰姫　暮れに東隣の姫を窃む
⑦司隸不敢捕　司隷は敢へて捕へず
⑧立在白玉墀　立ちて　白玉の墀に在り
⑨驪山風雪夜　驪山　風雪の夜
⑩長楊羽獵時　長楊羽猟の時
⑪一字都不識　一字も　都て識らず
⑫飲酒肆頑癡　酒を飲みて　頑痴を肆にす
⑬武皇升仙去　武皇　升仙して去り
⑭憔悴被人欺　憔悴して　人に欺かる

⑮讀 書 事 已 晩　　読書　事　已に晩きも
⑯把 筆 學 題 詩　　筆を把りて　題詩を学ぶ

陶敏注に拠れば、建中三年（七八二）または四年、滁州刺史時代の作。ともに禁衛を務めた楊（未詳）と遭遇して往時を顧みる。さすれば三十四・五年前の思い出だが、白沙亭の作よりも、はるかに具体的である。聊か誇張もあろうが、①〜⑫まで、若き悪行が真率に語られている。朝から博打三昧、暮れには美女を掻っ攫うという、恩寵を笠に着た「無頼」の行為。それでも当局は見て見ぬふり。⑬「武皇升仙去」とは、漢の武帝に託された玄宗崩御を詠い、その前と後の激変した境遇が、鮮明に浮かび上がる。特権を失った若者に、手の平を返すような冷たい仕打ちや裏切りが待っていた。⑭「憔悴被人欺」は一句に過ぎないが、それまで好意的だった人が豹変する経験を何度もしたであろう。ましてや時代は、帝国崩壊の危機である。誰もが命すら危うい状況の中で、韋は初めて己の人生と真剣に向き合い、学問と詩作に目覚めたという。韋應物の人生における最大の転機であった。最後は、㉒〜㉔「旧を論じて涕俱に流る。坐客　何に由りてか識らん、唯だ故人の知る有るのみ」と結ぶ。再会の喜びの「涕」というよりも、失われた時への哀惜の念であることは疑いもない。

以上の如く、安史の乱は、韋にとって最大の個人的転機であると同時に、いやそれゆえに、いわば「世界の崩壊」をまざまざと眼にしたのである。今まで信じてきたものが一挙に瓦解し、その後は長く混乱と荒廃が続く中で、現実との厳しい軋轢相克を必死になって切り抜けていかざるを得なかった。無論、それは彼だけではなかったが、二十歳という年齢、そして近侍という境遇とそれへの深い思い入れは、ほかの同時代の大暦詩人よりも劇的な影響を与えたと推考し得るのである。現実が過酷であればあるほど、過去は輝いて見える。その過去が、彼の理想、原点と認識される時、現実との齟齬、現実への失望を否応なく思い知らされる。その違和感を彼は殆ど終生持ち続けたのではないか。第二点のたびたびの辞職と閑居が、それを物語る。その点については、韋の吏隠意識とも関わって、後述することになろう。そして彼の真情を十全に理解し、共感した存在が、妻の元蘋であった。彼女との結婚は、長安陥落直後、公私ともに人生最悪の状況の中から始まったからである。その後元蘋は、韋の葛藤と苦悩を身近にいて見守り続けたであろう。したがって彼女の死が、如何に大きな打撃だったたか、容易に推察し得る。その点は、第一章に論述する。

近年、韋詩の変容を時期別に考察する研究が認められる。その嚆矢というべき儲仲君「韋応物詩分期的探討」[24]は、韋詩を大きく次の三期に分けている。拙論もそれに従う。

第一期　洛陽時代（七六〇～七七三）二十六～三十九歳

第二期　長安—滁州（安徽省）時代（七七四～七八四）四十～五十歳

第三期　江州（江西省）—蘇州（江蘇省）時代（七八五秋～七九〇）五十一～五十六歳

第一期の変容については、第五章第二・三・四節において論述する。悼亡詩との関わりから見れば、「韋悼」に至る前段階として、内容的にも技法的にも重要視すべき時期と位置付ける。「韋悼」は、元蘋の逝去（七七六）後、主に第二期の灃水ほとりの善福精舎時期において、さらに滁州・江州時代に至るまで、綿々と綴られている。第二期は、韋の四十歳代に相当し、作詩年代が明らかな詩篇を三期別に分類すると、数量の上で最多を占めている。[25]中心となるのは、灃上および滁州の閑居時代の作であり、詩人人生の中で最も創作意欲が旺盛だった時期といえよう。「韋悼」が、その一角を占めているのは、韋詩全体における悼亡詩の意味を考える上で、示唆的である。第二期の作は、終章において、閑居時代の自然詩を勘案しながら、「韋悼」を中心に述べることになる。第三期は、儲氏も述べる如く、「満足安逸的時期」であり、蘇州刺史としての安定した生活の中で、文宴の主催者としての名も馳せ、若き孟郊（七五一～八一四）や『詩式』で知られる釋皎然（七二〇?～七九四?）との交流も見られる。ただ拙論では、「韋悼」との関連に絞るため、必要に応じて言及するに止める。

最後に、「韋悼」十九首および追加十四首の繫年について述べる。

韋の妻元蘋の逝去は、簡譜にあるように、大暦十一年（七七六）九月であり、当然のことながら、三十三篇は、すべてそれ以降の作になる。第十九首「同德精舍舊居傷懷」は、「洛京　十載の別れ」と、洛陽への十年ぶりの再訪を詠うので、建中三年（七八二）、滁州（安徽省）刺史への赴任途次のこととわかる。それ以外の十八首は、成立年代不明の作が数篇あるが、冬から始まる四季を基軸とした連作という体裁によって、妻の逝去後から建中元年（七八〇）灃上善福精舍の閑居時代までの三・四年内と考えられる。

追認した十四篇の成立年代を時系列に沿って記すと、以下の通りである。（算用数字は、第一章末、八八頁掲載の通し番号）

大暦十二年（七七七）四十三歳、京兆府（長安）——20「過扶風精舍舊居簡朝宗巨川兄弟」・25「經武功舊宅」

大暦十三年（七七八）四十四歳、鄠県令（長安郊外）——27「秋夜」・29「夜聞獨鳥啼」・30「子規啼」・31「昭國里第聽元老師彈琴」

大暦十四年（七七九）四十五歳、灃上善福精舍——22「寺居獨夜寄崔主簿」

建中元年（七八〇）四十六歳、灃上善福精舍——21「四禪精舍登覽悲舊寄朝宗巨川兄弟」・33「宴別幼遐與君貺兄弟」

建中三年（七八二）四十八歳、滁州刺史——23「雨夜感懷」・26「郡齋臥疾絶句」・32「冬至夜寄京師諸弟兼懷崔都水」

貞元二年（七八六）五十二歳、江州刺史——24「發蒲塘驛沿路見泉谷村墅忽想京師舊居追懷昔年」

成立年代不明――28「對雜花」

右の成立年代の整理から、「韋悼」三十三篇は、24・28を除いて、第一期に属することが明らかになった。

以上、韋應物の略伝を記し、彼の人生の最大の転機が安史の乱によってもたらされ、失われた時空を求めるかのように、それ以前の玄宗時代への懐旧の念が、遅くとも滁州時代まで一貫して看取し得ることを述べた。その中で、悼亡詩が第二期に属することを明らかにし、問題提起も兼ねて拙論の端緒とした。

第三節　先唐「悼亡詩」概略

悼亡詩の流れにおいて、「韋悼」より前と後に分けると、前には、前述の如く、西晉・潘岳、孫楚、斉梁（北周）・沈約、江淹、庾信、さらに隋・薛徳音の六人の作が見出せる。この中で、「韋悼」に影響を与え、質量ともに論ずるに足るのは、潘岳と江淹の作であり、前者は、第二章において、後者は第三章において、それぞれ「韋悼」と比較考察するので、それに譲る。本節では、それ以外の四人の作について略述する。

まず孫楚（?～二九三）に「除婦服詩」一首（前掲注（8））がある。孫楚の生年は正確には不明だが、後漢滅亡（二二〇）頃とされる。(26) 悼亡詩の成立時も確定できないので類推に過ぎないが、潘岳（二四七～三〇〇）より一世代上の人物であり、悼亡詩も「潘悼」より先に成立した蓋然性が高い。孫の別集は、最も早い書目では、『隋書』巻三五、經籍志四に「馮翊太守孫楚集　六巻」と著録され、題下注に「梁十二巻　錄一巻」とある。次いで両『唐書』とも「孫楚集十巻」とするが、南宋・鄭樵『通志』巻六九に「孫楚集十二巻」とあり、早くから曲折を経ていたようである。現在、文・賦・頌・贊論など四十五篇、詩八篇（逯欽立輯校『先秦漢魏晉南北朝詩』所収作。明・張溥『漢魏六朝一百三名家集』所収『孫馮翊集』では六篇）が伝わるのみである。詩は、『文選』（巻二十「祖餞」）に、留別詩一首（「征西官屬送於陟陽候作詩」）が採録されている。「晨風　岐路に飄り、零雨　秋草を被ふ」と始められ、『文心雕龍』（時序）、『詩品』（中品）を初めとする後世の詩評の多くは、長めの詩題の代わりに、この②「零雨」を挙げて代表作とし、「虬龍の片甲、鳳凰の一毛」（『詩品』）と評価する。彼の悼亡詩は、現存作のいずれも「除婦服詩」と題されて、『世説新語』劉孝標注が引いたままを採録しており、次の通りである。だが詩題も長さも疑わしく、後述する。

①時　邁　不　停　　時邁きて停まらず
②日　月　電　流　　日月　電のごとく流る
③神　爽　登　遐　　神爽（心魂）　登遐して（遙か天に上る）
④忽　已　一　周　　忽ち已に一周
⑤禮　制　有　敍　　礼制に叙有りて
⑥告　除　靈　丘　　除を霊丘に告ぐ
⑦臨　祠　感　痛　　祠に臨んで痛みを感じ
⑧中　心　若　抽　　中心　抽《さ》かるるが若し

妻の死から一年後の除服（忌み明け）を告げる作。悼亡詩の中で、唯一の四言詩であるが、これは『詩經』唐風「葛生」（前掲注（4））のような『詩經』中の哀歌を意識しているのかもしれない。あるいは死者を哀悼するという意味では、後述の如く、周代から始められた（『文心雕龍』誄碑）「誄」（四言、押韻）に準じていることも考えられる。いずれにしても四言という古風な詩形は、「潘悼」に先んじることを示していよう。その簡潔な響きの中で、時の過ぎる速やかさから詠い始める。これは、その後の悼亡詩の典型的要素となっている。「潘悼」第一首冒頭も「荏苒として冬春謝《さ》り、寒暑忽ち流易す」と詠い、「韋悼」の「送終」（巻六）は、埋葬に出発する作であるが、第一句は「奄忽として時節を逾ゆ」である。また悼亡詩作成は、葬礼に基づいて、一年後、喪が明けてからということは、潘岳が継承し（第三首⑰「亹亹《びび》として朞月〔丸一年〕周《めぐ》る」）、これも一つの慣行となった。

「漱石枕流」などの偏屈な故事㉗で知られる孫楚であるが、哀しみを素朴に吐露しているのが、印象的である。この作を読んだ同郷の王濟は、「未だ文の情より生ずるか、情の文より生ずるかを知らざるも、之を覧れば悽然として、伉儷の重きを増す」[六]（『世説新語』「文學」篇）と述べて、親身の哀悼を表している。妻を失った悲哀が詩句から溢れんばかりに伝わってくるが、それは想いの強さなのか、詩の力なのかわからない、恐らくその両者が相俟って、こんなにも人の心を動かすのだろうと。ここには孫の妻に対する深い愛情への感動と、彼の詩への高い評価の二つの詠嘆が籠められていよう。

孫楚は、右の二例も含めて『世説新語』の四ヶ所に登場するが、相棒はいつも王濟である。孫は「才有るを以て、推服する所少なし」（「傷逝」篇）という才を恃んだ傲慢な性格で友人も少ないが、王濟は孫を「天才英特、亮抜不群」（「言語」篇、劉孝標注引『晉陽秋』）と高く評価した。二人はともに太原の出身だが、王濟の父王渾（二二三〜二九七）は、征呉の役（二七九）で大功をたてた大将軍、後の司徒、母は武帝司馬炎の娘常山公主という家柄である（『晉書』巻四二）。四十六歳で父よりも早く没したというが、生卒年は不明。武帝の弟、司馬攸（二四八〜二八三）が、太康三年（二八二）、外任（青州都督諸軍事）に出される人事に父とともに反対して武帝の激怒を買い、左遷された。数年後、二度目の侍中に任ぜられたが、その時、父渾は、尚書左僕射であった（『晉書』本伝）。曹道衡・沈玉成は、『晉書』三「武帝紀」から、渾は惠帝の永熙元年（二九〇）、僕射から司徒に転ずるので、その前年の太康十年には、濟は、まだ侍中であったとする。数年後、従兄佑との軋轢によって左遷され、不遇のまま没した。以上のことから曹・沈氏は、王濟の生年を正始末（二四七）頃、卒年を元康元年か二年（二九一、二九二）頃とする。(28) さすれば孫よりも二回り以上年下、潘岳とほぼ同年齢になる。

孫楚の祖父資は、魏・黄初初年（二二〇）、中書令などを任じたが、嘉平三年（二五一）、驃騎将軍の位で逝去し、父宏は出世せず、南陽の太守という地方官に過ぎない。孫・王二人の交友は、家格や官位の上の王が、かなり年上ではあるが、とかく評判のよくない孫を何かと引き立ててやったと思われる。孤立しがちな孫にとって、王の厚意はどれほど心強かったか、想像に難くない。あろうことか、その王濟が若くして亡くなった。当時の名士は、残らず弔問に訪れた。遅れてきた孫は哭礼し終わると、霊壇に向かって言った「君は常日頃、私の驢馬の鳴き真似を聞くのが好きだった。今君のために鳴いてみせよう」と。それは本物そっくりで、弔問客はどっと笑った。すると孫は、皆を睨み付けて弾丸を発するように言い放った。「君が輩をして存せしめ、此の人をして死せしめるとは」と（「傷逝」篇）。お前さんたちのような輩こそ、死ぬべきだ、この激しさは、真情を解し得ない凡俗への憤りと、本当に大事な人を喪ったやり場のない哀しみが、綯い交ぜになって迸り出たのであろう。孫は、これでまた多くの敵を作ってしまったことは疑いない。この逸話には、世俗の葬礼よりも真情こそ重要だという価値観を貫き通す孫の一徹さが顕著である。それは、『莊子』への批判にも認められる。孫楚の思想は、(29) 基本的には道家思想に拠り、代表作、前掲「零雨」の詩に詠まれた死生観は、それを如実に物語る。第四・五聯「殤子よりも大《ひさ》しきは莫く、彭聃《ほうたん》（彭祖と老聃、ともに長寿者）も猶夭《わか》しと為す。吉凶は糾纒の如く、憂喜は相紛擾す（莫大於殤子、彭聃猶爲夭。吉凶如糾纏、憂喜相紛擾）」などは、寿命の長短、人生の吉凶に捉われる無意味さを詠い、李善注を引くまでもなく、『老子』『莊子』に基づく。清・何焯がこの詩を評して「時方に老荘を貴びて之を詩に見はし、亦た創めて変ずるを為す。故に世を挙げて推高す（時方貴老莊而見之于詩、亦爲創變。故擧世推高）」（『義門讀書記』巻四六）と述べる通りである。孫は、事実、「莊周贊」（『藝文類聚』巻三六）を認めて、「莊周は曠蕩にして、高才英儁なり。道を本とし貞を根とし、大順に帰す（莊周曠蕩、高才英儁。本道根貞、歸于大順）」と称賛する。だがそれに次いで、「妻亡くなりて哭せず、亦た何の懽ぶ所ぞ。慢りに弔ひて缶を鼓し、此の誕言を放つ。殆ど其の情を矯めて、自然を失ふに近し（妻亡不哭、亦何所懽。慢弔鼓罐、放此誕言。殆矯其情、近失自然）」と述べる。周知の如く、莊子が妻を亡くした際、缶を撃ってリズムをとりながら歌っていた故事（『莊子』至樂）への辛らつな批判である。ここにおいても孫にとっては、人間としての「自然」の「情」こそが重要であり、とりわけ愛する人の死に際しては、それを蔑ろにすることは決して許せないという、憤りともいえる揺るぎない確信が窺えるのである。「高才英儁」と自ら評価する古の聖人とても容赦ない。後述の如く、「潘悼」が、哀しみに打ちひしがれた自身を恥入り、「庶幾はくは時有りて衰へ、莊缶　猶ほ撃つ可けん（庶幾有時衰、莊罐猶可擊）」（第一首第十三聯）、「上は東門呉に慙ぢ、下は蒙の莊子に愧づ（上慙東門呉、下愧蒙莊子）」（第二首第十二聯）と『莊子』の故事を肯定的に詠うのとは、実に対照的なのである。

翻って孫の悼亡詩は、彼のこの死生観や激しさを思えば、簡潔でかなり抑制されている。脱落を疑われる（後述）が、それにしても、王濟は感に堪えず、なぜ詠嘆の言葉を発したのか。西晉当時、詩作の対象として妻を詠う例は、皆無であった。妻の死という最悪の体験なればこその詩作であろう。だが文人たちの中でその不幸に見舞われたのは、孫だけではなかったはずである。彼がそこに先鞭をつけた意義は、高く評価されるべきであろう。すでに確立している様式や規範に、新しい血を注入するには、それなりの気概やエネルギー、才気、自恃が必要であろう。右の逸話にあるように、孫にはそれがあった。王濟の詠嘆には、孫が伝統的規範に縛られず、自らの真情を「文」に昇華した気概への賛嘆も籠められていたのではないだろうか。同時に、それを読んで心を動かされた王濟、すなわち読者側の詠嘆も吐露されている。この「情」と「文」との相関関係は、後世の注目する所となる。例えば、明・王世貞（一五二六〜一五九〇）は、「文生於情」は（『詩經』大序以来の伝統があり）理解しやすいが、その逆「情生於文」は、「則ち論じ易からず」と述べた上で、「蓋し之を出だす者は偶然にして、之を覧る者は実際なる有らん。吾平生時に此の境に遇ひ、亦た同調中に此れ有るを見る（蓋有出之者偶然、覽之者實際也。吾平生時遇此境、亦見同調中有此）」（『藝苑卮言』三）と説き、「実際」すなわち実感として賛同する。明代においても、読者側の観点からの「情生於文」は、新鮮だったのである。(30) その斬新な試みを潘岳が継承し、詩史において新たな系譜として、悼亡詩が成立した。「三張・二陸・両潘・一左」なる西晉の修辞主義の始まりという文学思潮を勘案すれば、孫楚の「除婦服詩」は、それに一石を投じて新たな波動を起こしたといえよう。その意味で、孫楚の「除婦服詩」には、大きな意義があると認められるのである。『世説新語』に見える反礼教という価値観も含めて、そこには、儒教主義というべき両漢の時代思潮からの脱却という魏晉の時代性が基底にあるだろうが、今は言及を控えざるを得ない。

なお孫の悼亡詩の詩句は、西晉・左棻（二五七？〜三〇〇）が、武元楊皇后（武帝司馬炎の皇后）の崩御（泰始十年、二七四）に奉った誄（『晉書』巻三一、后妃上「左貴嬪」傳に引用）中の言辞に類似するという指摘がある。(31)

寒往暑過　　寒往き　暑過ぎ
今亦孟秋　　今亦た孟秋
自我銜卹　　我の卹《うれい》を銜みし自り
儵忽一周　　儵忽にして一周
衣服將變　　衣服　将に変はらんとし
痛心若抽　　痛心　抽かるるが若し
逼彼禮制　　彼の礼制に逼られて

惟以増憂　惟だ以て憂を増すのみ
去此素衣　此の素衣を去りて
結戀靈丘　恋を霊丘に結ばん

時が速やかに過ぎ去り、一年が経過した。心は引き裂かれるようだが、除服の「禮制」が迫る。喪服は去るが、追慕の思いは変わらないと、孫詩と同一の詩語や内容が認められる。しかも「周」「抽」「丘」は同じく押韻箇所に用いており、二作の緊密な関わりは明白である。二人はほぼ同時代であり、龔斌氏の説くように、先後は不明である。ただ、皇后崩御の時点で、孫はすでに五十歳を超えている。また「除婦服詩」を見せた王濟との交遊は、同郷のよしみからかなり早く、遅くとも孫の四十歳までには親交があったと推定できる。というのは、孫は傲慢なため「年四十余にして、始めて参鎮東軍事なり」（『晉書』孫楚傳）と四十歳を超えての起家であり、推薦したのは、当時「大中正」（九品中正法による官吏登用の推薦官）であった王濟と考えられるからである。[32] したがって楊皇后崩御時、二人の交友はすでに十年以上に及んでおり、その間に妻の不幸があったと考えるのは自然ではないだろうか。一方、左棻が後宮に入り、「修儀」を拝したのは泰始八年（二七二）（『晉書』巻三一本伝）、誄が書かれたのは、皇后崩御後一年であるから、泰始十一年である。左棻の生年は未詳であるが、王輝斌氏は、後宮に入るのは、一般に十五・六歳であることから二五七年頃と推定する。[33] さすれば誄の執筆は、棻の十代末になり、孫楚との年齢差（約三十歳）を考えれば、孫詩の成立は、恐らく棻の誄よりも早いのではないだろうか。拙論としては、一応、孫詩を先と認めたい。無論、孫の妻の没年が明らかでない以上、断定し得ないので、問題意識として保持しながら、以下に誄との関わりを考究する。

誄とは、梁・劉勰（四六五？～五二〇？）『文心雕龍』誄碑篇に「誄とは累なり。其の徳行を累ねて之を不朽に旌《あらわ》すなり」とあるように、死者の生前の徳行を重ね記して永遠に顕彰するものである。古くは、周代にまで遡及し、孔子逝去の際、魯の哀公の記した誄が伝わる。出棺の葬礼「遣奠」において詠みあげられ、謚を定めて、葬送行列の旌旗に記されたという(34)。

福井佳夫『六朝文体論』第十二章「誄のジャンル」は、右の誄碑篇を手始めに、周代の謚縁起という実用文から文学作品への変容の経緯を明らかにしている(35)。その中で、「本格的に誄の原型をなした作」（三七二頁）として揚雄（前五三～後一八）の「元后誄」（漢・元帝の皇后、成帝の生母、王政君〈前七一～後一三〉）を挙げ、「後代の誄の規範」と指摘する。左棻の誄も、以下のように、明らかに揚雄の誄を「規範」としている。福井氏は、「元后誄」の特徴を四点にまとめる。（1）構成は、〈序〉〈故人の出自〉〈伝頌〉〈哀〉の四部から成る。（2）文章は、主として四字句で、偶数句末に押韻。（3）内容は、故人の称揚に終始し、〈伝頌〉に顕著。（4）典故や語彙は、経書（特に『詩經』『尚書』）から多く採取、という四点である。左棻の「楊后誄」も、右の特徴を、すべて備えている。すなわち同じく四部構成、一句四言、偶数句末の押韻、経書、特に『詩經』を多く踏まえる。さらに〈伝頌〉部の后妃蠶事（『禮記』「月令」季春に基づく）の箇所は、揚誄の句(36)（「分繭理絲」）をそのまま引く。「亦た既に青陽なれば、鳴鳩 時を告ぐ。躬づから桑曲を執り、媵姫《ようき》を率導す。蚕蔟を修成し、繭を分ち糸を理む（亦既青陽、鳴鳩告時。躬執桑曲、率導媵姫。修成蠶蔟、分繭理絲）」と記し、季節が到来すれば、楊后は率先して、養蚕作業に勤しんだという。「月令」では、「分繭稱絲」とするが、「理絲」とするのは、揚誄に従ったのである。

一方、揚誄と異なるのは、〈伝頌〉の後半である。楊后の病から死を記し、死後、下は「臣妾」から太子や公主の悲しみよう（「攀援して寝ねず、擗踊摧傷す」）、さらには帝の哀傷のさま（「后を悼み后を傷み、早に窀穸《ちゅんせき》〈墓穴〉に即く」）も述べる。次いで〈葬送〉が最も長く記され、より一層、修辞の粋を尽くしている。冒頭のみを挙げれば、

「乃ち景行（大道）を議し、景行 已に溢る。乃ち龜筮を考《しら》べ、龜筮 吉を襲ふ。（乃議景行、景行已溢。乃考龜筮、龜筮襲吉）」と、大道の行程を話し合い、吉日を占うが、頂真格を重ねて用いて、隔句対を工夫する。最初の蟬聯では、前の句で「景行」を提示して、後の句はそれを展開させ、後者の蟬聯では、前後句は、原因と結果の関係になっている。さらに「乃ち〜」という隔句対を用いて、空間（大道）と時間（吉日）の対比を試みる。頂真格については後に潘岳詩賦との関わり（第二章第二節）で論ずるが、『詩經』（「關雎」「文王」「旣醉」「下武」など）にも見える古来の修辞である。『詩經』では章や段落を跨いで同じ語を繰り返す単純な形だが、漢魏に入ると詩賦や楽府において多様な表現形式が工夫されるようになる。例えば、陳望道『修辭学発凡』第八篇六「頂眞」は、曹植「贈白馬王彪」を例示するが(37)、第二段末句「我馬玄以黃」の「玄」「黃」は第三段初句頭に措かれている（「玄黃猶能進」）などである。西晉に至るとさらに新たな変格を生み出しており、右の隔句対との組み合わせも、その一つである。揚誄には無い技法を試みたのである。また「景行」は、『詩經』小雅「車舝《しゃかつ》」の「德音」ある賢女を車に載せるという典故を踏まえており、種々の技巧を凝らす。

次いで「啓明」に出棺するところから始まる〈葬送〉は、野原や山水の自然描写、沿道の「無數」の人々の様子が、対句や隔句対によって、縷々述べられる。「習習たる容車（遺品を載せる車）、朱服丹章。隠隠たる轜軒《じけん》（棺を載せる車）、經繐《てつけい》（喪服につける麻の布）の章を弁ず。華轂《かこく》 野を曜かせ、素蓋 原を被ふ。方相 乞乞たり、旌旐（先頭の旗）翻翻たり……（習習容車、朱服丹章。隱隱轜軒、辨經繐章。華轂曜野、素蓋被原。方相乞乞、旌旐翻翻。……）」と。畳語が多用され、細かく換韻しながら四言の簡潔な韻律が、埋葬までの進行と歩調を合わせるかのように展開され、臨場感溢れる描写になっている。これは左棻の実体験に基づくと考えられ、揚誄との相違が明白である。揚雄と元后が直接関わる資料は、管見の限り、見えない。ただ揚は四十歳を越えて、元后の外戚、大司馬・車騎将軍王商に文才を認められて門下史となり、さらに待詔に推薦されたお蔭で、初めて成帝との接見を許された(38)。爾来、「甘泉賦」「河東賦」など宮廷詩人として活躍していった。両賦は、甘泉泰畤、汾陰后土の天神地祇の祭祀に扈従した上での諷諫なので、重要儀式の折など、元后を遠望する機会はあったであろう。だが、楊皇后と後宮内で共に暮らす左棻とは比べものにならない。棻は「修儀（三夫人の下位九嬪の一つ）」の後、最終的には「貴嬪」（墓誌では「貴人」）という皇后に次ぐ地位を得ており(39)、多くの宮女がいる後宮の中でも皇后と直接接する機会は少なくなかったと推定されるのである。〈序〉中にも「嗟《ああ》余は鄙妾なるも、恩を銜むこと特に深し。三良（秦の穆公のために殉死した三人）を追慕し、甘心 自ら沈む。何を用ゐて思ひを存すれば、徳音を忘れざる。何を用ゐて紀述すれば、辞を翰林に託する（嗟余鄙妾、銜恩特深。追慕三良、甘心自沈。何用存思、不忘徳音。何用紀述、託辭翰林）」と述べるように、皇后との特別の関係や思いを吐露する。臨場感溢れるこの道行きも、皇后との距離の近さを物語るのである。「韋悼」5「送終」がそうであるように、のちの「葬送詩」の先蹤ともいえるのではないか(40)。誄と哀傷詩篇との関わりという意味でも興味深い。その結果、左誄は全二七四句の長篇になり、「百八十九句もある破天荒の大作」（福井氏）とされる揚雄誄をはるかに超える「大作」になっている。唐初の房玄齢等が当該誄を本伝にすべて引用したのも、高い評価の証左であろう。謝無量『中国婦女文学史』第三章「左九嬪」が、左棻の詩賦を「晉代夫人之冠」と称し、当該誄を「尤為大篇(41)」として全文を引くのも首肯し得るのである。

両誄の相違は、最後の〈哀〉にも顕著である。揚誄（十六句）の前半は、「四海傷懐し、擗踊拊心す。考妣を喪ふが若く、八音を遏密す。嗚呼、哀しいかな、万方勝へず（四海傷懷、擗踊拊心。若喪考妣、遏密八音。嗚呼哀哉、萬方不勝）」と国中の人々が、自分の親を亡くしたかのように嘆き悲しんだと述べるが、彼自身の悲哀表現は一字もなく、典型的な哀傷詩句を連ねるに止まる(42)。後半は、元后を主語にして、冥界への旅立ちを詠って（「忽兮不見、超兮西征」）終わる。

一方、左棻誄（三十二句）は、前掲十句に明らかなように、孫楚詩とも重なる「我の衈《うれい》を銜む」「痛心　抽かるるが若し」「憂を増すのみ」「恋を霊丘に結ばん」と詠じて、自らの悲哀を率直に表白する。両誄のこの相違は、皇后との距離のみならず、哀傷文体史の観点からも解される。王莽の新代に書かれた揚誄は、松原氏の説くように、「定謚」のための「実用文体から藝術文体へと脱皮する糸口」となるが、後漢後期の哀傷文体は、墓碑が全盛であった。だが魏晉に入ると、誄がそれに取って代わり、「喪葬儀礼を荘厳するために欠くべからざる重要文体となった」[43]。その特徴は、「誄は纏綿として悽愴なり」（陸機「文賦」）とあるように、「文人にとって有力な抒情の手段」、「その表現行為そのものが作者自身の切実な感動を伴っている、という意味における」抒情の手段となっていることと指摘する。左誄の〈纏綿〉たる抒情表現は、その一つとして位置付けられるのである。さすれば誄は限りなく古詩に近づく。ここに、孫楚詩と重なる共通基盤が認められるのではあるまいか。両篇は、ジャンルや対象を異にしながらも、死という極限状況に直面しての「作者自身の切実な」情動、「纏綿として悽愴」たる情動を同じくしているのである。『詩經』を祖とする四言有韻という形式の同一性もそれと関わるのであろう。

かくの如く両篇の共通基盤を確認したが、それにしても両篇は何故、同じ詩語を同じく押韻箇所に用いるという並々ならぬアナロジーを呈するのか、それは一体、何を意味しているのか、以下に考察する。

揚誄に認められず、左誄に特徴的なのは、古代聖帝や王の母あるいは妻、すなわち皇后や王妃の例示である。〈序〉中では、「有莘」（禹の母）・「姜」（周の宣王の后あるいは文王の母太姜か）姒（文王の妻太姒）」。「樊（楚の莊王夫人）衞（斉の桓公夫人）」、〈傳頌〉では、「皇英（舜の二夫人娥皇と女英）」。「塗山（禹の夫人）」。「妊（文王の母大任）」。「姜嫄（后稷の母）」などと少なくない[44]。この多くの列挙は、周知の如く、儒教的婦徳を説く前漢・劉向『列女傳』

（「母儀傳」「賢明傳」など）を踏まえている。左誄に認められる数多の『詩經』の典故は、彼女の教養の深さを明示するが、『列女傳』の各伝末尾に引く「詩贊」（『詩經』の引用による贊語）と重なることからも明らかである。[45]左家は「家は世〻儒学」（『晉書』巻九二、左思傳）であり、左棻が幼少期から好んだという学問も（前掲注（33）「芬少好學」）儒学と考えられる。したがって、『列女傳』に基づくこの列挙は、彼女の儒教的価値観の反映と解されよう。だがその価値観とは、「女は外を言はず」（『禮記』内則）あるいは「三從」（『儀禮』喪服傳）という旧弊な婦徳ではなく、女性といえども国や帝を糺し、助け、救うべし（「匡」「翼」「佐」）という信念である。劉向（前七七～前六）は、趙飛燕姉妹に惑溺して国政を顧みない成帝への批判を籠めて、后妃の条件は美貌ではなく、国政にも関与し得る見識と知性の重要性を説いた。[46]具体的にいえば、「辯通傳」に登場する「鍾離春」「宿瘤女」「孤逐女」は、醜女だが、聡明で弁舌の才があり、それによって、王妃や宰相の妻になった女性たちである。左棻は、醜男で有名な兄（『世説新語』「容止」篇）と同様、「姿陋にして寵無く、才徳を以て礼せらる」（本伝）と記されることからも、穿った見方ながら、『列女傳』の価値観に大いに共鳴したと考えられる。『世說新語』に「容止」篇がたてられるほど外貌に関心が高く、唯美的な時代の風潮、殊にそれを求められる宮女の立場を斟酌すれば、強ち荒唐無稽な見解ではないだろう。それも相俟って、誄中、古代の規範とすべき女性たちの列挙になったのではあるまいか。その意図は、表面的には無論、楊皇后を国母たちと並べて、同等、またはそれ以上と顕彰したのであろう。だが「姿陋無寵、以才徳以見禮」という左棻は、教養豊かで聡明な女性の列挙によって、自身の存在価値を見出そうとする自己確認ともいえよう。漢魏六朝を通じて多くの誄がある中で、[47]左誄は、管見の限り（偽作と疑われる卓文君「司馬相如誄」を除いて）、唯一、女性による誄である。やはり女性としての自意識に立脚して、自らの存在意義を問い直しながらの執筆だったと考えられるのである。

後宮におけるその心情は、代表作「離思賦」「感離詩」に、より明らかである。両詩賦は、宮怨文学の代表作に数えられる。銭鍾書氏が夙に指摘するように、それ以前の「長門賦」などが、帝の失寵を嘆く内容に終始するのに対して一線を画し、肉親（兄の左思）との隔離への〈怨〉を詠っている。宮女にとって最大の関心事は、帝の寵愛である。だが左芬は「至尊に侍るを以て栄と為さず」という意味で、「志有ると謂ふ可し」、「詞章中」その心境を詠ったのは、左棻の詩賦がもっとも早いと述べる。[48] 兄左思との兄妹愛は、左思の「悼離贈妹」二首などにも詠われており、[49]「感離詩」（五古六韻、『藝文類聚』巻二九）は、兄の詩に答えた作とされる（『古詩紀』巻三十題下注）。入宮後二年、同じく都洛陽にいながら、会えぬ悲しみをこう詠う。

①自 我 去 膝 下　　我　膝下を去りてより
②倏 忽 踰 再 期　　倏忽として再期を踰ゆ
③邈 邈 浸 彌 遠　　邈邈として浸彌《いよいよ》遠く
④拜 奉 將 何 時　　拝し奉るは将《はた》何れの時か
⑤披 省 所 賜 告　　賜はる所の告を披省し
⑥尋 玩 悼 離 詞　　離を悼む詞を尋玩す
⑦髣 髴 想 容 儀　　髣髴として容儀を想ひ
⑧欷 歔 自 不 持　　欷歔して自ら持せず
⑨何 時 當 奉 面　　何れの時にか当に面を奉り
⑩娯 於 目 書 詩　　目を書詩に娯しましむべけんや
⑪何 以 訴 辛 苦　　何を以てか辛苦を訴へ

⑫告情於文辭　情を文辞に告げん

第四聯は、まさに「兄恋し」という左棻自身の「纏綿として悽愴」たる切実な情動が表現されている。第五・六聯では、いつか再会できれば、また二人で経書を読んで楽しみたいと詠い、入宮前の兄との心豊かな時間を想い出している。だが現実にはそれが叶わない絶望的「辛苦」を訴える。後宮は彼女にとって、「娯しみ」の無い、自由を束縛された閉塞空間だったのである。大仰にいえば、生きる尸の日々、すなわち死の世界にも等しいといえまいか。ここで注目すべきは、誄との類似性である。⑨⑪の疑問詞を重ねる隔句対と「情」（思）を「文辭」（翰林）に託すという内容は、前掲〈序〉（何用存思、不忘德音。何用紀述、託辭翰林）を想起させる。また第一聯「自我去膝下、倏忽踰再期」が、〈哀〉の「自我銜卹、倏忽一周」と同様の表現である。さらに孫楚詩④「忽已一周」とも重なる。空しい時間は早く過ぎる。かくして三篇のアナロジーが浮上する。前述の如く、晉代の誄は、作者の切実な抒情表現の手段であり、左棻の誄と「感離詩」がその心情ゆえに類似するのは怪しむに足りない。またすでに左誄と孫詩との心情的共通基盤を指摘した。したがって、このアナロジーの中核にあるのは、左棻の、いわば死の世界にいるのを余儀なくされた絶望的心情といえよう。それを救い得るのは、⑫「告情於文辭」すなわち「文辭」である。奇しくも孫詩を読んで王濟が発した「文」と「情」との関わりが認められる。孫詩は、それを左棻に示唆したのではないだろうか。ここにおいて、孫と左の年齢差もさりながら、やはり左誄は孫詩を踏まえたと推定したい。王濟の感歎が記録されたことから類推して、孫詩は当時、大きな反響を呼び起こしただろう。後宮という閉塞状況の中に、妻との死別の哀しさを詠った孫詩が伝わったとすれば、同じ女性としての共感というよりも、一層強い羨望や憧憬の入り混じった感動を惹起したであろう。夫婦愛など望むべくもない宮女には、特別、胸に迫ったに違いない。左棻は、その詞を皇后の誄中の〈哀〉に引くことで、疑似的慰撫としたのではないか。孫楚詩は、亡き妻に対する彼の「顕彰」ともいえ、いわば孫の私誄とも解せよう。左芬は、〈哀〉にそれを重ねて引くことで、宮女としての怨情を同じくした皇后のみならず、自身への慰撫としたのではないだろうか。

以上、左棻の誄に少なからず紙幅を割いた。これは後述（終章第一節）、隋・煬帝の後宮にあって、その閉塞感に堪えきれず自殺した侯夫人の遺作とも関わるからでもあるが、左誄を考察することによって、当時、孫詩が与えた妻への〈情〉の深さの斬新さは、格別だったと推察し得るのである。一般に、「悼亡詩」の祖といえば、「潘悼」ばかりが言及されるが、先鞭をつけたという意味では、むしろ孫詩を挙げるべきであろう。後述の庾信（五一三～五八一）も、「周趙國夫人紇豆陵氏墓誌銘[50]」（『庾子山集注』巻一六）において、こう記す。「天和五年（五七〇）四月二十二日、成都の錦城に薨る。春秋二十。孫子荊の傷逝、怨は秋風を起こす。潘安仁の悼亡、悲しみは長簟よりも深し（天和五年四月二十二日、薨於成都之錦城。春秋二十。孫子荊之傷逝、怨起秋風。潘安仁之悼亡、悲深長簟）」と。孫詩が「潘悼」よりも前におかれているのは、先述の通り、先に成立したことを物語っていよう。そして孫詩は、北周当時、「傷逝」と題されて「潘悼」と並列され、悼亡詩として認識されている。詩題が「傷逝」なのは、ほかの資料には見当たらず、この記述のみなので、いつから題されたのか不明である。ただ孫詩を唯一引いた劉孝標注と『世説新語』本文の当該箇所を改めて確認すると、本文は、「孫子荊除婦服、作詩以示王武子」、劉注は「孫楚集云、婦胡毋氏也。其詩曰、時邁不停、日月電流。……」である。ともに詩題は記されていない。後世「除婦服詩」と称するのは、『世説』本文に依拠するに過ぎない。したがって、孫詩は、本来、「傷逝」と題したのではあるまいか。それを詩題とする先唐詩は無く（ただし鮑照「傷逝賦」はあるが）、唐代では、「韋悼」第一首のみであることも、興味深い（宋代から梅堯臣詩を初めとして増えて行き、魯迅が小説名に用いるまでになる）。韋應物が自らの悼亡詩を（潘岳の「悼亡」ではなく）「傷逝」と題したのは、後述するように、彼の模擬性を想起すれば、必ず基づくところがあったと考えられるからである。

また「長簟」は「潘悼」第二首に用いられた詩語である（第十二句「長簟竟牀空」）。さすれば、孫詩にも「怨起秋風」に類する詩句があった蓋然性が高い。劉孝標注が引いた前掲詩句には「秋」という季節表現はない。だが前掲、左棻誄の〈哀〉中、「寒往暑過、今亦孟秋」の句が認められる。しかも「秋」は、押韻箇所に用いられ、つぎの押韻が、孫詩と重なる「儵忽一周」、「痛心若抽」「周」「抽」と続けられることは、果たして偶然だろうか。以上のことから、孫詩は、本来、四聯だけではなく、劉孝標は、冒頭部分のみを引用したのではないだろうか。王濟の詠嘆や左棻の誄との関わりを勘案すれば、原詩はもっと「情」を尽した長篇であったと推察されるのである。今となっては詩題も含めて、原詩を知る由もないが、孫楚の「除婦服詩」（または「傷逝」）が、六朝後半において、「潘悼」と並んで悼亡詩の始祖として看做されていたことは、疑いないといえよう。

次いで、沈約（四四一～五一三）にも「悼亡」一首（五古六韻。『文苑英華』巻三〇二悲悼二。『古詩紀』巻七三などは「一作悼往」）がある。彼は政治家として宋斉梁という不安定な時代を恙なく泳ぎ抜き、特に梁の武帝蕭衍即位に功有り、尚書僕射、侍中などを経て天監六年（五〇七）尚書令を任じた。もっとも最晩年、七十歳を過ぎてから武帝の不興を買い、何度も譴責されて、「約懼れて遂に卒す」（『梁書』巻一三、本伝）という。政治家としては無難に務めただけで、武帝も彼を現実の政治には「無益」と言い、沈自身、「経世の大方無し」（「郊居賦」）と晩年の作で吐露している。

詩人としては、斉・竟陵王蕭子良のもとに参集した「竟陵八友」の一人であり、いわゆる永明体の中心人物である。『四聲譜』などを著し、詩の韻律に注目して、唐代の近体詩平仄成立の礎を築いたことが知られている。「一簡の内に、音韻尽く殊なり、両句の中に、軽重悉く異なる。此の旨に妙達して、始めて文を言ふ可し[51]七」という声律を重んじる主張は、唐代に至り、空海に引用されて、「調声の義、其れ大なり」（『文鏡祕府論』幷序　天）という見解の根拠とされた。不安定な時代の中の政治的成功も相俟って、「当世の辞宗」（『梁書』巻三三、王筠伝）といわれ、文壇の領袖のイメージが強いが、彼にも「悼亡」という不幸があった。底本は、陳慶元校箋『沈約集校箋』（浙江古籍出版社、一九九五・十二）巻十。

①去秋三五月　去秋　三五の月
②今秋還照房　今秋　還た房を照らす
③今春蘭蕙草　今春　蘭蕙の草
④來春復吐芳　来春　復た芳を吐く
⑤悲哉人道異　悲しいかな　人道は異なり
⑥一謝永銷亡　一たび謝《さ》れば永に銷亡す
⑦屛筵空有設　屛筵　空しく設くる有り
⑧帷席更施張　帷席　更に施張す
⑨遊塵掩虛座　遊塵　虚座を覆ひ
⑩孤張覆空牀　孤張　空牀を覆ふ
⑪萬事無不盡　万事　尽きざる無く
⑫徒令存者傷　徒らに存者をして傷ましむ

冒頭第一・二聯の季節の推移が印象的である。一見、秋から春への流れるような推移であるが、去年の秋から今年の秋へと一年の経過を詠んだ後、今年の春へと一端、遡及させており、そこから一年後、翌年の春へと流れている。

逆戻りに違和感を感じさせず、むしろアクセントともなっているのは、季節の推移を、去年→今年→来年という大きな枠組みとして捉えているからであろう。また①と③、②と④という隔句対が、天と地、秋と春という対偶性を有しながらも、むしろそれゆえに第一・二聯を緊密に結びつけて、整然としたまとまりを実現しているからである。しかもそれらは、過ぎ去って戻ることのない時間ではなく、「還」「復」と強調されて、自然の循環性が詠われ、⑤⑥の「人道」と鮮やかに相対化されている。不変の自然と儚い人事の対比は、悼亡詩に限らず、唐代以降にも継承される伝統である。特に簡潔な反復は、「今年花落ちて顔色改まり、明年花開いて復た誰か在る」などを想起させよう。また「悲哉」という詠嘆は、周知の如く、宋玉「九辯」で「悲しいかな、秋の気為るや」と詠われ、潘岳が「秋興賦」でそのまま引いているように、秋という季節感を明瞭に表して、冒頭の「三五月」と相呼応し、景から情へ、自然から人事へと円滑に流れていく。梁・鍾嶸は、沈約を中品にランクしてあまり評価しないが、「五言最も優る」「清怨に長ず」とは認めている[52]。その一例が当該作と看做せよう。

後半は、室内の描写に転ず。第四・五聯は対句で[53]、妻不在の喪失感を表すが、以下のように、「潘悼」のそれと類似する。「帷屛に髣髴たること無し」（「潘悼」第一首第十一句）、「牀空しくして清塵に委ね、室虚しくして悲風来る」（第二首第七聯）を挙げれば十分であろう。最後の悲哀の吐露は、潘岳が自らの悲哀を恥じて「心を投じて朝命に遵はん」と現実的な志向を表し、江淹は、亡妻を仙女として描くことで慰撫する。それに対して、沈約⑪「萬事無不盡」は、仏教的諦念といえようか。諸々の事物は、すべて縁起によって成り立っており、永遠不変の固定的実体はないとする龍樹の〈空〉の理論に通じていく。沈約の家祖は天師道信仰であり、陶弘景（四五六～五三六）との交流は、多くの書簡や詩の贈答によって知られる。だが吉川忠夫氏に拠れば、建元元年（四七九）、三十代最後の年、斉に入って仕えた文恵太子も、竟陵王も仏教信者であり、さらに梁・武帝も道教から仏教に宗旨替えしたことによって、沈も仏教と深く関わるようになる。(54) 武帝は即位後、范縝の「神滅論」(『梁書』巻四八）に対する論争を提起し、沈約は「答釋法雲〈難范縝神滅論〉」(『弘明集』巻一〇)、「神不滅論」(『廣弘明集』巻二二）を草している。そこでは、昆虫の短命を述べた後、「生は極む可からず、形神の別、斯れ既然たり。形既に養ふ可くんば、神寧ぞ独り異ならんや」[八] と肉体と精神との峻別を説くと同時に、形と同様、神魂も「養う」ことができるとする。さすれば「萬事無不盡」という詩句の基底に、「形」あるものは、すべて滅びるが、神魂はそうではないとの思いが込められているのかもしれない。今に伝わる彼の多くの著作の中に、「内典序」「佛記序」「佛知不異衆生知義」「千佛頌」など仏教関連の作が少なくない。第十一句は、仏教に基づく蓋然性を考えたい。吉川氏は「きわめて脆弱な人間の生命、そのなによりの証左である死、そのことにたいして沈約の心は敏感であった」（前掲注（32））と述べる。これは劉宋・元嘉三十年（四五三）、文帝が太子劉劭によって殺害された事件に関わって父沈璞が刑死したことと関わるかもしれない。沈約十三歳の多感な時のことであった。その後、官憲からの逃亡や貧窮は、彼の人生観に暗い影を投げかけたであろう。それらも含め、彼の残した多くの著作を考察して彼の死生観を検討すべきであろうが、ここではその可能性を指摘するに止める。

それにしても潘・江両詩に比して、短篇のせいもあるが、妻の存在が希薄な作である。『玉臺新詠』に、当該作をも含め、二十首以上収録されて、(55) 艶情を詠うに臆することのなかった詩人にしては、極めて抑制されている。それは彼の資質、あるいは含羞という自意識ゆえなのか、それともこの期においても、いまだ妻を対象に詠むことへの抵抗感があったからなのか。ただ「夢見美人」（巻十、五古五韻）には、妻とおぼしき女性が夢のなかで姿を現している。

①夜　聞　長　嘆　息　　夜聞く　長く嘆息するを
②知　君　心　有　憶　　知る　君が心に憶ふこと有るを
③果　自　閶　闔　開　　果たして自ら閶闔開き

④魂 交 睹 容 色　魂交はりて容色を睹る
⑤既 薦 巫 山 枕　既に薦む　巫山の枕
⑥又 奉 齊 眉 食　又奉ず　斉眉の食
⑦立 望 復 横 陳　立ちて望み復た横さまに陳ぬ
⑧忽 覺 非 在 側　忽ち覚むれば側に在るに非ず
⑨那 意 神 傷 者　那んぞ意はん　神の傷む者
⑩潺 湲 淚 霑 臆　潺湲として　涙　臆《むね》を霑すを

夜中にため息が聞こえ、天の「閶闔」門がひとりでに開き、詩人が中に入っていくと、互いの魂が通じ合って美しい姿が出現し、彼はうっとり見とれている。劇的な導入である。するとその「美人」は、宋玉「高唐賦」に見える巫山の神女さながら枕を勧め、さらに食も供してくれる。⑥は、「擧案齊眉」で知られる後漢の逸民、梁鴻の妻孟光の故事（『後漢書』巻八三、「逸民傳」）を踏まえるので、この「美人」は明らかに妻を指している。詩人は、⑦「立望復横陳」という心弾む喜びよう。「立望」は、漢・武帝が愛姫李夫人を追慕する故事中の歌（『漢書』巻九七上、『樂府詩集』巻八四「李夫人歌」）に見える。武帝は方術によって夫人の姿を出現させたが、帳帷越しで朦朧としている。より鮮明に見ようとして詠う、「是邪、非邪、立而望之。偏何姍姍其來遲」と。この故事は、後掲の如く、「潘悼」そして「韋悼」も踏まえており、やはり妻であることを物語る。だが、はっと目覚めれば、その姿は掻き消えている。最後は喪失を哀しみ、さめざめと涙を流している。夢のモチーフは、悼亡詩の系譜において、韋應物が初めて導入したが、ここにその先行作を認めるべきであろう。「美人」は紛うことなく、沈約の妻なのだから。もっとも「悼亡」に比べて、なんと自由に〝妻〟が詠われていることか。それは「美人」に仮託することで、当時の規範から脱することができたからではあるまいか。なお沈約には「傷美人賦」（巻一）があり、「信に美顔にして其れ玉の如し」と詠い始めて、同じく「悼亡」よりも真率な艶情を表現している。③「佳人を思へども未だ来らず」と「江悼」の「佳人」を用いているので、これも「悼亡賦」の一種と看做せよう。

最後に「悼亡」の声律を調べる。「四声八病」の「八病」は、沈約が唱えたものではないとする説もある[56]が、彼が声律を重んじ、空海によって、その点を評価されていることは間違いない。今、「八病」をひとつの基準として調査するのは、無意味ではあるまい。八病のうち、もっとも避けるべきとされる「上尾」（四句を一単位として、第五字と第十字が同声）、「鶴膝」（第五字と第十五字が同声）の病は避けられ、大韻（一聯中、韻字の上の九字に韻字と同韻がある場合）も除かれている。そのほかの重要視されない「平頭」「蜂腰」などは避けていないので、「八病」の軽重を遵守している[57]。

六朝最後の詩人は、庾信（五一三〜五八一）である。「傷往」二首（清・倪璠注『庾子山集注』巻四、中華書局、一九八〇・十、以下の巻数は、すべて同書）が残されている。

其一

①見　月　長　垂　涙　　月を見て長く涙垂れ
②花　開　定　斂　眉　　花開くも定めて眉を斂めん
③従　今　一　別　後　　今より一別の後
④知　作　幾　年　悲　　知んぬ幾年の悲しみを作すを

其二

①鏡 塵 言 苦 厚　　鏡塵　言《ここ》に苦だ厚く
②蟲 絲 定 幾 重　　蟲糸　定めて幾重ならん
③還 是 臨 窗 月　　還た是れ窓に臨む月
④今 秋 迥 照 松　　今秋　迥かに松を照らす

胡旭氏は、この二首は同時期の作ではなく、其の一は春、其の二は秋の作で、其の一は、妻の逝去後まもなく詠まれて胸中の悲しみを直接吐露し、其の二は、時間が経過した後の作で、理性的になりつつも悲哀はますます深まっていると説く。拙論の見解は、感情表現については首肯するが、次の二点で異なる。まず其の一は秋の作である。「月」は秋の月であり、第二句の「花開」は翌春を指す。「定」は、未来の事象が「必ず」起こるという高い確率を表す副詞であり、翌春、花が咲いても必ずや愁眉を開くことはない、共に愛でる人はいないのだからという意味であろう。つまりこの「月」は、「今秋」の月であり、たとえ時間がたって翌春になっても、さらに「幾年」たっても悲しみは変わらないことを詠じている。其の二の「今秋」の月（③窓辺に射し込む月）は、「還是」という再来循環を表しているので、其の一の「月」は、一年前の「今秋」の月でなくてはならない。其の二の鏡に塵が積もり、閨房には蜘蛛の巣が幾重にも張りめぐらされたという対句によって、妻の不在が長期に亙っていることを表すので、其の二は、其の一から一年後の設定であろう。だが、それはあくまで設定に過ぎない。秋夜、月を見ながらという同じ条件の作詩で、「定」が、同じく第二句第三字に措かれてアクセントになっており、二首の統合性の意図は明らかである。其の一は、室外の月を見ながら、「今」と未来の時間を散句のみで詠み、其の二は、前対後散格で、過去（其の一の「今」）からの時間の堆積と「今」の室内（①②対句）室外（③④散句）を詠むという対比性が試みられている。すなわち其の一と二は、秋月を共通モチーフとしながら、時間の相隔を試みて、時の経過も癒すことのない不変の「悲」という極めて緊密な構成によって統合されているのである。この二首を連作とする意識は、明白といえよう。

庾信の詩賦は、梁・元帝の承聖三年（五五四）、四十二歳の時、使者として西魏に赴いたまま、梁滅亡によって帰国できず、そのまま北朝に仕えた後半と、それ以前の前半に二分される。(58) 当該作其の一について、倪璠は、「此は子山郷関の思ひなり」と注するのは、代表作「哀江南賦」（巻二）と同様、後半期、北朝時代に詠われた望郷の詩という見解（巻四、三八二頁）である。(59) だが胡旭氏が、指摘するように、同じく「傷往」と題する「代人傷往」二首（巻四、七古二韻）が、「青田松上の一黄鶴、相思樹下の両鴛鴦。事無く渠をして更々相失はしめ、従来　双と作ること莫きに及ばざらん（青田松上一黄鶴、相思樹下両鴛鴦。無事交渠〔譚正璧註、俗言で「教他」「叫他」の意〕更相失、不及従來莫作雙」）（其一）とあるように、悼亡詩であり（妻を失った他者のためのではあるが）、当該作も悼亡詩であることは、明らかである。

庾信の前半期の作は、侯景の乱（五四八〜五五二）と西魏の侵略（五五四）という打ち続く二度の大乱によって、大半が散逸したとされる。本篇の成立時期は、正確には判然としない。だが集中の幾篇かは、妻が北朝に同行したことを詠っており、後期の作であることは明白である。たとえば「小園賦」（巻一）は、倪璠が説くように、隠遁願望が叶えられず、「郷關之思」を籠めて、「哀怨之辭」を発した作である。南北の気候の違いに適応できず、また隠遁の志を遂げられない憂苦のために病に陥ったことを嘆く段落に、妻が見える。「薄晩閑閨に、老幼相携ふ。蓬頭王覇の子、(60) 椎髻梁鴻の妻なり。燋麦両甕、寒菜一畦のみ（薄晩閑閨、老幼相攜。蓬頭王霸之子、椎髻梁鴻之妻。燋麥兩甕、寒菜一畦）」とその貧窮を詠う。「梁鴻の妻」とは、前掲沈約の「斉眉の食」（「夢見美人」）にも登場した孟光を指す。「椎髻」とは、彼女が飾り立てて輿入れしてきたとき、逸民梁鴻は、口をきかない。そこで孟光は、雲のような髷をほどき、「椎髻」（さいづちまげ）を結わえ、粗末な衣を身に着けたところ、梁は大喜びして「此れ真の梁鴻の妻なり」と言ったという。隠遁という志のために、貧窮をも辞さない故事である。

「哀江南賦」の最後の段落にも見える。西晉の祖先が南遷したことを詠った後に、「余が身に洎びて七葉、又時に遭ひて北遷す。老幼を提携して、関河（函谷関と黄河）に累年なり（洎余身而七葉、又遭時而北遷。提攜老幼、關河累年）」と詠う。この「老」には父庾肩吾（四八七～五五一）は、含まれない。父は侯景による簡文帝蕭綱殺害の同じ年、江陵で没している[61]。庾信は建康の朱雀航（秦淮河の船橋）防衛に失敗し、臺城陥落後、江陵に鎮していた簡文帝の弟蕭繹（元帝）の下に逃れたが、そこで父と束の間の再会をしたのである。したがって譚註は、父を除く、老母と妻子を連れての北遷長安入りを述べる。もっとも梁・大清二年（五四八）、侯景の乱で、「二男一女」を失っている（巻一「傷心賦」序「金陵喪亂、相繼淪沒」）ので、後に残された子供であったが。

詩篇でも「報趙王惠酒」（巻四、五古七韻）に妻が登場する。庾信の詩の弟子ともいうべき趙王宇文招（?～五八〇）からの酒の贈り物への謝辞の作。庾信の住まいを「桃花源」と詠い、そこに王の使者が到着すると「稚子は還た出づるを羞ぢ、驚妻は倒《かえ》つて門を閉づ。始めて上命を伝ふるを聞き、定めて是れ中樽を賜はらん（稚子還羞出、驚妻倒閉門。始聞傳上命、定是賜中樽）」（第三・四聯）と、あわてふためく妻子の様子を詠う。宇文招は、実に多くの下賜を与えており、詩の師匠としての庾信との交流が推察される[62]。招が趙王に封ぜられたのは、建徳三年（五七四）なので、その時点で妻は生存していたのである。庾の北遷後、すでに二十年がたっており、西魏は滅び、北周に変わり、彼は六十歳を超えている。北遷前後の戦乱を共にし、異国での有為転変を乗り越え、望郷の苦悩を支え合ってきた妻の死である。二首に見える秋月の静寂で端正ともいうべき詩境は、二人の長い時間がそぎ落とした清光に照らされているといえよう。倪璠の指摘する「鄉關之思」は、妻との思い出を回顧する中で、湧き出てきたかもしれない。

悼亡詩史の観点からいえば、「潘悼」よりも江淹「悼室人」十首（以下「江悼」と略す）に近い。詠物の対象である鏡と蜘蛛の巣は、「潘悼」にはなく「江悼」を踏まえるからである。詳細は第三章に譲るが、「江悼」第一首は、「佳人　永へに暮れたり、隠憂　遂に茲に歴《いた》る。宝燭　夜　華無く、金鏡　昼　恒に微かなり」と詠い始める。蜘蛛の巣は、第五首に見える。

①秋　至　撲　羅　紈　　秋至りて　羅紈を撲ち
②涙　滿　未　能　開　　涙満ちて　未だ開く能はず
③風　光　肅　入　戶　　風光　粛として戸に入り
④月　華　誰　爲　來　　月華　誰が為にか来る
⑤結　眉　向　珠　網　　眉を結びて珠網に向かひ
⑥瀝　思　視　青　苔　　思ひを瀝ぎて青苔を視る

第五首が秋の歌であることも、その類似性を想起させる。庾信の代表作に「擬詠懷」二十七首があり、また安藤信廣氏に拠れば、庾信の「精神的営為の重要な一部として[63]」位置づけられる「擬連珠」四十四首を草している。すなわち庾信にとって模擬は、きわめて意義深い手法であった。江淹は、周知の如く、代表作「雜體詩」三十首などによって、「模擬に善し」（梁・鍾嶸『詩品』巻中）と評される。潘岳よりも時代的に近いばかりではなく、江淹への関心が、庾信の悼亡詩に表われているとするのは、果たして穿ちすぎであろうか。

江淹は、沈約とほぼ同時代であり、永明年間には、すでに「才尽く」といわれて「竟陵八友」にも数えられていないが、やはり声律への関心を認めるべきであろう。「潘悼」ではなく、「江悼」を踏襲しているという意味で、声律を調べると、以下の通りである。上記「八病」については、重要な「上尾」「鶴膝」は避けられているが、「平頭」「蜂腰」「大韻」「小韻」は避けられず、沈約と同様の軽重に従っている。安藤氏に拠れば、「四声」区分を基にした韻律は、梁代において「より整理されて」「平仄二声の対比へと移行」したという。[64] 本篇の平仄も二四不同が守られ、五言絶句と看做してよいといえよう。悼亡詩史において、「韋悼」がはじめて「五絶」を詠んだといえるが、庾信の悼亡詩は、その先蹤と位置付けられるのである。

　隋に入って、薛徳音（?～六二二）に「悼亡」一首がある。薛徳音は、隋を代表する詩人である薛道衡（五三八?～六〇七?）の甥で、道衡の子の薛収、道衡の甥（兄の子）邁の子の元敬と並んで俊才を唱われ、「河東の三鳳」と称されたという。[65] だが隋末の混乱期に三人は、明暗を分かつことになった。徳音は、鄭国皇帝を称した王世充（?～六二一）に従ったが、武徳四年（六二一）五月、秦王李世民（後の太宗）が王世充を追いつめて勝利を占め、徳音は、王世充配下の十余人とともに、洛水のほとりで斬殺された。[66] 一方、収と元敬二人は李世民に従って、唐朝成立を見届けられた。ただ収は、武徳七年（六二四）、惜しまれつつ病没したが。

　徳音の悼亡詩の繫年に関する資料は、皆無である。また今に伝わる彼の詩篇が、「悼亡」一首であることは、悲劇的な最後と相俟って、なんともいたわしい。無論、唐朝に弓を引いた人間として、作品は粗略に扱われたのかもしれない。だが視点を変えれば、悼亡詩一篇のみ残っていることは、詩人にとって、また読者にとっても当該作が重要な意味を有することの証ではあるまいか。隋から唐へという戦乱の中で、苦難を共にした妻の存在の大きさを物語り、妻への純粋な〈情〉の発露が、悼亡詩へと昇華したのである。底本は、『文苑英華』巻三〇二。

①鳳樓簫曲斷　　鳳楼　簫曲断え
②桂帳瑟弦空　　桂帳　瑟弦空し
③畫梁纔照日　　画梁　纔かに日を照らし
④銀燭已隨風　　銀燭　已に風に随ふ

⑤苔 生 履 跡 處　　苔生《む》す　履跡の処
⑥花 沒 鏡 塵 中　　花没す　鏡塵の中
⑦唯 餘 長 簟 月　　唯だ余す　長簟の月
⑧永 夜 向 朦 朧　　永き夜　朦朧に向かふ

第一句は、『列仙傳』巻上などに見える簫の名手の簫史と秦の穆公の娘弄玉の典故を、徳音と妻に喩えた上で、愛の終わりを告げている。「鳳樓」は、簫史の素晴らしい簫声を「鳳鳴」と称するのに因む語であるが、以下、「桂帳」「畫梁」「銀燭」は、六朝の宮怨詩に屢々用いられる詩材である。妻不在の閨房の様子をまるで後宮のように華麗に描出する。第二聯は、彩色された梁にはようやく日が射し、銀の燭台の炎は、すでに風に靡いて揺れていると、昼と夜を対比させつつ、ともに虚字を用いて、時の速やかさを表している。時間の経過は、第三聯で、より顕著である。「鏡塵」「苔」は、妻の死後に深まって行く寂寞を表すが、前掲「江悼」第五首秋の詩に見える。「鏡塵」は、むしろ庾信「悼往」を踏まえるというべきであろうか。徳音も趙王宇文招同様、「庾信体」を学んだと考えられよう。

初唐の朝廷で主流となって一世を風靡し、「上官体」と称される上官儀（?～六六四）に「高密長公主挽歌」[67]（『全唐詩』巻四十）という公主の薨去を悼む作がある。「鳳は清簫を逐ひて遠く、鸞は幽鏡に随ひて沈む。霜処　華芙落ち、風前　銀燭侵さる（鳳逐清簫遠、鸞隨幽鏡沈。霜處華芙落、風前銀燭侵）」（頷・頸聯）と、簫史の故事と「鏡」「華」「銀燭」などの景物を詠い、明らかに徳音詩に基づく。それは、当時、徳音の詩が敵側の作であるにも関わらず、朝廷を中心として、世に膾炙した事実を物語っていて興味深い。庾信の作も含めて、悼亡詩は、当時の戦乱や苦難による病没によって妻を亡くした多くの人々の共感するところだったのではないだろうか。

第四聯は、秋の夜長の孤独がしみじみ伝わってくるが、「長簟」を初めとして「潘悼」第二首秋の歌を踏まえている（第五・六・七聯）。

⑨歳寒無與同　　歳寒　与《とも》に同にするもの無く
⑩朗月何朧朧　　朗月　何ぞ朧朧たる
⑪展轉眄枕席　　展転して枕席を眄れば
⑫長簟竟牀空　　長簟　牀の空しきに竟れり
⑬牀空委清塵　　牀空しくして清塵に委ね
⑭室虛來悲風　　室虚しくして悲風来る

「潘悼」は具体的直接的に空室の悲哀を詠むが、この「長簟」を踏まえれば、徳音詩の、月光に長々と照らし出されたシーツが、いかに詩人の悲哀を深めているかが明らかになろう。また⑧「朦朧」たる月は、「潘悼」が詠うように、本来冷涼な秋空に浮かぶ「朗月」であるはずである。それが詩人の涙ゆえなのは、言うまでも無い。同時に妻との追憶に耽り、現実を逸脱して悲哀に沈む詩人の〈情〉をも表していよう。

かように徳音詩は唯一首であるが、南北六朝悼亡詩の系譜を踏まえて、華麗な中に悲哀を籠めて詠われている。その声律を調べると、二四不同は、奇数句は「二は平、四は仄」、偶数句は「二は仄、四は平」と斉然と整えられ、その結果、失粘ではあるが、中聯の対句も含めて、五言律詩と認められよう。したがって、悼亡詩史における五律作の嚆矢と看做せる。当時の最新の詩形を用いた、徳音の渾身の作といえないだろうか。

以上、「韋悼」に先立つ六家のうち、篇数の少ない四家の悼亡詩について略述した。当然かもしれないが、いずれの詩人にとっても妻の死が致命的喪失であり、短章にもかかわらず妻という存在の大きさが伝わってくる。打ち続く戦乱や、平時に於ても絶え間ない権力闘争の中で、苦難を共にし、信頼できる唯一の存在であったからだろう。「詩は情性を吟詠するなり」（嚴羽『滄浪詩話』）を引くまでもなく、その「情性」（喪失感）は、もとより悲劇ではあるが、詩人を吟詠へと駆り立てるパトス足ることは、言を俟たない。まさに「未だ文の情より生ずるか、情の文より生ずるかを知らざるも、之を覧れば悽然として、伉儷の重きを増す」のである。

悼亡詩に関わる他の作品や史書をも繙く中で、派生的に詩人の多様な姿や人生が浮上し、悼亡詩が重要な意味を有することが明らかになった。特に政治的社会的に不安定な暗黒時代においては、その価値は、より大きいと解し得る。「韋悼」が、比較的安定した初唐盛唐期ではなく、安史の乱という唐朝の根幹を揺るがす怒濤というべき状況の中から、百五十年の空白を破って出現した理由を考える時、それは大きな示唆を与えてくれよう。

注

（1）『司空表聖文集』巻二、「與李生論詩書」。
（2）『蘇軾文集』巻六七、「書黃子思詩集後」。
（3）四部叢刊所収『韋江州集』付録「劉須溪評語」。
（4）悼亡詩の最古作について、程俊英・蔣見元『詩経注析』上冊（中華書局、一九九一）、胡旭『悼亡詩史』第一章「先唐悼亡詩」（東方出版中心、二〇一〇・四）、蔣寅「悼亡詩写作范式的演進」（『安徽大学学報』哲学社会科学版、二〇一一年第三期）などは、『詩經』唐風「葛生」とする。胡氏は、そのほか邶風「綠衣」も挙げる。だが「綠衣」の作者や趣旨については定論が無く、「葛生」は亡夫を悼む詩。拙論の「悼亡詩」の定義は、亡妻を悼む詩とするので、潘岳・孫楚詩を祖とする。さらに絞れば、後述（第三節）の如く、孫楚詩のほうが古いであろうが、後世、その詩題がひとつの系譜の名称として定着する潘詩を優先する。
（5）拙論に用いる『文選』の底本は、古迂書院刊本增補六臣注本（漢京文化事業有限公司、一九八〇・七）。漢・應劭撰『風俗通義』巻四「過言」。

(6) 哀策文は、『文選』巻五八下、『藝文類聚』巻十五などにも収録。

(7) 『南史』巻四七「崔祖思」伝。崔元祖は、祖思の子息。「従駕至何美人墓、上爲悼亡詩、特詔元祖使和、稱以爲善」と「悼亡詩」の語が記されている。因みに梁・蕭子顯撰『南齊書』同伝（巻二八）には、右の文をも含む元祖に関する記述はない。

(8) 西晉・孫楚（?～二九三）に「除婦服詩」一首（四古四韻、劉宋・劉義慶撰『世説新語』四部叢刊影印明刻嘉趣堂本、巻上「文学」篇、梁・劉孝標注引『孫楚集』）。

(9) 入谷仙介「悼亡詩について——潘岳から元稹まで——」（『入矢教授小川教授退休記念中国文学語学論集』筑摩書房、一九七四）参照。

(10) 西岡弘『中国古代の喪礼と文学』文学篇第三章「哀祭文文学」第一節「挽歌」（汲古書院、二〇〇二・五）、五二一頁。

(11) 楊文生『王維詩集箋注』（四川人民出版社、二〇〇三・九）附録「王維年譜」参照。なお生卒年も同年譜に拠る。

(12) たとえば孟詩については、張福慶『唐詩美学探索』第二章第二節（華文出版社、二〇〇〇・一）に「情与景已経渾然交融、密不可分了」（九五頁）、王維詩については、王国瓔『中国山水詩研究』第四章（聯経出版事業公司、一九九六・七）に「表現的是詩人与自然環境相即相融的情景」（二六四頁）とある。「韋悼」については、呉戩「試論韋応物的悼亡詩」（『文教資料』二〇〇八・五、上旬刊）四「物我渾融的象徴化嘗試」一〇頁。胡旭『悼亡詩史』注（4）第二章第二節「其詩景中有情、情与景合、交相融会、相得益章」（五八頁）。

(13) 植木久行『詩人たちの生と死——唐詩人伝叢考』13「韋応物（字未詳《ママ》）——同名異人の存在——」（研文出版、二〇〇五・七）は、生没年を中心に記述。

(14) 近藤南州先生評訂『韋蘇州詩集』（注（3））、「未脱簿書覊絆、故詩亦乏高致」（巻七「再游西山」の評語）など。

(15) 白居易「與元九書」（『白氏長慶集』巻二八）。

(16) 「子有新歳慶、獨此苦寒歸。夜叩竹林寺、山行雪滿衣。深爐正燃火、空齋共掩扉。還將一樽對、無言百事違」。

(17) 「悟音」「泊懷」「妍光」「遙滓」「傷抱」「皓曜」「遺緬」「截野」「餘榮」「洒煩」十種を挙げる（一一一頁）。

(18) 「変風」論は、同著には収録されず、一部採られている。

(19) 19「悲故交」・23「有所思」・26「七夕」・27「對殘燈」・28「贈別河南李功曹」・29「善福精舎答韓司錄清都觀會宴見憶」・30「感鏡」・31「送楊氏女」・32「同褒子秋齋獨宿」・33「暮相思」（算用数字は、胡氏列挙の通し番号）。また略伝として家系などの解説の後、二十一歳の結婚に言及するが、「妻の姓氏不詳」と記す。同著は二〇一〇年の出版で、すでに墓誌銘が発掘されていたにも関わらず、「不詳」とするのは惜しまれる。

(20) 『舊唐書』巻七七、『新唐書』巻九八に二人の伝を著録。それに拠れば、ともに晩年左遷され、最後は配流先の僻地で没した。この栄枯盛衰は、衰勢の世に生きざるを得なかった韋の人生観に影響を与えたであろうことは否めない。なお挺は、貞観年間の宮中の図画収集の監督官に名が見える（『名畫記』巻三）。

(21) 「山水松石に工なり。其の名有りと雖も、未だ古拙を免れず」（『名畫記』巻十）、「善く花鳥山水を図き、倶に其の深旨を得たり」（『名畫錄』）と評されている。韋偃の馬や松の絵は、杜甫詩（「題壁上韋偃畫馬歌」、「戲爲韋偃雙松圖歌」二篇とも『杜詩詳注』巻九所収）にも詠われて高く評価されている。

(22) 山田和大「韋応物の終焉の状況について」（『中國中世文學研究』第五六号、二〇〇九・九）に拠る。従来、永定寺は、「寓居永定精舎」（巻八）の題下注（「蘇州」）によって蘇州にあるとされ、韋は刺史辞任後、その寺に閑居、永眠したと考えられてきたが、墓誌銘によって否定された。山田説は、寺を滁州に近い揚州六合県にあるとする。拙論は滁州の寺と考える。前掲「永定寺喜辟彊夜至」に登場する、雪を衝いて永定寺を訪れる甥の辟彊は、集中、もう一篇「同越瑯琊山」（巻七）にのみ見え、二人で瑯琊山に登ったと詠う。「石門に雪有り　行迹無し」とあるので、同じ時の作と推定される。瑯琊山は、滁州の西南に位置するので、永定寺は、滁州近辺の寺であった蓋然性が高い。また蘇州説の根拠となる題下注は、「傷逝」（巻六）の題下注も後人の手に成ると考えられる（後述）ので、信憑性に欠ける。

(23) 蔣寅『大暦詩風』第四章「主題的取向」（鳳凰出版社、二〇〇九・四）、四六頁。

(24) 『文学遺産』一九八四、第四期。

(25) 今最新刊本である陶注本所収五六一首（拾遺八首を含む、集外詩四首は除外）のうち、作詩年代が明らかな三九九首を右の三期別に分類すると、第一期八十三首、第二期二五九首、第三期五十七首である。

(26) 曹道衡・沈玉成「孫楚生年志疑」は、遅くとも黄初四年とする（『中古文学資料叢考』中華書局、二〇〇三・七）、一四一頁。周芳「孫楚研究」（『山西師大学報』社会科学版、研究生論文専刊第三七巻、二〇一〇・五）は、二二〇～二二五年の間とする（七五頁）。

(27) 劉宋・劉義慶撰、梁・劉孝標注『世説新語』（四部叢刊影印明刻嘉趣堂本）「排調」篇。以下の逸話はすべて同書。『晉書』（巻五六）「孫楚傳」末尾にも、王濟との応酬を掲載。

(28) 『中古文学資料叢考』（注（26））「王済卒年及両為侍中之年」「孫楚生年志疑」。

(29) 王増斌「論孫楚」（『山西師大学報』社会科学版、第二十巻第三期、一九九三・七）参照。孫皓に投降を勧めた有名な「爲韋詩仲容與孫皓書」（『文選』巻四三）の「猶以爲愛人治國、道家所尚」などを引く。四八頁。

(30) 余嘉錫『世説新語箋疏』修訂本（上海古籍出版社、一九九三・十二）の当該箇所箋注も、『文心雕龍』「情采」篇の「文」と「情」との相関関係の記述は、王濟の言から出ていると述べる（「似卽從武子（王濟の字）之言悟出」）。ただ劉勰は、「詩人什篇、爲情而造文、辭人賦頌、爲文而造情」、『詩經』の詠み人は、情を表現するために文を作ったが、辭賦作者は、文を作るために情をかきたてたと述べて、あくまで作者側の観点に立った見解である。

(31) 龔斌『世説新語校釈』（上海古籍出版社、二〇一一・十二）当該箇所校釈。『藝文類聚』巻十五所収の誄を引いた後、「與孫楚詩如出一轍、惟不知孰先孰後耳」と記す。左棻は、「三都賦」の作者として名高い左思の妹。泰始八年（二七二）に「修儀」（九嬪の一つ）を拝したので、その前に後宮に入った。一九三〇年に発見された墓誌銘に拠れば、永康元年（三〇〇）三月十八日に薨去。『晉書』の「芬」は、「棻」と判明。徐伝武「《左棻墓誌》及其価値」（『文献』一九九六・四、のち『左思左棻研究』中国文聯出版社、一九九九所収）。王輝斌「左思左芬生平系年」（『太原師範学院学報』第六巻第五期、二〇〇七・九）、張珊「左芬入宮諸問題考」（『管子学刊』二〇一四年第三期）など参照。また入宮時期については議論があるが、張珊説に従い、泰始八年よりも前とする。

(32) 王濟は、「此の人（孫楚）は卿（部下）の能く目する所に非ず、吾自から之を為す（此人非卿能所目、吾自爲之）」と言ったという。王濟は、孫の評価を部下任せにせず自ら行い、その言葉が、前掲「天才英特」なのである。

（33）ただ棻は、当時すでに文名があり、司馬炎はそれを耳にして後宮に入れたという（「芬は少くして学を好み、善く文を綴り、名は思に亜ぎ、武帝聞きて之を納る」本伝）。それゆえ一般よりも遅く二十歳近かった可能性もあろう。それでも誄の執筆時は、遅くとも二十代前半であり、孫楚とは、約三十歳の開きがある。

（34）松原朗「誄と哀辞と哀策――魏晉南朝における誄の分化――」（『中国詩文論叢』二六、二〇〇七）。「定謚」は時代とともに絶対条件ではなくなったという。

（35）汲古書院、二〇一四・三。周代では、謚を定める機能を持ち、目上の者が目下の者のために作成し、当初、故人は「大夫」の階級に限られ、時代が下がるとともに、「士」にも造られるようになったという。元后は、漢を簒奪した王莽が甥で、元后の誄を揚雄に命じたのは、王莽であった。西暦十三年は、新の成立の八年後であるため、〈伝頌〉部分も、元后の徳行を述べつつ、五行説を引いて、新成立の正当性や王莽の優秀さを記すという政治的特殊性がある（三七六頁）。元后と王莽の関係については、嘉瀬達男「揚雄〈元后誄〉の背景と文体」（『學林』第四六・四七号、二〇〇八・三）参照。左芬誄には政治的要素はない。

なお揚雄の伝記は、『漢書』巻八七上下（姓も同伝に従い「揚」とする）。多田伊織「揚雄論」（『日本研究』十一、一九九四・九）、王莽（および新）との関係については、渡邉義浩「揚雄の「劇秦美新」と賦の正統化」（『大東文化大学漢学会誌』五二、二〇一三・三）参照。

（36）揚雄誄の当該箇所は「鳴鳩拂羽、勝降桑木。蠶于繭館、躬筐執曲（「曲」は「薄」まぶしの意）。帥導羣妾、咸循蠶蔟。分繭理絲、女工是勑」（『古文苑』楊守敬刊本九巻本巻九）、揚誄全文の訓読及び典拠を中心とした語注は、嘉瀬達男前掲論文（注（35））参照。なお「月令」の記述は、「鳴鳩拂其羽、戴勝降于桑。具曲植籧筐（蚕を飼う器）。后妃齋戒、親東鄉躬桑、禁婦女毋觀、省婦使、以勸蠶事。蠶事既登、分繭稱絲效功……」。なお左棻誄も四部構成で、孫詩と重なる前掲部分は、最後の〈哀〉に属す。

（37）作家出版社、一九六四・九、二一二～二一三頁。「車輦」の典故は、第五章「高山は仰ぎ、景行は行く（高山仰止、景行止）」、「車舝」は、車のくさび。諸家諸注の解釈は分かれるが、今、高田眞治訳注解説「高山を仰ぎ大道を行く。賢女の徳を思慕するの情を極めて言う」（集英社漢詩大系2、一九七九）に従う。なお「徳音」（第一章）は、左誄〈序〉中に見える。

（38）揚雄傳論贊では「王音」とするが、張震澤校注附録「揚雄年表」に拠れば、音はすでに亡くなっており、後継の「王商」とする。

（39）徐伝武氏は、「貴嬪」「貴人」のいずれが是かと検討して「貴嬪」に一票を投じる。張珊氏は、「貴人」説をとるが、両者ともに断定しない（前掲注（31））。だが「貴嬪」「貴人」両者とも皇后に次ぐ地位である。「武帝（司馬炎）は漢魏の号を採り、以て周の六宮に擬し、貴嬪、貴人、夫人を置き、是を三夫人とす」（『初學記』巻十引臧榮緒『晉書』）、「貴嬪、夫人は、位皇后に次ぐ」（『三國志』巻五「后妃傳」）。左芬が「貴嬪」（「貴人」）をいつ拝したかについて、張珊氏は武帝治世の後半太康年間とし、誄の執筆時は、まだ「九嬪」（「修儀」）だったとする。多くの書目が、左棻の別集を『左九嬪集』と著録するのは、「九嬪」の時期が長かったからと推論する。首肯し得る。

（40）後藤秋正『中国中世の哀傷文学』Ⅲ「送葬詩論」（一）（研文出版、一九九八・十）が記すように、風習そのものは、かなり古い（『左氏傳』昭公三年など）が、詩作としては、梁から北朝に移った王褒（五一四？～五七七）の「送観寧侯葬」詩が、「ごく初期の作品」である。

（41）『謝無量文集』第五巻所収（中国人民大学出版社、二〇一一・五）、九六・九八頁。

（42）「擗踊」は『孝經』「喪親」に基づき、「拊心」は『儀禮』「士喪禮」に、「遏密」は『尚書』「舜典」に基づく。いずれも経書を典故とする葬礼記述の典型的語彙。

（43）前掲注（34）三、四頁。墓碑は、建安十年（二〇五）、曹操の墓碑禁令やその後の禁令により抑圧されて衰え、以後、誄が盛んになったという。

（44）〈序〉中、「昔有莘適殷、姜姒歸周」「樊衞二姫、匡齊翼楚」、〈傳頌〉では、「皇英佐舜、塗山翼禹」「教踰妊姒、訓邁姜嫄」など。

（45）たとえば、〈序〉中の「不忘徳音」（「大雅」假樂、「小雅」隰桑）は、『列女傳』巻二「周宣姜后」末尾に引用。〈傳頌〉部分の「執事有恪」（「商頌」那）は、『列女傳』巻二「楚荘樊姫」末尾に引用。

(46)『列女傳』の編纂目的は、成帝の「奢淫」を慮り、「天子を戒める」ために編んだという（『漢書』巻三六「楚元王傳附傳」）。同書の解題および劉向については、山崎純一訳注同書（明治書院新編漢文選、一九九六・十二）序章が詳しい。劉は、成帝の奢淫と外戚王氏の専横という国難の元凶を皇太后王政君の後見力の乏しさに帰し、国母の存在の重要性に着目して「母儀傳」を初めとする聡明で強靭な精神力を有する女性を記したという。

(47) 揚雄誄を初めとして、その後、傅毅・崔瑗・張衡・曹植・張華そして潘岳・謝荘など、断片的な作も含めて多くの誄が伝わる。

(48)『管錐篇』（中華書局、一九八六・六）「全上古三代秦漢魏晉南北朝一〇三、全晉文巻一三」一一〇三頁。なお後述（終章第一節）の隋・煬帝の侯夫人の作も、閉塞状況への怨を詠う。左棻詩の継承といえよう。

(49)「……峨峨令妹、應期誕生。如蘭之秀、如芝之榮……、匪唯辭章、多才多巧。……惟我惟妹、寔惟同生。早喪先妣、恩百常情……」（『藝文類聚』巻二九、其の二）と四言句で、左棻の字「蘭芝」を詠みこんで妹の優秀さを激賞し、早くに母を失ったがゆえの絆の強さを詠う。

(50) 倪璠の案語に拠れば、「紇豆陵氏」とは、北周の趙國公宇文招の妻。宇文招については、後掲注（65）参照。

(51)「宋書　謝靈運傳論」（『文選』巻五十）。

(52)『詩品』中品、「梁左光祿沈約詩」。王叔岷『鍾嶸詩品箋證稿』（中央研究院中國文哲研究所中國文哲專刊、二〇〇四・十一）は、「五言最優」は、むしろ五言以外の作を対象として言っており、五言の作もすべてが優ではないという意味に解す。三一〇頁。

(53) 第七句の陳慶元校勘は、「簾屏既毀撤」（『文苑英華』『古詩紀』『漢魏六朝一百三名家集』など）を掲げる。同じく室内の描写であるが、拙論では、⑧や「潘悼」との関わりを勘案すれば、「屏筵空有設」を善しとする。

(54)『六朝精神史研究』第Ⅲ部「沈約研究」、第八章「沈約の思想」（同朋舎、一九八四・二）参照。沈約の宗教は道仏二元的であると説く。引用箇所は、二四七頁。

（55）『玉臺新詠』は、清・紀容舒『玉臺新詠考異』を挙げるまでもなく、版本などの問題があり、近年、版本も含めて、撰者徐陵や成立時期、掲載詩に関する議論がある（談蓓芳、章培恒等著『玉臺新詠新論』（上海古籍出版社、二〇一二・六、参照）。「悼亡」も巻五に収録されるが、四庫全書収録本では、「悼亡」だが、康熙本などでは「悼往」に作り、詩語にも異同がある。

（56）大矢根文治郎「沈約の詩論とその詩」（『早稲田大学教育学部学術研究』一、一九五二・十）、古川末喜『初唐の文学思想と韻律論』（知泉書館、二〇〇三・十二）Ⅲ―1―八「沈約〈八病〉説について」は、沈は、八病説の創始者ではないとする。

（57）空海『文鏡祕府論』西、「文二十八種病」。（興膳宏訳注『弘法大師空海全集』第五巻、筑摩書房、二〇〇一・七）、軽重については、興膳宏「四声八病から平仄へ」（『六朝學術學會報』第八集、二〇〇七・三）参照。なお同氏は、「夢見美人」を例に挙げて、「上尾」「鶴膝」の病を「巧みに回避している」と説く（五〇頁）。

（58）「庾子山年譜」（『庾子山集注』付録）「子山」は字。

（59）譚正壁・紀馥華選註『庾信詩賦選』（一新書店、一九五七）も「鄉關之思」と注す。

（60）王覇は後漢の逸民。若い頃の友人令狐子伯が出世し、その子息が豪華な車馬に乗って王覇の家を訪ねたところ、覇の息子の卑屈な態度を恥じてふさぎ込んだが、妻が覇の「清説」を説いて隠遁の志を貫かせた（『後漢書』巻八四、列女傳「王覇妻」）。

（61）『梁書』巻四九「文學上」「庾於陵」附伝。『南史』巻五十、「庾易」附伝。卒年は、倪璠年譜（注（58））に拠る。『梁書』に拠れば、簡文帝即位後、侯景に抵抗していた長江上流の諸藩攻略の為、侯景は偽の詔勅を出して、肩吾を江州に派遣し、當陽公大心（簡文帝の第二子）を帰順させたが、肩吾はその機を利用して江陵に逃げ込むことができた。だが「未だ幾くならずして卒す」とある。庾信と劇的に再会できたのが、せめてもの慰めか。

（62）『周書』巻十三「文閔明武宣諸子」、『北史』巻五八「周室諸王」。招は、西魏の実権者宇文泰（五〇五～五五六）の第七子、字は豆盧突。「文を属するを好み、庾信の体を学び、詞に軽艶多し」と文学愛好が記されている。北周孝明帝の武威の初め（五五九）、趙国公に封ぜられた。趙王は庾信に、「絲布」「雉」「米」「乾魚」などを贈り、その返礼の啓には、妻が詠われている。「謝趙王賚絲布啓」「謝趙王賚雉啓」（巻八）。だが招は、隋の文帝楊堅への謀反が発覚して、悲劇的最後を遂げる。『文集』十巻が残された。同じく庾信を敬慕し、「庾信集序」を草した滕王逌《ゆう》も謀反に加担したとして刑死。庾信の悲しみが推察される。翌年の庾の逝去は、それと関連するであろうか。

(63)『庾信と六朝文学』第二部「庾信の文学」第二・四章（創文社、二〇〇八・十二）、三六八頁。

(64) 前掲書（注(63)）、第二部第一章、二〇〇頁。また南朝時代の庾信の銘にも、二四不同の原則が重視されていることを指摘する（一八〇頁）。

(65)『舊唐書』巻七三、『新唐書』巻九八、ともに「薛收」附傳元敬傳。なお『太平廣記』巻一六九「薛收」にも「唐薛收與從父兄子元敬、族兄子德音齊名、時人謂之河東三鳳」（出『譚賓錄』）とあるが、元敬は德音よりも一世代後に属す。宋初・錢易『南部新書』も誤りをそのまま引く。

(66)『資治通鑑』巻一八九、高祖武德四年、五月丁卯。

(67)「湘渚韜靈跡、娥題靜瑞音。鳳逐清簫遠、鸞隨幽鏡沈。霜處華芙落、風前銀燭侵。寂寞平陽宅、月冷洞房深」第三句は、簫史の典故を踏まえ、高祖の第四女である公主を弄玉に譬えている。公主は、永徽六年（六五五）薨去（『新唐書』巻八三）。

第一章　韋應物「悼亡詩」
――十九首構成への懐疑――

序章で記した如く、拙論は、「韋悼」の悼亡詩の系譜における位置づけとその特質についての考察を企図したが、横糸として、韋應物詩全体における意味をも考究する中で、十九首以外に悼亡詩と看做すべき十四首の詩篇を見出した。したがって、本論を展開する前に、それらが果して悼亡詩と断定し得るか否かを精査しなければならない。それらは従来の「悼亡詩」定義の再考を迫るとともに、韋詩の独自性にも関わることになろう。

先ずは悼亡詩の対象である韋應物の妻について、記述することから始めたい。

第一節　韋應物の妻

韋應物の妻については、これまで名前すら不明であったが、二〇〇七年十一月、韋應物の墓誌銘とともに、韋自らの手に成る妻の墓誌銘も発掘されたことによって、以下の事実が明らかになった。(1)

妻は河南の元氏、諱は蘋、字は佛力。①開元二十八年（七四〇）、三月四日生まれ。元家は北魏・昭成皇帝（在位三三八～三七六）の末裔で、父挹は、尚書吏部員外郎、蘋はその長女。②天宝十五載（七五六）、八月二十二日、京兆昭応県（今の西安市臨童区）で、韋應物に嫁いだ。③大暦十一年（七七六）、九月二十日、長安昭国里の功曹東庁内院の官舎で逝去。その時、長女は未婚、次女は五歳、長男慶復は生後数ヶ月。

右の事実を韋應物との関わりから捉えると、元蘋の家柄は、北周の高官を祖とする韋應物(2)と同じく北朝出自の名門（①）であり、この縁組みは、つりあいの取れた典型的「門当戸対」であったといえよう。

その家系をさらに調査すると、下記の如く興味深い三点が浮び上がる。一つは、すでに山田和大氏が指摘する(3)ように、元稹との親族関係である。彼の曾祖父元延景は、元蘋等兄弟の曾祖父元延祚の兄であり、元稹と元蘋等兄弟は、同世代に属している(4)。即ち、韋應物は元蘋との結婚によって、元稹と姻戚関係を結ぶことになったのである。悼亡詩の系譜における元詩と「韋悼」の近さ(5)を想起すれば、この姻戚関係は重要な意味を持つ。元稹の悼亡詩論において、機会を改めて論じたい。

もう一つは、柳宗元（七七三～八一九）との関わりである。父元挹の子息（即ち元蘋の兄弟）は、注・洪・錫・銑の四人であるが(6)、次男の洪（字は巨川）が饒州《じょうしゅう》刺史だった時（元和六年〔八一一〕？～九年〔八一四〕）、永貞八司馬(7)の一人呂温が饒州（江西省）に流謫されていた。洪は呂を高く評価し、呂を通じて当時永州（湖南省）謫居の身の柳宗元を知得し、文を交わしている(8)。柳宗元との縁はそれだけに止まらない。元蘋逝去時、未婚だった長女（③）は、母に代わって弟妹の養育に励んだが、その後、楊凌（字は恭履）に嫁いだ(9)。この楊凌は、大暦年間「三楊」として文名高き三兄弟の一人で、長兄は後の京兆の尹の楊憑(10)、即ち柳宗元の岳父である。三兄弟とも柳宗元の父鎮と交流があり、鎮は凌を「最も文を善くす」と評していたという(11)。残念なことに、凌は早世し、柳宗元は彼の遺文集に序文を書き「学富み識遠く、才湧きて未だ已まず」と、その死を悼んでいる(12)。以上の如く、韋應物は娘の結婚によって、遠戚ながら、柳宗元と縁を結ぶことになったのである。柳宗元が楊憑の娘と結婚したのは貞元十二年（七九六）、韋の死後になるが、婚約は興元元年（七八四）、韋應物の滁州時代である。韋がその婚約を知っていた蓋然性は高いといえよう。

二人の縁戚は、拙論のテーマとは直接関わらないが、「王孟韋柳」と称される自然詩人の系譜を想えば、看過し得ないのではないだろうか。

第三点は、元掍の三男、元錫[13]（字は君貺）についてである。元錫は、韋の詩集中、送別や贈答の対象として少なからず登場し、従来、親しい友人の一人として目されてきた。その交友は、建中、興元元年の滁州時代にまで及んでいる。[14]即ち妻の死から八年後まで、その弟との交流が続いていたのである。それは無論、錫との相性の良さが大きな理由であろうが、亡き妻への追慕が皆無とはいえないだろう。

次いで韋應物の結婚の時期と場所（②）が判明したことは、韋應物の履歴において、重要な意味を有する。序章第二節で記したように、彼は十代半ば、父祖の恩蔭によって「右千牛」という玄宗の近衛兵に選ばれ、「少くして武皇帝に事へ、無頼にして恩私を恃む」という特権を享受した。しかしながら安史の乱によって、すべてを失う。玄宗は蜀へ逃れるが、その際、韋応物は扈従しなかったことが、明らかになったのである。従来、この点が不明だったのは、深沢一幸「韋応物の歌行」[15]が指摘するように、韋自身「溫泉行」（巻九）などの作で右千牛時代を回顧しながらも、安史の乱には殆んど言及していないからである。足かけ七年に亙る叛乱を飛び越えて、唐突に玄宗崩御が詠まれている。先に引いた「楊開府に逢ふ」（巻五）においても、

⑪一　字　都　不　識　　一字も都て識らず
⑫飲　酒　肆　頑　癡　　酒を飲みて　頑痴を肆にす
⑬武　皇　升　仙　去　　武皇　升仙して去り
⑭憔　悴　被　人　欺　　憔悴して　人に欺かる

と本来、第六聯と七聯の間に歌われるべき安史の乱が欠落している。この謎について、深沢氏は、乱によって「破壊

された世界は、玄宗が生きてさえいれば、復活が可能」だが、玄宗の死はその希望を完全に打ち砕いた。即ち、「彼にとって乱そのものよりも玄宗の死」の方が重かったからと解す。しかし、今回②の事実によって、乱の欠落は、彼が玄宗の逃避行に選ばれなかった打撃の大きさゆえと解せるのではあるまいか。それは失職という現実的意味だけではなく、「恩私」[16]が唯一の精神的拠り所であった若き韋應物の生の基盤の瓦解にも等しい衝撃であったに違いない。三十年後の回想の中でも触れ得ないほどに。二十歳という人生の出発点におけるこの絶望的挫折感と安史の乱後の無秩序で荒廃した時代状況、この二点は韋應物の価値観の形成において重要な意味を有しており、それが詩作のパトスに大きな影響を及ぼしたであろうことは明白である。悼亡詩という極めて私的領域においては、殊に看過し得ない。即ち、二人の結婚は、長安陥落直後、公私ともに人生最悪の状況の中で挙行されたのである。その後の過酷な日々を妻がただ一人理解して「憔悴して人に欺かれた」彼を支えた。後述の如く、悼亡詩中、二人で「手を携へて」困難を乗り越えていったという妻への強い共感が、繰り返し詠まれるのは、右の二点に起因すると考えられるのである。

以上、墓誌銘の記述を出発点にして、韋應物との関わりという観点から、妻とその周辺を明らかにした。だが墓誌銘には、無論、彼女の為人も記されている。

動止礼則、柔嘉瑞懿《ずいい》なり。順ひて以て婦と為り、親を奉ずるに孝たり。嘗《つね》に内事を修理するの余あらば、則ち詩書を誦読し、華墨を翫習す。[九]

孝・礼などの儒教的婦徳や、『詩經』『書經』を暗誦する教養を備え、書道にも秀でていた妻像が描かれている。この他、家事育児教育万般という一般的妻女の役割にも優れていたと記すが、注目すべきは、悼亡詩と重なる韋應物の哀しみと喪失感の吐露であろう。

余は年強壮（四十歳）を過ぎ、晩にして傷み易し。昏を望みて門に入る毎に、寒席に主無し。手沢衣膩《じ》、尚ほ平生を識り、香奩粉嚢《こうれんふんのう》、猶ほ故処に置く。器用百物、復た視るに忍びず。況んや生きては貧約に処り、歿しては第宅無きをや。永しへに以て負と為す。[十]

ここには、四十歳を過ぎて老いを覚える韋應物の自意識を看取でき、それ故に一層、深まる悲哀と喪失感が率直に表白されている。そして、貧しさのために倹約生活を余儀なくさせてしまい、亡くなる時には屋敷もなかったことを述べ、それは取り返しのつかない「とこしなえの負い目」と強い懺悔で結んでいる。この老いの自意識と喪失感、そして後悔の念が、悼亡詩にも詠まれている。特に老いの自意識は、後述するように、彼の審美観に大きな影響を与えており、留意したい。次に、現在伝わる悼亡詩十九首の構成について論及する。

第二節　十九首構成について

韋應物の悼亡詩十九首は、巻六「感歎」に収められており、第一首「傷逝」の題下注に「此の後の歎逝哀傷十九首は、尽く同徳精舎の旧居にて傷懐せし時に作る所なり（此後歎逝哀傷十九首、盡同徳精舍舊居傷懷時所作）」と記されている。「同徳精舎」とは、大暦元年（七六六）、軍騎撲佚事件（序章第二節）の辞職後や、大暦八年（七七三）頃、二年ほど勤めた河南府兵曹参軍を辞職した際、彼が身を寄せた洛陽郊外の閑居先である。だが、十九首の中には「富平」（第二首、京兆府の属県、高陵の北）・「昭國里」（第十首、長安城の坊里）での作が含まれており、洛陽での作と看做し得るのは、第十九首のみである。孫望氏もこの題下注に疑義を呈し、韋應物の原注ではない蓋然性を説く。或いは原注だとしても、各種のテキストを校勘した結果、「時所作」を衍字と看做し、「同徳精舎での作が悼亡詩最後の篇〈同徳精舎の舊居にて傷懐す〉に尽く〉」という説を提示している。[17]

右の疑義説を補強するのは、北宋嘉祐元年（一〇五六）執筆の王欽臣（一〇三四?～一一〇一?）の序文である。

　集十巻有れども、綴叙は猥りに幷びて、旧次に非ざらん。今諸本を取りて校定し、部居する処に仍りて、其の雑厠を去り、十五総類に分かち、五百七十一篇を合し、題して韋蘇州集と曰ふ。[18]十一

即ち、嘉祐元年の段階で、すでに原著は乱れており、王欽臣が収集整理して十五類に分類し、五七一篇を編んだという。現在の伝本、校注本の構成を調べると、繋年編集の孫望本を除いて、殆んどが以下の如く、十四分類になっている。四部叢刊本を例に取ると、一 賦、二 雑擬、三 燕集、四 寄贈、五 送別、六 酬答、七 逢遇、八 懐思、九 行旅、十 感歎、十一 登眺、十二 遊覽、十三 雑興、十四 歌行、総計五六一篇である。第四類と第十四類は上下に分かれているので、どちらかを分類すれば、十五分類に数えられるであろう。赤井益久「韋応物伝説伝本攷」の説く如く「今に伝わる十四分類は王欽臣に始まる」[19]と考えられるのである。したがって、第十「感歎」に収録されている悼亡詩十九首も、最終的には王欽臣の手が加わって再構成された可能性が高いといえよう。

王欽臣（字は仲至）は『宋史』巻二九四に拠れば「清亮にして志操有り」、欧陽修に重んじられ「性は古を嗜む」とある。[20]「清風」「古淡」と評される[21]韋詩に、欽臣が心引かれたのも故無しではない。詩集十巻があったとされるが、『直齋書錄解題』巻二十に著録されている『廣諷味集』五巻も今は伝わらない。『全宋詩』巻七四七に十三篇のみ収録されている。その中の自然描写を一例挙げれば、「石壇流水共に蒼苔、青竹林間に一徑開く」（「再題華嶽觀」七絶起承句）と詠う。後述の如く、韋の好む「林」（終章第二節）が用いられ、「流水」の清涼感も韋詩に類し、欽臣が韋の自然詩に傾倒した所以を推察し得るのである。また、『崇文總目』を編んだ王堯臣が従兄であり、南宋・徐度『卻埽編』（巻下）には、欽臣自身も蔵書「四萬三千巻」を有しており、「秘府の盛なりと雖も、以て之を踰ゆる無し」とまで記されている。一書を入手すると、まず「廢紙草」に書写し、別本と校勘して齟齬が無ければ、正式に繕写したと

いう。必ず鄂州蒲圻県（湖北省）の紙を用いて。蒲圻の紙は、「其の緊慢厚薄、中を得」たるがゆえとし、その拘りは、愛書家そのものである。彼の成書は「世に善本と称」されたのも宜なりであろう。その欽臣が、果たして悼亡詩をどのように編み直したかは、今となっては正確には不明だが、その意図は下記の如く推考できる。

まず十九首の詩題、詩型を挙げれば、次の通りである。

1「傷逝」五古十二韻・2「往富平傷懷」五古十韻・3「出還」五古六韻・4「冬夜」五古八韻・5「送終」五古十二韻・6「除日」五古四韻・7「對芳樹」（樂府）五古四韻・8「月夜」五古三韻・9「歎楊花」五律・10「過昭國里故第」五古十二韻・11「夏日」五古四韻・12「端居感懷」五古九韻・13「悲紈扇」（樂府）五古三韻・14「閑齋對雨」五古四韻・15「林園晚霽」五古五韻・16「秋夜」其一、五律・17「秋夜」其二、五律・18「感夢」五古四韻・19「同德精舍舊居傷懷」五古四韻（なお五古は、すべて一韻到底格）

右の十九首に共通するのは、すべて五言詩というだけで、詩題・句数・詩型は不揃いである。また潘岳「悼亡詩」三首（第一首春、第二首秋、第三首冬）間における修辞上の有機的関係性[22]や江淹「悼室人」十首（第一・二首春、第三・四首夏、第五・六首秋、第七・八首冬、第九・十首仙界）のような斉合性[23]は皆無である。

これは、韋應物が「悼亡詩」と意識して、ひとまとまりの作を詠んだのではないことを物語っていよう。彼が「悼亡詩」という自覚をもって作詩したのは、1「傷逝」・2「往富平傷懷」・5「送終」・19「同德精舍舊居傷懷」という先唐六作の詩題に類する四作ではないか。さらに絞れば、挽歌とも関わる1・5のみかもしれない。だが詩人の思いは、一年を超えても綿々と続き、おのずと妻との思い出や喪失感、孤独感が表白される。それは隋末に至るまでの「悼亡詩」の定義如何とは無関係の自然な営為であったろう。おそらく初唐盛唐の空白と未曾有の叛乱が、詩人の自由な心情発露を可能にしたのではないだろうか。この点は、さらに後述する。欽臣は、それらの作を「悼亡詩」として看做すことにしたのである。「悼亡詩」に類する詩題以外の作をそれと看做すことは、すでに元稹三十三篇が編まれており、欽臣に近いところでは、梅堯臣（一〇〇二〜六〇）の二十一篇もある。十九篇を編むことに躊躇はなかったであろう。各篇が「悼亡詩」であるか否かを検証すべきであるが、いずれも哀悼の情の濃淡こそあれ（11「夏日」などは、かなり希薄であるが）、妻への思いは伝わってくる。拙論では、韋の意識や自覚はともかく、十九首すべてを悼亡詩と認めることにする。

韋は亡妻哀悼の思いを、折に触れて融通無碍に詠っている。多篇を生み出した理由にも関わっていよう。愛する人の死後、残された者は哀しみに打ちひしがれるが、その感情の起伏には波がある。詩人はその波の高まりに動かされて自ずと筆を取ったのである。挽歌のように、殯葬、送葬、埋葬という葬礼の三段階に臨む、いわば決められた時だけではなく、冷たい雨の降り濡つ秋の夜、共に新緑を楽しんだ芳樹の下など、折節に妻を偲んで。このように心の赴くままに詠んだと考えられる十九首であるが、構成については、明確な基軸が認められる。それは潘・江両詩に則った四季の推移である。以下に明らかにしよう。

まず1「傷逝」は、欽臣の意図としては、恐らく総序としての位置を占めるのであろう。韋應物自身の意識としても、詩題からも明らかなように、「悼亡詩」として作られたことは間違いない。ここには、特定の季語は見当らない。

①染 白 一 爲 黑　　白を染むれば一に黒と為り
②焚 木 盡 成 灰　　木を焚けば尽く灰と成る
③念 我 室 中 人　　我が室中の人を念ふも
④逝 去 亦 不 廻　　逝去して亦た廻らず

⑤結髮二十歲
⑥賓敬如始來
⑦提攜屬時屯
⑧契闊憂患災
⑨柔素亮爲表
⑩禮章夙所該
⑪仕公不及私
⑫百事委令才
⑬一旦入閨門
⑭四屋滿塵埃
⑮斯人既已矣
⑯觸物但傷摧
⑰單居移時節
⑱泣涕撫嬰孩
⑲知妄謂當遣
⑳臨感要難裁
㉑夢想忽如睹
㉒驚起復徘徊

結髪より二十歳
賓敬　始めて来るが如し
提携　時屯に属し
契闊　患災を憂ふ
柔素　亮に表と為り
礼章　夙に該する所なり
公に仕へて私に及ばず
百事　令才に委ぬ
一旦閨門に入れば
四屋　塵埃に満つ
斯の人　既に已んぬるかな
物に触れて但だ傷摧するのみ
単居して　時節移り
泣涕して　嬰孩を撫す
妄を知りて謂ふ　当に遣るべしと
感に臨みて　要《かなら》ず裁ち難し
夢想　忽ち睹るが如く
驚起して復た徘徊す

㉓此心良無已　　此の心　良に已む無し
㉔繞屋生藁萊　　屋を繞りて　藁萊生ず

「白が黒に染まる」という色彩の変化が、生から死への暗転のメタファとして詠まれ、印象的な始まりだが、第二聯とともに、二度と戻らない「妻の死の永遠」を歌って、導入とする。第三～第六聯までは、二十年に及ぶ結婚生活を回顧し、そこに浮かぶ妻像を描出する。安史の乱に起因する世の乱れに、共に手を携えて立ち向かい、有能で婦徳を備えた妻に家中の諸事万般、安心して委ねたと詠う。ここまでが、いわば〈昔〉を詠み、以後第七～九聯は〈今〉の妻無き空室の悲哀を、赤子と共に涙するリアリティを伴って吐露する。第十聯からは、妻への追慕の情も哀しみも、今後も変わることなく抱えていくだろうと〈未来〉における悲哀の不変性を訴えて結んでいる。ここには、特定の季節表現はなく、⑰「單居移時節」に明らかなように、時の流れが巨視的に詠まれ、昔から今、そして未来へと大きく流れて行く。

だが第二首からは以下の如く、各首ともに何らかの季節表現を認めることができる。

2「富平に往きて傷懐す」は冬。

①晨起淩嚴霜　　晨に起きて厳霜を淩ぎ
②慟哭臨素帷　　慟哭して素帷に臨む

妻逝去からほどなき頃、富平への巡視に赴く際の朝まだき厳寒のさまを詠じている。

3「出還」も冬。

⑤悽悽動幽幔　　悽悽として幽幔動き
⑥寂寂驚寒吹　　寂寂として寒吹に驚く

ひっそりと静まりかえった殯室の帳が揺れ動き、そこに吹き込んだ木枯らしの冷たさに、詩人はわななき震える。

4「冬の夜」

㉓單 衾 自 不 暖　単衾　自から暖かならず

㉔霜 霰 已 皚 皚　霜霰　已に皚皚《がいがい》たり

寝室の内の孤独感が、果てしなく真白に広がる室外の冷気と呼応する。

5「終わりを送る」も冬。

⑪日 入 乃 云 造　日入りて乃ち云《ここ》に造《いた》り

⑫慟 哭 宿 風 霜　慟哭して風霜に宿す

柩を墓地まで挽いてくると日没になり、風吹き霜降り、心身ともに冷え込んだ詩人は胸突き上げられて慟哭する。

6「除日」は春の始まり。

⑤冰 池 始 泮 綠　冰池　始めて緑に泮《と》けて

⑥梅 棂 還 飄 素　梅棂《ばいけん》　還た素を飄す

池の氷もぬるみ緑になれば、梅や欅《けやき》が早くも白い花を飄し揺れている。

7「芳樹に対す」も春。

①迢 迢 芳 園 樹　迢迢たる芳園の樹

②列 映 清 池 曲　列なり映る　清池の曲

湾曲した池の清らかな水面に、芳わしい緑樹がどこまでも長く連なって映っている。

8「月夜」も春。

㉑皓 月 流 春 城　　皓月　春城に流れ
㉒華 露 積 芳 草　　華露　芳草に積もる
銀色に輝く月光が春の街に隈無く降り注ぎ、芳わしい草花を潤している露の玉を煌めかせる。

9「楊花を嘆ず」も春。
①空 蒙 不 自 定　　空蒙として自ら定まらず
②況 値 暄 風 度　　況や暄風の度るに値ふをや
かわやなぎの白い綿毛も空一杯にふわふわ飛んで、霞が棚引くよう。春風がそよ吹けば、一層ふわふわ舞い上がる。

10「昭国里の故第に過る」も春。
③物 變 知 景 暄　　物変じて　景の暄《あたた》かなるを知り
④心 傷 覺 時 寂　　心傷み　時に寂を覚ゆ
昭国里の旧居㉔を再訪すると、庭の植木や草花、そこに遊ぶ鳥、みな種類が変わり、暖かい季節の訪れに気づいたが、それにつけても一入深まるわびしい思い。

11は「夏の日」。
③無 人 不 晝 寢　　人の昼寝せざる無く
④獨 坐 山 中 靜　　独り坐して　山中静かなり
昼の長い夏に、他の人は皆昼寝をしているが、一人眠れず、詩人は山の静寂の中でつくねんと座り込んでいる。

12「端居感懷」は夏。
⑮夏 木 遽 成 陰　　夏木　遽かに陰を成し

⑯綠 苔 誰 復 履　　緑苔　誰か復た履まん
夏の木立ちは、勢いよく茂るが、その下の苔生《む》した緑蔭を訪れる人はもはやいない。
13「紈扇を悲しむ」は秋。
㉑非 關 秋 節 至　　秋節の至るに関するに非ず
㉒詎 是 恩 情 改　　詎ぞ是れ　恩情改まんや
秋が来ようと来まいと、愛する気持は決して変わらない。
14「閑斎にて雨に対す」も秋。
⑦端 居 念 往 事　　端居して往事を念ひ
⑧倏 忽 苦 驚 飇　　倏忽　驚飇に苦しむ
世の片隅で為すべきこともせず思い出に耽っていると、突然の冷たいつむじ風にぞくっとする。

15「林園晩に霽《は》る」も秋。
③山 多㉕ 烟 鳥 亂　　山多く　烟鳥乱れ
④林 清 風 景 翻　　林清く　風景翻る
連なる山々の上、夕もやのたなびく中、鳥たちが乱れ飛び、雨に洗われた林は清々しく、木洩れ日が風に揺れている。
16、17は「秋夜」二首。
18「夢に感ず」も晩秋。
⑤綿 思 靄 流 月　　綿思　流月靄たり

⑥驚 魂 颯 廻 颸　驚魂　廻颸　颯たり

まどろみの中で妻の姿を見てハッと目覚めれば、尽きせぬ思いのままおぼろに流れる月光に包まれていた。そこにヒューと吹きつける冷たいつむじ風、水を浴びせかけられたように心乱れる。

そして、最後の19「同徳精舎の旧居にて傷懐す」には季語は見えず、十年ぶりに洛陽の旧居を一人で再訪せざるを得ない哀しみを詠ず。

⑤時 遷 跡 尚 在　時　遷るも　跡　尚ほ在り

⑥同 去 獨 來 歸　同に去りて　独り来り帰る

十年の時の経過を巨視的に謡う。

以上をまとめると、十九首の構成は、第一首と第十九首が巨視的時間の推移を詠み、中の第二～十八首は、冬から始まり秋に終わる四時の配分を基軸としていることが明らかになったといえよう。

第三節　十九首以外の可能性

第二節において十九首構成の基軸を明らかにしたが、それは王欽臣に拠るものと推定した。欽臣に拠るならば、厳密には十九首選択の当否も検討すべきであるが、濃淡こそあれ、亡妻への追慕と喪失感、詩人の孤独感は、概ね共通して認められる。拙論では十九首すべてを悼亡詩と看做さざるを得ない。では、なぜ十九首なのか。その篇数に意図するものがあるのだろうか。第四章で「古詩十九首」との関わりを考察するが、両篇の関連の深さを勘案すれば、「古詩十九首」に倣って篇数を揃えたのかもしれない。今となっては、その意図は不明だが、初めに数字ありきなら、それ以外にも、亡妻を悼む作がある可能性も考えられまいか。また前述の如く、「悼亡」およびそれに類する詩題は、悼亡詩と断定する根拠にならない。それを実証し、参考になるのは、元稹の悼亡詩三十三首（以下「元悼」と略す）であろう。元稹は元蘋の縁戚であり、悼亡詩の系譜においても年代的に韋詩に最も近く、技法的にも「小主題による多角的表現」という「韋悼」を継承している。さすればその構成や詩題も、韋詩を参考にした可能性があると考えられるからである。もっとも彼自らが編んだとされる『元氏長慶集』一百巻は、唐末から五代にかけての戦乱時にすでに散逸している。拙論で底本とする六十巻本（冀勤點校、『元稹集』中華書局、一九八二・八）の底本である宋版六十巻本に付された劉麟の序文の日付は、徽宗・宣和六年（一一二四）であり、長慶年間（八二一～八二四）から三百年も隔たり、その時点ですでに四十巻失われている。悼亡詩も恐らく当時のままではないだろう。だが元稹は白居易に寄せた「敍詩寄樂天書」（巻三十）において、「不幸にして少くして伉儷の悲しみ有り。存を撫し往くに感じて数十詩を成し、潘子の悼亡を取りて題と為す」と記している。[26]さすれば、『元稹集』第九巻「痛悼」所収の三十三首は、この「数十詩」とほぼ合致するのではないだろうか。

「元悼」三十三首の詩題は以下の通りである。

1「夜閑」、2「感小株夜合」、3「醉醒」、4「追昔遊」、5「空屋題」、6「初寒夜寄盧子蒙」、7「城外回謝子蒙見諭」、8「諭子蒙」、9・10・11「三遣悲懷」、12「旅眠」、13「除夜」、14「感夢」、15「合衣寢」、16「竹簟」、17「聽庾及之彈烏夜啼引」、18「夢井」、19・20・21「江陵三夢」、22「張舊蚊幬」、23「獨夜傷懷贈呈張侍御」、24～31「六年春遣懷八首」、32「答友封見贈」、33「夢成之」

今、三十三首の分析は稿を改めることにして、構成に限って「韋悼」と比較すれば、次の二点が明らかになる。その一は、季節の推移に関して、元詩も以下の如く四季表現を認め得る。

秋1・2・4（以上元和四年）、17・19（元和五年）
冬6・7・12・13（元和四年）、23（元和五年）
春18（元和五年）、24～31（元和六年）
夏16・22（元和五年）

元稹の妻韋叢（字は茂之）が亡くなったのは、元和四年七月九日であり、埋葬されたのが十月十三日[27]、それゆえ、秋から冬にかけての作が多いのであろう。ここで注目すべきは、その二として、季語や季節表現が認められない詩篇が十二首に達することである。右の如く「除夜」「感夢」は「韋悼」と同一詩題であり、元稹が韋應物悼亡詩に倣ったとする根拠の一つと考えられるが、そうなると、「韋悼」にも、本来、季節表現の無い詩篇が含まれていたのではあるまいか。すなわち、季節を基軸とした十九首の構成は、王欽臣がいみじくも序文で「其の雑厠を去」ったと明言するように、季節表現の無い悼亡詩を取り去って、よりふさわしい他の「部居」に組み入れたのである。

右の観点から、本来「韋悼」に入るべき詩篇を捜求すると、「夜聞獨鳥啼」（巻八「雑興」、五絶）が該当作として挙げられる[28]。

失侶度山覓　　侶を失ひ　山を度りて覓《もと》め
投林舍北啼　　林に投じて舍北に啼く
今將獨夜意　　今　独夜の意を将《もっ》て
偏知對影棲　　偏へに知る　影に対して棲むを

つがいの片割れを見失い、捜し求めて啼く鳥の悲痛な姿は、妻亡き夜、自らの影を見つめて一人寝の哀しさを深める詩人の姿に重なっている。これは拙論冒頭に記した、愛する妻の死を懇ろに悼むという悼亡詩の定義に則る作であるといえよう。そして、夜という時間帯は明らかだが、明確な季語は見られない。(29)それよりも「獨鳥啼」という主題が優先され、動植物、虫鳥類などを詠む「雑興」に配されたのである。

「元悼」にあって「韋悼」にはないもう一つは、知友に宛てた「寄贈」「酬答」の作である。この分類の中からは「寺居獨夜寄崔主簿」（巻二、五古四韻）を掲げよう。

①幽人寂不寢　幽人　寂として寝ねず
②木葉紛紛落　木葉　紛紛として落つ
③寒雨暗深更　寒雨　深更に暗く
④流螢度高閣　流螢　高閣を度る
⑤坐使青燈曉　坐ろに青灯をして暁《あき》らかならしむれば
⑥還傷夏衣薄　還た傷む　夏衣の薄きを
⑦寧知歳方晏　寧《なん》ぞ知らんや歳の方に晏《く》れんとするを
⑧離居更蕭索　離居　更に蕭索たり

陶敏・孫望両注ともに本篇は大暦十四年秋（妻の死の四年後）、櫟陽（陝西省富平県）の県令を辞して、長安西郊、灃水の岸辺にある善福精舎での閑居時の作とする。「幽人（隠遁者）」と自称する詩人が、孤独を抱えて秋の夜長に眠れぬ姿を浮び上がらせている。冷たい雨に閉ざされた真夜中の空間に、季節はずれの弱々しい螢が迷い込み、おぼろに揺れる青い灯に照らされて、ゆるゆると光の尾を引いて過っていく。見るともなく見入っていた詩人は、秋の寒気に虚を衝かれる。まだ夏の薄着のままの哀れな身上に、一層深まる哀切の情。即ち、秋になれば、詩人の衣類に配慮してくれるはずの妻の不在を詠んでいるのである。これが悼亡詩ではないといえようか。更に決定的なのは⑥「還傷夏衣薄」は、「潘悼」第二首第三聯「凜凜として涼風升り、始めて覚ゆ　夏衾の単なるを（凜凜涼風升　始覺夏衾單）」を踏まえていることである。このように、悼亡詩と看做し得る本篇がなぜ十九首の中に入れられなかったのか。それは、本篇が「寄贈」詩であるために先に掲げた王欽臣の分類上、巻二の「寄贈上」の方がよりふさわしいと配分されたからに他ならない。

この他、「寄贈」上収録の「過扶風精舍舊居、簡朝宗巨川兄弟」（五古七韻）、「四禪精舍登覽悲舊、寄朝宗巨川兄弟」（五古九韻）の二首も、悼亡詩と看做せる。「朝宗・巨川兄弟」とは、元蘋の兄弟、元注、元洪（長男・次男）を指す。前者の「扶風精舍の旧居」とは、安史の乱を避けて、新婚の二人が身を寄せた陝西省鳳翔府扶風の仏寺である。妻の死後まもなく、その旧居を訪れた時の悲哀を妻の兄弟に率直に吐露している。前半で仏寺の変わりようと、「此に迨《およ》びて独り忡忡たり」「零落して故老に逢ひ、寂寥　草虫に悲しむ」と自身の悲哀を詠んだ後、後半の三聯は、次のように詠う。

⑨棲止事如昨　　棲止　事は昨の如きも
⑩芳時去已空　　芳時　去りて已に空し
⑪佳人亦攜手　　佳人も亦た手を携ふるに
⑫再往今不同　　再往　今同じからず
⑬新文聊感舊　　新文　聊か旧に感じ
⑭想子意無窮　　子を想ひて　意　窮まり無し

往事の良き思い出は、まるで昨日のように鮮やかに浮かぶのに、それはもう遙か昔のことになってしまった。この発想の眼字である「如昨」は「韋悼」6「除日」冒頭にも見られ（「思懐　耿として昨の如し」）、さらに言えば、「潘

悼」第三首の、

念此如昨日　此を念へば　昨日の如きも
誰知已卒歳　誰か知らん　已に歳を卒へんとは

に基づいている。また⑪「佳人」は、「韋悼」7「對芳樹」第四聯でも「佳人再びは攀ぢざるも下に往来の躅《あと》有り」と詠む。妻を「佳人」と呼ぶのは、江淹の悼亡詩に始まっている。さらに「攜手」は後者の「四禪精舍……」にも見えるが「韋悼」中「永しへに絶える　携手の歓」（10「過昭國里故第」第十九句）などに用いられ、妻に対して苦難を共に乗り越えたという共感を表わす詩語である。

後者の「四禪精舍登覽悲舊……」も、詩題に「旧を悲しむ」とあるように、妻亡き喪失感を妻の兄たちに訴えている。前半は、「新景　林際に曙け、雜花　川上明らかなり」（第四聯）とみずみずしい春の光が林の辺りを照らし出し、川のほとりには花が咲き乱れているという春景色を楽しみながらの遊行を詠う。だがその「清賞」ゆえに、ともに楽しみたい妻の不在に思いが及び、後半第五聯からは、追憶が語られる。

⑨徂歳方緬邈　徂歳　方に緬邈たり
⑩陳事尙縱橫　陳事　尚ほ縦横たり
⑪溫泉有佳氣　温泉に佳気有り
⑫馳道指京城　馳道（天子や高官の通る道）は京城を指す
⑬攜手思故日　手を携へて　故日を思ひ
⑭山河留恨情　山河は　恨情を留む
⑮存者邈難見　存する者は　邈かに見ひ難く

⑯去者已冥冥　去る者は　已に冥冥たり
⑰臨風一長慟　風に臨んで一たび長慟し
⑱誰畏行路驚　誰か畏れん　行路に驚くを

昔日は彼方に去ってしまったが、思い出は今もまだありありと思い浮かぶ。中でも彼にとって大事な思い出である安史の乱以前の輝かしい「溫泉行」、序章第二節でも記述したが、ここでもその重要さを確認できよう。「四禪精舍」の場所は不明であるが、⑪「溫泉」から、驪山近辺であったことが推察される。その喪失感を解し得る人は、この世にもはやいない。⑯「去者」は、「古詩十九首」第十四首に基づき、陶敏注の説くように、元蘋を指すと考えて間違いない。さらに⑰⑱「臨風一長慟、誰畏行路驚」の手放しの慟哭は、悼亡詩以外に考えられないのである。特に第十七句が、江淹「悼室人」の総括ともいうべき第十首の末句「風に臨んで故居に返らん」を踏まえていることは、韋應物が本篇を「悼亡詩」として詠んだことを明白に物語っている。妻の兄弟に寄せたこの二篇は、紛れもなく悼亡詩といえよう。

以上のように、右の三首は、本来悼亡詩であったが「寄贈」の形式のため、巻二「寄贈」に組み入れられたと推論し得るのである。

此の如き推論に基づいて、各部居を捜索すると、

巻六「懷思」中、「雨夜感懷」（五古四韻）、「發蒲塘驛、沿路見泉谷村墅、忽想京師舊居、追懷昔年」（五古八韻）、「行旅」中、「經武功舊宅」（五古七韻）の三首。

巻八「雜興」中、「秋夜」（五古四韻）、「對雜花」（五古四韻）、「子規啼」（七絶）、「郡齋臥疾絶句」（五絶）四首。

以上、計七首が悼亡詩と看做し得る。その所以をつぎに記そう。

まず「雨夜感懐」も先に悼亡詩として引いた「寺居獨夜寄崔主簿」と同様、詩人は小糠雨が降りそぼる夜、眠れぬまま孤独感に打ちひしがれる心中を詠んでいる。(30)

①微雨灑高林　　微雨　高林に灑ぎ
②塵埃自蕭散　　塵埃　自ら蕭散
③耿耿心未平　　耿耿として心未だ平らかならず
④沈沈夜方半　　沈沈として　夜　方に半ばなり
⑤獨驚長簟冷　　独り驚く　長簟の冷きに
⑥遽覺愁鬢換　　遽かに覚ゆ　愁鬢の換はるを
⑦誰能當此夕　　誰か能く此の夕に当りて
⑧不有盈襟歎　　襟に盈つる歎き有らざらん

⑤「長簟」は、前掲「潘悼」第二首の「展転として枕席を眄《み》れば、長簟　牀に竟《わた》りて空し（展轉眄枕席、長簟竟牀空）」を踏まえ、一人寝のわびしさを詠む。これは元稹詩16「竹簟」にも類す。また愁いのために鬢が白くなったという老いの自覚は、十九首の内、「咨嗟す　日々復た老ゆるを（咨嗟日復老）」（3「出還」第九句）、「晩歳　夙志《しゅくし》淪み（晩歳夙志淪）」（4「冬夜」）、「傷多く人自ら老ゆ（傷多人自老）」（8「月夜」）など悼亡詩に散見する自意識である。さらに⑧「不有盈襟歎」という哀しみようは、単なる孤独（「獨夜」）の侘しさとは、考えられないのである。

「蒲塘駅を発して路に沿ひて泉谷の村墅を見、忽ち京師の旧居を想ひ、昔年を追懐す」は、貞元二年（七八六）、江州（江西省）刺史として属県を視察中、都の旧居を思い出した追想の作である。前半は、春風の中、巡視の馬を進める様子を詠むが、靄に煙る谷川の景色が、詩人を過去へと誘う。

⑨荏 苒 斑 鬢 及　　荏苒《じんぜん》として斑鬢に及び
⑩夢 寢 婚 宦 初　　夢寝す　婚宦の初め
⑪不 覺 平 生 事　　覚えず　平生の事
⑫咄 嗟 二 紀 餘　　咄嗟に二紀余なるを
⑬存 沒 闊 已 永　　存没　闊として已に永く
⑭悲 多 歡 自 疏　　悲しみ多く歓び自ら疏なり
⑮高 秩 非 爲 美　　高秩は美と為すに非ず
⑯闌 干 淚 盈 裾　　闌干として　涙　裾に盈つ

⑨「荏苒」は、「潘悼」第一首冒頭「荏苒として冬春謝《さ》り、寒暑忽ち流易す（荏苒冬春謝、寒暑忽流易）」に見え、歳月が次第に流れ行くさまを意味する。二十四年以上（⑫「二紀餘」）の思い出の中心は妻であり、その喪失のために、⑭「悲しみ多」い人生で、詩人は裾を濡らすほどに滂沱として涙を流している。

「武功の旧宅を経」[31]の「武功」とは、京兆府西方の地で、安史の乱による長安陥落の二ヶ月後に結婚した韋應物は、新妻とともに、その地の寶意寺に乱を避けたのである。乾元元年～二年（七五八～七五九）の頃と考えられる。前半を挙げる。

①茲 邑 昔 所 遊　　茲の邑　昔　遊ぶ所
②嘉 會 常 在 目　　嘉会　常に目に在り
③歷 載 俄 二 九　　載を歴ること俄かに二九
④始 往 今 來 復　　始めて往き　今　来復す

⑤感 感 居 人 少　感感として居人少なく
⑥茫 茫 野 田 綠　茫茫として野田緑なり
⑦風 雨 經 舊 墟　風雨 旧墟を経
⑧毀 垣 迷 往 躅　毀垣 往躅（陶注、遺跡）に迷ふ
⑨門 臨 川 流 駛　門は川流の駛きに臨み
⑩樹 有 羇 雌 宿　樹に羇雌《きし》の宿する有り

「二九」即ち十八年後、大暦十二年（七七七）頃の再訪で、その春（⑥「茫茫野田綠」）ならば、正に元蘋逝去の翌春のことである。続けて第四・五聯には特に潘・江詩を踏まえる詩語は見えないが、無残にも時の波に洗われて、朽ちた垣根や建物を詠った後、⑩「樹有羇雌宿」と庭の樹に、伴侶を失った雌鳥を登場させている。これは妻の化身そのものではあるまいか。後掲「韋悼」19「同德精舍舊居傷懷」（二七〇頁）に登場する「還た見る　窓中の鴿《はと》、日暮れて庭を繞りて飛ぶ」（第七・八句）の「鴿」を想起させるのである。最後はこう詠う。

⑬欲 去 中 復 留　去らんと欲して中ごろ復た留まり
⑭徘 徊 結 心 曲　徘徊して　心曲　結ぼる

去ろうとしても足は進まず、憂いに沈む心を抱えていつまでも行きつ戻りつする詩人の姿。それは、妻との思い出が、彼を引き止めているに他ならない。なお第四聯の「舊墟」「毀垣」は、衰残の美として韋詩独自の審美表現であり、終章第三節に詳述する。また川辺に佇み、速水を見つめる詩人の姿は数多く描出され、その流れは、時間の表象であることを、後に繰り返すことになるので留意したい。

「秋夜」は、十九首に連作二首（16・17）があり、巻八のこの作も、連作二首と同じ詩型の五言古詩四韻。内容的

にも、秋の冷涼感の中で、一人眠れず悲哀に沈み込む心中を詠み、二首と酷似する。

①暗 窗 涼 葉 動　　暗窗　涼葉動き
②秋 齋 寢 席 單　　秋斎　寝席単なり

この「寝席單」は、「潘悼」第三聯（前掲）を踏まえて、妻の不在を意味している。

⑤一 與 清 景 遇　　一たび清景と遇はば
⑥毎 憶 平 生 歡　　毎に憶ふ　平生の歓
⑦如 何 方 惻 愴　　如何ぞ　方に惻愴せん
⑧披 衣 露 更 寒　　衣を披《き》て　露　更に寒し

⑥「平生歡」は、16「秋夜」にも「凋悵たり平生の懐ひ」（第七句）と見える。詩型、内容、典故、詩語ともに16・17「秋夜」と酷似するにもかかわらず、なぜ当該作のみ巻八に配されたのか不明である。

「對雜花」は前半二聯が、対句による叙景描写である。「朝紅　景を争ひて新たに、夕素　露を含みて翻る。妍姿意有るが如く、流芳　復た園に満つ（朝紅争景新、夕素含露翻。妍姿如有意、流芳復滿園）」朝と夕の対比に、鮮やかな紅と白の色対を組み合わせて、みずみずしい春景を詠い始める。第二聯は、視覚と嗅覚の対比であるが、嗅覚を表わす第四句「流芳」は、「潘悼」第一首第七聯に見える。「流芳　未だ歇くるに及《いた》らず、遺挂は猶ほ壁に在り」と。妻の衣にたき込められた残り香がまだほのかに漂っている。韋詩は、第三句から花の擬人化を始めるが、④「流芳」が「潘悼」を踏まえるならば、単なる「花の香り」ではなく、女性の暗喩と解し得る。それによって後半の孤独の嘆きがより明確になる。後半は、庭園に咲き乱れる花々に向かって、⑤「単棲　遠郡を守」る身で⑥「永日　重門を掩ふ」ような暮らしは、花以外に共に語り合う相手もいないと嘆く。⑦⑧「花と偶を為さざれば、終に誰と与にか言はしめんや（不與花爲偶、終遺與誰言）」と反語で強く訴える。この末句⑧も「潘悼」第二首第八句の秋の冷気を嘆く「誰と与にか歳寒を同じくせん」を想起させ、両句ともに寄り添う存在の喪失を切々と表白する。この類似性からも、「對雜花」は悼亡詩と看做せよう。

「子規啼」(32)「郡齋臥疾絶句」(33)の二首に関しては、各々評語を引くだけで、贅言を略すことにする。前者に関しては、南宋・劉辰翁（一二三二～九七）が、「此れ必ず悼亡の後の作にして、次第見る可し」（和刻本巻八）と記す。後者は、陶敏氏が「亡妻を懐念して作る」と詩題に注している。いずれも悼亡詩と認めることに吝かではないといえよう。

また「昭國里第聽元老師彈琴」（七古二韻、巻八雜興）をも悼亡詩と認めたい。詩題からも明らかなように十九首連作中の10「過昭國里故第」と同じ旧居での作と考えられ、「啼鳥」「別鶴」の曲を聴き、「断腸の声有り」と詠う。韋詩を継承して一つの基準とした元稹の悼亡詩にも同様の17「聽庾及之彈烏夜啼引」があるので、悼亡詩と看做せるだろう。

「冬至夜寄京師諸弟、兼懷崔都水」（巻三、五古八韻）は、建中三年（七八二）、滁州刺史として初めて迎える冬至の夜、都の弟たちと、義理の弟（妹の夫）である「都水」（治水を掌る都水監の官名）の崔倬に思いを表白する作である。冒頭は、「郡を理《おさ》めて異政無く、憂ふる所は素餐に在り」と詠み、刺史として大した働きもないのに祿を食み、忸怩たる思いのまま、冬至に至ったと詠い始める。

⑦已懷時節感　已に懐ふ　時節の感
⑧更抱別離酸　更に抱く　別離の酸
⑨私燕席云罷　私燕　席　云に罷め
⑩還齋夜方闌　斎に還りて　夜　方に闌なり

⑪邃幕沈空宇　邃幕《すいまく》　空宇に沈み
⑫孤燭照牀單　孤燭　牀の単なるを照らす
⑬應同茲夕念　応に茲の夕の念ひを同じくすべし
⑭寧忘故歳歡　寧んぞ故歳の歓を忘れんや
⑮川塗恍悠邈　川塗　恍として悠邈なり
⑯涕下一闌干　涕下りて　一へに闌干たり

都と滁州という空間的隔たりの悲しみを表す「別離」や「時節」、「闌干」という畳韻を用いて涙がとめどなく流れるさまなど、その様態は、「古詩十九首」に繰り返し詠われており、両者の関連が窺われる。それについて詳細は、第四章第一節に譲るが、それにしても五十歳近い滁州の長官が、いくら故郷恋しといえども、なぜこれほどの愁嘆を訴えるのか。その答えは、第六聯（⑪⑫）に明らかである。がらんとした人気ない部屋は、帳が奥深く垂れたままで、灯りがポツンと一つ、一人寝のベッドを照らし出している。この「空宇」は、潘岳の「寡婦賦」（第二章第三節）に基づき、「韋悼」17「秋夜」に「歳晏れて　空宇を仰ぎ、心事寒灰の若し」とある。さらに第十六句も「發蒲塘驛……」の「闌干として涙裾に盈つ」と同様である。すなわち、当該作は、望郷詩というよりも、妻亡き喪失による孤独と悲傷を吐露した悼亡詩といえまいか。さすれば「故歳の歓」は、単に弟たちとの楽しかった思い出のみならず、妻の存在をも含めていよう。往時、妻が冬至の厄払いの料理を供した追憶かもしれない。むしろそれを想起しているがために、溢れんばかりの涙が流れ落ちるのである。ここにおいて当該作を韋應物の悼亡詩第三十二番目として加えたい。

「宴別幼遐與君貺兄弟」（巻四、五古九韻）は、大暦十三年（七七八）の作で、韋應物はこの頃、鄠県令になっている。妻の逝去二年後の春の作。妻の弟元錫（字は君貺）と元錫の従兄で、親友李儋（字は幼遐）との送別の宴の詩である。「酒を置きて茲の夕を慰め、燭を秉りて華堂に坐す」（第三聯）と華やかに詠いながらも、夜明けて二人が旅立てば、見送る詩人は日暮れまで独りさまよい歩く。

⑮平 生 有 壮 志　　平生　壮志有り
⑯不 覺 涙 霑 裳　　覚えず涙　裳を霑す
⑰況 自 守 空 宇　　況んや自ら空宇を守るをや
⑱日 夕 但 彷 徨　　日夕但だ彷徨す

「平生有壮志」は「韋悼」4「冬夜」の「晩歳　夙志淪ぶ」の「夙志」を意味し、玄宗の近侍として太平の世を謳歌した意気盛んな青春の追憶である。また送別会とはいえ、「涙霑裳」は、「古詩十九首」第十九首の「涙下りて裳衣を沾す」を踏まえ、「發蒲塘驛……」の「涙　裾に盈つ」と類似する過度の愁嘆表現である。やはり妻の兄弟ということに起因するのであろう。さらに「空宇」は、右の「冬至の夜」において、既述したので繰り返さない。日暮れて彷徨する詩人の姿は、「夢想に忽ち睹るが如く、驚起して復た徘徊す」（「韋悼」1）など、「韋悼」に類似する。したがって、当該作を三十三番目の「韋悼」として認めたい。

小　結

従来、各版本において韋應物の悼亡詩は十九首と看做されてきた。それは恐らく王欽臣が、四季の推移を基軸にして「雑厠」を取り去った結果、連作としてまとめたと考えられる。右の考察の結果、新たに十四首を悼亡詩と認定し得たのではないだろうか。この推論が当を得ているならば、悼亡詩の系譜において、韋詩は、これまで以上に質量ともに劃期的意味をもつと評価できよう。詩形においては、五律・五絶・七絶という近体詩を含み、妻逝去後、何年にも亙って詠い継がれている。従来の悼亡詩（一、三首構成。二、没後一年の制作。三、五言古詩）を大きく塗り変えることになった絶唱、それが韋應物の悼亡詩といえよう。

拙論の対象とする総計三十三首のうち、従来の十九首（巻六「感嘆」所収連作、六七頁参照）に追加する十四篇は、次の通りである（数字は、通し番号）。

20「過扶風精舍舊居簡朝宗巨川兄弟」五古七韻、21「四禪精舍登覽悲舊寄朝宗巨川兄弟」五古九韻、22「寺居獨夜寄崔主簿」五古四韻（以上巻二「寄贈上」）。23「雨夜感懷」五古四韻、24「發蒲塘驛沿路見泉谷村墅忽想京師舊居追懷昔年」五古八韻（以上巻六「懷思」）。25「經武功舊宅」五古七韻（巻六「行旅」）、26「郡齋臥疾絶句」五絶、27「秋夜」五古四韻、28「對雜花」五古四韻、29「夜聞獨鳥啼」五絶、30「子規啼」七絶、31「昭國里第聽元老師彈琴」七古二韻（以上巻八「雜興」）。32「冬至夜寄京師諸弟兼懷崔都水」（巻三、五古八韻）、33「宴別幼遐與君貺兄弟」（巻四、五古九韻）。

以上三十三首を対象に、悼亡詩の系譜における位置づけと、韋詩全体に占める意味を中心に論考する。

注

（1）「故河南元氏墓誌銘　朝散郎前京兆府功曹參軍韋應物撰幷書」また、山田和大「新出土韋応物妻元蘋墓誌銘」（『中国学研究論集』第二一号、二〇〇八・十二）参照。

（2）序章第二節および序章注（20）。

（3）注（1）、六一頁。

（4）元稹は、元蘋等兄弟の従兄弟（父の末弟元持の子息）の墓誌銘「故京兆府盩厔《ちゅうちつ》縣尉元君墓誌銘」（『元氏長慶集』巻五三）を草しており、文中、元洪の子息、元晦が元稹に執筆を依頼したと記す。

（5）入谷仙介前掲論文（序章注（9））参照。「方法的には韋応物の、小主題の積重ねによる大主題の多角的表現という方法を継承」（一一二頁）。

（6）『新唐書』巻七五下「宰相世系表五下」

（7）永貞元年（八〇五）、王叔文、王伾等八人を中心とした劃期的政治改革が、理解者であった順宗の退位などによって潰え、既得権益を有した宦官や高官の反撃に遭って謀反とされ、八人は司馬として地方に左遷された。その中に柳宗元、劉禹錫も含まれる。

（8）元洪宛ての返書二通が柳の別集に収録されている。「答元饒州論春秋書」（『柳宗元集』巻三一）、「答元饒州論政理書」（巻三二）。

（9）嫁ぐ日のことを、韋應物は「幼爲長所育、兩別泣不休」「歸來視幼女、零涙縁纓流」（「送楊氏女」巻四）と二人姉妹の涙の別れを詠んでいる。

（10）楊憑、字は虚受、大暦九年（七七四）、進士科状元及第後、監察御史、礼部・兵部郎中、刑部侍郎などを経て京兆尹となり、元和四年（八〇九）、御史中丞李夷簡によって弾劾され、賀州臨賀（江西省）の尉に左遷された（『舊唐書』巻一四六、『新唐書』巻一六〇）。この左遷事件は張籍「傷歌行」にも詠まれて名高い。その経緯及び柳宗元との関係も含めて、丸山茂『唐代の文化と詩人の心』第一部第二章（汲古書院、二〇一〇・二）に詳しい。

（11）「先君石表陰先友記」（『柳宗元集』巻十二）。

（12）「楊評事文集後序」（『柳宗元集』巻二一）。

（13）元錫は元和四、五年（八〇九、八一〇）頃、衢州刺史を皮切りに、婺州（元和六?～八年）、蘇州（元和八～十年）、福州（元和十～十四年）、宣州（元和十四～十五年）など各州刺史を歴任（郁賢皓『唐刺史考全編』参照）。

（14）「寄李儋元錫」（巻三）は、陶敏注は、興元元年（七八四）春の作とする。

(15)『中國文學報』第二四冊、一九七四・十。五九〜六〇頁。
(16)「逢楊開府」は、陶敏、孫望両氏とも、建中三、四年（七八二、七八三）頃の作とする。
(17)孫校箋本一三六頁。
(18)元刊本では、続けて割注として、「舊或云古風集、別號灃上西齋吟藁者、又數卷」と記す。
(19)赤井益久「韋応物伝記伝本攷」（『國學院雑誌』第七九巻、第十号、一九七八・十）。
(20)王洙（侍読学士、侍講学士を兼任し、博覧強記で有名）の子。元祐の初（一〇八六）、工部員外郎。その後、太僕少卿から秘書少監に移り、国家の蔵書を管理した。紹聖元年（一〇九四）、集賢殿修撰から和州（安徽省）、饒州知。最後の官は、徽宗の時、知成徳軍。「寒梅不著容觸冒」（「述夢」）、「不見摩詰前身應畫師」（「次韻蘇子由詠李伯時所藏韓千馬」）などは、王維との関わりを認め得る。
(21)司空圖「與王駕評詩書」は「（王）右丞、蘇州趣味澄敻、若清風之出岫」、蘇軾「書黄子思詩集後」は「獨韋應物、柳宗元纖穠於簡古、寄至味澹泊、非餘子所及也」と評す。
(22)齋藤希史「潘岳〈悼亡〉詩論」（『中國文學報』第三九冊、一九八八・十）参照。第一首（春）十三韻（一韻到底格）、第二首（秋）十四韻（換韻格）、第三首（冬）十七韻（換韻格）と句数も異なりながら、季節推移を基軸として修辞的に緊密な有機的関連性を指摘する。
(23)拙論「江淹の悼亡詩」（初め『日本文學誌要』第五八号、一九九八・七）附章参照。十首すべて五古五韻で統一され、春夏秋冬に二首ずつ配当し、第九・十首で仙界を詠んでいる。
(24)「昭國里」は、韋応物が京兆府功曹だった時の官舎のある長安の坊里、朱雀門大街東第三街、北から第十坊。元蘋逝去時の住居。
(25)底本は「夕」に作る。今、『唐詩品彙』巻十五などの諸本に拠って「多」に従う。
(26)元稹の詩文集の成書伝播については、花房秀樹・前川幸雄『元稹研究』第二部「作品綜合研究」「文集伝本の系譜」（彙文堂、一九七七・三）参照。繫年については、楊軍箋注『元稹集編年箋注』（三秦出版社、二〇〇二・六）参照。

(27) 韓愈「監察御史元君妻京兆韋氏夫人墓誌銘」(『韓昌黎文集』巻二四)に拠る。
(28) 代偉「論韋応物的悼亡詩」(『牡丹江教育学院学報』第一一一期、二〇〇八・二)の指摘に拠る。以下の三篇も悼亡詩として対象とするが、その理由については、言及していない。「發蒲塘驛沿路見泉谷村墅忽想京師舊居追懷昔年」(巻六「懷思」)「子規啼」「郡齋臥疾絶句」(以上巻八「雑興」)。
(29) ただし、「舍北」とあるので、渡り鳥と考えれば、秋を意味するだろう。
(30) 両詩については、終章第二節「雨のうた」に詳述。
(31) 「登寶意寺上方舊游」(巻七「登眺」)題下注に「寺は武功に在り、曾て此の寺に居る」と記す。
(32) 高林滴露夏夜清　　高林　露を滴らせて夏の夜清く
南山子規啼一聲　　南山　子規　啼くこと一声
隣家孀婦抱兒泣　　隣家の孀婦　児を抱きて泣き
我獨展轉何時明　　我　独り展転として　何れの時にか明けん
結句「展轉」は、「潘悼」第二首⑪「展轉として枕席を眄る」と見える。
(33) 香爐宿火滅　　香炉　宿火滅し
蘭燈宵影微　　蘭灯　宵影微かなり
秋齋獨臥病　　秋斎　独り病に臥し
誰與覆寒衣　　誰と与にか寒衣を覆はん
この結句も「潘悼」第二首⑧「誰と与にか歳寒を同じくせん」を踏まえる。

第二章　韋應物「悼亡詩」と潘岳の哀傷作品との関わり

第二章では、韋應物の悼亡詩が、潘岳詩以来の流れの中で、どのように位置づけられるかを考察するが、まず「韋悼」の特質を略述した上で、潘岳の哀傷作品との関わりを追求する。それによって「韋悼」にいかなる独自性が認められるかをより明確にし、なぜかくも膨大な悼亡詩の出現が可能になったかに迫りたい。それは、韋應物詩の本質と深く関わることになろう。

第一節　韋應物「悼亡詩」のノスタルジア

序章において、「韋悼」以前の六首について略述したが、それらと比較して、「韋悼」の従前六首にない特異性は、まず多角的視点による多様性であり、内容の新しさをまとめれば、つぎの三点が挙げられる。一、妻像の描出。二、子どもを詠う。三、過去と現在の対比表現。ただ一、妻像については、すでに第一章で、墓誌銘を援用し、妻の兄弟親族も含めて明らかにした。二、子どもを詠うについては、山田和大「子どもを詠む韋応物詩——悼亡詩を中心に——」[1]が詩史を踏まえた考察を行っている。したがって、この二点については簡略に止め、本節では、三、過去と現在の対比表現を中心に論及する。

まず一、妻像に関しては、前掲、総序ともいうべき1「傷逝」で「白を染むれば一に黒と為り、木を焚けば尽く灰と成る」と、「白」から「黒」への変化が、明から暗、すなわち生から死への物化のメタファとして印象的に詠い始められるが、第三聯から二十年にわたる結婚生活を顧みて、最後まで変わらなかったしとやかで上品な妻像を描出する。2「往富平傷懷」では、「門を出づるも憂ふる所無く、室に返れば亦た熙熙たり」（第四聯）と家のことは妻に任せて安心して仕事ができたと信頼感を表す。墓誌銘も含めて、深い教養と婦徳を兼備した記述は、深沢一幸「韋応物の悼亡詩」がすでに指摘するように、従前の悼亡詩には認められない具体的妻像の描出であるが、単なる妻像だけではなく、注目すべきは、二人の対等に近い関係性をも表現するに至ったことである。それは、10「過昭國里故第」でもつぎのように詠じている。

⑤池　荒　野　筠　合　　池荒れて野筠合し
⑥庭　綠　幽　草　積　　庭綠にして幽草積る
⑦風　散　花　意　謝　　風散じて花意謝《しぼ》み
⑧鳥　還　山　光　夕　　鳥還りて山光夕る
⑨宿　昔　方　同　賞　　宿昔　方に同に賞するも
⑩詎　知　今　念　昔　　詎ぞ知らん　今　昔を念ふを

「昭國里」とは、前述の如く、長安の朱雀門大街から東第三街にある坊里で、妻と最後に暮らした官舎があった。妻の遺品を収めに行ったときの作である。雑草が鬱蒼と茂って荒れ果てた庭に立ちつくす詩人に夕闇が迫る。同じこの庭を、「宿昔」は二人で「同に」美しさを「賞」したのに今、まさか一人でその昔を偲ぶことになろうとはと、悲嘆に暮れる。だが庭の荒蕪のさまを、詩人は嘆きこそすれ、忌避していない。それどころか「幽草」という詩語は、後の滁州時代の名句「獨憐幽草澗邊生」として用いられるように、あくまで心惹かれる〈景〉として詠っている。なぜならそこはかつて妻とともに愛でた（「同賞」）庭だからである。過去の時間の堆積が、この衰残の美に深みを与えている。終章で述べるように、韋應物の美学の所以を物語る重要な詩句として留意しておきたい。「韋悼」の特質である今昔の対比を用いたこの「同賞」は、周知の如く、劉宋・謝靈運の「賞心」（自然の美を探賞する心思）に因む語である。「賞心」を同じくすることは、〈愛〉の別の言葉ではあるまいか。裏返せば、当時稀ともいうべき二人の審美感、ひいては価値観の共通性を詠んでいる。(3) 二人の家系が、同じく北朝の名門という典型的「門当戸対」の結婚である以上に、玄宗崩御後の苛酷な状況を、共に苦労して乗り越えてきたという強い共感が、それを可能にしたのではないだろうか。「永しへに手を携ふるの歓を絶たれ、空しく存す　旧行の迹」（「韋悼」10第十聯）の「攜手」（「韋悼」20⑪、21⑬にも見える）や「提攜」（1⑦）、そして「同賞」や「同往」（2⑲）、「同居」（5⑤）、「同去」（19⑥）など「同」の繰り返しによって、二人の絆の強さが表白されるのである。

「攜手」は、「同」とともに、夙に『詩經』邶風「北風」に用いられている。

北風其涼　雨雪其雱　　北風　其れ涼なり　雪雨ること其れ雱《ほう》（毛傳・盛んの貌）たり

惠而好我　攜手同行　　恵して我を好みせば　手を携へて同に行かん

小序には、「北風は刺虐なり。衛国並びに威虐を為し、百姓親しまず、相携持して去らざる莫し」[十二]とある。鄭箋は、「攜手同行」する相手を「性仁愛にして又我を好む者」と説き、「我と相携持して、同道して去らん。時の政を疾むなり」[十三]、孔穎達「正義」も、厳しい風と雪は、衛の国の苛政を喩えており、民衆は耐え難い状況から共に「手を携へて」厚遇してくれる君主のいる国に行こうとしていると解す。第二・三章も同様に「攜手同歸」「攜手同車」と反復する。すなわち、「同に手を携ふる」二人は友愛で結ばれ、政治的志や目的を同じくする者である。「恵は愛なり」と毛傳が説くように、本来は、男女の逃避行とも解せるが、後漢以降、儒教的解釈として、いわば男同士の熱い友情を象徴する詩語として定着する。その後も、多くの用例が認められるが、殆どは「北風」を典故として継承する。後掲「古詩十九首」其七「明月皎夜光」（第四章第一節）においても、⑪⑫「手を携へし好《よし》みを念はず、我を棄つること遺跡の如し（不念攜手好、棄我如遺跡）」と、出世して冷たくなった旧友への恨みを詠み、「攜手好」は、今や失われた昔の熱い友情を表している。一方、其十六「凛凛歳云暮」では、独り家に残された妻の「夢想」の中に、車に乗った夫が出現し、妻は⑫「手を携へて車を同じくして帰らん（攜手同車歸）」と願う。『詩經』の同志愛から夫婦愛へと転ずるが、それも「北風」の第二・三章を併せての造句に拠る願望である。いずれも固く結ばれた親愛の情を表現する。その後、潘岳「懷舊賦」（『文選』巻十六）の用例は看過し難い。

当該賦は、潘の妻楊氏の父、楊肇（?～二七五）の死後九年たち、ようやく洛陽嵩山の墳墓に過った際の作。十二歳の時からの楊の恩顧を偲び、夭折した楊家の二人の子息をも併せて悼む作である。楊は、潘を「国士」とみなして娘を嫁がせてくれた。爾来、両家は、「祖考自りして好みを隆《さか》んにし、二子に逮ぶまで世ゝ親しむ。手を携へて以て偕老を歓び、徳に報ゆるの隣有らんことを庶ふ。今九歳にして一たび来れば、空館は闃《げき》として其れ人無し。……庭蕪を歩みて以て徘徊すれば、涕泫流して巾を霑す（自祖考隆好、逮二子世親。攜手以歡偕老、庶報德之有鄰。今九歳而一來、空館闃其無人。……步庭蕪以徘徊、涕泫流而霑巾）」と今昔の落差に涙する。楊肇は、荊州刺史の時、泰始八年（二七二）、呉の投降の将、西陵都督の歩闡を守る使命を果たせず、陸機の父陸抗に敗北後、責めを負って蟄居し、失意のまま逝去した（『三國志』呉書巻十三、潘岳「楊荊州誄」『文選』巻五六）。二子もほどなく後を追ったという。この「攜手」は、妻の兄弟との叶わなかった未来の「偕老」を詠んでいる。『文選』では、「哀傷」に属し、後掲「寡婦賦」の前に措かれた当該作は、必ずや韋應物の心に響いたに違いない。昭国里の荒れ果てた庭に悄然と佇む詩人の想いは、潘岳の「懷舊」の念と通じてゆくのである。

韋自身、「攜手」を、悼亡詩も含めて二十例に用いているが、対象は、やはり弟、甥、親族が少なくない。終章に引く従弟韋端に示す詩（巻二「休沐東還冑貴里示端」）においては、久しぶりに訪ねた郷里の「荒蕪」を目の当たりにして、「世道は良に自ら退かん、栄名も亦た空虚なり。子と与に終に手を携へ、歳晏れて当に来居すべし（世道良自退、榮名亦空虛。與子終攜手、歲晏當來居）」と隠遁願望を吐露する。この韋端とともに多くの詩を寄せられている崔倬は、韋の堂妹の夫だが、澧水の岸辺の夜の散歩を楽しみ、「行きゆきて欣び手を攜へて帰り、聊か復た酒を飲みて眠らん（行欣攜手歸、聊復飲酒眠）」（巻二「晩出澧上贈崔都水」）と詠われる。崔は、後述（終章第二節、四一六頁など）の如く、韋から「同心」「心の愛する所」と全幅の信頼を寄せられている。このほか、「攜手」の相手は、妻の従弟で親友の李儋にも「栄名は糞土に等し、手を攜へ風に随ひて翔けん（榮名等糞土、攜手隨風翔）」（巻五「清都觀答幼遐（李儋の字）」）と出塵を誘う。このように韋は、自らの真情を憚ることなく打ち明けられ、それを理解してくれる相手を選んで、「攜手」を用いている。それは、やはり「北風」を意識し、潘賦を想起しつつ、格別の思いを籠めて詠んだと考えられる。妻元蘋との「懐旧」に繰り返し詠んだのも、一般的な〈愛妻〉を超えた、彼の真情の理解者という特別の思い入れがあったと解し得るのである。

次いで子どもを詠う詩句は、先に挙げた1「傷逝」⑱「泣涕して嬰孩を撫す」と涙を流しながら赤子をあやす自身の姿を詠む以外にも、つぎの詩句（2「往富平傷懷」）が見える。

⑤昨 者 仕 公 府　　昨者は公府に仕へ
⑥屬 城 常 載 馳　　属城　常に載馳す
⑦出 門 無 所 憂　　門を出づるも憂ふる所無く
⑧返 室 亦 熙 熙　　室に返るも亦た熙熙たり

⑨今者掩筠扉　今は　筠扉を掩ひ
⑩但聞童稚悲　但だ童稚の悲しむを聞くのみ
⑪丈夫須出入　丈夫は須く出入すべきに
⑫顧爾内無依　爾を顧ふに内に依る無し

妻の生時は何の心配もなく公務に走り回ったが、今や陋屋の門扉を閉じて、子ども達の母恋しと泣く声に、胸つぶれる思いをしている。外出する必要に迫られるが、家内に子どもを慈しむ人がいないと、困惑する姿を浮かび上がらせる。ここにも今昔の対比が見られることに留意しておく。

「韋悼」3「出還」（第四聯）では、「幼女　復た何をか知らん、時に来たりて　庭下に戯る（幼女復何知、時來庭下戲）」と、母の死を理解できない子供の無邪気さに、悲傷感を募らせる。この発想は、潘岳「寡婦賦」（「微身の孤弱なるを省み、稚子の未だ識らざるを顧みる」）を踏まえるが、第三節にその関わりを詳述する。

12「端居感懷」（第四聯）では、「稚子　恩の絶ゆるを傷み、盛時は流水の若し（稚子傷恩絶、盛時若流水）」と詠み、母の慈愛が流水に呑み込まれるように消えていく。時の流れを「流水」に喩えることは、韋詩の時間論の上で見落とせないが、これらの表現によって、妻の不在と韋應物の喪失感を際だたせ、従前六首には無いリアリティが賦与されている。清・沈德潛が3「出還」について「幼女の戯るるに因りて己の哀しみ倍々深し。安仁（潘岳の字）に比して較々真なり（因幼女之戲而己之哀倍深。比安仁較眞）」（『唐詩別裁集』巻三）と潘岳よりも真実味に富んでいると評する通りである。

つぎに三、今昔の対句についてであるが、すでに「離騒」に「何ぞ昔日の芳草、今直ちに此の蕭艾と為れる」と今昔の盛衰を意識した句が見えるが、魏晉に至って、対句として枚挙に遑ない(4)。「挽歌」にも用いられるが、ただ悼亡詩においては新しい。韋詩中の用例を、すでに以下の三例、提示した。1「傷逝」の生前の妻の姿（第三～六聯）と今の「塵挨に満ちた」妻亡き空閨の有りよう（第七・八聯）、10「過昭國里故第」の「宿昔方同賞、詎知今念昔」、2のこどもたちの泣き声を響かせる第三～六聯である。このように今昔の対比は、韋應物悼亡詩に少なからず見出せる表現であり、それゆえ深沢・山田論文（前掲注（1）・（2））など先行研究は、いずれも韋詩の特色の一つとして指摘する。(5) だが各論は単に今昔の対比の強調による悲哀の深さを記すに止まる。やや分析的論及としては、中原健二「詩人と妻――中唐士大夫意識の一断面」が、〈今〉の悲哀にひたすら拘泥する悼亡詩の中で、韋應物が初めて過去の時間を詠んだと評している。(6) 拙論では、結論からいえば「過去の時間」、それだけではなく、過去へと遡及する時間、すなわち、ノスタルジックな時間と指摘する。

「ノスタルジア」の語源は、ギリシャ語の nostos（家に帰る）と algia（苦しんでいる状態＝苦痛）に由来する「郷愁」病という軍隊内の医学用語という。(7) 現代では、脱医学化された幅広い「郷愁」の意に用いられているが、「故郷」に帰りたい（派生的には本来の場所に戻りたい）情動という意味では、原義から大きく乖離していない。F・デーヴィスは、ノスタルジア発生の必要条件として、過去と現在のあざやかな対照、具体的には「良い過去と悪い現在」との内なる対話が交わされていることを挙げる。その意味で、「韋悼」に顕著な今（悲）と昔（喜）の対比は、まさにノスタルジア発生の必要条件を満たしているのである。拙論は、この見解を踏まえて、「韋悼」の時空を分析し、その特質が何を意味するかを考覈する。

まず、右に挙げた詩篇の他に、今昔の対比が簡潔に詠われている詩句を挙げよう。3「出還」に見える。

①昔出喜還家　　昔は出づれば家に還るを喜び
②今還獨傷意　　今は還れば独り意を傷ましむ

先行研究は、この今昔の対比は従前の悼亡詩には無いとするが、実際には、「江悼」第二首（『江文通文集』巻四）にすでに認められる。

⑦今　悲　輒　流　涕　　今の悲しみに　輒ち流涕し
⑧昔　歡　常　飄　忽　　昔の歓びは　常に飄忽たり

江淹詩との関わりは第三章に述べるが、今昔の対比の構図は江淹から始まるのである。ただしそれはあくまで「悼亡詩」という系譜においてであり、哀傷作品に広げれば、「挽歌」（前掲注（4））以外にも潘岳が妻楊氏の死を哀悼した「哀永逝文」に遡及できる。第三節で触れたい。

いずれにしても従前作にはない点として、「出還」という空間移動を伴っていることは、注目に値する。このほか「韋悼」は「今昔」という語を用いず、つぎのように過去と現在の内容的対比を描いている。

6「除日」
①思　懷　耿　如　昨　　思懐　耿として昨の如きも
②季　月　已　云　暮　　季月　已に云に暮る
③忽　驚　年　復　新　　忽ち驚く年の復た新たなるを
④獨　恨　人　成　故　　独り恨む　人の故と成るを

9「歎楊花」
③舊　賞　逐　流　年　　旧賞　流年を逐ひ
④新　愁　忽　盈　素　　新愁　忽ち素に盈つ

6では、時の流れの早さに驚かされつつ、時がたっても変わらぬ「恨」情を「新」「故」の対比で詠じている。9

も「今」の時間を③「舊」と対比させて④「新」で表し、妻との思い出に耽って新たにわきあがる④「愁」に身を任せている。ここで注目すべきは、「今と昔」の簡潔な対比では隠されている、その間に流れる時間が明確に詠われていることである。それは、先に前半を引いた2「往富平傷懐」の後半にも見える。

⑬銜 恨 已 酸 骨　恨みを銜みて已に酸骨たり
⑭何 況 苦 寒 時　何ぞ況んや苦寒の時においてをや
⑮單 車 路 蕭 條　単車　路　蕭条たり
⑯回 首 長 透 遲　首を回らせば　長く透遅たり
⑰飄 風 忽 截 野　飄風　忽ち野を截り
⑱嘹 唳 雁 起 飛　嘹唳《りょうれい》　雁　起ちて飛ぶ
⑲昔 時 同 往 路　昔時は同に路を往くも
⑳獨 往 今 詎 知　独往　今詎ぞ知らん

「富平」とは、京兆府高陵県の東北七十里の地名。当時、韋應物は、功曹参軍と高陵県令を兼任していた。何らかの官務のため、彼は「恨」情を抱いたまま、人気無い道に車を走らせている。時折つむじ風が身を切るように巻き上がる荒野の中、後ろ髪を引かれる思いで振り返ると、道が長く遠くどこまでも伸びている。心象風景もしくは人生の比喩ともいえるこの道を⑲「昔時」は二人で歩んだが、⑳「今」思いもよらず一人で行くことになろうとは、と反語で強く訴える。これも今昔の対比であるが、末句の「獨往今詎知」の「今」は、説明を要するであろう。無論、現時点の「今」であるとともに、それは「知る」由もなかった「昔」の時点からみた「今」なのである。いわば、過去が流れ込んだ現在といえよう。同じ表現で、それをより明確に詠うのは、先に挙げた「韋悼」10の⑨⑩「宿昔方同賞詎知今念昔」である。二人で庭の美しさを愛でた昔、その時を一人思い出す今が訪れようとは、昔はつゆほども思わなかった。「詎知」の時点は、いずれも「昔」なのである。すなわち韋詩の「今昔」は断絶した今と昔ではなく、通底連続している。「今」の時間から「昔」にもどり、「昔」から、「今」に流れている。まさに「旧」（昔）から「流年を逐ひ」「新」（今）に至るのである。それを可能にしているのが、荒野にはてしなく伸びている「蕭條」たる道ではあるまいか。昔と同じ道を歩みながら、彼は昔の世界に入っていく。繰り返し「路を往く」のは、今昔の往還を意味していよう。韋詩のノスタルジックな時間は、空間と緊密に関わっているのである。つぎの詩篇（19「同德精舍舊居傷懷」）でも、それを看取出来る。

①洛京十載別　　洛京　十載の別れ
②東林訪舊扉　　東林　旧扉を訪ふ
③山河不可望　　山河　望む可からず
④存歿意多違　　存歿　意　違ふこと多し
⑤時遷迹尚在　　時遷るも　迹尚ほ在り
⑥同去獨來歸　　同に去りて独り来り帰る
⑦還見窗中鴿　　還た見る　窓中の鴿《はと》
⑧日暮繞庭飛　　日暮れて庭を繞りて飛ぶ

妻没後六年の建中三年（七八二）、滁州（安徽省）刺史として赴任途中、十年ぶりに洛陽の旧居を訪れた時の作。変わらぬ山河は辛くて望み見られないと訴えた後、第五句では、時が流れても旧跡はまだ存在していると、今昔の連続性を確認する。第六句では昔二人で去った場所に、今一人「帰って来た」と、今昔の対比を詠いながら、空間的回帰を果たしている。当該詩のみならず、彼は「舊居」（20、24）、「故第」（10）、「舊宅」（25）、「故地」（2、21）を再訪しての「傷懐」を詠う。従前六首には見られないこの空間移動は、まさにnostos（家に帰る）の擬似行為ではないか。すなわち彼の明確なノスタルジア志向が窺えるのである。

最後にもう一点、従前悼亡詩にない要素を指摘すると、以下のように、韋應物の「老」の意識が詠われていることである。

3「出還」
⑨咨 嗟 日 復 老　　咨嗟す　日び復た老ゆるを
⑩錯 莫 身 如 寄　　錯莫として身寄するが如し

4「冬夜」
⑤晩 歳 淪 夙 志　　晩歳　夙志　淪み
⑥驚 鴻 感 深 哀　　驚鴻　深哀を感ず

8「月夜」
③坐 念 綺 窗 空　　坐ろに念ふ　綺窓の空しきを
④翻 傷 清 景 好　　翻りて傷む　清景の好きを
⑤清 景 終 若 斯　　清景　終に斯くの若し
⑥傷 多 人 自 老　　傷多く　人　自ら老ゆ

後述（第二節）するように、頂真格を用いて反復強調される「清景」が「好」ければよいほど、かつてはそれを「同賞」した妻の喪失を思い知らされる。残された詩人は、自意識として早や晩年に属すという。四十歳初めという年齢は、当時としては、老年と看做されていたのかもしれない。だがそれよりも、老い衰えたと詠むことで、痛手の大きさを表現していよう。また「老」を詠むことは、「若」からの時間の推移、すなわち昔から今への流れを意識している。その流れの中での「今」を「傷多」しとする認識は、先述のノスタルジア発生条件の「悪い現在」そのものである。ノスタルジアは、人生の移行期、不確実で将来の不安が濃厚な時期に発生しやすいとされる。老年期は、幾重にも喪失が重なり、死という根源的不安が身近に迫ってくるため、その情動に、より親しみやすいという。(8) 詩人は「老」意識を詠むことで、自らをノスタルジアの世界へと誘ったのではないか。それは、もはや過去の現実ではあり得ない、彼が作り上げた非現実の不可視の世界、一種の仮構といえよう。ノスタルジアは、悲哀に満ちた今の時空を超えさせ、詩人を虚実のあわいにたゆたわせることを可能にする。(9) その一つが、18「感夢」という悼亡詩で初めての「夢」である。

③髣 髴 覯 微 夢　　髣髴として微夢に覯ひ
④感 嘆 起 中 宵　　感嘆して中宵に起つ
⑤綿 思 靄 流 月　　綿思　流月　靄たり
⑥驚 魂 颯 迴 飆　　驚魂　迴飆　颯たり

「微夢」という彼の好尚を表す「微」(10) を冠したはかない夢であるが、ここでは、夢の内容は語られない。それが描かれるのは、韋詩を継承した元稹の「夢井」「江陵三夢」を待たなければならない。だが綿々たる思いは、（つむじ風に断ち切られるまで）靄にけぶるあえかな月光にたゆたいながら果てしなく続く。第五句上の二語と下の三語（「綿思」と「靄流月」）との距離の微妙さが独特の余韻をもたらして、韋詩の特質と評される「幽」なる世界がたちあらわれる。(11) それは前掲（第一章第三節）の詩（22「寺居獨夜寄崔主簿」）に、より明らかである。

①幽 人 寂 不 寝　　幽人　寂として寝ねず
②木 葉 紛 紛 落　　木葉　紛紛として落つ
③寒 雨 暗 深 更　　寒雨　深更に暗く
④流 螢 度 高 閣　　流螢　高閣を度る
⑤坐 使 青 燈 曉　　坐ろに青灯をして暁らかならしむれば
⑥還 傷 夏 衣 薄　　還た夏衣の薄きを傷む
⑦寧 知 歳 方 晏　　寧ぞ歳の方に晏るるを知らんや
⑧離 居 更 蕭 索　　離居　更に蕭索たり

自らを「幽人」と呼ぶ詩人は、寂寞たる思いを抱えたまま眠りにつけない。初秋の夜は更けゆくほどに冷え込み、寒々しい雨が一層、夜の闇を暗くする。ふと気がつけば、螢が光の尾を引きながら過ぎり飛ぶ。音もなく緩やかに流れる光は、部屋の闇をかえって深め、現実感を稀薄にする。詩人は、すがるように明かりを灯す。ゆらゆら揺れる青い炎の中に妻の姿を幻視していたかもしれない。詩人はもはや歳の暮れにも気づかない。南宋・劉須溪が「幽情より発して、遂に凄境に入る」(12)と評すように、彼は、まさに現実の時空を超えた「幽」なる「凄境」にたゆたうのである。この特異な世界については、終章第二節においてさらに考察するが、韋應物の「幽」なる空間は、彼のノスタルジアが必然としたのではないだろうか。

以上のように、「韋悼」の今と昔は、単なる対比ではなく通底連続しており、往還する空間移動を伴っていた。それは、帰郷（本来の場所）、換言すれば根源的トポスへの回帰をめざすノスタルジックな時空であり、韋詩の特質とされる「幽」なる世界とも関わることが明らかになったのである。それが韋應物詩全体においていかなる意味を有するかは、第五章の自然詩論および終章で考察することにして、本章では、つぎに悼亡詩の嚆矢、「潘悼」との関連を審究する。

第二節　潘岳「悼亡詩」との関わり

胡旭氏は、韋應物悼亡詩の創作上の独自性について、「後人を驚かせ羨望させるほどの成果を成し遂げた」と評価した上で、「微瑕」として前人の作を踏襲しすぎると批判する[13]。本章第一節では「韋悼」の斬新さを論じたが、その一方、事ほど左様に彼は少なからず先行作を踏まえ、典故として用いている。したがって、胡氏の批判の当否はひとまず措いて、韋詩が従前の悼亡詩といかなる関わりがあるかを、考究すべきであろう。

潘岳「悼亡詩」との関わりについては、深沢論文（前掲注（2））が、「韋悼」は「詩語、構想の点で潘詩を模倣」していると説くのを初め、先行研究の多くがすでに論及している。ただ「模倣」の具体的な内容が、何を意味するかについての論究はない。拙論では、付加した十四首をも対象にして、その不足を補い、新たな知見を加えたい。

「潘悼」三首は、第一首の春から秋冬へと流れる構成である。「韋悼」の十九首構成が季節を基軸にするのは、「潘悼」の影響と考え得るが、第一章で明らかにしたように、それは後人が「潘悼」に倣って構成したのであり、韋應物自身の構想ではない。ただその構成が可能になるのは、「韋悼」自体が季節の移ろいを意識して背景に詠んでいるからであり、「潘悼」と無関係ではあるまい。その点だけを押さえて、両詩の関わりをさらに分析する。

「潘悼」は三首とも長編なので、「韋悼」との同一詩語が最多[14]の第三首のみ掲げることにする（『文選』巻二三）。

①曜 靈 運 天 機　　曜霊（太陽）は天機を運らし

②四節代遷逝　四節は代《かわるが》はる遷り逝く
③凄凄朝露凝　凄凄として朝露凝り
④烈烈夕風厲　烈烈として夕風厲《はげ》し
⑤奈何悼淑儷　奈何ぞ淑儷を悼まん
⑥儀容永潜翳　儀容は永しへに潜翳す
⑦念此如昨日　此を念へば昨日の如し
⑧誰知已卒歳　誰か知らん　已に歳を卒へんとは
⑨改服従朝政　服を改めて朝政に従はんとするも
⑩哀心寄私制　哀心　私制に寄す
⑪茵幬張故房　茵幬《いんちゅう》（しとねととばり）　故房に張り
⑫朔望臨爾祭　朔望　爾が祭に臨む
⑬爾祭詎幾時　爾が祭　詎幾の時ぞ
⑭朔望忽復盡　朔望　忽ち復た尽く
⑮衾裳一毀撤　衾裳一たび毀撤すれば
⑯千載不復引　千載　復た引《つら》ねず
⑰亹亹朞月周　亹亹《びび》として（進むさま）朞月周り
⑱戚戚彌相愍　戚戚として彌ゝ相愍む
⑲悲懷感物來　悲懐　物に感じて来り

⑳泣涕應情隕　泣涕　情に応じて隕つ
㉑駕言陟東阜　駕して言に東阜に陟り
㉒望墳思紆軫　墳を望みて思ひ紆軫す
㉓徘徊墟墓閒　墟墓の間に徘徊し
㉔欲去復不忍　去らんと欲するも復た忍びず
㉕徘徊不忍去　徘徊して去るに忍びず
㉖徙倚歩踟蹰　徙倚して歩みては踟蹰す
㉗落葉委埏側　落葉　埏（墓穴に入る道）側に委《つも》り
㉘枯荄帯墳隅　枯荄　墳隅に帯ぶ
㉙孤魂獨煢煢　孤魂　独り煢煢たり
㉚安知靈與無　安んぞ知らん霊あると無きとを
㉛投心遵朝命　心を投じて朝命に遵はんとし
㉜揮涕强就車　涕を揮ひて強ひて車に就く
㉝誰謂帝宮遠　誰か謂はん　帝宮遠しと
㉞路極悲有餘　路極まりて悲しみ余り有り

「潘悼」第三首は、冬の詩である。巨視的時間の推移（①②）から始め、冬の厳寒（③④）を背景に、永遠に帰らぬ妻の死を嘆く（⑤～⑧）。やむなく身は宮仕えに従っているが、妻の死を悼む心は変わりなく、部屋の祭壇に託している（⑨～⑫）。時が過ぎても哀しみは深いまま（⑬～⑳）。その思いにひきずられるように墓に出かければ、いつまでも墓の周りを立ちもとおる姿が詠まれている（㉑～㉘）。最後は、その哀しみを断ち切って、官務に励まねばと自らを叱咤する。

齋藤希史「潘岳〈悼亡〉詩論」[15]は、「潘悼」各首の内容をモチーフで整理して、三首間の有機的連関を明示する。右の第三首については〈季節〉〈妻の死の永遠〉〈亡妻の祭り〉〈空室の悲哀〉〈墓への登高徘徊〉〈悲哀とその切断〉の六モチーフから成るとする。さらに〈季節〉を、巨視的俯瞰的季節と微視的即時的季節に分類し、前者が〈妻の死の永遠〉と対照されるのに対して、後者は〈空室の悲哀〉と関わり、〈妻の不在・喪失〉を伴うとして、モチーフ間の連関を指摘する。

右のモチーフを「韋悼」において調べれば、以下のように「潘悼」を踏襲しながらも韋應物の独自性を看取し得る。〈巨視的俯瞰的季節〉は、「単居　時節移り、泣涕して嬰孩を撫す」（1「傷逝」⑰）、「奄忽として時節を逾え、日月其の良きを獲たり」（5「送終」①）など、多くは時の推移の早さを嘆く詩句として詠われている。「潘悼」第一首冒頭「荏苒として冬春謝り、寒暑忽ち流易す」と、ニュアンスを同じくする。だがいずれも〈妻の死の永遠〉と対照されていない。「韋悼」で詠まれるのは、妻と共に過ごした時間である（24「發蒲塘驛……追懷昔年」）。

⑨荏　苒　斑　鬢　及　　荏苒として　斑鬢及び
⑩夢　寢　婚　宦　初　　夢寝す　婚宦の初め
⑪不　覺　平　生　事　　覚えず　平生の事
⑫咄　嗟　二　紀　餘　　咄嗟にして二紀余なるを

「斑鬢（白髪交じりの鬢の毛）」も潘岳の「秋興賦」に見える語で[16]、「荏苒」とともに、潘岳の影響を認め得るが、韋應物が夢の中で思うのは、新婚時代からあっという間に過ぎた「二紀」（二十四年）を超える歳月である。この語は、

第三節で対象とする潘岳の「悼亡賦」第一聯に見えることを留意しておく。

ここに詠われる時間表現は、昔を起点として次第に今の「斑鬢」に至り、今の時点から「婚宦の初め」にたち戻っていく長くて短い妻と共に過ごした時間の回顧である。第一節で論じた今昔の往還によるノスタルジアを見出せよう。すなわち韋應物は潘岳詩賦の俯瞰的時間に触発されて、自らの時間を獲得したのである。

〈微視的即事的季節〉は「自然詩人」と冠される韋應物ゆえ、枚挙に遑ない。詳細は、第五章および終章に譲り、ここでは「潘悼」第三首に即して冬の詩に限る。「晨起淩嚴霜、慟哭臨素帷（晨に起きて厳霜を淩ぎ、慟哭して素帷〈服喪の白いとばり〉に臨む）」（2「往富平傷懷」第一聯）、「入室掩無光、銜哀寫虛位。悽悽動幽幔、寂寂驚寒吹（室に入れば掩はれて光無く、哀を銜みて虚位を写す。悽悽として幽幔動き、寂寂として寒吹に驚く）」（3「出還」第二・三聯）など、いずれも〈空室の悲哀〉と〈亡妻の祭り〉（室内の祭壇）を想起させ、「潘悼」同様の季語を含んでリアリティを醸しだしている。

このほか胡旭氏の指摘する「景情融合」という詩人の心象風景と解し得る詩篇も認められる。先に引いた「飄風忽ち野を截り、嘹唳　雁起ちて飛ぶ」（2第九聯）は、詩人の胸中に吹き荒れる哀号ではあるまいか。その哀しさゆえ、美しい春の自然を目にしても、詩人の心は晴れない。「風条　余靄を灑ぎ、露葉　新旭を承く」（7「對芳樹」第三聯）は、清らかな池畔に立ち並ぶ「芳樹」の枝が風に揺れて、消えかかる春霞を散らし、露を帯びた木の葉が、みずみずしい朝の光を受けて輝いている。しかし詩人は「此に対して人心を傷ましむ」と詠う。なぜならそれは「還た故時の緑の如し」、すなわち妻と共に愛でた「故時の緑」だから。

このように、「韋悼」の〈微視的即事的季節〉は、必ずしも〈空室の悲哀〉に限定されず、外へと広がり、外的情景を悲哀感情と結びつけて詠む。「潘悼」の〈即事的季節〉表現と連関する〈空室の悲哀〉が媒介して、そのモチーフが内在する〈妻の不在・喪失〉の思いが詩人を突き動かすように、外へと導き出したのである。以上のように、〈季節〉という「潘悼」のモチーフが、巨視的、微視的にかかわらず、韋應物を触発し、世界を広げて、独自の詩境を築かせた。韋應物の側からいえば、「潘悼」を擬することで、自らの世界を構築し得たのである。

〈妻の死の永遠〉は前掲「韋悼」1「傷逝」第一・二聯に「我が室中の人を念へども、逝去して亦た回らず」と見えるが、それに続くのは「結髪より二十載、賓敬始めて来るが如し」という妻の思い出である。或いは、「存没　闊として已に永く、悲しみ多く歓び自ら踈し」(24第七聯)、「山河望む可からず、存没　意違ふこと多し」(19第二聯)の表現は、第一章第一節で述べたように、二人で苦難を乗り越えてきた夫婦としての共感がもたらしたのであろう。この「生平　此の居を同にするも、一旦存亡を異にす」(5第三聯)と詠んで詩人(存)と妻(没)が対比されている。それゆえの喪失感の深さが響いてくる。その一方、「一旦閨門に入れば、四屋塵埃に満つ。斯の人既に已んぬるかな、物に触れて但だ傷摧す」(1第七・八聯)と詠み、「潘悼」モチーフにおいては、〈微視的季節〉と結びつく〈空室の悲哀〉と連関する。韋應物は、「潘悼」のモチーフ間の緊密な縛りに拘泥せず、自由に模擬性を追求する。

〈墓への登高徘徊〉は右の5「送終」の詩句に続いて「斯須するも亦た何の益かあらん、終に復た山岡に委ぬ」(第四聯)と詠う。出棺から埋葬を終えても、詩人は「独り留まりて還るを得ず、去らんと欲して中腸結ぼる」(第十聯)と立ち去りがたい思いで徘徊し、潘岳の姿と重なって行く。

右の如く、「潘悼」の五モチーフはすべて認められるが、「韋悼」は唯一、〈悲哀の切断〉を欠く。「潘悼」の〈悲哀の切断〉の具体的内容は、第三首末尾㉛～㉞で詠まれるように、いつまでも嘆き悲しまず、早く官務に復帰しなくてはいけないと自らを叱咤激励するものである。無論、それができないことを暗に含んで逆接的に悲哀を表現しているが。この現実回復への方向を「韋悼」が欠くことは、そのノスタルジアを想起すれば、当然の帰結といえよう。彼は妻との永遠の別れを詠じた後、「高秩は美と為すに非ず、闌干として涙裾に盈つ」（24第八聯）と出世昇進を判然と否定する。「潘悼」の現実的要素を捨象否定することで、自らの悲哀表現の有りようを明確にしたのである。

「潘悼」との関わりで、修辞的に論ずべきは、頂真格（蟬聯體）である。「潘悼」は、前述斎藤論文（注（15））によって、修辞の運動が有機的複層的構築を可能にしていることが指摘されており、その中に頂真格も含まれる。頂真格とは、左棻の誄（序章第三節）で例示したように、前句の末尾語を後句の句頭に重ねる修辞法で、いわば中国の尻取り歌である。古くは『詩經』にも用いられている。佐竹保子「『詩経』から謝霊運詩までの頂真格の修辞――押韻句を跨ぐもの」は、謝靈運詩を中心に、主に『詩經』、曹植、潘岳の作を対象として頂真格史を論述する。その際、前句末が押韻箇所か否かによって、大きく二つに分ける。二句一聯の下句末（偶数句末、押韻箇所）の語が次聯の上句頭に連接する場合と、同一聯の中で、上句末の語（奇数句末、非押韻）が下句頭に連接する場合である[17]。さらに前者の押韻を換韻か否かによって区別し、換韻する場合を設けて三分類にする。頂真格の本質を「断絶の中に連続性を感じさせる点」にあるとして、断絶性の強弱が修辞の効果に関わるという観点による分類である。すなわち断絶性が最強なのは、換韻箇所を跨ぐ場合（下句末＝〈換韻〉↓次句の上句頭）であり（第一類）、それに反発して連続性も際立つことになる。次いで第二類は、非換韻箇所を跨ぐ場合（下句末＝〈非換韻〉↓次句の上句頭）、最も弱いのは、第三類の押韻箇所を跨がない（上句末↓下句頭）場合である。またそれぞれに、基本形というべき正格と逸脱した変格の二種があると指摘する。

「潘悼」の頂真格は、一韻到底格の其の一にはなく、換韻格の其の二・三に認められ、各首とも二回ある換韻箇所に用いられており、最も断絶の大きい第一類に属す[18]。前掲其三の二ヶ所を挙げよう。（／は、換韻、以下同じ）

⑪茵幬張故房、⑫朔望臨爾祭。／⑬爾祭詎幾時、⑭朔望忽復盡。

㉓徘徊墟墓間、㉔欲去復不忍。／㉕徘徊不忍去、㉖徙倚歩踟躕。

前者は⑫「爾祭」を⑬句頭にそのまま重複する正格で、後者は、㉔「不忍」を「徘徊」二字の下に措く変格である。佐竹氏は、「換韻箇所における頂真格に正格と変格とが同数現れるのは、潘岳〈悼亡〉其の三が嚆矢」と論ず。潘岳の修辞への意欲を看取し得るであろう。前者の正格も単純ではなく、⑫「朔望」を⑭句頭において、⑫の「臨」を除く四語を、換韻後の第七聯の上下句頭に分散させている。あたかも「〈朔望〉と〈爾祭〉という二本の糸が、次の韻の始まる一聯の上句と下句とに、それぞれ一本ずつ延《ママ》びていく形を取」り、それは「韻の断絶によっても止め得ない⑩〈哀心〉の連続をあらわしていよう」と説く。この手法が、「韋悼」8「月夜」に襲用されることになる。

後者の変格は、かなり複雑である。本来、換韻後の㉕句頭に措かれるべき㉔「不忍」の前に㉓「徘徊」が挿入され、㉔「去」が「不忍」の後に繋がる。佐竹氏の表現を借りれば、「徘徊」「去」「不忍」の三語による「三本の糸が延びて」㉕「徘徊不忍去」に「撚り合わされる形」であり、前者の「分散」に対して「哀心の凝縮」といえる。これは潘岳の亡妻への追慕の強さにほかならない。「潘悼」は、「二本、三本の糸が強力に撚り合わされ」ており、換韻のもたらす断絶性と頂真格の連続性の比重は、「連続性が際立っているようにみえ」、「断ち切ろうとして断ち切り得ぬ思いの強さのほうが、より前面に出ている」。すなわち佐竹氏は、「潘悼」の頂真格は「連続性を最大限に発揮して」おり、それは「粘着的」「息苦しいほどに過剰濃密」と論じ、説得力がある。換韻箇所における頂真格が本来有する断続性と連続性という「二律背反の上に立つ絶妙な均衡」を逸脱しているともいえよう。

頂真格は、韋應物詩では、さほど頻用されていない。伝統的にリズムを重んじる歌行・楽府作品（四十二首、拾遺、集外詩を除く）に十四例と目立つが[19]、本節は「潘悼」との関わりという趣旨の為、論及しない。多数を占める詩作品（五百余篇）では、以下の計八例に止まる。第一類正格一例（「擬古詩」其五、巻一）、第二類正格二例（「上東門會送李幼擧南遊徐方」巻四、「韋悼」4「冬夜」巻六）・変格二例（「贈別河南李功曹」巻四、「韋悼」8「月夜」巻六）、第三類正格二例（「贈盧嵩」巻二、「自鞏洛舟行入黄河即事寄府縣僚友」巻二）、変格一例（「同長源歸南徐寄子西子烈有道」巻二）である。第二類が正変四篇と半ばを占めており、そこに「韋悼」二篇が認められる。詩作品における頻度の少なさが示すように、韋は頂真格使用に積極的ではなかったにも関わらず「韋悼」には二例、用いている。これは、悼亡詩ゆえに「潘悼」の印象的な頂真格を意識してのことと考えられないか。以下にその点を勘案しながら、「韋悼」における頂真格を考究する。

まず第二類正格に属す4「冬夜」を挙げよう。

⑤晩　歳　淪　夙　志　　晩歳　夙志　淪《ほろ》び
⑥驚　鴻　感　深　哀　　驚鴻　深哀を感ず
⑦深　哀　當　何　爲　　深哀　当に何をか為すべけんや
⑧桃　李　忽　凋　摧　　桃李　忽ち凋摧す

4「冬夜」は、五古八韻、一韻到底格。①「杳杳として日云に暮れ」と始まり、④「霜霰　已に皚皚たり」まで、導入として冬の夜の厳しい寒さを詠じて右の⑤に続く。当該詩は、「古詩十九首」（以下「古十九」と略す）との深い関わりが認められるので[20]、詳しくは「古十九」との関係を論ずる第四章第一節（三）に譲るが、⑤〜⑧は、当該詩の枢要部分である。詩人は、晩年の今、若いころの志（「夙志」）も衰え、何かに驚いて飛び立つ大白鳥を見ても、深い哀しみを覚える。どうしようもない深い哀しみ、みずみずしく甘やかな「桃李」は、にわかにしぼみついえてしまったと、青春を回顧して挫折感と哀惜の情を訴える。「驚鴻」は、曹植「洛神賦」の神女の容姿を形容する「其の形や翩たること驚鴻の如し」（阮注）を襲用するので、亡妻の比喩と解される。したがって飛び去りゆく白鳥を眺めながら感じる「深哀」には、老いの悲しみ（⑤）に加えて、いとしい人を失った喪失感が籠められていよう。悼亡詩と目される所以である。

この頂真格は換韻箇所ではないので、断絶性は比較的弱く、それゆえ頂真格本来の機能である連続性も緩やかに機能している。⑥で提示された「深哀」の情は、押韻の小休止によって、詩人の心の中でさらに深まる。⑦句頭で再び繰り返されると、その流れが再開して〈情〉が強調されるが、詩人はどうする術もない。反語によって一層、感情の高まりを表現する。やるせない思いを抱えたまま、詩人が向かう先は、幸福な「桃李」の昔である。

当該作にも流動感（「驚鴻」）と今昔の往還という韋詩の特質が認められるが、第二類のこの緩やかなリズムの連続性は、押韻で小休止し猶予を生み出している。断絶性の強い第一類に、その余裕はなく、第三類は押韻がないので、ただ足踏みするだけで下句に流れてゆく。この第二類では猶予の中で、年老いた失意の今から幸福な昔の時間を手繰り寄せ、その対比を露わにして「深哀」をさらに深めている。「驚鴻」の飛翔による流動感に触発された「深哀」が押韻箇所に措かれて一端静止し、詩人の胸中に沈潜する。再び提示されると詩人（と読者）の注視を促し、それによって静止していた情念が動き出して膨張する。疑問詞を用いた反語によって、懐疑と絶望の渦巻が発生して激しさを増す。詩人はその渦に翻弄されながら、遠くに見えてきたほのかな明かり。そこに近づこうとし、近づいたと思ったら、またもや渦の波動に揺り戻されてしまった。第二類の頂真格は、非換韻箇所で重複連接することによって、コトバの運動の中核となり、多様な波動を生み出す。その一つが今昔の波動である。「驚鴻」の飛翔から始まる流れが、押韻箇所でたゆたい、「深哀」が深められるが、句頭に登場するや主体となって渦を巻き起こし、つぎの運動を展開させて、今昔往還の高速（「忽」）の動きを惹起する。第二類は換韻箇所における「二律背反の上に立つ絶妙な均衡」という緊張感を孕む第一類よりも、安定した中核と為り得るのである。ただ句頭に連接された語（蟬聯語）の後に、疑問詞を用いた反語が続く表現は、先の「潘悼」其二「⑱不覺涕霑胸／⑲霑胸安能已」、其三「⑫朔望臨爾祭／⑬爾祭詎幾時」を想起させる。「蟬聯語＋反語」という形は、無論、悼亡詩という枠組みを外せば、幾多の用例が挙げられ(21)、頂真格の機能の一つである強調をさらに強めるが、悼亡詩に限れば、「韋悼」は、やはり「潘悼」の頂真格を意識しているといえよう。

８「月夜」は、五古三韻、春の歌である。

①皓　月　流　春　城　　皓月　春城に流れ
②華　露　積　芳　草　　華露　芳草に積もる
③坐　念　綺　窗　空　　坐ろに念ふ　綺窗の空しきを
④翻　傷　清　景　好　　翻って傷む　清景の好きを
⑤清　景　終　若　斯　　清景　終に斯の若し
⑥傷　多　人　自　老　　傷多く　人　自ずから老ゆ

銀色に光る月光が、柔らかな草花の上の露を輝かせる。だがその美しさは、挽歌「薤露行」の露と同様、儚く逝ったいとしい人を思い起こさせる。かつては月夜を共に愛でたのに、その人はもういない「空しさ」。④「翻」の軽やかな反転が痛々しい。その〈情〉と①②の〈景〉が、第四句「傷清景」に収斂する。「清景」は、「韋悼」のみならず韋應物詩全体にとっての詩眼であり、終章第一節において主要対象としたので、それに譲る。ここでは、月光の流動感が生み出す銀色の光の世界を表現する詩語と述べるに止める。

当該例も、４と同じく第二類に属するが、４が基本形というべき正格であるのに対して、重複される「清景」の間に、「好」が挟まれて押韻するという変格である。さらに④「傷」が、隔句頭（⑥）に措かれているのも、変革のバリエーションと看做せよう。韻字の「好」が、押韻の小休止というリズムの中で、正格よりも、一層ゆるやかな緩衝材となり、上声「皓」韻のまったりした音声も相俟って、しみじみした想いを喚起する。だが、その前の「傷」とのひりひりした違和感が著しい。この錯綜する〈情〉が、小休止の中で揺れ動くうちに、「清景」が⑤句頭で繰り返されて、リズムの流れが再開する。読者はたゆたいの中で詩人が感受し観想した内容を知らされる。それは、循環して変わらない自然と傷心の人生である。④に収斂していた〈景〉と〈情〉が、⑤と⑥に分離対比（⑤不変の自然と⑥変わらざるを得ない人間との対比）して表される。繰り返される「清景」が、緩衝材ともいうべき「好」を挟んだリズムの変化によって、収斂と分離の運動を促し、その隙間から詩人の切ない〈情〉がため息のように吐露されるのである。

　この収斂と分離の運動で想起されるのは、前掲「潘悼」其三である。「⑫朔望臨爾祭。／⑬爾祭詎幾時、⑭朔望忽復盡」⑫の二詩語が、⑬⑭の句頭に分散されている。換韻を跨ぐ第一類に属して断絶性は強いが、「月夜」と運動の軌跡を同じくする。ここにおいても「韋悼」の頂真格には、「潘悼」との類似性が認められるのである。

　第二類変格の、異字を韻字として挟む形は漢魏の楽府には少なからず見えるが[22]、今、『文選』の「詩騒」（巻十九～三三）に捜求すると、もっとも早い例は、「古十九」其二「青青河畔草」（五古五韻、一韻到底格、「古2」と略す）である。第四章第一節で詳述するように、「青青」から畳字を六種句頭に列挙して、楼上の窓辺の美女を活写する。次いで後半、「⑦昔爲倡家女、⑧今爲蕩子婦。⑨蕩子行不歸、⑩空牀難獨守」と詠む。第六句まで三人称で詠われ、客観的対象であった女性が、⑦から主体（語り手）に転じて、遠路久しく帰らぬ夫（「蕩子」）を独り待つ空しさを詠うという構成である。畳字の持続性に連動するかのように頂真格が導入されるが、重複される「蕩子」の間に、韻字として「婦」が挟まれている。今昔対が「女」の対語としてそれを必然とした。だが、「婦」を抜き去って⑨の句頭に「蕩子」を繰り返すことでそれが主語となり、空閨を余儀なくされた女性の現況を明らかにして、⑩の女性自身の不安と葛藤という切ない〈情〉の吐露を生み出す。「韋悼」8の頂真格に比して単純ではあるが、両篇とも第二類変格の同形は、注目に値する。韋の頂真格を調べれば、「古十九」に繋って行くのである。前掲の如く、「古十九」の模擬詩中（「擬古詩」其五、巻一、「韋擬」5と略す）に頂真格を用いているのも、その一例である。「韋擬」5は、「幽芳」を漂わせる「嘉樹」を遠方の「君子」に贈りたいが、「③君子不在賞、④寄之雲路長／⑤路長信難越、⑥惜此芳時歇」と詠う。「古9」「庭中有奇樹」の模擬詩である。「古9」も、花盛りの美しい「奇樹」を手折り、遠地の人に贈りたいが道が遠すぎて届ける術がない（⑥「路遠莫致之」）と詠む。韋はこの「路遠」の道に「雲」を冠し、さらに蟬聯語として遠さを強調する。このように「韋擬」の頂真格は、「韋悼」と「古十九」との関連を物語るのである。

　このほか、魏を経て西晉に入ると、第一類はもとより第二類の変格も、多様性を増す。注視すべきは、陸機「擬古詩」其一「擬行行重行行」（巻三十、一韻到底格、五古九韻）である。

　①悠悠行邁遠、②戚戚憂思深。③此思亦何思、④思君徽與音。⑤音徽日夜離、⑥緬邈若飛沈。

「古十九」の特徴である畳字を用いた対句から始まる思婦の詩である。今、内容批評には立ち入らず、頂真格のみに言及する。②末の「深」が、③④にまで続く「思」に挟まれており、第二類変格に属す。ただ③から④への連接は、同一聯内なので、第三類正格になる。この「思」の重複は、遠路の夫への連綿たる思慕の情を表すことは言うまでもないが、リズムの流れを単純な反復に堕することなく、頂真格の種類を変え、正格変格を交えて変化に富んだリズムを工夫する。さらに④から⑤への連接は、第二類変格に属するが、倒置と収斂で表現される。「潘悼」3と同様の複雑な技巧である。「陸才如海、潘才如江」と評されて、西晉の修辞主義を代表する二人の競演を見る思いがする。それはともかく、かような頂真格を用いた作が「古十九」の模擬詩であることに着目したい。韋應物の「擬古詩」は、

第四章第二節で述べるように、陸機のそれをも踏襲しており、やはり韋の頂真格は、「古十九」へと繋がって行くのである。そして夙に高橋和巳「潘岳論」が、「古十九」を挙げて、「潘悼」は、「発想法・語句配置」のみならず「人生認識に至っては、決定的影響」を与えられていると論じた。(23) すなわち「韋悼」の「古十九」への関心は、「潘悼」にも起因するといえまいか。頂真格を観点としても、三者の関連性が明らかになったのである。

悼亡詩史において、先唐六篇の中で頂真格を用いたのは、「潘悼」のみである。「韋悼」の頂真格を考察した結果、やはり「潘悼」とのアナロジーを看取し得た。だが「潘悼」の頂真格は、第一類に属すのに対して、「韋悼」のそれはいずれも換韻箇所ではなく、断絶性の緩やかな第二類を用いている。これは、「潘悼」の印象的な頂真格に触発されながらも、その過剰な粘着性への忌避が働いたと考えられる。模倣しながらも、独自性を追求する韋の姿勢がここでも認められよう。また「韋悼」の頂真格は、「古十九」へと繋がって行く。韋應物の「古十九」への関心を、頂真格という観点によっても確認し得たが、そこには「潘悼」が介在している蓋然性が高いといえよう。

以上のように、「韋悼」は、「潘悼」の詩語やモチーフを模倣し、同じく頂真格を用い、その触媒によって自らの詩境を広め、独自の展開を繰り広げた。その中で、自らの特質とは相容れない「潘悼」のモチーフや修辞は分明に退けている。その差異も含めて、「韋悼」と「潘悼」との関わりの深さが認められよう。つぎにその意味を、悼亡詩以外の哀傷詩篇を対象に考究する。

第三節　潘岳の哀傷作品との関わり

（一）「悼亡賦」「哀永逝文」について

潘岳は妻楊氏の死を悼む作品として、ほかに「悼亡賦」「哀永逝文」を綴っている。「悼亡賦」（以下「潘賦」と略す）の現存作（『藝文類聚』巻三四所収を底本とし、『漢魏六朝一百三名家集』所収『潘黄門集』を対校本とする）は、二十韻四十句から成り、二聯～三聯毎に換韻し、冬の葬送前夜から埋葬当日を挟んで春までという短い時間軸に沿って、具体的に現実の場面を展開していく。悼亡詩が四季一年の流れの中で纏綿たる悲哀の情を詠む内容や時空表現とは明確に異なっており、潘岳が異なる観点の作を企図したことは明らかである。同時代の陸機が、「文賦」（『文選』巻十七）で、詩と賦の文体について、「詩は情に縁りて綺靡なり、賦は物を体して瀏亮（清く明らかなさま）たり」と述べる解説に則していよう。また当時、同一テーマを詩と賦に詠むのは、後掲魏・曹丕「寡婦詩」と「寡婦賦」などに認められ、潘岳の試みからも、相互補完性の意図があったと考えられるのである。

第一・二聯は、

伊良嬪之初降　伊《こ》れ良嬪の初めて降りしより
幾二紀以迄茲　二紀に幾《ちか》くして以て茲に迄《およ》ぶ
遭両門之不造　両門の不造[24]に遭ひ
備荼毒而嘗之　備《つぶ》さに荼毒をば之を嘗む

と詠い始め、先に引いたように「二紀」に亙る結婚生活の苦労を回顧する。その後、第三聯からの概要は以下のとおりである。①妻の死の永遠（第三〜五聯）、②冬の夜、殯室での葬送の準備（第六〜十聯）、③聡明で分身というべき妻の存在と喪失の悲哀（第十一〜十四聯）、④殯室からの移葬（第十五聯）、⑤空室の悲哀と虞祭（埋葬後のたまやすめの祭り、第十六〜十八聯）、⑥春の訪れ（第十九、二十聯）。

第十四聯までは、「時服を遺質に襲《かさ》ね、鉛華を余顔に表す（襲時服於遺質、表鉛華於餘顔）」など葬送前夜の慌ただしい準備が具体的に記され、その間に妻の思い出とそれに伴う悲哀が、つぎのように吐露される。

㉑且伉儷之片合　　且つ伉儷の片合するや
㉒垂明哲乎嘉禮　　明哲を嘉礼に垂る
㉓苟此義之不謬　　苟くも此の義の謬らざる
㉔乃全身之半體　　乃ち全身の半体なり
㉕吾聞喪禮之在妻　吾は聞く　喪礼の妻に在るや
㉖謂制重而哀輕　　制は重くして哀は軽しと謂ふを
㉗既履冰而知寒　　既に氷を履みて寒きを知り
㉘吾今信其緣情　　吾は今其の情に縁るに信《まか》す

㉑「伉儷」としての妻の聡明さは、結婚当初より変わらず、まさにわが身の分身だったと評価し、いくら喪礼を厚くしても悲哀の重さは変わらず、身も心も寒い今の哀情に身をまかすほかないと表白する。

この「兮」を用いない「三言＋虚辞（之・以・而・於など）＋二言」という騒体は、両漢には見えず、魏晉に数多く現れた新形式で、本来「兮」が置かれる「句腰」に、虚辞を措いて、新味を出している。㉕また内容的には、この第十四聯までが、殯室内での情景と悲哀で、次からは棺を外に移葬する動きになり、形式も以下のように変える。

第十五聯「夕べは既に昏くして朝は既に清く、爾が族を延きて後庭に臨む（夕既昏兮朝既清、延爾族兮臨後庭）」は、親族を引き連れて、棺を殯室から後庭にある祖廟に移す情景である(26)。この形式は、右の如く「兮」を用いた『楚辭』九歌に基づく「二または三言＋兮＋二または三言」という騒体(27)で、同型が最後まで続く。ところが内容的には、次の第十六聯は、これまでの時系列の流れを断ち切り、葬送・埋葬場面を省いて、唐突に埋葬後帰宅しての「空室」の悲哀を詠む（概要⑤）。二場面が脱落した蓋然性も否定できないが、まさにその場面を補うかのように詠われているのが、「哀永逝文」（以下「哀文」と略す）なのである。

歌い始めは、棺が門のそばに置かれて葬送への出発を待つばかりの光景である。

啓夕兮宵興　　啓夕　宵に起くるも
悲絶緒兮莫承　　緒を絶ちて　承くる莫きを悲しむ
俄龍轜兮門側　　俄かに龍轜《りようじ》（棺）門側にあり
嗟俟時兮將升　　嗟《ああ》　時を俟ちて　将に升らんとす
嫂姪兮慞惶　　嫂姪は　慞惶《しようこう》し
慈姑兮垂矜　　慈姑は　垂矜す
聞鳴鶏兮戒朝　　鳴鶏を聞きて　朝を戒むれば（告げる）
咸驚號兮撫膺　　咸《みな》驚号して　膺《むね》を撫す

「啓夕」は、葬送前夜、殯を「啓」いて祖廟に移す時を表す。すなわち「潘賦」第十五聯に重なる。兄嫁、姪、母堂の慟哭が響いてくるような臨場感溢れる描写であるが、この時を起点として、墓地までの野辺送りの光景、次いで棺を墓中に下ろす埋葬が展開し、帰宅後の殯室での「反哭」で終わる。最後は「潘賦」第十六聯に重なり、第十五聯と第十六聯の間に欠落している啓殯から反哭までの流れが、まさに符牒を合わすかのように詠われている。この「哀文」を補うことによって、葬送の流れが途切れることなく展開するのである。

そして「反哭」までの流れの間に、

今奈何兮一擧　　今　奈何ぞ一挙し
邈終天兮不反　　邈として　終天　反らざる

という「妻の死の永遠」や、「潘賦」と同様の悲愴が、次のように切々と詠われる。

悽切兮增欷　　悽切にして　欷《なげ》きを増し
俯仰兮揮淚　　俯仰して　涙を揮ふ
想孤魂兮眷舊宇　　孤魂を想ひて　旧宇を眷《かえりみ》れば
視倏忽兮若髣髴　　視ること倏忽として　髣髴たるが若し

この形式は、右の詩句で明らかなように、「潘賦」第十五聯以降に用いられているのと同じ九歌型の騒体である。そうなると、「潘賦」が第十五聯以降、なぜ九歌型に変更したかが、以下のように推論できよう。

二篇の成立時期については、胡旭氏の説くように、「哀文」が先に成り、その後、「潘賦」が作られたと考えられる。(28)端的にいえば、「哀文」は葬送前夜から「反哭」までの一日を背景とするのに対して、「潘賦」は「冬夜」から「春風」までの比較的長い時間が詠まれているからである。したがって、「潘賦」は前半第十四聯まで脱「兮」の新型を用いるが、葬送・埋葬場面は、先に成った「哀文」があるので省略する。その代わりに第十五聯以降、九歌型形式に変えることによって、「哀文」を想起させ、流れを中断しなくてすむことを意図したのではないだろうか。

以上のように、「悼亡賦」「哀永逝文」の二篇は、内容・形式ともに、分かちがたく結びつき、相補関係にあるといえよう。

「哀文」は、『文選』（巻五七）「哀」（上）という部建ての中に、唯一収録されているが、『藝文類聚』（巻三四）では、「哀辭」に「哀永逝辭」として題名を変えて収録されている。だが『文心雕龍』「哀弔」篇では、「哀辭」について、「下流（目下）の悼」と述べ、老人のためには作らず、必ず夭折者のために記されると説く。潘岳の名を挙げて「実に其の美を鍾む」と称賛しながら、その作としては、夭折した「金鹿」「澤蘭」の「哀辭」を挙げるのみで、「哀文」は記さない。時代は下って明・徐師曾『文體明辯』が、「哀文」を「哀辭」（巻六十）に収めているのは、『藝文類聚』に倣ったのであろう。徐は小序で「哀辭とは死を哀しむの文なり。故に或いは文と称す。夫れ哀の言為るは依なり。悲しみは心に依るが故に哀と曰ふ。辞を以て哀を遣る、故に之を哀辞と謂ふなり（哀辭者哀死之文也。故或稱文。夫哀之爲言依也。悲依於心故曰哀。以辭遣哀、故謂之哀辭也）」と説く。冒頭の「故或稱文」は、「哀辭」と題しておきながら「哀文」を掲載することの言い訳のようにも読める。そして「夫」以下、「故曰哀」までは、劉勰からの引用であるが、それに続く「下流之悼」以下（夭折者の哀悼という要素）は省いている。これは、「哀文」の対象が妻楊氏であり、劉の定義に該当しないからである。ほかの収録作は、韓愈「歐陽生哀辭」のみである。すなわち『文選』以来、「哀文」の分類や位置づけに苦渋の後が窺える。だが現代の辞賦研究書において、潘岳作品に言及するとき、「哀文」は、当然の如く、「悼亡賦」とともに賦作品として対象とする。(29) 両篇の近似性・相互補完性を勘案すれば、宜ならんといえよう。

さてこの二篇と韋應物の悼亡詩との関わりであるが、まず「悼亡賦」との関連に言及する。「韋悼」の特質として、第一章で指摘したように、結婚生活の回顧が挙げられるが、先述の如く、「潘賦」冒頭の「二紀」が「韋悼」に「覚えず　平生の事、咄嗟にして二紀余なるを」（24「發蒲塘驛……追懷昔年」第五・六聯）と用いられている。それはたまたま同じ二十年あまりの結婚生活だったからかもしれないが、「潘悼」には見えないこの語を用いたのは、やはりある種の共感の為せるわざであろう。それゆえ、この発想は、「韋悼」1「傷逝」の「結髪より二十載、賓敬始めて来るが如し」（第三聯）にも認められる。次いで、「韋悼」1は「潘賦」の「不造」「荼毒」という結婚生活の苦難に相当する「時屯」「患災」（第四聯）を詠う。その後の「潘賦」は、「芬華之芳列」「全身之半體」という妻の美質を表すが、「韋悼」1も「柔素亮に表と為り、礼章夙に該する所なり。公に仕へて私に及ばず、百事令才に委ぬ」（第五・六聯）と妻を称賛する。すなわち二篇前半の〈回顧〉→〈苦労〉→〈妻の美質〉という構成が一致する。いずれも「潘悼」には見えないモチーフと構成であり、「韋悼」は、「潘賦」を踏まえて詠んだと考えられよう。先行研究は、既述の如く、「妻像の描出」（第一章第一節）を「韋悼」の新しさと評するが、「潘賦」にその源を認め得るのである。

また「潘賦」の第十六、十七聯は、

入空室兮望靈座　　空室に入りて霊座を望み
帷飄飄兮燈熒熒　　帷《とばり》は飄飄として灯は熒熒たり
燈熒熒兮如故　　灯は熒熒として故の如く
帷飄飄兮若存　　帷は飄飄として存するが若し

と埋葬からの帰宅後、妻亡き虚しさを、畳語を含む頂真格を用いて詠っている。第十六聯下句の「帷」と「燈」を、第十七聯の上下句に分散させて、あたかも妻がいるかのような錯覚を起こさせて、現実の不在への悲哀を表している。ふわふわと翻る「帷」が印象的だが、「韋悼」3「出還」では、頂真格を用いずにこう詠う。

③入室掩無光　　室に入るも掩はれて光無く
④銜哀寫虛位　　哀を銜みて虚位に写す

⑤悽 悽 動 幽 幔　　悽悽として幽幔動き
⑥寂 寂 驚 寒 吹　　寂寂として寒吹に驚く

光を無くしたおぼろな部屋を詠うが、それは逆に「燈熒熒」を意識してのことか。それでも同様に畳語を用いて帳を寒風に翻させている。この「驚」は、風の冷たさは無論のこと、頭では妻の死を理解していても、「潘賦」と同様に、それを信じたくない思いをも表わしていよう。同じシチュエーションを設定しながら、明暗や修辞を異にし、感情表現も裏表にするという韋應物の試みを認めるべきであろう。

最後に時は冬から春に移ろい、「潘賦」は、

春 風 兮 泮 冰　　春風　氷を泮《と》かし
初 陽 兮 戒 溫　　初陽　温を戒む

と詠む。「韋悼」も春の始まりを、6「除日」(第三聯)で

冰 池 始 泮 綠　　氷池　始めて緑に泮けて
梅 援 還 飄 素　　梅援(柳)還た素を飄す

と緑と白の爽やかな色彩対を用いて詠んでいる。二篇共に「泮冰」という『詩經』邶風「匏有苦葉」を出自とする語[30]を用いているが、注目すべきは、句内の構造である。「韋悼」は「潘賦」の「兮」を、「始」「還」という虚字に置き変えただけで、「主語+述語+目的語」という同一の構造を作っている。先に挙げた褚斌傑氏のまとめの如く、「兮」は助辞と同じ用法と意味を持っているが、韋應物はそれを敷衍し、虚字に変換して、五言詩を作ったのではあるまいか。そうした観点から「韋悼」の諸作を検討してみると、五言の第三字に虚字を置く構造の句は、枚挙に遑ない。1「傷逝」で示せば、「柔素亮|爲表／禮章夙|所該」「夢想忽|如睹／驚起復|徘徊」などである。これは六朝の五言詩によく

見られる造句[31]ではあるが、「韋悼」においては、古風なそのリズムが「潘賦」とのアナロジーを想起させるのである。韋應物は、辞賦からも、詩語・発想・構成・構造も含めて、独自性を工夫しながら、果敢に模したことが明白になったといえよう。

つぎに葬送・埋葬を詠んだ「哀文」との関わりであるが、5「送終」はまさに葬送詩である。「葬送詩」は、『文苑英華』巻三〇五の収録作からも明らかなように、六朝から始められ、唐代に入ると太宗李世民、王維、皇甫冉、顧況らが詠んでいる（後藤氏前掲書注（26）、「葬送詩論」一～三の詩史）。だがいずれも家臣、友人や上司を対象としており、妻は対象ではない。韋應物を触発して悼亡詩に初めて葬送詩を作らせた直接の契機は、やはり潘岳の「哀文」であろう。

「送終」は、「奄忽として時節を逾え、日月其の良きを獲たり」と占卜によって埋葬の日を決めたことから歌い始め、「蕭蕭として車馬悲しみ、祖載（棺を載せた車）中堂より発す」（第二聯）と野辺送りを開始する。「哀文」は先述の如く、出発までに家族も含めた哀号を響かせるが、韋詩ではそれを抑制し、馬の嘶きで表している。

悲しみのために立ちもとおりながら遅々たる歩みの中で、「哀文」にも、「馬は首を廻らせて旆《はた》を旋す」と馬が登場するが、その後、

昔 同 塗 兮 今 異 世　　昔は塗を同じくするも　今は世を異にし
憶 舊 歡 兮 増 新 悲　　旧歓を憶ひて新悲を増す　　（第二十聯）

と「今昔」「新旧」の対比を呈する。この「舊歡」「新悲」は第一節で論究したノスタルジー発生の必要条件そのものである。ここに韋詩のノスタルジー表現の原点を認めても、あながち的外れではあるまい。

また5「送終」の第三聯では、

生平同此居　生平　此の居を同にするも
一旦異存亡　一旦　存亡を異にす

2「往富平傷懐」末尾にも

昔時同往路　昔時は同に路を往くも
獨往今詎知　独往　今詎ぞ知らん

と詠んで、今昔を対比して喪失感を表している。第一節で指摘したように、韋應物は、旧居、故地を再訪することが多いが、その道行で、右の対比を用いた「傷懐」を少なからず詠っている。「哀文」との関わりを看取できよう。

以上のように、潘岳の「悼亡賦」「哀永逝文」は、悼亡詩とはジャンルを異にするにもかかわらず、韋應物は、詩語、発想、構成、句の構造も含めて、躊躇せずに模していることを認め得るのである。この越境性は興味深い。韋應物の表現意欲は無論のこと、彼の文学観をも推察できよう。

ジャンル論には、少なくない先行研究があるが、褚斌傑氏が説くように、魏晉から始まる。その分類は時代とともに繁細になるが、分類基準は分明ではない。(32) 褚氏は、原因を三点挙げる。(一)「文学」概念そのものが明確ではないこと。詩賦は、文学か否かの区別は容易だが、散文領域は「文学と非文学」の明確な区分が無いため、特に難しい。(二) ジャンル論は、内容と形式の両面に関わり、多角的な観点が可能になるため基準も不統一になる。殊に散文は、実用性を備えているため、現実的役割をも基準とすることになる。例えば、哀悼のための文章は、「哀文、誄文、祭文、謚文、墓誌銘等等」に分類され、その結果、煩雑なジャンルが生じる。(三) 各ジャンルには固有の形態があるが、同時に相関性もある。本来、備わっている「規範性」と「安定性」は、歴史の流れとともに変化し、更新拡大される。その結果、常に「変体」が生じて、文体分類に新たな課題を提起する。これも文体分類の複雑性、多様性の原因と説く。すなわち、ジャンル分類の困難さは、文学そのものが、生き物のように、時代とともに常に「変化、更新、拡大」するからであり、各種ジャンルが先後継承し、相互に影響を及ぼすからである。ここには、修辞の変容も関わっていよう。

潘岳の時代には、同時代の陸機「文賦」がすでに「体に万殊有り」として、前掲の「詩」「賦」を初めとして十種類のジャンルを挙げている。だがその中に収まりきらない「哀文」のような「変体」が生まれている。(33) 韋應物は、先行作品の「規範性」「安定性」を志向しながらも、同時に文学は「変化、更新、拡大」していくものとして、自由な創造の可能性を認めていたのではあるまいか。飛躍を承知で言えば、模擬と創造という二律背反的志向を、この越境性から推察できるのである。この点は、問題意識として保持していきたい。

（二）「寡婦賦」について

（一）においては、潘岳の亡妻を悼む諸篇との比較を行ったが、「韋悼」の潘岳との関わりは、それだけではない。山田前掲論文（注（1））は子どもを詠う先例の一つとして、潘岳の「寡婦賦」（『文選』巻十六）を挙げる。だが、子どもの描写だけではなく、「韋悼」の詩語、モチーフ、展開は、少なからず「寡婦賦」をも踏襲している。「寡婦賦」は、潘岳の幼なじみで義妹の夫でもある任子咸の夭折を悼み、遺された義妹の心中を推し量り、彼女に成り代わって詠んだ代作（「寡婦賦」序）である。

両親を早くに亡くして不幸に育った若妻が、結婚によってやっとつかんだ幸福を夫の夭折で失う。冒頭はその嘆きを、妻の一人称で綿々と詠う。それからの展開は、①葬儀終了後の空室と殯宮での悲哀。②晨に喪車を出発させての送葬。③仲秋から厳寒の冬への推移を背景に後追い自殺を思うが、幼子のために思いとどまる。④歳暮、夫の夢を見る。⑤夫を慕って山上の墓に登り、同穴を誓う。

右の概要から明白なように、「悼亡賦」「哀文」二篇を合併した内容展開を寡婦の立場から詠んだ作ともいえよう。また斉藤前掲論文は、潘岳の「悼亡詩」と「寡婦賦」を比較して、詠む主体の性差による状況の相違（夫を悼むことと妻を悼むこと）にもかかわらず、同一詩語や類似表現の多さ、〈季節の推移〉〈空室の悲哀〉〈墓への登高〉などモチーフの同一性を指摘し、両者の距離の近さを明示する。[34] さすれば、「韋悼」と「寡婦賦」との近似性も容易に推考され、事実、それは右の①～⑤の概要や後述の詩語からも、確認できる。ここではそれを前提として贅言を省き、「潘悼」には見えず「寡婦賦」にのみ認められる「韋悼」と共通する例を挙げる。それは、〈夢〉（18「感夢」）のモチーフである。

「寡婦」は、日暮れて葬儀を終えると、「素帷」を垂らした部屋の空しさに心は傷つき打ちひしがれる（「摧傷」「愴惻」）。「　」内の詩語はいずれも「韋悼」に見える[35]。仲秋に至り、厳寒の冬へと「四節は流れて忽ち代序」するが、哀しみは、ますます募る。「願はくは夢を仮りて以て霊に通ぜんことを」と望むほどに。願望通り、夫は夢の中に現れるが、はっと驚いて目が覚める。

夢良人兮來遊　　良人の来遊するを夢む
若閶闔兮洞開　　閶闔《しょうこう》（天の門）の洞開するが若し
怛驚悟兮無聞　　怛《いた》ましく驚悟すれば聞くこと無く
超惝怳兮慟懷　　超《はる》か惝怳して（失意のさま）慟《なげ》き懐ふ
慟懷兮奈何　　慟き懐ふこと奈何せん
言陟兮山阿　　言《ここ》に山阿に陟《のぼ》る

このように、（二）の「悼亡賦」後半および「哀文」と同型の「九歌」型騒体を用いた軽快なリズムで、悲哀を溢れんばかりに表現する。ただ夢の内容は描かれず、まさに「韋悼」と同様、「微夢」が詠まれており、「韋悼」との類似性を見出せよう。ここでは韋應物が「性差による状況の相違」と「賦」という異なるジャンルに拘泥せず、「寡婦賦」を踏襲していることに着目しておきたい。

このほか潘岳の「悼亡詩」、「寡婦賦」とともに共通する修辞上の類似性として、頂真格（右の「慟懐」の反復）や対句・畳語・双声・畳韻の多用を指摘できる。[36]ただそれらは魏晉から顕著になった修辞主義の現れとして古詩の多くに認められ、この両篇に特化できないので指摘するに止め、以下は、より重要な点である典故について述べる。

「潘悼」第二首第八聯は「独り李氏の霊無からんや、髣髴として爾の容を睹ん（獨無李氏靈、髣髴睹爾容）」と詠うが、これは漢の武帝の李夫人の故事（『漢書』巻九七上）である。寵愛していた李夫人の死を受け入れがたい武帝は、方士に命じて夫人の霊を呼び出させると、帳の向こうにその姿がぼんやり浮かんだという。

「寡婦賦」でも、寡婦は初秋の霊室で、風に揺れる「靈衣（夫の衣類）」を目にしては涙に暮れている。すると「冥冥にして覿《あ》ふこと罔《な》しと雖も、猶ほ依依として以て憑附す」とぼんやりとではあるが、夫に寄り添えるような気配を感じている。同様に、「韋悼」4「冬夜」第五聯の「帷帳　徒らに自から設くるも、冥寞より　豈復た来らんや（帷帳徒自設、冥寞豈復來）」も同じく李夫人の典故に基づいている。

このように、典故による三篇類似の表現が認められるのに対して、「潘悼」に見えるつぎの二つの典故は、前述の如く、「韋悼」には認められない。第一首第十三聯「庶幾はくは時に衰ふる有らん、荘缶《そうふ》　猶ほ撃つ可し」、第二首第十二聯「上は東門呉に慙ぢ、下は蒙の荘子に愧づ」、「東門呉」は息子を亡くしても悲しまなかったという『列子』力命に見える故事。もう一つは「荘周　缶を撃つ」の故事（『莊子』至樂）。[37]いずれも生は「大夢」、死は「大覚」という道家思想によって死の悲哀を克服した二人である。潘岳は克服できない自分を恥じている。「三良の秦に殉ずるに感じ、生を捐《す》てて自ら引くを甘しとす」と。秦の穆公の死に殉じた三人（『春秋左氏傳』文公六年）と同じく、後追い自殺を考えるのである。だが「稚子を懐抱に鞠《やしな》ひ、羌《ああ》低徊して忍びず」と幼子のために、思いとどまる（概要③）。この発想は、魏・王粲「寡婦賦」の「刃を引きて以て自裁せんと欲するも、弱子を顧みて復た停む」（『藝文類聚』巻三四）に基づく。

王粲は、三曹を中心とする建安七子の一人である。「寡婦賦序」に「昔阮瑀既に没して、魏文之を悼み、並びに知旧に命じて、寡婦賦を作らしむ」と記すように、魏の文帝曹丕が阮瑀の「知旧」に命じて「寡婦賦」を作らせた、その一つである。潘岳は右の序に続けて、「余遂に之に擬し、以て其の孤寡の心を叙す」と述べ、自ら「擬作」と明記した。齋藤前掲論文（注（15））は、「寡婦賦」のこの模擬性を、建安の「寡婦賦」、主に「丁儀」（または「丁廙」）の妻[38]の作と比較して、構成の一致（「殯葬」「送葬」「服喪」）と詩語詩句の表現の類似だけではなく、典故（『春秋左氏傳』の殉死など）がモチーフをより前景化して、共に悲哀の社会的位相（士大夫階級社会のイデオロギーに基づくを鮮明にした。その意味で、「潘悼」の『莊子』の典故も同じ機能（官務復帰に通じる士大夫階級の価値観の表出）を有しており、「寡婦賦」とは「性差による状況の相違」がありながら、それらは「分断」しているのではなく「連結」していると説く[39]。端的にいえば、「相違」と「連関」の動的相互作用が、「潘悼」の模擬性といえよう。

この「模擬性」については一言すべきであろう。和田英信「模擬と創造――六朝雑擬詩小考」は、『文選』に設けられている「雑擬」（巻三十、三一）を一般化して、「模擬」とは「参照対象（原作あるいは作者：論者注）を明示したうえで行われる創作行為」とする[40]。拙論では、中国古典文学における一般的なこの定義と区別して、「模擬性」（あるいは模擬的営為、模擬的機能）という言葉を用いる。ある作品の特質と関わる詩句や発想を襲用する伝統的営為、典故使用も含めて正統的といっても許される修辞であり、それを「模擬性」と称することにする。これは模擬作品における特性に止まらず、模擬対象作品が明示されない場合や、部分的に踏襲されている場合も含める。さらに普遍化して、芸術作品における、より広い意味での、もしくはより本質的根源的な意味での表現行為、ミメシスともいえよう。我が国初の体系的文学論というべき坪内逍遙『小説神髄』が、「小説は常に模擬を以てその全体の根拠となし、人情を模擬し世態を模擬し、ひたすら模擬する所のものをば真に逼らしめむと力むるものたり」（上巻「小説の主眼」）と説く、「模擬」である。それは、小説のみならず、文学、ひいては芸術全般に通じる本質的営為である。これによって、ジャンルに拘束されない韋應物の越境が可能になるといえよう。

本章第一節で述べた如く、ノスタルジアに耽る韋應物には〈悲哀の切断・止揚〉という現実的志向は皆無であり、これらの典故を踏むこともあり得ない。さらに当該例の主人公は「寡婦」であり、「稚子」の母という「性差による相違」が、より劃然としている。すなわち「潘悼」と「寡婦賦」との距離（同じ作者という意味ではなく、作品としての）よりも、「韋悼」と「寡婦賦」との距離のほうが、遙かに遠いというべきである。それにもかかわらず韋應物は、「潘悼」にない〈夢〉のモチーフを取り入れ、「稚子　恩の絶ゆるを傷む」（12⑦）と「寡婦賦」と同じ「稚子」の語を用いて、従前の悼亡詩には見えない子どもを登場させた。「潘悼」が「差異」ゆえに「寡婦賦」と連動したように、韋應物もそれとの、より大きな「差異」を意識することで、自らの悲哀のあり方を対照化し、模擬せんと試みたのである。ここに「韋悼」と「潘悼」との本質的関わりを見出せるであろう。すなわち、韋應物は、潘岳悼亡詩の他ならぬ〈模擬性〉を踏襲したのである。

小結

「韋悼」の特色として、先行研究が指摘する「今昔の対比」は、具体的には今の「悲」と昔の「喜」の鮮明な対比で、しばしば空間移動を伴っていた。それは、nostos（家に帰る）の擬似行為であり、それによって構築される詩境は、失われた時空を求めるノスタルジックな世界といえよう。

「潘悼」との関わりでは、「韋悼」は、「潘悼」の五モチーフをすべて踏襲しながら、官務への復帰という現実的モチーフだけを捨象していた。昔時への回顧往還というノスタルジアとは、相反する方向性ゆえ、当然の帰結といえよう。また頂真格は、先唐六篇の中では「潘悼」のみが用いており、考察の結果、やはり両篇の類似性を看取し得た。だが「潘悼」の過剰な粘着性を忌避してか、種類を異にして、頂真格機能である連接性の緩やかなものを選んでいる。「韋悼」の頂真格は「古十九」へと繋がって行くが、そこにも「潘悼」が介在している蓋然性が高かった。かように「韋悼」は、「潘悼」の詩語やモチーフを模倣し、同じく頂真格を用いながら、自らの特質とは相容れないモチーフや修辞は明確に忌避している。模倣しながらも、独自性を追求する韋の姿勢がここでも認められよう。その差異も含めて、「潘悼」との深い関わりが明らかになった。

さらに対象を潘岳の哀傷作品に広げて「韋悼」と比較した。先行研究が「韋悼」の新しさと指摘する〈妻像の描出〉〈子どもの存在〉〈夢〉〈今昔の対比〉は、いずれも潘岳の哀傷作品を踏襲していた。「潘悼」とその他の哀傷作品との関係は、潘岳の模擬性を物語る。韋應物はそれに倣って、自らの悲哀を、「潘悼」のみならずジャンルを異にする「悼亡賦」「哀永逝文」そして性差のある代作「寡婦賦」をも含めた過去の悲哀と対照化した。すなわち両篇の本質的関わりとは、模擬性にほかならない。韋應物は、そのうえで自らの価値観との相違や「差異」をも動的に関わらせ、それらの触媒によって、自身の詩境を深め広めたのである。それこそが韋應物悼亡詩の多様性を生み出し得た動因の一つではないだろうか。

この特質が、「江悼」との比較において、いかなる意味を持ち得るか、以下に考察を続けたい。

注

(1)『中国学研究論集』第二一号、二〇〇八・十二。
(2)『飆風』第五号、一九七三・四。
(3)山田和大「韋応物の自然詩について――「賞」字の使われ方――」(『中国中世文学研究』第五一号、二〇〇七・三)参照。
(4)例えば、曹丕「代劉勛妻王氏雑詩」(『古詩紀』巻十二)の「昔將爾同去、今將爾同歸」は、「韋悼」2「昔時同往路、獨往今詎知」と類似する。その他、張載「七哀詩二首」其一「昔爲萬乘君、今爲丘中上」(『文選』巻二三)や陸機「挽歌」其三「昔居四民宅、今託萬鬼鄰」(『文選』巻二八)、陶潛「擬挽歌十二首」其三「昔爲三春蕖、今作秋蓮房」などは、生死の対比で、「韋悼」との関連が推考できよう。
(5)胡旭『悼亡詩史』(序章注(4))第二章第二節「韋応物：斯人既已矣」でも韋詩の修辞法の一つに、対比表現を挙げている。謝衛平「論韋応物悲情詩的時空体系」(『求索』二〇〇七・六)も指摘する。
(6)『中國文學報』第四七冊、一九九三・十。
(7)F・デーヴィス『ノスタルジアの社会学』間場寿一等訳、第一章「ノスタルジアの体験」、「ことばと意味」(世界思想社、一九九〇・三)。
(8)注(7)第三章「ノスタルジアとライフサイクル」、「成熟期・老年期のノスタルジア」。
(9)春木有亮『実在のノスタルジー　スーリオ美学の根本問題』エピローグ――ノスタルジーの逆説(行路社、二〇一〇・三)

は、「ノスタルジーにおいては、〈不在のもの〉が、〈現実〉であり、目の前に在るものは〈非現実〉である。ノスタルジーは、その〈不在のイマージュ〉をてこにして、力強く創造する。今目の前に在ることと不在の対比をも含む〈世界の構築のすべて〉がノスタルジーの感情の中にまるまる全部収まっており、それゆえノスタルジーは、〈構築する〉〈創造する感情〉たりうる」と論ず。一九八～二〇一頁。

（10）後述（第五章第四節、終章第二節など）の如く、「微鐘」「微雨」「微風」など韋應物は数多く「微」を用いている。

（11）「幽」を用いた韋詩の評語は、「幽深閑遠之語難造」（元・倪瓚『清閟閣全集』巻十）、「意趣幽玄」（明・許學夷『詩源辨體』巻二三）など。

（12）陶敏等校注本引劉辰翁校点、袁宏道参評『韋蘇州集』（国家図書館蔵）論者未見。土谷彰男「中国国家図書館所蔵『韋蘇州集』善本について」（『早稲田大学大学院文学研究科紀要』第五〇輯第二分冊、二〇〇五・二）善本リスト【二十二】に「四冊、王序なし、詩形別による分類。毎詩篇末に劉信翁（「劉云」）、袁宏道の評語」とあるのが、当該書と目される。

（13）序章注（4）、第二章第二節、六〇頁。

（14）最も単純な比較として同一の詩語を調査すると、第一首には四語（「荏苒」「之子」「流芳」「春風」）、第二首にも四語（「単衾」「誰與」「展轉」「長簟」）、第三首には、左の六語、計十四語を見出せる。第三首に見える韋詩と同一の詩語と類似の表現は、つぎの通り。括弧内の算用数字は「韋悼」の通し番号、丸囲み算用数字は第何句かを表す。
⑥「潛翳」（5⑮）、⑦「如昨日」（6①、20⑨）、⑱「戚戚」（16②）、⑳「泣涕」（1⑱）、㉑「駕言」（2③）、㉕「徘徊」（1㉒、25⑭）。

（15）『中國文學報』第三九冊、一九八八・十。

（16）「斑鬢髟以承辨兮、素髪颯以垂領」（『文選』巻一三）。

（17）頂真格については、陳望道『修辞学発凡』（序章注37）第八篇など。陳氏は、「聯珠格（同章、同節内使用）」と「連環體（異なる章、節を跨ぐ使用）」の二分類をする。ただ用例が少なく、時代もジャンルにも一貫性がない。佐竹論文は『東北大学中国語学文学論集』第十九号（二〇一四・十二）所収。また第二類については同氏の「同韻の二聯間における頂真格の修辞――『詩経』から謝霊運まで――」(『集刊東洋学』第一一四号、二〇一六・一) 参照。

(18) 其二の二ヶ所は、「⑧誰與同歲寒／⑨歲寒無與同」「⑱不覺涕霑胸／⑲霑胸安能已」。典型的な第一類正格だが、前者は、「與同」が倒置で⑨に繰り返されており、佐竹氏は、「曹植詩には見られなかった技巧」と指摘する。

(19) 楽府の頂真格については、吉田文子「民間楽府における表現形式とその機能について――頂真格を中心に――」(『お茶の水女子大学中國文学会報』第二三号、二〇〇四・四) 参照。韋の十四例は以下の通り。第一類正格五例 (「横塘行」「烏引雛」「燕銜泥」「金谷園歌」「彈棋歌」)、変格六例 (「彈棋歌」「信州錄事參軍常曾古鼎歌」「漢武帝雜歌」「寶觀主白鸜鵒歌」「調嘯詞」二例)、第二類正格一例 (「射雉」)、第三類正格二例 (「寶觀主白鸜鵒歌」「樂燕行」) 以上皆巻九・十、陶敏本に拠る。詩篇中の反復詩語は、右の順に従って次の通り (「韋悼」は省略)。第一類「路長」第二類「雲端」「故人」、第三類「東海」「東」「所歡」。

(20) ①「杳杳」は、「古十九」其十三に見え、「日云暮」は、其十六「歲云暮」と類似。

(21) 曹植「撫心長太息／太息將何爲」(「贈白馬王彪」)、石崇「默默以苟生。苟生亦何聊」(「王明君詞」) など。楽府や唐代には、数多い。漢魏の楽府の頂真格については、林宗正原著・二宮美那子訳「詩經から漢魏六朝の叙事詩における頂真格――形式及び語りの機能の発展を中心に――」(『中國文學報』第七四冊、二〇〇七・十) が「語り」を観点に、その機能を六点 (感情の強調、情景・内容や粗筋の転換、特定の意味の深まり、「語り」の声や、速度の変化など) 指摘する。唐代の頂真格についても、同氏「唐代叙事詩における頂真格の展開――併せて白居易叙事詩の意義を再考す――」(『白居易研究年報』第九号、二〇〇八・十) が、盛唐では、主に李杜の頂真格を対象として論ず。

(22) 例えば「①日出東南行、②照我秦氏樓。③秦氏有好女、④自名爲羅敷」(「陌上桑」) など。

(23) 『中國文學報』第七冊、一九五七・十、三九～四四頁。のち『高橋和巳作品集9中国文学論集』「六朝文学論」(河出書房新社、一九七二・四) 所収。

(24) 「不造」は「不幸」の意。具体的には、楊家の方は、前述 (九六頁) した通り、岳父、楊肇の免官と三年後の失意の死、その後の二人の子息の死。潘家の方は、父潘芘の死 (二七六年頃) を指す。

（25）王徳華『唐前辞賦　類型化特徴与辞賦分体研究』（浙江大学出版社、二〇一一・十）。両漢時代は、「六言兮、六言」という「離騒」型が主流だった（例えば、司馬相如「長門賦」など）が、魏晋に入り、「兮」字の無い六字句が大量に増え、同時に「九歌」型（特に〈三言兮二言〉）が継続して用いられたと説き、「哀永逝文」をその例の一つに挙げる（第三章「唐前騒体新変与騒賦互滲」二、唐前情愛主題騒体創作、二〇四～二〇六頁）。

（26）後藤秋正『中国中世の哀傷文学』Ⅲ「悼亡と葬送の文学」、「悼亡賦」論――漢代から梁代まで――（研文出版、一九九八・十）、二三二頁。

（27）藤野岩友『巫系文学論』（大學書房、一九五一）は、「九歌」型について、「離騒」型の「遅重」に比して「音調が軽快」と論ず（神舞劇文学「九歌の歌舞」一六七、一六八頁）。なお「兮」については、褚斌傑『中国古代文体概論』（北京大学出版社、二〇〇三・八）が、聞一多などの先行研究を簡潔にまとめる。＊古代では「啊」と発音した語気詞、＊『詩経』中にもあるが、頻度、用法、効果は全く異なり、『楚辭』の主要な特徴の一つとなっている。＊リズムを調整する働きがあり、句読点の機能も有る。＊「九歌」中の「兮」は「之・而・以・然・于」などの助辞と同じ用法と意味をもっている（第二章第二節「楚辞体的主要特点」、六六頁）。

（28）前掲書（序章注（4））第一章第四節「潘岳：徘徊虚墓間」、二三頁。「哀文」の成立時期は断定出来ないが、楊氏逝去直後とするなら、「悼亡賦」「悼亡詩」は逝去一年後とする。後藤氏前掲書（注（26））は「哀文」「悼亡賦」は「ほぼ同時期」とする。拙論では、「悼亡賦」は一年後と断定出来ないが、「哀文」の後と考える。

（29）程章燦『魏晉南北朝賦史』（江蘇古籍出版社、一九九二、一二五頁）、王琳『六朝辭賦史』（黒竜江教育出版社、一九九八、一一六頁）、王徳華前掲書（注（25）、二〇四頁）など。

（30）「士如歸妻、迨冰未泮」に基づく。婚姻六礼のうち、「請期」までの五礼は、氷のまだ融けないうちに終わらせて、仲春二月中に婚礼を為すべしと詠む。

（31）網祐次『中國中世文學研究――南齊永明時代を中心として――』「永明詩人の叙景詩の句法」は、五言を三種に分けて、「二一二」構成が「正常な形式」とし、謝朓詩を例に、第三字が副詞的である場合が多いとする（新樹社、一九六〇・三、三〇九頁～三一一頁）。

（32）『中国古代文体概論』増訂本（注（27））附録「古代文体分類」四九七～四九九頁。六朝時代については、興膳宏「六朝期における文学観の展開――ジャンル論を中心に――」（『中国の文学理論』筑摩書房、一九八八・九）、福井佳夫『六朝文体論』（汲古書院、二〇一四・三）参照。

（33）「文賦」自体、「賦」という文体で、内容は「論」という齟齬があり、『文選』でも「賦」の子目に「論」を設けて、「文賦」一篇だけを収めているのも、「哀」と同様、苦渋の工夫といえよう。

（34）注（15）六四～六五頁。

（35）つぎの「韋悼」の詩語は、すべて「寡婦賦」に見出せる。1⑨「傷摧」、2②「素帷」、2④および27⑦「惻愴」、4①「杳杳」、4⑯「（河）漢」、5③「車馬悲」、5⑥「異存亡」、10㉑「獨語」、17①「霜露」、17②「星漢回」、17⑦「空宇」。またすでに挙げた韋・潘悼亡詩中の「潛翳」「徘徊」は「寡婦賦」にも見える。

（36）高橋和巳「潘岳論」（注（23））は「潘悼」の対句・畳語・双声・畳韻の多用を指摘するが、必ずしも悼亡詩に特化できない。ただ「韋悼」との関わりからいえば、特に、畳語の多用は、言及すべきであろう。「潘悼」第三首でも「凄凄」「烈烈」（③④）、「亹亹」「戚戚」（⑰⑱）と連珠対で用いられている。「韋悼」では、7①「迢迢」、10㉑㉒「冥冥」「杳杳」、12①②「沈沈」「婉婉」、15⑧「耿耿」などと多用されている。そのリズム的効果や持続による拡大増幅または深化作用は、悼亡詩に限らず韋應物詩の特質の一つに数えられる。詳細は、拙論第四章第一節（三）、第五章第一節など参照。

（37）「哀永逝文」の末尾「重曰」にも「庶はくは荘子に愧づる無からんことを」と詠む。胡旭氏は、「重曰」以下は、後人の付加とする（前掲書、序章注（4）、一三三頁）。

（38）福山泰男「建安の〈寡婦賦〉について」（『山形大学人文学部研究年報』2、二〇〇五・二）は、「丁廙妻」の作とし、王粲、曹丕の各「寡婦賦」に比べて完成度が高く、「潘岳が踏襲したのは丁廙の妻の作品の方」で、潘岳の「寡婦賦」一三二句中、三十六句、約三割近くが、丁廙の妻の作を踏まえると指摘する。

(39) 前掲論文、注(15)、六六～六八頁。

(40)『中国古典文学の思考様式』Ⅱ「テクストからテクストへ」(研文出版、二〇一二・十一)、一五一頁。

第三章　韋應物「悼亡詩」と江淹詩篇との関わり

第三章では、南朝宋齊から梁初という混乱期を生きぬいた江淹（字は文通、四四四～五〇五）の「悼室人」十首（以下「江悼」と略す）との比較を行う。「江悼」は、従前六首の中で、時代的にも内容的にも「潘悼」を継ぐ看過し得ない作であり、すでに序章第三節の庾信や薛德音詩への影響や、第一章第三節においても、「今昔」の対句などに、「韋悼」への影響を指摘した。本章ではさらに詳しく「韋悼」との関わりを考究する。

江淹作品の先行研究は、以下の四種に大別される。一、「別賦」「恨賦」などの叙情的感傷的作品研究。二、「雜體詩三十首」「效阮公詩十五首」などの擬古（模擬）的作品研究。三、道教道家を中心とした思想的作品研究。四、所謂「江淹才盡（五色の筆の郭璞への返却）」故事の究明。近年、郭璞（二七六～三二四）との関連から、『山海經』受容の研究も加えられた[2]。

この中で悼亡詩は、一、「叙情的感傷的作品」の部類に入るが、専論としては寥寥たる状況で、管見の限り、拙論「江淹の悼亡詩について」（附章参照）が唯一のものである[3]。そこでは、「江悼」の成立時期について、劉宋・元徽四年（四七六、江淹三十三歳）の頃と推定した[4]。江淹は二十代後半の大半を建平王劉景素に仕えたが、三十代に入るや、王を諷諫して不興を買い、元徽二年（四七四）、八、九月頃、建安呉興（福建省浦城県）に左遷される。旅立つ直前、生後一年に満たない次子江艽を亡くし、妻劉氏も、その後を追うように逝去した。服喪中は作詩をしないこと、また四季が詠み込まれていることから、悼亡詩作成は、逝去後、一年余り後のことと推定される。

また「潘悼」との比較を、一、季節とその推移表現、二、悲哀表現の二つの観点から考察した。その結果、一では、両詩ともに季節を自然描写によって表現するが、「潘悼」は、鳥花草木など自然の景物の具体的様態を詠わず、(5)山水の美は表現されない。前述の如く、その季節表現は、自然の美しい空間よりも変化推移する時間相の表象という意味に比重が置かれている。それは、第一首春から第三首冬へと季節がめぐり、さらに春へと循環する円環運動を内在させている。一方、「江悼」は、南国の光と色に溢れた山水や、「適々見る　葉の蕭条たるを、已に復た花菴鬱たり」（第二首）「蛸《こおろぎ》引きて寂寥を知り、蛾飛びて幽陰を測る」（第六首）など視覚聴覚に訴える景物を各季節中、具体的に詠んでいる。それらは、第一首冒頭の「佳人　永しへに暮れり」という「はじまり」から第八首末句「徒らに見る四時虧《か》くる（去る）を」という「おわり」の巨視的時間に挟まれて、完結した世界になっている。潘・江両詩には此の如き対照的な相違が認められた。それは地理的（北の洛陽と南の呉興）および時代的相違（西晉と山水詩が盛んになった南朝宋以降）に起因していると考えられる。

二、悲哀表現については、「潘悼」は、前述の如く、自らの悲哀を恥として肯定せず、朝廷への出仕を自らに強いて、悲哀を克服しようとする。悲哀表現も抑制されている。それに対して「江悼」は、末尾に必ず悲哀を表現し、ありのままの悲しみを表白している。さらに最後の第十首で妻を仙界に登場させ、悲哀の止揚を試みる。「潘悼」が現実志向であるのに対して、「江悼」は、夢幻志向と評せよう。

また悼亡詩に関する初の専著である前掲胡旭『悼亡詩史』は、その特色を、以下の三点にまとめる。(6)一、「潘悼」の三首に比して、十首構成という多角的観点から、バランスよく時空を構築展開している。二、代表作「恨賦」「別賦」と同様の「賦法」を用いて「鋪陳」を尽くしている。三、春夏秋冬各季節に二首ずつ配当し、各首内部も厳然たる秩序を形成し、緻密な結構を有している。いずれも首肯し得る指摘であり、詳しくは、必要に応じて適宜参照する。

以上「江悼」に関する先行研究の概略を述べたが、つぎに、新たな知見を加えながら、「江悼」と「韋悼」との関わりに論及する。

第一節　江淹「悼室人」との関わり――「佳人」について――

韋應物の悼亡詩と江淹の「悼室人」との関わりについて、結論から先にいえば、両詩の共通項としては、つぎの四点が挙げられる。一、亡き妻を「佳人」と称すること。二、夏の歌があること。三、今（悲）と昔（歓）の対比が見られること。四、「潘悼」の〈出仕による悲哀の克服〉という現実的モチーフが拒絶されていること。三、四に関しては、すでに第一・二章で指摘したので、第三章では簡潔に記すことにして、第一節で一、第二節で二を中心に論ずることにする。

韋應物が、亡き妻をいかに呼称しているかは、つぎのとおりである（算用数字は、第一章第三節六七頁および小結八八頁に掲げた「韋悼」通し番号、○囲み算用数字は、第何句かを表す。以下、同じ）。

「室中人」（1③）、「其人」（1⑮）、「佳人」（7⑦、20⑪）、「之子」（12②）、「人」（13③）

それに対して、「江悼」では、亡妻は一貫して「佳人」と称されている。「韋悼」は「江悼」と異なり、同一時期に作詩された連作詩ではなく、数も三十三首という約三倍の多さであるため、右のように多様な表現になるのは、当然である。ただ「室中人」は、やはり「江悼」の「悼室人」を想起させるし、「佳人」を二ヶ所に用いているのは、「江悼」を踏まえていると見なせよう。一方、「之子」は「潘悼」が用いている。本章では、韋應物がどのような意味をこめて「佳人」を用いているか、「之子」との比較も含めて考察したい。そのためには、まず「江悼」における「佳人」を審究すべきであろう。

「江悼」に「佳人」は、計三ヶ所（第一首①、第九首⑤、第十首③）で用いられている。まず第一首冒頭、春の歌に見える。

①佳人永暮矣　　佳人永しへに暮れたり
②隠憂遂歴茲　　隠憂　遂に茲《ここ》に歴《いた》る
③寶燭夜無華　　宝燭　夜　華無く
④金鏡晝恆微　　金鏡　昼　恒に微かなり

と詠い始めて〈妻の死の永遠〉を告げ、その悲痛愁苦のまま今に至ったと述べる。第二聯では、昼夜対を用いて、その不在を光輝の喪失に譬えて表現する。

このように江淹は妻を「佳人」と称し、第一首冒頭に置いて、「江悼」の象徴というべき詩語としている。当時の士大夫階級が、自身の妻を対象に作詩することは例外的であり、〈悼亡〉ゆえに許容されたと考えられる。そうした風潮の中で、江淹は臆面も無く、自身の妻を、なぜ「佳人」と称したのであろうか。実際、潘岳は「之子」という美称を含まない簡素な指示代名詞で表し、他の六朝悼亡詩では、妻を表す詩語すら用いていないのである。

「佳人」は以下のように多義的語彙である。1神女、2未婚の美人、3既婚の美人（妻）、4宮女・歌姫（娼妓）[7]という女性のみならず、清・趙翼が、「男子稱佳人」（『陔餘叢考』巻四二）と記すように、男性をも指す。5賢臣、6主君（臣下が称す）、7良き友人、8美男子、9美徳美行の男子、10夫（妻が称す）などである。男性を意味するのは、派生的、比喩的場合であり、拙論の主題ともはずれるので、詳細は省く。ただ初出、また主要な用例は、十種すべて魏晉までに出揃っており、江淹の時代において、「佳人」という語は、すでに右の多義を包摂していたのである。

十種の中で、拙論との関わりからいえば、3既婚の美人について一言すべきであろう。その用例は、例えば、西晉・張華「情詩」五首其一である。夫の遠地公務のために独居を守る妻の代作で「北方に佳人有り、端坐して鳴琴を鼓す」と詠み始め、「君子（わが夫）は時役を尋ぬ」と述べて、その寂しさを一人称で訴える。すなわちこの妻の夫は、張華自身ではない。また劉宋・顔延之「秋胡詩」（『文選』巻二一）は、所謂秋胡説話に基づく作であり[8]、田野で桑摘みする「窈窕たる」「佳人」は小役人秋胡の妻で、作者顔延之の妻ではない。このように「佳人」は美人の妻をも意味し、その要素は江淹の「佳人」採用に幾許かの影響を与えたであろう。だが、詩人自身の妻を「佳人」と詠んだのは、「江悼」が嚆矢である[9]。

「江悼」第一首の「佳人」には、具体的な姿は詠まれず、そこに籠められた意図は、判然としない。妻の姿は、第二首以下でも見えず、わずかに第六首秋の歌の第二・三聯で、つぎのように詠われる程度である。

③流　黄　夕　不　織　　流黄　夕べに織らず
④寧　聞　梭　杼　音　　寧ぞ梭杼《さちょ》の音を聞かんや
⑤涼　靄　漂　虚　座　　涼靄　虚座に漂ひ
⑥清　香　盪　空　琴　　清香　空琴に盪《ゆら》ぐ

第六首の第一聯は「窓塵　歳時阻《けわ》しく、閨燕　日夜深し」と妻亡き家室は、日ごと夜ごとに荒れ果てていく様を哀しむ。次いで右の第二聯は、夕暮れになっても、萌黄色の絹を織る機の音は響かず、ひんやりと薄ら寒い夕靄の中、座る者のいない席のそばに置かれた琴から残り香がたちのぼるばかり。全十首を通じて、生前の妻の姿（機を織り、琴を奏でる）が偲ばれるのは、ここだけである。それは、士大夫階級の妻としてごく一般的であり、特筆すべきことは見当たらない。前述の「韋悼」の妻像が具体的で新しいとされる所以でもある。それが突如、変容するのは、最後の第九・十首においてである。

第九首の「佳人」は、巫山の神女と対比して、詠われる。

①神女色姱麗　　神女　色姱麗《かれい》たり
②乃出巫山湄　　乃ち巫山の湄《ほとり》に出づ
③透迤羅袂下　　透迤《いい》たり　羅袂《らべい》の下
④鄣日望所思　　日を鄣《さえぎ》りて思ふ所を望む
⑤佳人獨不然　　佳人　独り然らず
⑥戸牖絶錦綦　　戸牖に錦綦《きんき》絶ゆ
⑦感此增嬋娟　　此れに感じて増々嬋娟《せんけん》たり
⑧屑屑涕自滋　　屑屑として　涕　自ら滋《しげ》し
⑨清光澹且滅　　清光　澹《あわ》く且つ滅じ
⑩低意守空帷　　低意　空帷を守る

第一聯から、宋玉「高唐賦」（『文選』巻十九）に詠われる巫山の神女が登場する。第二聯では、「高唐賦」の詩句「晰《かがや》けること姣姫の袂を揚げ、日を鄣《さえぎ》りて思ふ所を望むが若し（晰兮若姣姫揚袂、鄣日而望所思）」をそのまま用いて、神女が、ゆるゆると長く垂れる薄絹の袂を挙げて日差しを遮り、恋しい人を待ち望む姿を描出する。一方、「佳人」の妻は、「神女」とは反対に姿を見せず、詩人の思いはいや増すばかり。はらはらと落ちる涙も拭わず、沈む心のまま、がらんとした部屋でいつまでも哀しみに耽るのである。

このように「神女」は、長い袂のある薄絹の衣をまとい、容色は見目うるわしいと、美貌を直截に表現されている。

それに対して「佳人」の形容は、刺繡入りの錦の靴（「錦綦」）だけである。だが姿を現さない「佳人」への思いは、かえって一層切なく尽きることがない。「佳人」は、「神女」よりも美貌を抑制されてはいるが、それに匹敵する魅力ある存在として対置されているのである。

後に引用するように、第十首では、「佳人」への思いがさらに募り、「二妃瀟湘に麗し、一有れば乍ち一無し。佳人は雲気を承け、此の幽都に下る無かれ」（第一・二聯）と願望を交えて、「佳人」は遂に神女と化す。詩人の空想の中で「霊輿」に乗り、「金淵の側」「碧山の隅」という夢幻の仙界を遊行するのである。

このイメージの淵源は、『楚辞』に遡る。江淹は旧拙論（附章）でも指摘したように『楚辞』の詩語や詩句を数多く用いるが、[10]右の「二妃」すなわち「九歌」の湘君・湘夫人が登場しているからである。『楚辞』の中に「佳人」は三ヶ所に見えるが、[11]その中の一つに「湘夫人」が含まれる。彼女こそ江淹の意図する「佳人」の原型といえよう。「湘夫人」は「帝子北渚に降る、目眇眇《びょうびょう》として予を愁へしむ」と哀調を帯びて詠い始められるが、中程に、湘夫人を指すと考えられる「佳人」が見える。

　　聞佳人兮召予　　佳人の予を召すと聞き
　　将騰駕兮偕逝　　将に騰駕して偕《とも》に逝かんとす

「湘夫人」は、「湘君」と並ぶ、湘水の神女である。後漢・王逸の注によって、堯の二人の娘、舜の「二妃」とされることが多いが、「天帝の二女」「洞庭山神（洞庭湖中の島にある山の神）」はたまた「湘山神夫妻（湘君が夫で湘夫人が妻）」など、異論も数多ある。[12]今、その検証はさておき、「湘夫人」である「佳人」は、後世の注解によって、比喩として6「主君」を指すという説もあるが、第一義的には、1の「神女」を意味していよう。江淹が用いた「佳人」の語には、湘夫人を原型とする神女の要素が含まれており、それゆえに「巫山の神女」との対置が可能だったのである。神女である「湘夫人」の要素としては、水神であること、「眇眇として」明確な像を結ばないことに着目する。そこには神秘性が内在し、もはや生者ではない妻を異界の存在として表すことも可能となろう。ここに自身の妻を「佳人」と称し得る所以が看取される。だが、「九歌」の「湘夫人」には、北の彼方に降臨した事実だけが記され、夫人の具体的な描写は、皆無である。1の「神女」像が具象化されるのは、魏・曹植「洛神賦」（『文選』巻十九）においてである。

都洛陽から任地への帰途、洛水のほとりで休んでいた曹植の前に姿を現した神女について、御者に語るという枠組みの作である。前半は、その美を直喩（「其の形や、翩たること驚鴻の若く、婉たること遊龍の若し〈其形也、翩若驚鴻、婉若遊龍〉」など）や暗喩（「栄は秋菊よりも曜き、華は春松よりも茂る〈榮曜秋菊、華茂春松〉」など）を駆使し、容貌（「丹唇」「皓歯」「明眸」など）・形態・身のこなし・衣類・靴・装飾品に至るまで、逐一溢れんばかりの形容詞を対句や隔句対で列挙し、まさに鋪陳を極めて表現する。『詩經』衞風「碩人」以来の美人の形容の集大成といえよう。すっかり心を奪われた曹植は、彼女に近づいて、想いの丈をなんとか伝えようとする。「微波に託して辞を通ず」、「玉佩を解いて以て之を要す」と。これに続く詩句に「佳人」が見える。(13)

嗟佳人之信脩　嗟《ああ》　佳人の信脩なる
羌習禮而明詩　羌《ああ》　礼に習ひて詩に明らかなり

詠嘆の言葉から始まる神女の誠なる素晴らしさ（「信脩」）を、唐・李善は、「習禮」は「立徳」、「明詩」は「言辞を善くす」の意味と注す。「佳人」は、ただ美しいだけではなく、ここに至って、婦徳と教養を兼備する要素が付加されたのである。だがこれではまるで儒教的賢女の体現であり、「神女」のイメージとは齟齬がある。なぜかように現実的要素が表されたのか。それは李善の題下注から明らかである。「洛神」は序文中、「宓妃《ふくひ》（古代伝説上の帝王伏義の娘)」と称されているが、実際は、曹植の兄文帝曹丕の妻甄后《しんこう》を指すという。曹植の思い人であった彼女は、曹操によって曹丕に与えられ、挙げ句の果てに、郭皇后の讒言によって死を賜った。曹植は、洛陽でその死を告げられ、帰路、彼女を偲んでこの賦を詠んだという。すなわち、「洛神」は、思い人の死後の理想化された存在だったのである。そのため韋應物の妻の墓誌銘にもあるような現実的要素が混入したのである。だがそこにこそ、江淹が悼亡詩に「佳人」を用いた所以が求められよう。

なお洛神の悲劇と作品の知名度は高く、江淹の知るところであろうことは容易に類推し得るが、つぎの作からそれを明確に立証できる。「詠美人春遊」(巻四、五古四韻)において、彼は江南二月の春、花見をしている美人をつぎのように詠む(第三・四聯)。

白雪凝瓊貌　　白雪　瓊貌に凝り
明珠點絳脣　　明珠　絳脣に点ず
行人咸息駕　　行人　咸《みな》　駕を息め
爭擬洛川神　　争ひ擬す　洛川の神

第三聯の美人の形容は、まさに「洛神の賦」を彷彿とさせ、第四聯に至っては言うまでも無い。

以上のように、江淹が亡き妻を「佳人」と称したのは、美しき神女というイメージの奥に、生前、婦徳、教養を具備した亡者という認識があった。すなわち愛妻の死後の理想化された存在という意味を有したがゆえに、江淹は自らの妻を、臆面も無く「佳人」と称し得たのである。その結果「今」しかなかった悼亡詩の世界に、今の時空を超える夢幻の神仙界という新たなる時空が、導入されることになった。

さて韋應物は、前述の如く、「佳人」を二ヶ所に用いている。まず春の歌、7「對芳樹」(14)を挙げよう。

①迢 迢 芳 園 樹　　迢迢たり　芳園の樹
②列 映 清 池 曲　　列ねて清池の曲に映ず
③對 此 傷 人 心　　此に対して人心を傷ましむ
④還 如 故 時 綠　　還た故時の緑の如し
⑤風 條 灑 餘 靄　　風条　余靄を灑《ち》らし
⑥露 葉 承 新 旭　　露葉　新旭を承く
⑦佳 人 不 再 攀　　佳人　再びは攀ぢざるも
⑧下 有 往 來 躅　　下に往来の躅《あと》有り

曲江池を思わせる屈曲する清らかな池のほとりに、芳しい並木が果てしなく連なり、水面に緑を映している。春風に揺れる枝が、消えかかる朝靄を払い流し、葉の上の露が、みずみずしい朝日を受けて光り輝く。

第一・三聯で詠われる景色は、唐代を代表する自然詩人の面目躍如たる美しさであるが、詩人は悲傷感を抱いたまま佇む。なぜなら、その緑は、二人で愛でたあの美しさと同じだから。妻はもはや二度と訪れることはないと重々承知してはいるけれど、この芳樹の下で「同に賞」した（10⑨）姿は、脳裡に焼き付いている。

ここでなぜ「佳人」が用いられているのか。それは、無論、先に挙げた「美人の妻」という美称ゆえであるが、単にそれだけではない。神女につきものの芳香を描いていること、水辺が背景になっていること、そして「佳人」の面影を偲びはすれども、その姿は見えないという否定的表現になっていること、この三点から先述の「湘夫人」を想起させ、さらに同じく水神の洛神のイメージへと敷衍していく。それを可能にするのは、「江悼」が用いた「佳人」という詩語の触媒作用といえよう。[15]

「佳人」が用いられているもう一ヶ所、前掲「韋悼」20「扶風精舎の旧居に過り、朝宗・巨川兄弟に簡す」は、新婚時代の夫妻が安史の乱を避けた扶風（陝西省鳳翔府）の旧居を二十年ぶりに再訪し、妻の兄弟に寄せた作である。昔、身を寄せていた精舎は高い樹木に蔽われ、「年深くして陳迹を念ひ、此に迨《およ》べば独り忡忡たり」（第二聯）。昔のことを思えば、独り哀しみがこみ上げてくると表白する。次いで古い建物は、あちこち改築され、竹藪も鬱蒼と群がり茂っていると詠んだ後、第五・六聯は、

⑨栖止事如昨　　栖止　事は昨の如きも
⑩芳時去已空　　芳時去りて　已に空し
⑪佳人亦攜手　　佳人　亦た手を携ふるも
⑫再往今不同　　再び往きて今同じからず

と時の経過の速やかさと今昔の対比による喪失感が吐露されている。

ここで「佳人」を用いた理由は、「神女」のイメージというよりも、「今昔の対比」にあると考えられよう。悼亡詩において、それを初めて導入したのは「江悼」第二首であり、「江悼」を象徴する詩語が「佳人」だからである。「江悼」第二首は、前半、草花が茂り、「春風」が「帳」を揺らし、軒先では燕がかすめ飛ぶという春たけなわの景物を描く。その後、第三・四聯は、

⑤垂涕視去景　　涕を垂れて去景を視
⑥摧[16]心向徂物　　心を摧《くだ》きて徂物に向かふ
⑦今悲輒流涕　　今の悲しみに　輒ち流涕し
⑧昔歡常飄忽　　昔の歓びは　常に飄忽たり

と詠んで、かつては妻とともに愛でた景色や妻のゆかりの品を眺めては、はらはらと涙を流す。この⑤「去景」、⑥「徂物」は「韋悼」の「芳時去る」、「故時の緑」と同じ発想の表現で、「今の悲しみ」を表出している。第二章第一節で挙げた「韋悼」の「昔出喜還家、今還獨傷意」（3「出還」第一聯）などの詩句は、「江悼」の今昔対を彷彿とさせよう。前述の如く、「韋悼」の特質は今昔の対比によるノスタルジックな時空であるが、それは「江悼」の今昔対を祖述することで形成されたのである。ここで韋應物が「江悼」の象徴ともいうべき「佳人」という詩語を用いていることが、その関わりを明確に物語っていよう。

「韋悼」は、「佳人」のほかに、「之子」をも用いている。「之子」は「潘悼」第一首第二聯に見える。「荏苒として冬春謝《さ》り、寒暑忽ち流易す。之の子窮泉に帰らば、重壌　永しへに幽隔す」と巨視的季節の移ろいに続けて、「之子」すなわち〈妻の死の永遠〉を詠い始めるのである。現存伝本の潘岳の全詩賦において、[17]「之子」の用例は、悼亡詩のこの箇所だけである。

「之子」は『詩經』周南「桃夭」の「桃の夭夭たる、灼灼たる其の華、之の子于《ここ》に帰《とつ》ぐ、其の室家に宜しからん」を持ち出すまでもなく、『詩經』に頻出する詩語である。「桃夭」では、未婚の美女を指すが、後漢・鄭玄は、この語に対して逐一「是の子」と注す。それゆえ文脈によって指示する対象は、女性に限定されず、[18]詩人に身近な親しむべき存在と解されている。「佳人」の寓意性に比して、シンプルな詩語といえよう。

韋應物は、「之子」を12「端居感懷」第一聯で、つぎのように詠む。

①沈　沈　積　素　抱　　沈沈として素抱を積み
②婉　婉　屬　之　子　　婉婉たるは之の子に属す
③永　日　獨　無　言　　永日　独り言無く

④忽 驚 振 衣 起　忽ち驚き衣を振ひて起つ
⑤方 如 在 幃 室　方に幃室に在るが如きも
⑥復 悟 永 終 已　復た悟る　永しへに終に已むを

連珠対で始まる夏の歌である。「素抱」は、本来、超俗の抱負を意味するが、ここでは、陶敏注のように「憂思」と解され、初句は、それがますます深まるさまを詠んでいる。「婉婉」は、しとやかな美しさを意味し、それはまさに「之の子」我が妻のことだと歯切れ良く断定する。夏の日長の昼下がり、語る相手もなく、服喪の白い帳が垂れ下がる部屋で〈妻の死の永遠〉をつくづく悟らされる。ここには、「婉婉たる」「之子」以外に妻に関する表現は見当たらない。

また韋應物は、全詩篇中、「之子」をほかに三例用いているが[19]、それらは、「寄贈」（巻二・三）「酬答」（巻五）詩で、いずれも寄贈や応酬の相手（弟、従兄弟や友人の男性など）を指す。すなわち「佳人」とは異なり、「之子」という詩語自身には、何の寓意も認められない。「潘詩」に倣って、妻その人をシンプルに指示するのである。

以上のように、同じく亡妻を称していながら、「之子」と「佳人」という二語は、極めて対蹠的詩語といえよう。これは先述の如く、潘江両詩の北と南の地理的相違、西晉と南朝斉梁という時代的相違に起因する現実志向と神仙志向、聊か図式的ではあるが、それが「之子」と「佳人」という詩語に各々シンボライズされていると解せよう。

韋應物は、両者をそれにふさわしい文脈に用いているが、殊に「佳人」は、その多義性を触媒にすることで、神女のイメージをひそやかに内在させた。「高雅閑澹」（白居易）、「澄澹精緻」（司空圖）と評される、高遠淡白な韋應物詩には、聊か違和感のある美称ではある。『詩經』に基づく簡古というべき「之子」のほうがよりふさわしい詩語と考えられよう。だが「江悼」の「佳人」を踏まえることによって、そこには幽艶な芳香が秘められることになったのである。またその象徴性は、「江悼」との継承関係を明確に物語り、「韋悼」の特質である今昔往還という時空拡大の拠って来たるところが明らかになったといえよう。

第二節　江淹「悼室人」との関わり――夏の歌――

先に悼亡詩における韋應物と江淹の共通点として、ともに夏の歌を詠じていることを挙げた。だが以下に見るように、両篇は、まったく対照的内容である。

そもそも季節の推移に悲哀の情を託すという発想は、古くは『楚辭』(「九辯」など)にその萌芽が見られるが、降っては、高橋和巳「潘岳論」の指摘する如く「人間の事象を、自然の代謝との相応に依りて歌うのは、西晉諸詩人に共通する方法」[20]なのである。その一例として「潘悼」が挙げられる。「江悼」のこの構成も、やはり「潘悼」を祖述すると考えられよう。ただ「潘悼」は、三首構成で、夏の歌を欠いている。それに対して「江悼」第三・四首は、夏の自然を色鮮やかに詠んで、印象的である。第三首を挙げる。

①夏雲多雜色　　夏雲　雑色多し
②紅光鑠蕤鮮　　紅光　鑠《かがや》きて蕤鮮《すいせん》たり
③苒弱屛風草　　苒弱《ぜんじやく》たり　屛風草
④潭拖曲池蓮　　潭拖《たんた》たり　曲池の蓮
⑤黛葉鑑深水　　黛葉　深水に鑑り
⑥丹華香碧烟　　丹華　碧烟に香し

憂悲を晴らそうと外に出かけた詩人の眼に南国の②「紅光」が眩しく輝く。碧天に浮かぶ雲は、時により、所を変えて多様な色に染まる。仰角で歌われる第一聯に対して、第二・三聯は、俯角の身近な景物を詠む。水辺に勢いよく茂る「屛風草（ミズアオイ）」、ゆらゆら漂うあでやかな蓮の花。句頭の双声語がその様態をリズミカルに表現する。濃緑の葉陰が深さを湛える水面に色濃く映り、碧の靄のなかに朧に浮かぶあかい花が馥郁たる香りを放つ。視覚と嗅覚が、涼やかな水面の揺動感に揺さぶられる。天も地も、南国の豊かな光と色で染め上げられている。

第四首には、果てしなく広がる真白い砂浜と、鋭くそそり立つ峰の上にかぶさるようにかかる雄大な虹（「素沙広岸を匝《めぐ》り、雄虹　尖峰に冠たり」第三聯）が描かれている。悼亡詩であることを忘れさせるような、色彩豊かな自然描写であるが、この景の後に続くのは、それでも癒やされず、「命は知る　悲しみは絶えず、恒に海に注ぐ泉の如きを」（第三首第五聯）という尽きることのない悲哀である。「江悼」の特色として、〈夏の歌〉に顕著な自然描写と溢れんばかりの悲哀表現が挙げられよう。

一方、序章第三節で挙げたように、「潘悼」の後の沈約・庾信・薛徳音の諸作は、いずれも〈秋の歌〉のみである。したがって「江悼」の〈夏の歌〉をも含む四時代謝を継承したのは、「韋悼」であった。すなわち「韋悼」の「江悼」との関わりの一つは、〈夏の歌〉といえよう。「韋悼」のそれは、11「夏日」、12「端居感懐」、30「子規啼」の三首である。だが「自然詩人」と称される韋應物でありながら、この三首には、「江悼」のように鮮やかな色彩は認められず、「夏日」（五古四韻）には、自然描写は一句も見当たらない。

①已 謂 心 苦 傷　　已に謂ふ　心　苦《はなは》だ傷むと
②如 何 日 方 永　　如何ぞ　日　方に永き
③無 人 不 晝 寢　　人の昼寝せざる無く

④獨坐山中靜　　独り坐して　山中静かなり
⑤悟澹將遣慮　　澹を悟りて将に慮を遣《や》らんとし
⑥學空庶遺境　　空を学びて境を遺《はな》るるを　庶《こいねが》ふ
⑦積俗易爲侵　　積俗　侵され易く
⑧愁來復難整　　愁ひ来りて　復た整へ難し

前半では、傷心の詩人が眠ることもできず、夏の昼の長さをもてあますかのように独りつくねんと坐している姿を思い浮かべる。当該作が「悼亡詩」であることの根拠は一見、希薄とも考えられるが、この「苦傷」と⑤⑥の対句の「悟澹」「學空」という仏教的求道の姿勢が悼亡詩たる所以であろう。「山中の独坐」は、王維の「独坐す幽篁の裏、琴を弾じて復た長嘯す」（「竹里館」）を想起するまでもなく、世俗の喧噪とは異なる「別乾坤」で、己の悲哀に向き合い、止揚せんとする詩人の姿である。より具体的にいえば、「獨坐」は、つぎのように仏教的意味を有している。韋應物四十代後半、滁州時代の師友、恒璨という僧[21]に寄せる詩（「寄璨師」巻三、五絶）に見える。

林院生夜色　　林院に　夜色生じ
西廊上紗燈　　西廊に　紗灯上る
時憶長松下　　時に憶ふ　長松の下
獨坐一山僧　　独坐す　一山僧

林の中の寺院が夜の帳に包まれると、西廊には薄絹を張った行灯が灯される。詩人はその朧な光を眺めながら、長く伸びた松の下で独り座禅を組む恒璨の姿を思い浮かべる。すなわち「獨坐」は座禅をも意味する[22]。それゆえ、この第四句は、後半の「澹を悟り」「空を学ぶ」という仏教的解脱を求めることへの詠い興しともいえよう。

韋應物と仏教との関わりの詳細は、稿を改めざるを得ないが、皮相なことをいえば、彼の数回にわたる閑居先の多くが寺院であること、「靈巖寺」「開元精舍」「慈恩精舍」「瑯琊寺」など（巻七「遊覽」）、寺院への遊行が少なくないことや、右の恒璨など仏僧との交友を詠う数多い詩篇からも、明らかである。[23]ここに見える「空」という詩語は、周知の如く、「詩仏」と称される王維に多用されており、（『全唐詩索引』王維巻に拠れば、九十八例）極めて仏教的語彙である。王維は、大照禅師普寂に師事した母崔氏の影響下、幼少期から仏教に親しみ、やがて大薦福寺の道光禪師や、神會などに師事して、禅宗第六祖の慧能を祖とする南宗禅を信仰した。王維は、「真誠の仏教徒」と評され、それを端的に表す詩語として「空」が指摘される。[24]

韋應物も「空」を頻度高く（『全唐詩索引』韋應物巻に拠れば、一一〇例）用いており、悼亡詩の中でも、当該例を含めて十例が数えられる。[25]「空房」「空齋」「空宇」という空間を形容する用例や、「空しく存す」「空しく涙垂る」など副詞として用いられ、いずれも妻の逝去によって、ほっかりと空いた心の空洞という喪失感を表している。だが当該例「學空」は、それらとは一線を劃す。一般的に、『般若心經』の語である「色卽是空、空卽是色」として知られる「空」、中観派の祖龍樹が『中論』で説いたように「自性（何物にも依存せず自立し、変化することなく同一性を保つ実体）」の対立概念であり、それらは無いとする「無自性」「無所得」「無執着」[26]という極めて仏教的意味を有すると考えられよう。韋應物が果たしてこの「空」をいかなる概念で捉えていたかは、これだけでは判然としない。だが「空」が単なる「存在が無い」ということではなく、「すべてのものは固有の本体＝自性を有しているのではない」「一切は空」という考えによって、妻の喪失という悲愴の救いを求めようとしたことは、明白である。そこには、恐らく「死」とは何かという問題意識をも抱えていたのではないか。元来の仏教への関心に加えて、妻の逝去という現実が、灃上・滁州時代の彼を、より深く求道へと導いたであろうことは、容易に推察できよう。それを明確に述べるのは、「寄恆璨」（注（21）、五古三韻）である。

①心 絶 去 來 縁　心に去来の縁を絶ち
②迹 順 人 間 事　迹は人間の事に順ふ
③獨 尋 秋 草 徑　独り尋ぬ　秋草の徑
④夜 宿 寒 山 寺　夜　宿る　寒山寺
⑤今 日 郡 齋 閑　今日　郡斎　閑なり
⑥思 問 楞 伽 字　楞伽の字を問はんと思ふ

と詠う。興元元年（七八四）秋、滁州での作。この冬、刺史を退いているので、詩人は、去就の悩みを抱えていたと推考し得る。過去未来の因縁を絶とうとして絶てない葛藤の中、秋の野を独り散策する。救いを求めようとした『楞伽經』四巻は、中天竺の人、求那跋陀羅《ぐなばつたら》（三九四～四六八）が、劉宋・元嘉二十年（四四三）に訳出し、禅宗の菩提達磨（?～五二八）が慧可（四八七～五九三）に与えたものである。如来蔵思想を説いて、禅宗系統に大きな影響を与えた経典である。(27) 佛陀が、楞伽山に入って説いたものとされ、三界唯心の道理を中心として、真妄の因縁、邪世の因果など多くの教理学説が掲げられている。韋應物は、僧恆璨にその教義を学びたいと請うている。それは単なる宗教教理への知的関心だけではないことが、つぎの事実によって明らかである。

今『全唐詩』を調べると、二十一例の「楞伽」が認められる。最も早期が、李頎（生卒不明、開元二十三年の進士）の二例で、以下、年代順に記すと、岑參（七一五～七七〇）二例、顧況（七二七～八一五）、韋應物、元稹各一例、白居易五例と続く。(28) すなわち『楞伽經』は、詩の世界では、盛唐の終わりころから、中唐にかけて、受容流布されていったことがわかる。中でも白詩「見元九悼亡詩、因以此寄」（『白氏長慶集』巻十四　七絶）は、興味深い。

夜涙闇銷明月幌
春腸遙斷牡丹庭
人間此病治無藥
唯有楞伽四卷經

夜涙　闇に銷ゆ　明月の幌《とばり》
春腸　遙かに断たる　牡丹の庭
人間　此の病　治すに薬無く
唯だ有るのみ　楞伽四巻の経

妻亡き悲哀を治す薬は無く、それを癒すことができるのは、唯一『楞伽經』のみという。韋應物が何を求めたか、白詩によって、明白になったといえよう。しかしそれでもやはり「愁い」は克服できない。その悲哀の深さが内省と葛藤の心境を吐露することによって、表白されるのである。

なお蛇足ながら、彼の名である「應物」は、仏典中、枚挙に遑ない。例えば、『華嚴經』巻二「世主妙嚴品」には、「慈心應物普現前」（『大正藏經』十、7b）とあり、また『大乘入楞伽經』巻一「羅婆那王勸請品」にも「處如來位隨形應物」（『大正藏經』十六、589c）と見える。韋應物が恆璨に学ぼうとして読んだ『楞伽經』がいかなる種類の経典（ほかに十巻本、七巻本有り）か不明であるが、経典中に自らの名前を見出した時、格別の思いにとらわれたのではあるまいか。この場合の「應物」の仏教的意味は門外漢には正確には解し難いが、大意は、「如來」（または真如の理体）は、自由自在に万物の姿に変えて現れるということになろうか。名前というのは日常的に用いられながら、その意味を特に意識することはない。だが何かを選択したり、大事な結論を迫られたりするとき、無意識の裡に、何らかの影響を及ぼしていよう。彼にとって、第二の喪失というべき妻の逝去を如何に受け止めるべきか、ひいては死とは何かという命題のもとで、名前が何らかの影響を及ぼして、仏教をそのよすがとするに至ったという蓋然性は考えられよう。

一方、江淹は、如何にして悲哀と向き合ったのだろうか。それは、最後の第十首において看取できる。

①二妃麗瀟湘　　二妃　瀟湘に麗し
②一有乍一無　　一有らば乍ち一無し
③佳人承雲氣　　佳人　雲気を承け
④無下此幽都　　此の幽都に下る無かれ
⑤當追帝女迹　　当に帝女[29]の迹を追ひ
⑥出入泛靈輿　　出入するに霊輿を泛ぶべし
⑦奄映金淵側　　金淵の側に奄映し
⑧遊豫碧山隅　　碧山の隅に遊豫す
⑨曖然時將罷　　曖然として時将に罷《く》れんとし
⑩臨風返故居　　風に臨んで故居に返らん

「瀟湘」に現れた「二妃」とは、『楚辞』九歌に歌われる湘君・湘夫人である。「佳人」すなわち妻劉氏も、薄暗い冥界に下ることなく、黄金の漣が煌めく川の淵や、碧に輝く山際という美しい仙境に姿を現して楽しむのだ。そして日が暮れなずみ暮色が深まると、風に向かいその流れに乗って、我が家に帰ってくるだろう、いや、帰ってきてほしいと願望を籠めている。

このように、江淹は、死後の妻を夢幻の仙境に出現させて、悲哀を止揚している。第二章でも記したように、『楚辞』の詩語詩句を用い[30]、南国の風土に根ざした幻想性を基盤にして。飛躍を承知でいえば、それは、一種の道教的神仙世界に通じていくだろう。本章冒頭、江淹の先行研究③でも記したように、江淹の思想的傾向は、儒釈道三教いずれも見出せるが、中心になるのは、道教道家思想とされる。蕭合姿『江淹及其作品研究』は江淹研究、初の専著であり、「江悼」は、第三章「江淹詩歌研究」3「愛情詩」中、「哀情類」に収められるが、氏も道教的傾向を指摘し、それに属する作品として、「訪道經」「贈煉丹和殷長史」「丹砂可學賦」「無爲論」「與交友論隱書」などを列挙する。[31]

このように「韋悼」の〈夏の歌〉は「江悼」を継承していながら、両詩は、極めて対照的な作品になっている。しかしながら、ここに「潘悼」の現実性を措定すれば、両詩の共通性が浮上する。すなわち、「江悼」と「韋悼」は、共に現実とは異なる次元で、妻の死の悲哀を止揚すべく模索するのである。依拠する思想は異なり、その深度も差違があるにしても、二人は「感傷の純粋さとそれに表裏する無思想性」（高橋和巳「潘岳論」[32]）と評される潘岳とは一線を劃して、現実的な官務への復帰志向を拒絶したのである。

以上のように、二人の〈夏の歌〉は、「潘悼」と比較することによって、共通性を見出し得た。換言すれば、「韋悼」が潘岳の現実性、無思想性とは異なる次元の詩境を獲得したのは、「江悼」の存在が関与していたからではないだろうか。

「韋悼」と「江悼」との関わりは、「潘悼」とのそれに比して、さほど顕著ではなく、従来、全く論及されなかった。だが、右の考察からも明らかなように「江悼」が与えた影響は、決して小さくはないといえよう。

第三節　「雜體詩」との関わり――「寂寞」考――

江淹は「模擬に善し」（梁・鍾嶸『詩品』）と評され、代表作として、「雜體三十首」が挙げられる。六朝時代には、管見の限り、他詩人に「雜體」という詩題は見えず、唯一の作といえよう。その後、初唐・盛唐にも認められず、詩題を継承したのは、韋應物である。巻一に五首収録されている。ただ、江淹「雜體」各首が小題を付して模擬対象の詩人を明示するのに対して、韋應物の対象作または対象詩人は記されず、現時点の調査でも不明である。[34]それゆえ当該詩の陶敏注が、江淹の「雜體」詩を「雜擬の詩」、晩唐・皮日休（?〜八八〇）のそれを「回文・離合・双声・畳韻などの游戯性を帯びた詩」と注して、韋應物の作は、江・皮両首のいずれとも異なるとする。
　明・徐師曾『文體明辯』附録巻之一に記される「雜體詩」は、拗体・蜂腰体・断絃体など十九種を挙げて、「皆詩の変体」とまとめる。褚斌傑『中国古代文体概論』第八章[35]も、それを継承して、「雜體詩」は、「古典詩歌正式体類以外の各種各様の詩体」として、字形・句法・声律・押韻などで特殊な変化を試みた「奇異の作」で「文字遊戯性を帯びる」とする。今、当該詩をすべて分析する余裕はないが、韋應物の五首とも、権力者の横暴や残酷を糾弾し、被差別の不遇を慨歎している。例えば、其三は、百日かけて紡いだ「春羅」が、ただ一度の舞が終われば、御用済みになってしまう織婦の徒労を詠い、「豈に労者の苦を思はんや」と非難する。すなわち、遊戯性とはほど遠い諷諫の内容である。
　鈴木敏雄「韋応物の雑擬詩について――模倣の様式とその意味――」は、当該作をあくまで模擬作品とみなすが、「雑体五首は、ある故事をもとに、その故事に取り上げられた特徴のある物に託し、何かを諷刺するような作品」と論ず。[36]
「特徴のある物」とは、第一首は鏡、以下、鳥・羅・鐸（鈴）・璞と続く。すなわち詠物による諷諭詩である。深沢一幸「韋応物の歌行」は、彼が諷諭を詠うのは、「歌行」作品に数多く見られ、「正統的な五言叙情詩」とは、「かなり異なった相貌」を見せていると説く。[37]したがって当該作は、本来なら、部居としては「歌行」（巻九・十）か、もしくは詠物詩が収められている「雜興」（巻八）に属すべきである。それにもかかわらず、編者（恐らく宋・王欽臣）が「雜擬」に収めたのは、ひとえに江淹「雜體」と同名であったからと考えられよう。それが何を意味するかは、今措かざるを得ないが、「悼亡詩」の観点からいえば、江淹の三十首の中に、潘岳の「悼亡詩」を模した作（「潘黄門述哀」十二韻。以下、「述哀」と称す）が含まれる以上、少なくとも「述哀」との関わりは、看過できない。「述哀」の冒頭は、四季の移ろいの速さを春と秋に託して、詠い興している。

①青　春　速　天　機　　青春　天機を速やかにし
②素　秋　馳　白　日　　素秋　白日を馳す
③美　人　歸　重　泉　　美人　重泉に帰し
④悽　愴　無　終　畢　　悽愴して終畢無し

春と秋に代表させた〈巨視的四時代謝〉（第一聯）と〈妻の死の永遠〉（第二聯）というモチーフが対照化されており、第二章でも記したように、江淹は、それを「潘悼」の特徴の一つと解していることが、この二聯から明らかである。また前述の「佳人」ではなく、「美人」を用いている。「美人」も「佳人」と同様、古くは『詩經』以来、多義があり(38)、美女の意のみならず、品性や人徳のよき人という意味で、男性をも指す。前述したように、江淹の傾倒が認められる『楚辭』には「美女」は君主の比喩として用いたり、「九歌」では男神の「河伯」を指している。すなわち当時「佳人」とほぼ同義語として捉えられていた。ただ「佳人」は、知情意にも優れるという内面的要素にやや比重が置かれ、「美人」は、用例数から見れば、外貌の美に重点がある。「潘悼」に倣うならば、前掲の如く、「之子」とすべきであるが、そうしないのは、南朝の唯美主義や『楚辭』に通じる江淹の美意識に拠るともいえよう。また「雜體詩の成立は、遅くとも「宋末斉初」とされ（『江淹年譜』一六五頁）、「江悼」作成時よりも明らかに後なので、自身が「江悼」冒頭において象徴的に用いた「佳人」を避けようとしたことも考えられよう。

次いで第三・四聯は、殯葬も埋葬もすでに済んだが、忘れがたい思いが千々に乱れると詠い、つぎの第五聯以下に繋げる。

⑨撫衿悼寂寞　衿を撫して寂寞を悼み
⑩怳然若有失　怳然《きょうぜん》として失ふこと有るが若し
⑪明月入綺窓　明月　綺窓に入り
⑫髣髴想蕙質　髣髴として蕙質を想ふ
⑬消憂非萱草　憂ひを消すは萱草《けんそう》に非ず
⑭永懐寄夢寐　永く懐ひて夢寐に寄す
⑮夢寐復冥冥　夢寐　復た冥冥たり
⑯何由覯爾形　何に由りてか爾の形を覯ん

「さやかな月光が閨房の窓に入る」という秋の季節感を背景にして、胸塞がる想いのまま、消えることの無い妻への追慕の情を吐露する。この中の⑨「寂寞」と⑪「綺窓」は、潘岳・江淹の両悼亡詩には、見えないにもかかわらず、「韋悼」に用いられている。両詩語とも多くの用例が数えられるが、悼亡詩の系譜においては、この「述哀」を踏まえていると考えられよう。

⑪「綺窗」は、「韋悼」8「月夜」（五古三韻）に見え、再掲する。

①皓月流春城　皓月　春城に流れ
②華露積芳草　華露　芳草に積もる
③坐念綺窗空　坐して念ふ　綺窓空しきを
④翻傷清景好　翻りて傷む　清景の好きを

⑤清 景 終 若 斯　　清景　終に斯の若し
⑥傷 多 人 自 老　　傷多く　人自ら老ゆ

季節は春に転じられているが、銀色の月光が閨房の窓から射し込み、その「清らかな光」の美しさが、かえって妻の不在を思い起こさせて心痛が深まる。嘗てはそれを共に愛でたのだから。「綺窗」の後に「清景」を頂真格で詠じていることも、「潘悼」に倣った「沭哀」の頂真格（⑭⑮「夢寐」）との関わりを想起させる。頂真格については、「潘悼」との関わりで前述したので贅言は省く。ただ蟬聯語で強調される「清景」が今昔二重写しの〈景〉であることは、注視しておきたい。韋詩の詩眼である〈清〉を冠した重要語なので、終章第一節で詳述する。

さらに注目すべきは、「沭哀」の⑨「寂寞」である。第五聯は、悲哀で塞がる胸を撫でて「寂寞」を哀しみ歎き、茫然自失のさまを詠うが、「撫衿」は、「潘悼」の「撫衿長歎息」（第二首第十七句）に基づく。だが「寂寞」は、「潘悼」には見えない。後述するように、『楚辭』の「無人」「無聲」や『莊子』に遡及できる語彙であり、その意味を基本としながら時代が下るにつれて多義を賦与されていった。ここにおいては、妻の姿も声も「無」いという「寂寞」、すなわち〈死〉を意味する。それは、江淹が初めて賦与した意味なのか。果たして新しいといえるのか。以下に、「寂寞」がどのように変容して、多義を獲得していったかを考究する。

そもそも「寂寞」という語の出自は、韻文においては『楚辭』である。江淹の『楚辭』への傾倒をここでも確認できるが、その「寂寞」は、三種ある。「山は蕭条として獣無く、野は寂漠として其れ人無し（山蕭條而無獸兮、野寂漠其無人）」（「遠遊」）、「燕は翩翩として其れ辞し帰り、蟬は寂寞として声無し（燕翩翩其辭歸、蟬寂寞而無聲）」（「九辯」[39]）という「無人」と「無聲」の静寂を表す。前者の「遠遊」は、「時俗の迫阨を悲しみ、願はくば軽挙して遠遊せん」と始まり、神魂の遊行遍歴を叙述する。仙人王子喬から「徳の門」に入る「至貴」を教示され、神気を得て仙境に遊び、「南州の炎徳」を慕って仙界に浮上するが、その途次の山野の様子を描く。対語の「蕭條」は韋應物が好んで用いる詩語であり、「寂寞」とともに数多く詠われ、韋詩の特質を表わす重要語である。後に詳述するが、韋詩の関鍵が『楚辭』を媒介としても江淹詩と繋がることに留意しておきたい。この対句は、上昇する天（「掩浮雲而上征」）を意識して下方に見える大地を表し、その中の山と野の対比を試みている。後者の「九辯」は、「悲しいかな秋の気為るや、蕭瑟として草木揺落して変衰す」と始まる後の「悲秋」文学の嚆矢である。続けて燕は南方へと帰り、蟬の鳴き声は静まり返っていると、秋の季節感を表わす。「述哀」の⑨「悼寂寞」は、この原義というべき「無人」「無聲」の意から、派生的に〈死〉を意味するようになったといえよう。だがそれは突然発生したのではなく、長い時間の揺動が育んでいったと解される。一つの言葉が人間の生の営為と時代状況との鬩ぎあいの中で多義を獲得していく様相を看取し得るのである。以下に、それを考察する。

三番目は「九辯」の後段に見える。「君　棄て遠ざけて察せざれば、忠を願ふと雖も其れ焉んぞ得ん。寂寞として端を絶たんと欲するも、竊かに敢へて初めの厚徳を忘れず（君棄遠而不察兮、雖願忠其焉得。欲寂寞而絶端兮、竊不敢忘初之厚德）」と。君主が賢才を察知しなければ、忠信は尽くせないので、君主との絆を断ち切って、ひっそり暮らそうと思っても、その恩徳を忘れられないと詠う。この段落は、「当世豈騏驥（駿馬、賢才の比喩）無からんや、誠に之を能く善御する莫し」と賢才不遇の嘆きを詠う。李善は、「寂寞」の句に、衛の大夫甯武子（『論語』公冶長）の名を出して「愚を佯りて言はざるなり」と注す。すなわち本当は賢者であるのに、「邦に道無ければ」沈黙を守って出仕しないと。知識人の一つの生き方の提示である。これは「閑居」にも通じて行く。

『楚辭』の後、揚雄（前五三～後一八）の「寂寞」に言及すべきであろう。前述（序章第三節）の「元后誄」で述べたように、揚雄は莽新との関わりで、南宋の朱熹以降、変節を批判され、毀誉褒貶の評価が分かれる文人である。それについては専論（序章注（35））に譲ることにするが、成帝（治世　前三三～前七）の宮廷詩人として詠んだ「甘泉賦」「河東賦」などの辞賦作品を初めとして、『易經』に模した『太玄』、『論語』に倣う『法言』、そのほか多くの頌・銘・箴・連珠作や後世の規範とされた前掲の誄がある。小学にも造詣が深く、「字書」（『訓纂篇』など）や最古の方言集（『方言』）など多様なジャンルに亙り、質量ともに圧倒的存在感を示すことに異論はなかろう。劉勰が「揚雄は覃思にして文闊く、業は綜述に深し」（「雜文」篇）と述べるのも、客観的評価といえよう。「雜文」篇では「解嘲」を挙げて、「雜ふるに諧謔を以てし、廻環して自ら釈き、頗る亦た工為り」と評す。この「解嘲」の中に「寂寞」が見える。『文選』（巻四五）では、「設論」に収録されており、仮設の問いに対する反論という形式である。序文では、哀帝（治世　前七～前一）の時、『太玄』を執筆中、ある人（「客」）から「自ら泊如を守る」という生き方ゆえに嘲笑されたが、それに対する反論と記す[40]。「泊」とは、「安靜也」（『漢書』顔師古注）という注があるように名利に淡泊で、精神的に安らかなことを意味する。次いで本文冒頭、「客」に官位の低さを嘲笑されたことを記す。朝廷に上がって何年にもなり、「太玄五千文」を作りながら、抜擢されても「給事黄門」（侍衛の属官）に過ぎない、「玄は尚ほ白きこと無きを得んや。何為れぞ官の拓落たるや」と『太玄』の「玄」（黒）に絡めての嘲笑である。「揚子笑って之に応じて曰く」と反論が始まる。出世しても一端失敗すると、「将に吾が族を赤くせんとするを知らざるなり」、一族血染めになることを客人はご存じないと、色彩を用いた皮肉をこめている[41]。そして殷周からの歴史を述べて、「上世之士」は存分に説き健筆を振うさまと、モノ言えば唇寒き現況を対比させた後、再びこう説く[42]。「位極者高危、自守者身全。是故知玄知默、守道極、爰清爰靜、游神之庭、惟寂惟漠、守德之宅。世異事變、人道不殊（位極る者は高きこと危ふく、自ら守る者は身全し。是の故に玄を知り默を知りて、道の極を守り、爰に清　爰に静にして、神の庭に游び、惟れ寂　惟れ漠にして、徳の宅を守る。世異なり事変ずるも、人道は殊ならず）」と。盛者必衰の無常観に立脚した人生観の表白である。「寂寞」は、隔句対を用いて「清靜」の対語とされている。「清靜」は、本伝冒頭の祖先紹介の後、人と為りを記す箇所にも見える。「雄少好學……爲人簡易佚蕩、口吃不能劇談、默而好深湛之思。清靜亡爲、少耆欲。不汲汲於富貴、不戚戚於貧賤。不修廉隅以徼名當世（雄少くして学を好み……人と為り簡易佚蕩、口吃して劇談する能はず、默して深湛の思ひを好む。清靜にして為す亡く、耆欲《しよく》少なし。富貴に汲汲とせず、貧賤に戚戚とせず。廉隅を修めて以て名を当世に徼めず）」と。俗世の栄誉を求めないという揚雄にとっての信条ともいうべき語彙である。これは、『老子』四十五章に「大巧は拙なるが若く、大弁は訥なるが若し。躁は寒に勝ち、静は熱に勝つ。清静は天下の正たり」とあるのを踏まえる。吃音者の揚雄にとっては、励ましにもなる言葉であったろう。「解嘲」の「知玄」とは、「清靜」の境地を指すともいえよう。対語である「知默」は、本文末尾に「默然として独り吾が太玄を守る」と記され、「解嘲」のいわば総括、もしくは人生の根本原則として宣言されている。右の本伝冒頭部分でも「默而好深湛之思」と述べられるが、この沈黙こそが、揚雄の言わんとする「寂寞」の意味ではあるまいか。この語は、李善注が引くように、同じく道家の『莊子』「天道」篇・「刻意」篇に見える。「天道」篇は、「天地自然の理法、もしくは根源的な在り方(43)」について論ずるが、冒頭、「靜」の重要性を説き、「虚靜恬淡寂寞無爲」を、天地の根源的在り方として捉える。福永光司氏は、「寂寞」とは「あらゆる動きを内にひそめた静かさの極致」、「無爲」とは「一切の人為人知を棄て去った無心の静かさ」と説明する。本伝冒頭の「清靜亡爲」は、この「寂寞無爲」の謂いでもあろう。この「寂寞」観は、「賢才不遇」（『楚辭』の三番目）を嘆く後世の知識人の生き方に、思想的根拠を与えた。例えば魏・嵆康（二二三～二六二）の有名な絶交書である。同じく竹林の七賢の一人、山濤が自分の官位を嵆康に譲ろうとしたところ、隠遁志向という価値観を理解していないと絶交状を認めた。「栄華を方外にし、滋味を去り、心を寂寞に遊ばしめ、無為を以て貴と為す」（『文選』巻四三、「與山巨源絶交書」）と。「寂寞無爲」が、嵆康の隠逸を支える基盤だったのである。孤独や悲愁とは無縁の、むしろ積極的に追求すべき心境、あるいは信条というこの「寂寞」観も、『荘子』を源とするという意味で、「解嘲」と繋がっていよう。劉宋・謝靈運「齋中讀書一首」（『文選』巻三十、五古八韻）は、左遷された永嘉の太守の郡斎での静かな日々を「寂寞」として肯定的に詠う。「昔余遊京華、未嘗廢丘壑。矧迺歸山川、心迹雙寂漠（昔 余 京華に遊びしも、未だ嘗て丘壑を廃さず。矧んや迺ち山川に帰りて、心迹双つながら寂漠たるをや）」（第一・二聯）と、抑揚形を用いて、本来「歸」すべき山水に戻り、心も諸事もともに安寧であることを「寂寞」と表現する。刑死という最後の悲劇を思えば痛ましい限りだが、左遷の憂愁を何とか克服せんとする自身への慰撫、あるいは励ましでもあったろう。最後は、⑯「達生 幸ひに託す可し」と、『莊子』の「達生」に生きる拠り所を求めて終わっている。「達生」とは、「天理の自然に順って」（福永氏注（43））世俗の束縛から自由な無為恬淡寂寞の境地で、生命の本義に達し、「至妙の有為が実現する」（四六五頁）ことを意味する。したがって④「寂漠」も『莊子』に基づくことが明らかである。また⑫⑬「又哂ふ子雲の閣を。執戟（侍衛が持つ）も亦た以《すで》に疲る」と詠むので、この「寂寞」は、「解嘲」で嘲笑された黄門侍郎の揚雄と後述の「投閣」を意識したうえでの『莊子』を典故にした造句といえよう。

　諧謔的表現から始まった「解嘲」本文は、谷口洋「揚雄の〈解嘲〉をめぐって——「設論」文學ジャンルとしての成熟と變失——」が説くように、「戰國説得術の傳統をふまえつつ」、史実を列挙し、修辞を凝らして「賦の文學の要素をとり入れ、民間の語り物の枠組みに依據しながらも、個人の心境告白の具に作りかえた」作であるが、この「清靜」「寂寞」の段落は、『太玄』の内容と関わり、その「核心思想について語って」おり、「主人公が己の哲學を語ろうとする最も大切な部分[44]」なのである。諧謔とは無縁の、理念として追求すべき「寂寞」である。だがそれを再び諧謔に戻すような「投閣」の故事が伝わる。

『漢書』傳贊では、六十歳を越えて、王莽が禁じた符命をめぐる大疑獄事件にまきこまれ(45)、獄吏が捕えに来たとき、校書のためにいた天祿閣から身を投げて、かろうじて死を免れた顚末を記す。始建国二年から三年（後一〇～一一）にかけてのことである。都の人々は、こう語ったという。「惟れ寂寞、自ら閣より投じ、爰に清静、符命を作る（惟寂寞、自投閣、爰清靜、作符命）」と。三言に揃えて韻を踏み、「解嘲」をもじって、さらに嘲笑したのである。彼にとって不名誉な「投閣」ではあるが、かような俗謡まがいに詠われることは、「解嘲」の執筆から十数年、当時、「解嘲」が広く流布していたことを物語っていよう。また史実や典故を羅列列挙したかなり長篇の中から、「寂寞」「清静」の二語を選択しているのは、それが「最も大切な部分」を意味する語として認識されており、「解嘲」理解の的確さを表わしている。すなわちこの人々とは、「解嘲」の本質を把握し得た知識人に属す輩であろう。具体的には、揚雄ほどの文才も覚悟もないが、それなりのプライドだけはあり、「富貴に汲汲とし、貧賤に戚戚」とせざるを得ない一般的知識人、「解嘲」で「客」として想定されている人物である。揚雄は、先の「惟寂惟漠、守德之宅」の後、「客」を痛烈に罵倒する。あなたはフクロウ（鴟梟《しきょう》）程度の才なのに、「鳳凰を笑ひ」、ヤモリ（蝘蜓《えんてい》）程度の知なのに、「亀龍を嘲る」、ご病気ではありませんか、あなたがわたしの『太玄』の玄をまだまだ白いと笑うなら、あなたのご病気は重篤なのに扁鵲のような名医に巡り合われていないことをわたしも笑いましょう、お気の毒様、と。『荀子』賦篇を踏まえたこの比喩で、自身を「鳳凰」「龜龍」にまで高めて痛罵する。過剰な優越感が認められるが、ここまで強調せざるを得ない優越性の確認欲求の激しさは、辞賦を放擲した挫折や劣等感の裏返しとしてむしろ痛々しい(46)。だがこれを読んで真に受けた一般的知識人は、腹が収まらなかっただろう。その逆襲が右の俗謡ともいえよう。偉そうに大見えを切って彼らを侮辱した自称大文学者が、事もあろうに自らの信条を裏切るような権力との関わりを露呈した挙句、追いつめられて無様な醜態を曝してしまった。これは嘲笑せざるを得ない。しかしながら彼らも知識人である。後の劉勰のような評価を含めて、揚雄の文才や知識人としての揺るぎない生き方への憧憬がどこかにあったのではあるまいか。揚雄が説くように、モノ言えば唇寒い政情の中で保身を余儀なくされることに、忸怩たる思いを抱えて生きざるを得ない人々でもある。反発と共感、相矛盾する二つの心情がないまぜになって、「解嘲」は知識人のなかに浸透し保持された。十数年後、俗謡として詠われるほどに。それはもしかしたら逆襲ではなく、彼への共感が破天荒に損なわれたことへの失望が生み出した自虐的嘲笑だったのかもしれない。新建国三年後という不安定な時代状況、まさに甯武子のような「無道の邦」での知識人の悲哀を嘲笑するかのようである。「寂寞」は、「九辯」の用例を踏まえつつ、この「投閣」と俗謡によって、いわばコケにされながら、逆説的に知識人の生き方を象徴する言葉として定着したといえないだろうか。

谷口氏は、揚雄逝去後、後漢以降の評価の変化を指摘する。官位が低かったことは、「勢利に恬たり」（班固の傳贊）、世事を避けて貧窮の中で著述にふけったことは「古を好みて道を樂しむ」（傳贊）と「讀みかえ」られたのである（六五頁）。「解嘲」も「世間をあざ笑う超俗者の物語としての一面をもつもの」になり、「賢人失志」の文学として受容され、揚雄も「孤高の知識人」として捉えられるようになる。それがまた「「解嘲」の讀みを規定する。両者はこのように無限に循環しながら發展してゆく」（六六頁）。この循環の中で、「寂寞」は「孤高の知識人」の生きざまという意味を確実に賦与されるに至ったといえよう。梁・呉筠（四六九〜五二〇）が「故人楊子雲、校書の麟閣より下る。寂寞として交遊少なく、紛綸として文雅に富む（故人楊子雲、校書麟閣下。寂寞少交遊、紛綸富文雅〔47〕）」と詠むように、揚雄は、孤高を貫いて豊かな文動を挙げた先人として捉えられている。そして「寂寞」は、揚雄の「投閣」故事を象徴する語として一般に流布され、『莊子』典故による超俗の要素が強調された懐才不遇という知識人のあり方と苦悩を意味するようになったのである。

魏晉以降、用例数は増えるが、意味としては、基本的に『楚辭』の三種および『莊子』を継承している。[48] その中で、揚雄の「寂寞」を踏まえるとされるのは、魏・阮籍「詠懷詩」其六十三（五古三韻）である。[49]「多慮は志をして散ぜしめ、寂寞は人をして憂へしむ。翺翔して彼の沢を観ん、剣を撫して軽舟に登る（多慮令志散、寂寞使人憂。翺翔觀彼澤、撫劍登輕舟）」（第一・二聯）と詠い、『楚辭』の三用例や、悲愁とは無縁の虚心恬淡たる『莊子』典故とはニュアンスを異にしている。思い煩うことが多ければ、それらに翻弄されて理想や目標をめざす気持ちは消散してゆく。彼の沼沢には「美なる一人」（『詩經』陳風「澤陂」）がいると思われ、[50] 逍遙して捜し求めようと、剣を押さえて小舟に乗る。黄節注は、第一聯について、「投閣」故事と俗謡を引き、案語で「欲慮多き者、寂寞たる能はざれば、則ち志をして散ぜしむ。其の好んで寂寞を言ふ者は、亦た揚雄の「美新」に類して心をして憂へしむ（多欲慮者、不能寂寞、則令志散。其好言寂寞者、亦類揚雄之美新而使心憂）」と説く。黄氏が「劇秦美新」（『文選』巻四八）をいかに解しているか、これだけでは不明なので漠然としているが、少なくとも「寂寞」は知識人が志操を貫こうとする孤高のあり方を意味し、それゆえに深まる孤愁と関連する語として把握されていよう。この心中の憂愁と関わらせる意味を継承したのは、劉宋・鮑照（四一二？～四六六）である。やはり阮籍「詠懷詩」其一の模擬作（「擬阮公夜中不能寐」[51]）で、「鳴鶴　時に一たび聞こえ、千里　絶えて儔無し。佇立するは　誰が為にか久しき、寂寞として空しく自ら愁ふ（鳴鶴時一聞、千里絕無儔。佇立爲誰久、寂寞空自愁）」（第三・四聯）。阮籍同様、苦悩を抱えて「儔」（ともがら）を求めても得られない孤独を詠う。阮籍の苦悩も具体的には語られず、いわば形而上的苦悩と推考されるが、その「憂愁」をより普遍的に広げたのが、江淹である。管見の限り、彼こそ魏晉六朝時代において、「寂寞」を最も多用した詩人なのである。[52] 前掲「述哀」⑨「寂寞」を含めて十例を数える。[53] この中には、無論、従来の典故を踏襲する用例もあり、注（53）に掲げた(5)(6)(7)は、その例である。

江淹は、元徽二年（四七四）、三十一歳の時、八年間仕えた建平王劉景素の怒りを買い、建安呉興令に左遷されて三年間滞在したが、その間、「山中事無く、道書と偶と為り、乃ち悠然として独り往き、或は日夕帰るを忘る」（「自序」）と山歩きに夢中になったという。左遷のみならず、前掲の如く次男と妻を相次いで亡くして哀しみのどん底にあったが、彼の地の自然に救いを求めて多くの詩賦を生み出した。[54] (5)(6)の二例が見える「訪道經」（「雜三言」五首、其二）も呉興の作である。「訪道經」は、「珍君之言兮皦無際、悅子之道兮迴不羣（君の言の皦として際無きを珍とし、子の道の迴かに羣れざるを悦ぶ）」と老子を「君」「子」と二人称で表して称揚する。そして「懷此書兮坐空山。空山隱嶙兮窮翠崿（此の書を懷きて空山に坐す。空山は隱嶙として翠崿を窮む）」と、頂真格を用いて「空山」での『老子』の読書を詠い、山水や動植物の描写後、こう続ける。「四壁深くして乃ち泬寥（からりとして空しいさま）たり、左右虚として寂寞たるが如し。寂寞たる山室、徳経と道袠《ちつ》（帙）あり（四壁深兮乃泬寥、左右虛如寂寞。寂寞兮山室、德經兮道袠）」と、奥深い洞窟の中を「寂寞」と反復表現する。「泬寥」は、前掲「九辯」の「悲哉秋之爲氣也」と詠う中に「泬寥として天高くして気清し」と見えて、明らかに『楚辭』の「無人」「無声」を踏まえる。また換韻箇所に頂真格を用い、『道德經』を絡めて「寂寞」を反復するのは、『莊子』典故を強調するとも解せよう。ただ「空山」は、後に「詩佛」と称される王維が多く用いるように、仏教的要素が濃厚な詩語である。これを六朝期において最も多用（右の二例を含めて四例）したのも江淹である。

江淹は、右のごとく、道教への傾倒が深いが、当時の知識人として北から浸透しつつあった仏教に対しても、関心があった。「自序」において、「深く天竺縁果の文を信じ、偏へに老氏清靜の術を好む」と釈道を違和感なく並列している。彼の仏教への関心は、例えば、右の「雜三言」其一「搆象臺」や「呉中禮石佛」（巻三、五古九韻）という作からも明らかである。前者の「象」は、仏像を指し、仏教を「聖風」「淨法」と述べ、「紫宙を網して万品を洽《やわ》らげ、璇宇に冠して羣生を済ふ（綢紫宙兮洽萬品、冠璇宇兮濟羣生）」、天地宇宙を包摂して衆生を救済すると礼賛する。次いで「余は汨阻せられて南国に至り、迹は已に徂くも心は未だ扃せず。孤台を山岫に立て、半室を江汀に架す（余汨阻兮至南國、迹已徂兮心未扃。立孤臺兮山岫、架半室（底本は「空」に作るが、四部備要本に拠って改む）兮江汀）」と、左遷の身に落とされたが、心を閉ざしたわけではなく、仏像の台を建てたことを詠む。周囲に石を積み、草木を植えれば、季節とともに、苔も生す。「伊れ日月の寂寂として、人音と馬迹無し」、この「寂寂」は、おそらく「寂寞」の類語と考えられるが、仏教的要素を含むであろう。最後は、「永く意を鷲山に結ばん」と釈迦が説法をしたと伝えられる仏教の聖地霊鷲山を挙げて、帰依を表白する。

「呉中禮石佛」の兪注に拠れば、西晉・建興元年（三一三）、海中から石仏二体が発見されて、呉（蘇州）の通玄寺に安置されたという。江淹は呉興へ行く途次、もしくは、左遷中、この寺に詣でた。「幻生は太だ浮詭にして、長思して沈疑すること多し」と人生の儚さと苦悩の多さを訴えて始まる。それを救うために「金光　海湄に鑠く」と西の彼方より仏が石仏として現れた。「火宅　焚炭を斂め、薬草　恵滋を匝らす。恒に願ふ此の道を楽しむを、経を誦す空山の坻（火宅斂焚炭、藥草匝惠滋。恆願樂此道、誦經空山坻）」と詠う。「火宅」「薬草」は「法華七喩」のうちの二つで、悟道に導くため、また仏の法身の永遠性、普遍性を表わすための比喩として、『法華經』譬喩品に用いられており、「斂焚炭」「薬草匝恵滋」は仏教による救済を意味する。誦経にふさわしい場所として、「空山坻」（「坻」は坂の意だが、「氐」は、平らを意味するので、人気無い山の中腹の平らな場所）が詠まれている。

そして後掲(9)「傷愛子賦」においても仏教が語られる。詳細は後述するが、次男の夭折を悼む作である。最後の段落で、再度「愛子」の死を詠じた後、こう結ぶ。「釈氏の霊果を信じて、三世（仏教で言う過去・現在・未来）の遠致に帰せん。願はくは同に浄刹に升り、塵習と永しへに棄《はな》れん（信釋氏之靈果、歸三世之遠致。願同升淨刹、與塵習永棄)」と。仏教の霊験を信じて寺刹にこもり、救済を願う。道教は隠遁憧憬の思想的背景であるが、愛児や妻の死といかに向き合うかを考えたとき、仏教の教理が、大きな意味をもってきたといえよう。その時「寂寞」は、後の王維のように仏教用語としての「ジャクマク」に近い意味として解されるのではないだろうか。

代表作(1)「別賦」においても、従来にない要素が認められる。「黯然として魂を銷す者は、唯だ別れのみ」と詠い始め、「春苔」「秋風」の頃は、殊に「百感悽惻す」。そして「別れは一緒なりと雖も、事は乃ち万族なり（別雖一緒、事乃萬族)」と始まる第二段落で、都での華やかな送別を描写した後、「手を分かちて涕を銜むに造《いた》り、咸《みな》寂漠として神を傷ましむ（造分手而銜涕、咸寂漠而傷神)」と詠う。生別と死別の違いこそあれ、「述哀」と同様、悲哀の情に起因する心中の空しさを表現している。その後、豫讓や荊軻など刺客の父母妻子との別れ、従軍や辺塞警備のための別れ、流謫の別れ、残された思婦の嘆きなど羅列列挙される。高橋和巳「江淹の文学」は、賦の修辞法として羅列表現は古来よりあるが「ある一つの感情をうかびあがらせるために、一篇の賦の全体の構成法として活用されたのは、おそらく彼をもって嚆矢とする」と論ず(55)。この「一つの感情」は、「別賦」においては、紛れもなく「寂寞」である。高橋氏の指摘を借りれば、（羅列表現によって）「寂寞」に別離の悲傷による空しさの意を含めた嚆矢は、江淹と考えられるのである。またここに見える「傷神」は、後掲「韋悼」15⑧「耿耿獨傷魂」の「傷魂」に通じると看做しても、さほど的外れではあるまい。

「述哀」の「寂寞」は、「無人」「無聲」から派生的に〈死〉を意味するようになったと前述したが、(2)「銅爵妓」にも同様の意味を看取し得る。銅爵台は、周知の如く、魏・曹操が建安十五年（二一〇)、魏王に昇爵したのを記念して鄴に建てられた。曹操は、臨終に際して、細々と遺命を残し、妓女たちに朝夕、銅爵台上に供え物をさせ、月の一日と十五日には歌舞をするようにと命じた。だが(2)では「徒らに歌舞台に登り、終に螻蟻の郭と成る」（第七聯)、今や「螻蟻」の巣になり果ててしまったと痛烈にその虚しさを詠う。「寂寞」は冒頭に見える。「武王　金閣を去り、英威　長しへに寂寞たり。雄剣　頓に光無く、雑佩も亦た爍を銷す（武王去金閣、英威長寂寞。雄劍頓無光、雜佩亦銷爍）」（第一・二聯）。曹操の死を「去金閣（銅爵臺）」と表現し、英雄としての声威も永遠に沈潜して輝きを失ったままと詠ず。すなわち懐古による無常観が主題である。同様に(3)「従建平王遊紀南城」（五古十一韻）も、戦国楚の都城があった古跡に随行した時の作で、無常観を詠う。「年積《ひさ》しく衣剣滅び、地遠く宮館平らかなり。錦帳　終に寂寞として、綵瑟　音英を秘す（年積衣劍滅、地遠宮館平。錦帳終寂寞、綵瑟祕音英）」（第六・七聯）。「衣劍」は当時の士大夫の換喩であり、「滅」はその死を意味し、宮殿も消えて大地が果て無く広がるばかり。華麗な宴の部屋や音楽は、跡形もなくひっそりと静まり返っていると詠い、そこに侍り演奏したであろう妓女の消亡を表わす。この「寂寞」も「無人」「無聲」の派生的意味から、〈死〉に通じるといえよう。ただ歴史的人物や古人の死には実感が伴わず、時の流れによる無常に比重が置かれるのは当然である。いわば抽象的死といえるが、それをすでに後漢・王充（二七〜一〇〇?）が、死後の霊魂の無を主張し例証する中で用いている。[56] 嫉妬深い夫または妻が亡くなり、残された配偶者が再婚した場合、もし死後に「知有る」なら、嫉妬深い死者は必ず「大いに忿怒」し、幽鬼となって出現するはず。だが、これまで一人として現れず、「寂寞として声無く、更めて嫁娶する者、平忽にして禍無きは、知無きの験なり（寂寞無聲、更嫁娶者、平忽無禍、無知之驗也）」と、死者は一言も声を発することがなく、再婚者は無事なので、死後に知覚はない証左とする。この「寂寞」もまさに「無声」という『楚辞』を祖述するが、死者と結びついている。ここに「寂寞」が〈死〉と結びついた濫觴を認めるべきであろう。爾来、徐々に「寂寞」が〈死〉の意味と関わる用例が重ねられ、江淹に至って、抽象的死ではなく、具体的個人的死やそれに付随する情を意味するようになったのである。

「述哀」はあくまで模擬作であるが、江淹は「述哀」より以前に[57](9)「傷愛子賦」を詠い、次男の死を哀悼して、その思いを「寂寞」に籠める。短い序文を付して、「生まれながらにして神俊、必ず美器と為らんに、惜しいかな閔《うれい》に遘ひ、歳を渉りて卒す」と一歳足らずの夭折を惜しむ。「惟れ秋色の顥顥たり」と秋の季節から詠い興し、「日月は銷す可きも悼みは滅びず、金石は鑠かす可きも念ひは何ぞ已まん（日月可銷兮悼不滅、金石可鑠兮念何已）」と月日が過ぎても消えることのない哀しみを、反語を用いて激しく吐露する。第二段落は、「爾は質を青春に誕《う》み、摂提孟陬《もうすう》に貞《ただ》し[58]（爾誕質於青春、攝提貞乎孟陬）」と春の誕生、寅年寅の月という屈原と同じくめでたい生まれでありながら、「白露　奄ち此の百草を被ひ、爾は凋を梧楸に同じくす（白露奄被此百草、爾同凋於梧楸）」と秋の死を詠う。

次いで、その前の夏を思い出す。

憶朱明之在節　　朱明の節に在るを憶ひ
顧岐嶷之可貴　　岐嶷《ぎぎょく》（幼児の聡明なこと）の貴ぶ可きを顧みる
睨鑪帳而多愊　　鑪帳を睨ては愊《かな》しみ多く
瞻戶牖而有慰　　戸牖より瞻ては慰め有り
奚在今之寂寞　　奚ぞ在今《いま》の寂寞たる
失音容之髣髴　　音容の髣髴たるを失ふ
姉目中而下泣　　姉は中を目して泣を下し
兄嗟季而飲淚　　兄は季を嗟きて涙を飲む
感木石而變衰　　木石の変衰するに感じ
激左右而隕欷　　左右を激して欷を隕とさしむ

奪懷袖之深愛　懐袖の深愛を奪はれし
爾母氏之麗人　爾が母氏の麗人
屑丹泣於下壤　丹泣を下壌に屑ぎ
傃愍憂於上旻　愍憂を上旻に傃《む》ける

病室での様子をかいま見ては一喜一憂したことが思い出されるが、今はその姿が影も形もない、人の死とは、こんなにもひっそりと静まりかえるものなのか、疑問詞を用いた詠嘆表現から詩人の呻きが響いてくる。この「寂寞」は、現実的な「無人」「無聲」の状況表現でありながら、コンテクストが〈死〉を意味することで、悲哀の情と分かち難く結びつく。それを導入として、姉兄そして母の愁嘆が、それぞれに表出される。この悲愁が図らずも翌年の母の死、すなわち悼亡詩に継承され、ひいては「逑哀」に繋がっていったといえよう。また幼児の死を嘆く詩賦において、母の嘆きは散見するが、母のみならず、姉兄まで対象とすることは、管見の限り、当該作が嚆矢であろう。[59] それによって、リアリティが格段に増して、臨場感溢れる描写になっている。「韋悼」においても、母の死を悲しむ子供たちが五首に描出されており、[60] 悼亡詩史上、「韋悼」の新しさの一つとしてすでに指摘した（第二章第一節）。それゆえ贅言を省くが、「但だ聞くのみ童稚の悲しみを」、「童稚は失ふ所を知り、啼号して我裳を捉ふ」と幼児の泣き声が響くさまは、江淹賦の姉や兄の涙に繋がってゆく。

なお「寂寞」の下の句「失音容之髣髴」は、潘岳の「思子詩」（『藝文類聚』巻三四、五古四韻）⑤「追想すれば存すること髣髴たり、道に感じて中情を傷ましむ（追想存髣髴、感道傷中情）」を想起させる。[61] 潘岳は、「西征賦」（『文選』巻十）中、嘗ての西周の地を通りかかり周の盛衰を詠じた後、「赤子を新安（河南省）に夭し、路側に坎して之を瘞《うず》む。亭に千秋の号有るも、子に七旬の期無し（夭赤子於新安、坎路側而瘞之。亭有千秋之號、子無七旬之期）」

と、嫡子の死を詠む。元康二年（二九二）、四十六歳の潘岳は、都洛陽から長安令として赴任する途次、生まれて七十日にも満たない男児を喪ったのである。「思子詩」は、その追想である。「髣髴」の用例は数多いが、同じく「赤子」を亡くした悲劇的状況を詩賦に詠う詩人は限られている。(62) それゆえ、「思子詩」を連想させるのである。潘岳は、この嫡子を「傷弱子辞」（『藝文類聚』巻三四「哀辞」）において悼んでいる。「哀辞」は、劉勰が説くように（「必ず夭昏に施す」）、夭折者を悼む場合に限られる。潘岳は、劉勰が「実に其の美を鍾む」（『文心雕龍』哀弔篇）と称賛した「金鹿哀辞」「澤蘭哀辞」をも詠む。前者は、娘の金鹿を悼む作で、「嗟　我が金鹿、天資特に挺んず」と始まり、前半は才色兼備と性格のよさ（「柔情和泰」）を称賛した後、「良嬪は短世、令子は夭昏」と述べる。「良嬪」は、妻楊氏を指し、金鹿は母の死（二九八年）からほどなくして旅立った。(63) 次いで、「既に我が幹を抜き、亦た我が根を剪る。槐は瘣木《かいぼく》（病んで枝の無くなった木）の如く、枯荄（枯れた根）独り存するのみ（既披我幹、亦剪我根。槐如瘣木、枯荄獨存）」と自らを槐の「枯荄」に喩えて哀しみを表白する。この「枯荄」は、前掲（第二章第二節）「潘悼」第三首㉗㉘「落葉　埏側に委《つも》り、枯荄　墳隅に帯ぶ」にも詠われ、「潘悼」との関わりが明らかである。ジャンルを異にしながらも、両篇は「悲しみを序ぶるに巧みなり」（劉勰「誄碑」篇）と評される潘岳作の特質をともに体現しているといえよう。また「京陵女公子王氏哀辞」も、「金鹿哀辞」と同様、前半は死者の美徳を詠い、笄年（十五歳）にも達しないで急死し、「宮朝震驚し、人の慭まざる靡し。嗟　爾が母氏、劬勞して撫鞠す（宮朝震驚、靡人不慭。嗟爾母氏、劬勞撫鞠）」と、母親の苦労と悲哀を詠う。この「爾母氏」が、先の江淹の「傷愛子賦」に見える。哀傷作の典型的表現ともいえるが、同じ主題の選択の同一性は、作品の傾向や特質の類似性に繋がるであろう。高橋和巳「江淹の文学」は、「魏晉より斉梁への感情的主導調の推移は、〈慷慨〉から〈感傷〉への過程」と規定できるが、江淹の文学は「斉梁時代の文学の感情のあり方および文学的態度を、もっとも鮮やかにしめす一つの典型」と説き、それは、「潘岳から江淹へ、と継承される感傷の文学」と系譜づける。(64)「寂寞」の変容を辿るなかにも、その継承を看取でき、それが〈死〉との関わりであることに留意すべきであろう。従来、江淹の悼亡詩は、「潘悼」に比して殆ど注目されなかった。だが江淹作品を、感傷文学の系譜に位置づけるならば、「江悼」は、まさに代表作の一つであり、両者の悼亡詩こそ、「潘岳から江淹へ」という系譜の成立を端的に明示するといえよう。さらに言えば、数百年の空白を経た韋應物の悼亡詩の質量豊かな存在感は、感傷文学の系譜の後継為るにふさわしいと看做せないか。韋應物は自然詩人と称され、無論、それに異論はないが、潘岳―江淹―韋應物という哀傷を核とする感傷文学の系譜をも提示し得るのである。この点は、韋詩の自然詩論の「景情融合」の〈情〉とも関わるので、後に再度論じたい。

「寂寞」は、唐代に入ると、多くの用例が認められ、(65)特に、杜甫の三十八例（『杜詩詳注』）は突出している。一例だけ挙げれば、「西伯（周の文王）は今寂寞たり、鳳声亦た悠悠」（巻八「鳳凰臺」五古十四韻、第二聯）は、文王の薨去を意味し、前掲江淹の「銅爵妓」を継承するであろう。だが韋詩および「韋悼」との関わりという観点からは、言及する必然性に欠ける。別の機会に改めることにして、ここでは、自然詩人の系譜として位置づけられる王孟詩に一言する。

孟浩然詩は四例と少ないが、揚雄に因む作（「初出關、旅亭夜坐、懐王大校書」四部叢刊所収『孟浩然集』巻四、五律）を挙げよう。「燭至りて螢光滅し、荷枯れて雨滴聞こゆ。永く蓬閣の友を懐へば、寂寞として揚雲滞る（燭至螢光滅、荷枯雨滴聞。永懐蓬閣友、寂寞揚雲滞）」（頸尾聯）。頸聯の螢と蓮の点描が初秋のわびしい季節感を表わしている。「王大校書」とは、王昌齢（?～七五六?）を指す。彼は、開元十五年（七二七）に進士及第後、秘書省校書郎の官にあった。孟浩然は、この年初めて入京して王と意気投合し、翌年冬、長安を離れ、二月に洛陽にいた。(66)詩題の「初出關」とは、洛陽に向けて潼関を出たばかりの時であり、旅籠で王昌齢との思い出に耽る。尾聯の「蓬閣」とは秘書省であり、「揚雲」とは、揚雄の字「子雲」に掛けて同じく校書を務める王を意味する。この「寂寞」は、江淹の「別賦」に基づく別離の寂しさが籠められていよう。ここには「投閣」への軽侮や諧謔は毛頭なく、揚雄と同様の文才への称揚を籠めた喩えといえよう。その他の用例としては、「祇だ応に寂寞を守るべし、還つて故園の扉を掩はん」（巻三「留別王維」）、「巖扉松徑　長しへに寂寥（一作寞）たり、惟だ幽人の自ら来去する有るのみ」（巻二「夜歸鹿門歌」）の二例は、『莊子』を踏まえる隠遁の意と解せる。「歡娯　此の事　今寂寞たり、惟だ年年陵樹の哀しみ有るのみ」（四部叢刊本未収録、『全唐詩』巻一五九、「長樂宮」）は、漢・劉邦が建てた宮殿に因み、今や姿なき宮女の哀しみを詠い、「銅爵妓」を踏襲する。孟詩における「寂寞」は数少ないが、多義性を生かしていると言えよう。

王維詩は八例（四部叢刊所収『王右丞集』）で、自然詩人にふさわしく、自然の中の閑居を詠う作(67)や、別離による寂しさを意味する作(68)中に用いられて、基本的には孟詩と変わらない。孟詩に見られないのは、仏教的意味を有する例である。病中の貧しい「胡居士」（未詳）なる人物に寄せる詩（「與胡居士皆病、寄此詩兼示學人」二首其一、巻三、五古十韻）の中にある。「一たび微塵の念を興せば、横しまに朝露の身有り。是の如く陰界を睹れば、何れの方にか我と人を置かん（一興微塵念、横有朝露身。如是睹陰界、何方置我人）」という冒頭から、仏教的語彙を用いて人間の煩悩について説く。「微塵」（物質の極微が六方から集まった極めて細かいもの）は、『楞嚴經』の「父母の生む所の身は、猶ほ彼の十方虚空の中、一微塵を吹きて存するが若く、亡きが若し」に基づく。「陰界」もいわゆる「五陰十二処十八界」という人間と世界を認識する仏教用語である。門外漢には正確には不明であるが、略意としては、ほんの少しでも俗念が湧いたら、道理に合わないまま朝露のように儚い身という生への執着が生じることになる。その認識で世界を見つめるなら、我も人もどこにも居場所がないという意味であろうか。孫昌武『唐代文学与仏教』が述べるように、病の貧僧を慰める詩でありながら、自らの仏教観を披歴する(69)。さらに「愛に因りて果たして病を生じ、貪に従りて始めて貧を覚ゆ。色声は彼の妄に非ず、浮幻は即ち我が眞なり……胡生は但だ高枕なれば、寂寞　誰と隣するや（因愛果生病、従貪始覺貧。色聲非彼妄、浮幻即我眞……胡生但高枕、寂寞與誰鄰）」趙殿成箋注は、『維摩詰經』の「痴に従ひて愛有れば、則ち我病生ず」を引く。「愛」も「貪」も俗念であり、それがあるゆえに病が生じ、貧窮を意識するようになる。「色聲」は「十二處」の「六境」（六根の認識作用の対象領域）の二つ、色処・声処を指し、妄心を抱かなければ、六根（眼・耳・鼻など主観の器官）と通じて、迷妄を発しないという（楊文生注）。そして胡生は「高枕にして臥す」、すなわち憂いも迷いもない「ジャクマク」の心境であり、それを妨げる誰もいないと、励まして本復を祈っている。この「寂寞」は、江淹の仏教的要素を祖述しながらも、より専門的な『法華經』沙門品などに見える仏教用語としての安らぎの境地の意味と解し得るのである。

以上のように、唐代に入ってから用例数も数多あるので、「韋悼」が単に「述哀」のみを踏まえたとは言えないが、右に見たように、多くの用例は、江淹の「寂寞」を祖述している。韋應物が悼亡詩に用いている以上、「述哀」ひいては、江淹詩の影響を看過し得ないのである。

「寂寞」の変容に紙幅を費やしたが、つぎに「韋悼」における「寂寞」の二例を挙げる。一つは、15「林園晩霽」（五古五韻）である。

「雨歇みて青山を見、落日　林園を照らす」と始まり、夕陽が雨上がりの林園の緑を鮮やかに照らし出す。「林　清く　風景翻る」（第四句）、雨に洗われた林は清らかに澄み、風が出ると木漏れ日が揺れ動く。ここでも「清」という字眼が用いられ、その美しさに、詩人は子弟を伴って林園に出かける。だが、

⑦同　游　不　同　意　　同游　意を同じくせず

⑧耿　耿　獨　傷　魂　　耿耿として独り魂を傷ましむ

⑨寂寞鍾已盡　寂寞として　鍾　已に尽き
⑩如何還入門　如何ぞ還た門に入らんや

と同行の子弟は、彼の⑧「傷魂」に思い及ばない。深まる孤独。ふと気づけば、林の中で響いていた晩鐘の音が、いつのまにか止んでいる。迫り来る夕闇、その静寂に寂しさが一層募る。ここでの⑨「寂寞」は、清らかな気に包まれた「無聲」の「林」と胸中の〈寂しさ〉が融合した詩趣、第五章以降に詳述する「景情融合」を醸し出していよう。『楚辭』の「無聲」と、江淹詩を源とする情の〈寂しさ〉、すなわち「別賦」の「寂寞而傷神」を連想し得るのである。また「鐘」は、無論、仏刹の存在を意味しており、江淹が〈死〉の救済を仏教に求めたように、韋應物も、何とか〈死〉と向き合い、受容できまいかと仏教に近づこうとする。「入門」の「門」は、城門もしくは住居の門とすれば、妻不在のそこに戻るのは辛く、林園（「林清風景翻」）の〈清〉なる空間にしばし癒しを求めたいと解せるが、寺門であるならば、彼の迷いや逡巡を表わし、仏教への思いが隠されていよう。

もう一つは、17「秋夜」其二（五古四韻）である。ここでも聴覚との関わりが認められる。「霜露　已に凄漫たり」（第一句）、「朔風　中夜に起く」（第三句）と秋の深まりを詠んだ後、後半第三・四聯は、こう詠う。

⑤蕭條涼葉下　蕭条として涼葉下り
⑥寂寞清砧哀　寂寞として清砧哀し
⑦歳晏仰空宇　歳晏　空宇を仰ぎ
⑧心事若寒灰　心事　寒灰の若し

〈清〉を冠した砧の音が、冷たく澄んだ寒気の中で響き、冬の到来を告げる季節感を表している。それによって、妻亡き悲哀が切なく募っていく。本来ならば韋家でも響くはずなのに、今の〈無音〉が「寂寞」の語で暗示され、詩人の喪失感をかき立てる。⑤⑥は視聴対といえるが、「寂寞」「蕭條」の対語は、まさに前掲『楚辭』「遠遊」（「山蕭條而無獸兮、野寂寞其無人」）の対句を踏まえている。「蕭條」は、韋詩の自然詩において頻出するので、後に詳述し（三〇〇〜三〇一頁）、ここでは北風（③「朔風」）に乗って流れ来る砧の音を形容する〈清〉と「寂寞」との密接な関わりを指摘する。〈清〉なる音が、⑦「歳晏」という時間を意識させ、詩人に「空宇を仰」がしめる。この「仰」という動作にこめられた思い。それは失われた時を哀惜しているがゆえの動作ではあるまいか。かような詩人の傷魂に最もふさわしい形容詞が「寂寞」だったのである。⑧「心中の思いは、冷え切った灰のようだ」という末句が痛々しい。この「寒灰」は、六朝時代においては二例のみで、[70] その中の劉宋・鮑照「贈故人馬子喬詩」六首其二（五古四韻）の「寒灰　滅して更に燃え、夕華　晨に更に鮮やかなり（寒灰滅更燃、夕華晨更鮮）」（第一聯）を踏まえるのだろう。当該作は、馬子喬（未詳）の妻の、夫に捨てられた悲しみを詠う代作である。第三聯に「佳人　我を捨て去り、賞愛長く縁を絶たる（佳人捨我去、賞愛長絶緣）」とあり、「佳人」は夫の馬子喬を指し、去って行った夫を諦めようとして諦めきれない思婦の情を「冷え切った灰が、また燃え上がる」と喩えている。潘岳「寡婦賦」と同様に、鮑照にも多くの代作があり、その中の一篇である。鮑詩を踏まえれば、韋詩の⑧も、妻の死を受け入れ難い心情をこめていると解し得る。またここでも、「寡婦賦」同様、詠み手の性を柔軟に転じている。

そしてこの語の用例も、仏典、特に禅語には少なくない。[71]「寒灰枯木」と並称されて、煩悩妄想に熱気がないことを喩える一方、そのために空無の境地に堕したままなので、大用を欠くと忌まれたという。晩唐・趙州和尚（七七八〜八九七）の語録にも「師云ふ、是れ寒灰枯木ならざれば、花錦成り現れて、百種有り」[72] と記す。江淹の前掲「火宅斂焚炭」とは、直接関わらないであろうが、仏僧と交流のあった韋應物が、当時流布していた「寒灰」を知らなかったはずはないと推定できよう。いずれにしても、詩人の哀感が、秋の冷涼感とともに伝わってくる。それは韋應物の失われた時への哀惜であり、孤独な現況への満たされぬ思いの裏返しでもある。

三度目の閑居である灃水に面している善福精舍での作には、次の詩篇（「灃上西齋寄諸友」巻二、五古八韻）のように、川の流れが数多く詠まれている。

①絶　岸　臨　西　野　　絶岸　西野に臨み
②曠　然　塵　事　遙　　曠然として　塵事　遙かなり
③清　川　下　邐　迤　　清川　下りて邐迤たり
④茅　棟　上　岧　嶢　　茅棟　上りて岧嶢たり
⑤玩　月　愛　佳　夕　　月を玩びて　佳夕を愛し
⑥望　山　屬　清　朝　　山を望みて　清朝に属す

絶壁の上に建つ書齋から眺めると、西の方には草原が遙か彼方まで広がっていて、いつしか俗事は遠くに消え去る。清らかな川は果てしなく流れ下り、茅の棟は高々とそびえている。素晴らしい月が出れば、宵の一刻一刻をいとおしみ、清々しい朝には、晴れ晴れと山を望む。時には月を愛でて一夜を過し、そのまま「清朝」を迎えただろう。「清川」「清朝」が共に「清」を冠されて相呼応し、時間的空間的流れを表現している。韋詩の〈清〉が、流動感と結びついていることが明らかであろう。彼が「閑居」に求める自然の景物が点描されているが、末尾では、こう詠む。

⑬明　世　重　才　彥　　明世　才彥を重んじ
⑭雨　露　降　丹　霄　　雨露　丹霄より降る
⑮群　公　正　雲　集　　群公　正に雲集し
⑯獨　予　欣　寂　寥　　独り予のみ　寂寥を欣ぶ

第七聯は代宗の平和な御世を寿いで、天空から瑞兆の甘露が降ったと詠う。続けて、俊才が雲の如く帝の下に集まったが、韋應物は独り⑯「寂寥」を喜ばしく思うと結んでいる。『老子』に源を発するこの「寂寥」[73]は無論、宮闕を離れた澧上での隠遁を意味しているが、彼がそれをこの語で表現することが注目されよう。彼が求めていたのは「寂寥」たる閑居であった。それは陶潛が実現した歓びに溢れる田園生活でも、謝靈運が求めた美しい山水や、「遊仙詩」で知られる郭璞（二七六〜三二四）の求めた幻想的な仙界でもなかった。寂寞たる「傷魂」を受容し得る閑居こそ、韋應物の希求した世界であった。終章で述べるように、彼の好む「林」と「雨」によって他と隔絶する〈幽〉なる自閉的空間を必要としたのである。その中で初めて韋應物は、失われた時空への回帰を果し得た。それは、妻との幸福な日々であり、更に遡及すれば、玄宗皇帝の近侍として仕えた日々であろう。安史の乱によって潰え去り、彼はいわば世界の崩壊をまざまざと眼にしたのである。盤石と信じてきたものが一挙に瓦解し、その後は長く混乱と荒廃が続いた。上辺は落ち着いたかに見える代宗、徳宗の御世も、彼にとっては虚ろなものでしかなかった。現実との違和感が、失われた時空への哀惜となり、妻の逝去後、とりわけそれが深まり、澧上閑居と滁州時代に数多くの詩篇へと結実した。かように「寂寞」（寂寥）は、韋詩の字眼である〈清〉〈幽〉と関連し、彼の人生履歴の特徴というべき反復される「閑居」の意をも含む重要性を有しているのである。

以上の如く、韋應物詩にとって重要な詩語が、江淹詩を祖とすることが明らかになったことは、「韋悼」が「述哀」という「潘悼」の模擬詩を媒介にして、単なる表層の詩語レベルではなく、「江悼」を深層において受容していると評し得るのではないだろうか。

「韋悼」は、「述哀」以外に、「雜體」詩第三首「班婕妤　詠扇」とも関わっている。13「悲紈扇」（五古三韻）である。13の第一・二聯は、

①非　關　秋　節　至　　秋節の至るに関するに非ず
②詎　是　恩　情　改　　詎ぞ是れ恩情改まらんや
③掩　嚬　人　已　無　　嚬《ひそみ》を掩ひて人已に無く
④委　篋　涼　空　在　　篋に委ねて涼として空しく在り

と詠う。これは詩題からも明らかなように、前漢・班婕妤の作とされる「怨歌行」（『文選』巻二七）を踏まえる。帝の寵愛を失う宮女の不安を、秋になれば用いられない団扇に託した作で、第四・五聯「常に恐る　秋節至り、涼風の炎熱を奪はんことを。篋笥中に棄捐せらるれば、恩情　中道にて絶えん（常恐秋節至、涼風奪炎熱。棄捐篋笥中、恩情中道絶）」を挙げれば、両者の関連を説くのに、贅言は要すまい。13は、いわば「怨歌行」の摸擬作とも看做せよう。もっとも13は、「篋」に棄て置かれたままの扇子という状況を「怨歌行」と共通項にしながら、その原因を異にして、「嚬を掩ふ」という「西施」に喩えられた妻への愛情の不変と喪失感の深さを表現する。すなわち嘆きの主体を、愛されるべき女性（宮女）から愛する男性（詩人）に変換することで、意表をつく斬新な哀悼作となったのである。ここに韋應物の模擬性への意欲とその反転性を確認し得るのではあるまいか。

この「怨歌行」の模擬を正面から試みたのが、江掩の「班婕妤　詠扇」（「雜體」詩第三首、五古五韻、以下「詠扇」と称す）である。

①紈　扇　如　圓　月　　紈扇　円月の如く
②出　自　機　中　素　　機中の素より出づ
③畫　作　秦　王　女　　画き作す　秦王の女《むすめ》
④乘　鸞　向　煙　霧　　鸞に乗りて煙霧に向かふを

⑤采色世所重　采色は世の重んずる所
⑥雖新不代故　新と雖も故に代へず

真白い絹の団扇に、秦の穆公の姫弄玉が鸞に乗って、霞たなびく大空に向かう絵が描かれる。「怨歌行」では、「皓潔にして霜雪の如し」（第二句）と真白いままであった扇に、江淹は「采色」を施した。「夏の歌」で指摘した江淹の豊かな色彩を想起させる詩篇である。では「詠扇」と「韋悼」13「悲紈扇」との関わりは、いかなるものであろうか。一つは、13詩題の「紈扇」が「詠扇」冒頭に認められることである。前述のごとく、13は「怨歌行」の模擬詩ともいえるほど密接な関わりがありながら、「怨歌行」に「紈扇」は用いられていず、あるのは「合歡扇」なのである。さすれば13は、「詠扇」をも踏まえたことが明らかであろう。悼亡詩に「合歡扇」は、哀しすぎるからかもしれない。

さらに重要なのは、「詠扇」第六句である。世人が重んじる「采色」の「新」を「故」に代えるべきではないと詠う。これは班婕妤の胸中を表現したものであるが、ここに見える「新」と「故」の対比は、第二章第一節で論じた如く、「韋詩」の特質の一つである今昔の対比と通じる発想ではないか。6「除日」を再度、引こう。

①思懷耿如昨　思懷　耿として昨の如きも
②季月已云暮　季月　已に云《ここ》に暮る
③忽驚年復新　忽ち驚く年の復た新なるを
④獨恨人成故　独り恨む　人の故と成るを

明日はもう新年という時の流れの速さに、一人取り残される哀しみを吐露している。この「新」と「故」各々の内容は、無論、「詠扇」のそれとは異なるが、「恨」という字によって、「僕は本より恨人なり」（「恨賦」）すなわち江淹を想起せざるを得ない。間接的連想による関わりではあるが、ことば相互の映発という意味で、甚だ興味深いのである。

以上のように、「韋悼」と江掩の「雜體」詩第三・第十一首との関わりについて論じた。「韋悼」の特質である「今昔の対比」の原型は「江悼」であるが、同類というべき「新旧の対比」を「詠扇」に見出せた。また悼亡詩のみならず、韋應物詩全体の字眼である〈清〉〈幽〉と関わる「寂寞」の変容を考察した結果、それが〈死〉と関わり、別離の情の哀傷の意味を江淹が初めて賦与し、「述哀」においても詠まれていたことが明らかになった。韋應物は、その〈情〉に着目したのである。従って韋應物詩にとって「雜體」詩は、重要な意味を有している。その作が模擬詩であることを勘案すれば、ここでも韋應物の模擬性への関心の深さが、看取されるのである。

小結

従前六首の悼亡詩に比して、「韋悼」が質量ともに突出しているのはなぜか、という問題意識の下、その系譜の中で、「潘悼」に継ぐ江掩の「悼室人」との比較を試みた。

第一節では、「江悼」の象徴というべき「佳人」という詩語に着目し、そこに籠められた意味を分析した。その結果、「佳人」は神秘性を内在した死後の理想化された存在を意味することを証した。韋應物が、この語を用いることによって、「韋悼」に幽艶な詩境が開拓されたといえよう。またそれは、「江悼」との継承関係を明確に物語り、「今昔の往還」という「韋悼」の特質は、「江悼」を祖述することが明らかになったのである。

第二節では、「江悼」が、「潘悼」に無い夏の歌を詠じ、「韋悼」がそれを継承していることを確認した上で、両詩を比較した。豊かな色彩溢れる自然描写のある「江悼」に対して、「韋悼」は、抑制された景観の中で、仏教的悲哀の止揚を詠っていた。それは「江悼」が神仙世界に妻を登場させていることと対照的といえるが、「潘悼」の現実的悲哀の断絶を措定すれば、同じく異次元での悲哀の止揚を希求するという意味で、共通性を見出せ、悼亡詩の世界を広げたのである。

さらに第三節では、「韋悼」のみならず韋應物詩全体にとって重要な「寂寞」という詩語が、江掩の「逑哀」と関わることを明らかにした。『楚辭』や『莊子』を出自とする「寂寞」の変容を考察した結果、江淹は、六朝時代、最も多く用いた詩人であり、伝統的意味を継承すると同時に、それまでになかった哀傷による〈情〉の意味を賦与した。韋應物は、その意を籠めて詠われた「逑哀」を踏まえて、「韋悼」および韋詩における悲哀の情を表現したのである。「逑哀」は、「潘悼」の模擬詩であり、「雜體」詩では、そのほか「詠扇」も、「韋悼」との関連が認められ、韋應物の模擬性への関心の深さをも看取できた。

「江悼」が「韋悼」に与えた影響は、従来、全く言及されなかった。だが以上のように、表層の詩語詩句のレベルでは「潘悼」に比して顕著ではないものの、深層において、「韋悼」に少なくない影響を与えたといえよう。換言すれば「韋悼」は、「潘悼」のみならず、「江悼」をも受容したことによって、質量ともに突出した出現を可能にしたのである。ここにおいて、潘岳から江淹へ、さらには韋應物へと、哀傷を核とする感傷文学の系譜を新たに提示し得るのではないだろうか。

これまで韋應物の悼亡詩について、その系譜の中で考察したが、つぎには韋應物詩全体の中で、いかに位置づけられるかを究明する。その端緒として「古詩十九首」の模擬詩である「擬古詩」十二首を次章で考察する。

注

（1）江淹の夢に晉・郭璞（二七六〜三二四）が現れ、長年預けてある五色の筆を返すよう求め、江淹は返却したが、それ以後、全く詩作できなくなり、世間では、「江淹才尽く」と言ったという（梁・鍾嶸『詩品』中品）。

（2）松浦史子『漢魏六朝における《山海経》の受容とその展開』文学篇第Ⅱ部「江淹文学に於ける『山海経』の受容について――郭璞との関わりを中心に――」（汲古書院、二〇一二・二）。先行研究に関しても、第Ⅱ部第一章「江淹の文学・思想および日中の江淹研究」に詳しい。

（3）『日本文學誌要』第五八号（一九九八・七）、後、本書附章収録。拙論以外では、胡旭『悼亡詩史』（序章注（4））第一章第五節「江淹・閨蕪日夜深」。専論ではないが、胡大雷「中古〈悼亡〉詩論」（『玉林師範学院学報』二〇一〇年第一期）、蔣寅「悼亡詩写作范式的演進」（『安徽大学学報』哲学社会科学版二〇一一年第三期）など、部分的に論及されている。

（4）丁福林『江淹年譜』（鳳凰出版社、二〇〇七・十二）、蕭合姿『江淹及其作品研究』（文津出版社有限公司、二〇〇〇・三）第二章第二節付録作品繫年、両書ともに元徽四年説を唱える。以下作品成立年に関しては、両書参照。また伝記については、『梁書』巻一四、『南史』巻五九、『江文通文集』（『四部叢刊』初篇）所収「自序」、兪紹初・張亜新校注『江淹集校注』（中州古籍出版社、一九九四・九）付録「江淹年譜」など参照。なお拙論の底本は、『江文通集彙註』（明・胡之驥註、李長路・趙威点校、中華書局、一九九九・十二）。

（5）「春風緣隟來」（第一首）、「清商應秋至」（第二首）、「淒淒朝露凝」（第三首）など、変化推移する時間相の表象に重点が置かれている。

（6）序章注（4）、三一、三二頁。

（7）主な出典を示す。1は曹植「洛神賦」など。2は李延年「歌詩一首」など。3は張華「情詩」其一など。4は蕭子顯「代美女篇」など。

（8）長期の公務が終わった秋胡子が、帰路「佳人」に一目惚れ、言い寄るが、見事に振られ、帰宅してみると、「佳人」は妻で、絶望した妻は入水するという悲劇的叙事詩。

（9）江淹は以下の詩篇でも、「佳人」を用いている（算用数字は、「佳人」の多義性解説で用いたもの）。「去故郷賦」（兪紹初等注は、6主君、建平王を指すとす）、「倡婦自悲賦」4、「蓮華賦」1湘夫人、「別賦」2（以上巻一所収）。「麗色賦」1（巻二）。「渡西塞望江上諸山」2、「感春冰遙和謝中書二首其二」6建平王（以上巻三）。「雜體三十首」其五「陳思王贈友」3、其十「張司空離情」3、其三十「休上人怨別」1（巻四）。

（10）「江悼」中、『楚辭』を出典とする詩句は、次の通り。第一首第二句「隱憂遂歷茲」は、「哀時命」（懷隱憂而歷茲）。第二首第一句「適見葉蕭條」は、「遠遊」（山蕭條而無獸兮）。第七首第一句「顥顥氣薄暮」は、「大招」（天白顥顥、寒凝凝只）。第八句「承夜非膏蘭」は、「招魂」（蘭膏明燭、華容備些）。第十首第四句「無下此幽都」は、「招魂」（魂兮歸來、君無下此幽都些）。第九句「曖然時將罷」は、「離騷」（時曖曖其將罷兮）。また左遷された自身を屈原に擬えて「楚客　独り容無し」（第四首第十句）と詠む。

（11）「湘夫人」以外の二ヶ所は、「九章」悲回風の中盤に「惟佳人之永都兮、更統世以自貺」「惟佳人之懷兮、折芳椒以自處」と見える。この「佳人」は屈原、楚の懷王襄王、彭咸を指すと諸説ある。

（12）陳子展撰述『楚辞直解』「九歌解題」《湘君》《湘夫人》解（復旦大学出版社、一九九七・三）に明・陳士元『江漢叢談』や清・趙翼『陔餘叢考』など明清も含めた諸説が紹介解説されている。また「予」に関しても、屈原、男巫、舜など諸説ある。

（13）石川忠久編『中国文学の女性像』（汲古書院、一九八二・三）所収、「鄭・衛の女性像」「楚辞に見える女性像」「六朝詩に表れた女性美」など。

（14）宋・郭茂倩『樂府詩集』巻十七鼓吹曲辭には、「芳樹」として収録。同樂府題の先人の作としては、斉・王融に「去來徘徊者、佳人不可遇」と「湘夫人」を踏まえると覚しい「佳人」が見える。

（15）宋玉「神女賦」（『文選』巻十九）にも神女の形容として、「芬芳を吐くこと其れ蘭の若し」などと見える。また小説では、神女が出現するときには、前触れとして「異香」が漂う描写が多い。拙論「六朝・唐代における幽婚譚の登場人物——神婚譚との比較」（『日本中國學會報』第四八集、一九九六・十）において「異香」は神女の属性の一つとして指摘した。

(16) 底本は、「催」に作るが意味不明。四部備用所収『江文通文集』は「摧」に作る。「摧心」は、潘岳「寡婦賦」に先例があるので、今、「摧」に改める。

(17)「潘黄門集」(『漢魏六朝百三名家集』所収)の詩賦を調査。

(18) 文脈によって指示する対象が、男子の場合もある。例えば、「衞風」有狐の「心之憂矣、之子無裳」について唐・孔穎達疏は、「男子を謂ひて之子と為すなり」と注す。

(19)「九日灃上作、寄崔主簿倬二季端繫」(巻二)では、崔倬と韋の弟端と従弟繫を指す。「贈丘員外」(巻三)では、韋應物の墓誌銘を書いた親友の丘丹を指す。

(20) 第二章注(23)、三二頁。

(21)『韋江州集』巻三には、ほかに「簡恆璨」(五古四韻)、「寄恆璨」(五古三韻)、「宿永陽、寄璨律師」(五絶)「偶入西齋院、示釋子恆璨」(五絶)の詩が収められる。各詩から二人の交友が伺われ、韋應物が仏教的教示を求めていたこと、恆璨が「西齋院」に居ることがわかるが、履歴は未詳。

(22)『碧巖錄』第二十六則に「獨坐大雄峰」と見える。「大雄峰」は、百丈山(江西省)を指し、韋應物とほぼ同時代の百丈懷海大智禪師(七四九～八一四)が「如何なるか是れ奇特の事」と尋ねられて答えた言葉。ここでは、「獨坐」は、百丈山での座禪を意味している。

(23) 交遊のある仏僧は、「深上人」「琮公(滁州の僧)」「釋子良史」「皎然上人」(以上「寄贈」詩 巻二、三)、「溫上人」(巻五「酬答」)「琅琊の深標二釈子(滁州の法深、道標)」(巻五「懷思」)、「僧神靜」「寬禪師」「道晏寺主」「義演法師」「澄秀上座」「曇智禪師」「起度律師」(巻七「遊覽」)など。なお平野顯照『唐代文學と佛教の研究』第二章「仏教用語と李白の文学」で、韋應物を「仏教にふかい造詣を傾けつくした」と記す(朋友書店、一九七八・五)、一六八頁。

(24) 孫昌武『唐代文学与仏教』「王維的仏教信仰与生活態度」(陝西人民出版社、一九八五・八)、馬奔騰『禅境与詩境』第二章第二節「文人的生活与仏禅」(中華書局、二〇一〇・九)、七九頁など。

(25) 3⑫「對案空垂淚」、8③「坐念綺窗空」、9①「空濛不自定」、10⑳「空存舊行迹」、11⑬「空房欲云暮」、13④「委篋涼空在」、14③「空齋對高樹」17⑦「歳晏仰空宇」、20⑩「芳時去已空」。
（26）『梶山雄一著作集』四、「中観と空」Ⅰ、第四章「空の思想」（春秋社、二〇〇八・七）。
（27）鎌田茂雄『中国仏教史』第四巻「南北朝の仏教（下）」第一章第一節「宋・斉の訳経」（東京大学出版会、二〇〇一・十）、一一四～一一六頁。
（28）李頎の作「光上坐廊下衆山五韻」では「毎に聞く楞伽經、只対す清翠の光」（第二聯）と詠い、身近に『楞伽經』を耳にしている。白詩以降は、晩唐・李商隠、陸龜蒙各一例、貫休五例。
（29）松浦前掲書（注（2））は、「帝女」について、明・胡之驥注に拠って、『山海經』出自の「夭折した巫山の帝女瑤姫」とする（一八三～一八六頁）。今底本の『江文通集彙註』中、「帝女」の用例は、悼亡詩以外に二例ある。「清思詩」（巻三）の「帝女在河洲」と「雜體三十首」（巻四）其十一「潘黃門述哀」の「爾（亡妻）無帝女靈」（第十八句）である。後者は、李善も同じく「巫山の神女」と解し、疑問の余地は無い。だが前者の「帝女」は、「趙后」「陰妃」の二人が登場し、それと関わらせて、兪紹初等注は、舜の二女「宵明」「燭光」と解す。二人の女性が登場する場合も「帝女」の語を用いている。さらに注目すべきは、このほか「遂古篇」（巻五）中の「帝之二女、遊湘沅兮。宵明燭光、向焜煌兮」という詩句である。この「帝之二女」は、「湘沅」とあるから「湘君」「湘夫人」を指しており、明らかに悼亡詩の「二妃麗瀟湘」に重なる。したがって、悼亡詩第十首の「帝女」は、兪注などの解するように、「湘君」「湘夫人」と考えられよう。
（30）注（10）参照。
（31）前掲書注（4）、四三頁参照。
（32）前掲論文、注（20）及び第二章注（23）参照。
（33）ただし初唐・王勃に「寒夜懷友雜體」二首（『王子安集』巻三、七絶）がある。なお中晩唐では、皮日休以外にも、劉禹錫、陸龜蒙にもそれぞれ「雜體詩」がある。
（34）『四庫全書』および『先秦漢魏晉南北朝詩』『文選』の検索調査を試みた。
（35）第二章注（27）及び第二章注（32）。

(36)『日本中國學會報』第四二集、一九九〇・十

(37)『中國文學報』第二四冊、一九七四・十。歌行作品は、韋應物の「豪士」の意識が抑圧されて現実と切り結ばないがゆえに、「社会を批判した風諭詩」が生まれたと論じ、白居易への影響も指摘する。

(38)『詩經』では、邶風「簡兮」(鄭注では周室の賢者を指す)、「靜女」(美女の意)に見える。『楚辭』では、「離騒」「九章思美人」は君主の比喩、「招魂」「九歌　少司命」は美女の意。漢代以降、妃嬪の称号の意味もある。

(39)「遠遊」の「寂寞」の「寞」は、四部叢刊所収洪本に「一作漠」とある。「九辯」は、『文選』巻三三では、作者を宋玉とし、一段を一首として第一～五段までの五首構成にしている。「無聲」は、其一に、後者の「賢才不遇」は、其五に詠われる。

(40)『漢書』揚雄伝(巻八七上下)の論賛より前の本伝部分は、すべて自序とされる(嘉瀬達男「『漢書』揚雄伝所収「揚雄自序」をめぐって」『学林』第二八・二九号、一九九八・三、一、揚雄自序の範囲)。『文選』は、本伝所収の「解嘲」の導入部分をそのまま引いて「序」とする。なお底本とする『文選』では「楊雄」とするが、今、姓は、『漢書』に従い、より一般的な「揚」を用いる。張震沢校注附録年譜では、「解嘲」は、元寿元年(前二)の作とする。

(41)顏師古注は、「見誅殺者必流血、故云赤族」と「赤」を「血の色」に結びつけるが、李善注は「赤謂誅滅也」と「滅」の意に取る。錢鍾書『管錐編』は、諸説を引いた後、王沈『釋時論』(『晉書』文苑傳)に拠って、「滅」「空盡」の意を是とする(「全上古三代秦漢三國六朝文」二八全漢文巻五二)。いずれにしても族誅を意味するし、拙論では「血」の赤も含んでいると解する。

(42)『漢書』本伝では、「高」を「宗」に作る。

(43)福永光司『荘子』外篇(朝日新聞社中國古典選、一九六五・十)、二一七頁。

(44)『中國文學報』第四五冊、一九九二・十。引用部分の前者は六七頁、後者は、三六頁。

(45)符命に拠って漢の禅譲を受けた王莽は、「天命を乱す」として、公布した符命以外の作成を禁止。だが腹心の甄豊の子の尋が再度作成し、王莽は内容に怨謗を疑い、疑獄事件に発展。腹心の一人劉歆の子の棻、泳等も連座して、「死者数百人」(『漢書』巻九九中、王莽傳中)。揚雄は、もと同僚で数少ない友人である劉歆の子の棻に、事情を知らぬまま符命のための「奇字」

を教えたことで嫌疑をかけられた。王莽は、揚雄を「素より事に与らず」として、不問にする詔を出した（傳賛）。揚雄にしてみれば、思いがけぬ災難だったといえよう。

（46）賦篇は「天下幽險、恐失世英、魑龍爲蝘蜓、鴟梟爲鳳凰」。揚雄は辞賦を「童子雕蟲篆刻之技」（『法言』吾子篇）として創作をやめるが、「裏には、辞賦によって身を立てようとし、果たせなかった彼の挫折が隠れている」（多田伊織「揚雄論」『日本研究』〔十二〕一九九四・九、六六頁）。

（47）「入蘭臺、贈王治書僧孺」（『藝文類聚』巻三一、五古四韻、引用は第一・二聯）

（48）例えば、魏・曹植「送應氏詩」其二の「洛陽何寂寞、宮室盡燒焚」は「無人」のさま。西晉・潘岳「西征賦」の「越安陵而無譏、諒惠聲之寂寞」、陸機「文賦」の「課虚無以責有、叩寂寞而求音」は「無聲」の意と関わる。劉宋・謝靈運「郡東山望溟海」の「萱蘇（萱草と皐蘇、亡憂草と疲労回復）始無慰、寂寞終可求」は、『莊子』の説く「無心の静かな」心境を求める。

（49）黄節註・華忱之校訂『阮歩兵詠懐詩註』（人民文学出版社、一九五七・四）、鍾京鐸注『阮籍詠懐詩注』（学海出版社、二〇〇二・一）。鍾氏は、「寂寞」に「孤寂清靜」と注して、揚雄「解嘲」の「惟寂惟寞、守德之宅」と『莊子』「恬淡寂寞虚無無爲」（外篇「刻意」）を引く。前掲「天道」篇と同意である。

（50）「翺翔」は、『詩經』檜風「羔裘（子羊の皮衣、君主が朝政を聞く時の衣類）」の「羔裘翺翔、狐裘在堂」を踏まえる。鄭箋は「逍遙」の意とする。「彼澤」は、『詩經』陳風「澤陂」「彼澤之陂、有蒲與荷。有美一人、傷如之何」を祖述。

（51）『鮑照集校注』（丁福林等校注、中華書局、二〇一二・四）巻四、五古四韻。

（52）他詩人の主要例は、曹植三例、陸雲二例、鮑照四例、謝靈運二例、謝朓五例、庾信六例。

（53）『江文通集彙註』（前掲注（4））中、「述哀」以外の九例は、下記の作に見える。(1)「別賦」（巻一）、(2)「銅爵妓」(3)「從建平王遊紀南城」(4)「燈夜和殷長史」（以上、巻三）、(5)(6)「訪道經」（二例）(7)「鏡論語」（以上、巻五）、(8)「爲蕭重讓揚州表」（巻七）、(9)「傷愛子賦」（佚文）

（54）「江悼」のほか、注（53）の(1)(9)も呉興時代の作。その他、代表作「恨賦」を始めとして、「赤亭渚」「遷陽亭」「青苔賦」

「麗色賦」「翡翠賦」など。丁福林年譜では、三年間の作として二十七篇の詩賦を挙げる。詩人としては、もっとも充実していた時代。

(55) 『六朝文学論』(高橋和巳作品集9、河出書房新社、一九七二・四)、四一四頁。

(56) 『論衡』(『四部叢刊』所収、上海商務印書館、一九三六・十二)巻二十「論死」。当該篇は、人は死後、「知無く、鬼と為る能はず」と記し、知覚もなく幽霊にもならないと論ず。陸機「呉大司馬六公少女哀辭」(『藝文類聚』巻三四)は、「人皆有聲、爾獨無響」と、少女の死を詠う。「寂寞」は無いが、「聲」の有無によって生死を表現するのは、『論衡』を踏まえるだろう。

(57) 「雜體詩」の作成は、都で中書郎の時、斉・建元四年(四八二)、三十九歳までに完成(丁福林年譜)したとされるが、さすれば(9)は、七年前、呉興時代の作。

(58) 『楚辭』「離騷」冒頭の句をそのまま引用。「攝提」は歳星(木星)が寅の方角にある歳(攝提格)、「孟陬」は年の初めの正月。前段で祖先を「帝高陽之玄冑」とするのも、「離騷」第一句「帝高陽之苗裔兮」と同一。江淹の『楚辭』への傾倒が明らかである。

(59) 魏・曹丕「悼夭賦」は、「族弟」が十一歳で夭折し、「母氏傷其夭折、追悼無已」と母の悲傷を詠む。劉宋・顔延之「除弟服詩」は、兄の哀しみを詠うが、弟の享年は不明。曹植は、「慰子賦」や「金瓠哀辭」「行女哀辭」という娘を悼む哀辞を詠むが、そこには家族の姿は見えない。潘岳の「傷弱子辭」「孤女澤蘭哀辭」にもない。ただ「陽城劉氏妹哀辭」「京梁女公子王氏哀辭」には母が詠われる。以上はすべて『藝文類聚』巻三四所収作。

(60) 「韋悼」1「傷逝」⑱「泣涕撫嬰孩」、2「往富平傷懷」⑩「但聞童稚悲」、3「出還」⑦⑧「幼女復何知、時來庭下戲」、5「送終」㉑㉒「童稚知所失、啼號捉我裳」、12「端居感懷」⑦「稚子傷恩絕」

(61) 後藤秋正『中国中世の哀傷文学』(第二章注(26))Ⅱ夭折者哀悼の文学、「幼児の死を哀悼する賦」五は、江淹当該賦全文を対象に詳細な注釈を施し、第一段落末の「竚弱子之擢秀」の「擢秀」も、潘岳「悲邢生辭」(『藝文類聚』巻三四)の「雄州閭擢秀」と関わると指摘する。

(62) 後藤氏は、前掲書(注(61))に、喪子詩賦の作者として、班婕妤・(孔融)・曹丕・曹植・王粲・楊脩・庾信の名を挙げる。

(63) 董志広校注『潘岳集校注』（天津古籍出版社、二〇〇五・三）、一六一頁。

(64) 前掲注（55）。両者の中間項として東晉の郭璞を挙げ、江淹の玄風継承を指摘する。前掲(6)「訪道經」にも、明らかであるが、今、言及は控える。

(65) 唐代の主な詩人とその用例数（算用数字）は、下記の通り。王勃6、張九齢7、李白10、王維8、高適4、劉長卿15。同じ大暦詩人である劉長卿に多用されていることは、劉との同質性を物語って興味深い。第五章で、韋應物詩の大暦詩風との関わりを考察する際、参考にする。なお韋應物は、悼亡詩以外に六例。〈無人〉の侘びしさ、寂しさを詠うことが多い。「別來成寂寞」（「寄盧陟」巻三）は「別賦」を踏まえていよう。また韋應物の後の詩人であるが、韓愈については、小野四平『韓愈と柳宗元――唐代古文研究序説――』第二章Ⅱ「韓愈の「寂寞」」（汲古書院、一九九五）、柳宗元については、松本肇『柳宗元研究』第二篇第二章二「孤高の思索者――「寂寞」をめぐって」（創文社、二〇〇〇・二）参照。

(66) 劉文剛『孟浩然年譜』（人民文学出版社、一九九五・三）三〇～四三頁。

(67) 「寂寞として柴扉を掩ふ」（「山居卽事」）、「寂寞たり於陵子（戦国斉の隠遁者陳仲子）」（「輞川閒居」）、「寂寞たる柴門　人到らず」（「早秋山中作」）。いずれも「寂寞」を隠逸の象徴として、肯定的に詠う。注意深く読めば、「落暉」「紅蓮」（「山居卽事」）、「空林」（「早秋山中作」）という仏教的語彙や「嫩竹含新粉、紅蓮落故衣」という輪廻に通じる描写が見出され、孟詩とはその点で異なる。

(68) 「山川何ぞ寂寞たる」（「送孫二」）、「寂寞たり平陵の東」（「奉寄韋太守陟」）。

(69) 「王維的仏教信仰与生活態度」（陝西人民出版社、一九八五・八）、八五、八六頁。

(70) 丁福林等校注『鮑照詩集校注』（中華書局、二〇一二・四）巻六所収。当該作は、『玉臺新詠』巻四にも「贈故人」と題して収載。あとの一篇は、梁・蕭綱「詠風詩」「已拂巫山雨、何用巻寒灰」（肖占鵬等校注『梁簡文帝集校注』南開大学出版社、二〇一二・四、巻四所収。五古六韻、第六聯）。肖注に拠れば、この「寒灰」は、葦の灰で、葦を燃やして時候を占ったという。

(71) 例えば、梁・僧祐『弘明集』巻三に「禪定拱默、山停淵淡、神若寒灰、形猶枯木」。時代は下るが、『密菴和尚語錄』の

「身心若枯木寒灰、大棒打不回頭」、『碧巖錄』第二五則「蓮華庵主不住」の「切帷忌守寒灰死火、打入黑漫漫處去」など。

(72)『趙州眞際禪師語錄』巻上。趙州從諗は、「公案」で名を馳せ、特に『無門關』第一則の「狗子佛性」が有名。

(73) 第二十五章「有物混成、先天地生、寂兮寥兮、獨立而不改、周行而不殆。可以爲天下母、吾不知其名。字之曰道」。

第四章　韋應物「悼亡詩」と「古詩十九首」との関わり

悼亡詩の系譜の中で、韋應物の悼亡詩が、如何に先行作を受容したかを、主に潘岳・江淹の作品との関わりを追究することによって考察した。その結果、いずれの受容からも明確になったのは、「韋悼」の模擬性であった。本章は、それが、何を意味するのか、その特質は何かに留意しながら、最初に提起した命題「なぜ突如、質量ともに豊かな悼亡詩が出現し得たのか」をさらに考覈する。

基礎的作業として「韋悼」の詩語を調べると、右の如く「潘悼」「江悼」に因む語彙をすでに指摘したが、悼亡詩および死をテーマとする哀傷作品という枠組みを取り払うと、極めて関連の深い作品が浮上する。それは「古詩十九首」（『文選』巻二九、以下「古十九」と略す）である。成立時期や作者に関して、多くの議論がある作だが、乱世を背景にして、生別死別を余儀なくされ、時間軸の上に生きざるを得ない人生の悲哀を詠んでいる。その評価は、梁代の「一字千金」（鍾嶸『詩品』）、「五言の冠冕」（劉勰『文心雕龍』）から始まって、唐・皎然『詩式』では「上上逸品」、宋・明代においても「古詩第一」（宋・張戒『歳寒堂詩話』）、「千古五言の祖」（明・王世貞『藝苑卮言』巻二）と位置付けられ、明末清初の金聖嘆も「韻言の祖」「錦心繡手」（『唱經堂古詩解』）と讃嘆する。清代に入ると、陳祚明の「千古の至文」（『采菽堂古詩選』）を初めとして、注釈、研究はさらに活況を呈す。此の如く、五言詩の源として、千年以上に亙って揺るぎなく称揚されてきた詩篇である。

悼亡詩との関わりについては、夙に高橋和巳「潘岳論」が「潘悼」の源流として「民歌乃至は民歌的なもの」を指摘し、その「姿を濃厚に伝える」ものとして「古十九」を挙げ、「発想法・語句配置」また「人生認識に至っては、決定的影響」を与えていると論じた。[1] さらに深沢一幸「韋応物の悼亡詩」も、高橋論文を援用して、「古詩十九首のほとんどが別離のかたちにおける夫婦間の愛情のうたであること」ゆえに、「妻への愛情の表現」である「韋悼」と類似するのは、「ある意味、当然」と説く。また韋應物には「古十九」の模擬詩（「擬古詩十二首」巻一、以下「韋擬」と略す）があるので、「古十九」への彼の関心が立証されていること、そして「韋擬」と「韋悼」とは「創作態度」は異なりながらも、「古十九」を模倣するさまは、両者とも「はなはだ似かよっている」ことを指摘する。[2] これらは拙論に大きな示唆を与えたが、惜しむらくは指摘するに止まり、精細な分析を欠いている。拙論では、その関わりを具体的に考察して、韋應物詩の模擬性の特質を闡明する。

第一節　「古詩十九首」との関わり

まず第一章第二節で掲げた「韋悼」の総序ともいうべき1「傷逝」（前掲六八～七〇頁）と「古十九」[3] との同一の詩語を列挙する。「傷逝」再繫は控えて、簡潔に内容を顧みる。「白を染むれば一に黒と為り、木を焚けば尽く灰と成る」と詠い始め、白から黒への変化が、生から死への物化のメタファとして〈妻の死の永遠〉を詠い起す。次の段落（第三～六聯）で、二十年間の結婚生活を回顧し、「時屯」「患災」という語で安史の乱とその後の苦難を表し、二人は「提携」して乗り越えてきたことを述べた後、柔和な性格で信頼できる聡明な妻像を描出する。第七聯からは現在の状況に転じ、妻無き空室の荒廃を嘆く。妻像を含めた前段の回顧と対比され、ここにおいて「韋悼」の特質である今昔の対比が認められる。第八聯で、再び〈妻の死の永遠〉を詠じて、その悲傷と喪失感を最後まで表白する。

この「傷逝」と「古十九」の同一詩語は、次のとおりである（○囲み算用数字は、「傷逝」の第何句かを表す。括弧内の数字は、「古十九」の第何首かを示す。以下同じ）。

⑨「柔素亮爲表」の「亮」（古8）、⑰「單居移時節」の「時節」（古7）、⑱「泣涕撫嬰孩」の「泣涕」（古10）、⑳「臨感要難裁」の「裁」（古18）、㉑「夢想忽如睹」の「夢想」（古16）、㉒「驚起復徘徊」の「徘徊」（古5、19）

以上のように、「傷逝」一首だけでも複数の同一詩語が認められる。無論、一般的語彙として、あるいは『詩經』などほかの典拠も考えられる語彙も含まれる。だが韋の「古十九」への関心の深さは、右の単純作業によってでも看取できよう。韋應物は、「古十九」になぜかくも多大な関心を抱いたのか、どの点に注目したのだろうか。以下に三首（其七、十六、二）を対象に考察する。

（一）　其七「明月皎夜光」について

（1）　前半四聯との関わり

右の同一詩語の中で、内容と関わり分析対象とすべきは、「時節」「夢想」である。まず（一）では、「時節」をも含む「古7」八韻（「明月皎夜光」初句を挙げて詩題に代える。以下同じ）を中心に論考する。「時節」は、第六句に見える。

①明 月 皎 夜 光　　明月　夜光　皎たり
②促 織 鳴 東 壁　　促織　東壁に鳴く
③玉 衡 指 孟 冬　　玉衡　孟冬を指し

④衆 星 何 歴 歴　　衆星　何ぞ歴歴たる
⑤白 露 霑 野 草　　白露　野草を霑し
⑥時 節 忽 復 易　　時節　忽ち復た易はる
⑦秋 蟬 鳴 樹 間　　秋蟬　樹間に鳴き
⑧玄 鳥 逝 安 適　　玄鳥　逝きて安くにか適く

当該詩は、右の前半第四聯（①〜⑧）までが叙景、（２）で対象とする後半四聯は抒情で、今や栄達を遂げた⑨「昔同門の友」が旧交を顧みず、⑫「我を棄つること遺跡の如し」であることを嘆く作。（１）では、前半叙景部分を対象とするが、ここには、季節を表す景物が各句に詠みこまれている。②「促織」⑤「白露」は、李善注の「季夏蟋蟀（促織）壁に居る」、「孟秋の月、白露降り、寒蟬鳴く」（『禮記』月令）を引くまでもなく、晩夏、初秋の季節感を表す典型的な語彙である。③「玉衡」は、北斗七星の第五星を指す（李善注）が、ここでは北斗星の柄杓を意味する。「孟冬」（旧暦十月）の語によって、秋から冬への推移を表すと考えられるが、李善注などそれに異を唱えて秋の意（旧暦七、八月）とする説もある(4)。いずれにしても、時間の推移を表していると考えられる。第六句は、前半四聯の中で唯一、景物を含まず、「忽」「復」と虚辞を重ねて時間の推移の速やかな進行を強調する。ここに見える「時節」は、韻文では『詩經』『楚辭』には見えないが、散文では古くは『易』『周禮』などを初めとして、数多の用例のある一般的語彙であり、そのため各種の注釈は触れていない。だが前後の詩句を勘案すると、「古詩」の作者が基づくのは、『史記』巻二七、「天官書」中の東宮の条に見える用例と推定される。天帝の宮廷である「大角」星の左右両側に三つずつある「攝提」(5)星を説明する文中である。「摂提とは、斗杓の指す所に直し、以て時節を建つ、故に摂提格と曰ふ（摂提とは、斗の杓が指す部分に相当し、その方向で四季や節気を決める。それゆえ「攝提」という名がついた）」[十五]。

「天官書」は、周知の如く、天界にも天帝を中心とした官僚組織があるという構想のもと、組織と各星の官職を記すが、この文より先の北斗七星の記述において、「所謂旋・璣・玉衡は、以て七政（日月火土水木金の運行）を斉《ととの》ふ」と③「玉衡」が記され、続けて数多くの星の説明の後、④「衆星」の語も認められる。「古7」の「時節」は、こうした天の星々の運行であり、その推移を意味するのである。

一方、「韋悼」1「傷逝」は、季節を表す景物を欠き、末句の「蒿萊」（よもぎとあかざ）が辛うじてそれを思わせるが、季節感よりも荒涼感に比重がある。「潘悼」における季節の推移を基軸にした構成とその推移への感慨という要素は、「韋悼」も襲用しているが、「潘悼」「江悼」の第一首が季節感（春）を織り込むのに対して、「傷逝」は、第十七句の「単居時節を移す」だけが、客観的時間の推移を表現する。この「時節を移す」という詩句が、右の古詩を踏まえるといえば、牽強付会の謗りを免れまい。だが、「韋悼」5「送終」初句は、その祖述を明示する。「送終」は、（2）で後掲するように、出棺から埋葬までの送葬場面を詠むが、占卜によって埋葬の月日を決めたことから歌い始める。

①奄　忽　逾　時　節　　奄忽として時節を逾え
②日　月　獲　其　良　　日月　其の良きを獲たり

「傷逝」にはない時間の推移の速やかさを「奄忽」の詩語で表し、「古7」の「時節忽復易」に、より近い表現になっている。さらに「奄忽」は、「古4」に「人生　一世に寄《やど》り、奄忽たること飆塵の若し」、「古11」に「人生は金石に非ず、豈能く長しへに寿考ならんや。奄忽として物化に随ひ、栄名以て宝と為さん」と見える。いずれも人生短促の嘆きを強調する。また②「日月獲其良」も、「日月」を明記して「玉衡」を連想させ、天の運行による占卜を詠むのである。

さらに対象を韋應物詩全体に拡大すれば、「時節」は十五例を数える。(6) 単に「季節」や「佳節」の意を表す例もあるが、多くはやはり時間の推移を意味する。その中で、「古十九」との直接的関連が認められるのは、以下の三例である。

「寄盧庾」（巻二、五古七韻）は、第五章第二節に詳述するが、大暦四・五年（七六九・七七〇、三〇代半ば）頃、揚州（江蘇省）にいる韋應物が、洛陽の友人に寄せた作だが、「悠悠として遠く離別し、此れを分ちて歓会難し」と畳字を用いて詠い始める。「悠悠」は、「古十九」にも「悠悠渉長道」（古11、第二句）と見えるが、「行行重行行、與君生別離」（古1）や本節（三）「青青河畔草」（古2）を持ち出すまでもなく、冒頭を畳字で始めるのは、「古十九」の特徴の一つである。さらに再会の困難な状況や別離による孤独を嘆く内容が、類似する。その中に「時節は京洛に異なり、孟冬　天未だ寒からず」（第五聯）と見える。「孟冬」「天」とあるからには、この「時節」も「古7」を踏まえているといえよう。

次いで、「答重陽」（巻五、五古八韻）は、「重陽」すなわち甥の崔播への酬答である。興元元年（七八四、五十歳頃）、韋は、滁州（安徽省）刺史を辞めて、「滁州西澗」に閑居し、病を養っていた。滁州に来る前の長安時代（灃水のほとりの善福精舎での閑居とその後の尚書比部員外郎時代）、休みにはいつも園林に甥を同伴した思い出を詠んだ後、「忽ち復た淮海に隔てられ、夢想　灃東に在り。病み来りて　時節を経、起ちて見る秋塘の空しきを（忽復隔淮海、夢想在灃東。病來經時節、起見秋塘空）」（第五・六聯）と詠む。ここでも長安と滁州という二者の空間的隔たりという状況が「古十九」と類似し、さらに第二節で対象とする「古16」に見える「夢想」と「時節」が、続けて用いられているのは、「古十九」を連想せざるを得ないのである。

三番目に挙げる「冬至夜、寄京師諸弟、兼懐崔都水」（巻三、五古八韻）は、建中三年（七八二）、滁州刺史として初めて迎える冬至の夜、孤独に耐えられず、都の弟たちと、義理の弟（重陽の父）である「都水」（治水を掌る都水監の官名）の崔倬に思いを表白する作。冒頭は、「郡を理《おさ》めて異政無く、憂ふる所は素餐に在り」と詠み、刺史として大した働きもないのに禄を食み、忸怩たる思いのまま、冬至に至ったと詠い始める。第七句に「時節」が見える。

⑦已懐時節感　已に懐ふ　時節の感
⑧更抱別離酸　更に抱く　別離の酸
⑨私燕席云罷　私燕　席　云に罷め
⑩還齋夜方闌　斎に還りて　夜　方に闌なり
⑪邃幕沈空宇　邃幕《すいまく》　空宇に沈み
⑫孤燭照牀單　孤燭　牀単を照らす
⑬應同茲夕念　応に茲の夕の念を同じくすべし
⑭寧忘故歲歡　寧んぞ故歳の歓を忘れんや
⑮川塗恍悠邈　川塗　恍として悠邈なり
⑯涕下一闌干　涕下りて　一へに闌干たり

この「時節」は、無論、二十四節気の一つとしての「冬至」（旧暦十一月中気）を指すが、「時節の感」となると、やはり時の推移による感慨が込められていよう。そして「答重陽」と同じく、都と滁州という空間的隔たりの悲しみを表す「別離」（前掲古1）が対語として選ばれていることから、この「時節」も「古十九」に拠ると考えられる。また第十六句は「闌干」という畳韻を用いて、涙がとめどなく流れるさまを詠うが、その様態は「古十九」に繰り返し詠われている。「泣涕の零つること雨の如し」（古10）、「涕を垂れて双扉を沾す」（古16）「涕下りて裳衣を沾す」

（古19）と。したがってここでも両詩の関連を認め得る。ここに認められる率直な悲哀表現と潘岳の「寡婦賦」に基づく⑪「空宇」などによって、第一章第三節において、当該作を、望郷詩ではなく三十二番目の悼亡詩と認定した。それが妥当ならば、やはり「韋悼」は、「古十九」と深い関わりがあるといえよう。

以上のことから、韋應物が「古十九」を強く意識するのは、空間的に隔たりのある相手を対象にする場合、そしてその相手と共有した過去の時間を回顧する場合といえよう。したがって、1「傷逝」における「時節」も、彼の意識の中で、「古十九」を祖述する蓋然性が高く、そうなると「時節移」という三文字に、時間の推移の速さが喚起する過去の時間へのまなざしを読み取るべきではないだろうか。

（2）後半四聯との関わり

「古7」の後半四聯（⑨～⑯）の抒情部分は、次のとおりである。

⑨昔我同門友　　昔　我が同門の友
⑩高擧振六翮　　高く挙がりて　六翮《りくかく》（大きな鳥の翼）を振るふ
⑪不念攜手好　　手を携へし好《よし》みを念はず
⑫棄我如遺跡　　我を棄つること遺跡の如し
⑬南箕北有斗　　南に箕（射手座の東部の星）　北に斗有り
⑭牽牛不負軛　　牽牛は　軛《くびき》（くるまの轅の横木）を負はず
⑮良無盤石固　　良に盤石の固き無くんば
⑯虚名復何益　　虚名　復た何の益かあらん

第十三句の「箕」「斗」は、地上ではそれぞれ穀類を篩にかけたり、酒や水を汲んだりという道具としての役割を果たすが、天空の星は何の役にも立たない。同じく星の⑭「牽牛」も名前だけで、労働することもないと詠む。(7) いずれも⑯「虚名」の比喩として用いられ、最後は「まったく何の役にもたたない」と反語で強調して締めくくる。この⑯「虚名」とは、無論、今となっては名ばかりの昔の「友」を指しており、その心情は、冷たくなった旧友への恨みであり、二人の友情の喪失を嘆いている。この反語が前掲「韋悼」5「送終」第七句（十二韻）に見える。

「送終」前半は、占いによって決められた日に、棺を霊車に乗せて出発するさまをつぎのように描く。

①奄忽逾時節　　奄忽として時節を逾え
②日月獲其良　　日月　其の良きを獲たり
③蕭蕭車馬悲　　蕭蕭として車馬悲しく
④祖載發中堂　　祖載　中堂を発す
⑤生平同此居　　生平　此の居を同にするも
⑥一旦異存亡　　一旦　存亡を異にす
⑦斯須亦何益　　斯須するも亦た何の益かあらん
⑧終復委山岡　　終に復た山岡に委ぬ

③「蕭蕭」という畳字が馬の嘶きの擬音語である用例は、古くは『詩經』小雅「車攻」に「蕭蕭として馬鳴き、悠悠たる旆旌《はいせい》。徒御（兵卒と御者）驚かず、大庖（豪勢な料理）盈たさず」と見える。「送終」がそれに基づいているのは明らかであるが、「車攻」は、権力者たちの盛大な狩猟の詩で、「蕭蕭」以下は、狩の終了後の夕景を描写している。十分な獲物を手にしたが、周王も家臣たちも君子なので、大宴会をして喜ぶことなく、静かな満足感に浸ってい

る。この状況は、「韋悼」の「悲」とは結びつきにくい。一方、「古13」では、「車を上東門に駆りて、遙かに郭北の墓を望む。白楊 何ぞ蕭蕭たる、松柏　広路を夾む」、「古14」にも「白楊に悲風多く、蕭蕭として人を愁殺す」と見え、いずれも墓地に植えられている「白楊」が風になびく擬音語として用いられている。[8] 韋應物は、原拠として「車攻」を踏まえながら、「古十九」の用例が墓地を連想させる意味をも重ねているのではあるまいか。「韋詩」の特質としてこの重層的模擬性を指摘し得るのである。この点は、第二章で他例を挙げて補完する。

次いで「送終」第三聯（⑤⑥）では、妻の死という厳然たる現実を、己に納得させるかのように生前時と対比させる。「同《とも》にす」を用いて〈昔〉を象徴的に表し、〈今〉は「存亡」すなわち「幽明」を異にする別世界に住むことになってしまったと。第四聯（⑦⑧）では、自らを叱咤激励して「ぐずぐずと立ち止まっても、まったく何の役にも立たない。どうあがいても最後は、山の奥に彼女の身を委ねざるを得ないのだから」と詠う。この⑦「亦何益」と「古7」の⑯「虚名復何益」とは、状況も理由も程度も異なるが、どうにもしようのない喪失感は、共通していよう。その共通性を成立させるのは、何か。それは昔の⑪「攜手」という友好と今の悪しき状況との今昔の対比である。「攜手」は、前掲の如く、夙に『詩經』邶風「北風」に見え（「手を攜へて同に行く」）、三章構成のいずれにもリフレーンされており、それに続く詩句が「其れ虚 其れ邪」と詠まれ、⑯「虚名」に繋がっていく。梁・鍾嶸『詩品』「古詩」が説くように（「其の体の源は、国風に出づ」）、「古十九」が『詩經』國風を数多く踏まえることの一例といえるが、「攜手」は、韋應物が頻度高く用いる詩語でもある。[9] 相手は、兄弟、友人、親族との交遊応酬の際に用いられることが多いが、第二章でも指摘したように、悼亡詩においても認められる。玄宗薨去後の苛酷な状況を妻と共に乗り越えてきたという妻への共感を、「提攜」（1⑦）や、この「攜手」を用いて表白するのである。例えば、前掲「韋悼」20「過扶風精舎舊居、簡朝宗巨川兄弟」に「栖止　事は昨の如きも、芳時去りて已に空し。佳人も亦た手を攜ふるも、再び往きて今同じからず」（第五・六聯）と見える。新婚の二人が安史の乱を避けて長安から避難した「扶風精舎」（陝西省鳳翔府）の旧居を、妻の死後、一人再訪した時の作である。旧居への道を辿るという空間移動を伴いながら、すでに去ってしまった「芳時」と孤独な「今」の対比を詠い、「韋悼」の特質を現前した作である。その枠組みを措定して「古7」を解せば、「韋悼」の「攜手」が⑪「攜手好」に通じていくと看做しても、そう的外れではあるまい。

以上のように、「古7」は、詩語詩句としては、「時節」「携手」「何益」が、「韋悼」と共通するが、何よりも、今と昔の対比によって喪失感を表白していることに、韋應物は、多大なる関心を寄せたのではないだろうか。吉川幸次郎「推移の悲哀――古詩十九首の主題――」は、「古7」を「時間の推移による幸福の失墜、その悲哀をもっともよく現す」と論ずるが[10]、読者としての韋應物は、まさに身を以てそれを体験し感受したのである。その結果、詩人としての彼は、速やかに推移する「時節」への感慨、「同」に「手を携へた」昔への追慕、もはや取り返しのつかない（「何益」）絶望的喪失感をそれぞれ表す詩語を選び取り、悼亡という詩境を構築するよすがとしたのである。文学論としては、現実的体験と文学的認識との統合の結果といえようが、韋應物は、悲哀に溺れる自らの哀切の情を、その共感によって慰撫され、支えられたのかもしれない。それがパトスとなって、『詩經』をも踏まえる重層的模擬性を試みたのではあるまいか。この場合の「模擬性」の「模擬」とは、具体的な作品を「模擬」するという中国文学論におけるテクニカルタームではない。前述したので贅言は省くが、より一般的なあるいは芸術領域に広げた語彙としての踏襲、模倣の意である。それについては、周知の如く、プラトンの「芸術模写説」を嚆矢とするが、プラトンは「模擬」（ミメーシス）は「実相（イデア）」ではなく、「写像」を描写するだけであり、実在や真理を理知的に把握し得ないと批判する[11]。これに対して、アリストテレスは、詩（文学）は、「人間行為の普遍的原理の模写」として肯定論に転じ、悲劇についても、有名なカタルシス理論によって、存在意義を説く。不運な主人公への憐憫と追体験による恐怖への感情移入の高まりが、浄化作用を促すという(12)。その追体験が、読者自身の体験と同類ならば、カタルシスは、一層大きなものとなろう。その結果、読者が筆者に転じるのを促す契機にもなる。すなわち「模擬」は、悲劇こそが、より熱いパトスとなって行われるといえよう。韋應物が、「古十九」に関心を持ち、その不運への共感が生み出す哀切の情を核として、自らの体験と認識を統合する営為は、アリストテレスの悲劇論を想起させ、それによって韋の模擬性の所以が、より明確になるのである。

（二）　其十六「凛凛歳云暮」について

（1）潘岳作品の波動

1「傷逝」と「古詩十九首」との共通語のうち、「時節」に続いて検証すべき「夢想」が見えるのは、「古16」（十韻）である。前半四聯は次のとおりである。

①凛凛歳云暮　　凛凛として　歳　云《ここ》に暮れ
②螻蛄夕鳴悲　　螻蛄《ろうこ》（けら）　夕べに　鳴き悲しむ
③涼風率已厲　　涼風　率《にわ》かに已に厲《はげ》しく
④遊子寒無衣　　遊子　寒くして衣無し
⑤錦衾遺洛浦　　錦衾　洛浦に遺《わす》れ(13)
⑥同袍與我違　　同袍　我と違へり
⑦獨宿累長夜　　独宿　長夜を累ね

⑧夢想見容輝　　夢想に　容輝を見る

概略を述べれば、夫が旅に出て、どれくらいたったのか、もう年も暮れようとしている。一人残された妻に、寒風が容赦なく吹きつける。募る寂しさ、一人寝の夜は益々長い。せめて夢の中でも会いたい。切ない願いが通じて夫の姿が目に映る。

時間の堆積が、慕情の高まりに比例し、それが沸点に達した時、後半、「夢想」の中に、りりしい夫の姿が出現する。

⑨良人惟古懽　　良人　古懽を惟《おも》ひ
⑩枉駕惠前綏　　枉駕して　前綏《ぜんすい》（車前の取り綱）を恵む
⑪願得常巧笑　　願はくは　常に巧笑し
⑫攜手同車歸　　手を携へて　車を同じくして帰るを得ん
⑬既來不須臾　　既に来りて　須臾ならず
⑭又不處重闈　　又　重闈《ちょうい》に処らず
⑮亮無晨風翼　　亮《まこと》に晨風（はやぶさ）の翼無し
⑯焉能凌風飛　　焉んぞ能く風を凌いで飛ばんや
⑰眄睞以適意　　眄睞《べんらい》して（周りを見回す）以て意に適ひ
⑱引領遙相睎　　領を引《のば》して遙かに相睎《のぞ》み
⑲徙倚懷感傷　　徙倚して感傷を懐き
⑳垂涕沾雙扉　　涕を垂れて双扉を沾す

夫は車に乗って現れ、妻に同乗するように、取り綱をやさしく差し出してくれる。妻はにこやかに応じながら、手に手を取って、このまま一緒に帰れればと願う。願いが叶って、夫が帰宅したと思いきや、夫の姿が掻き消えてしまう。隼のように向かい風をものともせずに飛べる翼がない身には、夫を追いかけることなど不可能だ。絶望的な心情を、反語を用いて吐露する。

映像の一シーンのように展開する、はかない夢のこの場面で印象的なのは、「風」が二ヶ所（「晨風」は鳥名だが、わざわざその名を用いていることに、作者のこだわりが認められる）に用いられていることである。これは前半③「涼風」との呼応を意識しているのかもしれない。この冷涼感は、冒頭の「凛凛」という厳しい寒さを表す畳字と関わる。韻律的効果をも発揮しているこの語がつぎのように、「潘悼」第二首（秋の詩、十四韻）にも見える。「古16」は、「潘悼」との関係も深く、この（二）では「韋悼」と三つ巴の複雑さになるが、潘岳作品の波動がいかに「韋悼」に影響をおよぼしたかを勘案しながら考察する。

⑤凛凛涼風升　　凛凛として涼風升り
⑥始覺夏衾單　　始めて覚ゆ　夏衾の単《ひとえ》なるを
⑦豈曰無重纊　　豈曰はんや　重纊《ちょうこう》（ぶあつい綿入れ）無しと
⑧誰與同歲寒　　誰と与にか歳寒を同じくせん

秋冷のせいで、ひときわ深い悲哀を嘆くが、詠む主体の男女の性差（妻を悼む寡夫と遠地の夫を想う思婦）を超えて、「古16」の冷涼感と孤独に通じていく。とりわけ第五句は、「凛凛」「涼風」をアナグラムのように組み合わせて印象的であり、潘岳が「古16」を踏まえていたことが明白である。「涼風」については、李善が『禮記』月令「孟秋之月、涼風至」を引いて以来、管見の限り、各種の注釈（隋樹森『古詩十九首集釋』巻二など）はそれを踏襲するか、または触れないかだが、これは、第二章第一節（九五頁）でも挙げた『詩經』邶風「北風」を踏まえると考えるべきではないか。再掲する。

北風其涼　雨雪其雱　　北風其れ涼たり、雪雨《ふ》ること其れ雱《ほう》たり
惠而好我　攜手同行　　恵して我を好《よみ》せば、手を携へて同に行かん
其虛其邪　既亟只且　　其れ虚　其れ邪、既に亟《すみ》やかなり（第一章）

ここで明白なように、「涼風」という熟語はないまでも、「惠」（「古16」⑩）という同じ語が用いられ、さらに先述した韋應物が好む「攜手同」（「古16」⑯）が「古16」との関わりを明示する。(14) もっとも前掲の如く、「北風」の小序は、衛の国の暴政批判の詩と説き、鄭箋は、「攜手同行」する相手を、友愛で結ばれ、時の政治への批判を同じくする同志と解する。「古16」は、『詩經』の同志愛という解釈を、夫婦愛へと変換したのである。あるいは、後漢・鄭玄の儒教的解釈より前に、最初から夫婦愛と解されていた蓋然性もあろう。

潘岳は、この妻像を踏まえて「寡婦賦」を詠んだ。当該賦は、第二章第三節（二二）で論じたように、夫を亡くした義妹になり代わって詠んだ代作である。両親を早くに亡くして不幸に育った若妻が、結婚によって初めて掴んだ幸福を、夫の夭折で失う。冒頭は、その悲嘆を一人称で綿々と詠う。その後の展開を再度記せば、①空室と殯宮の悲哀、②送葬、③仲秋から厳冬への推移を背景に、後追い自殺を想うが、幼子のために諦念、④歳暮、夫を夢みる、⑤山上の墓参である。

「古16」との関わりは、③④に認められる。③の季節の推移は、夥しい畳語対を並列して表現される。「雪霏霏」「風瀏瀏」「霤（雨だれ）泠泠」「水溓溓」と。その流れの中に「寒は凄凄として以て凛凛たり」と見える。さらに「願はくは夢を仮りて以て霊に通ぜんことを」とせめて夢の中で会いたいと思っても、目が冴えて眠られず、「涕は交

横して枕に流る」と詠む。

「重曰く」に始まる最後の段落では、身の不幸を嘆き、「虚を凌ぐに翼を失へるが若し（若凌虚兮失翼）」と詠う。それでもつぎのように時は流れる。

四節流兮忽代序　四節は流れて　忽ち代序し
歳云暮兮日西頽　歳　云に暮れて　日は西に頽る
霜被庭兮風入室　霜は庭を被ひて　風は室に入り
夜既分兮星漢迴　夜　既に分かれて　星漢は迴る
夢良人兮來遊　良人の来遊を夢みるに
若閶闔兮洞開　閶闔の洞開するが若し
怛驚悟兮無聞　怛《いたま》しく驚悟して聞くこと無く
超惝怳兮慟懷　超《はる》か惝怳して慟《なげ》き懐ふ
慟懷兮奈何　慟き懐ふて奈何せん
言陟兮山阿　言《ここ》に山阿に陟る

右の傍線の如く、「古16」と共通する詩語の数々を初めとして、巨視的時の推移を経て歳末の夕べを迎え、室内に寒風が吹き入るという同一の状況の中で夜も更け行き、妻は「良人を夢」みる。「二言または三言＋兮＋二言または三言」という流麗な九歌型騒体(15)を用いた文体の相違や夫の生死の違いこそあれ、この寡婦は、「古16」の思婦と類似の像を結ぶだろう。そして〈夢〉のモチーフが、「古16」を襲用したことを明示している。それについてはつぎの（2）で言及する。その前に「古16」①「歳云暮」を踏まえた「寡婦賦」の「歳云暮兮日西頽」が、「韋悼」6「除日」

（五古四韻）に見えることを指摘しよう。前半を挙げる。

①思　懐　耿　如　昨　　思懐　耿として昨の如し
②季　月　已　云　暮　　季月　已に云に暮る
③忽　驚　年　復　新　　忽ち驚く　年復た新たなるを
④獨　恨　人　成　故　　独り恨む　人　故と成るを

妻への思いは哀しいまま変わらないのに、一年の最後の月が足早に過ぎ去り、今や最後の日も暮れて、新しい年が来ようとしていることに詩人は愕然としている。この②「云暮」は、実は、「古16」が典拠とは断定できない。「云」という『詩經』に頻出する助辞からも明らかなように、さらに古く『詩經』小雅「小明」に基づく（六臣注）からである。

昔　我　往　矣　日　月　方　除　　昔　我　往けり、日月　方に除す
曷　云　其　還　歳　聿　云　莫　　曷んぞ云に其れ還らん、歳聿《つい》に云に莫（暮）る

行役のため、西の辺境地帯にいるのを余儀なくされたまま「歳暮」になり、望郷の思いを詠じている。「除」について「毛傳」は「陳《ふる》きを除き新しきを生ずるなり」と注し、「除日」の③「新」④「故」に通じていくこと、そして何よりも韋應物が「歳暮」ではなく「除日」と題していることから、「小明」を踏まえたことは、明白である。しかしながら「小明」の作者が、故郷にいる誰を思い出すかといえば、「彼の共人を念ひ」「嗟《ああ》　爾君子　恒に安処する無かれ」と詠うように、「共人」「爾君子」である。注に拠れば、「未だ仕へざる者」（鄭箋）「僚友を指す」（集傳）、すなわちいずれも妻ではない。韋應物は『詩經』を原拠としながらも、そのまま受容したのではなく、直接的には「古16」を踏まえたと解すべきであろう。それを証する用例が二つある。一つは、次の通り「送劉評事」（五古九韻、巻

四）中の「云暮」が紛れもなく「古16」に基づいている。

⑨籠　禽　羨　歸　翼　　籠禽　歸翼を羨み
⑩遠　守　懷　交　親　　遠守　交親を懷ふ
⑪況　復　歲　云　暮　　況んや復た　歲云に暮れ
⑫凛　凛　冰　霜　辰　　凛凛たる冰霜の辰をや

⑩「遠守」（蘇州刺史）の韋應物が、自らを⑨「籠禽」に譬えて、大理評事の劉（名は未詳）が長安に帰るのを、羨望している。第六聯が「古16」①「凛凛歲云暮」を二句に分離して、一聯とする。恰も「潘悼」第二首が「凛凛」「涼風」を一句として成立させるのと逆の手法を用いて、一人残される悲哀を表す。彼が「云暮」を「古16」中の詩語として認識していたことを証していよう。

もうひとつの用例は、「韋悼」6「除日」①「思懷耿如昨」の「如昨」である。「思懷」は、無論、亡き妻への追慕と喪失の悲哀であるが、時間が止まったように（妻の死がまるで「昨日のように」）、減ずることなく綿々と続いている。それなのに現実は、もう歲暮。この措辞と発想は、第二章第二節で掲げた「潘悼」第三首（冬の詩）に酷似する。「①曜靈　天機を運らし、②四節　代々《こもごも》遷逝す。③凄凄として朝露凝り、④烈烈として夕風厲《はげ》し。⑤奈何ぞ淑儷を悼まん、⑥儀容　永しへに潛翳す。⑦此れを念へば昨日の如きも、⑧誰か知らん　已に歲を卒ふるを」

巨視的時間の推移（①②）から歌い起こし、畳字の朝夕対で冬の季節感を表す（③④）。そして〈妻の死の永遠〉（⑤⑥）を詠じたのち、第七・八句は、まさに「韋悼」と同様の感慨を詠じている。この発想と⑧「已卒歲」が触媒となって、「除日」②「已云暮」を生み出したといえまいか。「古16」の思婦の嘆きが、潘岳の媒介によって、悼亡詩中の詩語へと変換されたのである。そこには、「歲云暮」が潘岳の「寡婦賦」に見えることも影響を及ぼしている。(16)

以上のように「韋詩」の「已云暮」は、『詩經』「小明」の望郷の思いを原拠として踏まえながら、「古16」が直接的典拠として認識される。それは「潘悼」および「寡婦賦」の「古16」との関わりが、波動を及ぼしたことを推察し得るのである。ここにも韋應物の重層的模擬性を看取し得るのではないだろうか。

(2)〈夢〉のモチーフ

悼亡詩の系譜において、〈夢〉のモチーフは、韋應物が初めて採用した。ここで一つの疑問が浮上する。潘岳は、右のごとく「寡婦賦」において、〈夢〉のモチーフを用いながら、なぜ「悼亡詩」に導入しなかったのかということである。解答として容易に想起されるのは、つぎの二点である。第一点は、第二章第二節で詳述した如く、「潘悼」の自己否定と現実的悲哀の止揚である。彼は、哀しみに沈む自らを恥じ入り、「上は東門呉に慙ぢ、下は蒙の荘子に愧づ」（第二首第二三・二四句）と息子や妻を亡くしても悲しまなかった東門呉や荘周を引き合いに出す。そして朝廷への「出仕」を自らに強いることで、悲哀を克服しようとした。無論、それが不可能であることを吐露して、悲哀の深さを表すのだが。それを恥じ入る姿は、当時の士大夫階級の価値観ゆえであろう。「潘悼」における悲哀耽溺の否定と現実性は、「せめて夢の中でもよいから会いたい」という妻への執着と願望を内在した〈夢〉のモチーフと相入れないと考えられるのである。

もう一つの理由は、詠む主体の性の相違、すなわち寡婦（「古16」の思婦）という女性と、潘岳という男性との相違である。もし悼亡詩に〈夢〉のモチーフを導入したなら、夢中に出現するのは、夫ではなく、妻になる。現存「潘悼」においては、生前の妻像は描出されず、ただ「翰墨 余跡有り」「流芳 未だ歇むに及ばず、遺挂猶ほ壁に在り」（第一首）などの気配や遺物のみである。これも当時の文学観として、自分の妻像を描くのは、皆無に等しかったからである。妻の死という不幸が、その文化意識に風穴を開けたとはいえ、未だ否定的にしか、悲傷感を表現できなかったのである。いずれにしても、三世紀後半、西晉社会の規範と文化意識の呪縛が、悼亡詩への〈夢〉のモチーフ導入を阻止したといえよう。

それに対して、「寡婦賦」は、義妹になりかわった代作である。詩人自身の価値観を問われることもない、いわば虚構性が公認された詩篇である。したがって右の文化的呪縛とは無縁に、潘岳の想像力を存分に発揮できる自由が賦与されている。さらに序文に拠れば、その試みは、すでに魏・文帝曹丕が、竹林の七賢の一人、阮瑀が亡くなった時、知友に命じて「寡婦賦」を作らせたという。「余遂に之を擬し、以てその孤寡の心を叙す」と、潘岳は模擬作であることを明言する。すなわち、先行作を踏まえるという伝統的営為としても保証されたのである。それゆえ、潘岳は「寡婦賦」において、「古16」の思婦の悲哀を積極的に受容し、〈夢〉のモチーフを躊躇なく導入し得たのである。ここに見える潘岳の模擬には、伝統に基づく保守性を認めても許されるであろう。

一方、韋應物は、悼亡詩の系譜の中で初めて〈夢〉のモチーフを用いた[17]。潘岳が導入しなかった理由として挙げた右の二点に立脚して説けば、第一点は、韋應物に恥の意識は認められない。それは「韋悼」の特質が「潘悼」の現実的止揚と異なり、失われた時空を求めて、過去と現在を往還することと関わるであろう。夢は、現実の時空ではなく、その往還のあわいの中から立ち上る世界だからである。第二点については、中原健二「詩人と妻――中唐士大夫意識の一断面」が指摘するように、唐代の前半までは、悼亡詩を例外として、「妻を対象にしたり、妻への思いを表白する作品を書くことは、士大夫にとって憚られることだった」が、安史の乱の前後から、「士大夫たちは、〈悼亡〉に限らず、妻を描き、あるいは妻に寄せる作品を書くのに躊躇しなくなり」「士大夫たちの意識にある共通した変化」が起きたと論ず[18]。その要因は、安史の乱という大唐帝国を崩壊の危機に陥らせた未曽有の内乱であることは、言を俟たない。国初から百年以上に亙って構築された士大夫階級共有の規範や価値観が揺らぎ崩れ、乱後は、大義よりも各個人の実感に依拠せざるを得なくなったのである。[19] 悼亡詩の流れの中で突出した「韋悼」の出現が可能になった外在的理由として、右の時代状況の変化を挙げるべきであろう

韋應物も、少年期から青年期への過渡期に、「右千牛」という特権的職種や現実的基盤をすべて失った。「韋悼」の特質が、乱前へのノスタルジーと深い関わりのあることに言及したが、その反面、潘岳が囚われていた士大夫階級の価値観や時代的文化的呪縛から比較的自由だった。それゆえ詠む主体の性の相違に関わらず、というよりも、第二章で論じた如く、むしろ相違を意識したうえで、斬新な試みとして、積極的に「古16」と「寡婦賦」の〈夢〉を導入したのである。ここに彼の模擬性における能動的変革への意志を見出せよう。その結果、先に挙げたように、総序というべき「傷逝」において、㉑㉒「夢想忽如睹、驚起復徘徊」と詠んだ。ここには、「古16」の描出した映像の一シーンのような展開が省かれ、まだ妻像は描出されない。それが劇的に展開されるのは、「韋悼」を継ぐ元稹の悼亡詩（「江陵三夢」など）を俟たねばならない。韋の時は、まだ熟していないのである。読者はただ彼が「睹」たように思った妻の像を想像するばかりだが、㉒で即時の覚醒（＝妻像の消失）が詠まれ、その幻影を追い求めるかのようにいたたまれない思いで「徘徊」する彼の姿が浮かび上がる。それは「古16」最後の妻の⑲「徙倚《しい》（さまよう）して感傷を懐く」という姿に重なっていくのである。

だが韋應物の「夢想」は、はたして睡眠中の〈夢〉であろうか。韋應物詩の用例を調べると、「夢想」という語は、ほかに二例しかない。一例は（一）の1で挙げた「答重陽」であり、贅言は、省く。滁州閑居中、長安近郊灃水時代を思い出して、「忽復隔淮海、夢想在灃東。病來經時節、起見秋塘空」（第五・六聯）と詠む。「時節」と並んで用いられ、「古16」との関わりが認められるが、この「夢想」は、「想」に比重があり、過去の想い出と現実に叶えられな

いがゆえの切なる帰郷願望を表す詩語として用いられている。

もう一例は、「寓居永定精舎」（巻八、五古六韻）である。「政拙なく　守を罷むるを忻び、閑居して初めて生を理む。家貧しく何に由りてか往かん、夢想　京城に在り（政拙忻罷守、閑居初理生。家貧何由往、夢想在京城）」（第一、二聯）と詠む。底本、元刊本などすべての版本の題下注に「蘇州」とあるので、従来、蘇州刺史を辞めて精舎に閑居した時の作とされてきた。だが韋の墓誌銘（二〇〇七年発掘）に「疾に遇ひ官舎に終はる」とあり、最後は、蘇州刺史として官舎で逝去した事実と齟齬を来す。近年、「永定精舎」は滁州の近辺という説が唱えられており、拙論もそれを補強した（序章注（22））。そうなると「答重陽」と同じく、滁州という遠隔地において、故郷でもある都長安への「想」に比重のある用例と考えられる。すなわち二例ともに夜の時間帯は描かれず、睡眠中の「夢」ではない。翻って「傷逝」の「夢想」は、いかがであろうか。「傷逝」にも夜の時間帯は描かれないが、「驚起」と書かれ、また「古16」を踏まえるならば、睡眠中の夢とも解されて、判然としない。だが「古16」の「夢想」自体、どこまでが夢なのか現なのか、議論がある。清・呉淇は、「〈良人〉の二句は、想なるか、夢なるか。〈願得〉云云は、夢なるか、想なるか。想に因りて夢有り、また夢に因りて想有り」と述べ、「作者の語気は殊に未だ明を点ぜず」それゆえに「弥々結想の深きを見る」と説く（『古詩十九首定論』十六）[20]。「古16」は、紛れもなく睡眠中の夢でありながら、呉淇の指摘するように、「想」の深さ激しさゆえの夢であり、さめても夢の続きを追い求めている。いわば〈夢〉と〈現〉が、地続きで繋がっている。韋應物が単に「夢」とするのではなく、「夢想」とした所以も、そこにあるのではないだろうか。

「夢想」という詩語は、『詩經』『楚辭』ともに見えず、管見の限り、韻文では、「古16」と前漢・司馬相如「長門賦」（『文選』巻十六）が、最古の用例である。いずれが先かは、「古16」の成立時期と関わり、即断できない。また「長門賦」は後人の仮託という説[21]もあり、相如の序文の金銭授受まで記す不自然さは、その説を是とするだろう。それゆえおそらく「古16」が先、「長門賦」が後と推考できるが、いずれにしても両篇の類似性は、以下のように明白である。

「長門賦」は、序に拠れば、武帝の寵愛が衰えて、長門宮に退けられた陳皇后が、司馬相如の文才を耳にし、彼女の「悲愁」を相如に代作してもらった賦である。「形枯槁して独居す」と失意の屈原に擬した憔悴ぶりから詠い初め、来ぬ人をひたすら待ち続ける身に「飄風　迴りて閨に赴き、帷幄を挙げて襜襜《せんせん》たり（揺れるさま）」とつむじ風が、帳を吹き上げる。ここでも女性の悲愁を煽るかのように、「飄風」が吹いて、「古16」と同様の状況設定である。宮殿の豪華さも空しいばかり。日が暮れて奥の間で琴を奏でるが、かえって気持ちが高ぶり、「涕は流離して従横す」。そして床につくと、

忽寝寐而夢想兮　　忽ち寝寐して夢想し
魄若君之在旁　　魄は君の旁に在るが若し
惕寤覺而無見兮　　惕《おどろ》きて寤覚むれば見る無く
魂迋迋若有亡　　魂は迋迋として（驚懼のさま）亡ふこと有るが若し
衆鷄鳴而愁予兮　　衆鶏鳴きて予を愁へしめ
起視月之精光　　起ちて月の精光を視る
觀衆星之行列兮　　衆星の行列を観
畢昴出於東方　　畢と昴（ともに星の名）は東方に出づ

この「夢想」に「君」は出現せず、陰気の「魄」が「君」の気配を感受し、驚きさめて、陽気の「魂」が茫然自失のさまを詠う。澄明な月光と「衆星」の詩語は、「古7」を想起させよう。

それでは「韋悼」との関わりはいかがであろうか。韋應物にとっては、「古16」「長門賦」の両篇とも『文選』中の作として、先後は問題ではなかったであろう。彼の関心を引いたのは、「古16」の映像的展開をする印象的な「夢想」と、「夢想」によっていざなわれた「長門賦」の「魂魄」を用いた表現ではあるまいか。それを立証するのが、「韋悼」18「感夢」（五古四韻）である。

①歳月轉蕪漫　歳月　転た蕪漫
②形影長寂寥　形影　長しへに寂寥
③髣髴覯微夢　髣髴として微夢を覯る
④感嘆起中宵　感嘆して中宵に起く
⑤綿思靄流月　綿思　流月　靄たり
⑥驚魂颯迴飈　驚魂　迴飈　颯たり
⑦誰念茲夕永　誰か念はん　茲の夕の永くして
⑧坐令顏鬢凋　坐ろに顏鬢をして凋ばしむるを

妻亡き荒涼たる歳月の推移から始まり、寄り添うべき影も形も見えないさびしさを詠い、〈巨視的時間の推移〉と〈妻の死の永遠〉という「潘悼」に見える対比を踏襲する。その「寂寥」が呼び起こすかのように、淡く儚い「微夢」を見る。ここでは「夢想」の詩語も、映像的展開も描かれないが、それらが惹起した〈夢〉の儚さと覚醒後の失意が詠われる。「中宵」の時間帯の中で、「長門賦」と同じく月光が流れ、夢から現実に戻されて心乱れる「魂」を煽るかのようにつむじ風が舞い上がる。もっとも「長門賦」の清らかな月光は、おぼろ月に変換されるが、つむじ風は、「古16」の〈風〉とも連動して、詩人に切なく吹き付ける。変換と踏襲、両様に工夫を変えてはいるが、この対句

⑤⑥は、五言のうち、上の二語（「綿思」「驚魂」）と下の三語との関わりが直接結びつかず、間合いの微妙さを同じくしている。歇後法のバリエーションともいうべきこの措辞（上下の間を欠くという意味で、拙論では「歇中法」と名づける）は、後に第五章第二節に詳述するが、韋應物詩の特色の一つであり、その間合いを如何に結びつけるかを読者に委ねている。第五句は、綿々たる思いを包み込むようにおぼろな月光が流れゆき、あたかも詩人の情思が可視化され、はてしなく広がるように感受される。第六句も、はかない夢から覚めて、寄る辺ない魂が、吹き起こったつむじ風に、さっと舞い上げられて宙に浮いたような思いに駆られる。『詩經』を原拠とする「古16」に吹いていた悲しい〈風〉が、「長門賦」「寡婦賦」を経て、「韋悼」にも吹き込む。それは「韋悼」に至るまでの時間の流れを象徴するとともに、遠く隔絶された対象がいる外部から来ることで、内外を関わらせる空間的機能をも有している。韋應物は、それを重層的に踏襲する一方、右の如く、新たなる修辞を試みることに腐心した。「古16」「長門賦」「寡婦賦」といずれも詠み手が女性という設定の諸篇を積極的に取り込み、詠む主体の性を変換して独自の模擬性を実現した。悲嘆に暮れる女性たちの声に耳を傾け、心に寄り添って、あるいはそこに妻の声を、姿を追い求めていたのかもしれない。踏襲と革新、韋應物は、過去を遡り、過去と対話しながら、新たなる地平を切り拓こうとした。矛盾する言辞ながら、それを創造的模擬性といえないだろうか。

先に挙げたアリストテレスのミメーシス論では、悲劇は人間の行為を普遍的原理によって模写し、それに「ミュートス（プロット、出来事の組み立て）」を与えることが最も重要と説き、模倣の創造的側面を夙に照射した。[22]「創造的模擬性」もしくは「模擬の創造性」は、必ずしも矛盾とは言えないのである。六世紀、梁・劉勰も踏襲（＝通）と革新（＝変）、双方の重要性を『文心雕龍』「通変」篇で指摘した。「先づ博く覧て以て精しく閲」き、関鍵を置」くこと、すなわち古今の作品を博覧閲読した後、新しい道を開拓して、独自性を重要視すべきという主張である。さすれば「文律運周し、日々其の業を新たにす。変ずれば則ち久しかる可く、通ずれば則ち乏しからず」と結ぶ。〈通〉と〈変〉は対立するものではなく、むしろ、文学（ひいては芸術）にとっての「関鍵を置く」必要条件であると。近くは和田英信「模擬と創造——六朝雑擬詩小考」が、陸機「擬古詩」を初めとして、『文選』「雑擬」中の諸作を考察し、「過去の表現に学び踏襲するという行為は」「創作という営為と背馳しない、否、むしろ創る行為を下支えする価値ある行為」であり、「模擬とは、学習・模倣と新しい表現のせめぎ合い」とその意義を論ず。(23) 単なる「遊戯」ではないのである。厳密には、両者の意味するところは異なるが、模擬の創造性という点では、共通する。「韋悼」の諸作に、その具体例を認めることは、許容されるのではないだろうか。

本節（二）の2では、主に、「夢想」という詩語を中心に、「潘悼」との関わりをも勘案しながら、韋應物の模擬性を考察した。彼は〈夢〉のモチーフや主題を、悼亡詩の系譜の中で初めて詠んだが、外在的要因としては、当時の社会的文化的拘束力の弛緩であった。内在的には、妻の死という個人的不幸をパトスとして、現実志向の「潘悼」とは異なる悲哀の止揚を試み、女性が詠む主体である作品に込められた悲哀への共感により、性を反転し、対照化して新たなる息吹を企図した。その革新への意欲は、「潘悼」や「寡婦賦」、「長門賦」の波動をも受容させ、『詩經』を原拠としながら「古16」をも踏まえるという重層的模擬を試みさせたのである。文学史的には、北宋・黄庭堅（一〇四五〜一一〇五）の所謂「点鉄成金」で言及された杜甫詩や韓愈の文に顕著になる創意である。川合康三「奇——中唐における文学言語の規範の逸脱——」は、清・顧嗣立評（『寒廳詩話』）などを引いて、具体的には、それは「反用」「翻用」によって可能になるという説を紹介し、典拠や規範の遵守と逸脱という「二律背反的な二つの要請を満たすところに表現の機微がある」(24)と説く。「韋悼」は、杜韓の間に位置し、「反用」「翻用」などによって斬新なコノテーションを獲得したといえよう。

〈悲風〉の吹きすさぶ中、過去と現在を往還する旅人、韋應物の姿が浮かび上がる。彼自身、まさにその姿を詠んでいる（「韋悼」2「往富平傷懷」五古十韻）。

⑮單 車 路 蕭 條　　単車 路 蕭条たり
⑯廻 首 長 透 遲　　首を廻らせば 長く透遅たり
⑰飄 風 忽 截 野　　飄風 忽ち野を截り
⑱嘹 唳 雁 起 飛　　嘹唳 雁 起ちて飛ぶ
⑲昔 時 同 往 路　　昔時は同に路を往くも
⑳獨 往 今 詎 知　　独り往く 今 詎ぞ知らん

つむじ風が荒野を切り裂くように巻き起こると、驚いた雁が悲鳴を上げながら飛び去っていく。聴覚的効果が胸に迫る一方、果てしなく伸びる人気無い道を振り返って一人立ち尽くす詩人の姿が、鮮やかに浮上する。この道は韋應物の青春というべき「昔時」へと「往く」のを可能にする道途であったが、それは同時に過去の詩人たちの世界へと誘われる道でもあったといえよう。

（二） 其二「靑靑河畔草」について

韋應物作品の特色の一つとして、畳字の多用ということをすでに指摘したが、「韋悼」においても少なくない。「古十九」における多用も、各注釈書が指摘する。中でも「古2」「靑靑河畔草」が、六種の畳字を句頭に揃えて連用していることは、韋應物の関心を引いたであろう。

①靑 靑 河 畔 草　　靑靑たり 河畔の草

②鬱　鬱　園　中　柳　　鬱鬱たり　園中の柳
③盈　盈　樓　上　女　　盈盈たる楼上の女
④皎　皎　當　窻　牖　　皎皎として　窓牖に当たる
⑤娥　娥　紅　粉　粧　　娥娥たる紅粉の粧《よそおい》
⑥纖　纖　出　素　手　　繊繊として素手を出だす
⑦昔　爲　倡　家　女　　昔は倡家の女
⑧今　爲　蕩　子　婦　　今は蕩子の婦為り
⑨蕩　子　行　不　歸　　蕩子　行きて帰らず
⑩空　牀　難　獨　守　　空牀　独り守ること難し

当該作も「古16」と同様、遠路出かけたまま帰らぬ夫（「蕩子」）を一人待つ「思婦」の詩であるが、「古16」が、一貫して「我」という妻自身の一人称の視点から詠まれるのに対して、この妻は、「楼上の女」という三人称によって描かれている。その結果、客観的形象化が可能になり、その姿を③〜⑥の句頭に畳字を連ねることで、鮮やかに浮かび上がらせる。この四種の畳字の意味は、「古十九」中のほかの用例（「古10」「古19」）や、各注釈書を参照にすれば、「盈盈」「皎皎」は、豊かで輝くばかりの風姿を表し、「娥娥」は容貌の美しさ、「纖纖」は、ほっそりしたなよやかな白い手を形容する。一見、無造作に重ねられたかのようであるが、前の二種は、女性の存在が放つ光沢のある麗しさ、後ろの二種は、身体の部分に絞って、紅と白の色彩的効果をも加味しながら描出されている。さすれば、第一聯の「青靑」「鬱鬱」の畳字も、色彩と光（明度）の対比が意識され、第二聯への自然な流れを生み出している。馬茂元が説くように、「青靑」「鬱鬱」という春の生き生きとした植物の様態が「楼上の女」の「盈盈」とした豊かな姿態を詠い興す興的機能とともに、「青青」という畳字の持続作用の果てしなさは、遠行して帰らぬ「蕩子」への綿々たる思いの比喩的表現にもなっている。第二句と同様の詩句を用いた古楽府「飲馬長城窟行」(『文選』巻二七)が「青青たり河畔草、綿綿として遠道を思ふ」と詠うように(25)。そして河沿いに青々と広がる草原から、河の流れに誘われるようにこんもり暗く茂る園中へと視線が移り、さらに楼閣と窓辺の女性へと焦点が絞られていく。まさに清・顧炎武が「六畳字を連用するも亦た極めて自然なり。此れより下れば即ち人の継ぐ可き無し」と説く通りである(26)。

畳字は、顧炎武の言及する如く、『詩經』衛風「碩人」の六種連用以来、主に擬音語、擬態語の機能や、「感情の流出をより流暢にする(27)」効果を有して、韻文の中で韻律美と修辞美を表現してきた。韋應物もその効果を熟知し、「韋悼」においても多用している。今、紙幅の都合で、「古十九」と同一の詩語のみを挙げて、簡潔に「古十九」と比較する(28)(「韋」下の算用数字は、第一章、六七頁、八八頁に挙げた「韋悼」の通し番号)。

〈杳杳〉韋4「杳杳日云夕、鬱結誰爲開(杳杳として日云に暮れ、鬱結　誰が為にか開く)」、韋10「冥冥獨無語、杳杳將何適(冥冥として独り語る無く、杳杳として将《はた》何くにか適かん)」(韋10)＝古13「下有陳死人、杳杳卽長暮(下に陳死の人有り、杳杳として長暮に即く)」。

「古13」は、「郭北の墓を望」んで人生無常の感慨を詠み、「杳杳」は「長暮」という明けることのない死の世界を形容する。「韋悼4」もそれと関わりながら、時間的空間的に薄暗い様態を表し、10では、心情表現になっている。

〈蕭蕭〉は、韋5・16＝古13・14。すでに本章(一)の(2)で論究したので、省略。

〈迢迢〉韋7「迢迢芳園樹、列映清池曲(迢迢たり芳園の樹、列ねて清池の曲に映す)」＝古10「迢迢牽牛星、皎皎河漢女。纖纖擢素手、札札弄機杼(迢迢たり牽牛星、皎皎たり河漢の女。纖纖として素手を擢げ、札札として機杼を弄す)」。

「古10」は、織女の牽牛星への切ない思いを詠い、「迢迢」は、果てしなく遠い広がりを表す。「韋悼7」は、天界を大地に変換し、スケールも小さい。

〈戚戚〉韋16「庭樹轉蕭蕭、陰蟲還戚戚(「庭樹転た蕭蕭、陰虫還た戚戚」)」=古3「極宴娯心意、戚戚何所迫(極宴して心意を娯しましめば、戚戚　何ぞ迫る所ぞ)」。

「古3」は、短い人生ゆえに「極宴(極上の宴会)」を楽しもうと詠い、「戚戚」は、憂愁のさまを意味する。「韋悼16」では、擬音語として用いられ、寂寥感を醸し出している。

〈茫茫〉韋25「慼慼居人少、茫茫野田綠(慼慼として居人少なく、茫茫として野田緑なり)」=古11「迴車駕言邁、悠悠涉長道。四顧何茫茫、東風搖百草(車を迴らし駕して言に邁き、悠悠として長道を渉る。四顧するに何ぞ茫茫たる、東風　百草を揺する)」。

両篇とも草原の緑が遠くまで広がっている様子を詠う。

予想に反して、同一の畳字は五種の少なさに止まり、意味的にも単純なアナロジーではなく、機能や背景を変換している。それにもまして、ここに「古2」の六種の畳字が、認められないのはなぜか。やはり女性美を形容する四種の畳字を妻に用いるのは、憚られたのであろう。だがはたして理由はそれだけか。「青青」「鬱鬱」をも用いないのはなぜなのかを推考すべきである。

本章冒頭で述べた如く、韋應物は、「擬古詩」十二首(以下「韋擬」と略す)を詠んでおり、「古2」の模擬詩其二(以下「韋擬2」と略す。以下同じ)も試みている。

①黄鳥何關關　　黄鳥　何ぞ関関たる
②幽蘭亦靡靡　　幽蘭　亦た靡靡《びび》たり
③此時深閨婦　　此の時　深閨の婦
④日照紗窗裏　　日は照らす　紗窓の裏
⑤娟娟雙青娥　　娟娟として　青娥　双び
⑥微微啓玉齒　　微微として　玉歯　啓く
⑦自惜桃李年　　自ら惜しむ　桃李の年
⑧誤身遊俠子　　身を遊俠の子に誤る
⑨無事久離別　　事無くして久しく離別し
⑩不知今生死　　今の生死を知らず

「韋擬2」の詳細は第二節に譲り、畳字に限って言えば、十二首のうち、畳字を最多に用いている。したがって韋應物が「古2」を模擬する際、やはり畳字を意識していたことは明らかであろう。それにもかかわらず、「古2」の六種の畳字が皆無なのは、意識的に避けたとしか考えられない。第一聯は、「古2」と同様、自然を詠うが、「青青とした草」を「黄色い鳥」に変えている。「黄鳥」「關關」は、ともに『詩經』周南の詩語であり、「古十九」が「國風」を淵源としていることを、暗に籠めているのであろう。それを押さえたうえで、「青」から「黄」へと視覚的効果を残しながら、聴覚的表現に変換している。「古2」②「鬱鬱とした柳」は、「鬱」と通じる「幽」を冠して「蘭」に変えている。植物という共通項で揃えながら、「蘭」（香草）によって嗅覚的要素を加え、「幽」という韋應物の字眼（第二章注（11）など）を用いて独自の興趣を試みている。同時に「幽蘭」は『楚辭』「離騷」を想起させ、「靡靡」

は、『詩經』王風「黍離」を出自とする。すなわち①の『詩經』との典故対をも試みている。そして「關關」は、仲睦まじい番《つがい》のさえずりであり、「靡靡」もなよやかに寄り添うさまで、③「深閨婦」の新婚時（「桃李年」）の様子に繋がり、第一聯は、いわば興の機能を果たしている。「古2」の第一聯と同じく自然な流れとなり、先の顧炎武評を適用し得るのである。ここに基本的要素や枠組みを遵守しながらも、単純に詩語を踏襲するのではない、韋應物の新たなる変革志向を看取するのは、穿ちすぎであろうか(29)。

以上のように、韋應物が「古2」の畳字に関心を抱きながらも、「韋悼」や「韋擬2」においては、それらを安易に襲用せず、自らの詩興に基づく新たなる息吹を試みたことが明らかになった。だが「古2」において彼が畳字以上に着目したと考えられるのは、第四聯の今昔の対比（「昔爲倡家女、今爲蕩子婦」）である。それを明確に証し得るのは、西晉・陸機の「擬靑靑河畔草」（『文選』巻三十「擬古詩」十二首、其の五、以下「陸擬5」と略す）との比較によってである。

①靡　靡　江　離　草　　靡靡たる江離の草
②熠　燿　生　河　側　　熠燿《ゆうよう》として河側に生ず
③皎　皎　彼　姝　女　　皎皎たる彼の姝女
④阿　那　當　軒　織　　阿那として軒に当たりて織る
⑤粲　粲　妖　容　姿　　粲粲として　容姿妖めかしく
⑥灼　灼　美　顏　色　　灼灼として　顔色美し
⑦良　人　遊　不　歸　　良人　遊びて帰らず
⑧偏　棲　獨　隻　翼　　偏棲　独り隻翼《せきよく》たり

⑨空 房 來 悲 風　　空房　悲風来り
⑩中 夜 起 歎 息　　中夜　起ちて歎息す

冒頭の「靡靡」は、韋が踏襲しており（「韋擬2」②）、「韋擬」は、「陸擬」をも踏まえていることを明示する。この「靡靡」を初めとして、四種の畳字が用いられており、中の③「皎皎」は、「古2」（「古10、19」とも）と同一である。②「熠燿」④「阿那」という双声畳韻を用いることで、少しく変化を試みたのであろうが、①②は自然を、③～⑥は女性美を形容するという構成も、「古2」に倣う。第四・五聯で女性の身上を述べて、ほっそりとした白い手で紅を引き化粧する女から、機織りの女へと変容させているが、そのほかの⑦は、「古2」の「蕩子行不歸」とほぼ同一で、⑧⑨⑩は、「古16」と同様の「悲風」が吹き、「翼」を用いて孤独を表し、夜半眠れずにいる。すなわち「陸擬」は、「韋擬」に比べて、はるかに「古2」に近いといえよう。それは「韋擬」が、「陸擬」をも踏まえており、その分、「古2」との距離が遠くなっていることにも起因する。鈴木敏雄「韋応物〈擬古詩十二首〉考」が「韋の〈十二首〉は、手法において六朝期のこの先覚（論者注：陸機）の業績を、一つの目標とした成果[30]」と説く通りである。韋應物が「古2」の「倡家の女」を「深閨の婦」に替えたのも、おそらくその媒介項として、機織りをする「陸擬」の「姝女」が存しているのであろう。ここにも韋應物の重層的模擬性を認め得る。ただ「陸擬」には、ひたすら〈今〉の時間しかない。韋應物は、「陸擬」を踏襲しながらも、そこでは失われてしまった昔の時間、換言すれば今昔の対比を、看過できなかったのである。韋應物の時間表現への関心が明らかである。

「韋悼」における「今昔の対比」については第一章で論じたので、贅言は省く。「韋悼」より前の悼亡詩が〈今の悲哀〉に耽溺するばかりに対して、彼が初めて過去の時間を導入し、〈幸福な昔〉と〈不幸な今〉という対比によって、〈今の悲哀〉の深さを表現した。ここでそれを再度、指摘するのは、「古2」第四聯の今昔の対比に議論があるからである。清・何焯が、「是れ終身諧《かな》はざるなり」（『義門讀書記』巻四七「文選」）と記すように「倡家の女」だった昔も不幸だったとする説が一つ。これに対して、吉川前掲論文は、『文選』中の今昔の対比表現八例を挙げて、それらと同様、当該聯を「昔日の幸福」と「現在の不幸」との対比と解す(31)。また矢田博士「〈昔爲倡家女　今爲蕩子婦〉考――漢代の「倡家」の實態に卽して――」は、その実態と、そこに所属する女性の境遇・身分について、『史記』『漢書』などを渉猟し、唐代の妓女の不幸な境遇と異なり、漢代では美貌と技芸を武器にして、宮殿や権力者の邸宅での宴席という「華美な世界での活動が可能」であり、前漢・武帝の李夫人のように、皇帝や高官の愛姫にまで登りつめる可能性をも秘めた存在だったと論ず(32)。

翻って韋應物が、「古2」の「昔」をどのように解したかを「韋擬2」から類推すれば、単純な今昔の対比は退けられているが、⑧「身を誤り」、⑨長く離別を余儀なくされ、⑩夫の「生死」も不明な「今」に対して、美しく幸福だった⑦「桃李の年」を惜しんでいる。〈惜春〉の語に類して、過ぎ去ってしまった青春の幸せな時間の喪失を嘆く心情である。したがって韋應物の解釈も〈幸福な昔〉であったと理解されるが、解釈というよりも、むしろそこにこそ、彼の思いが込められているのではあるまいか。以下にその点をのべよう。

「古2」の第四・五聯は、「蕩子婦」の一人称、つまり彼女の独白と捉える説もあるが、それは、⑩「空牀難獨守」という生々しい〈今〉の嘆きの告白ゆえであろう。曹旭氏が指摘するように(33)、「古2」全詩中の「詩眼」はこの「守」であり、貞潔という儒教的婦徳と人間的真情とのせめぎあいによる葛藤が、迸るように詠われている。すなわち「古2」の比重は、あくまで〈今〉の不幸にあり、「古2」全体を俯瞰すれば、⑦の「昔爲倡家女」だけが、「昔」に言及しており、六種の畳字を句頭に置いた①～⑥はすべて〈今〉の情景である。それに対して「韋擬2」は、「關關」とさえずる「黄鳥」も「靡靡」となびく「幽蘭」も「桃李の年」の幸福を象徴し、「古2」「陸擬」と同じ十句構成の中、

①から⑥までは、逆に〈昔〉を詠んでいる。ここにも彼の〈今〉を〈昔〉に変換する意図を認め得るが、それは単なる修辞上の意欲ではなく、〈昔〉への思い入れの深さの表れといえまいか。〈昔の幸福〉を象徴する⑦「桃李」の語は、「韋悼4」「冬夜」（五古八韻）にも見える。

①杳　杳　日　云　夕　　杳杳として日云《ここ》に夕れ
②鬱　結　誰　爲　開　　鬱結　誰が為にか開かん
③單　衾　自　不　暖　　単衾　自ら暖かならず
④霜　霰　已　皚　皚　　霜霰　已に皚皚たり
⑤晩　歳　淪　夙　志　　晩歳　夙志　淪《ほろ》び
⑥驚　鴻　感　深　哀　　驚鴻　深哀を感ず
⑦深　哀　當　何　爲　　深哀　当に何をか為すべけんや
⑧桃　李　忽　凋　摧　　桃李　忽ち凋摧す
⑨帷　帳　徒　自　設　　帷帳　徒らに自ら設く
⑩冥　寞　豈　復　來　　冥寞　豈復た来らん
⑪平　生　雖　恩　重　　平生　恩　重しと雖も
⑫遷　去　託　窮　埃　　遷去して窮埃に託す
⑬抱　此　女　曹　恨　　此の女曹の恨みを抱く
⑭顧　非　高　世　才　　顧みるに高世の才に非ず
⑮振　衣　中　夜　起　　衣を振ひて中夜に起ち

⑯河漢尙徘徊　河漢　尚ほ徘徊す

先に挙げたように、①の畳字は「古13」と同一、「日云夕」も「古16」の「歳云暮」と類似し、「古十九」との関わりが認められる。第八聯も、「古19」の「攬衣起徘徊（衣を攬りて起ちて徘徊す）」に基づき、「河漢」は、「古10」に「皎皎河漢女」（第二句）、「河漢清且淺」（第七句）と見える。付言すれば、「中夜起」は、前掲「陸擬5」⑩中の詩語である。おそらく韋應物は、「冬夜」の首と尾を「古十九」によって、相呼応させたのであろう。擬古詩と見まごうばかりの作であり、真ん中に据えられた「桃李」の意味も、その関わりで解せよう。①〜④は、冬の夜の悲哀を詠い、⑤で自身の老いに言及し、⑥の「深い悲哀」は、それをも含むのであろう。ここに措かれた「驚鴻」（何かに驚いて飛び立つ白鳥）については阮注は、魏・曹植「洛神賦」（『文選』巻十九）の神女の容姿の軽くしなやかな形容（「其の形や翩たること驚鴻の如し」[34]）を典故とする。第三章第一節で説いたように、神女は思い人の死後の理想化された存在を意味するので、ここでも亡妻の比喩と解される。それゆえの「深哀」であることは、言を俟たない。妻との幸福な「桃李の年」は、「驚鴻」のように逝ってしまった妻の死によって、忽然とうち砕かれた。頂真格で繰り返し強調され、如何ともし難い「深哀」にどこまでも沈みゆく。この「桃李」と「韋擬2」のそれとは、「惜しむ」主体（思婦と鰥夫《やもめ》）の性差や状況を異にしながらも、悲哀の情として通じていく。さすればここに込められた「桃李」は、「韋擬」の対象である「古2」の「倡家女」との関わりで、緩やかに立ち上ってくるもう一つの幸福とその喪失を想起させる。

韋は、「深哀」に沈みながらも、⑨「帷帳」を設ける。それは「冥寞」（静かで暗い）、つまりあの世からの彼女の出現を期待してのことである。これは第二章第三節（二）でも指摘したように、漢の武帝の寵姫李夫人の典故（『漢書』巻九七上の故事）を踏まえている。そうなると矢田論文にもあるように、李夫人の出自である「古2」の「倡家の女」が連想される。韋應物の「古2」の〈幸福な昔〉への執着は、妻との思い出は無論のこと、その追憶の糸はさらにたぐり寄せられて、武帝ならぬ玄宗皇帝の近侍として宮殿を出入りし、特権を享受した十代後半の「華美な世界での活動」をも喚起したのではあるまいか。それが決して突飛な連想ではないことを⑤「晩歳淪夙志」が証していよう。この句は、単なる老いの嘆きではなく、安史の乱によってすべてを失った若き韋應物の挫折を意味している。「桃李」とは、その両者を含む〈昔〉であり、「晩歳」の今、「夙志」も潰え妻も亡くし、その喪失感が渾然一体となって、「深哀」のまま眠れぬ夜を過ごしているのである。

以上のように、「韋悼」の特質の一つである〈今昔の往還〉の源は、「古2」と深い関わりがあるといえよう。韋應物の「古2」への関心は、第四聯の今昔の対句に顕著であり、特に「昔は倡家の女為り」が彼自身の〈昔〉へと誘うことに模擬への意欲を喚起されたのである。その模擬詩では、冒頭六句の畳字の連用形式を意識しつつ、「古2」の畳字は敢えて用いず、また〈今〉の背景を〈昔〉に変換した。それは単なる修辞上の意欲だけではなく、韋應物の青春とその蹉跌、それを共有してきた妻の喪失が促したものであり、「古2」の〈今昔の対比〉に込められた悲哀に、深く共感したからにほかならないのである。

第二節　「擬古詩」十二首について

前節においても、「韋擬」を引いて、韋の「古十九」への関心が那辺にあるかを考察し、それによって、「韋悼」の特質に論及した。ここで問題となるのは、「擬古詩」と「悼亡詩」とのより精密な関わりである。いずれが先に作詩されたのかを含めて、考察する。それは「韋悼」と「古十九」との関わりを一層明確にするとともに、これまで悼亡詩の系譜の中でのみ捉えてきた「韋悼」を、韋應物詩全体の中における、いわば横軸を用いた位置づけの一つとして解明せんとする試みでもある。

（一）「擬古詩」十二首の主題

「古十九」の主題については、先行研究を踏まえて、第一節冒頭で、「乱世を背景にして、生別死別を余儀なくされ、時間軸の上に生きざるを得ない人生の悲哀」と述べた。「韋擬」の主題も、模擬詩である以上、基本的にはそれを踏襲するが「古十九」に共振しながらも、そこに韋應物独自の想いを託した表現が付加される。彼が「古十九」の何に共感し、いかなる想いを託したのかを、以下に論考する。それは、（二）「韋擬」の成立年代とも関わってこよう。

「韋擬」の主題について、清・陳沆『詩比興箋』は、「茲の十二章は、情詞一貫し、皆美人天末の思ひ、蹇修《けんしゅう》（「離騒」に見える伏羲氏の臣、媒酌に巧）媒老の志なり」と説く（巻三）[十七]。屈原の憂国の情に喩えて、その主題は、韋應物の愛国の志と論じている。拙論の見解を先に述べれば、確かにそれは首肯し得るが、十二首すべてを貫くとは言い難い。だがまずは、韋の愛国の志操が看取される詩篇を挙げる。それが明確に表明されるのは、「韋擬1」である。十二首冒頭に際して、自らの信念を披歴したと考えられよう。

①辭 君 遠 行 邁　　君を辭して遠く行き邁《ゆ》く
②飲 此 長 恨 端　　此の長恨の端を飲む
③已 謂 道 里 遠　　已に謂ふ　道里　遠しと
④如 何 中 險 艱　　如何ぞ　中　險艱なる
⑤流 水 赴 大 壑　　流水　大壑に赴き

⑥孤雲還暮山　　孤雲　暮山に還る
⑦無情尚有歸　　無情すら尚ほ帰る有り
⑧行子何獨難　　行子　何ぞ独り難き
⑨驅車背鄉園　　車を駆りて郷園に背けば
⑩朔風卷行迹　　朔風　行迹を巻く
⑪嚴冬霜斷肌　　厳冬　霜　肌を断ち
⑫日入不遑息　　日入りて　息むに遑あらず
⑬憂歡容髮變　　憂歓　容髪　変じ
⑭寒暑人事易　　寒暑　人事　易はる
⑮中心君詎知　　中心　君　詎ぞ知らん
⑯冰玉徒貞白　　氷玉　徒らに貞白なり

「韋擬1」は、「古1」（「行行重行行」）の模擬詩である。形式的にも、「古1」と同じく八韻、前半四聯で換韻する。内容も、ともに地理的に遠く離れ行く二人の離情を詠う。⑧「行子」は故郷を後にしているので、残された①「君」は女性（おそらく妻）で、「行子」は男性（夫）と解するのが自然であろう。だが「古1」を模したとすれば、果してその解釈でよいのか。なぜなら「古1」の「君」が誰を指すか、古来、説が分かれているからである。「古1」は、

①行行重行行　　行き行きて重ねて行き行く
②與君生別離　　君と生きながら別離す

③相　去　萬　餘　里　　相去ること万余里
④各　在　天　一　涯　　各々天の一涯に在り

と詠い始めて、「行く」という字の重なりが、行旅の歩みと時間の堆積を如実に表し、「君」との距離が果てしなく開いていく臨場感溢れる描写になっている。第二句の「君」は、換韻後の第十三句で、再度詠われる。

⑪浮　雲　蔽　白　日　　浮雲　白日を蔽ひ
⑫遊　子　不　顧　反　　遊子　顧反せず
⑬思　君　令　人　老　　君を思へば人をして老いしむ
⑭歳　月　忽　已　晩　　歳月は忽ちにして已に晩る
⑮棄　捐　勿　復　道　　棄捐せられて復た道ふ勿れ
⑯努　力　加　餐　飯　　努力して餐飯を加へよ

この「君」が誰を指すかについて、三種の説がある。第一説は、『文選』の五臣注で、「君」は主君であり、「佞人」の讒言によって放逐された忠臣が、「遊子」（詠む主体）と解されている。李善も⑪句を、「邪佞の忠良を毀るを喩ふ」と述べ、それゆえ「遊子の行きて、顧反せざるなり」と注す。⑬「思君」の五臣注は、「主を恋ふるを謂ふなり」、⑭は、君主に忠節を尽くすのに、もはや間に合わないのではないかという恐れを詠うと説く。第二説では、前半は、旅に出た夫が、妻（君）を懐かしんで望郷の念を起こし、換韻後の後半は、逆に妻（の立場での詩人）が旅中の夫（君）を思って自らの老いを嘆く詩と説く。南宋・嚴羽『滄浪詩話』「考證」が、後半を別首として扱う『玉臺新詠』所収作（枚乘「雜詩」其三）を指摘するが、この解釈に基づくのであろう。第三説は、清人・張玉穀や近人馬茂元、現代の曹旭の諸注（注（4））で、「君」は旅中の夫を指し、家に残された妻の嘆き、すなわち「思婦」の詩と解し、現在、概ね支持を得ている。第三説の解釈による「古1」を模擬したのが、陸機である。「陸擬1」（九韻、一韻到底格）は、「悠悠として行き邁きて遠く、戚戚として憂思深し。此の思ひ亦た何をか思ふ、君が徽（英姿）と音とを思ふ（悠悠行邁遠、戚戚憂思深。此思亦何思、思君徽與音）」と詠い始める。「古1」に倣って畳字を用い、また『詩經』王風「黍離」の「行き邁きて靡靡たり、中心揺揺たり」を踏まえることで、「古十九」の『詩經』淵源を明示する。第五聯では、「遊子は天末に眇《はる》かなれば、還期は尋ぬ可からず」と、明らかに遠行の夫を「君」（「遊子」）と慕う妻の歌として模している。

それでは、韋應物は、「古1」をどのように模したのであろうか。初句「辭君遠行邁」の「遠行邁」は、右の「陸擬1」に倣っており、ここにも「韋擬」が、「陸擬」をも踏まえていることが看取される。だが「君を辞す」ならば、前述のように、「君」は、故郷に残される者すなわち妻を推定させる。「韋擬」は「陸擬」を反転させて、終始、旅中の夫の立場で詠んでいるのである。読者は、一人の男が妻を故郷に残したまま、肌を刺すような厳寒の中、北風に吹かれながら、険しい遠路を行く姿を明瞭に思い浮かべる。⑫「日入不遑息」という時間の導入が、さらにリアリティを掻き立てる。その結果、私小説の主人公と作家との距離が限りなく近いように、その男と韋應物とが重なり、読者はその姿に感情移入して、詩人の胸中に思いを馳せる。それに応えるように、⑬⑭は、「古1」第六・七聯に模して、人の世の移ろい易さを吐露するが、最後の聯（⑮中心君詎知、⑯冰玉徒貞白）は、「古1」「陸擬1」とも異なって、韋應物の真情が明確に詠われる。「たとえ〈君〉に知られなくとも、わが心の貞節は揺るぎなく、玉壺の氷のように固く澄み切っている(35)」と。

それに対して、「古1」の最後（⑮⑯）は、発話者が忠臣か妻かは今措くとして、右のとおり、「棄捐勿復道、努力加餐飯」と捨てられて、半ば諦めの境地で、「どうぞ御身大事に」と自らに言い聞かせるようにして終わる。「陸擬1」

は「去れ去れ 情累を遣て、安らかに処りて清琴を撫《す》せん」と、「遊子」の夫への思いを断ち切るべく、自らに強いて、琴を奏でようとする妻の姿を描く。いずれも相手へのこれまでの想いを絶つ方向を示す。

それに対して、韋應物の⑯「冰玉徒貞白」は、「古1」「陸擬1」とは逆に、相手の如何に関わりなく、変わらぬ思いを表明する。韋が遠路を行く男に託したのは、いかなる状況にも屈しない不変の貞節だったのである。これは、『文選』注の、行人の「忠節の思い」に、通じていくであろう。先述の陳沆の「離騒」の比喩「美人天末の思ひ、蹇修媒老の志」も、それに基づく見解と考えられる。「離騒」では、後半、追放された屈原は、理想の君主を探し求めて彷徨するが、それは、天界に飛翔しての美女探しという虚構を用いて詠われる。陳沆の比喩は、『文選』注に賛同しながらも、「君」は君主を指すという直接的表現ではなく、「離騒」と同様、遠く離れた思い人という設定を借りて、韋應物は忠臣としての貞節を表白したと説いたのである。陳沆は、韋の一途な忠心を証するために、韋應物詩集中の詩句を数首引く。たとえば、「直方 進むを為し難く、此の微賤の班を守る」「坐ろに離乱の迹に感じ、永く経済の言を懐ふ」である。前者は、「高陵書情、寄三原盧少府」（巻二、六韻）の第一聯、後者は、前掲「登高、望洛城作」（巻七、十六韻）の第十三聯である。

「高陵」とは都長安に属す県名で、韋が二十代初め、粛宗の乾元元年（七五八）頃に得た県尉の赴任先、「微賤官」とは、県尉を指す。「直方」という正直方正で、信念を曲げないという自己分析は、約七年後、代宗の永泰元年（七六五）、洛陽の丞の時の作「示従子河南尉班」（巻二、五古八韻）にも認められる。題下の自注は、神策軍兵士の狼藉に鞭を振った例の事件を記す。韋と同様、「剛直」な性格の従弟の韋班（河南の県尉）に胸中を吐露した作である。冒頭「拙直 余 恒に守り、公方 爾の存する所」と詠む。序章第二節（十九頁）で記した如く、世乱に対する若き韋應物の憤激を物語る逸話である。この事件の後、彼は辞任し、その思いを「任洛陽丞、告請」（巻八、九韻）において吐露する。「方鑿（四角四面な心）は円を受けず、直木は輪と為らず。材を揆《はか》るに各々用有り、性に反して苦辛を生ず（方鑿不受圓、直木不爲輪。揆材各有用、反性生苦辛）」（第一・二聯）と、時勢に合わず苦労するが、「直木」の性は変えられないと述べる。そして「韋擬11」（四韻）においても、「直道」が認められる。

⑤冰 霜 中 自 結　　冰霜　中に自ずから結ぼれ
⑥龍 鳳 相 與 吟　　龍鳳（琴と笛、阮注参照）相与に吟ず
⑦絃 以 明 直 道　　絃は以て直道を明らかにし
⑧漆 以 固 交 深　　漆は以て交りの深きを固む

「韋擬11」は、「古18」の模擬詩。「古18」は、「萬餘里」の遠方にいる夫から「一端の綺《あやぎぬ》」を贈り届けられた妻の喜びを詠う。韋もその枠組みを踏襲するが、贈り物は「孤桐の琴」に変えられており、琴の絃に託して、自らの「直道」を喩える。これは、鮑照「代白頭吟」の「直なるは朱糸の縄の如し」を踏まえる。さすれば前出「代白頭吟」の対句（清如玉壺冰）を踏まえる「韋擬1」の「冰玉徒貞白」と相呼応して、妻の立場を借りた貞節の表明と解されよう。陳沆の説く「韋擬」の主題を、ここにも看取し得るのである。

だがその堅固な信念は、三十代に入って、揺らぎがみえる。陳沆が挙げた後者の「登高、望洛城作」は、永泰元年（七六五）三十一歳ころの作である。前述の如く、韋應物は、代宗の広徳元年（七六三）冬、洛陽の丞として赴任したが、その二年後である。赴任の前年（宝応元年）、約七年に亙る安史の乱が一応、終結したとされるが、それに功あった回紇族が、十月、東都洛陽に入って殺戮略奪の限りを尽くし、「死者萬計、火累旬も滅びず」（『資治通鑑』巻二二二）という惨状を呈した。韋の赴任当時、その荒廃は、未だ回復されていなかった。

韋は高所に立って洛陽を俯瞰し、「高台　雲端に造《いた》り、遐かに瞰て　四垠周し」と縦横ともに広大な景色を詠い始

める。そして乱後当時の傷跡を「膏腴《こうゆ》（肥沃な土地）に榛蕪（雑木や雑草）満ち、比屋（立ち並ぶ住居）毀垣空し」（第八聯）と詠む。この風景が、陳沆が引いた後者の詩句「坐感亂離迹、永懷經濟言」（第十三聯）の「亂離迹」であり、韋は壮年の官僚として、経世済民を真剣に思案している。それにも拘わらず、最後はこう吐露する。

㉗吾生自不達　　吾が生は自ら達せず
㉘空鳥何翩翻　　空鳥　何ぞ翩翻たる
㉙天高水流遠　　天高く水流遠く
㉚日晏城郭昏　　日晏《く》れて城郭昏し
㉛徘徊訖旦夕　　徘徊して旦夕に訖り
㉜聊用寫憂煩　　聊か用って憂煩を写さん

自らを「空鳥」に喩え、日暮れから闇に沈みゆく街中を、あてもなく「徘徊」する。「貞白」の志をもちながらも、復興の困難さに憂慮する詩人の真情を看取し得る。「徘徊」という不安定な動作が、そのまま彼の志の揺らぎと苦悩を象徴しているのである。「徘徊」は、「韋擬4」にも見える。

「韋擬4」（八韻）は、「古5」（八韻「西北有高樓」）の模擬詩である。「古5」は夫を亡くして悲嘆にくれる妻を高楼内に置き、彼女の奏でる哀しげな調べを「清商　風に随ひて発し、中曲正に徘徊す」と詠う。「韋擬4」は、この詩語を受けて、

⑪曲絶碧天高　　曲絶えて碧天高く
⑫餘聲散秋草　　余声　秋草に散ず
⑬徘徊帷中意　　徘徊す　帷中の意

⑭獨 夜 不 堪 守　　独夜　守るに堪へざらん
⑮思 逐 朔 風 翔　　思ひは朔風を逐ひて翔け
⑯一 去 千 里 道　　一たび去らん　千里の道

と詠う。詩人は高楼中の女性の悲哀に感情移入して、闇夜の孤独は耐え難いだろうと推し量り、千里の彼方にいる夫の元への飛翔で歌い終える。「古5」は、妻の調べを理解する「知音の稀なるを傷む」（第十四句）と詠むが、張玉穀は、その句を、暗君に忠言を理解されない「孤臣」の嘆きを託したと解する。[36] それに従えば、「韋擬」も高楼中の女性に自らの思いを託したと解され、「志」の守り難きを吐露しているのではないか。さすれば風に向かって韋が向かおうとする千里の先は、何処であろうか。それを表白するのは、二年前、赴任直後の「廣德中洛陽作」（巻六、八韻）である。

①生 長 太 平 日　　太平の日に生長し
②不 知 太 平 歡　　太平の歓を知らず
③今 還 洛 陽 中　　今　洛陽中に還り
④感 此 方 苦 酸　　此れに感じて方に苦酸す
……（中略）……
⑨時 節 屢 遷 斥　　時節は　屢々遷斥し
⑩山 河 長 鬱 盤　　山河は　長へに鬱盤たり
⑪蕭 條 孤 烟 絕　　蕭条として孤烟絶え
⑫日 入 空 城 寒　　日入りて　空城寒し

⑬蹇 劣 乏 高 歩　　蹇劣にして高歩乏しく
⑭緝 遺 守 微 官　　緝遺《しゅうい》して（残りの民を安心させ）微官を守る
⑮西 懐 咸 陽 道　　西のかた咸陽の道を懐ひ
⑯躑 躅 心 不 安　　躑躅《てきちょく》（ゆきつもどりつ）して　心安からず

玄宗の「太平」の御代に生まれ育ったがゆえに、洛陽の荒廃が、彼の苦渋をより深める。日が沈み、人気《ひとけ》が絶えたうすら寒い中で、旧都復興の任という重責を双肩に担いながら、己の無力を嘆き惑う詩人の姿が浮かび上がる。「微官」の任を尽くさねばと自らを鼓舞するが、それに続くのは、親族友人のいる故郷長安（咸陽）への想いであり、波立つ心のまま、当てもなく彷徨する。ここに見える西都長安は、単に故郷だからではなく、玄宗時代への追慕であることは、冒頭①②と呼応させて捉えれば明白である。「韋擬1」に雄々しく詠われた忠臣としての堅固な貞節は、「蹇劣」という自己評価の前に揺らぐかのようである。寒々しい「空城」を眼前にして任務を全うせねばと思うのは、「太平」の世を知る者なればこそであるが、しかしそれゆえに暗澹たる思いにも駆られて「躑躅」する。憂国の情の源に何があるのか、洛陽時代のこの作から浮上してくる。後述する如く、揺れ動く心情は「韋擬」にも認められ、当該作は、その主題に大きな示唆を与える。なぜなら当該作は、「古十九」および「陸擬」との関わりが認められるからである。

⑨「時節」が「古7」（「明月皎夜光」）の「時節忽ち復た易はる」を踏まえていることは、すでに第一節（一）で述べたので、贅言は慎むが、そのほか⑯「躑躅」は、「古12」（「東城高且長」）に見える。「古12」は、

①東 城 高 且 長　　東城　高く且つ長し
②逶 迤 自 相 屬　　逶迤《いい》として自ら相属《つづ》く

と「東城」全体の風景から詠い始めた後、「四時　更々《こもごも》変化し、歳暮　一へに何ぞ速やかなる」（第三聯）と、「古7」と同じく「時節」の推移の速さを詠う。それならば齷齪することなく、「玉のような顔の佳人」（第六聯「燕趙多佳人、美者顔如玉」）と楽しみたいが、彼女の奏でる「清曲」は、「音響　一へに何ぞ悲しき」（第十五句）という調べ。近づこうと思うが、「沈吟して聊か躑躅す」（第十八句）と揺れ動く心境を詠む。各注釈書は「懐才不遇」感を託した作と解している。状況は異なるが、世乱をどうにもしようのない韋の「安からざる」心情に通じていくのではあるまいか。「躑躅」は、「陸擬」も4・10・11に用いており、とくに其の四は、「故郷は一へに何ぞ曠《はる》かなる、山川は阻《けわ》しく且つ難し。沈思は万里に鍾《あつま》り、躑躅して独り吟嘆す」[十八]（第三・四聯）と故郷の呉を思って詠い、「躑躅」する場所は、韋と同じく洛陽（西晉の都）である。韋應物の胸中と、「古十九」「陸擬」が共振していたと推察されよう。「古12」①「東城」も、馬茂元や曹旭の注は、「洛陽」とする。「古十九」の幾つかは、李善が題下に注するように、後漢の都洛陽を舞台とする。広徳年間、韋應物が、洛陽を詠むに当たって拠るべき典故として想起したのは、右のように、「古十九」だったのである。

韋應物が「古12」を模したのは、「韋擬8」（十韻）である。

①神 州 高 爽 地　　神州は高爽の地
②遐 瞰 靡 不 通　　遐かに瞰れば通ぜざる靡し
③寒 月 野 無 綠　　寒月　野に緑無く
④寥 寥 天 宇 空　　寥寥として天宇空し
⑤陰 陽 不 停 馭　　陰陽　馭を停めず
⑥貞 脆 各 有 終　　貞脆　各々終わり有り

①「神州」とは都を意味するが、東西いずれの都かといえば、「古12」の模擬である以上、東都洛陽である。[37]詩人は前掲「登高、望洛城」と同じく、高所に立ち、「古12」に倣って洛陽を「遐矚」し、縦横四方にあまねく通じる広大な広がりを詠い始めとする。「登高、望洛城作」との関わりの深さを物語り、成立年代を示唆するが、つぎの（二）に譲る。ここで注目すべきは、それに続く洛陽の光景である。寒々しい月光に浮かび上がる緑無き荒野とどこまでも空しい天空の何と寂寥たることか。かつての都の繁栄を想起すれば、時の速やかさを思わざるを得ない。もはや人の世の「貞」も「脆」も意味を失い、時の流れはすべてを呑み込んで去って行ったのではないか。「韋擬1」の「貞白」の揺らぎをここに認めざるを得ないのである。「躑躅」「徘徊」しながら、彼の胸中に浮上するのは、西の彼方、「咸陽の道」。「朔風」に乗って向かうこの道の千里の先は長安、さすればそれは、玄宗皇帝時の「太平の世」の長安だったのではあるまいか。空間的延伸が、時間的延伸を喚起して、過去への往還を導き出したといえよう。

以上のように、「韋擬」の主題は、陳沆説の通り、韋應物の「貞白」の志であろうが、必ずしも十二首に一貫して堅持されているわけではなく、その揺らぎがかいまみえる。揺れ動く憂国の情思の源に何があるのか、模擬詩という虚構のあわいから浮上してくるのは、失われた「太平」の世への追慕である。いわば隠された主題ともいえよう。また「古十九」の舞台が洛陽であるからか、「韋擬」も洛陽との関わりが看取され、洛陽時代のほかの作とのアナロジーも指摘し得る。それは、成立年代と関わってくるので、次にさらに考察したい。

（二）「擬古詩」十二首の成立年代

陳沆は、前出作を踏まえて、「韋擬」十二首の成立年代を、韋の「壮少の年」で「丞尉（論者注：洛陽丞、高陵尉を指す）に沈淪し、時に忤ひて合はず、感遇して作るか」と推定する（巻三）。「忤時不合」は、洛陽丞の時の事件を含む安史の乱後の荒廃と乱脈を指していよう。この説も含めて、成立年代を検証する。

成立年代に関する近年の研究は、以下の通りである。孫望の校箋本は、編年による構成であるが、「韋擬」は、年代不明作を集めた巻十に収録されている。その〔箋評〕では、故郷を離れた「遊子羇旅の篇」が多く、「芳年肆縦の気概」が表白されているので、一、大暦十年後の早期長安寓居時代か、二、大暦初めの洛陽丞時代という二つの時期を挙げている。鈴木敏雄「韋応物〈擬古詩十二首〉考」も、「いずれも制作年代不詳であるが」、三、「比較的若い頃、それも短期間で作った一連の作かも知れない」、四、「場所は比較的京師（論者注：長安）に近い、それも北方である」と述べる（前掲注（30））。いずれも「壮少の年」の作という点は共通しており、論者も賛同する。拙論の見解は、三については同意し、二は、条件付き同意で、一、四については否定する。二の条件付きというのは、洛陽時代の作詩とは認められても、「洛陽の丞」時代は、足掛け三年に過ぎず、断定できないからである。以下に、その点も含めて検討する。

韋應物詩は現存約六百首が伝えられており、成立年代不明作を含むものの、年代による分類を可能とする。序章第二節（二二頁）で掲げたように、儲仲君「韋應物詩分期的探討」が、次の三期に分けている。

第一期　洛陽時代（七六三〜七七三）
第二期　長安―滁州（安徽省）時代（七七四〜七八五）
第三期　江州（江西省）―蘇州（江蘇省）時代（七八五秋〜七九〇?）

拙論の結論は、右に述べたように、成立は第一期洛陽時代とするが、その根拠を「古十九」との関わりをも勘案して立証する。

この第一期は、広徳元年冬、韋が洛陽の丞として赴任する時から始まり、約二年後の永泰元年の作が、前掲の「登高、望洛城作」である。先に後半を掲げたが、前半は、雄大な地形に恵まれた洛陽を高所から俯瞰する。そこには「古十九」および「韋擬」と同一の詩語や類似の表現が認められる。

①高臺造雲端　高台　雲端に造《いた》り
②遐瞰周四垠　遐かに瞰て　四垠周し
③雄都定鼎地　雄都は　鼎を定むるの地
④勢據萬國尊　勢は　万国の尊に拠る
⑤河嶽出雲雨　河岳は　雲雨を出だして
⑥土圭酌乾坤　土圭（日時計）は乾坤を酌《はか》る
⑦舟通南越貢　舟は　南越の貢を通じ
⑧城背北邙原　城は　北邙の原を背にす
⑨帝宅夾清洛　帝宅　清洛を夾み
⑩丹霞捧朝暾　丹霞　朝暾《ちょうとん》（朝日）を捧ぐ
⑪葱蘢瑤臺榭　葱蘢《そうろう》たり　瑤台の榭《うてな》
⑫窈窱雙闕門　窈窱《きょうちょう》たり（奥深いさま）双闕の門

古くは東周の成王に九鼎を置いて都と定められ、下っては後漢の都としての歴史を誇る洛陽。⑤「河嶽」すなわち黄河と五岳信仰の一つ、嵩山という大河名山に囲まれ、天地は、規則正しい営為を重ねてきた。水運の利は、遠い南国の貢物をも運んだというかつての栄光を述べるのに続いて、墓地として有名な北邙山を詠いこむ。さりげなく南北の方向対を装いながら、濃厚な死の影を漂わせて。ついで山野から川へと転じ、旧都を二つに分けて流れる洛水に韋詩の字眼である〈清〉を冠して詠む。「北邙」から「清洛」への流れは、時間軸の上に生きざるを得ない人生と言う意味で繋がっている。第十句に初めて「朝暾」というリアルな時間帯が記され、懐古から登高の現時点に転じたかと思いきや、そうではない。「丹霞」「瑤臺」という神仙的詩語が、天帝の帝都に喩えて、懐古のベールをまとわせている。だが古時を決定づけるのは、⑫「雙闕門」である。それは、「古3」（「青靑陵上柏」八韻）の舞台として設定された後漢の都洛陽の中にそびえたつ門である。「古3」は、「青青たり陵上の柏、磊磊たり磵中の石」と循環して変わらぬ自然を導入とし、それに対して「人は天地の間に生まれ、忽として遠行の客の如し」（第二聯）と人生短促の嘆きを述べる。その憂さを晴らすべく、「車を駆りて駑馬《どば》を策《むちう》ち、宛（洛陽の南）と洛とに遊戯す」（第四聯）。歓楽追求の行き先が、洛陽なのである。第五聯から洛陽の街並みを以下のように詠う。

⑨洛中何鬱鬱　　洛中　何ぞ鬱鬱たる
⑩冠帯自相索　　冠帯　自ら相索む
⑪長衢羅夾巷　　長衢　夾巷を羅ね
⑫王侯多第宅　　王侯　第宅多し
⑬兩宮遙相望　　両宮　遙かに相望み
⑭雙闕百餘尺　　双闕　百余尺
⑮極宴娯心意　　極宴　心意を娯ましめば
⑯戚戚何所迫　　戚戚　何ぞ迫る所あらん

冠位束帯をつけた権貴の人々が行き交う大通りには邸宅が立ち並び、遙か南と北の彼方には、宮殿が向かい合うように配され、左右の門の高さは、百尺を超えてそびえたつ。ひたすら都洛陽の豪華な繁栄を描写する。韋應物は、その象徴としての「双闕の門」を用いて、旧都の、今は無き繁栄を表現したのである。後半に詠われる乱後の荒廃との落差を意識していることは、言うまでもない。

「古3」の模擬詩「韋擬3」（八韻）においても同様の景観が詠われるのは当然であるが、それは後半に限られる。「韋擬3」は、二度換韻して[38]情景も変える。最初の第一・二聯は、「古3」をそのまま模して、山川対と人生短促を「世人は自らは悟らず」と詠じて導入とする。換韻後第三聯から引く。

⑤百　金　非　所　重　　百金は重んずる所に非ず
⑥厚　意　良　難　得　　厚意は良に得難し
⑦旨　酒　親　與　朋　　旨酒　親と朋と
⑧芳　年　樂　京　國　　芳年　京国を楽しむ
⑨京　城　繁　華　地　　京城は繁華の地
⑩軒　蓋　凌　晨　出　　軒蓋　晨を凌いで出づ
⑪垂　楊　十　二　衢　　垂楊　十二の衢
⑫隱　映　金　張　室　　隠映す　金　張[39]　の室
⑬漢　宮　南　北　對　　漢宮　南北に対し
⑭飛　觀　齊　白　日　　飛観　白日に斉し
⑮遊　泳　屬　芳　時　　遊泳するは芳時に属し
⑯平　生　自　云　畢　　平生　自ら云に畢る

第三聯からは、「古3」に倣って、ひたすら歓楽追求のさまを詠ず。それは、陳沆の説くように、「百金之贈[40]」にふさわしい「良士」のあるべき本分さえも忘れて、「但だ歓娯に耽るのみにして、遂に生平の志事を畢ふるか」という「世人」への批判であろう。さすれば⑤⑥に見える聊か投げやりな刹那主義と嘆きは、「世人」のものであり、詩人自身のものではないと考えられる。だが⑦⑧は、旨い酒も愛する人々とのふれあいも、若い頃（「芳年」）、「京國」長安で十分味わったと詠む。「古3」にはない過去の時間と国都長安の導入である。ここにおいて主人公と詩人は、重ならざるを得ない。そして再び換韻の後、第五聯から洛陽の景観が描出される。それは、「古3」に倣い、「金張」「漢宮」と後漢を強調した都の繁栄のみを詠う。だが「京國」と「京城」の対比が換韻をも用いて明示され（頂真格のバリエーション）、前者の長安が青春時代（「芳年」「芳時」）、「樂」しく「遊泳」した地として詠われれば詠われるほど、後者の繁栄が空しく映ず。最後は、「平生」（昔日）はもはや失われてしまったと吐露するのである。この結末は、「古3」とは大いに異なる。「古3」は、「極宴して心意を娯しましむれば、戚戚 何ぞ迫る所ぞ」と今の歓楽を肯定する。ここに単なる強がりや自慰など屈折した思いを認めるのも可能かもしれない。だが韋應物は、「古十九」に混在する歓楽追求肯定を詠う詩篇（「古4・13・15」）は、模擬対象から除外する。当該作においても、現在の洛陽の歓楽ではなく、過去の楽しい時間を前景化して、「韋擬」の隠された主題を如実に物語るのである。過去の時間の前景化、換言すれば、時間の遠近法を用いることによって、「西のかた咸陽の道を懐ふ」と同様、長安への想いを籠める。模擬という形式を借りて、詩人の本音を語り、玄宗時代への追慕と喪失感を表現するのである。「韋擬」は、「古十九」中の現世歓楽の要素をすべて排除し、十二首全篇に亙って悲哀を漂わせる。それは悼亡詩にも通じていき、第三節で詳述する。

以上のように、韋應物は、洛陽への赴任後、洛陽を舞台とする「古十九」の世界を一層身近に感じ、洛陽というトポスの有する過去と現在、繁栄と荒廃の落差の大きさに深い感慨を覚えたに違いない。それは同時に「芳年」の「楽しき」西都長安への想いも深めることとなった。その結果、過去を前景化し、「古十九」を単に典故として詠むだけではなく、その模擬詩を創作するまでに至ったのではないだろうか。拙論が、「韋擬」の成立を洛陽時代とする所以である。

「登高、望洛城作」には、「韋擬」と共通する詩語が二種、認められる。②「遐瞰」と⑩「丹霞」である。前者はすでに指摘したように「韋擬8」に、後者は「韋擬4」に見える。注目すべきは、この二種の詩語を含む詩篇が、すべて洛陽での作なのである。[41] しかしながら、この一事を以て、「韋擬」の成立年代を「登高、望洛城作」と同じ永泰年間と断定するのは、早計の誹りを免れまい。そもそも洛陽時代は、韋の三十歳代約十年に亙る。序章第二節略伝でも記したように、この時期には、洛陽ばかりではなく、三十代半ば、揚州に旅行し、第五章第二節に詳述するように、その時の作品は質量ともに看過できない。したがって、洛陽時代は、さらにつぎの三期に分けられよう。

(1)洛陽前期（おもに洛陽丞と辞職後の第一次同徳寺閑居時代）—広徳元年（七六三）〜大暦四年（七六九）
(2)揚州旅行—大暦四（七六九）・五年
(3)洛陽後期（おもに河南府兵曹参軍と第二次同徳寺閑居時代）—大暦六年（七七一）〜大暦八年（七七三）

これまで取り上げた詩篇は、いずれも(1)に属すが、[42] (2)の旅においても、少なからず「古十九」や「韋擬」と同一の詩句や類似の表現が認められる。[43] 煩瑣を避けて、最も類似性が認められる作だけ挙げれば、広陵（揚州）での前掲「寄盧庾」（巻二、七韻）である。

①悠悠遠離別　　悠悠として遠く離別す
②分此歡會難　　此に分かれて歓会難し

と、冒頭から、「古8」の「悠悠として山陂を隔つ」（第八句）という二人の間の距離の遠さを表す畳字を踏まえている。それは、「韋擬12」でも「淇水　長く悠悠たり」（第四句）と洛陽から旅立つ者との別離の場所である「淇水」での別れを詠う。畳字の表す果てしなさは、再会の難しさを予期させて一層切ないが、続く「遠離別」は、前掲「韋擬2」「事無くして久しく離別す」と類似する。第二句以降は、友人盧庾との楽しい宴が叶わぬことを嘆き、酒に手を出そうとするが、そんな気にもなれない。続けてこう詠む。

⑨時節異京洛　　時節は京洛に異なり
⑩孟冬天未寒　　孟冬　天　未だ寒からず
⑪廣陵多車馬　　広陵に　車馬多く
⑫日夕自遊盤　　日夕　自ら遊盤す

第五聯の「時節」「孟冬」は、前掲「古7」の「玉衡は孟冬を指す」（第三句）、「時節は忽ち復た易はる」（第六句）の時候の推移を表す詩句を踏まえた一聯になっている。さらに車馬が行き交い、遊興に明け暮れる揚州の活況は、「古3」の「車を駆りて駑馬に策ち、宛と洛に遊戯す」を彷彿とさせる。揚州に旅していても、洛陽のことは常に胸中から去らず、それゆえ「古十九」を踏まえた表現になり、ひいては「韋擬」とも関わることになったのであろう。足かけ二年のこの旅行中の作も、少なからず「古十九」「韋擬」との関わりを看取し得るのである。

次に(3)に属す作品の中にも、「古十九」や「韋擬」と関わる詩篇が少なくない。たとえば、「餞雍聿之潞州、謁李中丞」（巻四、八韻）は、「鬱鬱兩相遇、出門草靑靑」と詠い始めるが、既出の通り、「古2」の畳字を踏まえて、別離を余すところなく表現する。雍聿《よういつ》なる人物の洛陽から潞州（山西省）への旅の目的は、李中丞(44)との謁見であるが、韋は李のことを「主人は才且つ賢、士を重んじて百金軽し」と称賛して、雍を励ます。「韋擬3」の「百金非所重」（第五句）を用いており、二作の親近性を明示する。(3)は、足かけ三年と短期であるにもかかわらず、この時期の作品にも、「古十九」「韋擬」と同一の詩句や類似の表現を看取し得るのである。[45] すなわち（1）（2）（3）洛陽時代のいずれの時期の諸篇も、一貫して、「古十九」そしてその模擬である「韋擬」との関わりが認められ、「韋擬」は「洛陽」というトポスの象徴的作品として、重要な意味を有していたといえよう。

それがもっとも顕著に認められる作が、「同徳寺閣集眺」（巻七、十韻、「同徳1」と略称）である。

①芳節欲云晏　　芳節　云《ここ》に晏《く》れんと欲し
②遊遨樂相從　　遊遨　楽しみて相従ふ
③高閣照丹霞　　高閣　丹霞に照り
④飀飀含遠風　　飀飀として遠風を含む
⑤寂寥氛氳廓　　寂寥として氛氳　廓《ひら》く
⑥超忽神慮空　　超忽として神慮　空し
⑦旭日霽皇州　　旭日　皇州に霽《は》れ
⑧岧嶢見兩宮　　岧嶢《ちょうぎょう》として両宮を見る
……（中略）……
⑬陰陽降大和　　陰陽　大和を降し
⑭宇宙得其中　　宇宙　其の中を得たり
⑮舟車滿川陸　　舟車　川陸に満ち
⑯四國靡不通　　四国　通ぜざる靡し

韋應物は、軍騎撲抶事件の辞職後と、河南府兵曹参軍の辞職後の二回にわたって同徳寺に閑居した。同徳寺は、洛陽の東城、景行坊にある寺院で、その名に因む作が、右の詩も含めて、七首残されている。[46] それらによると、寺は、「山水は心の娯しむ所」（「同徳6」）という山水に囲まれ、「喬木」（「同徳3」）が林立し、「広庭に華月流れ」（「同徳2」）と月光に照らされて銀色に輝く広い庭にそびえたつ「高閣」（「同徳1、2・5」）である。そこでの療養生活は、彼にとって、心身回復に絶好の環境であったことが伝わってくる。以後の韋の人生の特徴ともいうべき、たびたびの閑居先が仏寺であることの原点といえよう。ただ右の詩は、「芳節」（仏寺であるから仏教的節会か）に、朋輩と連れ立って「遊遨」のため訪れた時の作で、閑居前、官僚時代の作と考えられる。

ここで指摘すべきは、「韋擬」との濃密な関係である。「高閣」は、③「丹霞」に照り映えて輝き、その上の晴れた空には、⑦「旭日」が浮かんでいる。この「旭日」と「丹霞」との組み合わせは、前掲「丹霞　朝暾を捧ぐ」（「登高、望洛陽作」）を連想させて、洛陽丞時代との関わりを明確に物語る。「丹霞」はさらに「韋擬4」にも見出せる。「韋擬4」は、「古5」（八韻「西北有高樓」）の模擬詩。「古5」は前掲のごとく、夫を亡くして悲嘆にくれる妻を西北の高楼内に置き、冒頭の二聯は、高楼の外観を詠う。[47] それを模したのが、つぎの冒頭の四句である。

①綺 樓 何 氛 氳　　綺楼　何ぞ氛氳《ふんうん》たる
②朝 日 正 杲 杲　　朝日　正に杲杲たり
③四 壁 含 清 風　　四壁　清風を含み
④丹 霞 射 其 牖　　丹霞　其の牖《ゆう》（れんじ窓）を射る

「古5」には無い「朝日」という時間と光が描かれ、「丹霞」によって色彩も付加されて、あでやかな高楼を浮かび上がらせる。さらに同徳寺の高閣は、遠方からの風を「含み」、「氛氳」たる気も開放されていくが、「韋擬4」の綺楼の四壁にも、韋の好む「清風」がさわやかにそよぐ。「同徳1」は、「韋擬4」との関わりを想起せざるを得ないのである。このほか、「同徳1」の⑧「兩宮」は、既出「韋擬3」（「漢宮南北對」）で、描かれている。後半の⑬「陰陽」は、「宇宙」の対語として、寺をも含む洛陽を取り巻く森羅万象の時空を意味し、周囲四方の国々すべてが「通ぜざる靡し」と壮大に詠われるが、これも「韋擬8」（「神州高爽地、遐瞰靡不通」）と重なっていき、「韋擬」と同時に詠まれたかの錯覚すら起こる。また⑭「宇宙」は、韋詩中、唯一の用例であるが、孟浩然の「宇宙 誰か開闢す」（「盧明府九日峴山宴袁使君・張郎中・崔員外」第一句、五排、十韻、『孟浩然集』巻二）を想起させて、盛唐詩の「雄渾」を継承する。第五章第二節で言及するように、洛陽前期の作は、盛唐詩踏襲が顕著であり、この「同徳寺閣集眺」も、（1）の時期、洛陽丞の時の作と推定すべきであろう。

同徳寺に因む他の詩篇にも、「韋擬」と同様の詩句や描写を少なからず認め得る。例示すれば、「逍遙す東城の隅、双樹 寒く葱蒨たり。広庭に華月流れ、高閣 余霞凝る」（「同徳2」、第一・二聯）。「東城」は、前出「古12」「東城高且長」に見え、広い庭を銀色に浮かび上がらせる「華月」は、「韋擬10」に「華月 屢々円欠す」と詠まれている。「華月」は、さらに「同徳3」においても、印象的に詠われている。「同徳3」「同徳寺雨後、寄元侍御李博士」は、雨上りの寺の情景を詠っているが、韋應物がその興趣を心ゆくまで観照する思いが伝わってくる。

①川　上　風　雨　來　　川上　風雨来り
②須　臾　滿　城　闕　　須臾にして城闕に満つ
③岧　嶢　靑　蓮　界　　岧嶢たり　青蓮界
④蕭　條　孤　興　發　　蕭条として孤興発す
⑤前　山　遽　已　淨　　前山　遽かに已に浄く
⑥陰　靄　夜　來　歇　　陰靄　夜来歇む

⑦喬木生夏涼　　喬木　夏涼を生じ
⑧流雲吐華月　　流雲　華月を吐く(48)

瑞々しい緑の中、風のそよぎまで静寂を生み出して、まさに韋應物詩に顕著な〈清〉〈幽〉の世界が広がっている。

この⑦「喬木生夏涼」とほとんど同一の詩句から始まる作が、「酬盧嵩秋夜見寄五韻」（巻五、五古五韻）である。

①喬木生夜涼　　喬木　夜涼を生じ
②月華滿前墀　　月華　前墀（前庭）に満つ
③去君咫尺地　　君を去ること　咫尺の地
④勞君千里思　　君を労ふ　千里の思ひ
⑤素秉棲遁志　　素より秉《と》る　棲遁の志
⑥況貽招隱詩　　況んや　招隠詩を貽るをや
⑦坐見林木榮　　坐ろに見る　林木の栄
⑧願赴滄洲期　　滄洲に赴きて期するを願ふ
⑨何能待歳晏　　何ぞ能く歳晏を待たん
⑩攜手當此時　　手を携へて　此の時に当たらん

詩末の原注に「盧詩に云ふ、歳晏以て期と為す」とあり、盧嵩との応酬詩。⑤「棲遁志」⑥「招隱詩」⑧「滄洲」と隠遁をめぐって交わされている。盧嵩は、永泰年間洛陽の丞の時の同僚のようで、それゆえか、陶注は、「永泰元年秋」、すなわち洛陽丞の時の作とする。(49) だが第一聯の情景描写は、まぎれもなく同徳寺のそれであり、成立は、撲抶事件の辞職後、第一次同徳寺閑居の時と考えるべきであろう。それを証すように、当該作も、「韋擬」との関わりを看取し得るのである。④「千里思」は、「韋擬4」「一たび去らん千里の道を」（第十六句）、「林木榮」は、「韋擬9」「春至りて　林木変ず」（第一句）と。かように同徳寺に因む作と「韋擬」との関わりの深さが認められるのである。

これまで洛陽時代の諸作が、「古詩」および「韋擬」と関わりのあることを指摘して、「韋擬」の成立時期は、第一期洛陽時代であることを、立証してきた。それらは、第一期中の⑴⑵⑶いずれの時期においても一貫して認められたが、「韋擬」に認められる盛唐詩継承は、後述（第五章）するように、⑴洛陽前期に顕著であること、また殊に同徳寺に因む詩篇が、「韋擬」とより深く関わっていることを看取した。韋應物は、洛陽丞の赴任によって、洛陽を舞台とする「古十九」の世界に親近感を抱いたのであろう。だが⑴の時期における現実の荒廃の深刻さが、詩人に「太平の世」との落差を思い知らせたのではあるまいか。その渦中の撲抶事件が、彼に自己凝視と歴史回顧を余儀なくさせた。「韋擬」に見える「千恨の情」や孤独、悲哀感は、その挫折感の表白でもあった。同徳寺での閑居が、それを慰撫し、模擬詩創作に必要な客観性を与えたともいえよう。

第三節　「擬古詩」十二首と「悼亡詩」

「韋擬十二」の主題および成立年代を考察した結果、三十代の韋應物が、安史の乱後の洛陽において、「太平の世」再興の使命感に駆られ、「貞白」を己に課して、自らを鼓舞する姿が浮かび上がってきた。同時に、時として荒廃の深刻さに翻弄されて苦悩し、心身ともに衰弱しては、自身の存在を確認するかのように、詩作を綴っている。「躑躅」「徘徊」しながら、自らを客観視する中で、彼の拠り所になったのは、玄宗の「太平の世」であった。その喪失の深さが、「離情」を詠う「古十九」への共感を生み出したといえよう。「古十九」は、今と昔、「各在天一涯」という、時間的空間的隔絶への嘆きを表白しているからである。だが「韋擬十二」は、「古十九」のうち、歓楽追求を詠じた詩篇を模擬対象から除外し、全篇に哀嘆の調べを奏でている。それはまさに妻との死別を哀しむ「悼亡詩」と相通じていく。韋の妻元蘋は、安史の乱の渦中（天宝十五載八月）に婚姻し、乱後、韋應物と常に「手を携へて」歩みを共にしてきた。彼の使命感とそれゆえの葛藤を、彼女ほど理解し得た存在は、なかったであろう。その妻を亡くした喪失感の深刻さが、「韋擬十二」と「韋悼」の類似性を、際立たせたのではあるまいか。「韋擬十二」の成立時期が洛陽丞辞職後の第一次同徳寺閑居時という第二節（二）の結論が正しければ（あるいは、概括的に洛陽時代とするにしても）、大暦十年九月に亡くなった妻を悼む「韋悼」の成立は、全首、「韋擬十二」の後に位置する。その先後をも勘案しながら、両者の関わりを考察する。一、時間表現、二、空間表現、三、悲哀表現の三つの観点に拠る。三観点は、無論、相互に関連するが、「古十九」「韋擬」「韋悼」という三つ巴の複雑さを幾らか簡便にせんがため、便宜上の分類である。

まず悼亡詩における時間表現には、現時点を表す微視的表現と、推移を表す巨視的表現の二種類が認められた。前者は具体的には、季節表現や昼夜の時間帯である。悼亡詩の季節表現は、「潘悼」以来、構成の基軸となり、「韋悼十九」もそれに基づいて再編成されたことを既述したように、重要なモチーフである。「韋擬」と「陸擬」とを比較して、顕著に異なるのは、この季節表現の濃淡である。「韋擬十二」が、其の十一以外のすべてに季節表現が認められるのに対して、「陸擬十二」においては、七首にしか詠われない。(50)「韋擬」に季節表現の比重が高いことは、「韋悼」との類似性の一因になっていると考えられる。とくに宋玉「九辯」以来の「悲秋」の伝統である秋と冬の描写は、「離情」や「哀傷」を表現するのにふさわしい。たとえば、前掲「韋擬1」「驅車背鄉園、朔風卷行迹。嚴冬霜斷肌、日入不遑息」は、故郷を後にして北風に煽られながら、肌刺す寒さに耐えがたい思いで歩む男の姿を詠む。それは、妻亡き後、服喪の白い帳（「素帷」）を掲げた部屋を後にして、厳寒の中、公務に出かけざるを得ない詩人の姿に重なっている。「晨に起きて厳霜を凌ぎ、慟哭して素帷に臨む」「飄風忽ち野を截り、嘹唳雁起ちて飛ぶ」（「韋悼2」「往富平傷懐」第一・九聯）と。また「朔風」は、綺楼中の女性を詠う秋の歌（「韋擬4」）にも見える。「餘聲散秋草」「思逐朔風翔、一去千里道」と。綺楼から流れ漂う歌曲の余韻は、秋の草の上に散り広がり、吹き付ける北風を追いかけて千里の彼方の思い人のところに飛んで行きたいと詠む。この風は、悼亡詩中、「霜露 已に凄漫たり」という底冷えのする秋の深夜、哀しみに打ちひしがれて眠れぬ詩人にも吹き付ける。「朔風 中夜に起こる」（「韋悼17」「秋夜」③）と。

時間の推移やその速やかさを表す巨視的時間表現も認められる。「韋擬3」では、「世人不自悟、馳謝如驚飈《きょうひょう》」と、時間が「驚飈の如く」去って行くのを世の人は悟らないと詠む。「韋悼14」「閑齋對雨」でも、詩人は高い木々に囲まれた人気ない書斎の中で、そぼ降る雨を見つめながら、「端居 往事を念ひ、倏忽たること驚飈の若し[51]」と、来し方を思って感慨に耽る。

また第二章で論じたように、「韋悼」の特質であるノスタルジックな過去の時間表現も、「韋擬」にすでに認められる。「韋擬3」「遊泳屬芳時、平生自云畢」と。「芳時」は、「芳」という美称によって、よき過去を表し、それは悲しき現在との対比を含んでいる[52]。その対比はノスタルジー成立の必要条件であり、もはや失われてしまった「平生」への追慕を表現する。「平生」は、「韋擬9」にも「良人久燕趙、新愛移平生」と詠まれ、夫の愛が、美人の多い「燕趙」の誰かに移ったのではないかと妻が悩む。かつての愛を「平生」に籠め、「新愛」と対比させている。「韋悼」では、4「冬夜」に見える。「平生恩重しと雖も、遷去して窮埃に托す」と、妻の生時の深い情愛が、今や窮泉の靄の彼方に消えてしまったことを嘆く。16「秋夜」も、一人、冷たい雨垂れの音を聞きながら（「夜聞寒雨滴」）、「惆悵たり平生の懐ひ」と昔日の思い出を哀しく反芻し、眠れぬ夜を過ごしている。「韋悼24」は、貞元二年（七八六）、江州刺史としての巡察の時、春霞にけぶる青山や泉谷を見て、新婚時を過ごした「驪山の居」を思い出し、「昔年を追懐」した作である。(53)

⑨荏　苒　斑　鬢　及　　荏苒《じんぜん》として斑鬢に及び
⑩夢　寝　婚　宦　初　　夢寝す婚宦の初め
⑪不　覺　平　生　事　　覚えず　平生の事
⑫咄　嗟　二　紀　餘　　咄嗟の二紀（一紀は十二年）の余
⑬存　沒　闊　已　永　　存没　闊として已に永く
⑭悲　多　歡　自　踈　　悲しみ多く　歓び自ら踈なり

今や白髪まじりの頭になり、二十年以上前になる新婚時代や出仕初めの頃は、もう夢のように思うと詠んだ後、今は悲しみばかり多いと吐露する。生と死（「存沒」）の世界は遠く隔たり、「平生」は「歓び」の多かった妻の生時を意味しているのである。(54)

時間表現に関する「韋擬」「韋悼」両者の類似性は、右の如く明白であるが、同一の詩語を用いながらも、「韋悼」の方が、詩人の悲傷の思いが、切実に伝わってくる。これは、当然のことながら、詩作のパトスが、悲愴な現実に基づき、格段に深刻であることに起因していよう。しかしながら、先に「韋擬」を創作し、虚構の中で同様の悲哀を自由に表現し得たことが、「韋悼」に何らかの影響を及ぼしていると考えられないだろうか。

次に、二、空間表現について比較する。両者ともに、大小、広狭、長短さまざまな空間や景観が描出されているが、「韋擬1」において、最初に詠われる道の長さが印象的である。それは無論、「古1」「行行重行行」のはてしなく伸びていく道のイメージが基層にあるが、①「君を辞して遠く行き邁く」、③「すでに謂ふ　道里遠しと」によって、さらに重ねられる。この道の遠さは、二人の距離の隔絶感になる。「庭中　奇樹有り」（「古9」）を模した「韋擬5」の女性は、雲の果てにいる「君子」に美しい花を届けたいと思うが、遠くて叶わないと嘆く。「君子は賞《め》づるに在らざれば、之（嘉樹の蘼蕪の花）を雲路の長きに寄す。路長くして信に越え難く、此の芳時の歇くるを惜しむ（君子不在賞、寄之雲路長。路長信難越、惜此芳時歇）」（第二・三聯）と。一方、「韋悼2」は、前掲の如く、詩人は厳寒をついて、公務のために出張するが、「単車　路　蕭条たり、首を回らせば長く透遅たり」と詠う。状況も詠み手の性も異なるが、はてしなく伸びる道の光景を同じくする。

「韋擬」「韋悼」両者に共通する比較的小さい空間は、「閨」「房」である。「韋擬12」では、「白日淇上に没し、空閨遠愁を生ず」と詠う。洛陽から船旅で出発する淇水のほとりは薄暮に包まれ、一人残された女（「孤妾」）は、ガランとした人気ない部屋で、いつまでも愁いに沈んでいる。一方、「韋悼12」「端居感懐」でも、詩人は終日、一人無言のまま（「永日独り言無し」）、服喪の帳が垂れた部屋（「帷室」）に座っていると、「空房　云に暮れんと欲す」、夕闇が人気ない部屋を包んでゆく。主人公の性は異なるものの、同様の空間が描写されている。さすれば第一節（二）の末尾で指摘したように、韋應物が、「古16」「長門賦」「寡婦賦」という詠み手が女性と設定された作品を積極的に模して、詠む主体を詩人自身に変換させて悼亡詩を綴る手法をここでも見出せよう。この「空房」以外にも、悼亡詩では、「空斎　高樹に対す」（「韋悼14」）や、「歳晏　空宇を仰ぐ」（「韋悼17」）など、建物や部屋に「空」を冠して妻の不在を表し、詩人の孤独な状況を物語る。先行する「韋擬12」との関わりを看取し得るのである。

また「韋擬12」は、春の季節を背景として、「淇水　長く悠悠たり、芳樹　正に妍鬱たり」と詠む。果てしなく流れる川と、岸辺に連なり香しく咲き乱れる花々を描く。この句を皮切りに、以下に「古十九」→「韋擬」→「韋悼」の緊密な関わりを、例示しよう。この「悠悠」は、「古11」の、春風が「百草」を揺るがす「長き道」を表す畳字（「悠悠渡長道」）を模している。水辺に連なる「芳樹」は、「韋悼7」「對芳樹」に「迢迢たり芳園の樹、列なりて清池の曲に映ず」と澄んだ池の周囲に植えられており、その景観が目に浮かぶようである。「迢迢」は、「古10」「迢迢たり牽牛星」と見え、「韋擬11」にも「天の一方」にいる夫から「琴」を送られてきたことを詠い、「迢迢として万里隔たる」とその遠方を強調している。この隔絶感は、「古1」の「相去ること万余里、各々天の一涯に在り」に基づく。煩を厭わず、連鎖的に列挙したが、「古十九」→「韋擬」→「韋悼」の緊密な関わりが明らかであろう。

空間的隔絶感は、「千里」も用いられている。前掲「韋擬4」の「綺樓」中の女性が、思い人に通じる道を「千里道」と詠んだ以外に、「韋擬6」にも見える。官吏として浮沈を分かち、疎遠になった友情という「古7」（第一節（一）の（2））に模した嘆きを、満月の秋の夜に詠う。

①月　滿　秋　夜　長　　月満ちて秋夜長く
②驚　烏　號　北　林　　驚烏　北林に号ぶ
③天　河　横　未　落　　天河　横たはりて未だ落ちず
④斗　柄　當　西　南　　斗柄　西南に当たる
⑤寒　蛩　悲　洞　房　　寒蛩（こおろぎ）　洞房に悲しみ
⑥好　鳥　無　遺　音　　好鳥　遺音無し
⑦商　飆　一　夕　至　　商飆（秋風）　一夕至り
⑧獨　宿　懷　重　衾　　独宿　重衾を懐ふ
⑨舊　交　日　千　里　　旧交　日々に千里

⑩隔 我 浮 與 沈　　我を浮と沈に隔つ
⑪人 生 豈 草 木　　人生　豈に草木ならんや
⑫寒 暑 移 此 心　　寒暑　此の心を移す

秋の夜長に鬱屈した思いを抱えて、眠れぬ夜を過ごす人物の耳に、突如、北林から響く「鷲鳥」の叫び。それに誘われるように視線は天空に移り、「天河」「斗柄」によって、夜明けのさまを描出する。空間が一気に夜空にまで広がるのは、「韋擬6」が、「古7」（「明月皎夜光」）の模擬詩だからであろう。ただ興味深いのは、同じく「千里」を用いている「韋悼17」「秋夜」のアナロジーである。

①霜 露 已 淒 漫　　霜露　已に淒漫たり
②星 漢 復 昭 回　　星漢　復た昭回す
③朔 風 中 夜 起　　朔風　中夜に起き
④驚 鴻 千 里 來　　驚鴻　千里より来る
⑤蕭 條 涼 葉 下　　蕭条として涼葉下り
⑥寂 寞 清 砧 哀　　寂寞として清砧哀し
⑦歲 晏 仰 空 宇　　歳晏　空宇を仰ぎ
⑧心 事 若 寒 灰　　心事　寒灰の若し

大地に広がる「霜露」の冷涼感と光は、天空の「星漢」と相呼応して季節感を表すとともに、巨大な空間を現出させる。そこに真夜中、「朔風」が吹きつける。それに乗ってくるかのように、「千里」の彼方から「驚鴻」が飛来する。この鳥は、「韋悼4」「冬夜」にも見え、阮注に拠って亡妻の比喩と解し、「古十九」との親近性を指摘した（第一節

（三二）。ここでも詩人は、去って行った妻の化身が、千里の彼方から飛来したのではと、願望を込めて詠ったのであろう。一方、「韋擬6」では、「驚鳥」が登場し、似て非なる鳥というべきであるが、ここに②「驚鳥號北林」の典故として、魏・阮籍「詠懷詩」其一を想起すれば、「韋擬6」と「韋悼17」は、明らかに結びつく。「孤鴻　外野に号び、(55)朔鳥北林に鳴く」によって。アナグラムのように改変しながらも、両首とも統一感のある「秋夜」の寂寥を聴覚的視覚的に訴える。最後はともに「草木」ならざる人間ゆえに揺れ動き、時には燃え尽き冷え切った灰のようにもなる「心」に帰趨していくのである。両者の近似性と、「韋悼」の一層の深哀が看取されよう。

次いで、三、悲哀表現についてである。「古十九」は悲哀を基調としながらも、既述した如く、中に刹那的快楽を詠う篇が混在している。世俗的歓楽のみに終始する「古4・13」などは、「韋擬」の模擬対象から除外されており、十二首すべてに何らかの悲哀表現が見出される。それが、悼亡詩との類似性の最大要因であることは、明白である。たとえば「寒蛩　洞房に悲しみ、好鳥　遺音無し」（「韋擬6」）、「孤影　中　自ら惻《いた》み、双涕の零《お》つるを知らず」（「韋擬9」）など、「孤」「獨」「悲」「涙」という「古十九」にも多用される典型的詩語や、物象・心象風景は、枚挙に遑なく、逐一列挙しない。孤独感に通じていく「單」だけを挙げる。現行「古十九」には見えない詩語で、「古十九」を介在せずに、「韋擬」「韋悼」両者の関わりを認め得るからである。「春至りて林木変じ、洞房夕べに清を含む。単居誰か能く裁かん、好鳥　我に対して鳴く（春至林木變、洞房夕含清。單居誰能裁、好鳥對我鳴。）」（「韋擬9」）と夫の不在を「單居」で表す。これは、悼亡詩では1「傷逝」において、「単居して　時節移り、泣涕して嬰孩を撫す」と見える。これも詠み手の性が変換されての詩語である。このほか、27「秋夜」で「秋斎　寝席単なり」と妻の喪失を嘆く。28「對雜花」の「単棲　遠郡を守る」は、滁州・江州・蘇州のいずれかは特定できないが、妻亡き後、刺史への単身赴任を意味している。前掲、32「冬至夜～」でも「邃幕　空宇に沈み、孤燭　牀の単なるを照らす（邃幕沈空宇、孤燭照牀單）」と韋應物独特のおぼろな陰影を描出し、「孤」と呼応して、孤独感が強調されている。

さらに強い悲哀感の表白は、「恨」を用いていることである。前掲「韋擬1」冒頭に、「辭君遠行邁、飲此長恨端」と詠む。第三章の南朝斉梁・江淹との関わりで述べたように、「僕は本より恨人なり」（「恨賦」）と詠む江淹詩を連想させ、それが基層として、波動を及ぼしている。「綺樓」中の女性の歌曲に「但だ離恨の情を感ずるのみ」とも詠む（「韋擬4」）。そして、夫が美人の多い「燕趙」に行ったままで、取り残された妻の孤独を詠う「韋擬9」では、「別時の双鴛の綺は、此の千恨の情を留む」と「千恨」を用いて大仰に嘆く。この表現は、悼亡詩では、前掲「韋悼2」「往富平傷懷」において、公務への道を歩きながら「恨を銜みて已に酸骨、何ぞ況んや苦寒の時をや」（第七聯）と骨身にまで染み入る恨情を吐露する。また6「除日」でも「忽ち驚く　年の復た新なるを、独り恨む　人の故と成るを」（第二聯）と詠み、時間の「新」と人間の「故」の対比を前に、慄然と立ちすくむ詩人の心情が「獨恨」によって表されている。さらに21「四禪精舍登覽、悲舊、寄朝宗巨川兄弟」にも見える。先に挙げたように、この詩も精舎を再訪し、妻の兄弟に悲哀を訴えている。春風にそよ吹かれながら（「春風　日已に暄《あたた》かなり」）、川のほとりに広がる「百草」や「雑花」を楽しみつつ、詩人は過去の世界に入って行く。

⑨徂歳方緬邈　　徂歳　方に緬邈たるも
⑩陳事尚縱横　　陳事　尚ほ縦横たり
⑪温泉有佳氣　　温泉　佳気有り
⑫馳道指京城　　馳道　京城を指す
⑬攜手思故日　　手を攜へて　故日を思ひ
⑭山河留恨情　　山河　恨情を留む

⑮存 者 邈 難 見　存する者は邈かに見《あ》ひ難く
⑯去 者 已 冥 冥　去る者は已に冥冥たり
⑰臨 風 一 長 慟　風に臨んで一たび長慟す
⑱誰 畏 行 路 驚　誰か畏れん　行路に驚くを

この⑭「恨情」は、「山河」までもがそれを含んでいると、自然を擬人化して強烈な悲愴を伝えてくる。「山河」が「故日」のままに存在していることが、擬人化表現を生み出したと考えられるが、その「故日」とは、具体的には第六聯で詠われている。湯気立ちのぼり、哀傷とは程遠い温泉の景観である。だがもはや違和感を感じる必要はない。右千牛として身近に仕えた玄宗の温泉宮（驪山の華清宮）であり、新婚時、乱を避けて妻と暮らした土地だったのだから。ここに韋應物悼亡詩のパトスとしての二つの喪失を再確認できよう。その「恨情」を山河は黙って見守っているのである。見る者と見られる物の相即関係、すなわち景情融合が、この擬人化的表現を生み出したといえよう。後述、韋詩の自然論の特質として留意したい。

最後に再び風に吹かれるが、この風は、先の暖かい春風とは異なる。江淹「悼室人」の風が、時空を超えて吹いてきたのである。「曖然として時将に暮れんとし、風に臨んで故居に返らん」と。神女と化して、黄金輝く水辺や碧玉の山間に遊ぶ（「奄映金淵側、右遊豫碧山隅」）亡き妻への帰宅の呼びかけである。十首最後の末句という江淹悼亡詩の掉尾を飾る詩句を用いて、「恨情」と呼応させている。韋應物は、その風をまともに受けて、人目も憚らず慟哭するのである。ここに哀傷の調べが江淹詩と重なり、いわば二重奏になって響くのが聞こえてくるだろう。模擬という修辞が、それを可能にしたといえよう。

以上のように、「韋擬」と「韋悼」の親近性を中心に、その関わりを指摘した。同一の詩語や詩句、類似の表現を看取し得たが、「韋悼」の悲傷感の方が、より痛切なのは当然である。それは、現実と虚構の相違でもあろう。模擬詩における悲哀表現は、虚構に托して自己の感慨を表し、間接的にならざるを得ない。だが、主人公を女性に措定するなど、「模擬」という隠れ蓑を用いることによって、当時の士大夫としての名分という文化の呪縛や詩人自身の矜持という外在的内在的拘束から解放され、韋自身の真情をより自由に表現し得たのではあるまいか。その真情とは、玄宗の「太平の世」が失われた深い喪失感であった。それを理解した妻の逝去という個人的喪失感という二種の喪失が、「韋擬」と「韋悼」両者の類似性の根幹に存したといえよう。第二節（二）で考察した如く、「韋擬」の成立は撲扶事件後の大暦元年頃と考えられるが、以後の洛陽時代において一貫して「韋擬」と関わる詩篇が認められた。大暦十一年に死去した妻を悼む詩篇は、模擬詩創作によって獲得された自由な詩興が下支えとして初めて発露し得たのである。

それを現実的に明示するのが、同徳寺というトポスである。「同徳寺閣集眺」を初めとして、同寺における諸篇と「韋擬」との関わりの深さを既述したが、悼亡詩においても19「同徳精舎舊居傷懐」が詠まれ、1「傷逝」の題下注には「此後嘆逝哀傷十九首、盡同徳精舎舊居傷懐時所作」と記される。この二十一字について、第一章第二節冒頭で、孫望氏の原注疑義説を紹介した。今、底本十巻の題下注すべてを元刊本の題下注と比較すると、ほかの注はすべて元刊本に認められながら、当該注のみ見えない。それゆえ後人の手になる蓋然性が高いと考えざるを得ない。今となっては、誰がいつ挿入したのか確定し得ないが、後人は、なぜかような疑義を招く注を付したのであろうか。如上の考察を踏まえれば、おそらく後人も、韋應物にとって重要な意味を持つ洛陽という地、その象徴としての同徳寺への彼の特別な思い入れを感受したからではあるまいか。そこには、妻元蘋とともに歩んだ安史の乱後の時間が凝縮していたといえよう。19「同徳精舎舊居傷懐」をつぎに掲げる。

①洛 京 十 載 別　　洛京　十載の別れ
②東 林 訪 舊 扉　　東林　旧扉を訪ふ
③山 河 不 可 望　　山河　望む可からず
④存 沒 意 多 違　　存没　意　違ふこと多し
⑤時 遷 迹 尚 在　　時遷るも　迹尚ほ在り
⑥同 去 獨 來 歸　　同に去りて独り来り帰る
⑦還 見 窗 中 鴿　　還た見る　窓中の鴿《はと》
⑧日 暮 繞 庭 飛　　日暮れて　庭を繞りて飛ぶ

陶敏注に拠れば、建中三年（七八三）、韋が滁州刺史に赴任する途次、洛陽を経由した時の作という。大暦八年（七七三）、同徳寺で療養後、長安に帰ったので、丁度十年ぶりの旧居再訪であった。第二聯では、洛陽の詩で数多く詠まれた嵩山・洛水など名山大河を眺めることは辛くてできないと切なく詠む。四禅精舎の詩と同様、変わらぬ自然に対して、人の世は、生と死、各々世界を異にせざるを得なくなってしまったから。この自然と人間との対比は、そのまま第三聯で反復されるとともに、時間の推移が強調され、過去と現在の致命的な相違が、⑥「同去獨來歸」と簡潔に詠われる。だがその詩句から、長安と洛陽を結ぶ一本の道が鮮やかに浮かび上がる。十年前、洛陽を去る二人の後ろ姿、そして今、ただ一人洛陽に向かってくる詩人の姿が見えてくる。すなわち空間的「去来」と、今昔の時間的往還が重ねられているのである。韋應物悼亡詩の特質である空間移動を伴う今昔の往還が、ここに明確に認められよう。それを最も象徴的に物語り得るトポスは、同徳寺をおいてほかにはないのである。そして同寺は、「擬古詩」から「悼亡詩」へという両者の接点を明示するといえよう。暮色に染まる高樹に囲まれた広い庭を、何かを探し求めるようにして飛びめぐる白い鴿は、妻の魂の化身だったのではないだろうか[56]。

小結

「韋悼」と「古十九」との関わりについて、韋應物詩の模擬性を観点として考察した。その結果、「古十九」の淵源とされる『詩經』を原拠とする詩語が、「古十九」を媒介させることで意味を変換させ、また「古十九」を原拠とする詩句や表現が潘岳哀傷作品の波動を受容して踏襲されるという重層性、「古十九」と関連の深い「長門賦」や「陸擬」の詩句をも襲用するという複合性が認められた。この模擬性の特質は、「韋悼」の質量ともに突出した出現の遠因とみなせよう。しかしながらそれは、胡旭『悼亡詩史』「韋応物：斯人既已矣」が、「韋悼」の「微瑕」として前人の作を踏襲しすぎると批判するように、五言という限定された詩句の中では、韋應物の独自性の希薄さに繋がる恐れもあろう。正に清・顧炎武の述べるように、「古人の陳言を取り、一一にして之を模倣し、是れを以て詩と為すは、可ならんや」である[57]。だが一見、「古十九」やそのほかの諸作の単なる踏襲のように見えながら、精査すれば、諸作の光彩が映発して、彼独自の新たなる息吹を見出し得た。さらに詠む主体の性差を変換することや、潘岳詩を反転した試み、「古2」の畳字の忌避など、「反用」「翻用」による「古十九」の襲用からは、矛盾した言い様になるが、反模擬性というべき特質をも認められる。模擬という営為を十全に駆使しながら、新たなる創造を試みたのである。それを実現したのは、玄宗の「太平の世」を謳歌した青春と安史の乱後の苦難を共有した妻、二つの喪失への哀惜であった。「擬古詩」の考察によって、それを明確に把握し得た。「韋擬」成立は洛陽前期の閑居時であり、三十代の彼が「太平の世」復興の使命感に駆られながらも、その深刻さに苦悩する姿が浮上する。「古十九」を模擬して女性の独白を借り、隠された主題として、「太平の世」の喪失を詠む。その詩興が下支えとなり斬新なコノテーションを獲得し、内的外的拘束から解き放たれて、質量ともに豊かな悼亡詩に結実したのである。

悼亡詩におけるノスタルジックな今昔の往還は、失われた時空への旅であり、その旅のよすがとなるのが、「古十九」であった。潘岳・江淹らの従前の悼亡詩の波動をも生み出した母胎というべき詩篇である。その模擬も含めて、「古十九」の世界との自由な往還が、彼の今昔の往還を可能にさせたのではないだろうか。それによって、ほかの悼亡詩には無い、長期間に亙る詩作が綿々と編まれ、先行諸作を過去の時間からよみがえらせ、いわば弦楽五重奏のようにして、韋應物の「悲愴」を響かせたのである。顧炎武は、先の言に続けて、「似ざれば則ちその詩為る所以を失ひ、似れば則ちその我為る所以を失ふ」と、「模擬」の難しさを指摘した上で、「李杜の詩の独り唐人に高き所以は、その未だ嘗て似ずんばあらざるを以て、而も未だ嘗て似ざればなり。此れを知る者は、与に詩を言ふ可きのみ」と記す。〈詩〉における「模擬」の価値を認めた至言であり、李杜のみならず韋應物も、それを十全に理解していたといえよう。

本章において、「韋悼」が、韋應物詩全体の中でいかに位置づけられるかをも考察したが、未だ不十分である。韋應物は、唐代を代表する自然詩人の一人に数えられる。悼亡詩三十三首が、彼の自然詩の中で、いかなる意味を有するかを次に考究する。

注

（1）『中國文學報』第七冊、一九五七・十、三九～四四頁。

（2）『飆風』第五号、一九七三・四、三二～三四頁。ただし「創作態度」の相違について、「擬古詩」は、「しょせん遊戯的・代詠的な意味合いを含むのに対して、他方がうたうのはあくまでも応物個人の人生における真実の感情である」と説くが、「擬古詩」を「遊戯的」とする見解は、論者とは異なる。

（3）拙論中の「古詩十九首」は、古迂書院刊本を底本とし、茶陵陳氏刊本、四部叢刊影宋本を対校本とした六臣註『文選』巻二九所収の作である。また陳・徐陵撰『玉臺新詠』（清・吳兆宜撰『玉臺新詠箋注』四部備要所収）巻一所収、「古詩八首」および「雜詩九首」（枚乘作とされる）も参照。

（4）清・張庚『古詩十九首解』（隋樹森集釋本所収、七頁）、近人馬茂元『古詩十九首探索』（作家出版社、一九五七・六、九一頁）、隋樹森『古詩十九首集釋』（中華書局、一九五八・二、一〇頁）などは、「玉衡」について「孟冬十月」説を批判する。隋氏は李善注により、「孟冬」は、漢暦のそれで、七月を指し、夏暦の十月ではないとする説を支持している。馬氏は、「玉衡」は、夜半の「酉宮」という時間帯を指しており、それが次第に西北に進んでいくことを意味し、「孟冬」は、季節ではなく、天空を十二等分した亥宮を表し、「玉衡指孟冬」は、星空の北斗の移動によって、秋の夜の時間が次第に深まっていくことを詠っていると説く。近代の朱自成は、「夏暦九月立冬以後」を指し、「時節」の語は、「白露」「秋蟬」「玄鳥」三語を兼ねて指すと解す（『《古詩十九首》手稿』浙江古籍出版社、二〇〇八・六、一〇七頁）。現代でも、曹旭『古詩十九首与楽府詩選評』（上海古籍出版社、二〇一一・十二）は、夏暦の十月説とするが、当該作の成立年代が前漢か後漢かという問題と関わって諸説紛々と記す（一七頁）。拙論で「各注釈書」と記す場合は、主に右の諸書を指す。なお「古詩十九首」の研究史とその概要については、注釈書紹介も含めて、李祥偉『走向〝経典〟之路《古詩十九首》闡釈史研究』（暨南大学出版社、二〇一一・十二）緒論が詳しい。

（5）『史記索隱』の案語は、「攝提」は「提携」の意とする。「提携」の語は、「韋悼」のみならず韋應物のほかの詩篇にも数多く用いられており興味深い。また江淹「傷愛子賦」（第三章第三節）の解説中、『楚辭』「離騷」に基づくことを既述した。

（6）ただし「黿頭山神女歌」（『全唐詩』巻一九五、「蛟龍出無時節」）は、底本未収録。

（7）⑬⑭ともに、『詩經』小雅「大東」に拠る。第十三句は、「維れ南に箕有り、以て簸揚す可からず。維れ北に斗有り、以て酒漿を挹む可からず」、第十四句は「睆たる彼の牽牛は、以て服箱（車箱を負うて車を引く）」。

（8）「奄忽」「蕭蕭」については、後藤秋正『唐代の哀傷文学』（第二章注（24））Ⅱ「送葬詩と帰葬詩」が、「古十九」を踏まえていると説く。5「送終」は、唐代最初の送葬詩と指摘し、その他の詩語の出典も調査して、『文選』との関わりを指摘する（三六～四三頁）。

（9）「攜手」は二十例。「日夕思自退、出門望故山。君心儻如此、攜手相與還」（巻二「高梁書情寄三原盧少府」）、「何能待歳晏、攜手當此時」（巻五「酬盧嵩秋夜見寄五韵」）、「榮名等糞土、攜手隨風翔」（巻五「淸都觀答幼遐」）など。

（10）『中國文學報』第十四冊、一九六一・四、のち『吉川幸次郎全集』巻六、二八七頁。

（11）『国家』第十巻（藤沢令夫訳、岩波書店、二〇一二・十一）。模倣では、現実や真理を理知的に把握できないとする。いわゆる「詩人追放論」。

（12）『詩学』（松本仁助・岡道夫訳、岩波書店、二〇一三・七）において、文学は人間の本質に照らして人間の行動様式を考察し、蓋然性または必然性の法則に則って、人間行為を再現するものと論ず（当該訳書は、「ミメーシス」を「再現」という語で統一する。第九章など）。カタルシス論については、第六章「悲劇の定義と悲劇の構成要素について」、第十四章「おそれとあわれみの効果の出し方について」など。なおニーチェは、『悲劇の誕生』（秋山英夫訳、岩波書店、二〇一三・四）において、アリストテレスの「自然の模倣」論を、ギリシャの芸術家と自然との関係を明示するとした上で、自然自身の「芸術的状態」に比べれば、「どんな芸術家もみな〈模倣者〉」と説く（二「ディオニュソス的ギリシア人」）。ミメーシスは、思想以上に真理に迫り得るとした。

（13）第五句の典故は、六臣注（呂延濟）以降、洛水の女神「宓妃」とされるが、洛水の浜辺で二人の神女が、鄭交甫に宝珠を与えた故事とする説（隋樹森編著『古詩十九首集釋』引吳淇『古詩十九首定論』二二頁など）もある。いずれにしても洛陽の妻の住まいに因む句であろう。

（14）「古16」⑪「巧笑」も『詩經』衛風「碩人」を典拠とする。これも作者が『詩經』を意識していた傍証になろう。

（15）「九歌」型騷体（二言または三言＋兮＋二言または三言）については、第二章第三節（一）潘岳「悼亡賦」参照。なお「閶闔」が開いて夫が夢中に出現する発想は、沈約「夢見美人」（序章第三節四二～四四頁）が踏襲。

（16）「云暮」は、このほか、「韋悼」に二例認められる。4「冬夜」①「杳杳日云夕」、12「端居感懐」⑬「空房欲云暮」である。特に前者は、潘岳「寡婦賦」の「日は杳杳として西に匿る」との関連が認められる。
（17）今、沈約「夢見美人」（注（15））は、除く。
（18）『中國文學報』第四七冊、一九九三・十。六四～六五頁、九九頁。
（19）川合康三「終南山の変容――盛唐から中唐へ――」（『終南山の変容――中唐文学論集』Ⅰ「中唐の文学」所収）も盛唐において共有されてきた世界観の解体は、「因襲の呪縛からの解放」であり、「中唐の文人は個々に世界を認識し、独自に文学を築き上げていくことになる」と論ず（研文出版、一九九九・一〇）、一一三頁。
（20）隋樹森『古詩十九首集釋』（注（4））所収、二二頁。
（21）顧炎武『日知錄』巻十九、「作文潤筆」原注に「此文（長門賦を指す）蓋後人僞作」と記す。
（22）前掲注（12）参照。悲劇は六つの構成要素を持つが、もっとも重要なのが「筋（ミュートス）」すなわち「出来事の組みたて」と説く（第六章「悲劇の定義と構成要素について」）。また詩作を生み出す原因として、1、「再現（模倣）」は、子供のころから人間に備わった自然な傾向であり、2、すべての者が再現されたものを喜ぶことを挙げ、「学ぶ」ことが人間にとって「最大のたのしみ」と論じ（第四章「詩作の起源とその発展について」）、人間は本来模倣を喜ぶ資質があり、学びとも関連付け、そこに創造性を見出している。
（23）『中国古典文学の思考様式』Ⅱ「テクストからテクストへ」（研文出版、二〇一二・十二）、一七五頁。
（24）『終南山の変容』（注（19））Ⅰ「中唐の文学」所収。一八一～一八四頁。
（25）柳川順子『漢代五言詩歌史の研究』第五章「古詩と古楽府との関係」では、「飲馬長城窟行」が複数の「古詩十九首」と辞句やテーマを同じくするのに対して、「古詩十九首」自体は、「相互に影響関係を持っていない」ので、「古詩十九首」のほうが先に成立したとする（創文社、二〇一三・二）、三五三頁。さすれば「飲馬……」の作者も、①「青青」の詩句に興的機能を看取していたと考えられよう。
（26）『日知錄』巻二一「詩用疊字」。

（27）吉川幸次郎「推移の悲哀――古詩十九首の主題――」注（10）、二九四頁。

（28）「古詩十九首」と重ならない「韋悼」の畳字は、以下の通り（数字は、「韋悼」の通し番号）。「熙熙」2、「悽悽」3、「寂寂」3、「皚皚」4、「蒼蒼」5、「遑遑」5、「朝朝」6、「冥冥」10・21、「沈沈」12・23、「婉婉」12、「耿耿」15・23、「忡忡」20、「紛紛」22、「慼慼」25。

（29）韋は悼亡詩以外では「青青」を八例、「鬱鬱」を四例用いている。すべてが、「古2」に基づくわけではないが、「唯見草青青、閉門灃水曲」（巻二）、「把酒看花想諸弟、杜陵寒色草青青」（巻三）「青青連枝樹、苒苒久別離」（巻四）、「借問堤上柳、青青爲誰春」（巻六）などは、明らかに「青青河畔草」を踏まえていよう。また「鬱鬱楊柳枝、蕭蕭征馬悲」（巻四）、「夾河樹鬱鬱、華館千里連」（巻五）も「鬱鬱園中柳」を想起させる。さらに「鬱鬱兩相遇、出門草青青（鬱鬱として両つながら相遇ひ、門を出づれば　草青青）」（巻四「餞雍聿之潞州謁李中丞」第一聯）は、黄河を渡って潞州（山西省）に赴く友に餞《はなむけ》する送別詩で、「鬱鬱」「草青青」がともに用いられていることを補っておきたい。

（30）『中國中世文學研究』第二十号、一九九一・二、一七七頁。

（31）吉川前掲論文（注（27））は、蘇武の「古詩四首」其の一以下、八首の用例を提示（二九二頁）。

（32）『中國詩文論叢』第十五集、一九九六・十、八・九頁。

（33）『古詩十九首与楽府詩選評』前掲注（4）、七頁。

（34）「驚鴻」は、「韋悼17」「秋夜」其二にも見え、後述（第三節）の如く、魏・阮籍「詠懐詩」其一「孤鴻號外野、翔（李善は、「朔」に作る）鳥鳴北林。徘徊將何見、憂思獨傷心」との関わりも深い。

（35）劉宋・鮑照「代白頭吟」の「直如朱絲繩、清如玉壺冰」（『鮑明遠集』巻三）に基づく。唐・王昌齢の「一片冰心在玉壺」も想起されよう。なお鮑照の上の句は、後掲「韋擬11」第七句の典故。また「韋擬1」、「韋擬11」以外にも、「韋擬7」には、「草木は知る　賤微なるも、貴ぶ所は寒にも易らざることを」（第六聯）に不易の志を看取し得る。

（36）『古詩十九首賞析』（隋樹森『古詩十九首集釋』注（4））所収。

（37）『唐會要』巻六八「河南尹」に「光宅元年（六八四）九月五日、（洛陽を）改めて神州都と為す」とある。

（38）第一・二聯は、下平十八尤韻、第三・四聯は、入声二十五徳韻、第五聯以降は、入声五質韻。第四句末「飅」は、『宋本廣韻』では下平二十幽韻とする。余廼永校注『新校互註宋本廣韻』校勘記巻二では、「驚走の貌」と訓じ、「香幽切」とする。ただ『切韻』擬音対照表では、「流攝」に「尤」「幽」が属しているので、韋應物は、通韻させたのだろう。

（39）漢の金日磾と張湯。金の官は、侍中・駙馬都尉・光祿大夫など。張の官は、御史大夫・丞相などで、二人はともに漢代高官の象徵。西晉・左思「詠史」（『文選』巻二一）で、「金張籍舊稈、七葉珥漢貂」と並称されている。

（40）後掲「餞雍聿之潞州謁李中丞」（巻四）中の「百金」の阮注は、『史記』巻一〇二馮唐列傳「百金之士十萬」集解曰、「良士直百金也」を引く。

（41）②「遐矚」は、「韋擬8」と「登高～」の二例のみ。⑩「丹霞」は、「韋擬4」「登高～」と、後出「同徳寺閣集眺」の三例。同徳寺は、洛陽郊外にある。

（42）「韋擬」中の詩語と同一の詩語を用いている⑴に属す主な詩篇は、以下の通り。
「韋擬1」:「不遑息」—「趨府不遑安」（「趨府候曉兩縣僚友」巻二）・「嚴冬霜」—「晨登嚴霜野」（「送閻寀赴東川辟」巻四）、「韋擬3」:「垂楊」—「垂楊拂白馬」（「貴游行」巻九）・「久要」—「何因知久要」（「贈李儋」巻二）、「韋擬4」:「氛氳」—「千歲心氛氳」（「任洛陽丞請告一首」巻八）、「韋擬4・6・7」:「千里」—「子有千里行」（「送令狐岫宰恩陽」巻四）、「韋擬5」:「緘情」—「緘情寄舊游」（「答李澣」巻五）、「韋擬6」:「草木」—「和風被草木」（「送令狐岫～」）、「韋擬9」:「燕趙」—「英豪燕趙風」（「送崔押衙赴相州」巻四）・「反側」—「反側候天旦」（「夏夜憶盧嵩」巻六）・「空前庭」—「庭前空倚杖」（「期盧嵩枉書稱日暮無馬不赴以詩答」巻五）・「雙涕」—「一望雙涕流」（「酬鄭戶曹驪山感懷」巻五）」）、「韋擬11」:「天一方」—「送子天一端」（「送閻寀～」）・「萬里」—「日照萬里晴」（「贈盧嵩」巻二）・「龍鳳」—「誤觸龍鳳嘯」（「贈李儋」）・「漆以固」—「絲白漆亦堅」（同上）

（43）「韋擬」中の詩語と同一の詩語を用いている（2）に属す主な詩篇は、以下の通り。
「韋擬1」:「流水」—「流水十年間」（「淮上喜會梁川故人」巻一）・「朔風」—「一雁初晴下朔風」（「自鞏洛舟行入黃河卽事寄府縣僚友」巻二）・「容髮」—「宿昔容髮改」（「淮上卽事寄廣陵親故」巻二）、「韋擬2」:「久別離」—「苒苒久別離」

（「喜於廣陵拜觀家兄奉送發還池州」巻四）、「韋擬3」:「驚飈」―「驚飈左右吹」（「喜於廣陵拜觀家兄〜」）・「京國」―「所念京國遠」（「廣陵遇孟九雲卿」巻五）、「韋擬3・12」:「白日」―「白日下廣津」（「大梁亭會李四栖梧作」巻一）、「韋擬3・9」:「平生」―「豈要平生親」（「大梁亭會〜」）

(44) 当該作は、「日暮れて洛京を懐はん」（第六句）と雍聿の旅路での思いを想像し、洛陽が出発地であることを物語る。雍聿についていては、傅璇琮「韋応物繫年考証」が、「雍聿之」は、「雍裕之」で、「蜀の人、詩名有り。貞元後、数々進士に挙するも第せず、四方に飄零す」（『唐才子傳』巻五）など引用参照。「李中丞」とは、陶敏注に拠れば、李抱眞で、御史中丞を任じたのは、大曆四年以降という。したがって、当該作の成立は、韋の揚州旅行以後の洛陽時代(3)と考えられる。

(45) 「韋擬」中の詩語と同一の詩語を用いている（3）に属す主な詩篇は、以下の通り。
「韋擬1」:「朔風」―「還因朔吹斷」（「賦得浮雲起離色送鄭述誠」巻四）・「嚴霜」―「嚴霜晨淒淒」（「同長源歸南徐寄子西子烈有道」巻二）、「韋擬3・5」:「芳時」―「芳時坐離散」（「送李儋」巻四）、「韋擬4・12」:「徘徊」―「徘徊洛陽中」（「送洛陽韓丞東遊」巻四）「韋擬5」:「嘉樹」―「繚繞帶嘉樹」（「遊龍門香山泉」巻七）、「雲路」―「雲路邈且深」（「送洛陽韓丞〜」）、「緘情」―「緘情未及發」（「酬李儋」巻五）、「韋擬6」:「草木」―「草木同時植」（「洛都遊寓」巻七）、「韋擬6・9」:「好鳥」―「好鳥始云至」（「再遊龍門懷舊侶」巻七）、「韋擬9」:「孤景」―「淒淸孤景凝」（「酬韓質舟行阻凍」巻五）、「韋擬11」:「萬里」―「如彼萬里行」（「同長源〜」）、「韋擬12」:「空閨」―「孤妾守空閨」（「同長源〜」）

(46) 「同德1」以外の六首は、以下の通り。
2「同德精舍養疾、寄河南兵曹東廳掾」、3「同德寺雨後、寄元侍御李博士」、4・5「同德閣期元侍御李博士不至、各投贈二首」（以上、巻二）、6「李博士弟以余罷官居同德精舍、共有伊陸名山之期。久而未去。枉詩見問。中云、宋生昔登覽。末云、那能顧蓬蓽。直寄鄙懷、聊以爲答」（巻五）、7「同德精舍舊居傷懷」（「韋悼19」、巻六）
なお傅璇琮氏は、洛陽丞辞職後の閑居先を同德寺とし、陶敏注本「前言」は、辞職後の二回とも同德寺とする。今陶注本に拠る。

(47) 「上は浮雲と斉し」と高さを誇示し、「交疏結綺（透かし彫りの綾模様で飾られた）の窓」、「阿閣（四面に軒のある東屋つくりの楼閣）三重の階」。

(48)「〜を吐く」という表現は、「韋擬5」に②「蘼蕪（香草）幽芳を吐く」と見える。なお「吐月」は、梁・呉均「踈峰時吐月」（「登壽陽八公山」）、唐代では、李杜にも用例がある擬人化的用法。

(49)孫望『繋年校箋』は、貞元二年秋、江州刺史の時の作（巻八）とするが、根拠不明。

(50)「韋擬1・7・8」―冬、「韋擬2・3・5・9・12」―春、「韋擬4・6・10」―秋。「陸擬3・7」―冬、「陸擬4・5・11」―春、「6・12」―秋。

(51)底本・元刊本などは、皆「苦」に作り、官板『韋蘇州集』・嵩山堂版は、「若」に作る。

(52)「韋悼20」「過扶風精舎舊居、簡朝宗巨川兄弟」も、妻とかつて住んだ旧居に立ち寄り、妻の兄弟に対して「芳時は去りて已に空し」と哀嘆するのは、孤独な「今」との対比として、すでに例示した（第一節（一））。

(53)詩題は、「發蒲塘驛、沿路見泉谷村墅、忽想京師舊居、追懷昔年」（巻六、五古八韻）。

(54)「平生」は、ほかにも「韋悼33」「宴別幼遐與君貺兄弟」（巻四）⑮「平生有壯志」と詠う（「壯志」は、前掲「韋悼4」の「夙志」に通ず）。

(55)「朔鳥」とするのは、李善注『文選』巻二三。六臣注、その他のテキストは、「翔鳥」に作る。「朔」の方がより類似しており、韋の見たテキストは、李善注本だった可能性が高い。

(56)鴿は、仏寺と縁が深く、『洛陽伽藍記』巻五、城北に「尸毘王が鴿を助けたところに寺を建てた」という記事がある（阮注）。また北魏・王崇は、親孝行として有名だが、母の死後、殯室で昼夜慟哭していると、鴿の群れが飛来し、その中の白くて黒目の小鳥は、朝夕去らず、彼に寄り添ったという（『魏書』巻八六）。さすれば鴿は、亡き妻の化身と考えられよう。

(57)『日知錄集釋』（注（26））巻二一「詩體代降」。

第五章　韋應物の自然詩――洛陽時代を中心に――

序章冒頭で、韋應物がほかの詩人たちと並称されることが多く、晩唐の司空圖以来、時代を重ねる詩評の中で、二家併称から次第に「王孟韋柳」という唐代自然詩人の系譜が指摘されるようになり、その中に韋詩が位置づけられることを既述した。それ以外にも、東晉・陶淵明や劉宋・謝靈運との関わりについて、元末明初・宋濂（一三一〇～八一）が、韋應物は謝靈運を祖とし、「能く壹へに穠鮮を簡淡の中に寄せ、淵明以来、蓋し一人なるのみ」[二十]と、陶謝をも視野に入れて言及する[1]。清代に至ると、宋犖（一六三四～一七一三）が、五言古詩について阮籍・陳子昂・李白の名に続けて、「韋蘇州の擬古は皆十九首の遺意を得たり」と「古十九」の継承を述べた後、「唐の王孟韋柳は宋の蘇軾黄庭堅梅堯臣陸游なり」[2][二二]と説く。それを初めとして、数多く四家が詩評の対象とされる。いわゆる「自然詩人」あるいは「山水田園詩人」の系譜の成立である。四家並称の概要と経緯、文学史的意味については、赤井益久「〈王孟韋柳〉考」に詳しい[3]。

以上の批評からも明らかなように、韋應物は、謝靈運・陶淵明を祖とする自然詩四家の系譜の中で、ほかの三家のいずれとも並称されている。まさに「韋應物こそが四家併称の関鍵・紐帯[4]」なのである。その具体的理由は、以下の内容考察で漸次明らかになるが、今、単純に外在的要因を挙げれば、韋が時代的に四家の中間に位置することにも起因しよう。孟浩然は、大唐帝国の繁栄を謳歌した「開元の治」を享受し、帝国の衰亡が始まる天宝年間（七四二～七五五）を知らずに逝った[5]。

王維は、孟より約十歳年下で、四十歳ころまでは地方官を転々としていたが、張九齢への献詩によって認められ、右拾遺に任官する。その頃の彼を引き立ててくれたのは、宰相韋嗣立（六五四～七一九）を中心とする韋氏一門であった。嗣立は、驪山に山荘を築き、景龍三年（七〇九）、中宗が行幸した際、「逍遙公」を贈られたが、これは、韋應物の祖である北周・韋夐の号である（『周書』巻三一）。嗣立は應物とは、別房（『新唐書』巻七四上「宰相世系表」四上）であるが、王維詩の「韋侍郎山居」「韋給事山居」などを読むとき、幾ばくかの親近感を覚えたであろう。王維は開元末、中央官僚（監察御史、殿中侍御史）として長安に落ち着く。その頃、出張して襄陽に過り、孟の死を知って「哭孟浩然」を詠む。以降、帝国の衰亡と反比例するように次第に出世するが、中央権力の身近で為す術もなく、時代の闇が濃くなるのを見ざるを得なかった。最晩年、遂に安史の乱（七五五～七六三）に巻き込まれて危難に遭う(6)。

韋應物が、同乱に遭遇したのは二十歳頃である。十代後半、曾祖父待價が則天武后朝の宰相という恩蔭によって玄宗の近衛（右千牛）という特権を得たが、すべてを失って再出発するのを余儀なくされた。

柳宗元は、いわゆる永貞（八〇五）の改革で、若手のエリート官僚から永州司馬への左遷という大きな浮沈に見舞われるが、左遷前に病没した妻楊氏の父楊憑は、韋應物の長女の夫楊凌の長兄である（第一章第一節六二頁）。

このように四人の人生は、時代的に少しずつ重なりながら軌跡を描く。清・畢季卓が説くように「王孟韋柳」は「均しく清深閑澹にして了に塵俗無し。其の派は同じく陶より出づるも、然れども亦た微かに処を同じくせざる有り」（陶校注本付録評論引『芳菲菲堂詩話』）と、各人各様の作品に、類似と異質が認められるのも、それゆえであろう。詩人の鋭い感性は、意識するしないに関わらず、時代の本質を反映する。中でも最も過酷な時代の渦中にあって、直接間接を問わずほかの三人と繫がる韋應物の存在は、まさに自然詩人の系譜における「紐帯」なのである。

共時的な観点から述べれば、韋應物の壮年、三十代～四十代前半に該当するのは大暦年間であるが、いわゆる「大暦十才子」に数えられる夏侯審・吉中孚・盧綸・李端とも交遊があった。(7) 蔣寅『大暦詩風』は当時の詩風を、「寂静」「幽雋」「清空」「清麗」と説くが、それはそのまま韋詩評としてもよく用いられており、(8) 乖離してはいない。だが蔣氏は『大暦詩人研究』において、ほかの大暦詩人が斉・謝朓（四六四～四九九）を宗としているのに対して、韋應物だけが陶淵明詩をも継承し、さらに二謝の詩興を併せて、「高雅閒澹」（白居易「與元九書」）な独自の詩風を成し、柳宗元に直接的影響を与えた。詩形も、大暦詩人が近体詩を重んじるのに対して、韋詩は古体詩を主とし、表現技巧も大暦詩人が象徴や連想、仮託を駆使して技巧を弄するのに対して、韋詩は質朴、自然な直叙、抒情を試み、彼を大暦時代の「もっとも特殊な詩人」と評す。(9) はたしてその内実はいかなるものであろうか。

論者は、第四章まで韋應物の悼亡詩を対象に、その特質を考察してきた。本章では、それらを踏まえて、現存五百五十首を越える韋詩の中で多を占め、中核というべき自然詩や自然描写の特質を審究し、その中で、「韋悼」がいかなる意味を有するかを考覈する。本章では主に「韋悼」に繋がる洛陽時代の作品を対象とする。その際、右の自然詩人や大暦詩人の作も視野に入れる。

第一節　「自然」について

「自然」という語は、実に多義的である。現在日本語としての副詞的用法（「しぜんに」「しぜんと」）はさておき、名詞としては、山川や田園風景、小さくはそれらに所属する動植物、大きくは天と地をも含めて、そこに物理的変化を発生させる風雨などの気象や季節の移ろいを想起するであろう。すなわち人間や人工・人為、ひいては文明、文化に対置する語としても捉えられている。また後天的ではないという意味で、本来の天性や本性、ひいては本質という意味や精神に対峙する「外的経験の対象の総体。すなわち、物体界とその諸現象」（『広辞苑』第六版）でもある。これは明治の初め、NATUREの翻訳語としての「自然」も加わり混在した結果である。[10] 拙論が論述中に用いる「自然」は、主として人事・人為に対置する様々な様態や事物事象を意味する。だが中国古代からの用例を繙けば、時代によって変容しており、それらを対象に、文学および文学史的研究のみならず、言語学的、思想的観点からの先行研究も少なくない。池田知久「中国思想史における〈自然〉の誕生」は最も早い段階としては、戦国時代末期から前漢にかけて、道家と道家的諸書に用いられて、元来の「みずから」という意味が、思想史の展開の中で、「おのずから」の意味をも持つに至ったと論ず。[11] 例えば、『老子』第十七章「悠として其れ言を貴ぶ。功を成し事を遂げて、百姓、皆謂ふ、我れ自ずから然りと（悠兮、其貴言。功成事遂、百姓皆謂我自然）」は、支配者と百姓の関係を記すが、蜂屋邦夫訳注は、「慎重なことよ、支配者が言葉をおしむことは。なにかの仕事を成し遂げても、ひとびとはみな、われわれは自ずからこうなのだ、と考える」と訳す。[12] この「自然」は、「オノヅカラシカリ」で、万物の本来的な在りよう、人為や作為の加わらない、あるがままの在り方を意味している。思想史的、宗教学的解釈については、拙論の及ぶ所ではないが、この解釈は、後述の如く、六朝から唐代にかけて文学にも影響を与えているので、後に再度触れることになる。

文学史的観点の基礎というべき研究としては、小尾郊一『中國文學に現れた自然と自然觀』が挙げられるだろう。『詩經』『楚辭』から始まって、魏晉南北朝文学を中心に、数多の作品を例示して、その変容を論考する。詳細は、同著に譲るが、「自然」の定義としては、「〈人間〉に対立しているもの、つまり、自然界、自然現象という意味の自然」とし、「自然」が人間界と区別されるようになったのは、老荘思想、隠遁思想の盛行した「魏晉の頃であろうか」と推測する。[13] 魏晉に芽生えた、人間界とは異なる「自然」への関心が、玄風盛行の中、神秘性を賦与されて仙界に擬され、西晉末〜東晉・郭璞（二七六〜三二四）の「遊仙詩」などを生み、やがて劉宋・謝靈運を祖とする「山水詩」の芽を次第に育んでいったのである。[14] 周知の如く、「宋初の文詠、体に因革有り、莊老は退くを告げて、山水は方に滋し」（梁・劉勰『文心雕龍』明詩篇）の変化に至る。その劃期を遂げた謝靈運詩は、「形似」「巧似」を貴ぶと評されて（梁・鍾嶸『詩品』上品）、自然、さらに言えば、自然の美を客観的に描写したことが斬新とされている。それまで漠然とあるいは無意識に描出された「自然美」を、明確に審美の対象として捉えたのである。

しかしながら、それは玄言詩との決別ではない。謝の山水詩には思弁的表現が少なからず認められ、主に『莊子』の言辞を踏まえている。興膳宏「文心雕龍の自然観照――その源流を求めて――」は、それらを例示したうえで、山水は、謝靈運にとって「瞑想の場」であり、彼の思弁性は単なる「観念の操作ではなく」、実際に自然の中に身を置いて「山水との日常的対話」から出発していると説く。[15]「山水への耽溺と心の深層部」が不可分に結びついているのである。何国平『山水詩前史――従《古詩十九首》到玄言詩審美経験的変遷』も、玄言詩の美学上の意義について、詩歌中の情感を後退させ「玄思理趣」が主を占めるが、それを体現するものとして山水の自然を描き、「淡乎寡味」という詩興を成立させたという。[16] すなわち玄言詩は、山水美の発見に繫がるのである。それを明言しているのは、謝靈運と同時代の宗炳（三七五〜四四三）「畫山水序」である。宗炳は、山水について「質は有にして趣は霊なり」とその霊性を認め、「形を以て道を媚にして、仁者は楽しむ」[二三] という。福永光司氏はこの文を「山水は具体的な形《すがた》によって道を美的に象徴し、その象徴としての美を仁者が楽しんでゆく。つまり山水は道を美的に象徴する」（ルビは福永氏）と解釈する。[17] 同序はさらに末尾において、「目に応じて心に会するを以て理と為す者は、之に類して巧を成せば、則ち目も亦た同じく応じ、心も亦た倶に会す。応会して神を感ずれば、神は超え理は得らる」[二四] と記す。人間の「目」が捉える「形」（山水）に「心」が感応して「理」を悟達すれば、山水の「神」と心の「神」との統合が得られると説く。山水の美、それは霊的精神的美であるがゆえに描くに値すると認識されており、そこに「心」が感応して「理」、さらに「神」を求めようとするのは、「詩」と「画」、ジャンルは異なりながらも、謝靈運と相通じていく。宗炳は唐・張彦遠『歴代名畫記』の「能畫」に名を連ねる宋代を代表する画家であると同時に、有名な『明仏論』を著した仏教居士でもある。謝靈運も慧遠に師事し、「辯宗論」を記した仏教信奉者であったことを想起すれば、当時の仏教的思潮も窺えよう。宗炳が謝靈運と同時代であるのは、決して偶然ではないのである。後述、蘇軾の「詩中画有り、画中詩有り」という詩画同質論の萌芽といえよう。

梁代に至ると、劉勰（四六五？～五二〇？）は、「人は七情を稟け、物に応じて斯に感じ、物に感じて志を吟ず、自然に非ざるは莫し（人稟七情、應物斯感、感物吟志。莫非自然）」（「明詩」篇）、「物色の動けば、心も亦た揺らぐ」、「情は物を以て遷り、辞は情を以て発す」（「物色」篇）と記す。興膳氏は、この「物」「物色」は、当時、自然の風物の総称として用いられており、「自然の風物が人の心を動かし、そこから詩的感興が触発される」の意と解す。すなわち現在一般的な意味の「自然」は、ここでは「物」「物色」で表され、ここに見える「自然」は、前掲『老子』十七章と同様の「オノヅカラシカリ」（本来的な在りよう）を意味する。その一方、「物は情を以て観らる」（「詮賦」篇）とあるように、劉勰は「心」から「物」への反作用をも述べて、両者の相互作用があってこそ、「文学創作という営みが成り立ちうる」のであり、「形似」を求めて描出される自然は、「〈心〉との相即的な関係を維持することによって、〈物〉の本質に肉薄することができる」と説く[18]。見られる〈物〉と見る詩人という〈我〉との相即的関係、ここに山水詩の評語としての「物我一体」、換言すれば「景情融合」が、理論的に明示された原点を見出し得るのではないだろうか。以下、韋応物の自然論述の観点を「景情融合」とするが、その出発点としたい。

ここに「應物」の語が見えるのは、看過し得ない。右の「七情」は、仏教用語として「喜怒哀樂愛悪欲」を意味する。劉勰は父亡き後、若年より『出三藏記集』を撰した名僧の誉れ高い僧祐の下で修業し、晩年には、出家して慧地と号した仏僧でもある。[19] この「應物」も「七情」に続いて仏教的ニュアンスを看取し得る。第三章第二節において指摘した如く、仏典中、「應物」は、枚挙に遑ない。例えば、北涼・曇無讖訳『金剛明經』に「仏法の法身は、物に応じて形を現し、水中の月の如し（佛法法身、應物現形、如水中月）」（巻二、四天王品）と見える。この経文は、古くは隋代天台宗の開祖智顗や吉藏が伝え、唐代においても韋應物にやや先んじる禅僧馬祖道一（七〇九～七八八）が「法身は窮り無く、体に増減無し。能く大に能く小に能く方に能く円にして、物に応じて形を現し、水中の月の如し（法身無窮、體無增減。能大能小能方能圓、應物現形、如水中月）」（『景德傳燈錄』巻二八「江西大寂道一禪師語」）と述べている。この場合の「物」の仏教的意味は門外漢には正確には不明だが、大意は、仏身（または真如の理体）は、自由自在に万物の姿に変えて現れるということになろうか。

　これまで論者は、韋應物の名について、『莊子』知北遊篇の「其の心を用ゐるや労れず、其の物に応ずるや無方なり（其用心不勞、其應物無方）」を出自として、無為無形の〈道〉に従う者は、「心を用いても労《つか》れることがなく、対象世界に自由自在に応接してゆくことができる」（福永光司訳、ルビも同氏[20]）という意味に解してきた。右の仏典の用例も、宗教学的には相違があろうが、大意としては、『莊子』と同様に解し得る。だがもし仏典の方を典拠とするならば、それに続く「如水中月」は、有名な南宋・嚴羽『滄浪詩話』「詩辯」の文言を想起させよう。盛唐詩の「興趣」を説明する際の比喩として記された「空中の音、相中の色、水中の月、鏡中の像の如く、言に尽くる有るも意に窮まる無し」である。嚴羽は、馬奔騰『禪境與詩境』が指摘するように、自ら「禅を以て詩に喩ふ、此れより親切なるは莫し（以禪喩詩、莫此親切）」と述べ、それまでの禅に拠る詩論を、系統的多角的に深めた文人である。[21]『滄浪詩話』は、彼の主著として、多くの仏教語彙や思想によって論じられている。「水中之月、鏡中之像」も、『魔訶般若波羅蜜經』

や『文殊師利問菩提經』（ともに鳩摩羅什漢訳）を出自とする文言であり、その仏教的傾向が顕著である。「詩辯」には、宋代初期の詩人が学んだ唐代詩人の中に韋應物の名が見える。「詩評」「詩體」にも彼の名が挙げられるほか、韋の模擬詩「喜友人相訪、擬韋蘇州」（『滄浪集』巻二、五古四韻）まで詠んでおり、韋への関心が明白である。「朝朝竹林の院、戸を閉じて残書を読む（朝朝竹林院、閉戸讀殘書）」（第一聯）と詠んで、韋の隠遁憧憬を踏まえるが、⑥「清坐して毎に躊躇す（清坐毎躊躇）」とあるように、韋詩の仏教的要素への関心も推察されるのである。韋のたびたびの閑居先が寺院であり、仏僧との交流も深く、第三章で述べたように、仏教が彼の詩興に大きな影響を及ぼしていることとの関連性を考えざるを得ない。特に妻の逝去が従来に増して、彼を仏教に近づけたことは、「韋悼」の意味や韋詩の「景情融合」を考えるうえで、留意すべきであろう。

「景情融合」についての詩史に戻れば、前掲、小尾氏は、劉勰と同時代の何遜（?～五一八?）の作を、「自然美を詠じ、それを郷愁、旅愁と対比させて、その愁いを強調するとともに、自然美をますます鮮明にさせている」と評価する。大謝の詩は一歩退いて客観的に「自然を眺めて」おり、小謝は、「自然と感情とを融合させ」「この方面をさらに発展させたのが何遜」と詩史上、位置づける。例えば『古詩紀』にも採られている代表作「慈姥磯」[二五]（巻九四、五古四韻）を挙げる。友人が舟で帰郷するのを見送る詩である。「野岸に平沙合し、連山に遠霧浮かぶ」（第三聯）と〈景〉を詠むが、続いて、「客　悲しみて自ら已まず、江上　帰舟を望む」（第四聯）と〈情〉を吐露する。この〈景〉は、奥行きのある白い砂洲の広がりを辿りながら、霧によって次第に輪郭が朦朧と化してゆく空間が描出され、その上部に彼方の連山が浮かび上がってくる。帰りゆく舟を見守る詩人の視点の移動によって、空間が近から遠へ、下方から上方へと双方に拡大されている。これは北宋・郭熙の唱えた、いわゆる三遠（高遠・平遠・深遠）の一つ「平遠」という構図に近似する。[22] 後述（第三節）の如く、韋應物の揚州旅行時にも見出せる景観である。一例を挙げよう。「淮上卽事、寄廣陵親故」（巻二・五古四韻）である。

①前舟已眇眇　前舟　已に眇眇たり
②欲渡誰相待　渡らんと欲するも誰か相待たん
③秋山起暮鐘　秋山　暮鐘起こり
④楚雨連滄海　楚雨　滄海に連なる
⑤風波離思滿　風波　離思　満ち
⑥宿昔容鬢改　宿昔　容鬢改まる
⑦獨鳥下東南　独鳥　東南に下る
⑧廣陵何處在　広陵　何れの処にか在る

詳しくは、第三節に譲るが、揚州帰路の淮水のほとりでの作。畳語は、主に擬音語擬態語の機能を有するが、韋は多用し、その多くは持続作用がある。持続は同じ状態には止まらず、何らかの変化を呈する。ここでは擬態語として用いられ、「眇眇」は、前方に見えていた舟が次第に遠ざかるさまを詠い、奥行きのある空間が構築される。何遜詩と同様、詩人の視界に夕靄にけぶる山容がぼんやりと入ってくる。これも「平遠」という構図である。いつしか雨が降り始め、湿気を含みくぐもる鐘の音が雨音とともに流れながら、水嵩が増えてゆく。聴覚から視覚へ、果ては「滄海」へと流れて、茫漠たる空間に拡大される。この膨満感が、⑤「滿」に「連」なり、〈情〉との融合が表現される。何遜詩にはない鐘の音が、韋詩の独自性といえようが、何遜詩の空間の拡大が、「客悲」という〈情〉の果てしなさと相呼応している点は、韋詩とのアナロジーが認められよう。それを最も明確に見出せる何遜詩は、「野夕、答孫郎擢」（『古詩紀』巻八四、五古四韻）である。

①山中氣色滿　山中に気色満ち
②墟上生煙露　墟上に煙露生ず
③杳杳星出雲　杳杳として星は雲より出で
④啾啾雀隱樹　啾啾として雀は樹に隠る
⑤虛館無賓客　虚館に賓客無く
⑥幽居乏讙趣　幽居に讙趣乏し
⑦思君意不窮　君を思へば　意窮まらず
⑧長如流水注　長きこと流水の注ぐが如し

夕靄にけぶる山中の景観を星空も含めて描写した後、⑥「幽居」が韋詩の代表作の詩題（巻八、五古六韻）に用いられていることと併せて、第四聯の表現も、韋詩を彷彿とさせる。「子を想ひて　意　窮まり無し」「清川　思ひ窮まり無し」、前者は、「韋悼20」、亡妻の兄弟に寄せた作（「過扶風精舍舊居、簡朝宗巨川兄弟」）、後者は親友の李儋を送る作（「送李儋」巻四）である。小尾氏は、何遜の当該作について、「山中の夕方の景色を詠じながらも、〈君を思う情〉が、ほのかに、その景色の中に投影されている」と述べ、何遜の山水詩の特色を、「自然美と感情の融合」とする。「のちの中国の詩の理想とする情景融合という境地は、何遜の頃において、地歩が固まって来ている」[23]と論ず。同時代の劉勰との相関関係が認められるとともに、韋應物の何遜詩への関心の在処を推考し得るのである。

韋應物は、対象（被模擬者）が明確な模擬詩を二種類詠むが、一人は陶淵明、もう一人が何遜である（「效何水部二首」巻一、五古二韻）。「夕漏　遙怨を起こし、虫響　秋陰を乱す。反復す相思の字、中に故人の心有り（夕漏起遙怨、蟲響亂秋陰。反復相思字、中有故人心）」（其二）と詠む。何遜は斉梁当時に起こった宮体閨怨詩も試みているが、その模擬である。孫望箋評は、当該作を大暦の初め、韋の洛陽丞時代の作と推定し、「何遜の詩体に効ひて、正に此れを以て芳年の情思を抒ぶるのみ」と記す。(24)「古17」を踏まえる「相思の字」を用いた「遙怨」〈情〉を、「夕漏」という聴覚的な景物と連動させている。

小尾氏は、何遜の宮怨詩も、「自然美と艶情とが融合して、新しい境地が開かれている」と評す。松原朗氏も、その斬新さを指摘し、「和蕭諮議岑離閨怨」（『玉臺新詠』巻五、五古五韻）の「暁河　高棟に没し、斜月　空庭を半ばす。窓中　落葉度り、簾外　飛蛍隔つ（曉河沒高棟、斜月半空庭。窗中度落葉、簾外隔飛螢）」（第一・二聯）などを引いて、閨怨詩における夜景描写は、「質量ともに充実しながら斉梁期にまで至っている」が、何遜に至って、夜景は、「閨怨への単なる前置きではなく、閨怨という抒情の本質にまで深く関わっている」と論ず。(25)詳細は別の機会に譲らざるを得ないが、韋が何遜に格別の関心を抱いていたことは模擬詩作成によって明白であり、特にその「景情融合」を重要視していたと考えられる。さすれば韋自身が作詩する上でも、それを明確に意識するようになったことを類推し得るのである。

「景情融合」という観点は、前述の如く（序章注（12）参照）、唐代に入って孟・王の自然詩評にも不可欠の評語であり、韋應物の悼亡詩の特色としても指摘される。だが得てして「景情融合」を以て結論とし、その実相や、融合の如何、契機、所以について掘り下げない。拙論においては、それを自然詩考察の観点とし、孟・王両詩との比較を勘案しながら、その実相を審究したい。

このほか先行研究の中で、笠原仲二『中国人の自然観と美意識』は、「美」との関わりをも命題としていて興味深い。拙論の問題意識と重なるからであるが、「美意識」については終章に記し、一先ず措くことにする。目下の「自然」については、「真」「理」との関連性を立証したうえで、三者共通の意味・本質を以下のように論ず。「何れも人間的作為になるものではなくて、〈自《オノ》ズから成った〉もの（自成的自然）、あるいは〈自《はじ》め（本来）のままの〉もの〈自若（如）的自然〉として、その内実が、何ものにも蔽いかくされていないもの、すなわち外内が一致して虚偽性のないもの、人間に対しては所与的、不可抗力的かつ不変、不易的のもの」（ルビは笠原氏）と記す。[26] この見解は、前述の『老子』など古代の「自然」観であるが、謝霊運が「自然」の中で悟達の心境を得たように、「自然」を「人間」と対立して捉えるのではなく、あくまで、人間の「作為」との対立であり、人間自身においても、本来的に与えられた不可抗力の本性という意味として成立する。ここに、「作為」の渦巻く俗世や俗人との対比が生まれる所以も認められよう。

謝霊運は、前述の如く、『荘子』を典故として悟達を表明するが、『老子』も前掲第十七章以外に「自然」と「人間」との関わりをこう述べる。「人は地に法《のっと》り、地は天に法り、天は道に法り、道は自然に法る（人法地、地法天、天法道、道法自然）」（第二十五章）と。[27]『老子』については古来、多くの研究があり、更に近年の考古学的発見によってテキストの問題も加わり、多様な解釈が可能である。第二十五章についても、諸説ある。[28] まして道家思想の根幹である〈道〉について拙論は言及し得ないが、蜂屋訳注を参照すれば、右の文言が説くのは、「人」は天地を包摂する森羅万象もしくは宇宙の中で、天地のありように則して心身を委ねれば、「自づから然り」という存在として生き得るということであろうか。この「自然」は前掲劉勰「明詩」篇の「莫非自然」と同様、名詞的用法であり、池田氏の説くように、そのほかの多数の副詞的用法（おのずから、あるがままに、本来的に）とは異なる新しい用法であるが、道家的思弁性に変わりはない。第二十五章は、後述の如く、詩語としての「自然」の典拠にしばしば用いられることになる。

その後、魏晋から劉宋にかけて山水の美が発見されるが、「自然」という語自体には、現実的山水の意味は見えず、相変わらず副詞的・名詞的用法や道家的意味が認められる。魏晋六朝を通じて最多を占める三国魏・嵆康（二二三〜二六二）の作品は、代表作「琴賦」などの辞賦も含めてすべて（四十七例）、「オノヅカラ」または「オノヅカラシカリ」の意味である。[29] だが東晋に至って陶淵明詩四例の中で次の詩が、現実的具体的な自然との緊密な関係を示唆する。人口に膾炙する「歸園田居」五首其一である。「少くして俗に適する願ひ無く、性　本　丘山を愛す」と、世俗と「丘山」との対比から詠い始める。世塵にまみれて三十年、⑤⑥「羈鳥は旧林を恋ひ、池魚は故淵を思ふ」。この鳥魚と同様、郷里の「丘山」への思い断ち難く、⑧「拙を守りて園田に帰る」。帰郷した「草屋」や村里を桃源郷に擬えて描き、

⑪楡柳蔭後簷　　楡柳は後簷を蔭ひ
⑫桃李羅堂前　　桃李は堂前に羅る
⑬曖曖遠人村　　曖曖たり　遠人の村
⑭依依墟里煙　　依依たり　墟里の煙
⑮狗吠深巷中　　狗は吠ゆ　深巷の中
⑯鶏鳴桑樹巓　　鶏は鳴く　桑樹の巓
⑰戸庭無塵雜　　戸庭に塵雑無く
⑱虚室有餘閑　　虚室に余閑有り
⑲久在樊籠裏　　久しく樊籠の裏に在るも
⑳復得返自然　　復た自然に返るを得たり

と詠う。最後の⑳「自然」は各種の訳注が説くように、「人工を加へぬ本来の姿、即ち淵明が愛する絶対自由の境界」

（鈴木虎雄『陶淵明詩解』[30]）という前述の道家的意味であるが、これまでの用例やコンテクストと異なり、世塵と対置する現実的自然との密接な関わりにおいて詠われている。当該箇所の袁行霈箋注は、前掲の『老子』第二十五章などを引いて、陶淵明の「自然」は、「老荘の哲学範疇」を踏まえると説き、「自在の状態」を意味し、「淵明哲学思考之核心」と述べた上で、「返自然」について、「大自然、自然界」という解釈もあるが正しくないと説く[31]。袁氏がかように力説するのは、この「自然」が大自然と誤られる可能性があるからである。⑧「歸園田」と類似するからでもあろう。すなわちこの「自然」は、従来と同一の道教的意味でありながら、従来とは異なり、「丘山」や鳥魚、「楡柳」「桃李」「桑樹」という自然の風物との親近性を鮮やかに物語る。「自然」という「絶対自由」の境地は、現実的空間やそこに属する景物に親しむことによって獲得できるという新たな要素が賦与されたのである。もっとも淵明は周知の如く、当時の評価は「中品」と低く、その影響力はあまりない。ただ梁代に至って、江淹（四四四〜五〇五）が「江上之山賦」において、激流とそのほとりの万仞の山を詠い、山中の草木をこう描く。「紅草の交々生ずるを見、碧樹の四合なるを眺む。草は自然にして千花、樹は無情にして百色（見紅草之交生、眺碧樹之四合。草自然而千花、樹無情而百色）」と[32]。「紅草」「碧樹」など、嵆康「琴賦」と同様の神仙趣向が認められ、己の不遇感を出世間としての山水に託した虚構的空間であり、この「自然」も「無情」の対語として、やはり「オノヅカラシカリ」の意と解される。だが「草」を主語にしている点で、現実の自然との親近性を見出せよう。江淹の代表作「雜體」三十首には、いみじくも「陶徵君田居」（其二十二）と題して陶詩の模擬を試みているので、「歸園田居」への関心は明らかであり、陶の「自然」の新しさが江淹に影響を与えたとみるのは、強ち的外れではあるまい。その後、魏晉南北朝では庾信の詩文に六例見えるが、新味はない。

唐代に入り、初唐では王勃に七例、張九齢に三例あるが、ともに従来の語法・意味内容を踏襲するにすぎない。だが張説（六六七～七三〇）の「聞雨」二首、其二（五古七韻）は、明らかに陶詩を踏まえている。浮沈の激しい官歴を送った張説は「従来五十年」の人生を回顧して、「悞りて心を将つて物に徇ひ、近ごろ自然に還るを得たり。閑居草木侍り、虚室　鬼神憐れむ（悞将心徇物、近得還自然。閑居草木侍、虚室鬼神憐）」（第四・五聯）と詠う。四十歳後半から五十歳ころの張説は、宰相姚崇（六五一～七二一）との確執に敗れて、相州や岳州に左遷された不遇期で、その後、開元七年（七一九）から復帰昇格して行くので、おそらく岳州の頃の作であろう。[33] 陶潜の「歸園田居」を踏まえたこの詩句の「自然」は、純粋な大自然とはいえないまでも、「草木侍る」閑居生活の意に解し得る。

盛唐に入って、杜甫（七一二～七七〇）詩にも、陶詩の影響が認められる。「我が生　性は放誕、雅《つね》に自然に逃れんと欲す。酒を嗜みて風竹を受け、卜居は必ず林泉（我生性放誕、雅欲逃自然。嗜酒受風竹、卜居必林泉）」（「寄題江外草堂」五古十六韻、第一・二聯）と詠う。黄鶴補注は、「自然は道なり。釈氏は之を逃禅と謂ひ、儒者は之を逃自然と謂ふ」と記し、仇兆鰲注は後漢・高彪「清誡」の「飄逸にして自然に任す」の詩句を引く。[34] いずれの注も「任誕」という竹林の七賢に因む道家的価値観を認めているが、それに続く「風竹」「林泉」のイメージは、陶淵明の隠遁を想起させる。

そして自然詩人の系譜に連なる孟浩然詩（一例）は、「卜築　自然に依り、檀渓　更には穿たず」（「冬至後、過呉張二子檀溪別業」巻二五言排律、十二韻、第一聯）と詠む。「檀溪」とは湖北省襄樊市西南の渓谷で、呉氏張氏（未詳）の別荘は、「自然」のままの地形を生かして、まったく人為を加えていないと述べる。これは「ありのままの状態」に基づくとはいえ、人為・人工に対峙する現実的自然の意と解してよいのではないか。[35] 一方、十年ほど時代の下る王維詩（二例）は、完全に道教的解釈である。「奉和聖製慶玄元皇帝玉像之作、應制」（巻十一、五言排律六韻）は、唐朝の始祖として「太上玄元皇帝」と号された老子の玉像を寿ぐ応制詩である。[36] 第六聯において「願はくは無為の化を奉り、斎心　自然を学ばん」と結ぶ。清・趙殿成はこの「自然」に『老子』第二十五章の注を付しているのも、首肯し得るのである。

以上のように、六朝以後の詩賦史における「自然」は、『老子』などの道家的意味を保持しつつ、陶淵明詩がその境地を実現する空間として大自然との関わりを深めることになり、盛唐の孟詩にほぼ現実的自然と同じ意味を見出すことになった。

では韋應物はこの「自然」をどのように詠ったであろうか。韋詩中の「自然」は四例で、結論から言えば、副詞的用法「オノヅカラ」として句頭に措かれたのが三例、句末におかれた名詞的用法が一例である。名詞的用例だけを挙げよう。

「贈李儋」（巻二、五古五韻）の第二句に見える。

①絲　桐　本　異　質　　糸と桐は本より質を異にするも
②音　響　合　自　然　　音響　自然に合す
③吾　觀　造　化　意　　吾　造化の意を観るに
④二　物　相　因　緣　　二物　相因縁あり

李儋は、妻の従弟で韋の親友、洛陽時代から滁州時代まで、多くの詩の応酬がある。(37) この詩も「断琴の交わり」で有名な故事を踏まえて、④「因縁」深い友情を表現している。二人を絃（糸）と桐に喩え、二つは無論、材質は違うが、琴となって音曲を奏でれば、異質性を超えて融合し、本来あるべき存在のように調和のとれた調べを響かせる。さすれば、それは天地宇宙と共鳴する本質的響きであり、『莊子』「齊物論」の「天籟」（自然の音響）に通じていく。さすれば、「オノヅカラシカリ」という道家的意味が天籟という響きによって、彼の想念の中で、現実（音響）と思弁性が融合するという試みになろう。韋と李、二人の交遊から生まれる友愛が、互いの心に響き合って一つとなり、天地宇宙の摂理に合致した調べとして共鳴するのである。

つぎの詩（「春日郊居、寄萬年吉少府中孚、三原盧少府偉、夏侯校書審」巻二、五古四韻）に「自然」の語はないが、現実の自然の美しさに身を委ねて「天籟」を聞きとり、その響きを感受し、そこに自らの声をも響かせてまさに共鳴して、現実を超えてゆく。

①谷 鳥 時 一 囀　　谷鳥　時に一たび囀り
②田 園 春 雨 餘　　田園　春雨の余
③光 風 動 林 早　　光風　林を動かすこと早く
④高 窗 照 日 初　　高窓　日を照らすの初め
⑤獨 飲 澗 中 水　　独り飲む　澗中の水
⑥吟 詠 老 子 書　　吟詠す　老子の書
⑦城 闕 應 多 事　　城闕　応に多事なるべし
⑧誰 憶 此 閑 居　　誰か憶はん　此の閑居を

雨上りの春の②「田園」(38)を、そぞろ歩きしながら心行くまで楽しむ詩人の姿が浮かび上がる。鳥の囀りに耳を傾け、風のさやぎに揺れる木々からは、水滴がキラキラ輝きながらこぼれ落ちる。谷川に近づくと清らかな水で喉を潤し、瑞々しい緑の谷間に『老子』の文言が響き渡る。漸層法によるリズミカルな第二十五章も吟じられていただろう。ここで他でもなく『老子』が吟じられる必然性は、韋應物自身が、「オノヅカラシカリ」という天地宇宙と共感する「無為自然」を体感していたからに違いない。人が生来有している五感が生き生きと蘇るかのようで、まさに彼本来の自若たる存在として、大自然と同化しているのである。

第四聯は、閑居と役人生活を対比する。当該篇は建中二年（七八一）の作とされ、当時、韋應物は、長安郊外の灃水のほとり、善福精舎で閑居生活を送っていた。この詩を寄せた前述「大暦十才子」の二人を含む三人は、万年県・三原県の「少府（県尉）」や「校書郎」として出仕の身。⑦「城闕」すなわち、城壁宮門に囲まれた閉鎖空間を表す語彙を用い、その中で、「多事」に追われる三人を思い浮かべている。かれらは多忙ゆえ、この春の自然と、それを⑤「独り」楽しむ私を、心の端にでも思い起こす余裕はまったくないだろうと、反語で強調して締めくくる。ここに籠められたのは、彼らへの同情か、はたまた彼らに顧みられない寂しさであろうか。それら綯い交ぜの心情と解するにしても、前の三聯の生気に溢れた瑞々しい自然描写との落差が際立つ。韋應物の「自然」への思い入れが看取されるのである。

以上のように「自然」は、「みずから」という本来的意味から、道家の思想史的展開のなかで「おのずから」の意が加わり、それらの副詞的用法のみならず、名詞的用法も用いられるようになる。その拡大は、陶淵明詩によって道家的境地を実現する空間として意識されるようになり、現実の自然に近づいていく。孟浩然詩において、ほぼ大自然と同義で用いられている。さらに韋應物詩では、現実と超俗的思弁性、両者の渾融ともいうべき表現を指摘した。

「自然詩」の系譜に戻れば、多くの文学史が挙げるのは、右の謝靈運を祖とする「山水詩」と東晉・陶淵明を祖とする「田園詩」、二つの潮流である[39]（陶詩に関しては、終章を中心として言及し、ここでは贅言を省く）。だが唐代に入ると、王國瓔『中國山水詩研究』が指摘するように、先に挙げた「王孟韋柳」は、二大潮流のいずれかの詩派に分類できなくなる。彼らは、山水詩も詠えば、田園詩も詠い、一篇の中に、山水と田園の両風趣を表現する。王氏の言を借りれば、「山水と田園情趣の合流」である[40]。拙論では、先述の如く、「自然詩人」とほぼ同義語として「山水田園詩人」という呼称を用いたが、この「自然」とは、「山水」と「田園」、二つの詩興を含む総称の意でもある。右に引いた韋應物の「春日郊居～」詩においても、「田園」は陶淵明に因む詩語であり、第五句は、謝靈運の名句「石に憩ひて飛泉を挹む」(「初去郡」)を髣髴とさせ、二つの潮流が認められる「自然」である。この「自然」を韋應物はどのように詠じたのか、韋詩の洛陽時代を三期に分けた各時期の自然詩の特質と変容を以下に考察する。その際、「景情融合」の〈景〉と〈情〉の関わりがいかなるものかを視座としたい。なお「自然詩」と大枠で称したが、自然だけを対象とする詩篇以外にも、部分的に自然描写を詠う作をも含むことにする。

第二節　洛陽前期における自然

洛陽時代とは、前述の如く、つぎの三期から成る。一、韋應物が洛陽丞として赴任し、辞任後の第一次同徳寺閑居も含めた広徳元年(七六三)から大暦四年(七六九)の前期。二、大暦四～五年の揚州旅行。三、旅行後の河南府兵曹参軍と辞任後の第二次同徳寺閑居時代(大暦六～八年)の後期。主に彼の三十代に相当する足かけ十年を指す。以下三期に分けて、その変容を考察する。本節では、まず第一期の景観を対象とする。

すでに「擬古詩」の主題において掲げた二作(「廣德中洛陽作」〔巻六〕、「登高望洛城作」〔巻七〕)に明らかなように、安史の乱後の荒廃を基調としながら、後漢の都としての過去の栄光を対照化させ、歴史的要素を含む自然を詠う。前者においては、玄宗の「太平の日」に生まれ育ったがゆえに、洛陽の荒廃が一入切ないと苦悩を吐露し、その状況を、

⑨時　節　屢　遷　斥　　時節は屢々遷斥し

⑩山　河　長　鬱　盤　　山河は長へに鬱盤たり
⑪蕭　條　孤　烟　絶　　蕭条として孤烟絶え
⑫日　入　空　城　寒　　日入りて空城寒し
⑬蹇　劣　乏　高　歩　　蹇劣にして　高歩乏しく
⑭緝　遺　守　微　官　　緝遺して微官を守る
⑮西　懷　咸　陽　道　　西のかた咸陽の道を懐ひ
⑯躑　躅　心　不　安　　躑躅して　心安からず

と詠う。夕餉の煙ひとつたたないひと気ない街中の「蕭條」たる光景に対して、聳え立つ山と大河の不変性を対照的に描出する。「人事」と「山河」の対比であり、杜甫の「春望」や王維の「荒城　自から蕭索、万里　山河空し」（「奉寄韋太守陟」五古五韻、第一聯、『唐王右丞集』巻三）をも想起させる。鬱蒼と煙るように高く聳える嵩山と黄河（またその支流である洛水・伊水）を詠い、洛陽は名山大河を擁するかつての都という意識に基づく詩句である。「山河」の形容である⑩「鬱盤」は、既述したように、孟浩然も「宇宙　誰か開闢す、江山此れ鬱盤たり」（「盧明府九日、峴山宴袁使君・張郎中・崔員外」五排十韻、第一聯、『孟浩然集』巻四）と用いている。この世界の始源からの時空を壮大に詠み上げ、盛唐詩の評語である「雄渾」と称されるにふさわしい空間で、盛唐詩を髣髴とさせる。

「人事」の現況を表す⑪「蕭條」は、後に繰り返し言及することになり、葛暁音氏も指摘するように[41]、「蕭散」「蕭索」「蕭疏（踈）」「蕭瑟」と同様、韋詩に少なからず用いられている詩語である。初出は、『楚辞』遠遊「山　蕭条として獣無く、野　寂寞として人無し」と考えられる。「寂寞」は、第三章第三節において、韋詩の本質と関わる重要な詩語と指摘し、その対比が興味深い。「韋悼」との関わりで、終章で論及する。「蕭條」は、その後『文選』では十五例が数えられ、次第に多義を獲得していき、大きく三種に分けられる。一つは、広大に広がる空間の形容である。漢賦において、山から「原野」に広がり、さらには、西晉・潘岳「西征賦」（巻十）では、「街里蕭条として、邑居散逸す」と見える。長安令として赴任した潘岳の眼に映った人気無い長安の荒廃の形容に用いられている。昔と比べて今や「百に一も処らず」、かつての村々は、跡形もなく滅び、名前だけが残っていると詠う。もう一つは、風雨と関連させた秋の季節感と擬音表現である。後漢・王延壽「魯靈光殿賦」（巻十一）の「颻《よう》（吹き上がる風）蕭条として清冷なり」であり、「蕭条は秋気の貌」（六臣注）とあるように、秋の「清冷な」風と関わっている。劉宋・鮑照「舞鶴賦」でも「驚風の蕭条たるに臨み、流光の照灼たるに対す」と詠み、「蕭条は風声」（六臣注）とあり、擬音効果を含むようになる。また斉・謝朓「觀朝雨」（巻三十）では、「朔風　雨を吹き飛ばし、蕭条として江上に来る」と雨との関わりも生まれている。「雨音」も付加されて、冷涼感が募る。三つめの興味深い意味は、東晉・陶潛「挽歌詩」（巻二八）に見える。「馬は為に天を仰いで鳴き、風は為に自ずから蕭条たり」と、馬の対語として風を擬人化し、風の音という擬音のみならず、陶淵明自身の死を悼む悲哀感情をも含ませている。ここに「蕭條」が単なる〈景〉の形容だけではなく、〈情〉をも意に含むという両義性が認められることになったのである。悼亡詩に用いられる原拠といえよう。

　このように三種の意味を有する「蕭條」であるが、当該詩においては日没後、茫漠と広がる暗闇の虚無を表しており、いわば乾いた拡散的「蕭條」というべきであろう。「西征賦」を踏まえた国難による荒廃である。当該作における〈情〉は、冒頭④「方に苦酸す」、末尾⑮⑯「西のかた咸陽の道を懐ひ、躑躅して心安からず」という苦悩である。⑭「絹遺して（生き残った民を安心させ）微官を守る」という「微官」（洛陽丞）ではあるが、なんとか国のため民のために復興に努めたいと思うが、あまりの「蕭條」たる光景ゆえに、怯み揺れ動く心情を詠う。自然との対比で描かれる現実の〈景〉と〈情〉は因果関係になっている。この〈景〉の構図は描けない。黒々としたシルエットを浮かび上がらせる山容、水の流動感も水音も響いてこない蛇行の形だけの川、西に伸びて闇に消えている一筋の道、暗黒の中にこの三種の景物だけが浮いている。まさにシュールな死の世界のようである。戦時の子供が描く絵は、画紙全体が黒く塗りつぶされているという。韋應物にとってこの黒一色の〈景〉は、彼の原画ともいえよう。それは、彼の〈情〉の無意識の反映にほかならない。

数年後、高所から俯瞰した作（「登高、望洛城作」五古十六韻、巻七）の空間も雄大である。前掲したので、原詩は省く。「高台　雲端に造《いた》り、遐かに瞰て　四垠周し。雄都は　鼎を定むるの地、勢は　万国の尊に拠る」と詠い始め、東周の成王が洛邑に九鼎を置いて都と定めた歴史を詠む。次いで、「河岳は　雲雨を出だして、土圭（日時計）は乾坤を酌《はか》る。舟は南越の貢を通じ、城は北邙の原を脊にす」（第三・四聯）と続き、⑤「河嶽」の壮大さや天地の規則正しい営為を誇っている。前作と同じ洛陽の山河であるが、ここには勢いのある動態が加味され、太陽も天地の間を運行する。第四聯は南北対を用いて水運の利と「北邙」という丘墓、つまり死のトポスをも意に含める。だが「南越」は高祖劉邦が天下統一後に定めた国であり、あくまで当時の繁栄である。次いで城内に並び立つ豪奢な「帝宅」「臺榭」「雙闕門」を詠むが、いずれも後漢の都の叙景である。この景に続くのは、

⑬十　載　構　屯　難　　十載　屯難を構へ
⑭兵　戈　若　雲　屯　　兵戈　雲屯の若し
⑮膏　腴　滿　榛　蕪　　膏腴に榛蕪満ち
⑯比　屋　空　毀　垣　　比屋　毀垣空し

十年に亙る安史の乱（⑬）、その結果、本来、肥沃な地が荒れ果て、人家はまだ破壊の傷跡が癒えない現実の光景（⑮⑯）を詠む。すなわちかつての都の繁栄を対比させて、現在の荒廃を際立たせる。かような〈景〉を眼前にして、それでも彼は自らを叱咤鼓舞し、若き官僚として復興を目指す決意を示す（㉕㉖「坐ろに理乱の迹に感じ、永く経済の言を懐ふ」）。だが、最後は、前述のように、決意のゆらぎを表白する。「吾が生は自ら達せず、空鳥　何ぞ翩翻《へんぱん》たる。天高く水流遠く、日晏《く》れて城郭昏し。徘徊して旦夕に訖り、聊か用つて憂煩を写《のぞ》かん」（第十四・十五・十六聯）と。

自らの無力感を㉘「空鳥」に喩え、大空をあてもなく翻り飛ぶ心許なさを表現する。虚なる心象風景（「虚景」）であるが、それが詩人の眼差しを仰角に向けさせて、つぎの㉙「天高」をおのずと生み出す。その果てしない広がりは、暮色の中で、どこまでも伸びてゆく川の流れといつしか融け合い、「水天一如」の雄渾なる景となる。〈虚〉から〈実〉への円滑な連繋である。㉙「水流」は、孔子の「川上の嘆」以来、時間の比喩でもあり、日暮れから闇に沈みゆく街中を流れる時の推移をも意味する。この㉚「晏」は、現実の時間の経過であるとともに、彼の心情であることはいうまでもない。夕闇の中をよるべなく㉛「徘徊」する姿は、「空鳥」の実体であり、復興の困難さに憂苦する詩人の真情を浮かび上がらせる。「翩翻」「徘徊」という不安定な動作は、彼の〈情〉を象徴しているのである。

前作と同様の〈景〉と〈情〉の因果関係であるが、この〈景〉は、盛唐的雄大さであるとともに、今昔の対比で描出されており、「昔」は、東周・後漢という歴史上の旧景である。いわば純粋に彼の想像力による虚景である。また〈情〉の比喩として描出された心象風景（㉘）が、「興」的機能を発揮して実景（第十五聯）を詠い興す。韋詩の〈景〉には虚実の二種があり、それが同次元で描かれるが、「虚景」には、さらに歴史的旧景と心象風景の二種が看取され、「実景」も〈情〉との関わりの深さを推察させる、いわば抒情的実景である。これは第一節で述べた『文心雕龍』の

「物は情を以て観らる」（「詮賦篇」）に明らかなように、〈情〉から〈景〉への反作用であり、ここに〈景〉と〈情〉の相即的関係を看取し得るのである。

洛陽の荒廃は、遂に、かの軍騎撲抶事件を起こさせた。永泰元年（七六五）のことである。恐らくこの事件と相前後して詠まれたと考えられる作が「贈盧嵩」（巻二・五古七韻）である。盧嵩は洛陽時代の同僚で、第一次同徳寺閑居時の作、前掲「酬盧嵩秋夜見寄五韵」（巻五、五古五韻）など、詩の応酬が見られ、ともに隠遁志向を共有している。「百川は　東海に注ぎ、東海に　虚盈無し。泥滓は濁る能はず、澄波は清を益さず（百川注東海、東海無虚盈。泥滓不能濁、澄波不益清）」と、『莊子』秋水篇に基づく東海の壮大さから詠い始め、否定語を連ねて②「虚盈」③「濁」④「清」に変化することなく、第四聯まであくまで⑤「恬然として自ら安流す」と悠揚迫らぬ東海の度量の大きさを詠う。また⑧「三山（蓬萊・方丈・瀛洲）共に分明」と不死の薬があるという神山を包摂する神秘性をも表現する。ところが突如、そこに激しい疾風が押し寄せる。

⑨奈何疾風怒　　奈何ぞ　疾風の怒り
⑩忽若基柱傾　　忽ち基柱の傾くが若し
⑪海水雖無心　　海水は無心と雖も
⑫洪濤亦相驚　　洪濤　亦た相驚く
⑬怒號在倏忽　　怒号　倏忽に在り
⑭誰識變化情　　誰か識らん　変化の情

まさに疾風怒濤の狂騰が展開する。陶敏注の説くように、人間の喜怒哀楽の激しさを大海の激変に喩えているのであろう。すなわちこの〈景〉は〈情〉の比喩で、前作同様の「虚景」であるが、人間の感情の起伏のみならず、人の世の転変の激しさ、すなわち安史の乱によって屋台骨が傾いた大唐帝国の現状への憂いが籠められているとも考えられる。「基柱傾」の語が、それを想起させるし、三神山は、始皇帝の不死薬採取に因む逸話で有名だが、その神仙趣味は、玄宗を彷彿とさせるからである。したがってこの「疾風」は、単に彼自身の即事的感情の比喩というよりも、彼の人間観、社会観を表しており、「景情融合」としての風ではない。ただ「風」が感情（「怒」）の比喩として用いられて「洪濤」を隆起させ、大波が人間感情の起伏として表現しうることを、図らずも自ら抑制できない「怒」を通して、確認したといえよう。いわば「景情融合」に至る前の習作と位置づけられるのである。またこの激情は、韋應物の〔情調〕として蔣寅氏が指摘した「穏やかでのびやかな心情」（序章第一節、十一頁）と異なることは、言うまでもない。三十代初め、「而立」という年齢を思えば、若気の至りという例外にもすべきでない。現実に対するこの憂憤の情は、而立時代の彼に紛れもなく存在することに留意しておきたい。

つぎの詩では、玄宗の神仙趣味を明言する。鄭戸曹[42]の「驪山感懐」という作への応酬で、冬の御幸の地、華清宮のある驪山（陝西省西安郊外）への思いを詠う（巻五「酬鄭戸曹驪山感懐」五古十六韻）。陶注本・孫箋本ともに洛陽丞時代の作とする。冒頭を引く。

①蒼山何鬱盤　　蒼山　何ぞ鬱盤たる
②飛閣凌上清　　飛閣　上清を凌ぐ
③先帝昔好道　　先帝　昔　道を好み
④下元朝百靈　　下元（農暦十月十五日）百霊に朝す
⑤白雲已蕭條　　白雲　已に蕭条たり
⑥麋鹿但縱横　　麋鹿《びろく》　但だ縦横す

⑦泉 水 今 尙 暖　　泉水　今尚ほ暖かく
⑧舊 林 亦 靑 靑　　旧林　亦た青青たり

この山は、詩題からも明らかなように嵩山ではないが、「廣德中〜」の作と同様、前掲の孟浩然詩を想起させる「鬱盤」を用いてその雄大さを表現する。初句からの詠嘆表現が彼の溢れる思いを物語っている。第二句は、驪山の頂上にあるという朝元閣（陶敏注）が天空高く聳えているさまを詠ず。「上淸」は道家の語彙で、天界を上から玉淸・上淸・太淸の三層に分けた中層を指す。この語も、孟浩然の洞庭湖を詠んだ名句「八月湖水平かに、虚を含みて太淸に混ず」や王維の「西嶽　浮雲を出で、積翠　太淸に在り」（「華嶽」巻三）の「太淸」を連想させ、それをさらに超えた高さと神秘性を誇示している。①②いずれも盛唐詩を髣髴とさせ、後期との違いは、この点にあることをまず押えるべきであろう。さりながら盛唐詩との相違は、これが眼前の風景ではないことである。つまり「虚景」であり、洛陽にいる彼の脳裏に刻まれた③「昔」の驪山の山容なのである。それゆえ第三句に「先帝（玄宗）」が登場し、④は仙界に喩えて祀り上げる。第五・六句は、玄宗の薨去と宮苑の荒廃を天地対・畳韻対で自然物に托す。「蒼梧の野」で客死した舜帝の薨去を意味する謝朓の「雲は去る蒼梧の野」（「新亭渚別范零陵」）を踏まえ（陶敏注）、本来ならば広大な碧空に白雲が美しく浮かぶはずなのに、それが見えず、大空だけが空しく広がっている。そのさまを⑤「蕭條」が形容する。同時に韋の胸中にほっかり空いた虚無感をも表していよう。なぜなら「已」「但」という虚字を用いて自らの心情を再確認するかのように強めているからである。「景情融合」とはいえないまでも、前述の如く、「蕭條」がもつ〈景〉と〈情〉の両義性を斟酌すべきであろう。この白雲の〈景〉は記憶という虚構中の一光景として詠まれ、その実、帝の死の表象という、いわば虚の中の虚という極めて実景から遠い〈景〉である。だが第七・八句の同じ第三字に「今」「亦」を措くことで、一見、第三聯と同様の自然物を詠じながら、生き生きとした不変の自然を詠い、

「先帝」の不在と対照化させている。⑦「今」は、③「昔」との連関を表すことは、言うまでもない。韋詩の「虚景」には、前述の如く、比喩や心象風景、歴史的風景が描出されるが、それのみならず、追憶の中の旧景も含まれ、今景〈実景〉と同次元で詠われる。第二章において指摘した「韋悼」の特質である〈過去の時間が現在に流れこみ、通底する今昔〉という韋應物の時間感覚の萌芽を認め得るのである。

次いで回想場面が展開する。⑨〜⑫は「我は念ふ　綺襦（少年が着る綺《あやぎぬ》の短い上着）の歳、扈従　太平に当たる。小臣　前駆を　職《つかさど》り、馳道　灞亭より出づ」と、十五歳頃、玄宗皇帝の温泉行列の先導を務めたことを詠う。「灞亭」〈灞橋〉という送別で有名な具体的名称を挙げることにより、「昔」の〈景〉が一気に現実味を帯びる。以下、行幸の盛大さを描出する。

⑬翻　翻　日　月　旗　　翻翻たり　日月の旗
⑭殷　殷　鼙　鼓　聲　　殷殷たり　鼙鼓《へいこ》の声
⑮萬　馬　自　騰　驤　　万馬　自ら騰驤し
⑯八　駿　按　轡　行　　八駿　轡を按じて行く
⑰日　出　烟　嶠　綠　　日出でて　嶠緑烟り
⑱氛　氳　麗　層　甍　　氛氳として　層甍麗し
⑲登　臨　起　遐　想　　登臨して　遐想起こり
⑳沐　浴　歡　聖　情　　沐浴して　聖情を歓ぶ

⑬⑭は、その御幸の豪勢なさまを連珠対、視聴対を用いて、臨場感に満ちた描写を試み、⑮⑯は、周の穆王の遊行に擬え、朦々たる砂塵が見えるような「萬馬」「八駿」の躍動感あふれる進行を描く。日が射して山脈の緑が湯気に

けぶる中、壮麗な華清宮に到着する。驪山に登って古今四方に思いを馳せ、天子の恩情有りがたく浴を賜わる。この後、第十一聯からは、転じて天下泰平と国家繁栄を寿ぐ。「朝燕　無事を詠じ、時豊かにして国禎を賀す。日は和す絃管の音、下りて万室をして聴かしむ。海内　朝貢を湊め、賢愚　歓栄を共にす（朝燕詠無事、時豐賀國禎。日和絃管音、下使萬室聽。海内湊朝貢、賢愚共歡榮）」と妙なる調べが演奏され、貢ぎ物で溢れる宴会を描写する。第十四聯は、「合沓して車馬喧しく、西のかた長安城に聞こゆ」と華清宮に行き交う車馬の喧しい音が、遠く長安にまで鳴り響いたと詠んで回顧を終える。今も車馬のにぎわいが詩人の耳に響いているかのようである。最後は、現実に戻る。

㉙事往世如寄　　事往きて　世は寄するが如く
㉚感深迹所經　　感深し　迹の経る所
㉛中章報蘭藻　　章を申して　蘭藻（鄭の感懐詩）に報ゆ
㉜一望雙涕零　　一望して　双涕零つ

仮の宿としてのこの世の儚さに感慨を深くして、悲しみに暮れる。追憶は事実を美化しがちである。ここには、白居易が新楽府「驪宮高」（『白居易詩集校注』巻四）[43]において非難した皇帝行幸に伴う莫大な浪費への諷諭や、安史の乱という悲惨な史実は皆無である。華麗な〈景〉は、記憶という虚景であるがゆえに、只管甘美に描出され、詩人はノスタルジックな感傷に耽り、㉜「雙涕」を流す。この「雙涕零」は、「韋擬9」（巻一）にも、「孤影　中自ら惻み、双涕の零つるを知らず」と詠む。帰らない旅中の夫を待ちわびる妻の嘆きである。其九は、「古16」「凛凛歳云暮」（第四章第一節（二）参照）の模擬詩であり、その末句「涕を垂れて双扉を沾す」を踏まえている。さらに遡及すれば、源は『詩經』の「涕零つること雨の如し」（小雅「小明」）である。因みに『詩經』に「涙」は一字もない。孟浩然詩は「涙」を七例用いるが、「涕」は皆無、王維詩は「涙」を十一例（詩題も含む）、「涕」は一例のみである。それに対して、韋詩は「涕」を九例も用いているのは、彼の祖述が那辺にあるか、その「尙古」（明・顧璘、陶敏注引、朱墨套印刻本評語）を物語る。したがって、古風なこの「涕」は、典故や虚構の中で詠まれ、さほど切迫感のない半ば様式化された涙である。おそらくそれは、まだ洛陽丞の辞任事件が起きる前の「感懐」だからであろう。だが辞任閑居後、長安に帰郷する途次の作（大暦初〜二年頃）とされる[44]「溫泉行」（巻九歌行上）では、直截激越な〈情〉の吐露が認められる。

「溫泉行」は、七言歌行体十二聯から成り、その構成は、冒頭三聯と結びの三聯が、ともに零落傷心の情を詠じ、中の第四〜八聯は、行幸と太平の宴の回想、第九聯が玄宗の薨去を述べる。すなわち〈情〉が半ばを占め、五聯だけに絞られた回想場面は、右の応酬詩と同一の詩語や詩句（⑫「車馬合沓して四鄽《してん》に溢る」⑮「朝廷　事無く共に歓燕す」）を用いて、そのダイジェストの感がある。詩人の力点は〈情〉にあることが明白である。冒頭は「身を天宝に出だして今年幾くぞ、頑鈍なること鎚の如く　命は紙の如し（出身天寶今年幾、頑鈍如鎚命如紙）」と「天寶」年間を人生の起点とする自己認識から始め、己の人生の拙劣さを直喩によって表す。③「官と作るも了はらず　却つて来り帰る」と官歴の挫折を詠い、⑤⑥「北風慘慘として溫泉に投じ、忽ち憶ゆ　先皇遊幸の年（北風慘慘投溫泉、忽憶先皇遊幸年）」と回想場面に這入っていく。風の形容に、「慘」という本来悲惨な心情を表す畳語[45]を用いることで、韋の思いが明確に伝わってくる。「景情融合」とまでは言えないが、心象表現であることは、間違いなかろう。末尾の三聯は、さらに激しい。

⑲今來蕭瑟萬井空　　今来蕭瑟として　万井空しく
⑳唯見蒼山起烟霧　　唯だ見る　蒼山に烟霧起こるを
㉑可憐蹭蹬失風波　　憐れむ可し　蹭蹬《そうとう》として（よろめく）風波に失ひ

㉒仰 天 大 叫 無 奈 何　　天を仰いで大いに叫ぶも　奈何ともする無し
㉓弊 裘 羸 馬 凍 欲 死　　弊裘　羸馬　凍えて死せんと欲す
㉔賴 遇 主 人 杯 酒 多　　賴《さいわい》に遇ふ　主人の杯酒の多きに

⑲「今來」の語が、旧時との対比を喚起させ、あの活気に溢れた音声は、帝の喪失とともに今や「蕭瑟」として静まり返っている。「蕭條」と同様に用いられるこの双声語は、静寂さを表す形容語であるとともに、そこに籠められた詩人の寂寥感をも解すべきであろう。今も変わらずに残っているのは、温泉の湯気で霞む「蒼山」だけだが、それは涙でぼやけていたのかもしれない。寒風によろけながら歩を進める詩人は、たまらず天に向かって助けを請うが、何の返事もない。凍死をも覚悟せざるを得ないところにまで追いつめられている。ここには、「贈盧嵩」に見えた「疾風の怒り」や「怒號」は消え、寒風荒波に翻弄されて憐憫を請うばかりの自画像、もはや恥も外聞もなく打ちひしがれた哀れな姿を直截に描出する。この「風波」は、苦難多き人生を意味することは、言うまでもない。蔣寅氏の唱える韋應物の〈情調〉（おだやかでのびやかな心情）（序章十一頁）とは異なる哀情が吐露される。聊かの誇張や脚色も含めて、その描写を可能にしたのは、七言歌行体だからではあるまいか。換言すれば、それを表現するために詩人は感情表白がより自由な七言歌行体を選んだといえよう。

歌行は、ともすれば楽府と混同されがちであるが、松浦友久「楽府・新楽府・歌行論——表現機能の異同を中心に——」は、その相違を明快に解き明かす。[46] 唐代楽府の表現機能は、視点の三人称化・場面の客体化、表現意図の未完結化であるのに対して、歌行のそれは、一人称化・主体化の傾向があり、表現意図は完結して提示すると説く。それを踏まえて、松原朗「盛唐から中唐へ——樂府文學の變容を手掛かりとして——」は、盛唐期の歌辞文学の状況をこう指摘する。[47] 当時、「伝統楽府」と「歌行」とに二分され、各々が「固有の様式を確立」「典型化」しており、「歌行」

の様式は、「一人称的な視点」を通して、「作者自身の個別的な体験（感情・思考）」を「直截的に表明」するという特質を有していたという。従って「溫泉行」は、盛唐期における歌行の典型を継承した作品と看做せよう。

韋應物は驪山行幸に因む作を、もう一篇詠んでいる。「驪山行」（巻十歌行下）である。この期における韋の玄宗および驪山行幸への執着がいかに強いかを物語るが、それにしてもなぜまた詠む必要があったのだろうか。だが作品を一読すれば、構成・内容・形式・表現意図すべてにわたって両篇の相違は明白である。簡潔にまとめれば、一、「溫泉行」は、「一人称的な視点」で詠まれるのに対して、「驪山行」は、三人称（部分的に主語として玄宗）で客観的に詠まれている。二、「溫泉行」は神仙趣向が希薄なのに対して、「驪山行」は、濃厚という二点である。まず第一点についていえば、「溫泉行」でもっとも印象的な詩人自身の〈情〉の吐露や自画像という要素は、「驪山行」では皆無である。第一・二聯は、こう詠う。

①君不見開元至化衣裳垂　　君見ずや　開元は至化にして衣裳垂れ
②厭坐明堂朝萬方　　明堂に坐して万方に朝するに厭く
③訪道靈山降聖祖　　道を霊山に訪ひて　聖祖降り
④沐浴華池集百祥　　華池に沐浴して　百祥集まる

古代の聖帝の「垂拱の治」に擬えて天下太平の「開元の治」から詠い興すが、朝廷の明堂に「坐」するのも、多くの国々の諸侯や使者の朝見に「厭く」のも玄宗であり、霊山を訪れ、「沐浴」する主語も玄宗（と従者）である。(48) 第三聯から華やかな行幸場面が始まる（「千乗万騎　原野を被ひ、雲霞草木　相輝《かがや》く」）。第四聯「禁仗　山を囲みて暁霜切《きび》しく、離宮　翠を積みて　夜漏長し」は、朝夜対を用いて、禁衛としての韋應物の実感が籠められている。以降、「溫泉行」とも共通する客観的行幸場面と太平繁栄への賞揚が十四聯（後掲）も続いた後、

㉝干戈一起文物乖　　干戈　一たび起こり　文物乖れ
㉞歡娯已極人事變　　歡娯　已に極まりて人事変ず
㉟聖皇弓劍墜幽泉　　聖皇の弓剣　幽泉に墜ち
㊱古木蒼山閉宮殿　　古木の蒼山　宮殿を閉づ

と、第十七聯で「溫泉行」にはない安史の乱が記され、次いで第十八聯では、玄宗の崩御と宮殿の閉鎖へと一聯ごとに時系列に沿って客観的に述べられる。この三人称的視点と客観的場面展開は、先の松浦説に拠れば、楽府に属すというべきであろう。だが楽府題に「驪山行」はない。これを如何に解すべきか。松原氏は、中唐における歌行の変容の一つとして「新題の楽府」と呼ぶべき作の出現を指摘する。「傳統樂府題を用いないが表現の様式は傳統樂府のそれを意識的に繼承するもの㊾」である。「驪山行」はまさに韋應物が創案した「新しい題の樂府」に相当するといえよう。松原氏は「新題の楽府」の存在意義は、伝統楽府と比較して「自由な題材選擇を可能」にし、さらに「作品を、作者という、固有のただ一つの状況から解放し、そこにより大きな虚構の可能性を手に入れること」と論ず。韋詩に即せば、「溫泉行」が個人的不遇感の吐露に重点があったのに対して、「驪山行」は韋應物個人の〈情〉を後退させて、「大きな虚構」とまではいえないが、ある願望を唱えている。それが何かは、最後の二聯に明らかである。

㊲纘承鴻業聖明君　　鴻業を纘承す　聖明の君
㊳威震六合驅妖氛　　威は六合に震ひて妖氛を駆る
㊴太平遊幸今可待　　太平の遊幸　今待つ可し
㊵溫泉嵐嶺還氛氳　　温泉　嵐嶺　還た氛氳たり

「聖明君」とは代宗を指し、玄宗の崩御（七六二年四月五日）の十三日後、後を追うようにして亡くなった粛宗を継いで即位した。その権威は全世界に遍く行き渡り、異民族による戦乱の妖気を追い払った、今こそあの㊴「太平遊行」を復活できる時の到来、ご覧くだされ、温泉も驪山も今や意気盛んにして待っています、と代宗に訴える。「還」という虚辞は、「今」を意識して、これまで以上に勢いよくという詩人の〈情〉を最後に籠めたと考えられよう。

歌辞文学史の観点からいえば、韋應物は、「温泉行」で盛唐の典型的歌行を継承し、「驪山行」で自由な発想、題材による新たなる楽府創作を試みたのである。[50] さらに付言すれば、「驪山行」を踏まえて諷諭性を強調したのが、前掲白居易の新楽府「驪宮高」ではないか。「驪宮高」第七句「翠華不來歳月久」の「翠華」は、天子の儀仗を指すが、「驪山行」⑮「翠華稍隱天半雲」と用いられている。また白は憲宗即位後五年たっても行幸されないのはなぜかと問題提起し、それは莫大な費用がかかるからという批判を展開する。これは韋の代宗への行幸願望への返答と考えるのは、果たして穿ちすぎか。松浦氏は、新楽府の母胎は歌行にあると説くが（注（46）、三三八～三三九頁）、その一例が歌行の変容でもある「驪山行」を母胎にした「驪宮高」と看做せるのではないだろうか。この洛陽前期の歌行作品においても、踏襲と新機軸という盛唐から中唐への過渡的要素が認められ、韋應物が多様化の新しい波動を起こしていることに注目しておきたい。

次いで第二点の神仙趣向について述べれば、第三聯から十四聯も続く行幸・繁栄謳歌の場面に、仙趣が繰り返し詠われる。

⑪三 清 小 鳥 傳 仙 語　　三清の小鳥　仙語を伝へ
⑫九 華 眞 人 奉 瓊 漿　　九華真人（仙女）瓊漿《けいしょう》を奉る
⑬下 元 味 爽 漏 恆 秩　　下元の味爽　漏《とき》恒秩（定期的祭り）たり

⑭登 山 朝 禮 玄 元 室　　山に登りて朝礼す　玄元の室
⑮翠 華 稍 隱 天 半 雲　　翠華（帝の車駕の羽飾り）稍や隠る　天半の雲
⑯丹 閣 光 明 海 中 日　　丹閣　光明　海中の日
⑰羽 旗 旌 節 憩 瑤 臺　　羽旗旌節　瑤台に憩ひ
⑱清 絲 妙 管 從 空 來　　清糸　妙管　空より来る
⑲萬 井 九 衢 皆 仰 望　　万井　九衢　皆仰望し
⑳彩 雲 白 鶴 方 徘 徊　　彩雲　白鶴　方に徘徊す

第六聯では、西王母の使者とされる「小鳥」が王母のことばを伝え、仙女が王母の玉漿（仙薬）を帝に奉納する。『漢武故事』『漢武帝內傳』などに見える漢の武帝と西王母の交流を意識していよう。次いで、農暦十月十五日の道教の祭礼に従い、驪山に登って「玄元」すなわち天宝二年（七四三）に唐朝の始祖として「大聖祖玄元皇帝」と号された老子の廟での祭祀を詠う。第九・十聯は、崑崙山にあるという「瑤臺」に擬した台閣で憩う侍衛の耳に、天空から妙なる調べが響いてきて、それに合わせるように、五色の雲が浮かぶ空を背景に、天女とも見紛う白鶴が舞い飛んでいる。

かように濃厚な「神仙色」は、韋應物のほかの歌行作品も同様である。例えば、「漢武帝雜歌」三首（巻十）は、（其一）「漢武 神仙を好み、黄金もて台を作り天と近し。王母は桃を摘みて海上に還り、之に感じて西に過りて聊か問訊す（漢武好神仙、黄金作臺與天近。王母摘桃海上還、感之西過聊問訊）」と詠い出し、武帝の西王母への親近を詠むが、そこには、⑥「殿前の青鳥　先づ徊翔す」と「青鳥」が飛来し、「驪山行」と同様に、王母降臨の予告をする。王母は玉盤の桃を武帝に捧げようとするが、「踟躕して未だ去らず　彩雲を留む」と空には、五色の雲が棚引いている。このほか、「學仙」二首「王母歌」「馬明生遇神女歌」（以上巻九）などの作には、いずれも批判的口吻はない。深沢一幸「韋応物の歌行」も、その点を指摘し、白居易のように「非難すべき対象として描くということはなく、ひたすら神仙の世界の華麗さ、不思議さをえがいているようである」と述べる。その理由を韋の「大貴族の子孫」という出自、「近衛士官」という役職に求め、「状況的にも感性的にも、玄宗と同じ世界を共有することができた」からとする。[51] 深沢説を補足すれば、その神仙趣向は、単なる「華麗さ」「不思議さ」の描出だけではない。西王母とも関わることができるという虚構によって、玄宗の崇高さや聖性を表現するとともに、右の⑭「玄元」と詠われる老子の強調を看取すべきである。前掲第二聯にも「訪道靈山降聖祖、沐浴華池集百祥」と詠い、唐朝と同じ李姓といわれる老子（李耼）を始祖として祀り、吉祥を玉体に浴びる。すなわち韋が杜甫や白居易と異なり、玄宗の神仙趣向を強く肯定するのは、大唐帝国への忠誠の表明なのである。その裏には、帝国滅亡への危機感が存していることは疑いない。それゆえに一層、失われた太平の時を求め、臆面もなく華麗な神仙趣向を凝らしたといえよう。その意味では、同じ歌行でありながら仙趣が希薄な「溫泉行」より、「先帝昔好道」と詠う「驪山感懷」の応酬詩の方に、より近いといえよう。事実、⑬「下元昧爽漏恆秩」（応酬詩④「下元朝百靈」）、㉜「時豊かにして賦斂未だ労を告げず」（応酬詩㉒「時豐賀國禎」）、㊵「溫泉嵐嶺還氛氳」（応酬詩⑱「氛氳麗層甍」）など類似の詩語詩句が見出せるのである。その点から「驪山行」の繋年は、「感懷」応酬詩と相前後するのではないだろうか。

「驪山行」の成立時期について、陶敏注・傅氏等は触れず、孫望評箋や竹村則行「韋応物の〈驪山行〉〈温泉行〉詩について」[52] は、代宗即位後まもなく、広徳元年（七六三）、韋應物が洛陽丞に赴任する途次の作とする。だが当時の状況を考慮すればその可能性は低い。足かけ七年に亙る安史の乱は、一応の終息を得てはいる。前年の宝応元年（七六二）九月以降、魚朝恩率いる神策軍の戦功や回紇族の援護を借りて、次第に史朝義の軍を追いつめて行き、年明けて、田承嗣や李懐仙らが朝義を裏切り、朝義は遂に「林中に縊れ」たのである（『資治通鑑』巻二二二、広徳元年）。だが七月の「広徳」への改元後、吐蕃がたびたび侵攻するようになり、冬十月、涇州（陝西省長武県）から、武功（韋應物が結婚後、安史の乱を避けた長安の近郊）を経て長安へと迫り、「京師震駭す」。名将郭子儀は、咸陽で吐蕃と戦って不在のため、危機感に駆られた代宗は、丙子（七日）、遂に蒙塵。空になった長安に入った吐蕃は、略奪放火を恣にするとともに、偽帝を立てて改元し、百官を置いたという（『資治通鑑』巻二二三）。[二六]代宗が長安に戻れたのは、二ヶ月半後、十二月甲午（二十六日）のことであった。このころ、韋應物はどこにいたのだろうか。諸伝諸注は、洛陽丞赴任時期を、「広徳元年冬」としか記さない。おそらくすでに洛陽に向けて旅立っていたのだろう。韋應物は、混乱する長安を背にして、断腸の思いで驪山の麓を通ったのである。いかな忠臣と雖も、代宗の威信は世界に鳴り響き、異民族の㊳「妖氛」を追い払ったとは口にできないであろう。

それでは、「驪山行」の成立はいつであろうか。詠われている〈景〉は、仙趣に満ちた追憶の虚景である。必ずしも驪山を眼前にしての作とは限らない。前掲「廣徳中洛陽作」では、洛陽到着後、目の当たりにした死の世界とも思しき「蕭條」たる荒廃に茫然と立ちすくみ、「苦酸」し、「西懐咸陽道、躑躅心不安」と詠む。それゆえ広徳年間では、まだ願望を表白し得る余裕はなかったであろう。永泰元年（七六五）に事件を起こしている。それがいつかは正確には不明だが、その前に詠われたのではないか。当時、二月に党項《タングート》が富平（長安近郊）に侵攻するなど、まだ不穏な状況はあったものの、三月には吐蕃が和平を請うており、最悪の事態は改善されつつあった。洛陽では、戦功を嵩にきた神策軍や回紇の目に余る狼藉があるものの、韋自身、上洛後足かけ三年たち、洛陽での生活に慣れて、少しは落ち着きつつあったのではないか。少年時代、禁衛を共にしたと考えられる鄭の「感懐」詩に触発され、応酬詩を詠む中で、韋應物は、驪山での「華麗な」思い出をまざまざと追想したのであろう。応酬詩作成が「驪山行」を誘導したのではあるまいか。それはまさに「太平の世」の追憶であった。彼は温泉御幸の復活を期待するが、それは「太平の世」、すなわち大唐帝国の復興願望にほかならない。「驪山行」が「開元至化」から始められ、唐朝の③「聖祖」である老子が⑭「玄元」と強調されているのは、まさにそれを意味するのである。

本節最後に、王維が玄宗の驪山御幸に従事した時の作（「和僕射晉公扈從溫湯」巻二、五言排律・十韻）を引く。

①天子幸新豐　天子　新豊に幸し
②旌旗渭水東　旌旗　渭水の東
③寒山天仗裏　寒山　天仗の裏
④溫谷幔城中　温谷　幔城の中
⑤奠玉羣仙座　玉を群仙の座に奠へ
⑥焚香太一宮　香を太一宮に焚く
⑦出遊逢牧馬　出遊して牧馬に逢ひ
⑧罷獵有非雄　猟を罷むるは雄に非ざる有り
⑨上宰無爲化　上宰は無為にして化し
⑩明時太古同　明時は太古に同じ
⑪靈芝三秀紫　霊芝は三秀　紫にして
⑫陣粟萬箱紅　陣粟（国の食糧庫）は万箱　紅なり

この詩は、原注に右補闕時の作とある。序章でも記したように、王維は約二十年間、地方官を転々とするのを余儀なくされたが、四十代に入ってようやく長安に戻ることができ、天宝元年（七四二）四十代半ばに就いた官職である。

以後、彼は順調に出世していき、宮廷詩人として「奉和應制」詩を少なからず詠じた。詩題の「晉公」とは、宰相李林甫で、応制詩と同様、太平の世を寿いで、李林甫を賛美している。第一・二聯は、行幸の様子を水・山・谷という自然を軸として壮大に詠い、第三聯は、「驪山行」と類似の神仙趣向に因んで、御幸は神仙界にも比せる別世界への遊行と聖性を強調する。後半は、玄宗の御代は太古の聖帝の太平と等しいがゆえに、宰相も為すべきことなく、⑪「霊芝」などの瑞兆も顕現し、豊作の米は余って赤い古米となると詠む。自らの思いは⑰⑱「諫を司どるも方に闕無く、詩を陳ぶるも且つ未だ工ならず」と謙遜、あるいは自己卑下して林甫をたてるだけである。あくまでリアルタイムでの作であり、真率な私的感懐は、皆無である。王維も最晩年、安史の乱に巻き込まれて危難に遭うので、一概に韋詩と比較できないが、共に壮大な御幸を、同じく神仙趣向を交えて描写しながら、両者の相違は明白である。韋詩の特質は、玄宗の御代の崩壊と自らの挫折感を内在させた懐旧の〈景〉ということがより明らかになったのである。この点は、後にも触れたい。

以上のように、洛陽時代前期の作品は、文学史的に見れば、後期に比して、盛唐詩の継承という要素をより強く保っている。だがそれだけではなく、歌行作品も含めて、盛唐詩とは異なる新しい波動をも生み出しており、過渡的性格を認め得る。その〈景〉には、実景と虚景の二種があり、虚景には、歴史的風景や追憶としての旧景、比喩が籠められた景物や心象風景が描かれる。神仙趣向を含む懐旧傾向は、〈通底する今昔〉という韋詩独自の時間感覚の萌芽とも考えられよう。この虚景は無論、実景より〈情〉との関わりが深い。だが死の世界を思わせる抽象的実景は韋詩の原画であり、〈情〉を惹起すると同時に、〈情〉の反映でもある。『文心雕龍』が説くように、〈景〉と〈情〉の相互作用が認められ、〈情〉の比喩としての虚景が実景を詠い興すという「景情融合」に至る過程と看做せよう。〈情〉の中核に存するのは、玄宗とその時代への強い執着とそれが失われたことへの哀痛であった。大暦詩人の多くは韋と同様十代であったが、韋のように開元天宝年間の繁栄に浴する機会がなく、特別の思い入れがなかったため往事を追憶する作品が少ない。さすれば、蔣寅氏が指摘するように[53]、韋は例外的存在で、彼の独自性の一つに数えられるかもしれない。だがそれゆえに、より深く大暦時代の暗闇を感受して、その時代性を表現し得たのではあるまいか。例外と看做すか否か、検討の余地があろう。いずれにしても、これらの特質が、第二期の揚州旅行期、第三期の洛陽後期において如何に変容していくかを、つぎに考察する。

第三節　揚州旅行期における自然

まず揚州への往路の代表作を挙げる。『瀛奎律髓』『唐詩選』『唐詩品彙』など多くの唐詩の選集にも採録されている「自鞏洛舟行、入黄河卽事、寄府縣僚友」（巻二、七律）である。韋應物は洛陽の丞を辞した後、第一次同徳寺閑居後、一端長安に帰郷し、大暦四年（七六九）秋、長安から洛陽を経て揚州へ向かうが、洛水から黄河に這入るときの作である。

①夾水蒼山路向東　　水を夾む蒼山　路　東に向かひ
②東南山豁大河通　　東南　山豁けて　大河通ず
③寒樹依微遠天外　　寒樹　依微たり　遠天の外
④夕陽明滅亂流中　　夕陽　明滅す　乱流の中
⑤孤村幾歳臨伊岸　　孤村　幾歳か　伊岸に臨む
⑥一雁初晴下朔風　　一雁　初めて晴れて　朔風に下る

⑦爲報洛橋遊宦侶　為に報ぜよ　洛橋遊宦の侶
⑧扁舟不繫與心同　扁舟繫がれず　心と同じと

洛水を挟むように両岸に聳える山々が圧倒的な重量感をもって立ち並ぶ中、舟はゆっくり東に向かう。東南に曲がるや、突如、山が大きく二つに割れたかのように視界が開けて、なみなみと水を湛えた黄河が出現する。山に圧迫されるような狭い空間から、劇的に拡大した明るい空間への展開が印象的だが、それを山が自らの意思で二つに分けて川水を通したかのように描写する。当該作について、明・郭濬が「景の興と会するは、絶《はなは》だ盛唐に似たり(54)」と評す。おそらく王維の「天地　忽ち開拆し、大河　東溟に注ぐ」（「華嶽」巻三、五古十韻、第六聯）、「天波　忽ち開拆し、群邑千万の家」（「渡河至清河」巻六、五古四韻、第二聯）や、李白の「天門　中断へて楚江開き、碧水東流して北に至って廻る」（「望天門山」七絶起承句）」を想起してのことであろう。王・李の「開」に相当する語として、韋應物は②「豁」を用いる。

これは、陶淵明「桃花源記(55)」を連想させる。漁師が「岸を夾みて数百歩、中に雑樹無し」という不思議な桃林に遭遇し、魅せられたように奥に進むと、林が尽きるところに「一山」があり、そこに小さな洞穴を見つける。中に入っていくと、「初め極めて狭く、纔かに人を通ずるのみ。復た行くこと数十歩、豁然として開朗す」桃源境の劇的な出現である。最初、人一人がやっと通れる洞穴の狭さに辟易するが、気を取り直して数十歩進むと、目の前がぱっと開けて「屋舎儼然、良田美池」という別世界が広がっていた。[二七]「桃花源記」は、背景もジャンルも異なるが、韋應物の陶潛への傾倒を考慮すれば、ここに「開」ではなく「豁」を用いたのは、「桃花源記」の影響と考えても、さほど穿ちすぎではあるまい(56)。また王維のまさしく「桃源行」（巻一）が、「山口潜行するに始めは隈隩《わいおう》、山開きて曠望すれば旋《たちま》ち平陸なり」と詠むのも傍証となるであろう。直接的には王維詩が典拠かもしれない。さすればその意味は、この旅の新天地への期待と解され、盛唐詩のダイナミズムとともに彼の弾む思いが伝わってくる。それは、群れを離れて南下する一羽の雁の自由な飛翔と同様、末尾の「泛たること繋がれざる舟の若し」（『莊子』列御寇）という詩人の解放感に呼応していく。洛陽前期「登髙」詩の「空鳥何ぞ翩翻たる」の「空鳥」との相違が際立つ。七言律詩という韋應物があまり採らない詩形を試みているのも、その期待と関わっていよう。一年に亙るこの旅の目的は、揚州で兄と再会すること以外には判然としない(57)。恐らく仕官を求めての旅でもあったのだろう。だがこの作からは、解放感が如実に伝わってくる。

頷聯は、遠近、あるいは仰角俯角の対比を用いる。遙か空の彼方、冬枯れの木立がおぼろにかすみ、風が出てきた水面には波が乱れ立ち、夕日がそこに赤く反射してきらきら点滅している。③「依微」④「明滅」の双声畳韻対として、律動感をも生んでいる。天と地（水）、静と動、明と暗（薄明）の対比も含んで、スケールの大きな空間が刻一刻と変わる様相を繰り広げる。

舟中の詩人の眼に映る景色が、舟の進行とともに変転していくさまを、多様な視点で描写し、読者は同乗しているかのような錯覚を覚えるほど、臨場感に溢れている。この表現は、先行作として、謝靈運「石壁精舎還湖中」（『文選』巻二二）を想起させる。右の頷聯は、特に謝詩の名句「林壑　暝色を斂め、雲霞　夕陽を収む」を彷彿とさせる。林や谷が暮色を吸収するように次第に黒ずみ、天空にたなびく雲霞が夕日の赤い光の粒子を吸い込み、刻一刻と朱に染まってゆく。この光の移ろいを、韋應物は七言の中に取り入れて空間を拡大し、風声や川音、そして水の流動感を加味したのである。まさに「古詩を以て律に入る」「韋蘇州の律詩は古に似たり」（宋・張戒『歲寒堂詩話』巻上）と評される所以である。頷聯については、再度、後述する。

鞏県のあたりで洛水に合流する伊川の岸辺に、思いがけずぽつんと鄙びた村落が出現する。第五句は、そこでの村人の暮らしに思いを馳せた結果、「幾歳か」という詩語を生み出したのであろう。これまで世の喧騒や興廃、具体的には安史の乱とは全く無縁に存在し、これからもおそらくそのままのさまであろうことを「孤」が物語る。船上からの単なる嘱目の吟のように見えるが、果たしてそうであろうか。「幾歳」に含まれた感懐は、「孤村」が、秦の酷政を逃れた人々が辿り着いたあの「孤村」、すなわち桃源郷を意に含んでいるのではあるまいか。②「山豁」がその伏線と考えられるのである。郭濬は前掲の評語（「絶似盛唐」）に続けて「只孤村のみ自ずから本色を露はす」と記す。郭濬の真意はこの文だけでは明らかではないが、叙景描写の中に、さりげなく置かれたこの第五句の時間表現にこそ、盛唐詩とは異なる韋詩の独自性を認めるべきではないだろうか。

清・沈徳潜は、第三句を「画本なり」、第四句を「画も亦た至り難し」と述べる。[58]「画」という評語は、例えば有名な五代末北宋初・董源（元）「寒林重汀圖」[59]などの山水画が、念頭にあって発せられたのであろう。「寒林重汀圖」は、「淡墨」を駆使して水と空を大きく描き、遠くになだらかな山が横にのびた淡い画趣である。第三句の景観、すなわち、両岸から威圧するように屹立していた山々が、舟の舵を東南に取るや、突如「遠天の外」にズームダウンされて生まれた景観に近似する。董源は、王維を祖とする南宗画の後継に位置づけられるが、鈴木敬「瀟湘臥遊図巻について」（下）に拠れば、北宋末・米芾（一〇五一～一一〇七）によって初めて認められ、その米評は、「董源、平淡天真なるもの多し」（『畫史』）という。[60]「天眞」とは、天から与えられた事物の形象を、奇を衒うことなく、ありのままに描くことをいうが、詩評の語としても用いられる。例えば、韋應物の蘇州時代に交流のあった皎然（七二〇？～七九三？）[61]の『詩式』である。その序に「天真挺抜の句の、造化と衡を争ふが如きに至りては、意を以て冥す可く、言を以て状《あらわ》すこと難し（至如天眞挺抜之句、與造化爭衡、可以意冥、難以言狀）」とある。ぬきんでて優れた詩句の形容として「天眞」が用いられているが、李壯鷹注は、仏典『傳心法要』の「天眞自性、本無迷語」（論者未見）を引いて、人間が本来有している天性（人的天然真性）の意とし、詩人の創作は「自然より出でて、彫琢を事とせず」を述べていると説く。この注にもあるように、「天眞」は、第一節に述べた「自然」（オノヅカラシカリ）に通じていく。したがって「平淡天真」は、韋應物詩の評語として説かれる「平淡自然」と関わるのである。沈德潛が「畫本」と評する所以が明らかであろう。

この景を「画」として捉えれば、構図は、北宋神宗朝の宮廷画家郭熙が唱えた「三遠（高遠・平遠・深遠）」（『林泉高致』山川訓）の一つ「平遠」と看做せよう。「平遠」とは、前述の如く、「近山自りして遠山を望む、之を平遠と謂ふ」[二八]とあり、小高い所から、眼前に広がる水や平原を越えて遠山を見晴るかすことである。五代末北宋初の李成「喬松平遠圖」が有名だが、「山川訓」は、「平遠の色は明有り晦有り」「平遠の意は沖融にして縹縹緲緲たり」と説く。韋詩頷聯の「依微」「明滅」という景観そのものである。「平遠」は、夙に王維の画評にも「王維の画品は妙絶、山水平遠に于《おい》てもっとも工なり」（唐・李肇『唐國史補』巻上）と見える。この「平遠」は、無論、「平坦に果てしなく続く」という語意そのもので、郭煕のそれとは異なるが、今「傳王維　長江積雪圖巻」、「傳王維　江山雪霽圖巻」(62)として伝わる作は、いずれも水を介在させた奥の遠方になだらかな山並みを描き、「平遠」と評し得る。真蹟ではないまでも、王維絵画の特色の一つとして興味深い。『唐國史補』は開元から長慶までの逸事を記しているので(63)、この画評も、遅くとも長慶年間（八二一～八二四）までには定まっていたのであろう。鈴木氏に拠れば、大暦以後の画壇の主流は、伝統的青緑山水画風であり、「平遠山水形式であったことはほとんど疑う餘地がない」といい、「平遠」が意識され始めた初期の画家として王維と並んで中唐・朱審を挙げる(64)。その絵も「工に山水を画く。……平遠は目を極む。建中の年、頗る名を知らる」（中唐・張彥遠『歴代名畫記』巻十「敍歴代能畫人名」）と評されている。この記述を踏まえて、鈴木氏『中國繪畫史』附録年表は、徳宗の建中年間（七八〇～七八三）に「呉興の朱審、平遠を画いて著名」とする。韋應物の四十代半ばに当たる。すなわち当時、「平遠」を意識する山水画が斬新な構図として、注目されていた蓋然性が高い。そして韋が右の画壇の状況を知っていたことは、明白である。なぜなら序章「略伝」に記したように、韋應物の父鑾、父の兄鑒、その子偃はともに『歴代名畫記』（巻十）や晩唐・朱景玄『唐朝名畫錄』（能品上六人）に列せられ、当時の代表的画人と認められているからである。父は曾祖（則天武后朝の宰相）や祖父（梁州都督）に比べて官職（宣州司法参軍）こそ低かったが、「山水松石に工なり。其の名有りと雖も、未だ古拙を免れず」（『名畫記』巻十）、「善く花鳥山水を図き、倶に其の深旨を得たり」（『名畫錄』）と評され、慈恩寺の院内東廊の北より第一房の南壁に「松樹」を描いたという（『名畫記』巻三）。「古拙」は、「拙直　余　恒に守る」（巻二「示従子河南尉班」）と吐露する應物を彷彿とさせるし、両書ともに父は「山水」を描いたと記すので、短絡的にいえば、韋の自然詩のルーツをここに認めても強ち的外れではあるまい。また韋偃は、世に馬の絵が有名だが、それのみならず、「山水に工」「松石は更に佳なり」（『名畫記』）と記されている。偃の馬や松の絵は、杜甫詩にも詠われて高く評価されている。[65] 韋應物が幼少期からかような環境に育ったことは、彼の自然詩作成に大きな影響を与えたといえよう。そして韋の自然詩において、「平遠」という構図が以後も少なからず描かれることは、それが当時の斬新な画境として意識されていたことと無関係ではないと考えられる。また王維の絵がその語で評されることからも、韋應物の王維詩への関心を看取し得るのである。

　なお蛇足ながら、彼の名である「應物」は、前述の如く、『莊子』知北遊篇の「其用心不勞、其應物無方」や仏典を出自として、精神の自由自在を表すと論者は考えてきた。だが画人としての父の命名ならば、「気韻生動」で有名な斉・謝赫「画の六法」（『古畫品錄』、『歴代名畫記』巻一引）の一つ、「應物象形」（対象に応じて形をうつすこと）の意を含む可能性も考えられよう。さすれば韋詩、殊に自然詩考察において、「画」の視座、その絵画性は等閑にできないだろう。

詩と「画」の関わりは、六朝時代から認められるが、[66]浅見洋二「〈詩中有画〉と〈宛然在目〉――中国における詩と絵画――」は、沈徳潜のように詩評を絵画で表すための前提としての詩画同質論の萌芽が見られるのは、中唐からだという。[67]その系譜において最も有名なのは、北宋・蘇軾の王維詩評「詩中に画有り」[二九]であろう。[68]対象とされた王維の作は、「荊渓　白石出で、天寒く　紅葉稀なり。山路　元と雨無きに、空翠　人衣を湿す（荊渓白石出、天寒紅葉稀。山路元無雨、空翠濕人衣）」（「山中」五絶）である。蘇軾はなぜこの作を「画」と評したのか。この評に関しては、詩話も含めて数多くの言及があり、浅見洋二「〈詩中有画〉をめぐって――中国における詩と絵画――」は、それらを渉猟して、こう論ず。蘇軾ひいては宋代文人の詩画同質論は、「如在目前」（梅堯臣）、「宛然在目」（晁貫之）とあるように、「詩にうたわれた世界の映像の再現前」という詩学認識が支えており、「詩における映像世界の再現・伝達を絵画のそれになぞらえる美学が基底」にあったと述べる。[69]絵画は「形を以て形を写し、色を以て色を貌《かたど》る」（宗炳「畫山水序」）とあるように、素朴な定義としては、色と形（線）によって表現する芸術であり、右の王維詩も、その二要素を満足させており、とくに色彩の対比が印象的である。晩秋または初冬の渇水のため、川底の白い鵞卵石（楊文生注）が顔を出し、厳しい寒気は紅葉を殆ど落としてしまった。「白」と「紅」という一見、鮮やかな対比を用いながら、その実、石と葉という微細な景物の点在する蕭条たる風景を描出する。一転、視界を大きく拡大してまさに「山中」全体を、水も滴るような翠色で塗りつぶす。「濕」は、「寒」と同様、触覚（皮膚感覚）に訴えるが、それによって「山中」を蔽いつくす「空翠」が、「宛然として目に在り」を可能にしているのである。翻って、韋詩の頷聯も、先述の如く、「平遠」という遠近を意識した構図の中で、暮色と夕日という色彩と光の明暗の対比が描かれ、まさに「宛然在目」という詩画同質論を成立させる基盤を有している。六年前、洛陽丞赴任直後の作（「廣徳中、洛陽作」）では構図も描かれず、死の世界を思わせる黒一色の〈景〉であったことに想い及べば、昔日の感があろう。

揚州滞在中の詩で、ほかに指摘すべきは、老いへの関心である。偶然遭遇した洛陽の友人との再会を「楚塞　故人稀なり、相逢ふは本より期せず。猶ほ存す　袖裏の字（手紙）、忽ち怪しむ鬢中の糸（楚塞故人稀、相逢本不期。猶存袖裏字、勿怪鬢中絲）」（「揚州偶會前洛陽盧耿主簿」巻一、五古四韻、第一・二聯）と詠む。旧友との再会を喜びながらも、友の鬢中に見つけた白髪に時の推移の感慨を深めている。これは帰路において、より明確に意識されるようになる。

揚州での約一年の滞在の後、大暦五年（七七〇）秋、韋は洛陽をめざして揚州を後にする。揚州での仕官は叶わず、生計の用に迫られて、洛陽での再起を目指したのであろう。つぎの詩にあるように、自らを「洛陽の人」と認識しており、事実、翌年には洛陽での河南府兵曹参軍の職を得ている。出発時の「初發揚子、寄元大校書」（巻二・五古四韻）を挙げる。

①悽悽去親愛　　悽悽として親愛を去り
②泛泛入烟霧　　泛泛として烟霧に入る
③歸棹洛陽人　　帰棹　洛陽の人
④殘鐘廣陵樹　　残鐘　広陵の樹
⑤今朝此爲別　　今朝　此に別れを為し
⑥何處還相遇　　何れの処にか還た相遇はん
⑦世事波上舟　　世事　波上の舟
⑧沿洄安得住　　沿洄（往来）して安んぞ住まるを得んや

烟霧に包まれた波止場から旅立つ彼の耳に、岸辺の樹木の彼方から途切れ途切れに鐘の余韻が響いてくる。「悽悽」は、「韋悼3」「出還」において「悽悽動幽幔、寂寂驚寒吹」（⑤⑥）と句頭の連珠対として用いられているのを連想させるが、兄や友人たちとの別れが切なく迫る。擬音語・擬態語として多く用いられる畳語であるが、韋詩のそれは、〈景〉のみならず〈情〉表現も少なくない。その〈情〉は、ほとんど悲哀表現である。先に、潘岳から江淹へという感傷文学の系譜を継ぐものとして韋詩を位置づけたが、ここにもその一例が認められ、②の〈景〉の畳語と対比され、いわば景情対になっている。詩人が〈景〉と〈情〉との対比を明確に意識していることが明白である。もっとも「泛泛」は、〈景〉の様態を表しながら、詩人の、尽きることのない別離の〈情〉の比喩になっていることを見逃すべきではないだろう。一見して実景を詠みながら、そこに〈情〉を籠めていることが「景情融合」の基本原則の一つといえよう。第三期にそれがさらに深められていることを後述する。

③④および⑦は体言のみの作句である。王國瓔氏は、この句形を「断続性句法」と称す。王氏は、アリストテレスと同様、山水詩を山水という自然の「模擬」と捉え、形象化の際、孤立語としての「中文」の語法的独自性が有効と説く。具体的には三種の句法（一「断続性句法」、二「錯置性句法〔倒装句型〕」、三「条件性句法」）を提示し、一については「沅水桃花の色、湘流杜若の香」（陳・陰鏗）、「白狗黄牛峡、朝雲暮雨の祠」（杜甫）、大暦詩人では、劉長卿（七二六？～七八七？）の「夕陽千萬山」（「秋杪江亭遊作」）などを例示する。蔣寅氏も、大暦作品の「特徴」として、詩篇全体は「奇警」（際立ってすぐれている）と評価できる詩篇は多くないが、一聯一句には、洗練されて生き生きとした興趣を表現していると説き、その所以の一つは、述語を省略した名詞句であり、例として右の韋詩の③④を挙げている。蔣氏がほかに例示する司空曙の「雨中　黄葉の樹、燈下　白頭の人」（「喜外弟盧綸見宿」）も、「樹」「人」の対語など、③④に酷似する。韋應物はこの手法を少なからず用いており、韋詩の特徴の一つとして数えられ

る。その意味でも、韋詩は大暦詩人として決して「特殊な詩人」ではない。各名詞が孤立して直接繋がらず、そこはかとない余韻を醸し出し、相互の関わりや補足を読者に委ねる。ここでも読者はそれを考えながら、鐘の音の残響が揚州の樹林を越えて響いてくる余韻を、しばし味わうことになる。⑦「波上の舟」の揺らぎは、たつきに迫られて帰洛せざるを得ない「世事」に翻弄される彼の姿であり、まさに③「歸棹洛陽人」に呼応するのである。

かくして彼は北上し、その途次、淮水で、洛陽の旧友李澣に再会する。「淮上遇洛陽李主簿」（巻五・五律）である。

①結　茅　臨　古　渡　　茅を結びて古渡に臨み
②臥　見　長　淮　流　　臥して見る　長淮の流れ
③窗　裏　人　將　老　　窓裏　人　将に老いんとし
④門　前　樹　已　秋　　門前　樹　已に秋
⑤寒　山　獨　過　雁　　寒山　独り過ぐるの雁
⑥暮　雨　遠　來　舟　　暮雨　遠く来るの舟
⑦日　夕　逢　歸　客　　日夕　帰客に逢ふ
⑧那　能　忘　舊　遊　　那んぞ能く旧遊を忘れんや

集中、李澣に因む作は、当該作も含めて七首認められ、それらに拠ると、李は大暦の初めに洛陽の主簿を辞職して楚州に帰り、以後隠遁生活を送っていた。諸篇の中で、韋は彼を「情人」と呼び(72)、熱い友情を表白する。揚州への往路時にも李を訪問しているが、帰路での本作は、李の隠遁生活を描写する。ひなびた渡し場に臨む茅葺の庵の中で、ごろんと横になって淮水を見るともなく眺める李澣の姿。その李澣に老いが忍び寄り、それに呼応するかのように、季節は「秋」。陶淵明に因む詩語（「結茅」「門前樹」「日夕」）を散りばめて典型的な隠者として描き出す。人口に膾炙する韋の代表作「滁州西澗」の「野渡　人無く　舟自ずから横たわる」の原風景ともいうべき〈景〉である。韋の隠遁憧憬が窺われる。

いつしか日も暮れ、寒々しい雨が降り出す中、川向うにぼんやり霞む山を背景に、群れを離れた一羽の雁がゆっくりと横切って行く。これも「平遠」の構図であるが、その中を彼方から次第に近づいてくる一艘の舟。⑦「歸客」（洛陽に帰る旅人＝韋）の出現である。読者は（詩題はさて措き）最初、②「見る」の主体や③「人」は、詩人自身と解して読み進むが、この出現によって初めて主体は李瀚、その人であることに気づかされる。詩人は登場しても客体であり、あくまで李瀚が、「歸客」に逢うのである。韋應物は、いわば小説家の立場で、李瀚を主人公として描写したのである。その斬新さは今措くとして、「小説の登場人物はすべて作者の分身」といわれるように、川の流れや赤く染まり散って行く門前の樹木、群れを離れて飛ぶ雁を「見る」のは、詩人自身でもある。韋應物は妻亡きあと、灃水や滁州の川辺に閑居し、その流れを少なからず詠う。川の流れを「見る」ことが、詩人にとって重要な意味をもつことを、ここで押さえておきたい。「水」への好尚は、紛れもなく詩人自身のそれである。さらに反語で強調された末句の深い友愛も、詩人の真情であることはいうまでもない。さすれば③「老い」も、李瀚のそれだけではなく、二人の交遊の長さの表明であるとともに、自らの老年の認識ではあるまいか。前述の如く、揚州滞在時にも、すでに「老い」への関心が認められた。

李瀚再訪とほぼ同じころに詠まれて、同様な〈景〉が描かれるつぎの作では、自身の老いを直接吐露している。「淮上卽事、寄廣陵親故」（巻二・五古四韻）である。第一節において何遜詩との近似性に言及して例示したので、原詩は省く。「前舟　已に眇眇たり、渡らんと欲するも誰か相待たん。秋山　暮鐘起こり、楚雨　滄海に連なる」（第一・二聯）と詠う。「眇眇」は、秋景の原拠ともいうべき『楚辭』九歌「湘夫人」に見える（「帝子　北渚に下り、目は眇眇として予を愁へしむ。嫋嫋たる秋風、洞庭波だって木葉下つ」）が、それを踏まえて、前方に見えていた舟が早くも消えかかっているさまから詠い興す。奥行きのある空間が描写される。時の経過の速やかさがもたらす寂寥感をも喚起して。遠望している詩人の視界にぼんやりと入っていた紅葉に染まる山から、折しも入相の鐘が響いてくる。これも「平遠」という構図で、空間が大きく拡大される。そこにいつしか雨が降り始め、湿気を含みくぐもる鐘の音が雨音とともに流れながら、水嵩が増えてゆく。聴覚から視覚へ、果ては「滄海」へと流れて、茫漠たる空間に拡大される。後半は、こう詠う。

⑤風 波 離 思 滿　　風波　離思　満ち
⑥宿 昔 容 鬢 改　　宿昔　容鬢改まる
⑦獨 鳥 下 東 南　　独鳥　東南に下る
⑧廣 陵 何 處 在　　広陵　何れの処にか在る

果てしなく増大する膨満感が、⑤「滿」に④「連」なり、〈情〉との融合が表現される。「寒雨　江に連なりて夜呉に入る、平明　客を送り　楚山孤なり」（王昌齢）を彷彿とさせるが、ここに鐘の音を響かせるのが、独特である（後述）。風も加わり、波がうねるように高まる川の面。この第五句は、上の二語と下の三語との間の余白を読者に委ねる技法である。先述の断続性句法に類似するが、下三語は、名詞のみではない。「歇後」法（「後略語」[73]）の命名に倣って、拙論では「歇中法」と名付けることにする。これは、空海『文鏡祕府論』地巻（引王昌齢「格式」）「十七勢」の第十三「一句直比勢」に類す。「相思河水流（相思ひて河水流る）」（盛唐・李頎「題綦毋校書別業」）を例示する。興膳宏注は、「一句中のいずれかの部分が、他方の比喩になっている手法」と説く[74]。すなわち「河水流」が、上の「相思」の「綿々として尽きぬ」さまの比喩となっている。右の韋詩に即していえば、「風波」が「離思満」という詩人の「親故」への溢れる思いの比喩と解し得る。李頎の詩句もそうであるが、ここでも〈景〉（被喩詞）と〈情〉（喩詞）の関係になっているのが、興味深い（ただし「歇中法」は、必ずしも比喩関係に限定されないので、「一句直比勢」という名称は用いない）。「風波」はそれだけにとどまらず、波瀾の人生の比喩にもなり、それが第六句に繋がって行く。「宿昔　青雲の志」（張九齡）というが、今やかつての面影はなくなってしまった。ふと見上げれば、揚州方面に向かって⑦「獨鳥」が飛んで行く。彼の溢れんばかりの⑤「離思」を伝えに行くかのように。わずか一年前の「一雁」と同様の、群れを離れた「獨鳥」でありながら、自由を謳歌したあの鳥ではなく、老いと孤独の表象として詠われている。仕官が叶わなかった失意ゆえであろうか、帰路の寂寥感が色濃く滲み出ている。

同じく淮水のほとりで、十年ぶりに旧友と再会したことを喜ぶ作にも老いの意識が認められる（「淮上喜會梁川故人」[75]巻一、五律）。

①江漢曾爲客　　江漢　曽て客と為り
②相逢毎醉還　　相逢ふて　毎に酔ふて還る
③浮雲一別後　　浮雲　一別の後
④流水十年間　　流水　十年の間
⑤歡笑情如舊　　歓笑　情は旧の如く
⑥蕭疎鬢已斑　　蕭疎として鬢已に斑なり
⑦何因北歸去　　何に因りてか北に帰り去る
⑧淮上對秋山　　淮上　秋山に対す

十年前、会えばいつも痛飲したが、別離の後、たちまち月日は過ぎ去った。頷聯の上句③は、李陵「與蘇武三首」

や「古詩十九首」其一を踏まえた古風な表現だが[76]、この対句は流水対である。盛唐の五律には極めて少なく、大暦に至って急増する[77]。清・紀昀の「清円　誦す可し」（『瀛奎律髓彙評』巻八）という評語通り、天地対と数対を流水対でまとめた簡潔軽快なリズムの中に独特な余韻を醸し出している。それを可能にしているのは、前掲作同様、上の二語と下の三語との直接には繋がらない微妙な間合いと体言のみの造句である。読者は「浮雲」（緩）「流水」（急）という自然の景物を思い浮かべて緩急の動きに身を委ね、「別後」の時の流れに感慨を催すのである。この技法の始まりをここに再確認できる。「浮雲」「流水」はあくまで別離の典故の表象であるが、そこに籠められているのは、流れ去ってもはや戻らない時への感傷であろう。第六句の衰老の嘆き、特に彼の愛好する⑥「蕭踈」は、その〈情〉を如実に物語る。韋の〈情〉では珍しく「喜」「歡」が詠われるが、この楽しい再会も、つかの間の出会い。「老い」を意識すればこそ、次回は望むべくもなく、この再会は尊い。だがしばしの「歡笑」の後、③「浮雲」のような詩人は、「北歸[78]」せざるを得ない。それを思えば、「秋山」を黙って見守るほかない。「流水」と呼応する淮水のほとりで、山を見守る詩人の〈情〉は、一言も語られない。いや、万感の思いで語れない。それゆえにこの〈景〉に籠められた〈情〉がしみじみ伝わってくる。「老い」を視座に据えることで、現在から過去への往還のみならず、現在から未来へと広がる時間を包摂し、その結果、溢れんばかりの今の〈情〉が、「秋山」という〈景〉に集約されたのである。ここに韋詩の「景情融合」の所以を求められるのではないだろうか。すなわち、彼独自の時空表現がそれを可能にしていると考えられるのである。

王維の代表作にも「秋山」が見える。「歸嵩山作」（巻四、五古四韻）である。

①清 川 帶 長 薄　　清川　長薄（草原）を帯び
②車 馬 去 閑 閑　　車馬　去りて閑閑たり

③流 水 如 有 意　　流水　意有るが如く
④暮 禽 相 與 還　　暮禽　相与に還る
⑤荒 城 臨 古 渡　　荒城　古渡に臨み
⑥落 日 滿 秋 山　　落日　秋山に満つ
⑦迢 遞 嵩 高 下　　迢遞たり　嵩高の下
⑧歸 來 且 閉 關　　帰り来りて且く関を閉さん

草原の中を流れる清らかな川沿いの道を、ゆらゆら（「閑閑」）車馬に揺られながら、嵩山の庵に帰って行く。日が暮れ始めて鳥は巣に帰り、彼方に鄙びた渡し場と町が見え、夕日が色づいた秋の山全体を赤く染めている。

楊文生「王維年譜」は、開元二十二年（七三四）、王維三十六歳の作とする（奇しくも右の詩「淮上～」作成時の韋と同年齢）。三十代に入っての放浪遍歴中、王維はしばしば嵩山に戻っており、隠棲の居所としていた。第四・八句に明らかなように、陶淵明の詩句を踏まえて、のどかな隠遁生活に「帰る」喜びが静かに伝わってくる。だがここでも〈情〉は、一言もない。王維は、自らの喜怒哀楽を直接表現することは、極めて少ない。後述するように、抑制の美学ともいえよう。韋應物は、おそらくそれに共感し、好ましく思っていたと考えられる。なぜなら王維詩と共通する景物や自然をしばしば詠うからである。この詩の〈景〉も、右の韋詩と「流水」「秋山」そして洛陽（嵩山）に「帰る」という共通性があり、シチュエーションも持続する時間表現も異なりながら、この作を連想させるのである。共通する韋詩のほかの作として、「滁州西澗」の鄙びた渡し場（「野渡」）を挙げれば、贅言は不要であろうが、さらに補足すれば、王詩①「清川」の「清」は韋詩の字眼であり、韋は「清川」も四例用いている。(79) その中の洛陽後期の作（大暦七、八年）を挙げよう。前掲、親友李儋を見送る送別詩（「送李儋」巻四、五古七韻）である。

①別離何従生　別離は何に従りてか生ず
②乃在親愛中　乃ち親愛の中に在り

と詠い始めて、愛すればこその別れの辛さを表白する。第五聯で、友の行路を想像して、こう詠う。

⑨春野百卉發　春野　百卉発き、
⑩清川思無窮　清川　思ひ窮まり無し

花咲き乱れ、草萌える春の野を流れる清らかな川、その流れと同様に惜別の思いは果てしない。第十句も「清川」と下三語との関わりを読者に委ねる歇中法である。読者は清らかに果てしなく流れる川の視覚的聴覚的イメージを紡ぎながら、それに続く詩人の情思を重ね合わせて、初めてこの句を統合的に受容する。この「清」は、友情の純粋さの象徴でもあり、川と結びつくことで流動感を生み、「無窮」へと繋がって行く。親友への「思」の比喩になっている「一句直比勢」そのものである。王維詩と同じく草原を流れる「清川」を詠みながら、決定的に異なるのは、あからさまともいえる感情吐露である。このことから類推すれば、右の韋詩の沈黙は、一見寡黙な王維詩と同様に見えながら、実は溢れんばかりの〈情〉ゆえのそれと考えられるのである。韋應物は、王維詩の景観に心惹かれながらも、心中の豊かな思いが時として迸り出て、王維詩との相違を印象付けるのである。この点は、後にさらに追究する。

蔣寅『大暦詩風』は、大暦詩人たち共通の主題の一つとして、「衰老の嘆き」を指摘する。盧綸の「覚えず老いの将に至らんとするを、痩せ来りて方に自ら驚く」（「行藥前軒、呈董山人」）など多くの例を挙げて、「時代共同的心理感受」と説く。それらは一、旧友との再会。二、白髪。三、秋という三種のモチーフを備えていると論ず。すなわちその嘆きは、友人との出会いの詩篇に顕著であり、具体的典型的表象として「白髪」が詠われ、李端の「今年華鬢の色、半ば故人の中に在り」（「早春會王逵主人、得蓬字」）などを列挙する。さらに自然界の草木や黄葉が、その比喩として多数挙げられる。当然のことながら季節は秋で、その例として韋詩前掲の李澣との再会を詠った「窗裏人將老、門前樹已秋」をも引いている。さすれば「淮上〜」も、三種のモチーフを具備した大暦の典型的哀老詩といえよう。蔣氏は、それらを盛唐詩と比較して、盛唐詩の衰老は、「抽象的愁」であり、それを表現するために誇張や比喩を用いるが、個別的ではなく、実際はさほど重い意味はない。それに対して大暦詩は、特定の状況に基づく具体的実感なので、その表現は「朴実」「平淡」である。盛唐詩を「少年」に喩えるならば、大暦詩は「中年」で、世の転変の憂苦を嘗め尽くした心境が詠われる。それは単に衰老詩のみならず、大暦詩歌すべてを貫く特質と論ず(80)。蔣氏は前述の如く、韋應物を例外的存在、「最も特殊な詩人」とするが、安史の乱の憂苦荒廃を少年時代から誰よりも深刻に体験した稀有の詩人として、右の観点からも、むしろ大暦詩風の特質を、技法のみならず内容的にも体現する典型的詩人というべきであろう。

老いの感慨は、この後、洛陽後期を経て長安に帰郷以降、「韋悼」3・4・8を初めとして(81)、時折吐露されるようになるが、三十代半ばのこの時期に最も早く看取されるのである。

揚州旅行期は、洛陽前期よりも後退したとはいえ、いまだ盛唐詩の余波を感じさせた。だが眼前の景観、とくに川の流れを眺めて過去へと遡及する韋詩の特質の始まりがここに認められよう。それは時間の流れと関わり、老いの意識と連動している。老いへの関心が初めて詠われるが、それは大暦詩風の主題の一つであり、洛陽期の韋詩は、その特質を体現する詩人と看做し得るのである。

そして彼の審美の対象が、徐々に姿を現してきた。絵画論で説かれる「平遠」なる構図で、川に降りしきる暮雨などによって構築される果てしない朦朧世界である。その世界を構築するための独特の修辞として、連珠対や歇中法、断続性句法が試みられている。それらを駆使して、〈景〉と〈情〉との対比と両者の深い関わりが明確に意識されていた。この揚州期は短期間ながら、内容、技巧ともに、韋の自然詩の基礎を築いたといえよう。帰洛後、それらがどのように展開するかを、つぎに述べる。

第四節　洛陽後期における自然

揚州からの帰路の作、前掲「淮上卽事、寄廣陵親故」とよく似た景観が、数年後の洛陽で詠まれている。川面に暮雨の降る中、舟と鳥が配され、入相の鐘が響く。「賦得暮雨、送李冑」（巻四・五律）である。

①楚江微雨裏　　楚江　微雨の裏
②建業暮鐘時　　建業　暮鐘の時
③漠漠帆來重　　漠漠として　帆来ること重く
④冥冥鳥去遲　　冥冥として　鳥去ること遅し
⑤海門深不見　　海門　深く見えず
⑥浦樹遠含滋　　浦樹　遠く滋《うるお》ひを含む
⑦相送情無限　　相送りて　情　限り無く
⑧沾襟比散絲　　襟を沾して　散糸に比す

小糠雨にけぶる楚江のほとり、古都建業（南京）に入相の鐘が響く。朦朧と広がる霧の彼方より帆舟が船足重くやって来て、うす暗い天空の中、鳥がゆっくり飛び去って行く。河口に聳える海門山は霧に閉ざされて見えず、果て無く連なり延びた岸辺の樹々はしっとり雨に潤っている。

この詩は、「賦得」という詩題からも明らかなように、送別の宴での題詠の作である。李冑は、徳宗の貞元年間、戸部員外郎などを経て、最終官は、比部郎中であった(82)。韋應物もそれに先立つ建中二年（七八一）、比部にいたが、詩集中、当該詩以外に李冑の名は見えない。松原朗「韋応物送別詩考――五言古体詩型の活用と大暦様式の超克(83)」は、韋應物の送別詩を灃上閑居以前と以後に二分し、前期の五言律詩型は、当時の大暦様式を踏襲していたとする。当該詩が五言律詩という大暦様式に則った詩形を用いているのも、さほど親しくない人物の、儀礼的な送別の宴であることを窺わせる。前掲「淮上卽事」に酷似するのは、おそらく李の目的地が同じ方向である連想に因るのであろうが、数年前の旅の気に入った風景を再構成したのがこの作といえよう。それだけに韋詩の特質が顕著であり、元・方回（一二二七～一三〇六）『瀛奎律髓』（巻十七）など多くの詩選集に採録され、賞賛の評語が少なくない。以下にその特質を指摘する。

まず首聯は体言のみの対句で始められている。霧雨に濡れる「楚江」という空間と南朝の古雅なイメージを喚起する「建業」。その古刹から響く暮れの鐘。時空対、視聴対というべき対句が、体言止めで作られている。王國瓔氏は、前述のごとく、山水の形象化に有効な三種の句法を挙げたが、右の首聯を、体言のみの「断続性句法」ではなく、「条件性句法」の例として提示する(84)。「条件性句法」とは、時空を表す詩語を条件として句頭に置き、続く詩語が上の詩語と明瞭な関わりがない形式と説く。例として「暁霜　楓葉丹く、夕曛　嵐気陰る」（謝靈運）、「野岸　平沙合し、連山　遠霧浮ぶ」（何遜）などを挙げる。「暁霜」「夕曛」という時間を表す詩語や、「野岸」「連山」という空間を表す詩語が、下の三字と、無関係であることによってイメージの喚起を促すと記す。韋詩の「楚江」「建業」が時空の条件を意味するという見解であろう。だがここでは上下間の空白もさほど大きくないし、むしろ体言止めによる余韻が効果的といえよう。またこの対語は時空条件のみならず、「楚江」という自然と「建業」という文字通り歴史的人工との対比をも意味して、より多様な意匠が凝らされていると解せる。

頷聯ではこの時空の中、舟と鳥の「重く」「遅い」麻痺したような動きが詠まれている。それらを含めた空間を、「漠漠」「冥冥」という畳語で形容する。方回が「三四絶妙、天下誦之」と評するように、簡潔でありながら味わい深い聯といえよう。だがそれらは韋の独創ではなく、いずれも古辞を踏まえている。煩を厭わず、以下に挙げる。畳語は前章（「古詩十九首」との関わり）でも指摘したように、『詩經』に数多の用例があり、衞風「碩人」の六種連用の如く、古朴でありながら、詞歌の韻律美と修辞美を巧みに表わし、自然を生き生きと描写し得る。もっとも「漠漠」は、『詩經』には無く、『楚辭』九思「疾世」が初出と看做せる詩語であり、六朝斉梁になると用例が増える。中でも容易に想起されるのは、南斉・謝朓「遠樹　曖として阡阡たり、生煙　紛として漠漠たり」（「遊東田」）であろう。謝句を踏まえれば、⑥「浦樹遠含滋」への流れが滑らかになり、イメージがより膨らむ。蔣寅氏は、前述の如く、大暦詩人は共通して謝朓を崇拝し、その詩を模範としたと指摘し、韋應物も小謝に直接言及した詩句を挙げるが[85]、謝詩を踏まえた一例をここに認められよう。韋詩は従来、山水詩人の祖としての大謝の影響を説かれてきたが、大暦の典型的詩人という観点からは、小謝の影響をも重要視すべきであろう。

「冥冥」は、『詩經』小雅「無將大車」に見えるが、質量ともに多いのは、これも『楚辭』である[86]。「雷塡塡兮雨冥冥」（九歌「山鬼」）は「雨」の降るさまを形容し、「翩冥冥之不可娯」（「悲回風」）は鳥との関わりを看取し得る。六朝時代にも多くの用例が数えられる[87]。また「重」「遲」の対比は、梁・簡文帝蕭綱「漬花　枝　重きを覚え、湿鳥羽　飛ぶこと遲し」（『藝文類聚』巻二所収「賦得入階雨詩」五古三韻、第二聯）を踏まえる。明・謝榛が、二作を比較して、韋詩に軍配を挙げ、「祖とする所有りと雖も、青は藍よりも愈《まさ》れり」[三十]と評価する（『四溟詩話』巻一）。その理由を忖度すれば、帝の詩句が擬人化を用いて技巧に偏し、理に落ちるのに対して、韋詩は、「去」「來」の対語の潔さもさりながら、畳語を用いて簡潔明快にイメージを喚起するからではないだろうか。

謝朓の畳語は唐代に入って、韋詩以前にも継承されており、特に指摘すべきは、王維「積雨輞川荘作」（巻四、七律、首聯・頷聯）である。

①積 雨 空 林 烟 火 遅　　積雨空林　烟火遅く
②蒸 藜 炊 黍 餉 東 菑　　藜《アカザ》を蒸し黍を炊き　東菑《とうし》に餉す
③漠 漠 水 田 飛 白 鷺　　漠漠たる水田に　白鷺飛び
④陰 陰 夏 木 囀 黄 鸝　　陰陰たる夏木に　黄鸝（高麗鶯）囀る

「輞川荘」は周知の如く、王維自然詩の主要作「輞川集」二十首を生み出した長安の南、藍田にある別業である。王維の好む「空」を冠した人気無い林に、霖雨が降りしきる。農作業の空腹を癒す煮炊きの煙が、ゆっくりと流れてゆく。朦朧とかすみ広がる水田に白鷺が横切って行き、鬱蒼と茂った木立の中から、黄鸝の囀りが聞こえてくる。③「水田」の語から謝朓の別業「東田」（都建康の北の鍾山の東）を想起するが、大貴族の謝朓と異なり、王維は農民の暮らしを詠む。かように韋詩とは背景も状況も異なるが、雨降る中、茫漠と広がる空間の中を鳥が横切り飛ぶ景観は、よく似ている。特に頷聯の連珠対[88]は、「冥冥」と「陰陰」も類似しており、韋應物が王維詩の那辺に心惹かれたかを物語る。王維は、「黄鸝　深木に囀る」（巻二「瓜園詩」）とも詠んで、色鮮やかな「黄鸝」の姿を隠す。いわば抑制の美学である。杜甫も有名な「絶句」（四首其三）に「黄鸝」を詠んでいる。「両箇の黄鸝　翠柳に鳴き、一行の白鷺青天に上る」（起承句、『杜詩詳注』巻十三）。王詩の畳語を省き、代わりに数対を加えている。杜甫の関心が色彩対と視聴対にあることが明らかである。一方、韋應物も前掲「滁州西澗」で「独り憐れむ　幽草の澗辺に生ずるを、上に黄鸝有り　深樹に鳴く」と「黄鸝」を詠う。だが鮮やかな黄色を喚起させる「黄鸝」の姿は王詩と同じく鬱蒼と茂る樹木の奥深くに隠され、囀りだけを響かせる。多くの諸注諸評は、管見の限り、王詩との関わりを記さないが、当該句は、王維の抑制の美学に共感したものと解される。そのうえで、谷川沿いにひっそりと生えて雨にけぶる「幽草」と調和させるのである。杜甫詩との相違が興味深いが、この奥深い「幽」なる審美は、「漠漠」「冥冥（陰陰）」の畳語に通じていくといえよう。

韋詩の畳語は先にも例示したが、対句中に用いられることが多く、ここでも対語として相対し、しかも同じ声母で揃えられ、一層韻律的効果を挙げている。その声母は、第二句「暮」、第五句「門」と共鳴する。[89] 五言という短さゆえに、それらが共振してシナジズムを起こし、叙景描写の三聯が、畳語を中心に韻律的にも見事な統合を示している。またそれらは、持続性、そして持続による増幅拡大作用をもたらすことが多い。この詩でも「漠漠」「冥冥」と果てしなく増幅拡大する朦朧空間が構築されている。そこに小糠雨が降り注ぐ。これまでもその一端を指摘したが、韋詩には実に様々な雨が降っている。中でも注目すべきは、日暮れや夜に降る雨が、独特の寂寥感を醸し出していることである。特に当該詩の雨は、抒情を表わす尾聯とも無関係ではない。いみじくも、呉瑞榮が「通首、一語として〈暮雨〉を鬆放《そうほう》する無し。此れ又た細切を以て精神を見《あらは》す者なり」（『唐詩箋要』陶校注本引用評語、論者未見）と述べている。即ち「暮雨」が詩全体、尾聯にも降り注いでいると説く。なぜそう言えるか。末句には別離を悲しむ詩人の涙が詠まれ、そのさまを双声で「散絲」と表わす。これは陶・阮各注の挙げる西晉・張協「雜詩」十首其三に「密雨　散糸の如し[90]」とあるように、①「微雨」の形容そのものである。すなわち繊細な「微雨」が涙雨となって流れ落ちるのである。それは川に降り注ぎ、視線を川の流れに載せて下れば、河口の辺りは霧に包まれて何も見えない。だが、その向こうには海という果てしない空間が広がっている。正に漠漠冥冥として。見えないからこそ、それは無限である。いわば持続する時間が空間に溶けてゆくのである。この無限の時空が尾聯上句の「無限の情」の表象化であることは明らかであろう。まさに「景情融合」であり、韋詩の独自の時空感覚が、それを可能にし、その触媒が「暮雨」、すなわち時間を表す「暮」、空間を包む「雨」といえよう。かくて「暮雨」は、この詩全体に降り注ぐといえよう。

松原氏は、「別後の寂寞とした心境を作品の最後に書き足すこと」は「古い離別詩の様式」で、「斉梁期の離別詩に常見するもの」と説く。(91)さすれば、当該作は、澧上閑居以前、早くもこの洛陽後期において大暦様式を脱して、「古風」という韋應物の独自性を模索する試みと看做せよう。

韋應物詩の「情」は、ほとんどが悲哀表現である。それらを表す詩語（惆・悵・憂・愁・怨・恨・嘆・傷・愴・悽・悲・哀など）は数多あり、その感情が露わになる行為の一つが「泣く」ことである。彼は送別詩のみならず、異郷に在って肉親（兄弟、従兄弟、甥、義兄弟など）や友人に寄せる詩、そしていうまでもなく悼亡詩においてもさめざめと泣いている。たとえば、「涙」は十四例を数えられるが、「韋悼」を挙げれば、「家人　我に餐を勧むるも、案に対して空しく涙を垂る」（3「出還」）、「高秩は美と為すに非ず、闌干として涙　裾に満つ」（24「發蒲塘驛沿路見泉谷村墅～」）と泣く。そのほか揚州での兄との別れを「言を拝して留まるを得ず、声結ぼれて涙　裳に満つ」（巻二「發廣陵留上家兄兼寄上長沙」）と詠い、長安での功曹参軍任官が決まり、洛陽を後にするときも、「流れに臨んで一たび相望めば、零涙　忽ち衣を沾す」（巻四「留別洛京親友」）と別れを悲しむ。その表現はクリシェに属するが、主に肉親や友人との関わりにおける実感の籠った「涙」である。(92)後に王孟と比較するが、詩人自身の悲哀を直截に「泣く」行為で表現するのは、殊に韋應物は顕著である。その傾向は洛陽後期に於いて、より明確になる。出仕と閑居の反復による空間移動をする毎に、親故との別離が増えたことにも起因するのであろう。まさに「人生足別離」（サヨナラダケガ人生ダ）である。それ以降も、悲哀は、韋詩の〈情〉の基調として表現され続ける。

「泣く」のは、儒教的価値観や士大夫の自尊心からは、恥ずべき行為であって然るべきなのに、彼はなぜ傍目も構わず「泣く」のだろうか。その源は、『詩經』であることが理由の一つと考えられる。「泣涕　雨の如し」（邶風「燕燕」）、「涕零つること雨の如し」（小雅「小明」）と、すでに涙を雨に喩えている。このほか「涕泗滂沱たり」（陳風「澤陂」）など多様な表現が見出せる。五経の一つである『詩經』において、かくも「泣く」ことが描出される以上、儒教的権威によって定型化され、自尊心の強い士大夫階級も、いわば安心して「泣く」に至ったのであろう。第四章で記したように、「古十九」においても、第十首「泣涕零つること雨の如し」、第十六首「垂涕双扉を沾す」、第十九首「涙下りて裳衣を沾す」と詠うのも、『詩經』を原拠としている。ここにも、「韋悼」同様、『詩経』→「古十九」を踏まえた韋詩の流れを確認できよう。ただし、当該韋詩末句の「沾（霑）襟」は、「沾裳衣」と関わるとも考えられるが、『詩經』には無く、それを見出せるのは、『楚辭』「離騷」である。「茹蕙（柔らかい蕙草）を攪《と》りて以て涕を掩へば、余が襟を霑して浪浪たり」と。舜帝の霊前で、殷周の王の事績を列挙し、屈原自らの「義」「善」が「時の当たらざるを哀しみ」「襟」をしとど濡らして泣く。爾来、六朝以降、唐代に入っても枚挙に遑ない。自然詩の観点から一例を挙げれば、孟浩然の「與諸子登峴山」（巻一、五律）に見える。

①人 事 有 代 謝　　人事に代謝有り
②往 來 成 古 今　　往来して　古今を成す
③江 山 留 勝 迹　　江山　勝迹を留め
④我 輩 復 登 臨　　我輩　復た登臨す
⑤水 落 魚 梁 淺　　水落ちて魚梁（隠者の住んだ砂州の名）浅く
⑥天 寒 夢 澤 深　　天寒くして夢沢深し
⑦羊 公 碑 字 在　　羊公の碑字在り

⑧讀　罷　涙　霑　襟　　読み罷みて　涙　襟を霑す

「人事」の移ろいやすさと不変の「江山」を対比させて導入とするが、これは第七句の有名な西晉・羊祜に因む「墮涙碑」典故の伏線となっている。泰始五年（二六九）、襄陽（湖北省襄樊市）に荊州都督として赴任した羊祜は、峴山からの素晴らしい眺望を見て、「宇宙有りてより便ち此の山有り。由来賢達勝士此に登りて遠望す。……皆湮滅して聞ゆる無し。人をして悲傷せしむ」（『晉書』巻三四）と泣いたという。「宇宙（往古來今、四方上下）」の始源以来の存在である峴山に対して、いかな賢者達人でも消え去る人間の儚さの嘆きである。赴任当初、呉との抗争によって、戦禍に疲弊していた民衆のために、羊は「田賦を減軽」するなどの善政を施し、死後それを顕彰して石碑が建てられた。読む者も皆遺徳を偲んで落涙するので、西晉・杜預が「墮涙碑」と命名したという。したがって孟詩の⑧「涙」は、無常観、生命の有限性への嘆きという普遍的哀感と、典故を表す修辞機能を有している。また民衆のための政治に参画できないという屈原に通じる儒教的慙愧を籠めているとも考えられよう。川合康三「峴山の涙　羊祜〈墮涙碑〉の繼承」(93)が説くように、孟は羊祜の悲哀を共有し、「連綿と續いてきた人の流れ」すなわち「歴史のなかに己を組み入れ」、その確認によって「死んでは生まれ、生まれては死んでいく人間の一部」という「人間全體の運命への歸屬感」を抱いている。その結果、当該詩は感傷に流されない「思辯の詩となっている」と評す（二〇一頁）。孟自身の個人的悲哀とは無縁の涙といえよう。孟詩には、「涕」「泪」「泣」「慟」「哭」「歔」「欷」が、一字も認められず、「涙」も右の例を除いて、六例のみである。(94)そのうち五篇は旅中の詩で、郷思を感傷的に詠い、残りの一篇は送別詩である。孟浩然は、三十六・七歳くらいまではほとんど襄陽の家郷を出ず、峴山に近い「澗南園」（南園）と称する荘園に居住していた。詩集中、南園や郭外の自然を詠う作が最多である。だがその中で「泣く」作は、右の「峴山」詩一例だけである。開元十三年（七二五）頃から洛陽や揚州・宣城を旅するようになり、十六年、四十歳で科挙受験に失敗し、長安から洛陽を経て一端帰郷。その後、呉越の間を遊行し、謝靈運に因む永嘉（「宿永嘉江、寄山陰崔國輔少府」）などを経た後、開元二十一年（七三三）には蜀も訪れている。「涙」が認められる望郷の歌五篇は、この四十代前半四・五年の漂泊中の作である。この間、「宿建德江」「早寒江上有懷」などの代表作も含めて数多くの詩篇を草している。それにもかかわらず、「泣く」のは、わずか五篇に過ぎない。孟詩は韋詩と並称されながら、直接的悲哀表現においては、大きな相違が明白である。その理由について詳細は稿を改めるべきであろうが、自然詩の系譜に則せば、孟浩然が、大唐帝国の一番の繁栄期、玄宗の開元中に歿したことと関わりがあるのではないか。彼は、李白が「紅顔　軒冕を棄て、白首　松雲に臥す」（「贈孟浩然」）と詠うように、超然とした隠遁者のイメージを有するが、右の「墮涙碑」の作にもあるように、仕官と隠遁の間を揺れ動きながら、結局、大した官職に恵まれず、不遇感の吐露も少なくない(95)。総じて自然詩人は、現実（人間と社会）に違和感を持つがゆえに、自然を志向するのである。いわば、みな人間嫌いである。だが彼のそれは「泣く」ほどには至らない。天宝年間に入って、帝国が次第に衰亡し、安史の乱によって崩壊の危機に直面することを、知らずに逝った。孟浩然は「太平の世」を享受し得たがゆえのモラトリアム詩人だったのである。韋應物は、まさにその大波乱に翻弄されて歩み始めた人生であり、両詩の「泣く」をめぐる大きな相違は、それに起因すると考えられよう。

　また王維詩は如何かといえば、孟詩ほど少なくはないが、韋詩ほどの直接的悲哀表現は認められない。「泣」は、三例、「涕」「欷」に至っては、一例に止まる。「涙」は七例で(96)、次の詩「送別」（巻五、七絶(97)）は、涙を「絲」に結びつけた用例である。

送君南浦涙如絲　　君を南浦に送り　涙　糸の如し
君向東州使我悲　　君は東州に向かい　我をして悲しましむ

爲報故人顦顇盡　為に報ぜよ　故人　顦顇し尽くし
如今不似洛陽時　如今　洛陽の時に似ずと

「南浦」は、『楚辞』九歌「河伯」や、江淹「別賦」を踏まえた典型的送別の場であり、その涙も梁・蕭衍「臉下涙如絲」（『玉臺新詠』巻七「代蘇屬國婦」）に基づき、いわば様式化された詩句といえよう。珍しく「我」が登場するが、「君」が誰であるか不明であり、「故人」を自称ととるか、「君」が赴く「東州」の旧友ととるか説が分かれる(98)。確かなのは、「洛陽の時」の王維が年若く、旧友と楽しく交遊していたことである。洛陽にいる韋應物が「散糸に比す」と王維詩を踏まえて詠んだのは、洛陽ゆえの親近感とも考えられよう。

そのほかの王維詩の用例で特異なのは、「泣く」主体が、王維自身ではないことである。「息夫人」（巻六、五絶）は、『春秋左氏傳』（莊公十四年）を典故とする古代戦乱の悲劇のヒロインであり、「花を看て満眼に涙し、楚王と共に言はず」（転・結句）と詠う。小国息を滅ぼし、君主から夫人を略奪して後宮に入れた強国楚の王に対して、せめて口をきかずに抵抗を示した夫人の悲しみを詠っている。「羽林騎閨人」（巻六、五古五韻）は、天子の禁衛（「羽林騎」）として不在のままの夫⑧「狂夫　終に至らず」）の帰宅を待ち望む妻③「離人　堂上に愁ふ」）が、侍女たちとともに悲しんでいる。「左右寂として言無く、相看て共に涙垂る」（第五聯）と。「隴頭吟」（巻一、七古五韻）は、明月の夜、辺塞の守備兵が吹く笛の音を聞いて、「関西の老将　愁ひに勝へず、馬を駐めて之を聴き双涙流る」（第三聯）。

また「觀別者」（巻五、五古八韻）は王維が傍観者として、「燕趙」へと赴く「愛子」の「老親」との別離を詠い、「涙」が二ヶ所に用いられている。「青青たり　楊柳の陌、陌上　別離の人」と春の旅立ちから詠い始め、「古十九」を想起させる畳語や頂真格を用いて古風に詠う。前半は、「行かざれば養ふ可き無く、行き去れば百憂新たなり。切切として兄弟に委ね、依依として四隣に向かふ」[三二]（第三・四聯）と老親を養うために旅立たざるを得ない「愛子」の苦しい胸の内を代弁して、状況説明をする。後半を引く。

⑨都門帳飲畢　　都門にて帳飲畢はり
⑩従此謝賓親　　此れ従り賓親に謝す
⑪揮涙逐前侶　　涙を揮って前侶を逐ひ
⑫含悽動征輪　　悽を含みて征輪を動かす
⑬車徒望不見　　車徒　望むも見えず
⑭時時起行塵　　時時　行塵　起つ
⑮余亦辞家久　　余も亦た家を辞すること久し
⑯看之涙満巾　　之を看て　涙　巾に満つ

「都門」での送別の宴を終えて、「愛子」はいよいよ出発し、綿々たる思いを断ち切る様に「涙を揮ふ」。車に乗って去って行く姿は忽ち見えなくなり、砂埃だけが舞い上がる。このスピード感は、後ろ髪を引かれて戻ってしまいそうな気持を振り切ろうとする「愛子」の葛藤と決意の表れである。「老親」を初め、兄弟知友、見送る人すべての眼に映じた臨場感溢れる光景である。その中の一人として詩人は、いわば実況中継をして「観る人」に徹している。だが、最後に感極まったように、詩人自身が泣く。観察者から主体者への突然の変身が、読者を驚かせ、極めて印象的な結末になる。⑯「涙満巾」も定式に則った詩句ではあるが、五古の叙事性を駆使した物語的展開の結末として、詩人の肉親への思いがしみじみ伝わってくる。

別離の光景が、「路傍の第三者」としての詩人の視点から描写されるのは、梁・何遜「見征人分別詩」（『先秦漢魏晉南北朝詩』梁詩巻九）を嚆矢とする。「凄凄たり　日暮の時、親賓倶に竚立す。征人　剣を抜きて起ち、児女　衣を牽きて泣く」（第一・二聯）と詠い、畳語による始まりから②「親賓」という語も何遜詩の踏襲を物語る。松原朗「何遜と六朝離別詩の帰着」は、「出征の別れの場面」そのものが新しい題材であり、泣き叫ぶ「児女の姿」も「目撃の作」であることを物語り、「路傍の第三者」という視点の斬新さを指摘する。(99) 何遜詩の最後は「且く当に横行し去るべし、誰か論ぜん　屍を裹みて入るを」[三三]という督戦で結ぶ。王詩が、何詩を踏まえたということを勘案すれば、王詩の最後の心情吐露が、一層、心に響くのである。

かように王維の詩では、小説的登場人物の「涙」が半ばを占めている。晩唐・孟棨『本事詩』が記す「息夫人」の背景となる逸話（巻一「情感」）(100) のように、王維が何らかの寓意を託した可能性があるにしても、彼自身の絞り出すような泣き声は、聞こえてこないのである。丸山茂「王維の自己意識」は、右の「観別者」の末二句を指して、「この詩ほど、王維の自己意識が顕著に現れた例はない」と述べる。(101) それほどに王維は自意識や感情を表わさない。〈景〉と〈情〉の観点からいえば、〈情〉を述べない分、〈景〉の比重が極端に大きいのである。これも彼特有の抑制の美学かもしれない。その所以は何なのか、先行研究は、彼の仏教的、審美的価値観との関わり、あるいは彼の高い自尊心や自己愛という性格や心理的要素も指摘する。ここでは、孟詩と関連して、時代性から推考する。

先述の通り、王維は孟浩然より約十年後に生まれ、二十代初めに科挙に及第したが、伶人の事件に連座して、四十歳ころまで地方官を転々とする。それ以降は、多くの先行研究や文学史が説くように、「天下の文宗」としての位置を確保した。だが李林甫・楊國忠の施政によって帝国が乱れ傾いていく状況に対する憂慮や、何の政治的実権もないという鬱屈した無力感を抱えており、隠遁憧憬や宗教的表現、また叙景描写にもそれらが反映していることは言を俟たない。入谷仙介氏が説くように、「激しい権力闘争の渦巻く官界で孤獨であり、しかも官界をさりえなかった彼は、その矛盾を佛教信仰と藝術創造とにより克服しようとした」[102]。すなわち王維には、仏教と輞川荘という支えがあった。不遇感が、かえって彼の詩境を深めもした。最晩年の安史の乱による最大の危機を迎えるまでは、経済的にも安定しており、韋應物が同じ乱によって根底から生活基盤を失ったこととは、雲泥の差があったといえよう。

孟・王・韋三者は自然詩人の系譜として並べられるが、それは右の如く、三者が各々生きた開元→天宝→大暦以降というまさしく帝国の盛から衰への歴史なのである。意識無意識を問わず、詩人の鋭い感性は、時代状況を感受し、作品に反映する。この「泣く」をめぐる直接的悲哀表現は、単純な比較に過ぎないし、個々の悲哀の程度は、独自のもので比較し得ない。だが上述の「蕭條」「蕭索」「蕭散」「蕭疏（踈）」についての調査（孟詩には一例もなく、王詩も四語あわせて五例のみ）も勘案して推考すれば、時代の闇が濃厚になればなるほど、悲哀表現が直接に吐露される傾向が顕著になると解されるのである。韋應物が王孟と同じく自然詩人の系譜に属しながら、王孟とは異なる潘岳から江淹への感傷文学の系譜に連なるのも、西晉、斉梁の暗黒時代ともいうべき不安定な状況との相似にも起因するのではないだろうか。

さすれば韋應物と同時代の大暦詩人の「涙」（涕）は、いかがであろうか。結論から言えば、以下の通り、彼らはやはり韋應物と同じく、さめざめと泣いている。この結果は、右の推論の傍証為り得るであろう。

「涙」に限って十例以上を挙げれば、最多は劉長卿で二十八例、以下、戎昱・盧綸ともに二十例、李嘉祐十五例、銭起は韋と同じく十四例、司空曙・戴叔倫ともに十三例と続く。王・孟の用例数を思えば、格段に泣いている[103]。最多の劉長卿（七二六～七九〇？）[104]についていえば、内容的には、送別餞別留別など別離に因む作が十二例と最も多く、次いで、行旅望郷詩が六篇、寄贈詩が三例、登眺詩が二例、その他、応酬詩、故人を偲ぶ詩などである。詩形としては、五律が十例、七律八例、五古六例、七古二例、五絶一例、六言四韻詩一例という結果である。韋應物詩との相違が、この限定的調査でも明らかである。すなわち韋詩のほとんどが五古であるのに対して、劉詩は律詩が多いことである。いみじくも南宋・張戒が「韋蘇州の律詩は古に似たり、劉随州の古詩は律に似たり」（『歳寒堂詩話』巻上）と説くように、それぞれの主要な詩形と傾向を明示する。赤井益久「劉長卿詩論——長洲県尉時の左謫を中心に——」が指摘するように、劉詩は年代によって形式を異にし、「三五歳くらいまでに集中して認められる五言の長編古詩」は、最初の任官先の蘇州の長洲県尉から南巴県尉（今の広東省茂名県）への左遷後、作られなくなり、ほとんどが五律になっていくという。[105]「涙」の最多が五律であるのは、左遷以降の作に多いことを物語っていよう。その時期は粛宗・上元二年（七六一）頃で、史朝義が史思明を殺害し、安史の乱が終盤に入りつつあった。赤井氏は、劉長卿について、韋應物と異なり、「安祿山の乱時にも取り立てて述べるほどの挫折を経験していない」、「すでに自らの詩風を形成するに及んでおり」それは「疎外感と挫折の経験」によって個性的でありながら「時代の空気をよく反映している」と説く。蔣寅氏も劉の「自我意識の強烈さ」がいつも表現の中心であり、それを直接的に吐露するが、多くは悲劇的運命における不遇感の表白として、「惆悵」（41例）、「愁」（59例）、「悲」（27例）、「傷」（24例）などを列挙する。[106]次の作「餞別王十一南遊」（五律）には、「愁」が見える。

①望君煙水闊　　君を望めば煙水闊く
②揮手涙霑巾　　手を揮ひて涙　巾を霑す
③飛鳥沒何處　　飛鳥　何処にか没す
④青山空向人　　青山　空しく人に向かふ
⑤長江一帆遠　　長江　一帆遠く
⑥落日五湖春　　落日　五湖（今の太湖）の春

⑦誰 見 汀 洲 上　　誰か見る　汀洲の上
⑧相 思 愁 白 蘋　　相思ひて　白蘋に愁ふ

夕靄にけぶる長江の水面は果てしなく広がり、友の乗った白い帆船がぽつんと浮かんでいる。手を振って別れを惜しむと、涙がしとど流れる。次第に遠ざかって行く舟。伴走するように飛んでいた鳥がいつのまにか消えてしまい、青山だけが空しく見守っている。

⑤「長江一帆遠」は、李白「黄鶴楼送孟浩然之廣陵」を連想させるが、李詩と決定的に異なるのは、直接的悲哀表現であろう。日暮れの渡し場での別れ、夕靄に包まれて果てしなく広がる空間を鳥が飛び、山が聳える。むしろ韋應物の「送李冑」など揚州帰路の作を彷彿とさせる。それは〈景〉に流れる「愁」と「涙　巾を霑す」という悲哀表現が大きな共通要素だからではないだろうか。

韋應物と劉長卿、二人は、出自と幼少期、(107) 安史の乱の体験、詩形の選択などすべて対照的でありながら、奇しくもこの感情表現は、同様なのである。蔣寅氏は大暦詩の主題として友との別離や孤独、流浪の郷愁を指摘するが、それは安史の乱とその後の混乱の中、任官や左遷による不安定な移動ゆえと説く（『大暦詩風』第四章「主題的取向」注（9））。その主題を端的に表すのが、なかば様式化された「泣く」表現だったといえよう。

「送李冑」詩に戻れば、右の劉長卿詩にはないのが、「微雨」に包まれた朦朧空間の中、響いてくる入相の鐘（「建業暮鐘時」）である。揚州旅行中、すでに挙げたように「殘鐘廣陵樹」「秋山起暮鐘」と鐘の音が響くが、韋詩における「鐘」（「鍾」）は、王孟と比較しても、質量ともに格段に豊かである。韋詩は、二十七例に対して、孟詩は、八例、王詩は、十例という少なさであり、その用例も、韋詩は本質に関わる独自性が認められるのに対して、王孟詩は簡潔素朴な用い方で、詩人の個性を表すに至っていない。まず王孟詩の「鐘」について述べる。

孟詩のほとんどは、詩題や詩句に仏寺名が明記された「鐘」である。例えば廬山を望む詩（「晩泊潯陽、望香鑪峯」巻一、五古四韻）も、「始めて香鑪峰を見」（第四句）、「嘗て遠公の伝を読み、永く塵外の蹤を懐ふ。東林精舎近く、日暮れて空しく鍾を聞く（嘗讀遠公傳、永懷塵外蹤。東林精舍近、日暮空聞鍾）」（第三・四聯）と「少林寺」の鐘を詠う。「遠公」すなわち廬山に龍泉精舎を築き、後世に大きな影響を与えた東晉の高僧慧遠（三三四〜四一六）を想い浮かべている。〈景〉（香炉峰）が高僧を呼び起こし、それゆえに夕暮れに響いてきた精舎の鐘の音が〈情〉に響いたのであろう。鐘の音が慧遠を連想させたわけではない。そのほか「尋香山湛上人」（巻一、五古十韻）でも、鐘の音が響く。

①朝　游　訪　名　山　　朝游　名山を訪ね
②山　遠　在　空　翠　　山遠く　空翠に在り
③氛　氳　亙　百　里　　氛氳として　亙ること百里
④日　入　行　始　至　　日入りて　行きゆきて始めて至る
⑤谷　口　聞　鐘　聲　　谷口に　鐘声を聞き
⑥林　端　識　香　氣　　林端に　香気を識る

名山に分け入る前にその遠景を詠み、香山に至るまでの時間空間の長さを述べて、山の奥深さ、塵俗との隔絶感を強調する。日暮にようやく辿り着いた「谷口」での鐘の音が印象的である。詩人ならずとも、「香気」とともに、五感を通して安堵感が広がる。最後は「松泉　清響多く、苔壁　古意饒かなり。願言はくは此の山に投じて、身世　両つながら相棄てん（松泉多清響、苔壁饒古意。願言投此山、身世兩相棄）」（第九・十聯）と詠む。鐘の音に加えて、松や泉という天籟に心惹かれ、この空間の魅力に出塵願望を表白する。かように仏寺の鐘の音が「聞」こえてくるというのが計四例を占め、塵界とは異なる別世界の静寂を表す。熟語としては、「鐘聲」「山鐘」「曙鐘」の三例に過ぎない[108]。韋詩と共通するのは三語、「鳴鍾」・「曙鐘」と時を告げる「鐘漏」、これは長楽宮中の鐘である。「長楽宮」は漢・高祖劉邦が築いた宮殿で、「鐘室」があったという。それを典故として宮中の鐘を表す。この三種は、ともに時を告げる機能を意味している。人口に膾炙する「山寺　鍾鳴りて昼已に昏く、漁梁の渡頭　渡るを争つて喧し」(「夜歸鹿門歌」巻二、七古、第一聯)の「鳴鍾」も、仏教的要素というよりも、鄙びた山の雰囲気と昼の日差しが翳る頃という時を表している。

王維詩は、「詩佛」の予想を裏切って、仏寺の名に因む鐘は、「過香積寺」(巻四、五律)のみである。「古木　人徑無く、深山何処の鐘ぞ」(頷聯)と詠み、詩題から香積寺の鐘とわかるだけで、詩中では寺の存在を明らかにしない。多くは、山荘や、別業にどこからともなく響いてくる鐘の音(四例)で、空間の奥深さと幽寂を表現する。例えば「谷口に踈鍾動き、漁樵　稍や稀ならんと欲す。悠然として遠山暮れ、独り白雲に向かひて帰る(谷口踈鐘動、漁樵稍欲稀。悠然遠山暮、獨向白雲歸)」(「歸輞川作」巻四、五古四韻第一・二聯)と詠い、先の孟詩や陶淵明詩を彷彿とさせる隠遁趣向に満ちた詩句である。そのほかは高官らしく宮中の時を告げる鐘(四例)である。熟語は、「踈鍾」が右の例を含めて四例で最多、そのほかは「晩鍾」「曙鍾」「長樂鍾」各一例で、この三種は、韋詩と共通する。韋應物は「踈鐘」を用いていないが、その量感の少なさは、韋の好む「微鐘」(四例)に通じていくだろう。韋詩の「微鐘　何処より来る」(「登樂遊廟作」巻七、五古九韻、第十一句)は、香積寺の作を踏まえたのかもしれない。また王詩には、次のように韋詩に頻出する雨中の鐘の音も、詠われている。「黎拾遺昕、裴迪見過、秋夜對雨之作」(巻四、五古四韻)である。

③寒燈坐高館　寒灯　高館に坐し

④秋　雨　聞　疎　鍾　　秋雨　疎鍾を聞く
⑤白　法　調　狂　象　　白法　狂象を調じ
⑥玄　言　問　老　龍　　玄言　老龍（『莊子』知北遊篇の賢者、老龍吉）に問ふ

秋霖が降りしきる夜、寒々とした人気無い館の中で、雨音とともに響いてくる鈍い鐘の音に聞き入る詩人の孤独な姿。楊文生氏は、開元二十九年（七四一）頃の作と推定する。さすれば前年、殿中侍御史（従七品下）に任官して、栄達の階段を登り始めた年である。にもかかわらず、王維の苦悩が伝わってくる。それを解決するために、道家の思想とともに、「白法」すなわち仏教の善法が記されている。(109) 秋雨の中くぐもる音色を響かせている鐘が、仏教へと導くのである。

以上のように王孟詩における鐘の音は、仏教的要素とそれがもたらす幽寂な脱俗的空間、時を告げる機能の三種を意味している。では韋詩にはいかなる意味があろうか。

韋詩にも仏教に関わる鐘の音（四例）が響く。「鐘鳴りて　道心を生ず」「鐘鳴りて　悟音聞ゆ」、前者は、大暦六年（七七一）、河南府兵曹参軍として出張の途次、少林寺の近くを通りかかっての作、後者は、参軍辞職閑居後、長安に戻って慈恩寺での作。(110) いずれも鐘の音が、仏教的悟達の心境をもたらすことを詠じている。その後、建中三・四年頃の滁州刺史時代、瑯琊山の精舎を訪れた際の景観にも見える（「秋景詣瑯琊精舍」巻七、五古六韻）。

①屢　訪　塵　外　跡　　屢しば塵外の迹を訪れ
②未　窮　幽　賞　情　　未だ幽賞の情を窮めず
③高　秋　天　景　遠　　高秋　天景遠く
④始　見　山　水　清　　始めて見る　山水の清きを

⑤上陟巖殿憩　上に陟りて巖殿に憩ひ
⑥暮看雲壑平　暮れに看る　雲壑の平らかなるを
⑦蒼茫寒色起　蒼茫として　寒色起こり
⑧迢遞晩鐘鳴　迢遞として　晩鐘鳴る
⑨意有清夜戀　意に清夜の恋有り
⑩身爲符守嬰　身は符守に嬰がる

訪問の目的は、世塵を離れた幽寂なる興趣を味わうことと詠い始める。「幽賞」は、謝靈運の造語である「賞心」を踏まえた山水の美を愛でる心であり、韋詩の字眼である〈幽〉の追求である。それをこの地で堪能したことを第二聯以下に詠う。つきぬけるような秋晴れのもと、瑯琊山上での清らかな「山水」を楽しむ。いつしか日が暮れ泥み、世界は果て無く暮色に染まる頃合い、入相の鐘が鳴り響く（⑦⑧）。⑨「清夜」への愛好の思いを持ちながら、如何せん、官職の拘束からは逃れられないと表白する。この後、彼はまた辞職して四度目の閑居をするので、正直な告白と考えられる。この「隠逸」と「仕官」をめぐる葛藤は、上述の如く、すでに王孟両人にも認められるが、韋ほどの現実的な反復は無い。これも韋の揺れ動く心情の軌跡であり、安史の乱後の、より深刻で不安定な世情とも関連するであろう。

この詩には韋應物の〈景〉の好尚が明確に詠われている。韋詩のもう一つの字眼である〈清〉が二度（④⑨）も用いられた自然の景観である。そこに唯一人工物である鐘の音が響き渡る。すなわちそれは、自然と人工との接点、正確にいえば、自然界への進入の入り口なのである。宗教的神秘性がそれを可能にしており、韋にとって「清」なる自然は、「聖」なる別乾坤でもあった。

晩年、蘇州での皎然上人との交遊を示す作（「寄皎然上人」巻三、五古八韻）にも、「野雪　精廬を蓋ふ」という皎然の精舎である湖州（浙江省）の龍興寺を思い浮かべて、「鐘鳴りて　巌壑を驚かす」（第七句）と詠む。このように仏教関係の鐘は、洛陽時代に始まり、晩年に至るまで詠まれており、すべて「鳴鐘」または「鐘鳴」を用いている。孟詩を踏まえていると考えられるが、韋詩の鐘の中で、仏教に関わる右の四例の鐘だけが、「鳴り」響いており、あとは、先述の如く「微鐘」「遠鐘」「残鐘」など、大音声ではなく、聞き逃してしまいそうな響きである。そして多くは、「暮鐘」（五例）、「夜鐘」「晩鐘」（各一例）と夜間帯に鳴っている。これらは、どのような意味が籠められているのだろうか。

「微鐘」は、幽き音なので、静寂を一層深めるという効果は言うまでもない。それはいつ始まりいつ終わり、どこから流れてきたか判然としない。遠方からの鐘であり、所在が漠然としていることによって、「山門を出でて暮鐘を尋ねんと欲す」（「答東林道士」巻五、七絶結句）という気持ちにも駆られよう。その結果、詩中に奥行きのある空間が描出される。前掲「登樂遊廟作」の句のように「微鐘何処より来る」である。この作は長安の南東郊外、楽遊原にある漢・宣帝が築いた廟の荒廃を詠い、そこから俯瞰した景観を描く。落句は、「暮色　忽ち蒼蒼」。すなわち「微鐘」の幽き音色は、逢魔時を告げるとともに、世界全体を暮色に包む。瑯琊山の詩と同様、果てしなく広がる（⑧「沼遞」）空間を構築する。それは「暮鐘」も同様で、すでに揚州帰路、淮水のほとりの作（「寄廣陵親故」）で「秋山起暮鐘、楚雨連滄海」で「滄海」にまで広がる茫漠たる空間に言及した。そしていずれ漆黒の闇に閉ざされることを思えば、前述、彼の「原画」とした洛陽の暗闇に通じてゆくのである。

いつ始まり、いつ終わるかわからない音は、逆にいえば、いつまでも響く持続性を可能にする。つぎの詩の「微鐘」は、空間の拡大のみならず、時間の広がりをも実現し得る。「暮相思」（巻六、五古三韻）。

①朝出自不還　朝に出でて自ら還らず
②暮歸花盡發　暮れに帰れば花尽く発く
③豈無終日會　豈に終日会ふこと無からんや
④惜此花間月　此の花間の月を惜しむ
⑤空館忽相思　空館　忽ち相思ひ
⑥微鐘坐來歇　微鐘　坐来歇む

忙しく働いて日暮れに帰宅すると、花は満開。咲き乱れる花花の間に浮かび上がる月の美しさ。これを共に愛でる人はいない。彼の人がいればと想い浮かべれば、静まり返った館の中に、かすかな鐘の音。それに導かれるように彼の人への思いにたゆたっていると、幽き音がハタと止んだ。張相『詩詞曲語辭滙釋』は、「坐來」の意味を「丁度その時」とし、右の⑤⑥を引いて、「これは倒装法で、暮鐘が止んだ丁度その時、相手を想起したのである」と説く(111)。論者も同じく倒装法に取るが、解釈は異なる。美しい月がそれを共に愛でたい人を想起させるのは、すでに李白・杜甫、後には、白居易など数多ある。それゆえ「相手を想起」させたのは、鐘の音ではなく「花間月」ではないか。第四句から第五句への流れは、自然である。だが人気無い館に微かな鐘の音が響いているのにふと気づくと、静寂が一層深まり、孤独感が募る。ドラマのBGMのように鐘の音が響く中、詩人は彼の人への想いにたゆたっている。と、鐘がハタと鳴り止んだ。その時の宙に抛りだされたような虚しさ、それが余韻として残るのである。詩人の心の中では、まだ微鐘が響いていたであろう。⑤「相思」が持続している間、「微鐘」が響いているという意味で、倒装法ではあろうが。ともあれ、いずれの解釈にしても、「微鐘」が彼の人との時空の制約を超えさせ、想念を自由に羽ばたかせたといえないか。それを明確に表すのが、「登寶意寺上方、舊遊」(巻七、七古二韻)である。

①翠嶺香臺出半天　翠嶺　香台　半天に出づ
②萬家烟樹滿晴川　万家　烟樹　晴川に満つ
③諸僧近住不相識　諸僧　近くに住むも相ひ識らず
④坐聽微鐘記往年　坐ろに微鐘を聴き往年を記す

題下の注に拠れば、宝意寺は武功（長安西郊）に在り、「曾て此の寺に居す」という。韋應物は天宝十五載（七五六）六月、安祿山による京師陥落後、新婚の妻とともに、この寺に身を寄せていた。「翠嶺」とあるから季節は晩春か初夏。雨上がりの川沿いには靄につつまれた家々や樹々が立ち並ぶ。折しもかすかな鐘の音が鳴り出し、しばし耳を傾けていると、往事が懐かしく思い出される。

前述の如く、武功への再訪がいつかは、同じ時の作「韋悼25」「經武功舊宅」（巻六、五古七韻）によって明らかである。「茲邑昔所遊、嘉會常在目。歴載俄二九、始往今來復」（第一・二聯）と詠い、第三句から十八年後のこととわかる。さらに第十句に「樹有羈雌（伴侶のいない雌鳥）宿」と詠うので、妻を亡くした大暦十一年冬（七六六）からそう遠くない大暦十二年春と推定される。そうなると、武功での思い出の中に、妻に関わる諸事も入っていたであろう。安史の乱は、韋應物の人生に於て最も劇的事件であった。その直後に身を寄せた武功での数年間ほど失意と不安の中で、己の人生と真剣に対峙したことはなかったであろう。幽けき鐘の音が思い出の数々を手繰り出す。

このように、韋詩の「微鐘」は、彼を日常の時空から離脱させ、往時への回帰を可能にした。それを助けるのは、やはり夕暮れから夜という時間帯である。そこに雨が降り出せば、その音色は一層「重」く「遅」くなり、更に日常の時空が遠のくといえよう。韋詩の「暮雨」「微鐘」は、日常次元からの離脱を実現させるのである。

なお共時的観点から、劉長卿詩の鐘を調べると、十五例あり、王孟詩より増えるが、韋詩を読んだ眼には既視感ばかりで、新鮮さにも独自性にも欠ける。やはり仏寺や僧に因む作が多いが、熟語だけ挙げれば、王孟詩を踏まえた「鐘聲」三例、「疎鐘」「鐘漏」各一例、韋詩と同様、「夜鐘」三例「暮鐘」一例とやはり入相の鐘が多い。ただ「憶想す　東林禅誦の処、寂寥として惟だ聴く　旧時の鐘」（「送惠法師遊天臺、因懐知太師故居」巻九、七律尾聯[112]）と「舊時鐘」が見える。「知太師」とは、天台宗の開祖、隋・智顗。劉がかつて東林寺の智顗の故居を訪ねた時を追想する中で、耳に蘇ってきた鐘の音を詠う。清・喬億に「章法有りて、極めて佳し」（『大暦詩略』巻一）と称賛される作であるが、鐘の音が追憶とともに響いてくる。右の拙語の傍証とするに足るであろう。

韋應物は、「送李胄」作成時からそう遠くない第二次同徳寺閑居時にも、「葉は寒雨に霑れて落ち、鐘は遠山を度《わた》りて遅し」（「寄酬李博士永寧主簿叔廳見待」巻五、五律頸聯）と詠う。彼方の山中の寺で撞く鐘の音が、雨に煙る空間をゆっくり伝わってくる。「遅」が、先の鳥の速度（「冥冥鳥去遅」）を想起させ、視覚と聴覚の相違を越えて、韋のこの感覚への好尚が窺われよう。彼は、折角手に入れた河南府兵曹参軍を、病と称して大暦八年（七七三）、わずか二年で辞職し、再び洛陽郊外の同徳精舎にて閑居する。以下に同徳寺での作を挙げたい。

同徳寺は前述の如く、洛陽東城の景行坊（東第三南北街）にある寺で、その名に因む作が、「韋悼19」「同徳精舎舊居傷懐」も含めて、七首認められる[113]。以下そのたたずまいを列挙する。

前掲（二五六頁）、「同徳寺閣集眺」（巻七、五古十韻）は、辞職以前、節日に同僚朋輩とともに寺を訪れた時の作である。「高閣　丹霞に照り、飀飀として遠風を含む。寂寥として氛氲　廓《ひら》け、超忽として神慮　空し」（第二・三聯）と同徳寺のシンボルとしての「高閣」を中心として、その超俗的神秘性を詠う。第四聯からは高閣からの眺望を詠い、洛陽の⑨「嵩少」（嵩山の少室山）を中心とした山々、⑪「三川」（黄河・洛水・伊水）などの豊かな水脈の存在を詠じた後、⑬⑭「陰陽　大和を降し、宇宙　其の中を得たり」と広大な空間が、いまや天地の森羅万象すべてを包摂する「陰陽」二気に包まれ、見事に整合調和していると詠う。この壮大な山川の構図は、洛陽前期の「登高」作に類似する。「擬古詩」、ひいては「古十九」との関連をすでに指摘したが、前掲孟浩然の「宇宙誰開闢」に通じる盛唐詩を想起させ、その特質が顕著なのは、洛陽前期の作である。陶敏注は「大暦八年左右在洛陽」、すなわち兵曹参軍時の作とするが、右の諸事から、洛陽前期、洛陽丞時代と推考した。(114)

だが、洛陽後期の第二次同徳寺閑居後の詩篇は、様相を異にして、彼の独自性を発揮する。

韋應物は辞職後、後任の兵曹参軍につぎの詩を寄せる（「同徳精舎養疾、寄河南兵曹東廳掾」巻二、五古七韻）。

①逍遙東城隅　逍遙す　東城の隅
②雙樹寒葱蒨　双樹　寒く葱蒨たり
③廣庭流華月　広庭に　華月流れ
④高閣凝餘霰　高閣に　余霰　凝る
⑤杜門非養素　門を杜づるは素を養ふに非ず
⑥抱疾阻良宴　疾を抱きて良宴を阻つ

広い庭には、釈迦寂滅に因む沙羅双樹が青々と茂り、夜には美しい月光が流れ映え、霰の名残が、高々と聳え立つ高殿を銀白色に染めている。寺にふさわしい澄明な清浄感を醸し出している。この寺で過ごすのは、あくまで病のためであり、「養素」（本性を養う）すなわち宗教的修行、はたまた隠遁ではないと強調する。それがかえって言い訳がましく感じられるが。もっともそこでの療養生活は、彼にとって、心身回復に絶好の環境であったことは伝わってくる。以後の韋の人生の特徴ともいうべき、たびたびの閑居先が仏寺であることの原点といえよう。

「華月」は、さらに「同徳寺雨後、寄元侍御・李博士」（巻二、五古六韻）においても、印象的に詠われている。雨上りの寺の情景であるが、韋應物がその興趣を心ゆくまで観照する思いが伝わってくる。

①川 上 風 雨 來　　川上　風雨来たり
②須 臾 滿 城 闕　　須臾にして城闕に満つ
③岧 嶢 青 蓮 界　　岧嶢たり　青蓮界（仏寺）
④蕭 條 孤 興 發　　蕭条として孤興発す
⑤前 山 遽 已 淨　　前山遽かに已に浄く
⑥陰 靄 夜 來 歇　　陰靄　夜来歇む
⑦喬 木 生 夏 涼　　喬木　夏涼を生じ
⑧流 雲 吐 華 月　　流雲　華月を吐く
⑨嚴 城 自 有 限　　厳城　自ら限り有るも（都城は夜閉門する）
⑩一 水 非 難 越　　一水　越え難きに非ず
⑪相 望 曙 河 遠　　相望めば　曙河遠く
⑫高 齋 坐 超 忽　　高斎に坐して超忽たり

第一句は、韋應物の「自然」を構成する景物として頻度高く用いられる川・風・雨の三種が凝縮して詠われており、特にこの第三期では、前掲「楚雨連滄海、風波離思滿」などを想起させて既視感がある。「同1」にも詠われた「三川」に注ぐ雨という水の膨満感、川の流れを加速する風の流動感、三種が混ざり合う天籟の合唱、それらが暫時に洛陽の町全体に満ち溢れる。自然の生命力が人工世界を覆い尽くさんばかりだが、この流動感と膨満感の中で、超然と屹立する同徳寺。韋詩に頻出する④「蕭條」は、前掲三種の意味のうち、風雨と関連させた冷涼感と擬音効果を表し、それが「孤興」を誘発する。この「孤」は自然と人工のせめぎあいの中で、いわば結節点として唯一超然と自然に向き合い、神秘性聖性によって自然と融合する同徳寺の存在を誇示していよう。その興趣は詩人自身が感受して初めて成立するので、第二聯の〈景〉は、すぐれて主観的というべきであろう。詩人がふと気付くと、煙雨から夕靄に包まれていた眼前の山々は、早くもすっきりとした山容を浮かび上がらせている。客観的自然描写ではなく、詩人の眼を通した〈景〉と思わせるのは、「遽已」という虚辞が、彼の時間感覚を表しているからであろう。雨上りの瑞々しい木立は、夏の炎熱を解消し、風のそよぎまで静寂を生み出す。地上ではもはや力を失った風も、天空では雄々しく雲を動かし、遂につややかな月を出現させた。第四聯の評価は高く、近藤元粋は、圏点を施して「清麗」と評している。まさに朦朧たる〈幽〉から〈清〉への世界が実現したのである。この天と地という空間の対比を繋げる風の流れは、擬人化機能を有する⑦「生」⑧「吐」という動詞を生み出し、それは同時に詩人が体感している雨後の時間の経過をも意味している。すなわちこの空間〈景〉は、時間の流れとの一体化によって生み出されたといえよう。特に劇的な「華月」の出現は、「興象天然」[115]と称賛される。もっともそれは韋應物の創出ではなく、「華月」は、劉宋・鮑照「採蘋及華月」（「三日遊南苑」）や江淹「華月照芳池」（「雜體詩」劉文學楨）などがあり、「吐月」は、梁・呉均「疎峰時吐月」（「登壽陽八公山」）や唐代では、杜甫「昊天出吐月」（「夏夜歎」）の先例がある。だがそれらは、月の自然な運行という、いわば予定調和的な出現であるが、韋の句は、重く垂れこめていた暗雲が強風によって吹き流されて突如出現するという、風と雲の競演の結果、暗から明への劇的な転換なのである。しかも呉・杜詩と異なり、「華」という美称が月に冠されることで、〈明〉は格別に光輝き、雨上りの瑞々しい樹木の緑が一層際立つ。まさに③「青蓮界」という色鮮やかな自然と人工が融合する、典型的仏教世界が構築されるのである。第五聯で、その世界は、城壁や⑩「一水」[116]によって俗界とは分離されていることを示すが、それは隔絶ではなく、意志さえあればその境界を越えられると説く。そうこうするうちに、夜は白みゆき、仰ぎみれば銀河は遠く霞んでいる。この「河」は、時の推移を明示するだけではない。初句の地上の「川」と連携し、首と尾の関連によって、天と地を包摂する大自然を構築させたのである。詩人はこの大自然と融合する聖なる空間の中で「坐超忽」と詠む。「超忽」は、前掲「同1」⑥「超忽神慮空」とあるように、寺の神秘性を表しており、彼は、次第に霞ゆく銀河を望みながら、それに吸い込まれるように時空を超えてゆく。この「坐」について、陶敏注は、孟浩然の「疾風　征帆を吹き、倏爾として空に向かひて没す。千里　去ること俄頃にして、三江　坐ろに超忽たり（疾風吹征帆、倏爾向空沒。千里去俄頃、三江坐超忽）」（「送従弟邕下第後尋會稽」巻一、五古四韻、第一・二聯）を引き、「遂」「頓」「遽」の意とする。「疾風」のもたらすダイナミックな作用である。孟詩においては、その解釈を善しとし得るが、「高齋」という場所との関わりから考えれば、消えゆく銀河を眺める詩人がいつしか斎中に坐して、ものおもいに耽る姿が浮かびあがってくる。神秘的空間で、現実の時空を超えて想念に身を委ねるとすれば、座禅の「坐」⑪⑦にも通じていくのではあるまいか。ただそれは必ずしも仏教的意味に限らず、この同徳寺というトポスが発する「孤興」が誘う詩境であり、逆にいえば、韋應物がこの寺に見出し得た存在価値といえよう。彼は、自然と人工の融合する宗教的境界において、現実の時空を超越する想念に身を委ねたのである。

以上のように第三期において、再び洛陽に居住した韋應物は、揚州期に築いた基礎をもとに、内容・技巧両面において、独自の世界をより確実にしたといえよう。時間の推移を背景に、〈清〉と〈幽〉の両様の美を意識し、古詩や王維詩を踏まえつつ、畳語や歇中法的措辞を駆使し、斬新で多様な意匠を凝らす。持続する時間が空間を拡大して、無限の時空が構築され、それがいつしか〈情〉の表象と化していく。韋の〈情〉は、通時的には王孟と、共時的には大暦詩人、殊に劉長卿との比較によって、より明らかになった。王孟よりも悲哀が色濃く表現される一方、劉とは類似し、安史の乱後の不安定な時代性が悲哀の情調を深めていた。韋詩が自然詩の系譜に属すのみならず、感傷文学の系譜を継承することを明示し、その所以を物語るのである。〈景〉はその〈情〉を反映した自然として描出されている。詩人の涙は、風雨とともに自然を潤して渾然一体となる。その結果、現実を超越した時空への志向が認められるようになったのである。

小　結

本章では、洛陽時代を三期に分けて、自然および自然描写に関する作品を〈景〉と〈情〉との関わりを観点に考察した。

前期においては、盛唐詩の雄渾なる景観を継承するとともに、新たなる試みを企てており、過渡的試行が看取された。その〈景〉には、実景と虚景の二種があり、虚景には、神仙趣向を含む玄宗時代への懐旧傾向が見られ、それは〈通底する今昔〉という韋詩独自の時間感覚の萌芽とも考えられる。心象風景は、実景よりも〈情〉との関わりが深い。だが暗黒の中で、死の世界を思わせる実景は韋詩の原画であり、〈情〉を惹起すると同時に、〈情〉の反映でもある。〈景〉と〈情〉の相互作用が認められ、〈情〉の比喩としての虚景が実景を詠い興すという「景情融合」に至る過程と看做し得る。〈情〉の中核に存するのは、玄宗とその時代への強い執着とそれが失われたことへの哀惜であった。

第二期は、あしかけ一年に亙る揚州旅行であるが、船旅での景観は、絵画論で説かれる「平遠」という空間として描出され、以後、韋詩における山水の構図の多くは、それを基調とするようになる。行旅という自由な境遇が、士大夫や大暦という階級的時代的規範から解き放たれて、彼の独自性を生み出す契機となった。内容的には、老いの認識から過去への眼差しを明確に獲得し、技巧的には、歇中法的措辞という斬新な手法を用いるようになった。

第三期は、右の手法を駆使して、〈清〉〈幽〉なる詩興を審美の対象とし、〈景〉と〈情〉の融合をより深めたが、それは韋應物独自の時空表現によって実現されていた。その媒介というべき風雨や川の流れが、持続する時間として空間に融けて行き、いつしか彼の想念と渾然一体となり、現実の自然をも超えた別次元へと詩人を連れ去っていくようであった。その想いとは、「涙」が象徴するように悲哀が主調を為し、王孟に比して格段に多く詠まれている。一方、同時代の劉長卿とは類似することから、乱後の傷迹が癒えない状況ゆえに、潘岳から江淹へという感傷文学の系譜をも継承することが明確になったのである。

大暦九年（七七四）、韋應物は京兆府功曹参軍の任を負い、同徳寺での閑居を終わりにし、長安に向けて洛陽を後にした。四十代の始まりであった。

注

（1）『文憲集』巻二八、「答董秀才論詩書」。
（2）『西陂類稿』巻二七、「漫堂説詩」。
（3）『國學院大學大学院紀要』第十四輯、一九八三、また「〈王孟韋柳〉評考――「王孟」から「韋柳」へ――」（『中唐詩壇の研究』第Ⅰ部第四章、創文社、二〇〇四・十）も参照。
（4）注（3）「評考」第四章第三節「陶・韋と〈韋柳〉」九一頁。
（5）劉文剛『孟浩然年譜』（人民文学出版社、一九九五・三後記）、徐鵬校注『孟浩然集校注』（人民文学出版社、一九九八・一二）付録「作品繫年」参照。
（6）入谷仙介『王維研究』（創文社、一九七六・三）および楊文生『王維詩集箋注』（四川人民出版社、二〇〇三・九）附録

「王維年譜」参照。

（7）大暦十才子との交遊は、そのほか司空曙が挙げられる。文航生校注『司空曙詩集校注』（人民文学出版社、二〇一一・八）附録「司空曙詩友交遊唱酬詩」に韋應物の二首を掲載。「司空主簿琴席」「冬夜宿司空曙野居、因寄酬贈」、前者は、巻一所収。陶敏注は、「司空主簿、疑爲司空曙」と記し、後者は、『全唐詩』巻一九〇、韋應物五に収めるが、陶注本は、盧綸の作として、「集外詩文」に収録し、韋と司空曙との交遊はいずれも確定しない。だが盧綸・李端には、二人ともに、韋詩の「送魏廣落第歸揚州」（巻四、五律）と同名の作があるので、送別の詩会をともに過ごしたことが明らかである。なお『全唐詩』巻一八七、韋應物二に「九日灃上作、寄崔主簿倬二李端繫」とあり、『韋江州集』においても同題であるが、陶校注本の校勘は、「李」は、「季」の誤りで、韋應物の二人の弟（端と繫）を指すという。今陶校注本に従う。傅璇琮「盧綸考」（『唐代詩人叢考』中華書局・一九八〇）に吉中孚・夏侯審との交遊が併せて記されている。

（8）『大暦詩風』（鳳凰出版社、二〇〇九・四）、第四章「主題的取向」一〇八頁など。「清深妙麗」（胡仔『苕溪漁隱叢話前集』巻十五引韓駒の言）、「流麗」（『苕溪漁隱叢話前集』巻十五引呂本中『呂氏童蒙訓』）、「古淡清麗」（潘徳輿『養一齋詩話』巻一）など。

（9）『大暦詩人研究』上編、第一章五「自成一家之体　卓為百代之宗―韋応物」（北京大学出版社、二〇〇七・五）、九三～九四頁。

（10）柳父章『翻訳の思想―「自然」とNATURE―』特に第三章「翻訳語〈自然〉が生み出した誤解」に詳述（平凡社、一九七七・七）。

（11）「中国思想史における〈自然〉の誕生」（『中国―社会と文化』第八号、一九九三・六）は、「自然」は、「道家の思想家たちが人為・作為を否定するために使用し始め」、主体に関する「無為」との対として、客体に関する概念として誕生し、主客の語学的思想史的関係から、「みずから」の意味に「おのずから」の意味が付加されたと説く（七～九頁）。また語学的には、「自然」は副詞として始まり、後掲『老子』第二十五章などの名詞的用法は、古い用例ではないとする（二七頁）。

（12）訓読は、以下の引用もすべて蜂屋邦夫訳注『老子』（岩波文庫、二〇〇九・一）に拠る（ただし、些末な点で変更したところもある）。

（13）第一章（岩波書店、一九六二・十二）、四八頁。

（14）注（13）、第一章、一六六頁。

（15）『白川静博士古稀記念　中国文史論叢』（一九八一・七）所収。第四章、一六一〜一七〇頁。

（16）暨南大学出版社、二〇一一・十一。第四章④玄言詩：自然山水的感性玄思。

（17）福永光司訳注解説、中国文明選第十四巻『芸術論集』所収。朝日新聞社、一九七七・一、一五三頁、一六〇〜一六一頁。なお末尾の原文（〔附録〕壱「原文掲載」二四）は、清・嚴可均輯『全宋文』所収。

（18）前掲注（15）第二章、一五三頁。

（19）劉勰の伝記については、黄叔琳等注『増訂文心雕龍校注』（中華書局、二〇〇〇・八）所収「梁書劉勰伝箋注」参照。

（20）福永光司訳注解説『荘子』（朝日新聞社、一九六七・九）、六六二頁。

（21）第四章「禅与詩歌意境理論的発展」（中華書局、二〇一〇・九）、一六九〜一七五頁。「詩評」では、權德輿（七五九〜八一八）詩との類似性を指摘。「詩體」にも「韋蘇州體」として挙げる。「清坐」は、北宋末・宏智正覺『宏智禪師廣錄』巻五、巻八などに見える。

（22）郭熙は、北宋神宗朝の宮廷画家で、その画論『林泉高致』山川訓において、「三遠（高遠・平遠・深遠）」を唱えた。「平遠」とは、「近山自りして遠山を望む、之を平遠と謂ふ」とあり、小高い所から、眼前に広がる水や平原を越えて遠山を見晴るかすこと。

（23）注（13）第二章、三四四〜三四五頁。

（24）『韋応物詩集繫年校箋』（序章注（3））巻一、同題〔箋評〕四〇頁。

（25）「永明期における離別詩の競作――六朝期における離別詩の形成（中）――」（『中国離別詩の成立』研文出版、二〇〇三・六）八一〜八二頁。

（26）創文社、一九八二・二、第二編第三章「天と性と分と理」、一四三頁。

（27）池田知久氏は、第二十五章について、この「自然」は、「主体の〈人〉すなわち〈王〉にとって、客体である〈万物〉〈百姓〉のある種のあり方を形容する〈自然〉」と論ず（注（11）、五頁）。

（28）蜂屋訳（注（12））は、「人は地のあり方を手本とし、地は天のあり方を手本とし、天は道のあり方を手本とし、道は自《おの》ずから然《しか》るあり方を手本とする」（ルビは蜂屋氏）。『老子』は、一九七三年に二種類の帛書（甲本・乙本）が発見され、一九九三年に湖北省荊門市郭店の第一楚墓から竹簡（楚簡）が発見された。後者は公開されて、研究が進みつつある。蜂屋訳注本は、その成果の一部を参考にしたという（同書「解説」）。

（29）嵇康は、代表作「琴賦」において、琴の材料の「椅梧」が生えている深山幽谷を神仙界に喩えて神秘的に描写し、かようなところに育成するものは、「固以自然神麗」と詠う。そのほか、「嵇中散集」（『漢魏六朝一百三名家集』所収）には、「難自然好學論」など、数多く道教的解釈論を展開する。

（30）弘文堂書房、一九四八・一、一一五頁。

（31）袁行霈撰『陶淵明集箋注』（中華書局、二〇〇五・八）八一～八二頁。

（32）『江文通集彙註』巻二（第三章注（4））。

（33）『舊唐書』巻九七「張説列傳」。

（34）宋・黄希原本、宋・黄鶴補注『補注杜詩』巻八。題下注に拠れば、梓州にて成都の草堂を想う広徳元年の作という。さすれば後掲韋應物の同年の作が想起されて興味深い。清・仇兆鰲注『杜詩詳注』巻十二。なお高彪（?～一八四）は道家の文人で、「清誡」（五古十三韻）は、『藝文類聚』巻二三所収。「滌蕩棄穢累、飄颻任自然。退修清以淨、存我玄中玄」（第九・十聯）。

（35）徐鵬校注『孟浩然集校注』（注（7））巻二。徐注は「係依檀渓之自然環境構築而成」と記す（九三頁）。なお孟浩然詩の底本は、四部叢刊所収『孟浩然集』、以下孟詩の巻数はすべて底本。当該詩は、巻二。

（36）清・趙殿成箋注『王右丞集箋注』（上海古籍出版社、一九九八・二）巻十一。開元二十九年（七四一）正月、驪山行幸から帰った玄宗の夢に老子が現れて、都の西南百余里にある老子の像を興慶宮に運び入れるよう指示したという（『資治通鑑』巻二一四)。夏閏四月に、それを実現した際の応制詩。なお王維詩の底本は、四部叢刊所収、須溪先生校本『唐王右丞集』。以下王詩の巻数は、すべて底本。当該詩は巻二。底本では「齊心」に作るが、趙箋注本によって「齋心」に改めた。

(37)　李儋、字は幼遐、排行は十九。熊建国「韋応物交游考」(北京化工大学学報・社会科学版、二〇〇四年第四期)に拠れば、隴西李氏姑臧大房に属する給事中李升期の子、官は殿中侍御史。韋詩に徳宗の建中年間、太原の馬燧の幕府に参じたとあるが、そのほかは未詳。二人の交遊は、「將往江淮、寄李十九儋」「善福閣對雨、寄李儋幼遐」「澧上寄幼遐」(以上巻二)、「贈李儋侍御」「寄李儋元錫」(以上巻三、滁州の作)、「送李儋」(巻四)など、管見の限り、十四首挙げられる。妻の弟の元錫(字は君貺)と「同遊」することが多く、「與幼遐君貺兄弟同、遊白家竹潭」(巻七)など、二人を「兄弟」とするので、従兄同士と考えられる。

(38)　この「田園」は、陶淵明「歸去來兮辭」の「田園將蕪」を踏まえ、また「歸園田居」などを連想させる。

(39)　たとえば曹道衡・沈玉成編著『南北朝文学史』第二章「晉宋之間詩文、風気的嬗変」(人民文学出版社、一九九八・六)、葛曉音『山水田園詩派研究』第三章「從陶淵明到王績」(遼寧大学出版社、一九九三・一)など。

(40)　序章注(12)第四章「山水與田園情趣合流」。

(41)　葛曉音『山水田園詩派研究』(注(39))第九章「高雅閑淡的韋蘇州」は、韋詩の特質を、「澄澹蕭散」とし、それは心境としての「蕭索閑散」と「蕭条散朗」なる景色をも含むもので、「蕭條」「蕭疏」と同類とする(三三一～三三三頁)。拙論も賛同するが、用例数としては、「蕭散」六例・「蕭疏」三例・「蕭索」二例・「蕭瑟」二例に対して、「蕭條」は、十九例を数える。特質として挙げるならば、「蕭條」というべきである。

(42)　陶敏注は、「名未詳」。「送鄭長源」(巻四)は「少年一相見、飛轡河洛間」と詠む。大暦八年、洛陽での作とされ、長源とは、「少年」時代の交遊があり、驪山行幸の思い出を共有していた可能性が高い。鄭長源の名は「同長源歸南徐寄子西子烈有道」(巻二)にも見える。熊建国「韋応物交游考」(注(37))に拠れば、諱は淮、長源は字。滎陽の人。天宝十一載(七五二)の生まれと推測。建中三年(七八二)頃、封丘県尉、貞元六年(七九〇)雲陽の県尉とある。さすれば、韋應物より、約十七歳年少なので、鄭戸曹にはふさわしくない。待考。

（43）謝思煒校注（中華書局、二〇〇九・十一）。「一人出兮不容易、六宮從兮百司備。八十一車千萬騎、朝有宴飫暮有賜。中人之産數百家、未足充君一日費」と数字を列挙して浪費を批判する。

（44）各伝記考証および注釈書参照。そのほか竹村則行『楊貴妃文学史研究』Ⅱ中晩唐における楊貴妃故事の展開、三、韋応物の「驪山行」「温泉行」（六一～六六頁）など。ただし孫望箋評は、大暦七年（七七二）とする。

（45）「慘慘」は、韋詩中この一例のみ。「慘」が心情の形容以外を表す意味としては、「淮海生雲暮慘澹、廣陵城頭鼙鼓暗」（巻九「鼙鼓行」）とあるように、暗さの形容がある。「慘慘」の初出は、管見の限り、魏・王粲「登樓賦」の「風蕭瑟而並興兮、天慘慘其無顏色」。これも「暗さ」の形容であろう。「風」と結びつけたのは、六朝末・庾信「風雨倶慘慘、原野正茫茫」（「小園賦」）。韋詩以前の最多の用例は、杜甫の六例。「慘慘暮寒多」（「墓寒」）によって、「寒さ」の意味も付加された。

（46）『中国詩歌原論――比較詩学の主題に即して――』八、詩と音楽㈤歌行の表現機能（大修館書店、一九九六・三）。

（47）『中國詩文論叢』（第十八集、一九九九）、八九頁。

（48）第一聯の動作（「垂」「厭」「坐」「朝」）主体は、すべて玄宗である。第二聯「訪」「沐浴」の主語は、玄宗とも考えられるが、玄宗を中心として従者をも含めた一行ととる方が、第三聯以降の行幸描写に繫がりやすい。なお②「厭」について、近藤元粋の眉批（序章注（3））は「玄宗の病根」と記すが、韋應物の意図は、それほどに天下無事であったことを強調していると解すべきであろう。

（49）松原前掲論文（注（47））、九六～九七頁。

（50）白の新楽府への影響という意味では、韋應物の「長安道」（巻九）も考えられる。『樂府詩集』巻二三、横吹曲辭三に収められる伝統的楽府だが、「驪山行」や応酬詩と同様の詩語詩句が認められる。「長安道」第二聯「晨霞出沒弄丹闕、春雨依微自甘泉」（「驪山行」⑯「丹閣先明海中日」、「依微」は、本章第三節後掲「自鞏洛舟行入黃河即事～」③「寒樹依微遠天外」）、⑧「香車却轉避馳道」（応酬詩⑫「馳道出灞亭」）、㉗「歡榮若此何所苦」（応酬詩㉖「賢愚共歡榮」）である。おそらく洛陽丞辞任閑居後、長安に帰郷しての作であろう。だが内容は、漢代に材を採り、衛青・霍去病の贅沢三昧を批判する諷諭性が認められる。

(51)『中國文學報』第二四冊、一九七四・十、五二〜五七頁。
(52) 竹村説は、注(44)。また土谷彰男「韋応物〈驪山行〉詩考」(『中國詩文論叢』二五、二〇〇六・十二)も、広徳元年成立説に疑問を呈し、成立時期は「溫泉行」よりも後の作とし、「大暦中期の唐朝の安定回復、また宮廷文壇の活躍(大暦十才子の活躍)を踏まえての制作と考えられる余地もあろう」と推考する。その理由として、具体的な「溫泉行」よりも「その描写の完結性・視点の普遍性」が「溫泉行」よりも高いからとする。だが両篇は、表現意図も描写の力点も異なるので、具体的か否かのみを理由に前後は断定できない。
(53)『大暦詩風』(注(8))第四章「主題的取向」四六、四七頁。
(54)『增定評唐詩正聲』「景與興會、絕似盛唐」(陶敏注引く。筆者未見)。
(55)「桃花源記」は、『陶淵明集』(袁行霈撰、中華書局、二〇〇五・八)巻六所収。また『搜神後記』(汪紹楹校注、中華書局、一九八一・一)巻一所収。同書は、陶潛撰とされるが、疑問視する向きもある。近年では、陶潛撰説が有望視されている(李剣国『唐前志怪小説史』第六章「南朝志怪小説」一、『搜神後記』参照)。
(56)「夾水」も、「桃花源記」との関わりを思わせる。韋詩には、「高樹夾潺湲」(巻六「自蒲塘驛廻駕經歷山水」)・「山花夾徑幽」(巻八「花徑」)なども、「桃花源記」を想起させる。
(57) 芳村弘道「韋応物の生涯」(上)(序章八頁)は、池州(安徽省貴池県)従事の兄と揚州で落ち合う以外に、「揚州に出世の糸口を求めてやって来たのではあるまいか」(六三頁)と推測する。
(58) 沈德潛評は、『唐詩別裁集』巻十四。
(59) 鈴木敬『中國繪畫史』上(吉川弘文館、一九八一・三)附錄圖版一二一―1、2、3に傳董源「寒林重汀圖」を収録。次頁挿図参照。
(60)『東洋文化研究所紀要』第七九冊、一九七九・三、六頁。なお董源については、『中國繪畫史』上(注(59))、Ⅱ中國繪畫の史的考察、六、南唐の繪畫一六四〜一七〇頁に詳しい。「平淡自然」という韋應物詩評は、丁紅麗「寄寓于山水中的乱世情懐―論韋応物山水詩幽野調的形成原因」(『安徽文学』二〇〇九年第三期)、陶校注本「前言」一一頁など。

伝李成　喬松平遠図（北宋）
（澄懐堂美術館蔵）
注（62）参照。

伝董源　寒林重汀図（五代）
（黒川古文化研究所蔵）
注（59）参照。

（61）韋應物と皎然との交流は、韋詩に貞元五年（七八九）冬の作とされる「寄皎然」（巻三、五古八韻）があり、一方、皎然からは「答蘇州韋應物郎中」（四部叢刊所収『皎然集』巻一）があるので知られる。『詩式』中のキーワードは、蔣寅氏も指摘する如く、「『詩式』全篇を貫く美学の理想は自然」（『大暦詩人研究』上編（注（8））第三章八「大暦詩僧的代表―皎然」三三三頁）なのである。例えば、謝靈運十世の子孫と称する皎然は、『詩式』において特に大謝を賞揚するが、その評の一つが、「文を為して情性に真に、作用を尚び、詞彩を顧みずして風流自然なり」（巻一「不用事第一格、文章宗旨」）。この「眞」は、「天眞」に通じていき、それは「自然」に帰結する。李壯鷹校注は、『詩式校注』斉魯書社、一九八六・三。

(62) 鈴木敬『中國繪畫史』上（注(59)）圖版九一「傳王維　長江積雪圖巻」、九二「傳王維　江山雪霽圖巻」収録。なお李成の「喬松平遠圖」も一四一に収録（挿図参照）。また王維詩においても、葛暁音『山水田園詩派研究』（序章九頁）第七章「王維」は、彼の田園詩は「画家の眼光」によって「明朗優美、清浄澹雅」なる一幅の画として「再現」され、その特徴を「平遠」なる景色と論じ、「新晴野望」（四部叢刊本では「野」は「晩」に作る）巻三を挙げる。

(63) 李肇は、元和十三年（八一八）、翰林学士。その後、右補闕・司勳員外郎などを歴任し、左遷の浮沈の後、大和初に中書舎人、開成元年（八三六）前に逝去（岑仲勉「跋唐摭言」（『中央研究院歴史語言研究書集刊』第九本、一九七一・一、二四五～二四六頁）。岑氏は、成書年代を穆宗時、最も早くて敬宗時とするが、異論もあり、定まらない。

(64) 『中國繪畫史』上（注(59)）Ⅱ、四、12「中唐の傳統的山水畫と樹石平遠圖」一二八、一三二頁。

(65) 「題壁上韋偃畫馬歌」では、「我の渠が画の敵無きを憐れむを知る」と杜甫の偃の画に対する愛好を詠い、「戯爲韋偃雙松圖歌」でも「筆を絶てば長風は纎末より起り、満堂 色を動かして神妙を嗟く」と見物人の賞嘆を詠む（『杜詩詳注』巻之九）。

(66) 六朝における詩と画について、『歴代名畫記』巻一「敍畫之源流」は、西晉・陸機の「丹青の興るは雅頌の述作と比ぶ」などの語を引き、絵画と『詩經』との関わりに言及する。前掲、東晉～劉宋・宗炳「畫山水序」は、山水の霊性を指摘し、それを描くことで、「書策」（文献記述）よりも真実性が勝ると説く。『文心雕龍』詮賦・定勢・隱秀・指瑕なども絵画との関わりを述べる。何国平『山水詩前史――従〈古詩十九首〉到玄言詩審美経験的変遷』（曁南大学出版社、二〇一一・十二）は結語において、東晉・顧愷之の「畫雲台山記」などを引く。

(67) 浅見氏は、南北朝後期において「宛然在目」という詩学が発生しつつあったが、詩に絵画性を見出す「詩中有畫」に類する認識はまだなく、その萌芽は、中唐になると指摘する（松本肇・川合康三編『中唐文学の視覚』Ⅳ書画との関わり、創文社、一九九八・二、二七五～二七九頁）。

(68) 「書摩詰藍田烟雨圖」（屠友祥校注『東坡題跋』巻下、上海遠東出版社、一九九六・十二）に「摩詰の詩を味へば、詩中に画有り。摩詰の画を観れば、画中に詩有り」とある。対象とする王維詩「山中」は、『王右丞集』未収。趙殿成箋注本は巻之十五外編所収。楊文生箋注本も外編所収。「山中」を偽作と疑う向きもある。

（69）『集刊東洋学』第七八号、一九九七・十一、七一頁。後、『中国の詩学認識――中世から近世への転換――』（創文社、二〇〇八・二）第二部第一章所収。

（70）王國瓔『中國山水詩研究』（注（22））三〇五～三〇九頁。二、錯置性句法とは、倒置による表現。「楚塞三湘接、荊門九派通」（王維）などを挙げる。三、条件性句法については、後述。

（71）『大暦詩風』（注（8））第八章「体式与語言」二二六～二二七頁。韋詩のほか、「星河秋一雁、砧杵夜千家」（韓翃）、「兩行燈下涙、一紙嶺南書」（盧綸）などを例示。

（72）「情人南楚別」（「送李二歸楚州」巻四、五律初句）、「只爲訪情人」（「將發楚州、經寶應縣、訪李二、忽於州館相遇、月夜書事。因簡李寶應」巻五、五律第二句）後者は、揚州への往路の作。

（73）成語や詩句の下の語を省略して、上の語だけで語句全体の意味を表す省略法。例えば『論語』爲政篇の「友于兄弟」の「友于」二字のみによって「兄弟」を意味する技法。川合康三「奇――中唐における文学言語の規範の逸脱――」は杜甫と韓愈が歇後語を用いていることに対して、洪芻等宋の文人が批判していることを引き、歇後語は宋代において「規範の逸脱」と看做されたと説く（『終南山の変容――中唐文学論集』研文出版、一九九九・一〇、一七三～一七五頁）。拙論では、その評価や効果には関わらず、単なる省略技法として解し、「歇中法」も、その観点からの命名である。

（74）『弘法大師　空海全集』（筑摩書房、二〇〇一・七）第五巻。一三八～一三九頁。

（75）詩題の「梁川」は、陶敏注・阮注ともに、「梁州」の誤りとする。今これに従う。陝西省漢中。陶敏注は、揚州往路の作とするが、陶敏・王友勝選注『韋応物詩選』（中華書局、二〇〇五・五）では、帰路の作とする（三三頁）。拙論は、往路での李澣再会の作（注（72））に「老い」の関心はなく、帰路で認められることなどから、帰路の作と看做す。

（76）帰国する蘇武を見送る李陵の詩。「仰視浮雲馳、遠忽互相踰。風波一失所、各在天一隅」、「古詩十九首」其一は、「浮雲蔽白日、遊子不顧反」（ともに『文選』巻二九）を踏まえる。唐代では、李白「送友人」（「浮雲遊子意、落日故人情」）をも想起させる。

（77）『大暦詩風』（注8）第八章「体式与語言」、二二二頁。錢起の五律一四三首中、流水対は三十九聯、司空曙の五律九十一首

中二十一聯などを指摘し、韋詩③④も例示する。

(78) ⑦「何因北歸去」の「北」は、一に「不」に作る。恐らく陶淵明の「歸去來兮辭」を踏まえるとしての「不」であろう。だが友人との再会を喜ぶ心情にはふさわしくないし、北の洛陽への帰路と考えられるので、「北」とする。

(79) 洛陽での送別詩に「徘徊洛陽中、遊戲清川潯」（「送洛陽韓丞東遊」巻四）。洛陽を去って長安辞職後の閑居先、善福精舎のそばを流れる灃水をこう詠う。「絶岸臨西野、曠然塵事遙。清川下邐迤、茅棟上岧嶢」（「灃上西齋寄諸友」巻二）。その後、比部員外郎となり、休暇中の作は、詩題（「晩歸灃川」巻六）も含めて、以下の通り、王維「歸嵩山」との関連が窺われる。「淩霧朝閶闔、落日返清川」

(80) 『大暦詩風』（注（8））第四章「主題的取向」五六～六二頁。

(81) 「咨嗟日復老」（「韋悼3」「出還」）、「傷多人自老」（「韋悼8」「月夜」）、滁州では、「嗟予淮海老」（巻四「送中弟」）、「予今顏已老」（巻三「寒食日寄諸弟」）など。

(82) 李冑、字は恭國、趙郡の人。著作郎李昂の子。德宗の貞元年間、魯山県令、戸部員外郎など歴任（『唐才子傳校箋』第五冊巻一、「李昂傳」補箋）。

(83) 『専修大学人文科学年報』第三十号（二〇〇〇・三）、後、『中国離別詩の成立』（前掲注（25））Ⅱ「大暦様式の超克――韋応物離別詩考」所収。

(84) 『中國山水詩研究』（序章注（12））第二部分、壹、「中國山水詩的形象模擬」三〇七～三〇八頁。

(85) 『大暦詩風』（注（8））第三章「時代的偶像―大暦詩風与謝朓」。大暦に至って「謝朓才真正成詩人普遍崇拝的偶像」と記す。韋應物は、「獨往宣城郡、高齋謁謝公」（「送五經趙隨登科授廣德尉」巻四）と直接謝朓に言及する。また大暦詩の特徴である「清新」の追求は、謝朓を模範として選んだ結果と指摘する（第八章「体式と語言」二二四～二二六頁）。

(86) 現行『楚辭章句』中、十四例。深林、雨雪、雲、水波などの様態を表現。

(87) 江淹が潘岳詩を模した「述哀」中、「夢寐復た冥冥、何に由りてか爾の形を覿ん」（「雜體三十首」）を挙げるべきであろう。この語は先に潘岳「寡婦賦」「哀永逝文」に用いられており、江淹は、それを踏まえたのである。さらに「韋悼10・21」に見えることを付言しておく。

（88）頷聯については、趙注なども指摘するように、李肇『唐國史補』が李嘉祐詩からの剽窃と記す。だが北宋・葉夢得『石林詩話』巻上において、「両句の好処」は、二種の畳語四文字であり、これは王維が添えたもので、剽窃には当らないと否定している。入谷仙介『王維研究』（注（6））は、「四字の有無にかかわらず、李嘉祐の作である証拠はない」「王維をめぐる悪意あるゴシップの一つ」と断じる（五八七頁）。

（89）『廣韻』に拠れば、「漠」は「慕名切」、「莫」小韻」、「冥」は「莫經切」、「暮」は「莫古切」、「門」は「莫奔切」で、声母はいずれも脣音「明」に属す。

（90）『文選』巻二九所収。「騰雲似湧烟、密雨如散絲」。

（91）松原朗『専修大学人文科学年報』第三十号（前掲注（83））、一〇八頁。後、『中国離別詩の成立』（前掲注（25））Ⅱ「大暦様式の超克──韋応物離別詩考」所収。

（92）本文引用以外の「涙」の十例は次の通り。1「絲涙一落俱不收」（巻一「擬古詩」其十二）、2「流涙忽霑纓」（巻三「京師叛亂寄諸弟」）、3「誰知彼此涙千行」（巻三「寄弟」）、4「不覺涙霑裳」（巻四「宴別幼遐與君貺兄弟」）、5「零涙緣纓流」（巻四「送楊氏」）、6「衣上涙空存」（巻五「答僩奴重陽二甥」）、7「獨此涙交橫」（巻五「答河南李士巽題香山寺」）、8「不惜霑衣涙」（巻六「話舊」）、9「北人聽罷涙將落」（巻八「野次聽元昌奏橫吹」）、10「窮秋南國涙」（「涙」以外にも、「涕」九例、「泣」七例、詩題をも含む）。

（93）『中国のアルバ──系譜の詩学』（汲古選書33、二〇〇三・四）所収。故事説明及びその継承や影響についても詳述。

（94）1「涙霑明月峡」（巻一「入峡、寄弟」）、2「涙憶峴山墮」（巻二「秦中苦雨思歸、贈袁左丞賀侍郎」）、3「還將數行涙」（巻三「宿桐廬江、寄廣陵舊遊」）、4「郷涙客中盡」（巻四「早寒江上有懷」）、5「天寒雁度堪垂涙」（巻四「登萬歲樓」）、6「涙濕薜蘿衣」（巻四「送友人之京」）。旅中の作は、1～5の五篇。徐鵬校注本（前掲注（7））付録「作品繫年」に拠れば、2は開元十六年、3は十八年、4は十五年、5は十七年、6は二十一年の作とする。

（95）たとえば、逸話としても有名な「不才明主棄、多病故人疏」（巻三「歳暮歸南山」）、「欲濟無舟楫、端居恥聖明」（巻三「臨

洞庭」）、「沖天羨鴻鵠、爭食嗟鷄鶩」（巻一「田家作」）、「壯圖竟未立、班白恨吾衰」（巻一「家園臥疾、畢太祝見尋」）など。

（96）『全唐詩索引』王維巻では、十三例とするが、重複、疑作、詩題を除けば七例。拙論本文引用五例以外の用例は、「長望淚霑巾」（巻五「送孫二」）、「汶陽歸客淚沾巾」（巻六「寒食汜上作」）。なお「別弟妹」二首（巻五）は各首に「淚」が認められるが、趙殿成注に従い、盧象の作と看做す。また「隴頭吟」は、『樂府詩集』横吹曲辭の「隴頭」（一に「隴頭水」）に因むが、楊文生箋注（序章注（11））は、「擬楽府題の七言古詩」とする（三二頁）。拙論は、それに従う。

（97）詩題は『萬首唐人絶句』では、「齊州送祖三」、『全唐詩』巻一二八では「齊州送祖二」。韋詩は「洛陽」との関わりからも、王維詩を踏まえていたのは確実である。王維は前掲「歸嵩山作」などから、洛陽近辺に隠棲していたことが知られ、韋應物は、それを想起していたのかもしれない。

（98）入谷仙介前掲書（注（8））第九章「送別」に、二説を紹介する（三五二頁）が、入谷氏自身の見解は不明。楊文生氏は、「故人」を旧友に解す（巻五、六一八頁）。

（99）松原朗『中国離別詩の成立』Ⅰ（研文出版、二〇〇三・六）、一〇二～一〇四頁。なお王詩の⑩「賓親」は、顧可久本、『唐詩品彙』では、何詩と同じく「親賓」に作る。

（100）「賣餠者妻」、寧王曼（『唐詩紀事』巻十六では「曼」は「憲」に作る）は屋敷のそばの餠売りの妻の美貌が気に入り、夫に多額の金銭を与えて寵姫に加える。一年後、文士たちを招いた宴席で、夫と再会させると、「其妻注視、雙淚垂頰、若不勝情」。王は文士たちに詩を命じると、真っ先に王維が詠じた作が「息夫人」だったという。

（101）丸山茂「王維の自己意識」上下（『中國語中國文化』（3）（4））。後、『唐代の文化と詩人の心』附編A、汲古書院、二〇一〇・二所収）は、「息夫人」などの作を挙げ、「もう一人の自分」を見つめる王維の眼を指摘する。前掲「觀別者」の末二句については五二七頁。そのほか、内田誠一「王維のナルシシズム――扮装する詩人の夢と孤独――」（『中國文學研究』第三一号、二〇〇五・十二）、同氏「王維の自閉的志向」（『松浦友久博士追悼記念中國古典文學論集』研文出版、二〇〇六・三）も、王維の性格的分析をする。

（102）入谷仙介前掲書（注（8））第二章「自然」、五二七頁。そのほか、第八章「王維の不遇感」、第十三章「輞川」にも、「〈太りこんだことをますます痛切に感じるようになった」（六二四頁）など。

平〉の蔭で危機が進行するにつれて、現實は一層彼にとって耐えがたいものとなり、自分が抜きさしならない袋小路にはまりこんだことをますます痛切に感じるようになった」（六二四頁）など。

（103）『全唐詩索引』（中華書局）に拠る。「涙」「涕」「泣」三語の合計数が、全詩（詩題は除く）に占める割合は、次の通り。孟浩然詩七例は、０・０４２６２％、王維詩十一例は、０・０４１３０％、韋應物詩三十例は、０・０７８１９％、劉長卿詩三十二例は、０・０８８６８％。

（104）劉長卿の生卒に関して、定論はない。蔣寅「劉長卿生平再考証」（『大暦詩人研究』下編）は、七二六～七八九以前。儲仲君「劉長卿簡表」（『劉長卿詩編年箋注』付載、中華書局、一九九九）は、七二六～七九〇。楊世明「劉長卿年譜」（『劉長卿集編年校注』付録、人民文学出版社、一九九九）は、七一八～七九〇とする。拙論は儲説に従う。なお引用詩は、四部叢刊『劉隨集詩集』巻三。以下、所引は同じ。

（105）『中唐詩壇の研究』第Ⅰ部第二章所収（創文社、二〇〇四・十）、五三頁。

（106）『大暦詩人研究』注（9）上編、第一章「江南地方官詩人創作論」二「承前啓後的名家——劉長卿」十七頁。

（107）劉長卿の出自、幼少期については、蔣寅「承前啓後的名家——劉長卿」（注（106））に拠れば、郡望は、河間（今の河北省）だが、洛陽近辺で成長した。祖父は、考功郎中だったが、父は無官だったようで、少年時代、貧しい暮らしを余儀なくされ、「一身家食せず、万事　人に従ひて求む」（「睢陽贈李司倉」巻五）と早くから、寄食を求める日々だったという。赤井益久「劉長卿詩論」（注（105））、清・喬億選編、雷恩海箋注『大暦詩略箋釈輯評』（天津古籍出版社、二〇〇八・三）巻一をも参照。

（108）『全唐詩索引』では九例を挙げるが、「卻聽鐘聲連翠微」（「過融上人蘭若」七絶結句）は綦毋潛の作と疑われている（『全唐詩』巻一百三十五、綦毋潛収録）ので、除外した。

（109）「白法調狂象」は、『大般涅槃經』巻二五（『大正大藏經』巻三七四所収）に見える記述（狂ったように暴れる「醉象」を、調教師が「大鐵」で従順にさせる）を踏まえる。

（110）前者の詩題は「經少林精舍、寄都邑親友」（巻二、五古六韻、第七句）、後者の詩題は、「慈恩伽藍清會」（巻一、五古八韻、第三句）。

(111) 中華書局、一九七七・四。なお張相の書と王鍈『詩詞曲語辭例釋』などを踏まえた『詩詞曲語辭辭典』（中華書局、二〇一四・二）の「坐來」も、張氏の解説を引く。

(112) 「惠法師」は未詳。繫年も楊世明『劉長卿集編年校注』、儲仲君『劉長卿詩編年箋注』ともに「未編年」所収。

(113) 第四章、前掲注(46)。

(114) 孫望校箋本は、当該作を巻一に収め、〔箋評〕は、大曆二～四年（七六七～七六九）、洛陽丞時代とする。首肯し得る。

(115) 清・朱克敬『雨窗消意錄』（岳麓書社、一九八三）。

(116) 徐松「洛陽城圖」（二）に拠れば、景行坊は、洛水から水を引いた「漕渠」に南面している（平岡武夫編『唐代研究のしおり』第七「唐代の長安と洛陽　地図篇」、図版二十六）。

(117) 第二章「江淹詩篇との関わり」第二節中、「韋悼11」④「獨坐」は、座禅を意味すると指摘した。唐代において、文人に習禅が行われていたことは、王維の例にも明らかである（孫昌武『仏教与中国文学』第二章、上海人民出版社、一九九六・八）。

終章　自然詩と「悼亡詩」

これまで韋應物詩について、主に「悼亡詩」を中心に考察を重ねてきた。縦軸として、悼亡詩史の系譜を辿り、関連する「古詩十九首」なども視野に入れ、模擬性を観点として、劃期的出現の理由を審究した。「古詩十九首」は、「擬古詩」への関心を導き、それは横軸として、韋應物詩全体における「悼亡詩」の位置づけという命題に繋がり、韋詩の中核というべき自然詩をも対象とすることになった。同時に、通時的には、王孟詩との比較、共時的には大暦詩人との関わりという観点を提示した。その中で折に触れて「悼亡詩」に言及したが、以上を踏まえ、最後のまとめとして、再び「悼亡詩」を対象にする。したがって再掲が増えるが、本章では特にその自然に着目する。韋詩の枢要を占める自然詩において、「悼亡詩」がいかなる意味を有するかを考察し、それによって、韋應物詩の本質に迫りたい。

「韋悼」三十三篇の成立年代については、序章第二節二三、二四頁に記述した。韋詩の年代による分類を、大きく三期：第一期　洛陽時代（七六三〜七七三）、第二期　長安灃上―滁州（安徽省）時代（七七四〜七八五）、第三期　江州（江西省）―蘇州（江蘇省）時代（七八五秋〜七九〇？）に分けた上で、「韋悼」は第二期、韋の四十歳代に属す（24・28を除く）ことを明らかにした。第二期は、さらに三期に分類される。Ⅰ　京兆府功曹参軍及び長安近郊の県令などを歴任した官僚時代（七七四〜七七九）、Ⅱ　長安西郊、灃上の善福精舎での閑居生活（七七九〜七八一）、Ⅲ　滁州刺史及び辞任後の滁州閑居生活（七八二〜七八五秋）である。妻の死（七七六）はⅠの参軍時代であり、「韋悼」は、彼の四十代に相当する第二期の約十年に亙って、詠われ続けてゆく。第二期は、数量の上でも最多を占めており、人口に膾炙する「滁州西澗」「寄全椒山中道士」を挙げるまでもなく、質的にも充実し、韋の詩人人生の中で、創作意欲が最も旺盛な時期といえる。その中で、「韋悼」がいかに位置づけられるか、特に自然詩との関わりは如何であるかは、韋詩の本質を考察するうえで不可欠であろう。自然詩論としては、第五章洛陽時代の続編となり、第五章と同様、「景情融合」を観点とする。先述のごとく、先行研究の多くは、「悼亡詩」論も含めて、〈清〉〈幽〉を特色とする「景情融合」を結論とするに止まる。拙論は、王孟詩や、大暦詩人の諸篇との関わりをも斟酌しながら、その実相や所以を考覈する。

第一節　風のうた――「清景」について――

韋應物詩には、多くの風が吹いている。自然表現の素材としては、「山」に次いで多い（一六七例）。「林」「雲」が、それに続く。「山」は、王孟詩や劉長卿、盧綸、銭起など大暦詩人の詩篇においても最多で、韋詩の独自性とはいえない。だが王詩では、二番目に「雲」が続き、孟詩では「江」、劉詩では「江」「水」「雲」の順、盧詩では、「雲」、銭詩では「雲」「花」の頻度になる。(1) 従って「風」は、韋詩の自然詩の特質と看做せよう。それは、用例数と相俟って強弱、寒暖、緩急、実に多様な風であるが、いずれも詩境に静から動や、時間の推移など、何らかの変化をもたらしている。その流動感が、韋詩の独自性と密接な関わりを有しているのである。時間の推移という意味では、朝夕も、四季も問わず吹いているが、頻度としては、「春風」（十三例）、「東風」（三例）、「暄風」「和風」（各二例）という春の風が多い。「韋悼」においても、すでに一部挙げたが、まずは、春の風がいかなる作用をもたらすかを見る。「韋悼6」「除日」は、春の始まりである。

①思　懐　耿　如　昨　　思懐　耿として昨の如し
②季　月　已　云　暮　　季月　已に云に暮る
③忽　驚　年　復　新　　忽ち驚く　年　復た新たなるを
④獨　恨　人　成　故　　独り恨む　人　故と成るを
⑤冰　池　始　泮　綠　　氷池　始めて緑に泮《と》けて
⑥梅　楥　還　飄　素　　梅楥《ばいけん》（梅と柳）還た素を飄《ひるがえ》す

時の推移の速やかさに驚かされ、「今昔の対比」を③④「新」「故」で表し、第三聯は、潘岳「悼亡賦」の「春風氷を泮かす」を踏まえて、[2] 春の訪れを、清々しい緑と白の色彩対によって表現する。「始めて」（ようやく）という虚字が、春の到来を待ち望んでいたという思いを表し、「還た」は、今春も去年と同じく白い花が咲き、風に翻るという季節の循環を意味している。すなわち「今」の叙景描写だけではなく、今に至るまでの思いや時間が含まれており、それによって、季節の移ろいが表される。「還」は、次の「韋悼7」「對芳樹」においても認められ、その意味はより明白である。

①迢　迢　芳　園　樹　　迢迢たる芳園の樹
②列　映　清　池　曲　　列なり映る　清池の曲
③對　此　傷　人　心　　此れに対して　人心を傷ましむ
④還　如　故　時　綠　　還た故時の緑の如し
⑤風　條　灑　餘　靄　　風条　余靄を灑《ち》らし
⑥露　葉　承　新　旭　　露葉　新旭を承く

長安の曲江池を思わせる屈曲した池畔に果てしなく樹木が連なり、清らかな水面を緑に染めている。「韋悼6」の緑の池と風に揺れる樹木が継承されているが、6には詠われない池の様態や空間的広がりが描出され、樹木に咲く花の芳香が漂っている。その一方、連作として6を踏まえれば、氷が融けたばかりの池の冷たさと澄明感が伝わってくる。第三聯では、朝もやの名残りの中で、春風にそよぐ枝には白い花が咲き、柳の新緑は朝露に濡れて、今しも顔を出した日の光に煌めいている。春風は池にさざ波を起こし、光の粒子が露から零れ落ちるように、水面は銀色に揺れている。まさに韋の自然詩の特質である〈清〉というべきこの美しい風景が、かえって詩人の心を哀しませる。それは④「昔と同じように見える美しい緑」ゆえである。「故時」共に愛でた妻の喪失を意味することは、言うまでもない。「還」は、季節の循環を表すと同時に、詩人の悲傷をかき立てる契機をも意味する。循環して再来する〈自然〉は、彼にとっては、今だけではなく昔時をも含む、いわば二重写しにして把握されるのである。

春風は、春という季節を運んでくる。「韋悼21」「四禪精舎登覽、悲舊、寄朝宗巨川兄弟」にも「蕭散として人事憂ひ、迢遞として古原に行く。春風　日已に暄《あたたか》く、百草亦た復た生ず（蕭散人事憂、迢遞古原行。春風日已暄、百草亦復生）」（第一・二聯）と。灃上閑居時、亡妻の兄弟に寄せる作である。前掲王維詩と同じく「蕭散」たる自然の中で憂愁を晴らすべく、詩人は「古原」に出かける。果てしなく広がる「古原」にそよ吹く風の暖かさで、初めて春の訪れに気づく。この「已」には、逆にいえば、それまで春に気づかなかった「憂」が籠められている。詩人は精舎の金像に拝謁し、禅房に至った後、つぎのように詠む。

⑦新 景 林 際 曙　　新景　林際曙け
⑧雜 花 川 上 明　　雜花　川上明らかなり
⑨徂 歳 方 緬 邈　　徂歳　方に緬邈たり

⑩陳 事 尚 縦 横　　陳事　尚ほ縦横たり

精舎を包む林の周辺が、夜明けのみずみずしい光（⑦「新景」）に照らし出され、川のほとりに咲き乱れる花々も、その光を浴びれば、水面に映発して色とりどりに輝き流れる。ここにも水と光の饗宴が繰り広げる「清景」が描出される。だがそれは単なる実景に止まらない。つぎの第五聯が、過ぎ去った時（「徂歳」）や事（「陳事」）への感慨を催すのは「清景」ゆえなのである。詩人は川のほとりに佇んで、孔子と同様の「川上の嘆（逝く者は斯くの如きか、昼夜を舍かず）」、すなわち時の推移への思いを喚起されたからにほかならない。みずみずしい光に輝く川の流れの流動感が、詩人を過去に遡行させたのである。なお「緬邈」は、潘岳「寡婦賦」の「重」に見え、「遙かに逝きて逾々遠く、緬邈として長く乖る」と詠い、亡き夫との隔たりが時とともに大きくなることを嘆いている。詠み手と死者の性は異なるが、ここでもその意を含むであろう。

次の作も、「露」を用いた清らかな月の光が、詩人の傷心を惹起している。「韋悼8」「月夜」である。

①皓 月 流 春 城　　皓月　春城に流れ
②華 露 積 芳 草　　華露　芳草に積もる
③坐 念 綺 窗 空　　坐ろに念ふ　綺窓の空しきを
④翻 傷 清 景 好　　翻って傷む　清景の好きを
⑤清 景 終 若 斯　　清景　終に斯の若し
⑥傷 多 人 自 老　　傷多く　人　自ずから老ゆ

露に「華」という美称が冠されるのは、前掲「華月」から放たれる月光が銀色の光を流して芳しい草花の上の露を輝かせるからである。その澄明感が、詩人の好む「清景」の〈清〉をもたらす。だがその美しさゆえに、詩人はかえって嘆き哀しむ。「韋悼7」の「傷人心」と同様の発想である。目前の「清景」が、「故時」のそれと重なり、閨房の窓辺に当然いるべき妻が今いない「空しさ」、④「翻」の軽やかな反転が痛々しい。それを詠い興すのが「華露」である。美称の「華」が女性を暗示すると同時に、「露」の機能が大きい。「露」は様々な意匠に用いられるが、悼亡詩においては、基本的に挽歌「薤露行」の儚い命の象徴という意味を内在していよう。薤（おおにら）の上の露よりも儚く逝った妻の暗喩として、「華露」が第三句を導き出し、〈情〉を詠い始める。「芳草」「綺窗」は、既述の如く、ともに「古詩十九首」に見えるが、⑥「老」も、「古十九」において繰り返し詠われる（其一・六・八・十二）。それらは「君を思へば人をして老いしめ、歳月忽ち已に晩る」（其一）という「君」への深い「思ひ」と時間の速やかさを詠い、韋詩はそれに連動する。第四章で、「古十九」との関わりを論じたが、「老」の感慨は、いずれ訪れる「死」をも彷彿とさせる。月の光を受けた「露」は、それをも籠めながら、〈清〉なる澄明感をもたらすのである。

ここで反復される「清景」を注視したい。すでに第二章第二節において、「潘悼」の頂真格との関わりで、「清景」は、月光の流動感が生み出す銀色の光の世界を意味すると述べ、非換韻箇所（第二類）における変格と指摘した。反復される「清景」の間に、「好」（草・老ともに皓韻）が挟まれて押韻されており、さらに④「傷」が、隔句頭（⑥に措かれているのも、変格のバリエーションと看做せよう。第二類は、第一類（換韻箇所を跨ぐ）よりも断絶性が弱く、さらに韻字の「好」が「清景」の間に挟まれることによって、押韻の小休止のリズムが一層、緩やかになり、上声「皓」韻のまったりした音声も相俟って、しみじみした想いを醸し出す。それゆえに、句頭の「傷」とのひりひりした違和感が際立つ。読者は、途惑いながら小休止のたゆたいの中で揺れ動くうちに、「清景」が⑤で繰り返されてリズムが再開する。①②の〈景〉と③の〈情〉が④に収斂していたが、⑤では〈景〉、⑥では〈情〉に再び分離され、収斂と分離の運動の隙間から、詩人の切ない〈情〉が、ため息のように漏れてくる。緩衝材ともいうべき「好」を挟んで繰り返される「清景」という畳韻が、リズムにアクセントを与えながら、流動感を失うことなく運動を展開させるのである。

「清景」の「景」は、夙に小川環樹「中国の文学における風景の意義」が、『説文解字』や段注を引いて指摘するように、[3] 本来、太陽や月の光およびそれに照らされている「物の明るさ」を意味する。『文選』中の作品においても、太陽や月など物体そのものよりも、「放射された光あるいは輝き」をいい、また「その光に照らされた或る範囲の空間・ひろがりをも指した」（四〇頁）。小川氏は、その意味に基づき、六朝における「風景」を、現在の landscape の意ではなく、light and atmosphere と解す。唐に入って、初唐・盛唐期においても、李杜等の作を例示して、基本的には六朝と同様、「風景」は春を詠い、「佳景」や「煙景」は光、日差しの意と説く。だが中唐以後の新しさを指摘して、二点言及する。一つは、秋の光をも指すこと。もう一つは、心情（孤独感）との関わりから、光（light）の義を「ほとんど失って、view または scenery の義となった」ことである。具体的には、賈島（七七九?～八四三）や張籍（七六八?～八三〇?）等の作を例示するが、特に「苦吟」で有名な賈島が「風景の観念を変化せしめた」と論ず。その詩句は、「他人 応に已に睡りたるべし、転た此の景の恬なるを喜ぶ」（「玩月」第十一聯）、「独自 南斎に臥せば、神は閑にして景も亦た空し」（「南斎」）を挙げて、これらの「景」は、詩人の心に影響を及ぼしているから、「月光そのものよりは、ながめ（view）全体を謂うであろう」と記す。

だが「南斎」は、斉文榜氏が指摘するように、『白氏長慶集』巻二三に収載されており、白居易詩である。[4] また「玩月」（巻一、五古十九韻）は、①「寒月破東北」と始まり、秋の月を詠じてはいるが、詩題からも明らかなように、内容は月光の美しさを愛でることに比重がある。詩人は、「青青たる杉」のそばに立って月を眺め、「但だ愛す 杉の月に倚るを、我 杉に倚りて三と為る」（第四聯）と、李白の「月下獨酌」を踏まえて、月光に照らし出された杉の色の鮮やかさを強調する。夜も更けて冷え込み、立ちっぱなしの足が凍りそうだ（⑰「久立雙足凍」）と詠んだ後で右の第十一聯に繋がる。さすれば「此景」は、『文選』の「放射された光あるいは輝き」「その光に照らされた或る範囲の空間・ひろがり」という意味を踏襲していると考えられまいか。斉文榜注も、「此景」は「謂月景静謐、深深陶酔」とする。今、『全唐詩』中の賈島の「景」を調べると、右の詩句や人名（劉景陽）、詩題を除けば、わずか四例に過ぎない。[5] 小川氏は、「詩景」（詩的風景）という詩語の新しさを述べて、賈島が「風景の観念を変化せしめた」のは、詩人が「孤独なと言うべき世界に閉じこもる」と同時に、「自然界の事物から自己の好む「景」（scenery）を選び取って、それだけで詩を構成しようとした」からと記す。彼らが好んだ詩語として「清景」「幽景」を挙げて、そこには、「彼等の孤独感の反映がある」と述べる。「清景」にとっては、看過し得ない重要な言及である。だが賈島詩には「清景」「幽景」もなく、新しさ（秋、光ではなく scenery）を確認できても（注（5）参照）、「景」五例に「孤独感」はさほど感じられない。賈島が先鞭をつけたというよりも、小川氏の卓見は、賈島より約十歳上の張籍詩において明らかである。その「景」は十七例が数えられ、「清景」も一例、見える。[6]「端居して歳の永きを愁ひ、独り此に清景を留む」（「懐別」第五聯）と詠う。③「離堂　客を留むる無し」と詠み、張家に滞在していた客を見送る留別詩である。ここには、太陽も月も詠われず、光の意味は無い。周囲の景色を「古道　水に随ひて曲り、悠悠として荒村を繞る」（第三聯）と描くので、この「清景」は、鄙びた村の景色と解せよう。「端居愁」は、まさに「孤独なというべき」自閉的世界であり、「獨」が一人残される詩人の心情を物語る。張籍の他の作の「景」には秋や夏の光も認められ、右の二点を確認できる。[7] だが「風景の観念の変化」は、張籍詩を以て嚆矢と為すべきではない。「景」に関する問題意識は、「景情融合」という観点からも、やはり自然詩人を対象にすべきではあるまいか。

今、孟浩然の「景」を調べれば十例があり、「清景」はないが、確かに六朝詩を踏襲する春の光も一首、詠われている。[8] しかしながら、季節が明らかな「景」（必ずしも光ではないが）は、五首とも秋の歌である。その中に、すでに心情と関わる「風景」が認められる。「途中九日懷襄陽」（巻四、五律）という望郷詩である。

去國似如昨　国を去りしは昨の如きに似たり
倏然經杪秋　倏然として杪秋を経たり
峴山不可見　峴山　見る可からず
風景令人愁　風景　人をして愁へしむ
誰採籬下菊　誰か採らん籬下の菊
應閑池上樓　応に閑たるべし　池上楼
宜城多美酒　宜城（湖北省）に美酒多し
歸與葛彊遊　帰りて葛彊（西晉の大酒飲み山簡のお気に入りの部将。飲み友達の意）と遊ばん

旅の途次、重陽の節句を迎えて、詩人は、郷里の峴山への登高を思い出す。[9] 心中、ありありと浮かび上がる山容を眼前に求めても目し得ない旅愁を表白する。この「風景」には、光や明るさの義はなく、詩人の心中に欠落感を生じさせる scenery そのものといえよう。[10] 孟は、この「風景」の裏に、見えない峴山を幻視しており、いわば空間的二重性を有している。もう一例は、時間的二重性ともいうべき「風景」である。「昔時の風景　登臨の地、今日の衣冠　送別の筵」（「和盧明府送鄭十三還京、兼寄之什」巻二、七古四韻）という送別会での唱和詩である。⑤「洞庭の一葉秋の早きに驚く」と、『楚辭』「湘夫人」を踏まえて詠むので、この詩も季節は秋、盧明府とともに、[11] 都に帰る鄭十三（未詳）との交遊をふり返り、かつて同じ場所で酌み交わした酒盛りを思い出して詠うのが「昔時風景」である。いみじくも「光」（光陰）が「風景」に、時間性を導入した濫觴といえよう。かように、孟浩然詩において、すでに中

唐詩に繋がる「風景の観念の変化」を認め得るのである。数としては少ないというべきではあるが、今昔の対比は、「韋悼」の特質でもあり、韋應物が祖述しているので、その意義は看過し得ない。

次いで王維詩には、「景」が十三例詠われる。小川氏も盛唐詩人三人の作を例示して、李杜と並んで王維を挙げるが、王維詩については、ただ一句「前山　景気佳し」を引き、「これも私のいう南朝の風景の語義とよく似ている。つまり風を気で置きかえたと言ってもよい」とのみ記す。これは「風景」の「風」は、wind ではなく、atmosphere（空気）の義であることの例証として挙げられている。だが当該作「留別崔興宗」（『王右丞集箋注』巻十三）は、小川氏自身、注（2）で記すように、崔興宗（妻の弟）の作の蓋然性が高く、最近の楊文成注は、「無疑為崔作」と断じている。『全唐詩』索引の「景」十三例の中にも数えられていない。十三例の中で最多の用例は、「風景」四例である。その一つは、「風景　日夕佳く、君と新詩を賦せん」と始められる「贈裴十迪」（巻三、五古七韻）で、陶淵明に因む詩語を用いて、うららかな日差しの中に浮かぶ春の田園風景ののどかさを楽しんでいる。「春風　百草を動かし、蘭蕙　我が籬に生ず。曖曖として日　閨に暖かく、田家　来りて詞を致す（春風動百草、蘭蕙生我籬。曖曖日暖閨、田家來致詞）」（第三・四聯）と。葛暁音氏は当該作を、春の再訪を喜ぶ思いが溢れている（「表現春回田園、風和景媚的情味、欣欣生意、溢于筆端」）と記し、「風景」を、六朝の義をそのまま踏襲した「風」と「光」（light and atmosphere）に解しており、小川説を裏付ける。[12]

その一方、王維詩には、同じく春景色を詠いながら、悲傷感と関わる「風景」もある。「林園卽事、寄舍弟紞《たん》」（五古九韻、巻三）という、末弟紞に寄せた作である。「寓目　一へに蕭散たり、憂を消すこと　俄頃を冀ふ」と、胸中の「憂」を吐露して始まる。「蕭散」は、「さっぱりと清々しいさま」の意で、江淹が晉・殷仲文（?～四〇七）を模した「雜體詩」の「殷東陽興矚」（五古七韻、『文選』巻三一）に「蕭散として　慮を遺るるを得たり」（第十四句）

と詠い、美しい自然に目を楽しませると俗世の煩わしさ（「慮」）を忘れられるという発想を踏まえている。それに導かれて、叙景が展開する。「青草　澄陂に粛たり、白雲　翠嶺に移る」（第二聯）、「松は含む　風裏の声、花は対す　池中の影」（第四聯）と、素朴な色彩対による山水や、視聴対を用いた早春の自然が詠われ、「消憂」の願いが叶うかのように見える。ところが第五聯は一変して、この地[13]の風土病（「虐」マラリア）や飲み水による病（「癭《こぶ》」）の多さを記し、最後は、抒情で終わる（第七・八・九聯）。

心悲常欲絶　心悲しみて常に絶えんと欲し
髪亂不能整　髪乱れて整ふる能はず
青簟日何長　青簟　日　何ぞ長き
閑門晝方靜　閑門　昼　方に静かなり
頽思茅簷下　頽思す　茅簷の下
彌傷好風景　弥ゝ傷む　好風景

髪の乱れを直す気力もない「悲しみ」とは、一体何だろうか。「青簟」は、これも江淹「別賦」の「夏簟 清くして昼暮れず」に基づき、深い「憂」が晴れることもなく過ぎる時の進みの遅さを、八つ当たりするかのように慨嘆している。そして最後に、絶望的なうめき声を発するのである。「風景」が素晴らしければ素晴らしいほど、わが悲愴は深まるばかりと。この「風景」は、もはや六朝を踏襲する単なる「光」と「空気」ではあるまい。前半に表現した天地山水全体の自然を指し、そこにはやり場のない悲傷感が籠められている。王維詩に至って、すでに「風景の観念の変化」は明確に看取し得るのである。この悲しみについて、入谷氏は、注目すべき見解を述べる。「この詩は、何にしてもただごとではない。王紞にはもとよりその原因がよくわかっていたにちがいない。あるいは、これこそが妻を失った悲しみを託したものではあるまいか」「その死因が風土病だったことを暗示するかに思われる」と（四二九頁）。そして「悼亡詩」の伝統が、唐代前半に途絶しており、妻を詩作の対象にすることは「一種の暗黙のタブーではなかったか。それゆえに、王維も妻を失った悲しみを、歌わんとして公然とは歌いえず、辛うじて肉親の弟にさりげない形で示すほかなかったのではなかろうか」と推察する。[14] 王維が、悼亡詩を詠じなかった理由の一つとして、首肯し得るとともに、韋應物がそのタブーを犯して詩作した英断を改めて確認しておきたい。安史の乱の前と後の文学的状況の変化[15]と、二人の資質の相違にも起因するであろう。その点を踏まえた上で、王維の意識はともかく、韋應物は、当該詩を紛れもなく悼亡詩と認識していたのではないか。なぜなら当該詩を踏まえたと考えられる「韋悼」四篇を作成しているからである。一つは、前掲「韋悼7」「對芳樹」③「此れ（①②沼沼芳園樹、列映清池曲）に対して人心を傷ましむ」、「韋悼8」「月夜」④「翻って傷む　清景の好きを」という逆説的心情吐露の類似性である。もう一つは、「韋悼21」「四禪精舍登覽、悲舊、寄朝宗巨川兄弟」①②「蕭散として人事憂ひ、迢遞として古原に行く」と、同じく「蕭散」たる自然に「憂を消」そうと出かけることである。この「憂」は、共に亡妻の悲哀を含めていると考えたのではあるまいか。「蕭散」は「寂寞」考（第三章第三節）で挙げた、15「林園晩霽」（五古五韻）にも見える。

①雨歇見青山　　雨歇みて青山を見
②落日照林園　　落日　林園を照らす
③山多烟鳥亂　　山多く　烟鳥乱れ
④林清風景翻　　林清く　風景翻る
⑤提攜唯子弟　　提携するは唯子弟のみ
⑥蕭散在琴言　　蕭散として琴言に在り

⑦同遊不同意　同遊　意を同じくせず
⑧耿耿獨傷魂　耿耿として独り魂を傷ましむ
⑨寂寞鍾已盡　寂寞として　鍾　已に尽き
⑩如何還入門　如何ぞ還た門に入らんや

ここには、王詩の風土病などの記述もなく、逆に王詩には、雨上りの林園のみずみずしさは詠われず、相違点は数多い。だが大枠としての「林園」という場の設定、王詩冒頭の「蕭散」が用いられて林園に出かけていること、些細なことながら、王詩に印象的な「青草」「青簟」の「青」が「山」に冠されていること、そして「子弟」という「弟」も登場することから、王維の当該詩を彷彿とさせるのである。もっとも同伴した「子弟」に韋の悲しみは共有されていないという点は、王詩が率直に悲傷を弟に訴えるのとは、異なっているが。そのほか、印象的な王詩の末句「彌傷好風景」の「風景」「傷」を共通としている。韋詩の「風景」は、雨に洗われた林に夕陽が射しこんで、風がそよぐとその木漏れ日が揺れているさまであり、これも王詩とは異なっている。かような相違点は、先行作を踏襲する際、自らの審美観や感性に従って、臆せず反転や変化を試みる韋の手法を斟酌すれば、さほど違和感はない。この林も韋應物の愛好する「清景」へと、王詩の「好風景」を変化させたのである。(16)

以上のように、自然詩人の系譜における「風景」の新しさは、孟詩が先鞭をつけ、王詩が、それを明確にしたといえよう。韋應物はそこに、妻を亡くすという同様の境遇を看取して悲哀感を籠めたと考えられ、その詩作は、〈景〉と〈情〉の融合をまた一歩、促進させたのではないだろうか。

韋詩の「風景」は、右の「韋悼15」も含めて王維と同じく四例に過ぎず、(17) ほかの三例も、light and atmosphere の意味で、新味に欠ける。ただ「景」については、王孟に比して用例数は図抜けており、詩題を含めれば七十六例に上る。同時期の劉長卿詩は、十四例であることを勘案すれば、韋の「景」へのこだわりが明らかである。最多の意味としては、六朝期の「光」とそれが照らす「空間やひろがり」という意味であり、ここにも韋詩の古風が認められる。「光景」「景光」「陽景」などの日光や、「仲月景氣佳」「曠朗景氣佳」という月光が、その意を端的に表す。また光が翳ることを詠って、時間の経過を表わす例も少なくない。「山景　寂として已に晦《くら》し」「崖傾いて景方に晦し」「蟬鳴いて景已に曛し」「景晏れて青山沈む」「帰り来れば景　常に晏る」などである。時間との関わりは、光の義を次第に失い、「晩景」「夜景」「朝景」という時間帯や「夏景」「秋景」「春景」という季節と結びつき、時間の比重を大きくして包括的景色を表わすようになってゆく。[19] その中で「清景」は、「景清」も含めて、十三例が見える。春だけではなく、「秋山に清景満つ」（「重九、登滁城樓……」巻六）など秋にも認められる。[20]「韋悼」のもう一例（27「秋夜」五古四韻）も、「露」を用いた秋の「清景」である。

①暗　窗　涼　葉　動　　暗窓に　涼葉動き
②秋　齋　寢　席　單　　秋斎　寝席　単なり
③憂　人　半　夜　起　　憂人　半夜に起き
④明　月　在　林　端　　明月　林端に在り
⑤一　與　清　景　遇　　一たび清景と遇はば
⑥毎　憶　平　生　歡　　毎に平生の歓を憶ふ
⑦如　何　方　惻　愴　　如何ぞ　方に惻愴せん
⑧披　衣　露　更　寒　　衣を披て　露更に寒し

葉擦れの音に目を覚ました詩人が、冷え冷えとして暗い書斎から窓越しに見る自然は、明月に照らし出された銀色のさやかな世界、⑤「清景」である。「蕭條」や風の詩語はないものの、「涼葉」（まばらな葉）がさわさわ揺らぐのは、風のせいである。詩人はここでも蕭条たる自然を見ながら、妻と肩を並べて愛でた⑥「平生」（昔時）の楽しみを思い出す。詩人の追憶する「往事」の一つが表白されている。第三聯について、清・沈德潜（一六七三〜一七六九）が、「情深く人之を知る」と評する（『唐詩別裁集』巻三）のも、宜なりであろう。「景情融合」というよりも〈情〉の深さが生み出した幻影としての昔時の「情景」が、ここでも二重写しとして詩人の胸中に浮かんでいる。前掲孟詩の「昔時風景」や峴山を幻視した「風景」と同様の発想である。(21) だが「風」という一般名詞ではなく、〈清〉という詩人の感性に基づく形容詞を冠することによって、詩人の〈情〉と近づき、⑥⑦の「歡」「惻愴」へと繋がって行く。最後の「寒」は、単なる皮膚感覚だけではなく、心の「寒さ」をも表すことは、いうまでもない。「清景」には「風景」と異なり、詩人の心情、踏み込んでいえば、「寂寞たる」「蕭条とした」孤独な心情が籠められるのである。一見、六朝の古風を踏襲しているようでありながら、小川氏の指摘する「新しい意味」が賦与されたのである。それを象徴するのが「清景」であった。「清景」は、詩語としては、魏晉の頃から認められ、隋までに八例を数え得るが、(22) そこには、悲傷や孤独感はない。入唐後、韋詩の前は、前掲王維詩の一例に過ぎない。すなわち中唐における「風景の観念の変化」は、賈島・張籍よりも早く、韋應物によって完成されたといえよう。それは、「景情融合」の実現でもあったのではないだろうか。付言すれば、「韋悼」以外の韋詩における「清景」にも、〈情〉との関わりが認められる。第三節に詳述する「山郭　恒に悄悄たり、林月　亦た娟娟たり。景清く神已に澄み、事簡にして　慮　牽くを絶つ（山郭恆悄悄、林月亦娟娟。景清神已澄、事簡慮絶牽）」（「曉至園中憶諸弟崔都水」巻六、五古四韻、第一・二聯）の「景」は、無論、月光であるが、韋の神魂を透明にするかのような働きを及ぼしている。次の詩も、崔倬（韋の従妹の夫）や「諸弟」との重陽の思い出を詠う作「重九、登滁城樓……」である。(23)

⑦秋山滿清景　秋山　清景満ち
⑧當賞屬乖離　当に賞すべくして乖離に属す
⑨凋散民里闊　凋散　民里闊く
⑩摧翳衆木衰　摧翳　衆木衰ふ
⑪樓中一長嘯　楼中　一たび長嘯すれば
⑫惻愴起涼颸　惻愴として涼颸起こる

澄明な秋の光に溢れた素晴らしい山景色は、前年の灃水のほとりでの九日と同じく皆とともに楽しみたいのに、詩人は、今一人滁州にいる。城下に目を向ければ、疲弊して逃散した民衆の姿は村里から消え、残された樹木が手入れもされずに荒れ果てている。やりきれない思いを晴らさんと、詩人は大きく息を吸って「長嘯」すれば、心の傷はさらに深く、それに呼応するかのように冷え冷えとした疾風が巻き起こる。この「清景」も前年の記憶を呼び起こし、詩人の幻視を促す二重の「景」である。第五聯の荒涼たる城下の風景も相俟って、末句「惻愴起涼颸」の冷たい風は、まさに「惻愴」たる詩人の〈情〉の表象といえよう。韋詩における「清景」と「風」は、すぐれて〈情〉との関わりが濃厚なのである。

このように韋詩の特質に関わる「清景」は、「韋悼」における用例を考察することによって、今昔二重写しの景観であり、妻の喪失と哀痛が籠められていることが明らかになった。「清景」が、洛陽時代に一度も用いられることなく、十一例すべてが妻亡き後の大暦末、鄠県の県令時代（Ⅰ）以降に詠われていることは、その所以を明示するであろう。それは、「韋悼」諸篇が、韋の自然詩の特質を方向付ける重要な意味を有することを物語るのではないだろうか。

春風に戻れば、「韋悼9」「嘆楊花」にも吹いている。

①空　蒙　不　自　定　　空蒙として　自ら定まらず
②況　値　暄　風　度　　況んや　暄風の度るに値ふをや
③舊　賞　逐　流　年　　旧賞　流年を逐ひ
④新　愁　忽　盈　素　　新愁　忽ち素に盈つ
⑤纔　縈　下　苑　曲　　纔かに縈る　下苑の曲
⑥稍　滿　東　城　路　　稍や満つ　東城の路
⑦人　意　有　悲　歡　　人意に悲歓有り
⑧時　芳　獨　如　故　　時芳　独り故の如し

花曇りの薄暗い中、楊柳の白い花が、ふわふわ舞っている。詩人の心もとない心情そのままに。そこに暖かい春風（②「暄風」）が吹けば、なおさら楊花の乱舞は、とりとめがない。かつて二人で愛でたこの光景、あの時からの月日の流れを追い求めれば、たちまち愁いが押し寄せてくる。ここにも過去からの時間が今に流れ込むが、春風は、季節を運ぶがゆえに④「新愁」をもたらす。楊花は、さらに「下苑（宜春苑）」の曲江池へと流れゆき、果ては、「東城路」にも溢れると詠む。この「東城」とはどこを指すのか。「下苑」との対語関係を勘案すれば、妻と最後に住み、彼女がそこで亡くなった長安朱雀門大街東第三坊の東城にある昭国里であろう。次の「韋悼10」「過昭國里故第」にも繋がって行く。だが「東城」は、洛陽をも指し、「逍遙す東城の隅」と洛陽郊外の同徳精舎で療養中の作にも見える。(24)この「楊花」も⑧「如故」、すなわち今昔二重写しの「楊花」であり、さすれば詩人は、洛陽にも思いを馳せていると推考しても誤りではなかろう。昭国里そして洛陽の道にも楊花が広がっているだろうと妻との日々を回顧して時空ともに拡大する。楊花が舞う空間の流れが、いつしか時間的流動感と相俟って、詩人の〈情〉を深めていく。〈情〉すなわち⑦「人意」は「楊花」と対照化され、ここでも新旧、今古の通底する対比が詠われる。そしてこの「人意」は、楊花に誘われるようにして想起した次の10の⑦「花意」と連関する。それにしてもなぜ「楊花」なのか。春を告げる花は、「楊花」だけではあるまい。その答えを10の「花意」が解き明かす。10は前掲、長安昭国里の旧宅再訪時の作で、ここにも春風が吹いている。

③物 變 知 景 暄　　物変はりて　景の暄かなるを知り
④心 傷 覺 時 寂　　心傷みて　時の寂しきを覚ゆ
⑤池 荒 野 筠 合　　池荒れて　野筠合し
⑥庭 綠 幽 草 積　　庭緑にして　幽草積もる
⑦風 散 花 意 謝　　風散じて　花意謝《しぼ》み
⑧鳥 還 山 光 夕　　鳥還りて　山光夕なり
⑨宿 昔 方 同 賞　　宿昔　方に賞を同にするも
⑩詎 知 今 念 昔　　詎ぞ知らん　今　昔を念ふを

暖かい春の到来なのに、手入れされぬ旧宅の池も庭も荒れ果て、野生化した竹や草木が鬱蒼と茂っている。咲き始めたばかりの花々は、風に吹き散らされてしぼんでしまった。⑥「幽草」は、韋詩の字眼である〈幽〉を冠し、後の滁州時代の名句「独り憐れむ幽草の澗辺に生ずるを」に繋がる景物として、彼の美意識や深い思い入れを推察させる詩語である。この「景」も春の光だが、これまでのように明度ではなく寒暖を表して、季節の推移を意味する。本来なら喜ぶべき春の訪れなのに、逆に傷心を訴える。この「景」に籠められた〈情〉こそ、韋詩の審美観に基づく

「景情融合」であり、次節で詳述する。

ここでは「花意」に注目する。「意」は、多義的語彙であり、最も一般的な意味は⑴「心」「思い」であるが、そのほかに⑵「風情」「情趣」や、⑶「兆し」「予兆」などの意もある。山田和大「韋応物の植物詩――「花意」をてがかりにして――」が挙げるように、唐代の「花意」の用例として、韋の後、劉禹錫・孟郊・元稹各詩中に認められるが、劉・元詩は⑴、孟詩は⑵の意に解すべきと考えられ、多義化する。[25] ただ花の「風情」は、擬人化して解釈すれば、「美しく咲こうとする思い」が実った結果であり、客観的にいえば、つぼみからあでやかに咲こうとする⑶兆しにも通じていき、多義性は、相互に関連する。韋應物の「花意」も、直接的には、風に吹き散らされて無残にも傷つけられた花の風情であるが、擬人化的に捉えれば、春になって咲こうとする思いや兆しが損なわれたと解釈できよう。⑦「謝」も多義的であるが、当該作の意味については、「花謝」を考えるべきであろう。多くの用例があり、例えば、唐詩では、「莖枯花謝枝憔悴」（喬知之「和李侍郎古意詩」）、「刺桐花謝芳草歇」（李郢「孔雀詩」）などが挙げられる。また後掲の候夫人詩「春日看梅詩」二首其一にも「玉梅謝後陽和至」と用いられており、候夫人詩と韋詩との関わりが窺える。[26] それに基づいて、衰える、しぼむ、損なわれるの意に解釈するのが妥当であろう。またその意味と関連して、「謝」には、「去る」の意もあり、「世を去る」すなわち死をも意味する。さすれば、咲き始めたばかりの花には、若くして逝った妻の死が暗喩として籠められているのではないか。この風は、妻を冥界へと導く機能をも想起できるのである。

「花意」は韋詩より前の用例として、隋の煬帝の宮女、侯夫人の「妝成詩」が挙げられる。[27]

妝成多自惜　　妝成りて自ら惜しむこと多し
夢好却成悲　　夢好《よ》きも却って悲しみを成す

不及楊花意　　楊花の意に及ばず
春來到處飛　　春来りて　到る処に飛ぶ

（嘉靖本『古詩紀』巻一百二十）

美しく仕上がった化粧にも関わらず、宮女の悲しみは深い。なぜなら春の訪れを喜ぶかのように、どこにでも飛び回る「楊花」のような自由はないのだから。序章第三節で記したように、西晉・左棻「感離詩」と同様、後宮から滅多に出ることのできない鬱屈した思いを詠う。「韋悼9」の「楊花」が春の訪れを意味し、長安の中を自在に飛ぶさまは、この「楊花」と通じていくのである。春を告げる花として、「楊花」が梅などと異なる寓意は、この自由な飛翔感といえよう。韋が、「楊花」を選んだ理由の一つがそれであり、その流動感を「韋悼」の特質の一つと指摘し得るのである。だが理由は、それだけではない。夫人の詩は、『隋煬帝迷樓記』にも引かれている。その記述によれば、数千人にも及ぶ宮女ゆえ、夫人は天子に見《まみ》える機会もなく、絶望して棟下で縊死したという。腕に掛けられていた錦の袋の中に詩が八首残されており、その一首が、右の詩である。『迷樓記』の作者は「唐・闕氏」とされ、成立年代も唐というだけで未詳(28)であり、韋應物が『迷樓記』中の詩篇として読んだか否か定かではない。ただ『迷樓記』は、煬帝に因む荒淫の五種の逸話から成り、当時一般に流布していた話をまとめて記したものと考えられる。その源の一つと推考しうるのが夫人の遺詩であり、中でも最も長い作が「自傷」（五古十三韻）である。後述の如く、夫人が宮女になった初めから、老親にも会えず、死を決意するまでが縷々詠われている。韋應物が『迷樓記』を読んでいないとしても、この詩によって彼女の悲劇を知っていた蓋然性は高い。以下のように、韋應物詩と夫人の遺詩との関連を指摘できるからである。

一つは、「妝成詩」以外の遺詩にも、「意」を用いた詩句が認められることである。「庭梅　我に対して憐れむの意有り」（「春日看梅」二首其二）。この句の「花意」は、明らかに擬人化された梅の「心」である。ほかにも「春陰正に際無く、独り歩みて意は如何。閑花草に及ばず、翻って雨露を承くること多し（春陰正無際、獨歩意如何。不及閑花草、翻承雨露多）」（「自感」三首、其三）。春の雲が果てしなく広がる空の下、彼女は後宮の庭を一人散策する。ひっそりと咲く「花草」にふと目を留めると、自分はこの「花草」にも及ばない、なぜなら「花草」は自分よりも多くの「雨露」を享受するからと、天子の「雨露」（寵愛）を受けられない身を嘆く。「妝成詩」と同様の自己卑下である。また「君恩実に疏遠、妾の意徒らに彷徨す」（「自傷」第十四句）も同じ嘆きである。これらの「意」は、彼女自身の「意」、すなわち9「嘆楊花」の「人意」である。前述の如く、9の「楊花」が自在に飛ぶさまは、「妝成詩」の「楊花」と同様である。10の「花意」は、9の「人意」と対比的に用いられており、それを繋ぐのが、侯夫人の「楊花」ではあるまいか。自死とはいえ、侯夫人の詩は、妻を亡くした彼の胸中に、より深く響いたであろうことは言を俟たない。「楊花」は、自由な飛翔感を表すとともに、自死した侯夫人を想起させ、それゆえに9の「嘆楊花」が、そして10⑦の「風散花意謝」が生まれたと考えられるのである。

孟浩然も「楊花」を一例、用いている。「賦得盈盈樓上女」（巻四）は、詩題からも明らかなように、「古十九」其二「青青河畔草」の模擬題を与えられた作である。(29)

①夫　婿　久　別　離　　夫婿　久しく別離し
②青　樓　空　望　歸　　青楼にて空しく帰るを望む
③粧　成　卷　簾　坐　　粧成りて　簾を巻きて坐し
④愁　思　嬾　縫　衣　　愁思　嬾く衣を縫ふ
⑤燕　子　家　家　入　　燕子　家家に入り
⑥楊　花　處　處　飛　　楊花　処処に飛ぶ

⑦空牀難獨守　　空牀　独り守ること難し
⑧誰爲解金徽　　誰が為に金徽（金飾の琴）を解かん

第七句は、「古十九」其二の末句そのままで、①「久離別」も「古十九」其十七に見えるように、「古十九」を色濃く踏襲し、③「粧成」も、「古十九」其二⑤「娥娥たる紅粉の粧《よそおい》」に基づくと考えられよう。だが⑥「楊花」は「古十九」には描かれていない。この「楊花」について、各注釈書は、「楊白花」（『樂府詩集』）を引き、容貌・勇気に優れた北魏の楊華が、胡太后に関係を迫られるが、禍を恐れて梁に下った故事（『梁書』王神念傳）に基づくとする。[30] 胡太后の悲恋と解するにしても、この詩にはそぐわない。やはり「夫婿」の帰りを待ち望む女性は、帝の御成りを待つ宮女に通じていくであろう。④「縫衣」は、謝脁「玉階怨」の宮女を想起させる。「古十九」に無い「楊花」と「粧成」を勘案すれば、侯夫人の「妝成詩」を踏まえると推定し得るのである。夫人の作が、当時、知られていた証左の一つとなろう。

なお王維は、「楊花」を三例用いる。「槐色　清昼に陰り、楊花　暮春に惹かる」（「送丘爲往唐州」巻五、五律頸聯）は、唐州（河南省泌陽県）に旅立つ丘爲[31]を見送る日の光景である。惜春の情に友との名残を惜しむ思いを託している。「蔓蔓　弱くして定まり難く、楊花　軽くして飛び易し」（「歸輞川」巻四、五律頸聯）は、前掲聯（第五章第四節三五二頁）「悠然遠山暮、獨向白雲歸」に続き、陶潜詩を踏まえた「遠山」「白雲」という隠遁の表象と対置されて、春景であると同時に、「世間沈浮難安之嘆」（楊文生注）の比喩と解されている。「楊花　上路に飛び、槐色　通溝に蔭る」は応制詩で、報告出張に上京した地方官が郡に帰るのを送る作。[32] 三首とも、「楊花」は、春の季語として用いられるが、それは現在の時空のみで、韋詩のように昔時の景物ではない。この点も、王詩との比較によって、韋詩の特質が明確になろう。

「自傷」第三聯は、韋應物も夫人の遺詩を読んでいたことを、明瞭に物語る。冒頭部のみを挙げる。

①初入承明日　初めて承明（未央宮内にあった宮殿）に入るの日
②深深報未央　深深として未央に報ず
③長門七八載　長門七八載
④無復見君王　復た君王に見ゆること無し
⑤春寒入骨清　春寒くして骨に入りて清し
⑥獨臥愁空房　独り臥して空房に愁ふ

「長恨歌」の「始めて是れ新たに恩沢を承くる時」を想起させる出だしであるが、⑥「獨臥」は、「韋悼26」「郡齋臥疾絶句」転句に「秋齋獨臥病」と見え、「空房」は、12「端居感懐」⑬「空房欲云暮」と用いられている。しかしながらこれらは、死や孤独というテーマなら、偶然同用される一般的詩語でもあろう。だが、⑤「入骨」は独特であり、管見の限り、夫人の詩以前に用例はない。ましてや韋詩の字眼である「清」との組み合わせは、必ずや彼の興味を喚起したであろう。それを証するのが、「休暇日訪王侍御、不遇」（巻五）という絶句である。

九日驅馳一日閑　九日駆馳して　一日閑なり
尋君不遇又空還　君を尋ねて遇はず　又空しく還る
怪來詩思清入骨　怪しみ来る　詩思　清　骨に入り
門對寒流雪滿山　門は寒流に対して　雪　山に満つ

起承句で、十日に一度の休暇に友を訪ねたが、会えずに空しく帰ってきた経緯を述べる。西晉・左思の「招隠詩」（「隠者を招ねて遇はず」）の系譜に属する作であるが、転じて「空」しき胸懐に詩想が浮んできて、「清」なる興趣が、骨にまで染み入るような不思議な感覚に襲われる。満たされぬ思いで帰宅した詩人の眼に、冷涼感溢れる風景（結句）

が映る。まさに〈清〉たる風景が。一句の中に仰角俯角の視点による遠近の雄大な空間が構築されて、そこにま白き山と冷たく澄んだ川の流れという静と動の対比が用いられ、「清冽な」詩興が醸し出されている。それを眺める詩人が、次第に骨の髄まで清澄感に満たされてゆく知覚を、「清入骨」と詠んだのである。この転結句は、清・王漁洋によって、雪の詩の中で、「上乘」（「最佳」）とされる。宜なる評価であろうが(33)、この詩句によって、韋應物は、夫人の遺詩を読んでいたことが明らかになった。なお結句「寒流」の「寒」も、「自傷」詩との関連を補強するが、後掲、王維詩に基づく「柳葉遍寒塘」を想起させる。第二期に共通する感覚であるとともに、川辺に佇み、その流れに「詩思」を深める韋應物の姿がここでも浮かび上がる。この〈景〉と〈情〉の〈清〉なる融合は、注目に値しよう。

「自傷」詩に戻れば、「長門賦」、「古十九」中の「思婦詩」や「寡婦賦」との関連を指摘し得る。第二聯「長門七八載、無復見君王」は孤独を吐露するが、素朴ながら宮怨の思いが「長門賦」を典故とするのは、当然である。また第十二句「命の薄きこと何ぞ量る可けんや」は、「寡婦賦」の「何ぞ命に遭ふの奇薄なる」と同様の薄幸を嘆き、第九聯「此の身に羽翼無く、何の計もて高牆を出でんや」は、「虚《そら》を陵《しの》ぐに翼を失ふが若し」という「寡婦賦」と同じく寄る辺ない身を哀しむ。さらに第九聯の発想は、「古16」の「亮に晨風（はやぶさ）の翼無し、焉んぞ能く風を凌いで飛ばんや」にも通じる。これまで拙論において、韋應物は詠み手が女性と設定される右の三作品の詩語詩句、発想を摸して、詠み手の性を変換し、「擬古詩」さらに「韋悼」を詠んできたことを論述した。その中に、この候夫人の作も数えるべきといえよう。その反転的模擬性によって、時代の規範や呪縛から解放され、自らの情をより自由に表現することが可能になり、「悼亡詩」の従来の慣行や詩形（死後一年の除服後の作詩・五古）を塗り替えて、質量ともに拡大し得たのである。

以上のように、春に吹く風は、池や露、川という水分豊かな景物と戯れることによって、光の澄明感をも生み出し、

「清景」が構築されている。韋詩の〈清〉は、風や水のもたらす動態や流動感が、成因の一つと考えられよう。その「清景」は、今昔の往還を喚起し、今昔二重写しとして把握されて、もはや妻とともに愛でることのできない喪失感が表裏一体に詠われている。それによって、風景は、孟から王へという自然詩の系譜の中で「新しい意味」を賦与され、韋應物こそが、中唐における「風景の観念の変化」を完成したのである。それを象徴するのが「清景」であり、「景情融合」の実現でもあった。そして「清景」という詩語が、妻の死後に初めて詠われるようになったことは、「韋悼」諸篇が、韋詩全体の特質を方向付ける重要な意味を有することを物語るのではないだろうか。「景情融合」と評される「韋悼」および韋詩の独自性の一端が、明らかになったといえよう。

第二節　雨のうた――「幽情」について――

韋詩における自然の景物は、「山」に次いで「風」が多いと述べた。中で最多の熟語は、「風雨」（十八例）である。韋の自然詩において、「雨」もまた多様な興趣を醸し出して、独自の詩境を構築している。頻度として、「風雨」に次ぐ詩語は、「微雨」（「雨微」も含めて十例）である。「微鐘」など韋應物の「微」への好尚をすでに述べたが、そこにはいかなる意味が有るのだろうか。「微雨」は、「韋悼23」「雨夜感懷」にも認められる。

①微雨灑高林　　微雨　高林に灑ぎ
②塵埃自蕭散　　塵埃　自ら蕭散たり
③耿耿心未平　　耿耿として　心未だ平らかならず
④沉沉夜方半　　沈沈として　夜方に半ばならんとす

⑤獨　驚　長　簟　冷　　独り長簟の冷たきに驚き
⑥遽　覺　愁　鬢　換　　遽かに覚ゆ　愁鬢の換るを
⑦誰　能　當　此　夕　　誰か能く此の夕に当り
⑧不　有　盈　襟　嘆　　襟に盈つる嘆き有らざらんや

建中末（七八三）、第Ⅲ期滁州の作。詩人は一人眠れぬまま、更け行く夜を過している。彼は「胸に溢れる悲嘆」（⑧）を抱えている。彼を包み込むのは、小ぬか雨が降り注ぐ丈高く茂った林である。妻の死後六〜七年、次第にその死を受け入れざるを得ない心境になりつつあるとはいえ、ただでさえ人恋しい初秋の雨の夜、諦めの混じった沈潜する悲哀に身を委ねる。あたかも「高林」に身を沈ませるように。韋應物は「林」を好む。前述の如く、自然の景物としては、「山」「風」に次ぐ頻度である。「我は林棲の子」（巻六「憶灃上幽居」五古三韻、第三句）とまで述べている。熟語は、「園林」「瑤林」「空林」など数多い。「林」は「園林」「林畑」の語があるように、人工が加わる余地がある。王維の「竹里館」の「深林」のように、たとえ奥深くても、そこに「獨坐」することも、居住することも可能な空間である。派生的に、同類が多く集まる状態を表す語（例えば「語林」「儒林」など）でもあり、いわば限定空間といえよう。王詩と同様、塵俗との隔離を希求する右の「灃上幽居」(34)や、後述の「幽居」に通じてもいる。その「高林」の中に自閉する詩人の姿が浮び上がる。「微雨」は自閉的空間と詩人の「未平」の心、「盈襟」の嘆きを包み込み、彼の涙と同化して流れている。前掲「散絲」と流れる「暮雨」と同様、ここでもこまやかな雨は詩人の涙となって、その哀傷を慰撫するのである。

この①「微雨灑高林」は、陶潛の次の句に基づいている。「乙巳歳三月、爲建威參軍、使都經錢溪」（巻三、五古八韻）

①我　不　踐　斯　境　　我は斯の境を践まず

②歳月好巳積　歳月　好《はなは》だ巳に積めり
③晨夕看山川　晨夕　山川を看
④事事悉如昔　事事　悉く昔の如し
⑤微雨洗高林　微雨　高林を洗ひ
⑥清飆矯雲翮　清飆に　雲翮《うんかく》（雲間に翔ける鳥）矯《あが》る
……（中略）……
⑬園田日夢想　園田　日々に夢想す
⑭安得久離析　安んぞ久しく離析するを得んや
⑮終懐在歸舟　終懐　帰舟に在り
⑯諒哉宜霜柏　諒なるかな　霜柏に宜し

「乙巳歳」とは東晉、義熙元年（四〇五）、時に淵明四十一歳。都に使いして曾遊の地銭渓（安徽省南陵県）を通った時の作(35)である。

第一、二聯で、この地の自然が、昔と少しも変わらないことを歌って導入とし、第三聯で実景描写を詠じている。小ぬか雨が高く茂った林を洗い流し、清々しい旋風に煽られるように、鳥が雲間高く舞い上がる。微雨の下降方向と鳥の上昇を詠み、対比性を用いて空間を拡大する。雨がその空間に作用して、⑤「洗」⑥「清」という三水偏の二文字が放つ清涼感が印象的である。最後に、この自然の中での暮らしこそ最終目標だと、⑮「歸舟」すなわち帰隠の志を高らかに歌い上げている。

韋應物はその志に共感するとともに、とりわけ第五句「微雨洗高林」に心引かれ、「雨夜感懐」で殆んどそのまま用いたのである。

彼がこの第三聯に如何に魅せられたかは、以下の用例が、すべてそのバリエーションであることからも明らかであろう。

③公門且無事　④微雨園林清
公門　且く事無く　微雨　園林　清し
（「縣齋」巻八）

③青山滿春野　④微雨灑輕埃
青山　春野満ち　微雨　軽埃に灑ぐ
（「對雨、贈李主簿・高秀才」巻二）

①靈飆動閶闔　②微雨灑瑤林
靈飆　閶闔（清都観の門の名）を動かし　微雨　瑤林に灑ぐ
（「雨夜宿清都觀」巻七）

前の二首は春の詩で、その「微雨」は草木の慈雨としての要素を兼ねつつ、「輕埃」を洗い流し、「清」らかな空間を創出している。第三首は秋の夜で、「林」の美称に用いられている「瑤」が、かそけき雨に濡れて艶やかな美を呈している。

以上のように、かそけき雨が降り注ぐ「林」という限定空間は、陶詩に基づいており、韋應物のそれへの傾倒を顕著に看取し得る。それは「林」が陶潛の帰隠の表象であること、また「園林清」が明白に述べているように、〈清〉なる世界だからではないか。ここに韋詩の〈清〉の意味の一つが認められるのである。

右の春の詩で草木の慈雨としての要素を指摘したが、韋詩の雨は、その要素が最も多い。続けて「微雨」の例を挙げよう。

①微雨衆卉新　　微雨　衆卉　新たに
②一雷驚蟄始　　一雷　驚蟄　始まる
（「観田家」巻七）

小ぬか雨が降り注いで、草も木も蘇ったように生き生きと芽吹き、春雷が鳴り響くと、地中の虫も動き始めた。所謂、啓蟄の頃の歌である。だがこの一聯も、陶潜の次の詩句に基づいている。

①仲春遘時雨　　仲春　時雨に遘ひ
②始雷發東隅　　始雷　東隅に発す
③衆蟄各潛駭　　衆蟄　各々潜かに駭き
④草木縱横舒　　草木　縦横に舒ぶ
（「擬古」九首其三、巻四）

陶詩は第一聯で雨と雷、第二聯で、虫けらと草木を詠じるが、韋應物はそれを「観田家」の第一聯に凝縮した。その際、陶詩の「時雨」をわざわざ「微雨」に改めている。ここにも彼の「微雨」への拘りが認められよう。一体何故、かくもこの詩語に心引かれたのだろう。

この問いを解くために、慈雨としての「微雨」が歌われている代表作を挙げる。『唐詩選』（巻一）にも収録されている「幽居」（巻八）である。

①貴賤雖異等　　貴賤　等を異にすと雖も
②出門皆有營　　門を出づれば皆営み有り
③獨無外物牽　　独り外物の牽く無く

④遂此幽居情　此の幽居の情を遂ぐ
⑤微雨夜來過　微雨　夜来過ぎ
⑥不知春草生　知らず　春草の生ずるを
⑦青山忽已曙　青山　忽ち已に曙け
⑧鳥雀繞舍鳴　鳥雀　舎を繞りて鳴く
⑨時與道人偶　時に道人と偶し
⑩或隨樵者行　或いは樵者に随ひて行く
⑪自當安蹇劣　自ら当に蹇劣《けんれつ》に安んずべし
⑫誰謂薄世榮　誰か世栄を薄んずと謂はん

一韻到底格の五言古詩であるが、内容的には二韻ずつの三段構成になっている。第一段落は、門を境界として、門外の他者と門内の詩人との対比が明確である。門外の「皆」と詩人の「獨」、生計の営みの「有」と「無」の語によって際立たせた世人とは異なる有り様が、「幽居の情」に収束していく。明快な導入である。第二段落では、幽居の景色が、夜から暁の時間の経過を背景に描かれる。第二段落冒頭に置かれた⑤「微雨」が、その後の句に影響を与え、幽居を形成する基本的要素となっている。すなわち、微雨によって幽居を取り巻く春草が生じ伸び、詩人が幽居から朝夕眺め親しむ山は、微雨のお陰で青色が一層鮮やかに暁光の中に浮び上がる。小鳥たちは水々しい夜明けの空気の中で、生き生きと囀り出す。

この詩が陶潛の詩を祖述していることは、詩題からも明らかである(36)。また第四聯の山と鳥の組み合わせは、人口に膾炙する「飲酒」第五首第四聯「山気日夕佳し、飛鳥相ひ与《とも》に還る」を明け方に、季節は陶詩の秋を春に置換する。

これは模擬詩ではないが、韋詩の模擬の反転性を想起し得る。だがここで韋詩と比較したい陶詩は、同じく春の「微雨」を含む「幽居」の暮らしを詠じた次の作（「讀山海經」十三首其一、巻四、五古八韻）である。

①孟夏草木長　孟夏　草木長じ
②繞屋樹扶疏　屋を繞りて　樹　扶疏たり
③衆鳥欣有託　衆鳥　託する有るを欣び
④吾亦愛吾廬　吾も亦た吾が廬を愛す
……（中略）……
⑨歡然酌春酒　歓然として春酒を酌み
⑩摘我園中蔬　我が園中の蔬を摘む
⑪微雨從東來　微雨　東より来り
⑫好風與之倶　好風　之と倶にす

田園生活の歓びが、初夏の自然を通して素朴に伝わってくる詩である。この雨は、涼味を運ぶ風とともに、東方からやって来て肥えた黒い土を潤し、野菜を育てる慈雨である。詩人はそれを肴に心楽しく酒を酌む。

季節は「孟夏」であるが、韋の⑧「鳥雀繞舎鳴」が陶の第二・三句を踏まえることは、明らかであろう。明、陸時雍（一〇八九～一一五三）が、韋の「幽居」詩を評して、二人を次のように比較する。「淵明は陶然として欣暢し、應物は澹然として寂寞たり。此れ其の胸次想ふ可し」[三四]（『唐詩鏡』巻三十）と。二人は同様に「幽居」しているが、その胸懐は異なる。陶潜は生きる喜びや満足感に浸っているのに対して、韋應物は⑪⑫「こんな暮らしをするのは、不器用な己の分を知り、それに甘んじようと思っているからで、世の栄誉を厭っているわけではない」と真意をはぐらかすかの如き、屈折した思いを吐露している。「幽居」詩の制作年代は不明だが、灃上か滁州、いずれか第二期の閑居時であることは誤りないであろう。「幽居」は当該例を除いて六例が認められ、成立時期の明らかな五例は、先の尚書省での作を除いて、いずれも滁州以降の詩篇である。また滁州時代に⑨「道人」との交流が増えるし、「邑に流亡有りて俸銭を愧づ」（「寄李儋元錫」巻三）など恥の意識が強まり、「濩落（役立たず）人皆笑ふ」（「郡齋贈王卿」巻三）など自嘲や屈折した詩句が増えているので、論者は滁州時代の作と推定する。韋應物の履歴の特徴である出仕と閑居の繰り返しは、赤井益久氏の説くように[37]、韋が「官吏としてのつよい自覚と自負」ゆえに、現実と理想の矛盾・相克に苦しんだ軌跡と考えられる。その「自覚と自負」の依拠する所は、帝の近侍としての誇りに根差しているのではないか。韋は、疑似隠遁というべき閑居時においても、寂寞たる思いを解消し得なかったのである。陸評はそれを端的に述べたものであり、韋應物の「幽居の情」には、繊細静寂な「微雨」こそがふさわしかったといえよう。第二期に顕著な孤独感は、「寂寞」と関わり、それを深めたのである。

同じく陶詩「飲酒」を祖述する次の作「答長安丞裴税」[38]（巻五、五古九韻）は、第Ⅱ期灃上閑居時の作であるが、陶詩との相違が右の「幽居」より一層明白である。長安京県の丞である裴の献詩に対して、韋が秋霖の中、自らの「幽抱」を披歴する。

①出 身 忝 時 士　　身を出だして　時士を忝くするも
②於 世 本 無 機　　世に於いて　本より機無し
③爰 以 林 壑 趣　　爰に林壑の趣を以て
④遂 成 頑 鈍 姿　　遂に頑鈍の姿を成す
⑤臨 流 意 已 凄　　流れに臨んで　意已に凄たり

⑥采菊露未晞　菊を采りて　露未だ晞かず
⑦擧頭見秋山　頭を挙げて　秋山を見れば
⑧萬事都若遺　万事　都て遺るるが若し
⑨獨踐幽人蹤　独り幽人の蹤を践み
⑩邈將親友違　邈として将に親友に違はんとす
⑪髦士佐京邑　髦士　京邑を佐け
⑫懷念枉貞詞　懐念　貞詞を枉ぐ
⑬久雨積幽抱　久雨　幽抱を積み
⑭清尊宴良知　清尊　良知と宴す
⑮從容操劇務　従容として劇務を操り
⑯文翰方見推　文翰　方に推さる
⑰安能戢羽翼　安んぞ能く羽翼を戢めて
⑱顧此林棲時　此の林棲の時を顧はんや

世知に不器用で頑固と謙遜しつつ、「林壑」「林棲」という韋の好む空間の中での⑨「幽人」（隠遁者）としての暮らしを詠う。第三・四聯で陶潛の「飲酒」を彷彿とさせる詩語を用いながら、⑤「臨流意已淒」、⑬「久雨積幽抱」と、陶潛とは異なる韋の独自の〈幽情〉が吐露されている。灃水のほとりに佇んで流れを見守る詩人の胸中は、秋の水の冷涼感そのままの「淒」たる想いに襲われている。「臨流」は「歸去來兮辭」を想起させつつ、下の三語との関わりを読者に委ねる歇中表現であろう。秋霖がいつまでも止むことのないまさに「積雨」として降り注ぐが、同時に彼の「幽抱」も「積」み重なってゆく。「積」の字が上の〈景〉と下の〈情〉の両方に関わり、相互のイメージを増幅させる。「久雨」が「幽抱」を生み出すというより両者が渾然一体となって堆積して行く。すなわちこの〈幽〉は、持続的な時間性をも内在させて、「凄」たる興趣を醸し出すといえよう。陶潛の隠遁に憧れて、疑似隠遁を繰り返し試行しながら、彼の〈幽情〉は、陶潛のような「欣暢」とは、ほど遠い。南宋・葛立方（?～一一六四）が、韋詩は陶詩を擬すること「甚だ多し、然れども終に近からざるなり」と述べて、この詩の第三・四聯を引き、両詩を比較する。陶潛は「世紛を落として深く理窟に入り、但だ万象森羅の真境に非ざる莫きを見るのみ、故に南山を見るに因りて真意具はれり」とする。一方、「応物は乃ち意の悽たるに因りて菊を采り、秋山を見るに因りて万事を遺る、其の陶の得る所と異なれり」[三五]（『宋詩話全編』所収『韻語陽秋』巻四）と指摘する。同じく「菊を采」り、「山を見」ながら、その「意」は決定的に異なることを明言する。

さりながら韋應物は、この「凄たる意」（幽情）を否定的な心情として解消し、晴らそうとは思っていない。むしろそれに耽溺するかのようである。その姿は、「韋悼14」「閑齋對雨」（五古八韻）のなかにも見える。

①幽獨自盈抱　　幽独　自ら抱に盈ち
②陰淡亦連朝　　陰淡　亦た連朝
③空齋對高樹　　空斎　高樹に対し
④疏雨共蕭條　　疏雨　共に蕭条たり
⑤巢燕翻泥濕　　巣燕　泥に翻りて湿ひ
⑥蕙花依砌消　　蕙花　砌に依りて消ゆ
⑦端居念往事　　端居　往事を念ひ

⑧倏 忽 若 驚 飈　倏忽として驚飈の若し[39]

大暦十二年（七七七）秋、妻逝去後一年、長安の官舎での作。秋霖が続く日々、詩人の心も陰鬱な空と同様、孤独な憂いに満ちている。劉勰が説いた〈心〉（情）と〈物〉（景）の相関関係が顕著である。韋詩の詩眼である〈幽〉がここにも認められるが、「幽獨」は、『楚辭』九章「渉江」に「吾が生の楽しみ無きを哀しみ、幽独にして山中に処る」と見え、山中、奥深いところに居る孤独のさまを表す。謝靈運「晩出西射堂」（『文選』巻二二）は、さらに「韋悼」に近い。謝は左遷された永嘉郡での秋の日暮れを背景に、「暁霜に楓葉丹く、夕曛に嵐気陰る」という季節の移ろいに愁いを深め、末尾に「幽独鳴琴に頼るのみ」と詠う。遠く離れた「舊侶」「故林」を恋い慕う思いを吐露している。韋應物の官舎のひと気ない書斎の中も、そぼ降る秋雨が高い木立を濡らしている外界も、ひっそり静まり返っている。この雨の作用によって、④「蕭條」たる内外の空間は、自然と人事の境界をなくしてゆく。薫り高い花が、次第に融けて消えてゆくように。⑥「蕙花」の儚い消失は、妻の逝去の暗喩とも考えられよう。この雨も「疎ら」でありながら、恐らく「久雨」であり、詩人の①「抱」には、前の詩と同様、「幽獨」の情が積み重なり、満ちてゆく。この衰微への美意識は次節で述べるが、それを感受する中で詩人は、物思いに耽り、いつしか「往事」へと時間軸を遡るのである。

「韋悼16」「秋夜」には、寒々しい雨が降る。

①庭 樹 轉 蕭 蕭　庭樹　転た　蕭蕭
②陰 蟲 還 戚 戚　陰虫　還た　戚戚
③獨 向 高 齋 眠　独り高斎に向《おい》て眠り
④夜 聞 寒 雨 滴　夜　寒雨の滴るを聞く

⑤微　風　時　動　牖　　微風　時に牖（れんじまど）を動かし
⑥殘　燈　尙　留　壁　　残灯　尚ほ壁に留まる
⑦惆　悵　平　生　懷　　惆悵す　平生の懐ひ
⑧偏　來　委　今　夕　　偏へに来りて今夕に委ぬ

庭の木立の葉擦れの音はますますわびしく、草陰で虫の音が一層すだく。夜更けとともに雨が降り出し、雨垂れの音が、冷え冷えと響いてくる。時折、風が窓を鳴らし、弱々しい灯火の影が、壁に揺らめく。「蕭蕭」「戚戚」という句末の畳語が同じ声母で揃えられ、抑制気味の低い音がわびしさを募らせる。眠ろうとして目を閉じている詩人の五感に迫るのは聴覚である。風のさやぎ、葉擦れの音、虫のすだき、雨垂れの滴、窓の揺れ。夜という視覚を閉ざされる時間帯は、必然的にそれ以外の感覚が鋭くなる。ここでは特に聴覚が先鋭化し、それに付随して④「寒雨」という秋の冷涼感も加わる。この寒々しい雨の滴は単調なリズムだが、かえって少しずつ沁み入る調べとなり、詩人の⑦「惆悵」（失意）たる「懐ひ」に共鳴する。「韋悼27」「秋夜」にも用いられた「平生」への追憶である。時折、窓が風に震え、その音に瞼を開くとぼんやり照し出された部屋の壁に、灯火が揺らめく。戸外の深い闇と今にも融合しそうな、はかなく朧ろな空間が構築されている。その中でこそ、妻亡き喪失感と向かい合え、押し寄せる悲哀に身を「委」ねることができるといえまいか。日常の現実的時空が希薄になり、具体的事物の輪郭がぼやけ、韋應物自身も魂だけの抽象的存在と化して、その内的世界に浸るのである。夜の雨はそのための不可欠の要素といえよう。

次の詩にも夜、「寒雨」が降り、明度は更に低くおぼろだ。「韋悼22」「寺居獨夜、寄崔主簿」（巻二、五古四韻）である。

①幽人寂不寐　幽人　寂として寐ねず
②木葉紛紛落　木葉　紛紛として落つ
③寒雨暗深更　寒雨　深更に暗く
④流螢度高閣　流蛍　高閣を度る
⑤坐使青燈曉　坐ろに青灯をして暁らかならしむれば
⑥還傷夏衣薄　還た夏衣の薄きを傷む
⑦寧知歳方晏　寧ぞ歳の方に晏《く》るるを知らんや
⑧離居更蕭索　離居　更に蕭索たり

この詩は大暦十四年（七七九）、澧上の善福精舎での作。詩題の「獨夜」とは、やはり妻の逝去を意に含んでいよう。閑居中の自身を「幽人」と呼んで詩は始まる。彼はここでも眠られずにいる。「寂」たる思いを胸に抱いて。季節は初秋、木の葉がハラハラと落ちて行く。夜が更け行くほどに冷え込み、降りしきる雨が、夜の闇を一層暗くする。ふと気がつくと、いつのまにか紛れ込んだ螢が、光の尾を引きながら過り飛ぶ。その光は明と暗の対比というには余りにもはかな気だ。むしろ部屋の闇を暗くするばかり。この螢も小謝の不幸な宮女を連想させるが、その「流」れの緩やかな速度は、音を捨象したスローモーションフィルムのように現実感を希薄にする。ここでは「韋悼16」とは逆に聴覚を排することで、抽象的空間が構築されている。彼の耳に、もはや雨の音は聞こえない。光っては消える、おぼろな光の流れに目も心も奪われているのだ。儚い命の点滅という衰微の美に他ならない。南宋・劉須溪（一二三二～九四）はこの作を「幽情より発し、遂に凄境に入る」と評す(40)。正にこれは「幽」なる「凄境」というべきであろう。ここに韋應物の幽なる世界の実相が看取される。それは時間軸を遡及した果ての、現実の時節（⑦「歳晏」）にも気づかない⑧「蕭索」たる朦朧世界である。反語によって、現実の時間認識を否定し、「寂」たる思いの深さを表している。「蕭索」は、押韻のために「蕭條」の代わりに用いられたのかも知れないが、やはり江淹「恨賦」の「秋日蕭索たり、浮雲 光無し」を想起すべきであろう。「恨」という感情を含めた秋の叙景描写であり、「寂寞」たる想いを抱えた詩人の内面世界ともいえよう。「蕭條」（「蕭索」）と「寂寞」、既述の如く、ともに〈景〉と〈情〉の両義性を有する二語であるが、『楚辭』を源として通底するアナロジーが、どちらかといえば〈景〉を主とする「蕭條」と〈情〉を主とする「寂寞」両者を相互に補完し合っている。「幽人」とは、その意を籠めた自称だったのである。そのような詩人を外的現実世界から隔絶しているのが、闇夜に降り注ぐ雨ではないだろうか。

この詩を寄せた崔主簿とは、韋の堂妹の夫の崔倬で、灃上閑居から滁州時代にかけての第二期に十一篇の作を寄せられ、親族のなかでも特に心を許されていたことが窺われる。後掲詩（「曉至園中、憶諸弟崔都水」）に「心の愛する所」と詠われている。[41] 灃上閑居時から滁州時代にかけて十一篇の作を寄せられているが、大暦十四年（七七九）の秋には、当該作を含めて三篇の詩が見える。右の作同様、いずれも当時の詩人の〈情〉が紡ぎだす「幽なる凄境」が描かれる。「獨遊西齋、寄崔主簿」（巻二、五古四韻）は、善福精舍の西斎の作である。崔は「同心」と慕われている。

①同 心 忽 已 別　　同心　忽ち已に別れ
②昨 事 方 成 昔　　昨事　方に昔と成る
③幽 逕 還 獨 尋　　幽逕　還た独り尋ね
④綠 苔 見 行 迹　　緑苔　行迹を見る
⑤秋 齋 正 蕭 散　　秋斎　正に蕭散たり
⑥烟 水 易 昏 夕　　烟水　昏夕に易はる

⑦憂 來 結 幾 重　憂ひ来りて結ぼること幾重ぞ
⑧非 君 不 可 釋　君に非ざれば釈く可からず

詩題にも第三句にも「獨」が繰り返され、劉須溪が第三句を「蕭然たり、今昔の感」と評するように、今の孤独感が、「昔」との比較に基づいていることが明らかであり、「今昔の感」が、「韋悼」のみならず、韋詩の特質としても認められる。というより、それはむしろ「韋悼」が導き出したといえまいか。「西齋」は前掲「灃上西齋寄諸友」（巻二、五古八韻）に拠れば、灃水に臨む絶壁に建っており(42)、そこからの眺望は、②「曠然として塵事　遙かなり」と詠われ、俯瞰すれば、③「清川　下ること邐迤たり」と灃水の「清景」も見える。だが今、崔に寄せる詩では、「清川」は夕靄に包まれて見えず、川の流れを愛する彼の孤独感はさらに深い。幾重にも結ぼれた「憂」には、表立って詠われないまでも、妻亡き悲哀が含まれているに違いない。あくまで「同心」崔倬との友情が主題であり、悼亡詩の語句や典故も襲用せず、悼亡詩とは認められないが、当時の彼の心境が「凄凄」と伝わってくる。もう一篇、同じ十四年の重陽にも、崔に寄せる(43)。

①凄 凄 感 時 節　凄凄として時節に感じ
②望 望 臨 灃 涘　望望として灃涘《し》に臨む
③翠 嶺 明 華 秋　翠嶺　明華の秋
④高 天 澄 遙 滓　高天　澄遙の滓《し》（雲）
⑤川 寒 流 愈 迅　川寒く　流れ愈々迅く
⑥霜 交 物 初 委　霜交はりて　物初めて委《しお》る
⑦林 葉 索 已 空　林葉　索として已に空しく

⑧晨　禽　迎　颸　起　　晨禽　颸を迎へて起つ

もはや既視感のある連珠対であるが、それでも「凄凄」は、劉辰翁ならずとも読者に詩人の〈情〉を的確に解させよう。第二聯では、登高の地から川を隔てた山峰を望み、「平遠」というべき清らかな遠景を描くが、対置する第三聯の近景は、動感を伴う冷涼たる季節を表す。この川の冷たさと速さも、詩人の心象風景として捉えられよう。川辺に佇む詩人の眼には、大事なこと、いとおしいものすべてがますます速く遠ざかってゆくのが映る。茂っていた草木も疎らになり、鳥までつむじ風に煽られて飛び去ってしまう。「迎える」と擬人化された鳥⑧「晨禽」は、もしかしたらあの「驚鴻」だったかもしれない。迎えられる「颸」も、北からの使者の可能性があろう。索漠たる〈情〉が、ひときわ募る。悼亡詩とまでは断定できないが、ここにも妻の喪失が、大きな影を及ぼしているのではないだろうか。

以上の如く雨の詩には、冷涼感を運ぶ風と共に「蕭條」たる空間が構築されていた。その中で、韋は陶詩に傾倒し、祖述しながら、陶潛とは異なる「寂寞」たる想いを抱いて、「往時」「平生」へと赴く。持続する雨が、「幽情」と渾然一体となり、相互に増幅して行く。〈幽〉は、持続的な時間を内在させて、「凄」たる興趣を醸し出す。さらに明度が低くなると、現実の時空は消えて、幽なる世界、「幽情」より発した「凄境」が出現する。その抽象性は、あの黒く塗りつぶされた原画というべき洛陽の荒廃に通底するのではないか。彼の衰残の美への傾斜は、そこから始まり、妻を失ったこの第二期にもその闇が消えることはなかったのである。次節で、その点も含めて、韋詩独自の「衰残の美」を考察する。

第三節　「景情融合」と衰残の美

第一節では春風を中心に論述したが、韋詩には、それとは対照的なつむじ風も吹いている。「韋悼18」「感夢」は、悼亡詩の系譜の中で初めて夢のモチーフを用いるが、第二・第四章で論じたので詳細はそれに譲り、〈景〉を例示するに止める。

③髣　髴　覯　微　夢　　髣髴として微夢を覯《み》
④感　歎　起　中　宵　　感歎して中宵に起く
⑤綿　思　靄　流　月　　綿思　流月靄たり
⑥驚　魂　颯　廻　飆　　驚魂　廻飆颯たり

つかの間の浅い夢の内容は具体的に語られないが、激しく心を揺さぶられて目覚めるほどであるから、推して知るべしであろう。詩人は、夢の名残に身を委ねている。そこに突如吹き付けるつむじ風。「綿思」「驚魂」が、各々下の〈景〉を表す三語と微妙な間合いを保ち、歇中法に拠る「景情融合」と解せよう。読者はその関わりを模索する中で、詩人の情思があたかも可視化されるような幻覚に襲われる。亡妻への綿々たる思いが朧な月の光の中でたゆたい流れ、つむじ風は、寄る辺ない魂を引っさらって、球のように宙に巻き上げるのである。この「驚魂」とつむじ風については「長門賦」中の「魂迋迋若有亡」「飄風迴而起閨兮、擧帷幄之襜襜」との関わりを第四章第一節（二）で指摘した。武帝の寵愛が衰えて、長門宮に退けられた陳皇后の悲愁を煽るかのように帳を吹き上げるリアルなつむじ風である。「韋悼」は、それを踏まえながらも、詠む主体の性を変換し、夢の名残の中で、より激しい「魂（情）」を表白した。

〈情〉と〈景〉との微妙な間合いが、月と風という自然の景物を現実から超えさせたのである。

「韋悼17」「秋夜」は、18とは逆に、妻の魂と思しき「驚鴻」が、「朔風」に乗ってくるかのように出現する。

①霜露已凄漫　霜露　已に凄漫たり
②星漢復昭回　星漢　復た昭回す
③朔風中夜起　朔風　中夜に起き
④驚鴻千里來　驚鴻　千里より来る
⑤蕭條涼葉下　蕭条として　涼葉下り
⑥寂寞清砧哀　寂寞として　清砧哀し
⑦歳晏仰空宇　歳晏れて　空宇を仰ぎ
⑧心事若寒灰　心事　寒灰の若し

「霜露」が冷たく広がり、天の川が夜空に流れる秋の夜、北風が真夜中吹きすさぶと、「驚鴻」（何かに驚いて飛び立つ白鳥）が「千里」の彼方より飛来する。「驚鴻」は、前掲の如く、「韋悼4」「冬夜」にも⑥「驚鴻　深哀を感ず」と出現するが、「洛神の賦」の神女の容姿の比喩（「其の形や翩たること驚鴻の如し」）を踏まえており、阮注に従って「亡妻」の化身と解す。詩人の願望、もしくは、それに基づく幻影であろう。さすれば「朔風」は、北の冥界からの使者ともいえるが、「蕭條」たる葉擦れの音を立てさせて木立の枝を揺すっている。下の句では、深夜にもかかわらず、冬支度の砧の音が詩人の耳に響いてくるのも不思議ではない。「蕭條」が、詩人を「往時」「往事」に導くからである。第二聯が幻影ならば、第三聯の叙景描写も幻聴と捉えるべきかもしれない。妻在りし日に我が家にも響いていた「清砧」の音である。それは「寂寞」ゆえに、〈清〉なる響きが冴えわたる。⑥「寂寞」は、前述のように、初出の「遠遊」において、「山　蕭条として獣無く、野　寂寞として人無し」と、すでに「蕭條」と対比されており、韋詩の〈自然〉⑤と〈人〉⑥との対比も、「遠遊」を踏まえる。「蕭條」は三種の意味のうち、ここでは擬音機能をも含む冷涼な秋の季節感を表すが、「清砧」の響きが醸し出す「寂寞」たる「哀」音とともに悲哀感情を誘発し、いつしか詩人を往時へと導くのである。

その中で、詩人はあの時のつむじ風を思い出していたのではないか。車に揺られながら、荒野の中、「蕭條」たる道を進む詩人を、突如襲った冬のつむじ風を。あの時と同様、「蕭條」たる空間が、詩人を往時へと導くのを可能にしたのである。第二章第一節で掲げた「韋悼2」「往富平傷懷」（第七～十聯）を再掲する。

⑬銜　恨　已　酸　骨　　恨みを銜みて　已に酸骨
⑭何　況　苦　寒　時　　何ぞ況んや苦寒の時においてをや
⑮單　車　路　蕭　條　　単車　路　蕭条たり
⑯回　首　長　逶　遅　　首を回らせば　長きこと逶遅たり
⑰飄　風　忽　截　野　　飄風　忽ち野を截り
⑱嘹　唳　雁　起　飛　　嘹唳　雁　起ちて飛ぶ
⑲昔　時　同　往　路　　昔時　同に路を往くも
⑳獨　往　今　詎　知　　独り往く　今詎ぞ知らん

詩人は哀しみの最中、官務のために出張を余儀なくされる。骨にまで染み通るような「恨」を抱えたまま。寒さがいっそう追い打ちをかける。人気ない道で、ぽつんと一台の車を走らせるが、後ろ髪を引かれる思いで振り返れば、今来た道は、果てしなく伸びている。突如、つむじ風が巻き起こり、道の両側に広がる荒野の草木を薙ぎ倒すようにして吹き荒れる。轟音を立て、砂塵を巻き上げて。この風はそのまま詩人の胸中で荒れ狂い、詩人を「截」り苛む。驚いた雁は、悲鳴を上げながら逃げてゆく。その声も、詩人の胸に鋭く突き刺さる。逆にいえば、詩人の胸中そのままの心象風景であろう。⑱「嘹唳」という双声を用いた聴覚的効果は、⑮「蕭條」という畳韻の表す「路」の寂寞感との対比によって、一際鋭く耳に響く。同じ道をかつては二人で歩んだが、「今」一人で行くことになろうとは。「韋悼」に顕著なこの「今昔の対比」についても、第二章ですでに論じた。この「今」は、「獨往」を「知る」由もなかった「昔時」から見た「今」、いわば過去が流れ込んだ現在であり、「韋悼」の「今昔」は、「対比」というよりも、通底連続していると指摘した。それを可能にしているのが、荒野に果てしなく伸びている「蕭条たる道」である。そこになぜ突如、激しく吹きすさぶ「飄風」が巻き起こるのか。車に身を預けて「蕭条たる道」を進みながら、「蕭條」ゆえに何ものにも誰にも妨げられず、彼は昔の世界に入っていく。そこから「今」に至り、「獨往」という現実を改めて思い知らされる。その衝撃こそ、「飄風」にほかならないのではあるまいか。「嘹唳」は、彼の痛切なうめき声そのものなのである。この「蕭條」は、先述の如く、洛陽前期の作から認められる韋詩の頻出語である。安史の乱後の荒廃した〈景〉を形容しながら、それゆえに惹起される〈情〉をも表現する両義性を指摘した（第五章第二節三〇〇～三〇一頁）。

韋詩と並称される孟浩然詩は、「語気清亮」（明・陸時雍『詩鏡總論』）、「清空幽冷」（清・翁方綱『石洲詩話』巻一）など、韋と同じく〈清〉〈幽〉と評されるが、「蕭條」「蕭索」「蕭散」「蕭踈」は一例もない。王維詩では少し増えるが、「蕭條」は四例、「蕭索」は三例、「蕭散」は二例という少なさであり、いずれも『文選』所収作などの三種の先行用例の域を出ない(44)。ただしつぎの一例は看過しえない。「韋悼」との関連が窺われるからである。「奉寄韋太守陟」（巻二）である。

①荒城自蕭索　荒城　自から蕭索
②萬里山河空　万里　山河空し
③天高秋日迥　天高く　秋日　迥かに
④嘹唳聞歸鴻　嘹唳　帰鴻を聞く
⑤寒塘映衰草　寒塘に　衰草映じ
⑥高館落疎桐　高館に　疎桐落つ
⑦臨此歲方晏　此れに臨みて　歳　方に晏れ
⑧顧景詠悲翁　景を顧みて　悲翁（古楽府の題名）を詠ず
⑨故人不可見　故人　見る可からず
⑩寂寞平林東　寂寞たり　平林（湖北省隋県）の東

韋陟（六九七〜七六一）とは、中宗の時、「真の宰相」と称された韋安石（六五一〜七一四）の子息である。父の喪に服して、八年間、世と交わらなかったが、その間、王維・崔顥らとだけ交遊した。宰相張九齢の引立てにより、中書舎人・礼部侍郎を歴任したが、張の失脚後の宰相李林甫、次いで楊國忠に疎まれ、地方官を転々とする。楊文生注に拠れば、この詩も、天宝五載秋（七四六）、韋陟が「平林の東」すなわち義陽（河南省信陽）太守の時の作で、庫部員外郎として長安にいる王維が寄せた詩という。[45]さすれば、当該詩の自然描写は、王維の想像による義陽の風景（虚景）になり、王維の〈情〉が色濃く反映していると考えられる。

「蕭索」と「寂寞」が初句と末句に措かれ、初出の『楚辭』「遠遊」（前述第五章第一節）を踏まえた構成が窺われる晩秋の歌である。この「蕭索」は、「荒城」という田舎町の疲弊したさまを表し、第二句は、その町を押しつぶすように拡大された「山河」であるが、王維の好む「空」を用いて、重量感を抜かれている。「蕭索」のわびしさと相呼応しながらも、構図としては、盛唐詩の「雄渾」が描かれた王維独特の空間描写といえよう。前掲の如く、韋應物は第一期洛陽丞時代、安史の乱直後の荒廃した町の描写に、この表現を踏襲している。「時節屢遷斥、山河長鬱盤。蕭條孤烟絶、日入空城寒」（「廣德中洛陽作」）と。壮大な空間は王詩を擬しながらも一層深刻で、死の世界を思わせる茫漠たる暗闇は、詩人の絶望感の表象であった。

王詩は次いで視点を仰角に転じ、突き抜けるように高い天空を横切って行く渡り鳥の鳴き声を響かせる。静的な世界に唯一、動感が導入されているが、印象的なこの鳴き声を、韋應物は継承したのである。しかしながら「韋悼」の用例は、「蕭條」たる道に突如「飄風」が巻き起こって雁を驚かせた悲鳴に近い鳴き声である。友を慕う〈情〉を籠めながらも、「歸鴻」という秋の点景としての王維詩との相違が窺われよう。

王維詩にも、無論、風は少なからず吹いている（九十二例）。だが最多が「春風」（十例）、次いで「秋風」（五例）であることからも明らかなように、(46) いずれも単に季節を表わしたり、点景として描かれているに過ぎない。韋應物詩に顕著な、前掲「奈何疾風怒」（巻二「贈盧嵩」、三〇四頁）のように、詩境に激しい動きをもたらしたり、憤怒や驚嘆などを喩える「疾風」「飄風」「驚風」「朔風」「驚飈」という風は、一語もない。この単純な比較からも、王維詩の〈静〉に対して、韋詩の〈動〉という対比は、認められよう。

このほか詩語として少なからず踏襲され、詩評にもよく言及される王詩(47)⑤「寒塘」「衰草」は、韋應物も用いており、その興趣に共感していたことが、看取される。「寒塘」は、「寄盧陟」（巻三、五絶）に見える。

柳葉遍寒塘　　柳葉　寒塘に遍く
曉霜凝高閣　　曉霜　高閣に凝る

累日此留連　　累日　此に留連す
別來成寂寞　　別来　寂寞を成す

陶敏注に拠れば、盧陟は韋應物の甥、興元元年（七八四）滁州の作（Ⅲ）。この年の冬、韋は滁州の刺史を辞している。この詩は言うまでもなく、「寒塘」「曉霜」によって、初冬の季節を表す。諸注には見えないが、謝靈運の名句「曉霜に楓葉丹し」（「晩出西射堂」）を想起すれば、「柳葉」との色彩の対比が表面的な霜の白さだけではなく、補色関係の「丹」も浮上する。ただ柳の緑は、あくまで黄ばみくすんだ「衰草」に類することが、韋の美意識に適っていよう。「高閣」は、韋詩中多くの用例があるが、前掲「同德寺」の詩中に「高閣照丹霞」（「同德1」）や「高閣凝餘霰」（「同德2」）、灃上閑居でも「殘霞照高閣」（「善福寺閣」巻七）と見えるように、寺院仏閣を表す。したがって結句の「寂寞」は、直接的には甥との別れの寂しさであろうが、辞職後の閑居の心情をも意味しよう。韋の四度目の辞職である。「寂寞」という語は、「蕭條」とともに韋詩の重要語であり、二語の対比も含めて再度、後述する。ここでは王維の当該詩との関わりが明白であることを指摘するに止める。故郷を離れた地方官という韋陟の境遇との類似性や、「陟」という甥と同じ名前が王詩を連想させたのかもしれない。

「衰草」は、「曉至園中、憶諸弟崔都水」（巻六、五古四韻）に見える。[48]

①山郭恆悄悄　　山郭　恒に悄悄たり
②林月亦娟娟　　林月　亦た娟娟たり
③景清神已澄　　景清く神已に澄み
④事簡慮絶牽　　事簡にして　慮　牽くを絶つ
⑤秋塘遍衰草　　秋塘　衰草遍く

⑥曉露洗紅蓮　　曉露　紅蓮を洗ふ
⑦不見心所愛　　心の愛する所を見ざれば
⑧茲賞豈爲妍　　茲の賞　豈に妍為らんや

これもⅢ滁州閑居時の作。「崔都水」とは、崔倬、前掲「韋悼22」「寺居獨夜寄崔主簿」において、韋と「同心」と詠まれており、親族の中でも特に心を許していた人物である。当該詩でも弟たちとともに、「愛する所」と慕われている。

第三句は、第一節で述べた「清景」であるが、ここでも、第二句の月の光とそれに照らされた林を意味していよう。「林」は、前述の如く、韋の好む空間であり、銀色に包まれて冴え冴えと光る「清らかな」景観は、韋の「神」をも澄み渡らせることが、「已」（「はなはだ」と訓ずべきか）を用いて強調されている。〈景〉が〈情〉を動かす一例であろう。ただ「心」ではなく、「神」[49]を用いていることは、留意すべきである。「逍遙して心神を滌ふ」「清涼　心神を悦ばしむ」など「心」とほぼ同義語と解し得るが、それだけではなく、「神仙」「神母」「神女」など道教的意味や、前掲「同德寺閣集眺」の「超忽として神慮空し」など仏教的要素も含めて、より宗教的意味が籠められている。「盥漱して景の清きを欣び、香を焚きて神慮を澄ます」（巻八「曉坐西齋」）の「景」は、月光ではなく、明け方の澄明な空気を表すが、この「神」は仏教的解脱に類似する心境を意味するであろう。さすれば、前節で記したように、第二句の「清景」は、やはり妻の存在を内に秘めているのではないか。②「娟娟」の畳語も、単なる美しさの形容ではなく、それを想起させよう。

第五句は、王維詩を踏まえていることが明らかであり、「寄盧陟」との近似性もその傍証になろう。韋の王維詩への傾倒が那辺にあるかを物語り、それは韋の審美観を明らかにしている。「衰草」は、同じく滁州閑居時の作で、人口に膾炙する「独り憐れむ　幽草の澗辺に生ずるを」の「幽草」に類し、韋の哀微への好尚に大きな影響を与えている。第六句のみずみずしい美しさは、相対する第五句の凋衰ゆえに一そう際立つ。南宋・韓駒が韋詩を「清深妙麗」と評する通りである[50]。この「紅蓮」も、単に朝露に洗われた「清新」ではなく、秋に入って盛時を過ぎ、哀感のこもる、いわば爛熟の「妙麗」である。第三聯の景観を、彼は⑧「妍」と看做したうえで、しかしその美も、愛する人とともに「賞」さなければ、味気ないと孤独感を訴える。「所愛」は、弟や崔を指すのであろうが、そこに妻の存在が秘めやかに籠められていたのではあるまいか。さればこそ、「清景」にふさわしくない「哀草」と爛熟の「紅蓮」という審美表現が生まれてくると考えられるのである。

つぎの「楼中月夜」（巻七、五古四韻）も、滁州期の作であるが、それを明確に描出する。

①端令倚懸檻　　端令　懸檻に倚り
②長望抱沈憂　　長望して　沈憂を抱く
③寧知故園月　　寧ぞ知らん　故園の月
④今夕在茲楼　　今夕　茲の楼に在るを
⑤哀蓮送餘馥　　哀蓮　余馥を送り
⑥華露湛新秋　　華露　新秋に湛ふ
⑦坐見蒼林變　　坐ろに見る　蒼林変じ
⑧清輝愴已休　　清輝　愴として已に休むを

⑥「新秋」の月を愛でながら、望郷の思いを深めている。⑤「哀蓮」は、先の第六句と同様に、露に洗われてみずみずしいが、明らかに盛りを過ぎた悲哀が籠められている。それでも残り香を馥郁と漂わせており、あくまでも美の

対象として詠われている。いやむしろ今を盛りに咲き誇る花よりも、詩人にとっては、より美しく見えたのではないか。蓮と露の組み合わせは孟詩の「荷風　香気を送り、竹露　清響を滴らす」を連想させるが、ここには、孟詩には無い韋應物独自の審美観が認められよう。すなわち衰残の美である。間近の滅びが迫るゆえに、花はその美に最後の磨きをかける。それは、切なく見守る詩人の〈情〉の反映であることはいうまでもない。〈景〉と〈情〉の相即作用である。彼のこの美学の所以は、何に因るのであろうか。

韋は、「衰」を十四例用いているが、内容は大きく二種に分けられる。一つは右の如く、植物を形容し、もう一つは老いを嘆いている。後者の例を挙げよう。[51]「閑居贈友」（巻二、五古八韻）は、仕官の挫折と帰去した故園の荒涼たる状況から詠い始める。

①補　吏　多　下　遷　　吏に補せらるるも下遷多く
②罷　歸　聊　自　度　　罷め帰りて聊か自度す
③園　廬　既　蕪　沒　　園廬　既に蕪没し
④煙　景　空　澹　泊　　煙景　空しく澹泊たり
⑤閑　居　養　痾　瘵　　閑居して　痾瘵を養ふ
⑥守　素　甘　葵　藿　　素を守りて　葵藿《きかく》に甘んず
⑦顔　鬢　日　衰　耗　　顔鬢　日々に衰耗し
⑧冠　帶　亦　寥　落　　冠帯も　亦た寥落たり
⑨青　苔　已　生　路　　青苔　已に路に生《む》し
⑩綠　筠　始　分　籜《たく》　　緑筠　始めて籜《たく》（竹の皮）を分つ

⑪夕 氣 下 遙 陰　　夕気　遙陰を下し
⑫微 風 動 踈 薄　　微風　踈薄を動かす

老いと官職の零落を並べ、自然もそれにふさわしい荒涼感を漂わせるが、詩人は、それを嘆く向きはない。③「蕪沒」は、「田園将に蕪れんとす」（「歸去來兮辭」）に基づくと思えば、さほど否定的な〈景〉ではなく、「④煙景空澹泊」の靄にけぶる薄墨色の世界は、「閑居」にふさわしい空間と評価していることは明らかである。王維詩を想起させる「靑苔」や「綠筠」という色彩対を用いて、美は損なわれていない。夕靄が棚引いて空間を拡大し、そよ風がひそやかにさやぐと勢いのないいくさむらがかすかに靡く。「踈薄」[52]は、韋の好む「幽草」に通じてゆき、詩人はこの〈景〉に心酔し、美を託している。最後は、「君に非ずんば好事者、誰か来りて寂寞を顧みん」（第八聯）と結ぶ。韋詩の重要な「寂寞」が詠われ、右の〈景〉はその表象と考えられるのである。この詩は、Ⅱ灃上善福寺閑居の作であり、この時点ですでに「衰」への関心が認められ、それにふさわしい荒蕪の自然が詠まれていることは注視すべきであろう。

　つぎの詩「休沐東還胄貴里、示端」（巻二、五古十韻）は、「宦游三十歳、田野久しく已に踈たり」と詠い始めるので、灃上閑居を更に遡及するⅠ大暦十四年（七七九）春、鄠県令の時、従弟の韋端に寄せた作である。

⑤山 明 宿 雨 霽　　山明らかにして宿雨霽れ
⑥風 暖 百 卉 舒　　風暖かくして百卉舒ぶ
⑦泓 泓 野 泉 潔　　泓泓として野泉潔く
⑧熠 熠 林 光 初　　熠熠《ゆうゆう》たり　林光の初め
⑨竹 木 稍 摧 翳　　竹木　稍や摧け翳り
⑩園 場 亦 荒 蕪　　園場も亦た荒蕪たり

⑪俯　驚　鬢　已　衰　　俯して驚く　鬢已に衰ふるを
⑫周　覧　昔　所　娯　　周覧す　昔の娯しむ所
⑬存　没　惻　私　懐　　存没に私懐惻み
⑭遷　變　傷　里　閭　　遷変に里閭を傷む

長雨が晴れたうららかな春の休日に、韋家の冑貴里の荘園（京兆府万年県杜陵）に久しぶりに帰る。⑦⑧の連珠対による水と光の饗宴は、韋詩の特質の一つに数えられよう。だが、ここで自然美と同時に、「荒蕪」の形容が描写されるのは、注目すべきである。長く手入れされずに荒れた荘園を目の当たりにして、詩人は「三十年」の歳月に思い至る。⑪「驚く」とあるので、老いは始まったばかりでさほど深刻に意識されていないが、その意識が草木の「摧翳」や「荒蕪」すなわち「衰」に心惹かれたのではあるまいか。「衰」が形容する二種（植物と詩人）は、密接に関わっているのである。今、「衰」を用いた詩篇を調べれば、成立年代が明らかな作は、すべて第二期以降に属し、三十歳代の洛陽時代には一篇もない(53)。したがって、詩人の老いの自覚が、この時点に至るまでの過去の時間を喚起させて、衰残の自然のなかに美を認めることになったといえよう。換言すれば、衰残の美は、過去の時間を含むゆえに美しいのである。だが果たしてそれだけか。詩人は荘園内を歩きまわるうちに、今昔の感が押し寄せてくる。続く第七聯には、胸衝かれる。大暦十四年春という作成時を考えれば、⑬「存没」に起因する惻惻たる「私懐」は、三年前の妻の逝去をこそ思い浮かべるべきであろう。妻の喪失によって、命の儚さを思い知らされた詩人は、「衰草」「衰蓮」の遠くない滅びを実感するがゆえに、その美の価値を、一際感受することになったのではないだろうか。いわば未来の滅びを予測したのである。韋應物は、衰残の美の中に、過去と未来双方の時間を観想する。それへの好尚が、灃上閑居より前、大暦末に遡及し得ることは、妻の逝去が大きな要因と考えられる。老いの自覚自体、妻の墓誌銘（第一章）

や、「韋悼」において明記されるので（第二章一〇三、一〇四頁、第五章三二九～三三五頁及び注（81））、揚州帰路に芽生えた老年意識は、この二度目の大きな喪失によって、より深まったといえよう。当該作においても「昔の歓び（⑫昔所娯）」と「今の悲傷」という旧居再訪による今昔往還のノスタルジーが看取され、ノスタルジーは、「韋悼」だけではなく、韋詩の特質の一つと看做されよう。そして妻との日々の追憶が、「摧翳」「荒蕪」の自然、すなわち「衰残の美」に目を向けさせた。さすれば、それを生み出し育んだのは、妻の逝去を悼む悼亡詩だったのではあるまいか。王維詩の「衰草」に心惹かれたのも、あるいは、王維も同じく妻を亡くしたことへの共感が、無意識の裡に働いていたのかもしれない。

　大暦詩人の「衰」は如何であろうか。劉長卿詩にも「衰」は、十四例認められるが、そのうち十例は老いの表白である。大暦詩人たちが、共通して老いを詠うことの一例といえるが、韋詩よりも「老」の比重が大きい。植物の形容は、「衰楊」「衰柳」[54]、そして「衰草」もある。「延陵に衰草遍く、路に茅山を問ふ有り」（「送陸羽之茅山、寄李延陵」巻三、五律首聯）、いずれの詩語も各一例である。すべて送別詩で、「折楊柳」に因み別離の悲哀を籠めており、そこには、韋詩のような審美的要素は、皆無である。盧綸には、韋詩を上回る二十七例が認められるが、十九例が、「衰顔」「衰翁」「我衰君少年」など老いを詠う。植物は、二例のみ、ともに十才子の一人李端に関わる作で「壊簷　藤障密にして、衰菜棘籬深し」と「故関　衰草遍く、離別　自ら悲しみに堪ふ」[55]。前者は、李端の寓居の貧しさを表現し、後者は劉長卿と同様、王維詩を踏まえた送別の悲しみである。そのほかは、「衰賤」「衰貧」など、落魄の身の形容に用いられている。銭起に至っては「衰」を否定する。その八例は、三例が老い、二例が送別詩だが、旅立つ人を励まして「鴻鵠　志応に在るべし、荃蘭　香未だ衰へず」（「送任先生任唐山丞」『銭考功集』巻七、五言排律八韻、第七聯）と詠う。「衰」を真っ向から否定して、韋詩とは明確に審美観を異にする。さらなる検討が必要だが、この第二期に至って、韋詩は、「大暦詩風」から距離を置き、独自性を強めることになっていったといえよう。

「衰」のほかにも、韋詩は、前掲王維詩①「荒城」の「荒」（二十四例）や「蕪」（十四例）の多用、最初に挙げた「韋悼5」の墓地の「荒涼」や、2の寒風吹きすさぶ荒野など、美という概念にとっては、アンチテーゼというべき形容が認められる。前掲「韋悼10」「過昭國里故第」は、その典型である。「池荒れ野筠合し、庭緑にして幽草積もる。風散じ花意謝《しぼ》み、鳥還り山光夕べなり。宿昔方に同に賞するに、詎んぞ知らん　今昔を念ふを」である。大暦十二年に詠まれたこの詩句こそ、彼の美学の所以を明確に物語る。繰り返しになるので贅言は省くが、滁州の名句「獨憐幽草澗邊生」の源と認められ、「池荒」「幽草積」を、詩人はあくまで「賞景」として詠っている。「池」と「幽草」が含む過去の時間の堆積が〈景〉の美しさに深みを与えていよう。相前後して詠まれた作は、「微鐘」が何処からともなく響いてくる前掲「登樂遊廟作」（巻七）の「頽壖《たいぜん》久しく淩遲たり、陳迹翳丘荒る」（第三聯）である。廟や庭の荒廃を表すこれらの作（第二期）以降、「荒」を用いた詩篇が詠まれることになる。[56]

以上のように、韋詩の衰残の美が、二つの大きな喪失（太平の世と妻の存在）に基づくことを指摘したが、それを補強する論述がある。先に「〈自然〉について」（第五章第一節）で引いた笠原仲二氏は、美の反対概念である「醜」について、「人の死に対する本能的な畏悪感に由來」し、「人間の生命力の否定乃至その毀傷・薄弱・消耗等々を意味し、象徴するような実體や姿態性に對する本能的な嫌悪感であり、意識」と説いた上で、にもかかわらず、「時として美的な感動を与えるものとして観念されていること、いわば美の異相—異態的な美」（傍点は笠原氏、以下同じ）とされるのはなぜかと問題提起する。[57]それに対して、ほかの美を「一層引立て昂揚させる契機」となって、自らの醜が美に揚棄される美の刺激剤または薬味という理由など五種を列挙する。前掲「秋塘遍衰草、曉露洗紅蓮」は、まさにその例といえよう。六番目に、王維（伝）の「伏生授經圖」を挙げる。伏生の「枯痩した四肢」「数多くの深い老皺」が描かれた理由は、それらこそ、「長寿」（生命力・精気・活力）の表象であり、伏生の「学問についての自信と、悟道から来る、心の安らぎ」「衰えない好学」「求道の意志の強さ」を物語っており、「王維の美的観念のもつ秘密の一面」と説く。そして「枯れ木」や「寒巌」が、古来、中国画に描かれ憧憬されているのも、その自然に「生命力の充実を直観し」「不滅の生命のともし火を観想するから」と論ず。また偉大な自然に対して人間存在の「卑小さと薄命さ」がもたらす「生命あるものの、悲しくも避け難い共通の宿命」、すなわち「生の本質に深く根ざす悲劇性」は、それと戦って「敗退・滅亡に対する憐憫と同情も亦、一つの美的な感動——悲劇美として人々の心を揺さぶる」。アリストテレスのカタルシス論と同様、「悲劇的運命への共感、激しい悲しみこそ」人の精神を昂揚し、魂を浄化させ、救済する。それゆえ元来、醜に属すべき「凋落や敗退、崩壊や滅亡、あるいは哀愁や悲痛などを催す対象」が美的なるものと揚棄されるのである。ここに妻を亡くした韋應物の心性〈情〉が「衰」「荒」「蕪」の〈景〉を表出した所以が解明されるであろう。衰残の景こそ、〈情〉との相即的関係が可能になり、「景情融合」が実現されるのである。さらに笠原氏は、栄華を極めた王朝の末路が、「無残にも打ち砕かれ、崩壊し、苔むした居城や都市の跡、所謂廃墟の美」が絵画に描かれ、「悲秋の詩」が詠われる所以でもあろうと論ず。韋應物が洛陽で詠った死の世界を思わせる黒い原画は、まさに「栄華を極めた王朝の末路」であり、彼の衰残の美への傾斜の始まりと位置付けられよう。「美」よりも「醜」を描くことのほうが、詩人の〈情〉をより的実に表現する。「醜」が「美」に揚棄される衰残の美こそ、〈景〉と〈情〉が融合し得るのである。

次のように、Ⅱ澧水ほとりの善福寺閑居時の作に「廃墟」が見える。大暦十四年（七七九）七月、櫟陽の県令を辞職したばかりの頃、閑居先を求めて見晴らしの良い岡に上った際の詩「登西南岡卜居、遇雨、尋竹……」である。(58)

①登　高　創　危　構　　登高して危構を創り

②林表見川流　　林表に川の流れを見る
③微雨颯已至　　微雨　颯として已に至り
④蕭條川氣秋　　蕭条として川気秋なり
⑤下尋密竹盡　　下り尋ねて密竹尽き
⑥忽曠沙際遊　　忽曠として沙際に遊ぶ
⑦紆直水分野　　紆直として　水　野を分かち
⑧綿延稼盈疇　　綿延として　稼　疇に盈つ
⑨寒花明廢墟　　寒花　廃墟に明るく
⑩樵牧笑榛丘　　樵牧　榛丘に笑ふ
⑪雲水成陰澹　　雲水　陰澹を成し
⑫竹樹更清幽　　竹樹　更に清幽たり
⑬適自戀佳賞　　適に自ら佳賞を恋ひ
⑭復茲永日留　　復た茲に永日　留まらん

西南の岡の上から澧水の流れを俯瞰していると、雨が降り出してくる。澧水とそのほとりは「微雨」に包まれて、「蕭條」たる秋の気配が立ち込める。詩人は「密竹」の中を降ると急に視界が開け、河畔の白砂が広がっている。川辺の田野は豊かに実り、最後は、このよき景色をいつまでも楽しみたいと表白する。川面に映る雲の陰影と「微雨」に洗われた竹の「清幽」を「佳賞」、自然美の粋と詠う。詩人の好尚の詩語を散りばめた「蕭條」たる賞景である。白雲が清流の水面に淡い陰を落とし、河畔の竹林は雨もあがり、一際緑鮮やかで、幽寂に包まれている。〈清〉の澄明感に対して、〈幽〉の奥深い朦朧性、端的にいえば、明と暗という、本来、相反する〈清〉と〈幽〉が、秋の気配の中で融合している。雲と水、あるいは水に映った雲、天と地と遠く離れながら、水が揺れれば雲も動き、雲が流れれば、水に融ける。〈清〉と〈幽〉は、雲と水と同様、自由自在に融合し、離反する。深沢一幸「韋応物の抒情詩」は、この二語に着目し、両者は「確かに異なった相貌のもとにあらわれる」が、つきつめていけば、「自然をあるがままのかたちにあらしめている〈道〉とでもいうべき同一の根源に帰着する」と述べる。拙論の「自然について」における「オノヅカラシカリ」に通じてゆく。そして『文選』に「清幽」は一字もなく、唐代に入ると三例（玄宗・李白・銭起）あるが、韋應物の「形而上性、純粋さ」には及ばないという。それは、当時の道仏融合の宗教状況の反映でもあるが、李白などの現実主義的地平ではなく、韋詩は、「より高度に抽象された〈清幽〉」の追求と論ず(59)。この見解は、拙論に資するところ大であるが、〈清幽〉の抽象性とは何を意味するのだろうか。拙論では、それを考察する上で、⑨「寒花明廢墟」という一句に注目したい。「廢墟」は過去の時間の堆積を物語り、その中に咲く花の美しさは、「衰草」に類する韋應物独自の美学といえよう。「廢墟」は、韋詩においても、また唐詩全体においても当該詩が唯一の用例である。唐前においては、管見の限り、唯一の用例が、陶潛の作（「和劉柴桑」巻二、五古十韻）であることは、興味深い。

①山　澤　久　見　招　　山沢に久しく招かる
②胡　事　乃　躊　躇　　胡事ぞ　乃ち躊躇せる
③直　爲　親　舊　故　　直だ親旧の為の故に
④未　忍　言　索　居　　未だ索居を言ふに忍びず
⑤良　辰　入　奇　懷　　良辰　奇懐に入り

⑥挈 杖 還 西 廬　　杖を挈げて西廬に還る
⑦荒 塗 無 歸 人　　荒塗に帰人無く
⑧時 時 見 廢 墟　　時時廃墟を見る

たつきのために帰隠を躊躇していた陶潜が、よき日の巡り合わせか、心境の変化を自ら不思議に思いながら、帰隠を実行する。人影も無い帰郷の道すがらの荒廃は、東晋末、戦乱続きの光景であろう。(60) それは、「歸園田居」五首其四にも、帰郷後、山や沢に子供たちを連れて出かけると、「榛を披きて荒墟に歩む」と詠われている。続けてこう詠う。

⑤徘 徊 邱 壟 間　　徘徊す　邱壟の間
⑥依 依 昔 人 居　　依依たり　昔人の居
⑦井 竈 有 遺 處　　井竈に遺処有り
⑧桑 竹 殘 朽 株　　桑竹　朽株　残る
⑨借 問 採 薪 者　　借問す　薪を採る者に
⑩此 人 皆 焉 如　　此の人　皆焉くにか如くと
⑪薪 者 向 我 言　　薪者　我に向かひて言ふ
⑫死 沒 無 復 餘　　死没して　復た余る無し
⑬一 世 異 朝 市　　一世　朝市異なりと
⑭此 語 眞 不 虛　　此の語　真に虚ならず
⑮人 生 似 幻 化　　人生は幻化に似たり

⑯終當歸空無　終に当に空無に帰すべし

荒れ果てた廃墟の中には、土饅頭の古墓もあり、そのあたりをぶらつくと、「昔人の居」の井戸や竃が崩れかかっている。通りかかった「薪者」に旧住民を尋ねると、「死んでしまって誰一人残っていない」との答え。三十年（「一世」）もたてば、朝廷も市場もすっかり変わるというが、本当なのだ。最後は、陶潜の死生観で結ばれる。韋詩の「廢墟」の落句⑩「樵牧笑榛丘」は、この⑨「薪者」を踏まえるのであろう。だが陶潜は「廢墟」に無常感を抱いても、韋應物のように「佳賞」、すなわち美の対象とは毫も看做さない。韋應物と陶潜との関わりについては、すでに第二節でも触れたが、古今、多くの論究があり、(61)韋の陶への関心と傾倒については論を俟たない。ここでは韋が陶の「廢墟」を発見して、衰残の美を見出したことを指摘したい。それは韋詩の独自性の一つと看做し得るであろう。

「廃墟の美」を、如何に解すべきか。大西克礼『自然感情の美学：万葉集論と類型論』は、美学的立場から、「宮殿城郭などが、〈時〉のもたらす種々の破壊力によって、再び元の〈自然〉になかば還元された姿に対して、吾々の感ずる美的趣致」であり、そこには、「詩的哀感（悲劇的感情）に似たものが体験される」と同時に、周囲の自然との「消極的調和が観照されること」による美的感情と説く。(62)人工物の自然回帰による自然との調和美と悲劇性といえよう。韋應物が、〈清〉と〈幽〉を自然の中に見出し、人事（世俗、官界）よりも自然への親近性を抱いていることは、廃墟の美を感受する礎といえよう。だがより重要なのは、「詩的哀感」である。彼が人事に背を向け、自然の方に親近性を抱いた所以でもあろう。谷川渥『廃墟の美学』は、廃墟の画家ユベール・ロベール（一七三三～一八〇八）を論じて、「廃墟画は、時間の凝縮を可能にする」、廃墟の詩学は、「時間性の特殊な関数としての美意識」であり、「崩れ落ち、いずれは無と化す廃墟と、死を避けることができない己れの存在」とを、重ね合わせる。(63)これは陶詩の無常感そのものであり、人間の普遍的感情であろう。だが韋應物は陶潛と異なり、それを美の対象とする。その相違は、何ゆえか。谷川氏の示唆に基づき、結論から言えば、第一・二節に論じたように、韋詩の〈清〉は、今昔往還による流動感に起因し、〈幽〉は、持続する時間を内在させて「凄境」を築いていた。すなわち〈清〉〈幽〉は、ともに「時間の関数」としての機能を有しており、それゆえに、哀残の美の因子となり得たのである。その時間性は、韋詩の「清幽」の抽象性、形而上的純粋さの所以ではないだろうか。

大西氏は、時間性の観点から、日本における廃墟美を懐古趣味と関連付ける。両者は、「美的意味において、相通ずるものが含まれて」おり、懐古趣味は、「想像観照の世界において味わわれる、目に見えない〈記憶〉の廃墟に対する感情の如きもの」と説く。「時」の流れは、すべてを運び去り、可視的には何の痕跡も残っていない。だが「感動を含んだ記憶内容は、吾々の現実の自然体験と融け合い、」「可視的自然に対しても、主観的に一種の色調を添加する。その美を味わう心が即ち懐古趣味」と論ず。これは劉勰の説く「物は情を以て観らる」であり、正に〈景〉と〈情〉の相即関係である。韋應物を「懐古趣味」と断じるのは躊躇するが、彼の古詩や古風志向は、それと無縁ではない。廃墟は「目に見えない記憶」を誘発し、今昔往還によるノスタルジーを喚起し、〈昔の歓び〉を復元してくれる装置だった。二つの大きな喪失の記憶が、韋應物に廃墟の美を観照させたのである。詩人は、今昔を往還しながら「韋悼」を詠み、哀残の美を含む自然描写を紡ぎ出してゆく。したがって韋應物の枢要である自然詩は、「韋悼」が母胎となり、育んだといえよう。

以上のように、哀微荒蕪の自然は韋詩の「景情融合」の所以を物語る。それは、王維詩に共感しながらも、王詩のように抑制された静寂の世界ではなく、時には激しく揺れ動き、時にはひそやかに忍び入る動態が描かれ、その動きは、いつしか昔時との往還と軌跡を一にして、詩人の〈情〉を深めていく。過去に遡及し、その時間の堆積と未来の滅びを予測させる衰残の美が認められ、韋應物の美学が明らかになった。「目に見えない記憶」を誘発する衰残の

〈景〉こそが韋の〈情〉との相即関係を可能とし、両者の融合が実現したのである。

同時期の大暦詩人たちに認められない韋應物独自のこの審美観は、諸人が幸いにも体験することのなかった二つの大きな喪失ゆえと考えられる。この第二期において、それが明確に把握し得るとともに、大暦詩風からの離脱が明らかになったのである。

注

（1）いずれも『全唐詩索引』（天津古籍出版社）付録「字頻統計表」に拠る。王詩の「風」は、九十二例、孟詩七十二例、劉詩一六六例、盧詩一三六例、錢詩一三二例。王孟詩に比して、大暦詩人の用例は増大傾向にある。

（2）拙論第二章第三節、一二六頁に既述。「泮冰」は、『詩經』邶風「匏有苦葉」を出自とするが、「春風」との組み合わせは、「悼亡賦」を踏まえる。

（3）『風と雲　中国文学論集』（朝日新聞社、一九六九・十二）所収。三八～三九頁。

（4）『賈島集校注』（斉文榜校注、人民文学出版社、二〇〇一・十二）。「南齋」は、「删除詩」に収録。

（5）「眞景」（「劉景陽東齋」巻二）、「物景」（「夏夜」巻四）。「一川風景好、恨不有吾廬」（「送唐環歸敷水莊」巻四）は、敷水莊の自然の素晴らしさを総括的に詠う。「答王參」巻二、五古五韻）には、秋の月が詠われ、「詩負屬景同、琴孤坐堂聽」（第四聯）の「景」は、作詩の対象または詩材・詩題としての義であり、light の意味はない。ただ「玩月」同様、小川氏が説く「孤独感の反映」は、認められない。

（6）『全唐詩』巻三八三、五古八韻。

（7）秋の光は、「寂寂山景靜」（「山中秋夜」『全唐詩』巻三八四）など。夏の光は、「池幽夏景清」（「野寺後池寄友」『全唐詩』巻三八三）など。そのほか、「光景」「華景」「景象」。

（8）「春餘景色和」（「同張明碧溪贈答」巻二、五排）。そのほかの用例は「畢景」「落景」「晴景」「斜景」「景夕」。

(9)「和賈主簿辨九日登峴山」(巻四)、九日に限らなければ、峴山での送別会や登山の作(「峴山餞房琯崔宗之」巻四、「峴山送蕭員外之荊州」巻二、「峴山亭寄晉陵張少府」巻四など)は、少なくない。孟にとって故郷のシンボル。

(10) 小川氏前掲書(注(3))も引く『世説新語』言語篇の所謂「新亭對泣」の故事(異民族の侵入によって南遷せざるを得なかった東晉の「人士」が、建康郊外の川岸での宴で、「風景　殊ならざるも、正に自ら山河の異あり」と西晉の都洛陽を思い出して涙する)と、深刻さ、「風景」の意(風と光)は異なるものの、欠落感は類似する。

(11) 盧明府は、集中、六篇に交遊が詠われるが、名は、注釈によって二説あり、断定できない。佟培基注は、盧僎(字は手成、范陽の人、襄州長史)とする。徐鵬注は、盧象(字は、緯卿、汶水の人。校書郎、司勳員外郎などを歴任したが、安史の乱後、永州司戸に左遷)。柯宝成注は、「未詳」とする。いずれにしても、親密な交友が窺われる。

(12)『山水田園詩派研究』第七章二「北方山水田園詩的典范」、二四〇頁。

(13)『全唐詩』題下注に「次荊州時作」とある。だが趙殿成注は否定する。根拠は不明。楊文生注は、輞川での作で、天宝四載以降、もしくは開元二十九年夏の成立とする。入谷仙介『王維研究』第十章は、「臆測に止まるが」としたうえで、洛水上流の盧氏県を挙げる(四二八頁)。待考。

(14) 王維は、開元十九年(七三一)、三十三歳頃、妻を亡くしたとされる(楊文生箋注附録「王維年譜」)。悼亡詩がない理由は、妻を詩作の対象としないという当時の慣行以外に、王維の「抑制の美学」ともいうべき資質も考えられるが、別の機会に考察する。

(15) 川合康三「詩は世界を創るか――中唐における詩と造物」は、中唐という時代は、それまでの「文学の定型が大きく変動を受けた時代」であり、「様式、定型の呪縛を脱した詩人は、一人一人が自由な存在となり、自立した行為として詩作」するようになったと説く(『終南山の変容』第五章注(73)、六四頁)。安史の乱勃発の前後から、李杜などの詩篇に妻を対象とした作が出現するのも、その前兆といえよう。

(16) 王維詩にも「清景」は一例ある。「送韋大夫東京留守」(巻五、五古十六韻)、⑮⑯「素質貫方領、清景照華簪」。乾元二年(七五九)七月、史思明が洛陽一帯を蹂躙しつつある中で旧友の韋陟が、赴任するのを励ます作。この「清景」は、出発の朝の光を表わす。

（17）「城池草木發、川谷風景溫」（「元日寄諸弟兼呈崔都水」巻三、第四聯）、「海隅雨雪霽、春序風景融」（「復理西齋、寄丘員外」巻三、第七聯）、以上は、春の歌だが、次は暮秋の歌。「澹泊風景晏、繚繞雲樹幽」（「襄武館遊眺」巻七、第五聯）。

（18）「風景」は六例で、「漢川風景好」「政閑風景好」は、王詩を思わせる。「風景同前古」は、孟詩「昔時風景」と関わるか。そのほか「清景」一例、「晩景」「春景」各一例もある。

（19）孟詩には時間帯や季節を明記する詩語は無く（「落景」は二例あるが）、王詩も「秋景」一例のみ（有名な「返景」は二例ある）。

（20）春は右の二例も含めて、六例。夏は一例。秋は四例で、「景清神已澄」（「曉至園中、憶諸弟崔都水」巻六）は、次節に引く。

（21）更に遡及すれば、『世説新語』言語篇の「新亭對泣」の故事（注10）との関わりは、喪失感の深刻さという点で、心情的には孟詩よりも近いといえよう。

（22）例えば、西晉・張華「明月曜清景」（「情詩」五首、其二）、梁・庾肩吾「此夜臨清景」（「和望月」）など。

（23）「重九登滁城樓、憶前歲九日歸灃上赴崔都水及諸弟宴集、凄然懷舊」巻六、五古六韻。

（24）「同德精舍養疾、寄河南兵曹東廳掾」巻二。「東城」は詩集中、十例あるが、洛陽を指すのが三例、長安は当該作を除いて三例、その他不明。

（25）『中国文史論叢』第八号（二〇一二・三）。劉詩は「花意已含蓄」（「洛中早春贈樂天」）、元詩は「感爾桐花意」（「桐花」）。孟詩は「高歌夜更清、花意晩更多」（「看花」五首其三、第四聯）。山田氏は劉孟元三作とも「花意」を「心」と解す（三二頁）。孟詩は、「芍藥」を擬人化した作で、風に吹かれて散り残った「餘花」が、「俗」に仕えることを潔くしない孟簡（？—八二四）を待っている。「晩更多」は「夜更清」と相対し、「（孟簡が現れて高らかに歌えば、夜は一層清らかになり）夜更けて、花の美しい風情はいやますばかり」と解せるので、「花意」は「風情」の意に解すべきである。因みに『漢語大詞典』の「花意」項も、「花的意態」と釈して、孟郊の当該詩句を挙げる。宋代に入ると、「花意」の用例が増えるが、やはり(1)(2)の両方の意が認められる。「心」の用例は、歐陽脩「四月九日幽谷見緋桃盛開」詩の「念花意厚何以報、唯有醉倒花東西」など。後者の用例は、陳思道「晦日」詩の「人老時情薄、春深花意微」など。

(26) ⑦「謝」について、山田氏は「謝罪」の意に取り、妻が夫を残して先立つことを「気に病んで」おり、花が「妻の謝罪の意を表している」と説く（四〇頁）が、首肯し得ない。

(27) 『先秦漢魏晉南北朝詩』隋詩巻七にも取られるが、「自傷」一首は、「輯自『迷樓記』、今刪」として、七首のみ収録。逯欽立注は、出自を『詩話總龜』巻三五引『古今詩話』と記す。『古今詩話』は、郭紹虞『宋詩話考』（中華書局、一九七九・八）中巻之下に拠れば、北宋末の書、疑李頎撰とする。

(28) 李剣国『唐五代志怪伝奇叙録』（巻四、南開大学出版社、一九九三・十二）に拠れば、『迷樓記』は、宋元の書目には見えず、北宋末の『古今詩話』が最も早く掲載したという。煬帝はこの詩を読んで心を動かされ、彼女の遺体を見てその美しさを憐れんで手厚く葬らせ、担当の役人に自害を命じたと記す。

(29) 底本『孟浩然集』（四部叢刊所収）は、巻四「五律」に収めるが、平仄が整わず、五古四韻である。各注釈書はそのまま踏襲するが、最新の注釈書柯宝成編著『孟浩然全集』（崇文書局、二〇一三・三）は、巻八「雜錄」に移す。

(30) 曹永東箋注（天津古籍出版社、一九九〇・三）、佟培基箋注。

(31) 丘爲（七〇三?～七九八?）、嘉興の人（『唐才子傳』巻二）。しばしば受験したが及第せず、王維に「送丘爲落第歸江東」詩もある。

(32) 「奉和聖製暮春、送朝集使歸郡應制」巻二、五言排律、六韻。

(33) 『居易錄』巻二九。ただし『王士禛全集』（斉魯書社、二〇〇七・六）雑著之十二所収『居易錄』では、「人骨」に作る。陶敏注は、『帶經堂詩話』巻十二の「入骨」、また清・張文蓀『唐賢清雅集』（未見）の「入骨」を引く。ただし底本・元刊本・その他のテキストは、すべて「清人骨」に作る。晩唐・韋莊編『又玄集』巻中のみ、「入骨」。だが中唐・劉禹錫（七七二～八四二）の人口に膾炙する絶句「秋詞」二首其の二の転句にも「試上高樓清入骨（試みに高楼に上れば　清　骨に入る）」と詠われているので、「入骨」とするべきである。また韋詩中、「清人」「清骨」「人骨」の用例もない。

(34) 建中二年（七八一）、澧上の善福寺閑居後、尚書比部員外郎として、長安滞在中の作。「猶此厭樊籠」（第二句）と、籠の鳥の官史の身の上を嘆く。

(35) 袁行霈『陶淵明集箋注』(中華書局、二〇〇五・八)巻三。以下に引く陶詩および巻数は、すべて同書に拠る。

(36)「幽居」は、陶詩「豈無他好、樂是幽居」(「答龐參軍」巻二)、「我實幽居士、無復東西緣」(「答龐參軍」巻二)に基づく。

(37)「白居易と韋応物に見る〈閑居〉」(『國學院雜誌』第九四巻第八号、一九九三・八)八~九頁。同論は後、『中唐詩壇の研究』(創文社、二〇〇四・十)第Ⅱ部第三章に収録。

(38)「稅」は、『全唐詩』巻一九〇では、「裴說」に作る。「答裴丞說歸京所獻」(巻五)があるので、「說」と考えられる。裴說、字は公諒、貞元四年(七八八)、西川節度使韋皐の幕僚になる。韋の滁州刺史時代の属吏。

(39) 底本・元刊本などは、みな「苦」に作る。官板『韋蘇州集』・嵩山堂版『韋蘇州集』は、「若」に作る。韋應物「擬古詩十二首」其の三に、「世人不自悟、馳謝如驚飆」とあるので、拙論は「若」を採る。

(40) 陶敏注本引く劉辰翁校点・袁宏道參評『韋蘇州集』(国家図書館蔵)、筆者未見。

(41) 後掲第三節。滁州に赴任する際の作や滁州時代には五篇。崔は、趙璘『因話錄』巻六に、「少年豪俠、不拘小節」と記される。なお趙璘は、文中、崔と韋の交友に触れ、「蘇州刺史韋公」に注して、「余の祖舅」と述べるので、信憑性が高い。

(42) 辞職前の同僚に寄せる詩。①「絕岸臨西野」と詠う。

(43)「九日灃上作、寄崔主簿倬、二季端・繫」(巻二、五古八韻)。

(44)「蕭條」四例(巻数は、四部叢刊所収『王右丞集』)は、「人吏蕭條疏、鳥雀下空庭」(巻三「贈房盧氏琯」)・「萬里不見虜、蕭條胡地空」(巻五「送陸員外」)・「泱漭寒郊外、蕭條聞哭聲」(巻六「哭殷遙」)・「衰柳日蕭條、秋光淸邑里」(巻六「休暇還舊業便使」)、「蕭索」三例(本文中に一例)は、「秋風日蕭索、五柳高且疎」(巻三「戲贈張五弟諲」)・「秋風正蕭索、客散孟嘗門」(巻五「送岐州源長史歸」)、「蕭散」一例は、前掲「寓目一蕭散、消憂冀俄頃」(巻三「林園卽事寄舍弟紞」)。果てしなく広がる空間、草木の衰えるさま、風の音、慟哭の声などの意。

(45) 韋陟の伝記は、『舊唐書』巻九二、『新唐書』巻一二二、「韋安石傳」附伝。成立年代は、楊文生注に拠る(一三一~一三二頁)。同書付録「王維年譜」に拠れば、王維は、当時四十八歳、夏、庫部員外郎(従六品上)を拝しており、長安にいた。王維は、弟の韋斌とも親しく、約十年後の安史の乱の際、斌も安禄山に捕えられ、運命を共にした。なお韋陟は應物とは別房ではあるが、その祖、北周・韋夐（字は敬遠、逍遙公）は、韋應物の六世の祖でもある。

（46）その他、「清風」「風景」各四例、「風塵」「風流」各三例など。唯一「回風城西雨、返景原上村」（「瓜園」）があるが、最晩年（楊注：上元元年〔七六〇〕の作）、瓜の収穫に、みずから鋤を振って隠遁憧憬を詠い楽しんでいる。また韋詩に多い「風雨」も二例のみ。

（47）後繋の大曆詩人たちも、「衰草」を少なからず用いている。「詩評」とは、張文蓀『唐賢清雅集』、黄培芳『唐賢三昧集箋注』など。

（48）ほかに「時節變衰草、物色近新秋」（「玩螢火」巻八、五古二韻、第一聯）。ただし、作成時期不明。

（49）「神」は、二十四例。引用前句は、「天長寺上方別子西有道」第六句（巻六）、後句は、「酬劉侍郎使君」第十句（巻五）。

（50）胡仔『苕溪漁隱叢話』前集巻十五「韋蘇州」引く。続けて「雖唐詩人之盛、亦少其比」と記す。

（51）「響悲遇衰齒」（「始聞夏蟬」巻八）、「時役人易衰」（「嘆白髮」巻六）など。

（52）陶敏注は、「踈薄」を「踈簾」の意とするが、ここで室内はふさわしくない。阮注は、「稀微」の意とするが、「薄」はくさむらの意とすべきである。「烟華方散薄」（巻一「司空主簿琴席」第一句）は、『楚辭』「渉江」の「林薄」に基づき、叢の意。

（53）ただし「嗣世衰微誰肯憂」（「金谷園歌」巻九、歌行上）は成立年不明だが、洛陽郊外にあった西晉・石崇の金谷園に因むので、洛陽期に作詩された可能性はある。

（54）「手折衰楊悲老大」（「七里灘重送」）、「河橋對衰柳」（「送姨子弟往難郊」）、ともに「折楊柳」に因む。残りの一例は、「秋氣入衰情」（「按覆後歸睦州、贈苗侍御」）。これも詩人の老いと疲弊を表すと解せる。

（55）「衰菜」は、「酬李端長安寓居偶詠見寄」（『全唐詩』巻二七六、五古十韻、第八聯）、「衰草」は、「送李端」（『盧綸集』巻中、五律、首聯）。

（56）「荒園」「荒山」「荒蹊」「荒榛」「荒烟」「荒草」など。「蕪」は、「蕪城」「蕪沒」「平蕪」「蕪漫」「榛蕪」など。但し、成立時が明らかな作に限定。

（57）『中國人の自然觀と美意識』第三編第四章、二八八頁（第五章注（26））。
（58）「登西南岡卜居、遇雨、尋竹、浪至灃壖、縈帶數里、清流茂樹雲物可賞」（巻七、五古七韻）。
（59）「飆風」第七号（一九七四・一）、二四〜二八頁。
（60）袁行霈箋注【編年】は、東晉・義熙五年（四〇九）頃の作とする。また「歸園田居」五首其四（巻二、五古八韻）にも「久去山澤游、浪莽林野娯。試携子侄輩、披榛歩荒墟」（第一・二聯）と同様の荒廃を詠う。
（61）古くは、南宋・朱熹が「陶却是有力、但語健而意閑。……韋則自在、其詩直有做不着處、便倒塌了底」（『晦庵詩話』）、明・何良俊「左司性情閑淡、最近風雅、其恬淡之處不減陶靖節」（『四友齋叢説』）など。主な論著は、赤井益久『中唐詩壇の研究』第Ⅰ部第四章第三節「陶・謝と〈韋柳〉」、第Ⅱ部第一章第七節「〈陶韋〉と閑居」（第五章注（3））など。最近の論文は、陶俊「従陶、韋之弁看心性論対朱熹山水詩的影響」（『雲南農業大学学報』第四巻第一期、二〇一〇・二）、韋暉「論陶淵明与韋応物詩歌之差異」（『牡丹江大学学報』第二三巻第九期、二〇一四・九）など。
（62）Ⅱ第六章「浪漫的自然感情の類型（2）」（書肆心水、二〇一三・二）、三二四頁。
（63）Ⅳ「ピラネージの世紀」（集英社、二〇〇三・三）、一一〇頁。

結論に代えて

韋の自然論の多くは、〈清〉と〈幽〉を特色とする「景情融合」を説き、それを結論とするに止まる。拙論では悼亡詩を視座に据えることによって、その所以や実相を明らかにした。先行研究は、自然詩を対象に〈景〉の考察に傾きがちで、ともすれば〈情〉への論究が等閑にされていた。「悼亡詩」は、その〈情〉を主とするがゆえに、従来の論考の不足を補えることが可能になった。それによって、自然詩人の系譜に属すとされている韋應物であるが、もう一つ、潘岳から江淹へという感傷文学の系譜に属することが明らかになった。この二つの系譜に属することが、韋詩の「景情融合」の所以を物語る。端的にいえば、韋の〈情〉の調べが響くがゆえに、「景情融合」が成立するのである。その主旋律は、悲愴であった。すなわち韋の「悼亡詩」が、韋詩を方向付け、独自性へと導いたのである。韋の自然の〈清〉〈幽〉は、それらが過去からいずれ闇に消える時間性の関数として機能することで、衰残の美の因子として成立し、詩人は、衰残の美の中に、過去と未来の時間を観想する。それによって、失われた時空を求める今昔往還の旅を実現し、衰残の美を求め続けた。「悼亡詩」は、あしかけ十年にも亙る旅の紀行であった。それらが母胎となり、韋應物独自の美を有する自然詩が育まれた。いずれ吸い込まれる闇を内奥に抱えて、しかしその時間性ゆえに可能になった「景情融合」を特質とする自然詩であった。

擱筆するに当って想起するのは、川辺に佇み、清流を眺めている韋應物の姿である。彼は清流が、すべてを流し去ることを知悉していた。失われた時空は、現実には二度と戻らない。時間軸の上にしか生きざるを得ない人間の儚さ。

それでも、というよりそれゆえに彼は時間を凝視し、現実の時空を超えようとする。可視的自然の衰残の美に、寂寞たる〈情〉を託すことで、それが可能になる。陶潜の帰隠に憧れ、共鳴して、幾度閑居を重ねても自足できない詩人は、今昔往還の流れに身を委ねることで、青春とその喪失を共有した妻との記憶を可視化し得たといえよう。旧居を再訪し、旧景を求めてかつての道を一人歩みながら、今昔を往還するノスタルジーの旅。その姿は、懐古への道にも出現している。彼は、遠くは『詩經』の名も無き詩人から、屈原・潘岳・陸機・陶潜・江淹等、近くは王孟と向き合い、語り合う。時に悲劇的女性たちの声にも耳を傾けた。彼女らの悲哀も、風を起こし、雨を降らし、韋の〈景〉〈情〉に映発し、「幽なる凄境」の一角を占めている。その奥の闇の中に、彼は妻の幻影を求めていたのかもしれない。時折、その気配を感受して詩思が深まり、独自の自然が紡ぎ出される。本文中、何度も繰り返したあの詩のような自然が。「独り憐れむ　幽草の澗辺に生ずるを／上に黄鸝有り　深樹に鳴く／春潮　雨を帯びて　晩来急なり／野渡人無く　舟自ずから横たはる」。

韋應物詩の世界に入り本質を見極めようとしたが、その美に幻惑されたような感覚だけで、甚だ心許ない。「結論」と称し得ない所以である。また第一期の洛陽時代、第二期の灃上・滁州時代に論及したが、最後の蘇州時代には至らなかった。蘇州期は約二年と短く、作詩数も少ないが、「上州」の刺史として詩会を主催し、所謂「呉中詩壇」の中心人物となった。皎然や孟郊、秦系等との詩の唱答が残されている。蘇州刺史となった白居易も、少年時代の蘇州への旅を回顧して、当時の韋を「賓友と一酔一詠する毎に、其の風流雅韻、呉中に播《ひろ》まること多し」と記している（「呉郡詩石紀」）。機会を改めて論じたい。そのほか自然詩人の系譜において「韋柳」と並称される柳宗元との関わり、また悼亡詩の流れにおける元稹への影響、本稿の二本の柱に関する韋應物詩が次世代に与えた影響を、今後の課題として、ひとまず擱筆する。

附章　江淹の悼亡詩について

中国南朝、宋斉梁を生きぬいた詩人江淹（四四四～五〇五）に、「悼室人」と題する悼亡詩十首がある。周知の如く、初めて「悼亡」と題して妻の死を悼む詩を作り、高い評価を得たのは、西晉の潘岳（二四七～三〇〇）である。拙論はこの潘岳の悼亡詩との比較も含めて、江淹の悼亡詩を考察し、その特質を明らかにしたい。「模擬に善し」(1)と評され、その模擬詩(2)について論ぜられることが多かった江淹詩の本質を、「悼亡」という従来とは異なった角度から分析せんとする試みである。

第一節　構成と成立時期

江淹の「悼室人」十首は、極めて整合性のある構成になっている。各首等しなみに一韻到底格の五言五韻に整えられ、春から冬までの四時の代謝に二首ずつ配当し、最後の第九、十首は時空を超越した夢幻世界をくり広げてまとめとしている。季節の推移に悲哀の情を託すという発想は、古くは『楚辞』「離騒」にその萌芽を認め得るが、降っては、高橋和巳「潘岳論」(3)の説く如く「人間の事象を、自然の代謝との相応に依りて歌うのは、西晉諸詩人に共通する方法」なのである。つまり江淹にとってそれは、すでに伝統的表現法として認知されていたといえよう。また四時配分による構成といえば「子夜四時歌」を想起し、それは「晉宋齊辭」、「江南吳歌荊楚西聲」(4)であり、時代的にも地理的にも、江淹には極めて近く、何らかの形で影響を及ぼしている可能性は否定できまい。もっとも現存「子夜四時歌」を見る限り、「春風」「夏雲」という常套句に用いられる同一の詩語は認められるが、内容的には「子夜四時歌」は、豊かな江南の四季を背景に恋の喜びと苦悩を歌っており、両者の関連は見出せない。

以上のように、四時代謝に悲哀の情を託すという発想や表現形態は、江淹にとって既知のものとして認識されていたが、直接的にはやはり潘岳の悼亡詩が祖型になったといえよう。しかし後に見るように、潘岳の悼亡詩は第一首春（二六句）、第二首秋（二八句）、第三首冬（三四句）という長短不揃いの三首構成である。然らば江淹の整然たる十首構成は、いずこにその淵源を求めることができようか。

漢以後劉宋末までの詩と楽府を総覧すると十首という作品は、西晉太康年間に至って初めて出現する。すなわち二陸等の作品[5]であるが、宋の鮑照（四〇五?～四六六）「中興歌」十首の五言（八句）形式が出るまで、すべて長短不揃いか四言八句に終始している。そしていずれの作にも四時配分は見られない。したがって、伝統に基づく四時代謝による配分を、五言十句の整合性のある十首に形成したのは、江淹の独自性と看做せよう。ただ西晉・張協（?～三一〇?）の「雑詩」十首（『文選』巻二九）は興味深い。第一首（五古七韻）は秋を背景に、旅中の夫の帰りを待ちわびる妻の嘆きを歌うが、次の二つの対句が、江淹の悼亡詩の秋の歌に、同様の対句として用いられているのである。

「蜻蛚吟階下、飛蛾拂明燭」（蜻蛚　階下に吟じ、飛蛾　明燭を払ふ）第二聯

「青苔依空牆、蜘蛛網四屋」（青苔　空牆に依り、蜘蛛　四屋に網す）第六聯

前者は二種の虫類を登場させ、聴覚と視覚を対比させた分かりやすい対句であるが、江淹によって次のように詠ぜられる（第六首第四聯）。

蜻引知寂寥　　蜻引きて　寂寥を知り

蛾飛測幽陰　蛾飛びて　幽陰を測る

こおろぎが糸を引くようにして鳴くと、寂しさが心に切なく、蛾が力無く飛ぶのを見ては静まりかえった暗い部屋の広さが思われると歌い、妻の喪失感を表す。殊に下の句は、一羽の蛾の飛行によって、朧ろで実体の無い、それ故に茫漠と広がる空間を描出し、実字による張協の確たる世界を、江淹独自の朧ろな世界に作り変えて印象的である。

後者の張協の対句は、青と銀の自然界の色彩的対比が、人工物の対比と重ねられているが、江淹は次のように吟ずる（第五首第三聯）。

結眉向珠網　眉を結びて珠網に向ひ
瀝思視青苔　思いを瀝《そそ》いで青苔を視る

知らず知らず眉をひそめて美しい蛛の巣に向き合い、妻への想いに耽りながら青苔を見つめている。両句とも、荒れ果てて訪れる者の無い孤独な暮しと心境を歌っている。張協の対句は、上下の体言で動詞を挟むという六朝前期によく見られる五言形式で、景物描写のみを詠じているが、江淹は、形式内容ともに漸新な対句に表現し得たといえよう。

後者の対句は「四時賦」（巻二）にも用いられている。当該賦は六段から成り、首と尾の段落の間に、題目通り、四季の各段を挟み、都城建康への連綿たる思いを詠じている。冒頭は「北客長しへに欷《なげ》き、深壁に寂思す」と始めるが第三聯に、「網絲　戸を蔽ひ、青苔　梁を繞る」と詠む。「北客」とは、後述の如く、北の建康から南方へ左遷された詩人自身を指し、張協の対句を踏まえて荒涼感を表わす。秋の第四段落では、「庭中の梧桐（＝吾童）を眷み、機上の羅紈を念ふ」と、上の句で子息を、下の句で妻を詠い、単身の寂寞を吐露する。最後の段落には、涙が溢れかえる。「歌を聞けば更に泣き、悲しみを見れば已だ疚む。実に魂気愴断せらるるに由りて、外物は救ふに非ず」と。「悼室人」と「四時賦」、ジャンルは異なるが極めて近似し、それを象徴するのが、張協の対句なのである。

さらに注目すべきは「雑詩」其四である。時の移ろいの速さを嘆くこの詩は六聯から成るが、前四聯において春夏秋冬の四時配分が行われ、最後の二聯を総まとめとして置いている。つまり、江淹の悼亡詩の凝縮版なのである。これも前記高橋論文の説く如く、西晉詩人に共通する方法を用いた一例と考えられるが、この四時配分が江淹に何らかの示唆を与えた可能性を、一概には否定できない。なぜなら江淹は模擬の対象三十人（「雜體詩」三十首）の一人に張協を選んでいるが、その模擬詩「苦雨」(6)は、春から秋への季節の移ろいを歌い込み、正に「雑詩」其一と四を踏まえているからである。もっとも悼亡という主題の下、四時配分を整合性のある十首に形成したのは江淹のオリジナリティという見解に変りはない。ここでは数少ない十首構成の詩の中で、張協の「雑詩」が対句の使用や構成の上で、江淹悼亡詩との関わりを無視し得ないことを指摘するに止む。

十首構成と関連して言及すべきは、成立時期である。潘岳の場合、三首の長さが不揃いであることや、押韻の不統一性（第一首は一韻到底格、第二・三首は換韻格）から、三首が時期を違えて作られたという可能性も生じる。だが江淹の悼亡詩は、その整合性から推して、十首同じ時期に成ったと考えてよいだろう。具体的にそれがいつであるかは、無論、妻劉氏逝去の時期と密接に関わっていよう。以下、それについて述べたい。

結論から記すと、劉夫人逝去の時期は、正確には断定し得ない。だが次のように、大体の時期は推考できる。江淹は二十代後半の大半を建平王劉景素の幕僚として仕えたが、三十代に入るや王の不興を買い、劉宋の元徽二年（四七四）、瘴癘の地建安呉興（福建省建甌県）の令に左遷された。(7)だが、秋、呉興に旅立つ直前、次男江艽を失う。彼はその死を悼んで、「傷愛子賦」(8)を詠んでいる。その賦に拠ると、江艽は正月に生まれたが、年満つることなく没したという。艽の兄や姉の悲しみの様子を吟じた後、母劉夫人の悲歎に触れる。

奪　懐　袖　之　深　愛　　懐袖の深愛を奪われ

爾母氏之麗人　爾《なんじ》は母氏の麗人なり
肩丹泣於下壤　丹泣を下壤に肩《くだ》き
傣殷憂於上旻　殷憂を上旻に傣《む》ける
視往端而擗慄　往端を視て擗慄し
踐遺緒而苦辛　遺緒を踐みて苦辛す

「ふところとたもとに大事にくるんで育くんだ愛」「手中の玉ともいうべき愛児（麗人）」を突然奪われてしまった母親の痛哭、「赤い血の涙」をはらはらと大地に流し、「深い憂い」を天空に向ける。視線は宙をさ迷うが、愛児の姿はどこにも見えない。その遺品や衣類がふと目に入ると吸い込まれるように見てしまい、はっと我に返れば悲しみに心は打ち震え、辛さは喩えようもない。

いかに言葉を尽くしても、尽しきれない悲傷が行間から溢れ出て来る。恐らくそれに呑み込まれるようにして、劉氏は逝ってしまったのであろう。それがいつなのか、明示する資料は見当たらない。だが、丗美春「江淹詩文系考辨」(9)が説くように、江淹は一人で呉興に赴き、足かけ三年、単身で滞在したのは確かである。あるいは病気の劉氏を残したまま旅立ち、呉興到着後、訃報を聞いたのかも知れない。しかし呉興への旅の途中の作(10)は、いずれも悲愴な調べに満ちている。特に、年の暮れ、無錫の妻の実家に立ち寄った時の作（「無錫縣歴山集」巻三）は、尋常ならざる哀切に満ちている。

愁生白露日　愁生ず　白露の日
怨起秋風年　怨起る　秋風の年
竊悲杜蘅暮　竊かに悲しむ　杜蘅の暮

搴涕弔空山　　涕を搴《と》りて空山に弔《いた》む
落葉下楚水　　落葉　楚水に下り
別鶴噪呉田　　別鶴　呉田に噪《さわが》し
瘴氣陰不極　　瘴気　陰《くら》くして極まらず
日色半虧天　　日色　半ば天を虧《か》く
酒至情蕭瑟　　酒至りて　情蕭瑟たり
憑樽還惘然　　樽に憑りて還た惘然たり
一聞清琴奏　　一たび清琴の奏《しらべ》を聞かば
歔泣方留連　　歔泣して方に留連す
況乃客子念　　況んや乃ち客子の念《おも》ひをや
直視絲竹間　　直だ視るのみ絲竹の間

対句仕立てで始まる初聯は秋を強調し、その季節に「愁」「怨」が生じたと詠ずる。この愁怨は、左遷と愛児の死を指しているとも考えられよう。だが、第二・三聯の詩句は、女性（妻）の存在を暗示している。例えば第二聯上の句の「杜蘅」という葵の一種（カンアオイ）は、江淹がよく典故に用いる『楚辞』「離騒」に見える香草だが、彼はそれを呉興に到着したばかりの作「去故卿賦」（巻一）にも次のように用いている。

江南之杜蘅兮色以陳　　江南の杜蘅　色以て陳《つら》ね
願使黄鵠兮報佳人　　願はくは黄鵠をして佳人に報ぜしめよ

つまり「杜蘅」は妻の出身地江南のシンボルであり、それを見て妻を想い、江淹が江南に無事到ったことを「佳人」

に知らせたいと詠う（「佳人」は「悼室人」に於いても一貫して妻を指している）。したがって暮れなずむ江南の杜蘅を見て「窃かに悲」しむ江淹の胸中に浮かんでいるのは妻の姿といえよう。またそれを受ける下の句は「こぼれ落ちる涙を拭い、しんと静まりかえった山の中で」「弔む」という。この語が直接「とむらう」を意味しないまでも、やはり妻の死を悼み悲しんでいると考えられよう。

後半の哀調は、もはや言うまでもない。山を覆う悪気は陰々滅々として果てしなく、日の光も天空の半ば欠け落ちたように暗い。酒が出ても、詩人は茫然自失、琴が奏でられるや、もういけない。さめざめとすすり泣いて止まるを知らない。なぜなら琴は妻を思い出させる楽器だから。「悼室人」第六首第三聯に見えるように。

涼藹漂虚座　　涼藹　虚座に漂ひ

清香盪空琴　　清香　空琴に盪《ゆら》ぐ

煩瑣を避けるために割愛するが、この詩の他にも「桂枝空命折、烟氣坐自驚」（巻三「遷陽亭」五古九韻、第六聯）など、(11)妻の死を暗示する詩句を、この旅中の詩賦に見出せるのである。したがって、劉夫人は、彼が呉興へ旅立つ前、愛児の死からほどなくして逝ってしまったと考えられよう。恐らく産後の肥立ちが悪く、衰弱していたところに愛児の死が致命的打撃を与えたのであろう。江淹三十一歳という年令、他に二子がいることを考慮すれば、その享年は二十代半ばと推測されるのである。

以上のように、劉夫人逝去の時期は、断定し得ないまでも、元徽二年の晩秋とほぼ推定できる。服喪中は詩文を作らないのが儀礼であるし、四季の経過を背景とする「悼室人」の内容からして、その成立は、呉興の地において、夫人没後、少なくとも一年の後ではないだろうか。

第二節　内容と特質

紙幅の都合により、「悼室人」全首掲載は不可能であるが、まず第一・二首を挙げて内容を把握する。さらにその特質をよく表していると考えられる数首を掲げることにする（なお、本文で挙げ得なかった詩は注に付した）。

佳人永暮矣　佳人　永へに暮れり
隱憂遂歷茲　隠憂　遂に茲《ここ》に歴《いた》る(12)
寶燭夜無華　宝燭　夜　華無く
金鏡晝恆微　金鏡　昼　恒に微かなり
桐葉生綠水　桐葉　緑水　生じ
霧天流碧滋　霧天　碧滋　流る
蕙弱芳未空　蕙弱けれど芳未だ空しからず
蘭深鳥思時　蘭深くして鳥時《ねぐら》を思ふ(13)
湘醽徒有酌　湘醽《しょうれい》徒らに酌む有れども
意塞不能持　意塞《ふさ》ぎて持つ能はず

第一聯はこの悼亡詩の序ともいうべき内容で、良き妻は永遠に逝ってしまい、詩人は憂いに沈んだまま現在に至ったと詠う。続けて第二聯は、昼と夜を対語とし、ともにきらびやかな光の喪失を吟じて、常に妻不在の閨房の暗さを浮かび上がらせる。第三聯は天地対、色対というべき対句で、「桐の葉が緑の露を浮べ、空に広がる霧は青々と繁った草の上を漂い流れる」と、江淹独自の空間を創出し、水々しく伸びやかな春の季節感を描出する。次いで「蕙」「蘭」という『楚辞』によく見える香り草の対語を用い「蕙の香りはまだ消えていず、深く生い茂った蘭に、鳥はねぐらを思って悲しむ」と、前聯同様自然を描きながらも、ここには妻の死とその悲しさが隠喩として込められていよう。そして、最後は湘地方の美酒で気を紛らわせようと杯を手にするが、心が結ぼれて杯を持ち上げることもできないと、悲哀の情を吐露している。

第二首も、春を背景にして次のように歌う。

適見葉蕭條　　適々見る　葉　蕭條たるを
已復花菴鬱　　已に復た　花　菴鬱たり
帳裏春風盪　　帳裏　春風盪《ゆら》ぎ
簷前還燕拂　　簷前　還燕払ふ
垂涕視去景　　涕を垂れて去景を視
摧心[14]向徂物　　心を摧《くだ》きて徂物に向ふ
今悲輒流涕　　今の悲しみに輒ち流涕し
昔歡常飄忽　　昔の歓びは常に飄忽たり
幽情一不弭　　幽情　一へに弭《わす》れず
守歎誰能慰　　嘆きを守りて誰か能く慰さめん

第一聯は「ふと見た折節、葉もまばらであったのに、今はもう花は再び盛んに咲いて、濃い影を作っている」と、春の訪れとその去り行く速やかさを詠じる。この聯が、葉と花の、いわば静的自然を歌うのに対して、第二聯は、動きのある景物を吟じて季節感を表す。上の句の帳が春風にゆらゆらそよぎ、下の句では燕がすいすい飛び行きと、前後に緩急の変化をつけながら。第三聯から最後までは、詩人の悲哀の情を吐露する。妻との思い出の景色やゆかりの品を目にしては、涙に暮れ、悲しみに打ちひしがれる。今昔の幸不幸を比べては泣き濡れる詩人の姿を描く。最後は「この深い悲愁を一向に忘れることはできず、一体誰が慰められようか」と、反語を用いて切切と歌い上げている。

以上の二首から明らかなように、江淹の悼亡詩の内容は、主に自然描写と詩人の悲傷感の表出から成っている。後者については、次章で潘岳との比較によって考察することにし、本章ではその自然描写を中心に論じたい。

「悼室人」における自然描写は、季節によってその分量を異にし、最も多く詠じられるのは夏の歌である。次に第三首を挙げて、その特質を分析する。

夏雲多雜色　　夏雲　雜色多く
紅光鑠蕤鮮　　紅光　鑠《かがや》いて蕤鮮《すいせん》たり
苒弱屏風草　　苒弱たり　屏風草
潭拖曲池蓮　　潭拖たり　曲池の蓮
黛葉鑑深水　　黛葉　深水に鑑《て》り
丹華香碧烟　　丹華　碧烟に香し
臨綵方自弔　　綵に臨んで方《まさ》に自ら弔み
擘氣以傷然　　気を擘《と》りて以て傷然たり
命知悲不絶　　命は知る　悲しみは絶えずして
恆如注海泉　　恒に海に注ぐ泉の如きを

この詩において自然描写は前の三聯を占めている。出だしは「夏の強い光の反射で、白い雲は様々な色に染め上げられ、雲間から紅の光が輝けば、あたり一面ぱっと鮮やかに照らし出される」と、いかにも南国らしい光と色彩が描かれる。第二聯は、視線が空から地上の水辺へと移され、生い茂り広がる水葵（「屏風草」）(15)とさざ波に揺れ動く曲池の蓮の様態を、各々双声の語で揃え、リズミカルに描出する。さらに「その濃緑の葉影は、深い水面に映じ、赤い花は、緑の靄の中で香わしい」と第三聯は涼し気な水面を色取る鮮烈な色彩と匂いたつ芳香が配され、視覚的嗅覚的効果を上げている。このように南国の夏の自然を、天も地も豊饒な光と色で染め上げており、その華やかさに、思わず悼亡詩であることを忘れさせよう。それは、次の第四首に至って一層強烈になる。

駕言出遊衍(16)　駕して言《ここ》に遊衍に出で
冀以滌心胸　冀はくは以て心胸を滌《すす》がんことを
復値煙雨散　復た煙雨の散ずるに値《あ》ひ
清陰帯山濃　清陰　山を帯びて濃し
素沙匝廣岸　素沙　広岸を匝《めぐ》り
雄虹冠尖峯　雄虹　尖峯に冠たり
出風舞森桂　風出でて　森桂舞ひ
落日曖圓松　日落ちて　円松曖《くら》し
還結生一念(17)　還た結ぼれて一念を生じ
楚客獨無容　楚客　独り容《かんばせ》無し

潘岳の悼亡詩（第三首）にも用いられている『詩經』邶風「泉水」の「駕言出遊、以寫我憂（駕して言に出遊し、以て我が憂ひを寫《そそ》ぐ）」に基づく句を冒頭に置いて、詩人は、憂いを晴らそうと外に出かける。折しも降っていた霧雨が止み、雨に洗われた緑陰は、山影を帯びて一際色濃い。一方、どこまでも広がる岸辺の真白い砂の彼方、険しく伸びた峯の上に、雄大な虹がかぶさるようにかかっている。心打たれた詩人が、立ち尽くしたままそれに見入る姿を容易に想起し得よう。江淹は虹を詩語として多用するばかりでなく、主題として「赤虹賦」（巻二）を詠んでいる。序に拠ると、この賦も呉興時代の初夏の作で、谷川に船を浮べ山奥深く遡った時、崖の上に輝く虹を見て賦したという。彼がその美しさに感動したのはいうまでもないが、それだけではないことを次のように歌う。(18)

俄而赤蜺電出　　俄かにして赤蜺電のごとく出で
蚴蟉神驤　　蚴蟉《ゆうきゆう》　神のごとく驤《おど》る
曖昧以變　　曖昧として以て変じ
依俙不常　　依俙として常ならず
非虛非實　　虛に非ず　実に非ず
乍陰乍光　　乍ち陰《くも》り　乍ち光る
絶赫山頂　　山頂に絶赫《きよくかく》たり
炤燎水陽　　水陽に炤燎たり

江淹はこの後、安期生や黄帝を詠じて神仙への憧れを表し、最後は「必雜蜺之氣、陰陽之神焉」と結ぶ。すなわち彼は神仙に通じる神秘性を虹に見出すが、その本質を「曖昧」「依俙」にして「虛」でも「実」でもなく、瞬時に変化し続ける事象と看做している。そしてこの本質は、先に挙げた自然描写のすべてに認め得るのである。具体的な輪郭を持った事物は殆ど描かれず、一応その種の事物といえる燕は、流れるような飛行によって軌跡を描く黒い曲線と化しているし、曲池の蓮はゆらゆら揺れ動いて明確な像を結ばない。濃緑の葉影は深淵の水面に映る虚像であり、赤い花は緑の靄の中でぼんやりと浮かび、その香りだけが存在を誇示している。いずれも確固たる実像を結ばない靄、風、雲、光、烟など、朦朧として儚い事象が空間を支配し、境界の曖昧なそれらがたゆたい揺れ動き、いつのまにか消え去ることを予期させる。正に「依俙不常」「非虚非實」という世界なのである。

そもそも悼亡詩に季節を詠み込むことは、前述の如く、潘岳が試みており、高橋氏の指摘するように、それは「時間性の感動的な導入(19)」として、潘岳悼亡詩の特徴の一つと認められよう。つまり、潘岳の悼亡詩における季節は、変化する時間相の表象として捉えられている（この点は次章で詳述する）。だが、江淹の自然描写によって表された季節には、流れ移ろう時間の存在は認められない。季節は二首毎に切り取られ、その中で創出されるのは、おぼろで儚い空間である。しかしその「はかなさ」に着目するならば、一つの時間が浮かび上ってくる。すなわち、それらが消え去り、滅びに至る遠くない未来である。江淹が描くのは、消失滅却に至る近未来を内在させた空間といえよう。虹は華麗である。それ故、悼亡詩における虹には違和感があり、ひいてはその過剰な修辞に疑念を挟む向きがあるの(20)も分からなくはない。だが、その美に眩惑されてはならない。江淹にとって虹は単に美しいのではなく、ほどなく消失する儚い事象であるが故に、一層美しいというべきであろう。

この「はかなさ」への志向は「悼室人」において詠まれた背景としての時間にも看取できる。第一首では、「蘭深鳥思時」、第四首でも「落日曖圓松」と、夕暮れが迫って辺りが薄墨色に染まる時間が歌われている。秋の歌は、次のように詩人の悲哀が色濃く表白されるが、ここにおいても澄んだ月光が秋風とともに屋内を訪れ、夕暮れから宵にかけた時間帯が選ばれている（第五首）。

秋至擣羅紈　　秋至りて羅紈を擣ち

涙滿未能開　涙満ちて未だ開く能はず
風光肅入戸　風光　肅[21]として戸に入り
月華爲誰來　月華　誰が為に来らん
結眉向珠網　眉を結びて珠網に向かひ
瀝思視青苔　思ひを瀝《そそ》いで青苔を視る
鬢局將成葆　鬢局将に葆を成さんとし
帶減不須摧　帯減じて摧《ひ》くを須《もち》ひず
我心若涵烟　我心は烟に涵《しず》むが若く
葐蒀滿中懷　葐蒀《ふんうん》として中懐に満つ

第一聯は秋の風物で、女の夜なべ仕事である砧《きぬた》を打つ音を響かせる。詩人は妻を思い出し、涙が溢れて止まらない。冷え冷えとした銀色の月光の中に、蓬髪で痩せ衰えた詩人の、空ろな目で青苔に見入る姿が浮かび上がる。彼の心は重いのか、それとも空しく軽いのか、不透明な靄に閉ざされて沈み行き、時とともにやるせなさ、切なさが満ち溢れる。ここでは秋の宵のひとときが、流れを止めて擬滞しているのである。

第五首が、銀色の光の中で輝く蜘蛛の巣と青苔という、視覚的美しさが際立つ作品であるのに対して、第六首は以下の如く聴覚的効果を指摘できる。

窓塵歳時阻　窓塵　歳時阻《けは》し
閨蕪日夜深　閨蕪　日夜深し
流黄夕不織　流黄　夕べに織らず

寧聞梭杼音　寧ぞ梭杼の音を聞かんや
涼靄漂虚座　涼靄　虚座に漂ひ
清香盪空琴　清香　空琴に盪ぐ
蜻引知寂寥　蜻引きて寂寥を知り
蛾飛測幽陰　蛾飛びて幽陰を測る
乃抱生死悼　乃ち生死の悼みを抱き
豈伊離別心　豈伊《ただ》に離別の心のみならんや

手入れする人も無く、日毎夜毎に荒れ果てて行く住居には、夕暮れになっても萌黄色の絹を織る機の音は響かない。主を失った琴からも嘗ての美しい調べは絶え、妻の清らかな残り香がそこはかとなく立ち昇るばかり。いずれも今や失われた音によって、詩人の喪失感を詠じている。いわば死の静寂によって支配された空間に、こおろぎの鳴き声が響くのである。心に染み入る音色といえよう。折しも灯火に誘われて入って来た一羽の蛾が、力無く飛び移ろう。ほの暗く浮かび上がる部屋の茫漠たる広さ。詩人の孤独と寂寥がやるせなく伝わってくる。この両句に込められた詩人の喪失感を支えているのも、第五首同様、やはり秋の宵の静寂ではないだろうか。このほか、冬の歌(22)も、夕暮れを背景とした厳しい自然を吟じている（数字は第○聯を表す。以下皆同じ）。

〔第七首〕　①　顥顥氣薄暮　顥顥《こうこう》として　気　暮に薄り
蔌蔌清衾單　蔌蔌《そくそく》として　清衾　単なり

〔第八首〕　③　暮氣亦何勁　暮気　亦た何ぞ勁《つよ》からん
巖風照天涯　厳風　天涯を照らす

日暮れの寒気が肌につきささり、「嚴風」が天の果てまで吹きすさぶという、詩人の切迫した悲壮感の心象風景とも捉えられよう。

以上の如く、「悼室人」には、その大半に夕暮から宵闇迫る時間帯が配されている。それは光が朱から黒へと刻一刻、微妙に移ろい、やがて儚く消え去っていく時間帯であり、その儚さによって、詩人の悲傷感を託し得る自然が創出されたのである。

江淹は季節を各二首ずつ配列し、その中で自然描写に大きな比重を置いた。その自然は、おぼろで儚い空間と、限定された凝滞する時間から形成されていることが明らかになった。これは潘岳の悼亡詩と大きく異なっている。次章において、この点も含めて、両者の比較を行うことにする。

第三節　潘岳の悼亡詩との比較

潘岳の悼亡詩は三首とはいえ、各三十句前後とかなり長い。それゆえ、今、最も短い第一首のみをひくことにする（『文選』巻二三、丸囲み算用数字は、第何聯かを表わす。以下同じ）。

①荏苒冬春謝　寒暑忽流易　　荏苒として冬春謝《さ》り、寒暑　忽ち流易す
②之子歸窮泉　重壤永幽隔　　之の子　窮泉に帰し、重壤　永しへに幽隔す
③私懷誰克從　淹留亦何益　　私懐　誰か克く従はん、淹留するも亦た何の益かあらん
④僶俛恭朝命　迴心反初役　　僶俛《びんべん》として（つとめ励むさま）朝命を恭み、心を迴らせて初役に反る
⑤望廬思其人　入室想所歷　　廬を望みては其の人を思ひ、室に入りては歴《ふ》る所を想ふ

⑥帷屏無髣髴　翰墨有餘跡　帷屏に髣髴たること無きも、翰墨には余跡有り
⑦流芳未及歇　遺挂猶在壁　流芳　未だ歇むに及ばず、遺挂　猶ほ壁に在り
⑧悵怳如或存　周遑忡驚惕　悵怳として或いは存するが如く、周遑として忡《うれ》ひて驚惕す
⑨如彼翰林鳥　雙棲一朝隻　彼の翰林の鳥の、双栖　一朝にして隻《ひとり》なるが如し
⑩如彼遊川魚　比目中路析　彼の遊川の魚の、比目　中路にして析《わか》たるるが如し
⑪春風縁隟來　晨霤承檐滴　春風　隟《すきま》に縁りて来り、晨霤　檐を承けて滴る
⑫寢息何時忘　沈憂日盈積　寝息　何れの時にか忘れん、沈憂　日びに盈積す
⑬庶幾有時衰　莊缶猶可擊　庶幾はくは時に衰ふる有りて、荘缶すら猶ほ撃つ可からん

大きく三段落に分かれるが、第一段落冒頭、四季の移ろいを述べた後、妻との永遠の別れを歌う。いつまでも悲嘆に暮れている愚かさを自らに言いきかせ、役所の勤務に戻ろうと叱咤する。第五聯からの第二段落では、妻無き閨房の様子と詩人の感じやすい心を表白する。第九聯からの第三段落は、鳥と魚の比喩を用いて妻との別離を吟じ、春風によって季節を表してから、「荘周、缶を撃つ」の故事に因んで、衰えることのない悲哀を吐露している。

この第一首からも明らかなように、江淹の悼亡詩とは大いに異なっており、次の二つの観点から、両詩を比較考察する。一は季節及び季節推移の表現、二は悲哀表現の相違である。

まず、第一点から述べると、潘岳も左記のように、季節を自然描写によって表現する。

〔第一首〕

⑪春風縁隟來　春風　隟に縁《よ》りて来り
晨霤承檐滴　晨霤　檐を承けて滴《したた》る

〔第二首〕
① 皎皎窗中月　皎皎たる窓中の月
　照我室南端　我を室の南端に照らす
② 清商應秋至　清商　秋に応じて至り
　溽暑隋節闌　溽暑　節に隋いて闌《たけ》ぬ
③ 凜凜涼風升　凜凜として涼風升《のぼ》り
　始覺夏衾單　始めて夏衾の単《ひとへ》なるを覚ゆ

〔第三首〕
② 淒淒朝露凝　淒淒として朝露凝り
　烈烈夕風厲　烈烈として夕風厲《はげ》し

右の第一首第十一聯を、江淹の「帳裏春風盪　簷前還燕拂」（第二首第二聯）が踏まえ、以下潘の第二首第三聯を、江淹の「顥顥氣薄暮　蕭蕭清衾單」（第七首第一聯）が、第三首第二聯を、江淹の「暮氣亦何勁　嚴風照天涯」（第八首第三聯）が、各々踏まえていよう。だが、潘岳の季節表現には、鳥花草木などの自然の実景描写は皆無である。そこには江淹詩にみられた「山水の美」は見られない。これは潘岳の悼亡詩における季節表現は、後述する如く、自然の空間ではなく変化する時間相の表象という意味に重点が置かれていることと関連しよう。また北の洛陽と南の建安呉興という地理的相違も影響を与えていよう。だが、「山水の美」に筆を尽くす江淹の特質は、以下に見る如く、詩史の上で甚だ興味深い。周知の如く、梁の劉勰『文心雕龍』が「宋初の文詠、体に因革有り。荘老退を告げて、山水方に滋し（宋初文詠、體有因革。莊老告退、而山水方滋）」（「明詩」篇）と論じたように、西晉において盛んだった山中での隠遁志向が、時代を降るにつれて山水愛好の風潮に取って代わられ、劉宋の初めには、山水は美の対象として捉えられている。その代表詩人は謝靈運（三八五～四三三）である。今、謝靈運の描く自然と江淹のそれとを比べる余裕は無い。だが戸倉英美『詩人たちの時空　漢賦から唐詩へ』第七章「謝霊運　晴暉と余清」[23]の山水論は注視に値する。戸倉氏は漢賦に比べて、六朝詩には多種多様の光の描写が認められると論じ、六朝の詩賦は形のあるものではなく「切れ目も境い目もなく漂うもの、蔓延するものを描こうと志」したという。そうした「光、香り、つや、しかとは捉え難い様々の自然の気配」を山や水という大きな自然全体に及ぼそうとしたのが謝霊運の山水詩と定義する。これは前章で指摘した江淹の描く自然――確たる実像を結ばず、境界の曖昧な儚い事象を主とした自然と同類といえよう。その意味で、江淹が謝霊運の影響を受けているのは明らかである。だが、謝霊運の自然は情と切り離され、あくまでも美の対象として描かれているのに対して、江淹「悼室人」においては、時空ともに「はかなさ」を特質にすることで、詩人の悲哀を託し得る自然が描出されている。その観点から見れば、「景に対する自己移入の強さ」[24]を特性として指摘される謝朓（四六四～四九九）の自然に近いといえよう。江淹と謝朓との関わりについては、明の許学夷が「涼靄漂虚座、清香蕩空琴」（第六首第三聯）などの江淹の詩句を挙げ、「皆仲偉（鍾嶸の字）の所謂謝朓に成就する者に似たり」（『詩源辨體』巻八）と、早に鍾嶸が説いた語（「成就於謝朓」[25]）を敷衍している。この許説は、右の江淹の上の句に認められる「朦朧性」と「すずしさへの敏感さ」[26]、下の句の「空」という語への愛着が[27]、各々謝朓詩の特質として指摘されていることからも首肯されよう。また、謝朓は自己の内面を投影するために「薄暮」の時間帯を設定することが多かったという。[28]こうした江淹との共通性は、大謝から小謝への山水詩の変化を考察する上で甚だ興味深い。だがそれを論ずるには、江淹の対象作を拡大せねばならず、ここでは二者の類似性を指摘するに止む。

潘岳はさらに四季の推移を次のように詠じている。

〔第一首〕

①
荏苒冬春謝　荏苒《じんぜん》として冬春謝《さ》り
寒暑忽流易　寒暑　忽ち流易す

〔第三首〕

①
曜靈運天機　曜霊　天機を運らし
四節代遷逝　四節　代《こもご》も遷逝す

齋藤希史「潘岳〈悼亡詩〉論[29]」は、幾つかのモチーフを用いて、三首間及び各首内の分節間における有機的関係を検証するが、モチーフ「季節」を巨視的俯瞰的、微視的即事的の二種に大別する。そしてこの巨視的季節の推移は、次のように常にモチーフ「妻の死の永遠」と対照されていると指摘する。

〔第一首〕

②
之子歸窮泉　之の子　窮泉に帰し
重壤永幽隔　重壌　永しへに幽隔す

〔第三首〕

③
奈何悼淑儷　奈何ぞ　淑儷を悼まん
儀容永潛翳　儀容　永しへに潜翳す

江淹による潘岳「悼亡詩」への理解も同様であったと考えられる。それは江淹の模擬詩「潘黄門述哀」（「雜體詩三十首」其十一）が、明示する。冒頭「青春　天機を速やかにし、素秋　白日を馳す」と巨視的季節を詠じた後、「美人　重泉に帰し、悽愴として　終畢無し」と続けて「妻の死の永遠」を対照させているからである。翻って、江淹の「悼室人」は如何であろうか。すでに挙げたように「妻の死の永遠」は、第一首冒頭で歌われている。そして、巨視的季節表現を捜すと、それは唯一、季節の歌の最後、第八首末句（「徒見四時虧（徒らに見る　四時虧《か》くるを）」に見出されるのである。これは単なる偶然ではなく、潘岳「悼亡詩」の右の対比を念頭に置いた意図的構成であることが明らかであろう。そうすることによって、四季の歌の「はじまり」と「おわり」が関係づけられ、並列列挙されたこの八首が一つの完結した世界として成立したといえよう。潘岳「悼亡詩」の三首構成は、第三首の冬から第一首の春へと循環し、さらにはその円環運動が永遠の時間を形成する可能性を内在させている。それに対して、江淹の四季の歌は、その循環を拒否した完結性を有しており、江淹は潘岳の二モチーフの対比を踏まえながらも、結果的には両者を流れる時間は本質的に異なっていると指摘できるのである。江淹の完結性は後述するように、最後の二首成立のためには不可欠であったが、それを述べる前に、潘岳悼亡詩の悲哀表現との相違について言及する。それによって、最後の二首の意味が明らかになるからである。

前記髙橋論文は、「西征賦」「閑居賦」などに顕著なように、潘岳文学の自己否定性を論ずる（六八～七〇頁）が、悼亡詩においても潘岳は自らの悲哀への耽溺を決して肯定しない。時には恥じ入り、自己嫌悪に駆られ、何とか克服しようともがく姿を歌う。そうした葛藤が詩にリアリティを与えているが、さらにそれを補強するのは、出仕への復帰を繰り返し吐露することである。第一首では④「僶俛《びんべん》として朝命を恭《つつ》しみ、心を迴らして初役に反る」と心を入れ替えて職務へ戻る決意を自らに言い聞かせようとする。これは潘岳「悼亡詩」の現実性が最もよく表われている要素であり、齋藤氏によれば、出仕復帰による悲哀の切断は、それが不可能であることを示唆し、「いっそう悲しみを強調する効果」を持っているのである。だが江淹は、この要素を一切排除している。それは潘岳を模した「述哀」（前述）においても徹底されており、江淹にとっては受け入れ難い要素であったことが窺えるのである。すなわち、潘岳が悲哀に対して戸惑い、その衰弱を願い振り切ろうとするのに対して、江淹は悲しみをあるがまま受容し、さらにはそれに耽るかのように詠じている。この相違は、悲哀表現の多少になって表れている。潘詩の悲哀の情を表す詩句は、意外なほど抑制されている。特に、比喩や典故を用いるのではなく、悲しみを正面から切々と訴える詩句は、第一首では⑫「寝息何れの時にか忘れん、沈憂日々に盈積す」を認め得るだけである。(30) それに対して、江淹は句末に必ず悲哀表現を詠み、多様な形式で、悲哀の情を表白する。例えば第二首は、第三・四・五聯すべて悲哀表現で埋め尽くすが、各々様式を次のように変えている。第三聯は、直接的悲哀表現で、「涕を垂れて去景を視、心を摧かれて徂物に向かふ（垂涕視去景、摧心向徂物）」と、「涙を流しながら」「悲しみに打ちひしがれて」妻との思い出の景物に眺め入り、悲しみの深さを歌い上げる。これは第一首末の「湘醽《しょうれい》徒らに酌む有りて、意塞ぎて持つ能はず（湘醽徒有酌、意塞不能持）」、第三首第四聯「緌に臨みて方に自ら弔ひ、気を擥《と》りて以て傷然たり（臨緌方自弔、擥氣以傷然）」などの詩人の姿からも窺える。それに対して第二首第四聯は「今の悲しみに輒ち流涕し、昔の歓びは常に飄忽たり（今悲輒流涕、昔歡常飄忽）」と、今昔の対比を用いて悲傷感を表わす。これは第六首第五聯「乃ち生死の悼みを抱き、豈伊れ離別の心ならんや（乃抱生死悼、豈伊離別心）」の、死の悲しみの辛さは、別離の辛さの比ではないという比較表現にも通じていよう。そして、第二首第五聯「幽情一へに弭れず、歎き守りて誰か能く慰めん（幽情一不弭、守歎誰能慰）」は、反語を用いた強い調子で、悲哀の不変性を吟じる。この悲しみは弱まることも、なくなることもないという訴えは、第三首第五聯では「命は知る　悲しみは絶えずして、恒に海泉に注ぐが如きを（命知悲不絶、恆如注海泉）」と「海に注ぐ湧き水のように」尽きることはないと、明喩を用いて表わされる。第七首第五聯でも「此れ従り永しへに黯《いた》み削られて、萱葉　焉んぞ能く寛《ゆる》めんや（從此永黯削、萱葉焉能寛）」と、憂いを忘れさせてくれるという「忘れ草（「萱葉《けんよう》」）」とて、何の役にもたたないと繰り返すのである。

このように、江淹は悲哀の深さや不変性を、様々に詠ずるが、潘岳「悼亡詩」に認められた現実的要素は完全に捨象され、悲哀への耽溺を否定や羞づる気配は毫も見られない。この現実的日常性の排除は、恐らく南朝の貴族的修辞性や審美感とも関わっているのであろう。もっとも彼はあくまでそれを忌避するものの、単に悲哀に溺れていただけではない。彼の美意識に基づく悲哀の止揚を試みたのである。それが四季の歌の後に付された第九[31]・十首である。最後の第十首を次に挙げよう。

二妃麗瀟湘　　二妃　瀟湘に麗し
一有乍一無　　一有らば乍ち一無し
佳人承雲氣　　佳人　雲気を承け
無下此幽都　　此の幽都に下る無かれ
當追帝女迹　　当に帝女の迹を追ひ
出入泛靈輿　　出入するに霊輿を泛ぶべし
奄映金淵側　　金淵の側に奄映し
遊豫碧山隅　　碧山の隅に遊豫す
曖然時將罷　　曖然として時将に罷《く》れんとし
臨風返故居　　風に臨んで故居に返らん

舜の二人の妃、伝説では舜の死後身投げして湘江の女神になったという娥皇と女英が、水際に現われる。「一人が見えれば一人が消える」と詠う江淹の夢想は「非虚非實」という発想を想起させる。彼は虚実の皮膜をあたう限り薄くし、その空間にもう一人「佳人」[32]を登場させる。彼女は水面に神輿を浮べて二人の女神の後を追い、黄金に煌めく川淵や、碧に輝く山際などの仙境に出没する。けれど日が暮れなずみ、辺りがぼんやりと暗くなったら、風に乗ってわが家へ戻ってくるだろう。いや来て欲しいという願望を込めて終っている。

このように江淹が試みた悲哀の止揚とは、夢幻の仙境に妻を出現させることであった。そのために、前八首の四季の世界を完結させせなければならなかった。「はじまり」に妻の死の永遠を歌い、「おわり」に四季の推移を置き、「はじまり」と「おわり」を関連づけて、彼が一人居る此界を完結させたのである。その上で、この世とは異なる夢幻世界を構築し、そこに妻の姿を追い求めようとした。ともに悲哀の止揚を希求しながら、江淹は潘岳の現実的世界と全く相反する方向を目指したといえよう。そして、その夢幻世界の礎石となったのは、この第十首に濃厚な『楚辞』色である。「湘夫人」（「九歌」）の登場は言うまでもなく、「無下此幽都」（「招魂」）、「時曖曖其将罷兮」（「離騒」）という『楚辞』の詩句を殆んどそのまま用い、南方の緑豊かな風土に根ざした幻想性を基盤にしている。これは前八首においても見出せ、すでに幾つか例示したので繰り返さないが、数多くの『楚辞』中の詩語や語句を用い、楚辞的浪漫性を色濃く漂わせている。さらに第四首末句では「楚客獨無容」と、自らを屈原に喩えている。この「楚客」という語は、特に左遷された建安呉興時代前後の作に多く見られ(33)、恐らくその境遇の類似性による屈原への共感に因るのであろう。それゆえ特に「悼室人」のためにのみ用いられたとは考えられないが、美人（理想の君主）を求めて天界を彷徨する屈原のイメージをここに刷り込むことは、決して無意味ではない。そのイメージが伏線となって、亡き妻を仙界に追い求める詩人の姿（第九・十首）を無理なく誘導するからである。この語を初めとして、季節の歌の中に醸し出される『楚辞』色が、最後の二首との融合を、違和感無く可能にしているといえよう。このようにして江淹は現実性をあくまで忌避し、朧ろで儚い美への偏愛に基づく夢幻空間を創出し、そこに「佳人」を登場させて、悲哀の止揚を試みたのである。

以上のように江淹の悼亡詩を考察し、特に潘岳詩との比較によって、その独自性が明らかになった。「悼亡」という極めて限定された主題でありながら、両詩の体裁、悲哀表現と止揚の在り様、季節を主とする時間性は大きく異なっていた。それは、既述した如く、地理的、時代的差異にも起因しよう。江淹は潘岳の悼亡詩を意識しながらも、それに捉われず、己の感性と美意識を駆使して独自の世界を構築し得たのではないだろうか。

江淹には他に「傷友人賦」「知己賦」などの哀傷の詩賦がある。これらの作との比較を為し得なかった。また、「悼室人」以外の詩作における自然描写も、二謝に挟まれた詩史の流れからみて興味深い。機会を改めて論じたい。

注

（1）梁、鍾嶸『詩品』中品。

（2）「雑體詩」三十首（『文選』巻三一）、「效阮公詩」十五首（『江文通文集』巻三、『四部叢刊』初篇所収。拙論の底本はこの書とし、巻数はすべて底本のもの）

（3）『中國文學報』第七冊、一九五七年。

（4）郭茂倩『樂府詩集』巻四四、「清商曲辭」解題。

（5）陸機「百年歌」・「贈弟子龍」（二首とも長短雑句）、陸雲「答孫顯世」（四言八句）、庚闡「遊仙詩」（長短雑句）、陶潛「命子」（四言八句）など。

（6）「丹霞蔽陽景、綠景涌陰渚。水鸛《すいかん》巣層甍《そうぼう》、山雲潤柱礎。有弁興春節、愁霖貫秋序。燮燮《しょうしょう》涼葉奪、戻戻颸風擧。高談玩四時、索居慕疇侶。青苔日夜黄、芳蕤成宿楚。歳暮百慮交、無以慰延佇。」（『文選』巻三一）

（7）江淹の伝記については以下の資料を参照。『梁書』巻一四、『南史』巻五九、『江文通文集』巻十所収「自序」、呉丕績『江淹年譜』（文星集刊92、一九六五）、兪紹初、張亞新校注『江淹集校注』（以下「兪本」と称す）附録「江淹年譜」（中州古籍出版社、一九九四・九）

（8）この賦は四部叢刊本には見えない。四部備要所収『江文通文集』（以下「備要本」と称す）巻一、『廣弘明集』巻二九に収録。

（9）『南京師大学報』（社会科学版）一九九三年第三期。

（10）「呉中禮石佛」「赤亭渚」「度泉嶠出諸山之頂」「遷陽亭」（以上巻三）など。

（11）「一傷千里極、獨望淮海風」（「赤亭渚」）、「愛桂枝而不見、悵浮雲而離居」（「去故鄕賦」）。

（12）『楚辭』「離騷」に「唈憑心而歴茲」とあり、王逸、李善注ともに「歴、數也」とするが、ここでは小南一郎訳『楚辭』（中国詩文選6、筑摩書房、一九七三・七、九〇頁）に従う。

（13）「時」は「塒」に通じ、ねぐらの意。『詩經』王風「君子于役」に「雞棲于時」とある。

（14）「摧」は底本は「催」に作るが、備要本などは「摧」に作る。「摧心」は潘岳「寡婦賦」に先例があり、今「摧」に改める。

（15）「屛風草」は『楚辭』「招魂」の「紫莖屛風文緣波些」に基づく。

（16）「遊」は底本は「逕」に作るが、備要本に従って「遊」に改める。

（17）底本初め各テキストは「不」に作るが、意味不明。今、兪本に従い「一」に改める。

（18）「下視雄虹照」（「遷陽亭」）、「雄虹赫遠峯」（「陸東海譙山集」）、「虹氣岨王猷」（「從蕭驃騎新帝壘」）など。

（19）高橋和巳「潘岳論」（注（3））、三三頁。

（20）森博行「江淹〈雜體詩〉三十首について」（『中國文學報』第二七冊、一九七七）は、潘岳詩の溢れ出る悲しみに比べて、「悼室人」は「妻の死に対する自己の悲哀の感情を如何に巧みにうたい上げるかが詩人の関心ではなかったか」と評する。

（21）井波律子「謝朓詩論」（『中國文學報』第三十冊、一九七九）は「風光」は謝朓が初めて用いた詩語とするが、江淹は他にも「風光多雜色」（「惜晩春應劉祕書」）と詠む。

（22）第七首「顥顥氣薄暮、颯颯淸衾單。階前水光裂、樹上雪花團。庭鶴哀以立、雲雞肅且寒。方東有苦淚、承夜非膏蘭。從此永黯削、萱葉焉能寛」、第八首「杼悲情雖滯、送往意所知。空座幾時設、虛帷無久垂。暮氣亦何勁、嚴風照天涯。夢寐無端際、惝怳有分離。意念每失乖、徒見四時虧。」

（23）平凡社、一九八八、一八〇、一八三頁。

(24) 興膳宏「謝朓詩の抒情」（『東方學』第三九輯、一九七〇）四六頁。

(25) 注（1）参照。

(26) 井波律子「謝朓詩論」（注（21））

(27) 戸倉英美『詩人たちの時空』第八章「謝朓　凝縮した空間」一、「空に乗ずる」（注（23））

(28) 前掲興膳宏論文（注（24））が言及。（四九頁）

(29) 『中國文學報』第三九冊、一九八八。

(30) 〔第二首〕⑨撫衿長歎息、不覺涕霑胸。⑩霑胸安能已、悲懷從中起。〔第三首〕⑨亹亹《びび》朞月周、戚戚彌相愍。⑩悲懷感物來、泣涕應情隕。⑰誰謂帝宮遠、路極悲有餘。以上が潘詩の直接的悲哀表現である（丸囲み算用数字は第何聯かを表わす）。

(31) 第九首「神女色姱麗、乃出巫山湄。逶迤羅袂下、鄣日望所思。佳人獨不然、戶牖絶錦綦。感此增嬋娟、屑屑涕自滋。清光澹且滅、低意守空帷。」

(32) 「佳人」の語は『文選』中、二十四例見出せるが、夫が妻を指して詠む例は無い。なお後世の悼亡詩では、韋應物がこの語を用いている。

(33) 「楚客心命絶」（「遷陽亭」）、「楚客悲辰陽」（「還故國」）など。

【附録】壱　原文掲載

一　王右丞韋蘇州澄澹精緻、格在其中。豈妨於遒擧哉。

二　李杜之後、詩人繼作、雖間有遠韵、而才不逮意。獨韋應物柳宗元發纖穠於簡古、寄至味於澹泊、非餘子所及。

三　韋應物居官自愧、閔閔有卹人之心、其詩如深山採藥、飲泉坐石、日晏忘歸。孟浩然如訪梅問柳、徧入幽寺。二人意趣相似、然入處不同。韋詩潤者如石、孟詩如雪。

四　壽詩輓詩悼亡詩、惟悼亡詩最古。潘岳・孫楚皆有悼亡詩載入文選。南史、宋文帝時、袁皇后崩、上令顏延之爲哀策、上自益撫存悼亡感今懷昔八字。此悼亡名所始也。崔祖思傳、齊武帝何美人死、帝過其墓、自爲悼亡詩、使崔元祖和之。則起於齊梁也。

五　龍池宮裏時、羅衫寶帶香風吹。滿朝豪士今已盡、欲話舊遊人不知。白沙亭上逢吳叟、愛客脫衣且沽酒。問之執戟亦先朝、零落艱難負却樵。親覩文物蒙雨露、見我昔年侍丹霄。冬狩春祠無一事、歡遊洽宴多頒賜。嘗陪夕月竹宮齋、每返溫泉灞陵醉。星歲再周十二辰、爾來不語今爲君。盛時忽去良可恨、一生坎壈何足云。

六　孫子荊除婦服、作詩以示王武子。王曰、未知文生於情、情生於文。覽之悽然、增伉儷之重。

七　夫五色相宣、八音協暢。由乎玄黃律呂、各適物宜。欲使宮羽相變、低昂舛節、若前有浮聲、則後須切響。一簡之內、音韵盡殊、兩句之中、輕重悉異。妙達此旨、始可言文。

八　生既可夭、則壽可無夭、既無矣、則生不可極。形神之別、斯既然矣。形既可養、神寧獨異。神妙形粗、較然有辨、養形可至不朽、養神安得有窮。養神不窮、不生不滅、始末相校、豈無其人。

九　動止禮則、柔喜瑞懿。順以爲婦、孝於奉親。嘗修理內事之餘、則誦讀詩書、翫習華墨。

十　余年過强壯、晚而易傷。每望昏入門、寒席無主。手澤衣膩、尙識平生、香奩粉囊、猶置故處。器用百物、不忍復視。況生處貧約、歿無第宅。永以爲負。

十一　有集十卷、而綴敍猥幷、非舊次矣。今取諸本校定、仍所部居、去其雜厠、分十五總類、合五百七十一篇、題曰韋蘇州集。

十二　北風刺虐也。衞國竝爲威虐、百姓不親、莫不相攜持而去焉。

十三　箋云、性仁愛而又好我者、與我相攜持、同道而去。疾時政也。

十四　昔阮瑀既歿、魏文悼之、竝命知舊、作寡婦之賦。余遂擬之、以敍其孤寡之心焉。

十五　大角者、天王帝廷。其兩旁各有三星、鼎足句之、曰攝提。攝提者、直斗杓所指、以建時節、故曰攝提格。

十六　夢想二字相黏得妙。良人二句、想耶、夢耶。願得云云、夢耶、想耶。因想而有夢、又因夢而有想。願得二句、夢中萬意之想。既來二句、夢中不滿意之想。亮無二句、夢中大不滿意之想也。……（中略）……劉須溪云、古懽二句、夢中之景如是；徙倚二句、既覺而然。以此分夢之界、在學者意思宜然、作者語氣殊未點明也。余政以不辨夢覺、彌見結想之深。

十七　箋曰、玆十二章、情詞一貫、皆美人天末之思。蹇修媒勞之志也。或謂、韋公沖懷物外、寄情吏隱、本非用世匡主之輩。未必江湖魏闕之思。此非知韋者也。讀其集中、如曰直方難爲進、守此微賤班。曰坐感理亂迹、永懷經濟言。

十八　上山采瓊蘂、穹谷饒芳蘭。采采不盈掬、悠悠懷所歡。故鄕一何曠、山川阻且難。沈思鍾萬里、躑躅獨吟歎。

十九　詩文之所以代變、有不得不變者。一代之文、沿襲已久。不容人人皆道此語。今且千數百年矣。而猶取古人之陳言、一一而摹倣之。以是爲詩、可乎。故不似則失其所以爲詩。似則失其所以爲我。李杜之詩、所以獨高於唐人者、以其未嘗不似、而未嘗似也。知此者可與言詩也已矣。

二十　有韋應物祖襲靈運、能壹寄穠鮮於簡淡之中、淵明以來、蓋一人而已。

二一　五言古、漢魏晉宋名篇甚夥。獨蘇李十九首另爲一派。阮亭云、如無縫天衣後之作者、求之鍼縷襞積之間、非愚則妄。誠哉。知言阮嗣宗咏懷、陳子昂感遇、李太白古風、韋蘇州擬古皆得十九首遺意。于鱗云、唐無古詩而有其古詩、彼廑以蘇李十九首爲古詩耳。然則子昂太白諸公、非古詩乎。余意、歷代五古各有擅場不第。唐之王孟韋柳卽宋之蘇黃梅陸。

二二　王韋孟柳、均清深閑澹、了無塵俗。其派同出于陶、然亦微有不同處。昔人評語、謂輞川如秋水芙蓉、倚風自笑。蘇州如園客獨繭、暗合音徽。襄陽如洞庭始波、木葉微脫；柳州如高秋獨眺、霽晩孤吹、洵至論也。

二三　聖人含道暎物、賢者澄懷味像。至於山水、質有而趣靈。是以軒轅、堯、孔、廣成、大隗、許由、孤竹之流、必有崆峒、具茨、藐姑、箕、首、大蒙之遊焉。又稱仁智之樂焉。夫聖人以神法道、而賢者通。山水以形媚道、而仁者樂。不亦幾乎。

二四　夫以應目會心爲理者、類之成巧、則目亦同應。心亦倶會。應會感神、神超理得。雖復虛求幽巖、何以加焉。

二五　暮煙起遙岸、斜日照安流。一同心賞夕、暫解去鄕憂。野岸平沙合、連山遠霧浮。客悲不自已、江上望歸舟。

二六　乙亥、吐蕃寇盩厔、月將復與力戰、兵盡、爲虜所擒。上方治兵、而吐蕃已度便橋、倉猝不知所爲。丙子、出幸陜州、官吏藏竄、六軍逃散。郭子儀聞之、遽自咸陽歸長安、比至車駕已去。上纔出苑門、度滻水。

二七　晉太元中、武林人捕魚爲業。緣溪行、忘路之遠近。忽逢桃花林。夾岸數百步中無雜樹。芳華鮮美、落英繽紛。漁人甚異之。復前行、欲窮其林。林盡水源、便得一山。山有小口、彷彿如有光。便捨舟、從口入。初極狹、纔通人。復行數十步、豁然開朗。土地曠空、屋舍儼然。有良田美池桑竹之屬。阡陌交通、雞犬相聞。男女衣著悉如外人。黃髮垂髫竝怡然自樂。

二八　山有三遠。自山下而仰山顚、謂之高遠。自山前而窺山後、謂之深遠。自近山而至遠山、謂之平遠。高遠之色清明、深遠之色重晦、平遠之色有明、有晦。高遠之勢突兀、深遠之意重疊、平遠之意冲融而縹緲。其人物之在三遠也、高遠者明瞭、深遠者細碎、平遠者冲澹。明瞭者不短。細碎者不長。冲澹者不大。此三遠也。

二九　味摩詰之詩、詩中有畫。觀摩詰之畫、畫中有詩。詩曰、荊溪白石出、天寒紅葉稀。山路元無雨、空翠濕人衣。此摩詰之詩也。或曰非也。好事者以補摩詰之遺。

三十　蘇子卿曰、明月照高樓、想見餘光輝。子美曰、落月滿屋梁、猶疑照顏色。庾信曰、落花與芝蓋齊飛、楊柳共春旗一色。王勃曰、落霞與孤鶩齊飛、秋水共長天一色。梁簡文曰、濕花枝覺重、宿鳥羽飛遲。韋蘇州曰、漠漠帆來重、冥冥鳥去遲。三者雖有所祖、然青愈於藍矣。

三一　祜樂山水、每風景必造峴山、置酒言詠終日不倦。嘗慨然歎息、顧謂從事中郎鄒湛等曰、自有宇宙、便有此山。由來、賢達勝士登此遠望。如我與卿者、多矣。皆湮滅無聞。使人悲傷。如百歲後、有知魂魄、猶應登此也。……（中略）……襄陽百姓於峴山、祜平生游憩之所、建碑立廟、歲時饗祭焉。望其碑者、莫不流涕。杜預因名爲墮淚碑。

三二　青青楊柳陌、陌上別離人。愛子遊燕趙、高堂有老親。不行無可養、行去百憂新。切切委兄弟、依依向四鄰。

三三　凄凄日暮時、親賓俱竚立。征人拔劍起、兒女牽衣泣。候騎出蕭關、追兵赴馬邑。且當橫行去、誰論裹屍入。

三四　淵明陶然欣暢、應物澹然寂寞、此其胸次可想。

三五　韋應物詩擬陶淵明、而作者甚多、然終不近也。……（中略）……然淵明落世紛深入理窟、但見萬象森羅、莫非眞境、故因見南山而眞意具焉。應物乃因意悽而采菊、因見秋山而遺萬事、其與陶所得異矣。

【附録】弐　参考文献一覧

凡例

一　中文原典資料
・分類は、原則として『四庫全書總目提要』に準拠する。
・配列は、原則的に原典成立年代順。
・中文（漢文および現代中国語）の校勘訳注書が複数ある場合は、訳注書の刊行年代順。
・著者が定かでない場合（例えば、後漢・班固『漢武故事』など）は、原典の記名にそのまま従う。

二　中文著書
・著者名のピンイン順に配列。
・論文集所収の場合は、論者名のピンイン順に拠る。
・共著者の場合は、筆頭著者名のピンイン順。
・現代中国語の簡体字は、日本語の常用漢字に代える。

三　和文著書
・著者名の五十音順に配列。
・共編著者の場合は、筆頭著者名の五十音順。
・現代日本語による訳注解説書は、訳者名の五十音順。
・編者、訳者のみ、「～編」「～訳注解説」と記し、著者の場合は、「～著」「～撰」を略した。

四　中文論文
・著者名のピンイン順に配列。
・共著者の場合は、筆頭著者名のピンイン順。

五　和文論文
・著者名の五十音順に配列。

・複数の論文がある場合は、刊行順。

六　その他

・中国語著作以外の日本語翻訳書は、刊行年代順。

＊なお書名、論文題目名の新旧字体は、当該著書及び論文の字体に準拠する。

一　中文原典資料

1　經部

①詩類

漢・毛亨傳、鄭玄箋、唐・孔穎達疏、清・阮元校勘『毛詩正義』重栞宋本十三經注疏所収、嘉慶二十年江西南昌府學開雕（藝文印書館、一九七九年）

程俊英・蔣見元注『詩経注析』（中華書局、一九九一年）上冊

②禮類

漢・鄭玄注、唐・孔穎達疏、清・阮元校刻『禮記正義』重栞宋本十三經注疏所収、清嘉慶刊本（中華書局、二〇〇九年）

③春秋類

晉・杜豫注、唐・孔穎達疏、清・阮元校勘『春秋左傳正義』重栞宋本十三經注疏所収、嘉慶二十年江西南昌府學開雕（藝文印書館、一九七九年）

④四書類

魏・何晏注、宋・邢昺疏『論語正義』重栞宋本十三經注疏所収、嘉慶二十年江西南昌府學開雕（藝文印書館、一九七九年）

⑤小學類

餘迺永校注『新校互註宋本廣韻』（上海辭書出版社、二〇〇〇年）

2 史部

①正史類

漢・司馬遷『史記』（中華書局、一九五九年）

後漢・班固『漢書』（中華書局、一九七五年）

劉宋・范曄、唐・李賢等注『後漢書』（中華書局、一九七三年）

唐・房玄齢等『晉書』（中華書局、一九七四年）

梁・沈約『宋書』（中華書局、一九七四年）

唐・姚思廉『梁書』（中華書局、一九七三年）

北齋・魏收『魏書』（中華書局、一九七四年）

唐・令狐德棻等『周書』（中華書局、一九七四年）

唐・李延壽『北史』（中華書局、一九七四年）

唐・李延壽『南史』（中華書局、一九七五年）

後晉・劉昫等『舊唐書』（中華書局、一九七五年）

北宋・歐陽脩等『新唐書』（中華書局、一九七五年）

元・脫脫等『宋史』（中華書局、一九七七年）

②編年類

北宋・司馬光、元・胡三省音注『資治通鑑』（中華書局、一九九五年）

③傳記類

漢・劉向『古列女傳』（上海商務印書館、一九三六年）
元・辛文房、傅璇琮主編『唐才子傳校箋』（中華書局、二〇〇〇年）
④地理類
北魏・楊衒之、周祖謨校釋『洛陽伽藍記校釋』（中華書局、二〇一〇年）
⑤政書類
宋・王溥『唐會要校證』（上海古籍出版社、一九九一年）

3　子部
①藝術類
唐・張彦遠『歴代名畫記』（人民美術出版社、一九六三年）
唐・朱景玄、溫肇霧注『唐朝名畫錄』（四川美術出版社、一九八五年）
北宋・郭熙『林泉高致集』景印文淵閣四庫全書第八一二冊所収（臺灣商務印書館、一九八三〜八六年）
②雜家類
後漢・應劭、王利器校注『風俗通義』（中華書局、一九八一年）
後漢・王充『論衡』（『四部叢刊』所収、上海商務印書館、一九三六年）
南宋・洪邁『容齋隨筆』（上海古籍出版社、一九七八年）
清・顧炎武、清・黃汝成集釋『日知錄集釋』（中文出版社、一九七八年）
清・何焯、崔高維點校『義門讀書記』（中華書局、一九八七年）

清・趙翼『陔餘叢考』學術筆記叢刊所収（中華書局、二〇〇六年）

③類書類

唐・歐陽詢等、汪紹楹校『藝文類聚』（上海古籍出版社、一九八二年）
唐・徐堅等『初學記』（中華書局、二〇〇四年）
北宋・李昉等『太平御覽』（中華書局、一九六〇年）

④小説家類

後漢・班固『漢武故事』百部叢書集成原刻影印所収（臺灣藝文印書館、一九六八年）
後漢・班固『漢武帝内傳』百部叢書集成原刻影印所収（臺灣藝文印書館、一九六八年）
東晉・陶潛、汪紹楹校注『搜神後記校注』（中華書局、一九八一年）
東晉・陶潛、李劍國輯校『新輯搜神後記』（中華書局、二〇〇七年）
劉宋・劉義慶、梁・劉孝標注『世説新語』（四部叢刊影印明刻嘉趣堂本）
劉宋・劉義慶、梁・劉孝標注、楊勇校箋『世説新語校箋』（聖文書局、一九七六年）
劉宋・劉義慶、梁・劉孝標注、余嘉錫箋疏『世説新語』修訂本（上海古籍出版社、一九九三年）
劉宋・劉義慶、梁・劉孝標注、龔斌校釋『世説新語校釋』（上海古籍出版社、二〇一一年）
唐・李肇『唐國史補』百部叢書集成原刻影印、學津討原所収（臺灣藝文印書館、一九六五年）
唐・闕氏『隋煬帝迷樓記』古今逸史所収（上海商務印書館、一九三七年）
唐・趙璘『因話錄』（上海古籍出版社、一九七九年）
北宋・李昉等『太平廣記』（中華書局、一九八一年）

北宋・李昉等、張國風會校『太平廣記會校』（北京燕山出版社、二〇一一年）

⑤釋家類

梁・釋僧祐、蘇晉仁、蕭錬子點校『出三藏記集』（中華書局、一九九五年）
宋・道原、顧宏義訳注『景德傳燈錄譯注』（上海書店出版社、二〇一〇年）
大正新脩大藏經刊行會編『大正新脩大藏經』（大正新脩大藏經刊行會、一九六五年）

⑥道家類

晉・郭象注、唐・成玄英疏、唐・陸德明釋文、清・郭慶藩集釋『莊子集釋』（世界書局、一九九〇年）
漢・劉向、王叔岷校箋『列仙傳校箋』（中華書局、二〇〇七年）

4　集部

①楚辭類

後漢・王逸注『楚辭章句』（藝文印書館、一九六七年）
北宋・洪興祖、白化文等點校『楚辭補注』（中華書局、一九八三年）
南宋・朱熹集注『楚辭集注』（上海古籍出版社、一九七九年）
明・王夫之釋『楚辭通釋』（上海人民出版社、一九七五年）
陳子展撰述、杜月村等校閲『楚辭直解』（復旦大學出版社、一九九七年）

②別集類

漢

揚雄、張震澤校注『揚雄集校注』(上海古籍出版社、二〇〇九年)

魏

曹植、清・丁晏編『曹集銓評』(世界書局、一九七三年)
曹植、黄節注『曹子建詩注』(世界書局、一九七三年)
曹植、趙幼文校注『曹植集校注』(人民文學出版社、一九九八年)
阮籍、鍾京鐸注『阮籍詠懷詩注』(學海出版社、二〇〇二年)
嵇康『嵇中散集』明・張溥編『漢魏六朝一百三名家集』所収(中文出版社、一九七六年)

西晉

孫楚『孫馮翊集』『漢魏六朝一百三名家集』所収(中文出版社、一九七六年)
潘岳『潘黄門集』『漢魏六朝一百三名家集』所収(中文出版社、一九七六年)
潘岳、董志廣校注『潘岳集校注』(天津古籍出版社、二〇〇五年)
陸機、金濤聲點『陸機集』(中華書局、一九八二年)
陸機、張少康集釋『文賦集釋』(人民文學出版社、二〇〇五年)

東晉

陶潛、龔斌校箋『陶淵明集校箋』(上海古籍出版社、一九九九年)
陶潛、袁行霈撰『陶淵明集箋注』(中華書局、二〇〇五年)

劉宋

謝靈運、顧紹柏校注『謝靈運集校注』(中州古籍出版社、一九八七年)

鮑照、丁福林等校注『鮑照集校注』（中華書局、二〇一二年）

齊梁

沈約『沈隱侯集』『漢魏六朝一百三名家集』所収（中文出版社、一九七六年）
沈約、陳慶元校箋『沈約集校箋』（浙江古籍出版社、一九九五年）
江淹『江文通文集』四部叢刊初編集部所収、上海涵芬樓借烏程蔣氏密韻樓蔵（上海商務印書館、一九六七年）
江淹『江醴陵集』『漢魏六朝百三名家集』所収（中文出版社、一九七六年）
江淹、明・胡之驥註『江文通集彙註』（中華書局、一九九九年）
江淹、俞紹初等校注『江淹集校注』（中州古籍出版社、一九九四年）
謝朓、曹融南校注集説『謝宣城集校注』（上海古籍出版社、一九九一年）
何遜『何水部集』四部備要所収（臺湾中華書局、一九七一年）
呉均、林家驪校注『呉均集校注』（浙江古籍出版社、二〇〇五年）
簡文帝蕭綱『梁簡文帝集』『漢魏六朝百三名家集』所収（中文出版社、一九七六年）
簡文帝蕭綱、肖占鵬・董志廣校注『梁簡文帝集校注』（南開大學出版社、二〇一二年）

北周

庾信、清・倪璠注、許逸民校點『庾子山集注』（中華書局、一九八〇年）
庾信、譚正璧・紀馥華選註『庾信詩賦選』（一新書店、一九五七年）

唐代

孟浩然『孟浩然集』四部叢刊初編集部所収・上海涵芬樓借江南圖書館藏明刊本影印（臺灣商務印書館、一九六七年）

孟浩然、曹永東箋注、王沛霖審訂『孟浩然詩集箋注』（天津古籍出版社、一九九〇年）
孟浩然、徐鵬校注『孟浩然集校注』（人民文學出版社、一九九八年）
孟浩然、佟培基箋注『孟浩然詩集箋注』（上海古籍出版社、二〇〇〇年）
孟浩然、柯宝成編著『孟浩然全集』（崇文書局、二〇一三年）
李白、詹鍈主編『李白全集校注彙釋集評』（百花文藝出版社、一九九六年）
王昌齢、李雲逸『王昌齢詩注』（上海古籍出版社、一九八四年）
王維『須溪先生校本　王右丞集』四部叢刊初編集部所収・上海涵芬樓影印元刊本（臺灣商務印書館、一九六七年）
王維、清・趙殿成箋注『王右丞集箋注』（上海古籍出版社、一九九八年）
王維、陳鐵民校注『王維集校注』（中華書局、一九九七年）
王維、楊文生編著『王維詩集箋注』（四川人民出版社、二〇〇三年）
杜甫、宋・黄希原本、宋・黄鶴補注『黄氏補注杜詩』（臺灣商務印書館、一九八〇年）
杜甫、清・仇兆鰲注『杜詩詳註』（中華書局、一九七九年）
錢起『錢考功集』四部叢刊初編集部所収・上海涵芬樓影印明活本（臺灣商務印書館、一九六七年）
劉長卿『劉隨集』四部叢刊初編集部所収・上海涵芬樓影印明正德刊本（臺灣商務印書館、一九六七年）
劉長卿、儲仲君撰『劉長卿詩編年箋注』（中華書局、一九九六年）
劉長卿、楊世明校注『劉長卿集編年校注』（人民文學出版社、一九九九年）
顧況、王啓興等注『顧況詩注』（上海古籍出版社、一九九四年）
戴叔倫、蔣寅校注『戴叔倫詩集校註』（中華書局、二〇一〇年）

韋應物『韋江州集』四部叢刊初編集部所収・上海涵芬樓蔵明嘉靖戊申華雲江州刊本（臺灣商務印書館、一九六七年）
韋應物『元刊　須溪先生校點　韋蘇州集』（福建人民出版社、二〇〇八年）
韋應物、孫望編著『韋應物詩集繫年校箋』（中華書局、二〇〇二年）
韋應物、阮廷瑜校注『韋蘇州詩校注』（華泰文化事業股份有限公司、二〇〇〇年）
韋應物、陳橋生編著『韋應物』（五洲伝播出版社、二〇〇八年）
韋應物、陶敏・王友勝校注『韋應物集校注』（上海古籍出版社、二〇一一年）
韋應物『劉須溪先生校本　韋蘇州集』寶永三年刊本、和刻本漢詩集成第八輯所収（汲古書院、一九七五年）
韋應物『官板　韋蘇州集』文政三年（一八二〇年）刊
韋應物『近藤元粋評訂　韋蘇州集』（嵩山堂蔵版、明治三十三年五月識語）
司空曙、文航生校注『司空曙詩集校注』（人民文学出版社、二〇一一年）
盧綸、劉初棠校注『盧綸詩集校注』（上海古籍出版社、一九八九年）
孟郊、韓泉欣校注『孟郊集校注』（浙江古籍出版社、一九九五年）
孟郊、郝世峰箋注『孟郊詩集箋注』（河北教育出版社、二〇〇二年）
韓愈、馬其昶校注『韓昌黎文集校注』（上海古籍出版社、一九八六年）
韓愈、錢仲聯集釋『韓昌黎詩繫年集釋』（上海古籍出版社、一九八四年）
韓愈、屈守元等主編『韓愈全集校注』（四川大學出版社、一九九六年）
白居易『白氏長慶集』四部叢刊初編集部所収・上海商務印書館縮印江南図書館蔵日本活字本（臺灣商務印書館、一九三六年）

白居易、朱金城箋注『白居易集箋校』（上海古籍出版社、二〇〇三年）
白居易、謝思煒校注『白居易詩集校注』（中華書局、二〇〇六年）
柳宗元『柳宗元集』（中華書局、一九七九年）
元稹『元氏長慶集』四部備要所収（臺灣中華書局、一九六九年）
元稹、冀勤點校『元稹集』（中華書局、一九八二年）
元稹、楊軍箋注『元稹集編年箋注』（三秦出版社、二〇〇二年）
元稹、周相錄校注『元稹集校注』（上海古籍出版社、二〇一一年）
賈島、齊文榜校注『賈島集校注』（人民文學出版社、二〇〇一年）
司空圖『司空表聖文集』宋蜀刻本唐人集叢刊（上海古籍出版社、一九九四年）

北宋

歐陽修、李逸安點校『歐陽修全集』（中華書局、二〇〇一年）
蘇軾『蘇軾文集』孔凡禮點校・中国古典文學基本叢書所収（中華書局、一九八六年）
陳師道、宋・任淵注、冒廣生補箋、冒懷辛整理『後山詩注補箋』（中華書局、一九九五年）

元代

元・倪瓚『清閟閣全集』叢書集成三編（藝文印書館、一九七一年）
元末明初・宋濂『文憲集』四庫全書薈要集部所収（吉林人民出版社、一九九七年）

明代

張以寧『翠屏集』四庫全書珍本二集所収（臺灣商務印書館、一九七一年）

清代
王士禛『王士禛全集』（斉魯書社、二〇〇七年）

③總集類
梁・蕭統、唐・李善注『文選』重刻宋淳熙本胡氏蔵本（臺灣藝文印書館、一九七六年）
梁・蕭統、六臣注『文選』古迂書院刊本増補（漢京文化事業有限公司、一九八〇年）
陳・徐陵、清・吳兆宜注、清・程琰删補、穆克宏點校『玉臺新詠』（一九八五年）
陳・徐陵、清・紀容舒撰『玉臺新詠考異』百部叢書集成（藝文印書館、一九六六年）
北宋・郭茂倩撰『樂府詩集』（中華書局、一九七九年）
南宋・洪邁、霍松林主編『萬首唐人絶句校註集評』（山西人民出版社、一九九一年）
元・方回選評、李慶甲集評校點『瀛奎律髓彙評』（上海古籍出版社、二〇〇五年）
明・李攀龍輯、明・王穉登評『唐詩選』續修四庫全書所収（上海古籍出版社、一九九五年）
明・高棅『唐詩品彙』（上海古籍出版社、一九八二年）
明・徐師曾纂輯『和刻本文體明辯』影嘉永五年刻本（中文出版社、一九八八年）
明・陸時雍『唐詩鏡』四庫全書珍本所収（臺灣商務印書館、一九七一年）
明・鍾惺、譚元春選定、明・閔及申、林夢熊重訂『唐詩歸』萬暦四十五年（一六一七）序刊
明・馮惟訥、横山弘・齋藤希史編『嘉靖本古詩紀』（汲古書院、二〇〇五年）
清・王阮亭選・黄香石評・吳退庵等輯註『唐賢三昧集箋註』（廣文書局、一九六八年）
清・沈德潛『唐詩別裁集』（上海古籍出版社、一九七九年）

清・喬億選編、雷恩海箋注『大暦詩略箋釋輯評』（天津古籍出版社、二〇〇八年）
清・陳祚明評選、李金松點校『采菽堂古詩選』（上海古籍出版社、二〇〇八年）
清・彭定求等『全唐詩』（中華書局、一九六〇年）
清・嚴可均校輯『全晉文』『全宋文』『全上古三代秦漢三國六朝文』（中華書局、一九五八年）
北京大学古文獻研究所編『全宋詩』（北京大學出版社、一九九一年）
逯欽立『先秦漢魏晉南北朝詩』（中華書局、一九九五年）

④詩文評類

梁・劉勰、黄叔琳注・李詳補注、楊明照校注拾遺『增訂文心雕龍校注』（中華書局、二〇〇〇年）
梁・鍾嶸、曹旭集注『詩品集注』（上海古籍出版社、一九九四年）
梁・鍾嶸、王叔岷箋證『鍾嶸詩品箋證稿』（中央研究院中國文哲研究所中國文哲專刊、二〇〇四年）
唐・釋皎然、李壯鷹校注『詩式校注』（斉魯書社、一九八六年）
孟棨、李學穎標點『本事詩』（上海古籍出版社、一九九四年）
北宋・胡仔纂集、寥德明校點『苕溪漁隱叢話』（人民文學出版社、一九八一年）
北宋・葉夢得『石林詩話』叢書集成初編所収（中華書局、一九九一年）
南宋・嚴羽、清・胡鑑注、任世熙校『滄浪詩話注』（廣文書局、一九七二年）
南宋・張戒、陳應鸞校箋『歳寒堂詩話校箋』（巴蜀書社、二〇〇〇年）
明・何良俊『四友齋叢説』元明史料筆記叢刊所収（中華書局、一九五九年）
明・謝榛『四溟詩話』（人民文學出版社、一九六一年）

明・陸時雍『詩鏡總論』歴代詩話續篇（文明書局、一九一六年）
明・王世貞、羅仲鼎校注『藝苑巵言校注』（斉魯書社、一九九二年）
明・胡應麟『詩藪』（上海古籍出版社、一九七九年）
明・許學夷、杜維沫校點『詩源辨體』（人民文學出版社、一九九八年）
明・張溥『漢魏六朝一百三名家集』（中文出版社、一九七六年）
明末・金聖嘆『唱經堂古詩解』唱經堂第四才子書杜詩解付録（萬卷出版、二〇〇九年）
清・王士禛『帶經堂詩話』（廣文書局、一九七一年）
清・宋犖『西陂類稿』（臺湾商務印書館、一九七三年）
清・何焯、崔高維點校『義門讀書記』（中華書局、一九八七年）
清・翁方綱『石洲詩話』百部叢書集成所収（藝文印書館、一九六五年）
清・陳沆『詩比興箋』（中華書局、一九五九年）
清・潘德輿、朱德慈輯校『養一齋詩話』（中華書局、二〇一〇年）
清・朱克敬『雨窗消意錄』（岳麓書社、一九八三年）

二　中文著書

程章燦『魏晉南北朝賦史』（江蘇古籍出版社、一九九二年）
陳道復『古詩十九首』（世界図書出版、二〇一三年）
陳望道『修辭學発凡』（作家出版社、一九六四年）

丁福林『江淹年譜』（鳳凰出版社、二〇〇七年）
傅璇琮『唐代詩人叢考』（中華書局、一九八〇年）
傅璇琮・陳尚君・徐俊編『唐人選唐詩新編（増訂本）』（中華書局、二〇一四年）
葛暁音『山水田園詩派研究』（遼寧大学出版社、一九九三年）
郭紹虞『宋詩話考』（中華書局、一九七九年）
何国平『山水詩前史――従《古詩十九首》到玄言詩審美経験的変遷』（曁南大学出版社、二〇一一年）
胡旭『悼亡詩史』（東方出版中心、二〇一〇年）
蔣寅『大暦詩人研究』（中華書局、一九九五年）
蔣寅『大暦詩風』（鳳凰出版社、二〇〇九年）
李劍國『唐五代志怪伝奇叙録』（南開大學出版社、一九九三年）
李劍國『唐前支怪小説史』（人民文学出版社、二〇一一年）
劉明昌『謝霊運山水詩芸術美探微』（文津出版社、二〇〇七年）
劉文剛『孟浩然年譜』（人民文学出版社、一九九五年）
馬奔騰『禅境与詩境』（中華書局、二〇一〇年）
馬茂元『古詩十九首探索』（作家出版社、一九五七年）
銭鍾書『管錐編』（中華書局、一九八六年）
隋樹森『古詩十九首集釈』（中華書局、一九五八年）
孫昌武『唐代文学与仏教』（陝西人民出版社、一九八五年）

孫昌武『仏教与中国文学』（上海人民出版社、一九九六年）
談蓓芳・呉冠文・章培恒『玉台新詠新論』（上海古籍出版社、二〇一二年）
陶敏『唐代文学与文献論集』（中華書局、二〇一〇年）
王徳華『唐前辞賦類型化特徴与辞賦分体研究』（浙江大学出版社、二〇一一年）
王國瓔『中國山水詩研究』（聯經出版事業公司、一九九六年）
王琳『六朝辞賦詩』（黒竜江教育出版社、一九九八年）
呉承学等編『中国文体学与文体史研究』（鳳凰出版社、二〇一一年）
呉丕績『江淹年譜』（文星書店、一九六五年）
蕭合姿『江淹及其作品研究』（文津出版社有限公司、二〇〇〇年）
謝無量『中国婦女文学史』（『謝無量文集』第五巻所収、中国人民大学出版社、二〇一一年）
徐伝武『左思左棻研究』（中国文聯出版社、一九九九年）
許連軍『皎然《詩式》研究』（中華書局、二〇〇七年）
郁賢皓『唐刺史考全編』（安徽大學出版社、二〇〇〇年）
袁有根『《歴代名画記》研究』（北京図書館出版社、二〇〇二年）
曹道衡・沈玉成編著『南北朝文学史』（人民文学出版社、一九九八年）
曹道衡・沈玉成編著『中古文學資料叢考』（中華書局、二〇〇三年）
曹旭『古詩十九首与楽府詩選評』（上海古籍出版社、二〇一一年）
張福慶『唐詩美学探索』（華文出版社、二〇〇〇年）

張相『詩詞曲語辭滙釋』（中華書局、一九七七年）
褚斌傑『中国古代文体概論』（北京大学出版社、二〇〇三年）
朱自成『《古詩十九首》手稿』（浙江古籍出版社、二〇〇八年）

三　和文著書

赤井益久『中唐詩壇の研究』（創文社、二〇〇四年）
赤井益久『中国山水詩の景観』（新公論社、二〇一〇年）
淺見絅齋講述『楚辭』漢籍國字解全書第十七巻（早稲田大學出版部、一九一一年）
浅見洋二『中国の詩学認識——中世から近世への転換——』（創文社、二〇〇八年）
網祐次『中國中世文學研究——南齊永明時代を中心として——』（新樹社、一九六〇年）
安藤信廣『庾信と六朝文学』（創文社、二〇〇八年）
石川忠久編『中国文学の女性像』（汲古書院、一九八二年）
石川三佐男『楚辭新研究』（汲古書院、二〇〇二年）
入谷仙介『王維研究』（創文社、一九七六年）
入矢義高等訳注解説『碧巖録』岩波文庫（岩波書店、一九九二年）
内田泉之助訳注解説『玉台新詠』新釈漢文大系上下（明治書院、一九七四年）
大西克礼『自然感情の美学』（書肆心水、二〇一三年）
小川環樹『風と雲　中国文学論集』（朝日新聞社、一九六九年）

小野四平『韓愈と柳宗元――唐代古文研究序説――』（汲古書院、一九九五年）
小尾郊一『中國文學に現れた自然と自然觀』（岩波書店、一九六二年）
笠原仲二『中国人の自然観と美意識』（創文社、一九八二年）
梶山雄一『梶山雄一著作集』（春秋社、二〇〇八年）
川合康三『中国の自伝文学』（創文社、一九九六年）
川合康三『終南山の変容　中唐文学論集』（研文出版、一九九九年）
川合康三『中国のアルバ――系譜の詩学』（汲古書院、二〇〇三年）
興膳宏『潘岳　陸機』（筑摩書房、中国詩文選、一九七三年）
興膳宏『中国の文学理論』（筑摩書房、一九八八年）
興膳宏訳注解説『文鏡秘府論』弘法大師空海全集第五巻（筑摩書房、二〇〇一年）
鎌田茂雄『中国仏教史』（東京大学出版会、二〇〇二年）
後藤秋正『中国中世の哀傷文学』（研文出版、一九九八年）
後藤秋正『唐代の哀傷文学』（研文出版、二〇〇六年）
小南一郎訳注解説『楚辭』中国詩文選（筑摩書房、一九七三年）
鈴木敬『中國繪畫史』（吉川弘文館、一九八一年）
鈴木虎雄訳注解説『陶淵明詩解』（弘文堂書房、一九四八年）
釋清潭訳注『國譯楚辭』國譯漢文大成（國民文庫刊行會、一九二五年）
高橋和巳『高橋和巳作品集9中国文学論集』（河出書房新社、一九七二年）

竹治貞夫『楚辭研究』（風間書房、一九七八年）
竹村則行『楊貴妃文学史研究』（研文出版、二〇〇三年）
谷川渥『廃墟の美学』（集英社、二〇〇三年）
戸倉英美『詩人たちの時空　漢賦から唐詩へ』（平凡社、一九八八年）
長廣敏雄訳注『歴代名画記』（平凡社、一九七七年）
中村元訳注解説『華嚴經・楞伽經』現代語訳大乗仏典所収（東京書籍、二〇〇三年）
西岡弘『中国古代の喪礼と文学』（汲古書院、二〇〇二年）
蜂屋邦夫訳注解説『老子』岩波文庫（岩波書店、二〇〇九年）
花房秀樹・前川幸雄『元稹研究』（彙文堂、一九七七年）
平岡武夫編『唐代研究のしおり』（同朋舎、一九八五年）
平野顯照『唐代文學と佛教の研究』（朋友書店、一九七八年）
福井佳夫『六朝文体論』（汲古書院、二〇一四年）
福永光司訳注解説『荘子』（朝日新聞社、一九六七年）
福永光司訳注解説『芸術論集』中國文明選第十四巻（朝日新聞社、一九七七年）
福永光司訳注解説『列子』東洋文庫所収（平凡社、一九九一年）
藤野岩友『巫系文學論』（大學書房、一九六九年）
古川末喜『初唐の文学思想と韻律論』（知泉書館、二〇〇三年）
松浦友久『中国詩歌原論――比較詩学の主題に即して――』（大修館書店、一九九六年）

松浦史子『漢魏六朝における《山海経》の受容とその展開』（汲古書院、二〇一二年）
松原朗『中国離別詩の成立』（研文出版、二〇〇三年）
松原朗『晩唐詩の揺籃　張籍・姚合・賈島論』（専修大学出版局、二〇一二年）
松本肇・川合康三編『中唐文学の視覚』（創文社、一九九八年）
松本肇『柳宗元研究』（創文社、二〇〇〇年）
丸山茂『唐代の文化と詩人の心』（汲古書院、二〇一〇年）
柳川順子『漢代五言詩歌史の研究』（創文社、二〇一三年）
柳父章『翻訳の思想――「自然」とNATURE――』（平凡社、一九七七年）
山崎純一訳注解説『列女傳』（明治書院、新編漢文選、一九九六年）
吉川幸次郎『吉川幸次郎全集』第六巻（筑摩書房、一九七四年）
吉川忠夫『六朝精神史研究』（同朋舎、一九八四年）
芳村弘道『唐代の詩人と文献研究』（中國文藝研究會、二〇〇七年）
和田英信『中国古典文学の思考様式』（研文出版、二〇一二年）

四　中文論文

岑仲勉「跋唐摭言」『中央研究院歴史語源研究書集刊』第九本、（中央研究院歴史語源研究書員工福利委員會出版、一九七一年）
儲兆文「一様山水別様心―王維、韋応物山水詩異同論」（『西北大学学報（哲学社会科学版）』第三四巻第四期、二〇

〇四年）
儲仲君「韋応物詩分期的探討」（『文学遺産』一九八四年、第四期）
代偉「論韋応物的悼亡詩」（『牡丹江教育学院学報』第一一期、二〇〇八年）
丁紅麗「寄寓于山水中的乱世情懐―論韋應物山水詩幽野調的形成原因」（『安徽文学』二〇〇九年、第三期）
高雲龍「試論韋応物元苹墓誌与悼亡詩」（『遼東学院学報（社会科学版）』第十二巻第六期、二〇一〇年）
郭家嶸「左棻的応詔之作及其女性意識」（大慶師範学院学報、第三五巻第一期、二〇一五年）
胡大雷「中古〈悼亡〉詩論」（『玉林師範学院学報』二〇一〇年、第一期）
黄柳娟「韋応物山水詩的幽寂之美」（『遵義師範学院学報』第十巻第五期、二〇〇八年）
黄艶「左芬及其創作」（『文教資料』二〇〇六年）
蔣寅「悼亡詩写作范式的演進」（『安徽大学学報』哲学社会科学版、二〇一一年、第三期）
林宗正原著・二宮美那子訳「詩經から漢魏六朝の叙事詩における頂真格――形式及び語りの機能の発展を中心に――」（『中國文學報』第七四冊、二〇〇七・十）
林宗正原著・二宮美那子訳「唐代叙事詩における頂真格の展開――併せて白居易叙事詩の意義を再考す――」（『白居易研究年報』第九号、二〇〇八・十）
羅聯添「韋應物事跡繫年」（『幼獅學誌』第八巻第一期、一九六九年）
陶俊「従陶、韋之辨看心性論対朱熹山水詩的影響」（『雲南農業大学学報』第四巻第一期、二〇一〇年）
万曼「韋應物傳」（『國文月刊』第六十・六一期、一九四七年）
蔚華萍等「物我交融見真性―試韋応物詠物詩」（『河北科技師範学院学報』社会科学版、第三巻第一期、二〇〇四年）

韋暉「論陶淵明与韋応物詩歌之差異」（『牡丹江大学学報』第二三巻第九期、二〇一四年）
呉戩「試論韋応物的悼亡詩」（『文教資料』二〇〇八年）
謝衛平「論韋応物悲情詩的時空体系」（『求索』二〇〇七年）
熊建国「韋応物交游考」（『北京化工大学学報』社会科学版、第四期、二〇〇四年）
胥雲「論韋応物詩歌的淡美風格」（『陝西師範大学報（哲学社会科学版）』第二一巻第四期、一九九二年）
徐伝武「《左棻墓誌》及其価値」（『文献』一九九六年）
袁琳「論左棻宮怨文学作品的新変及原因」（『黄岡師範学院学報』第三三巻第五期、二〇一三年）
張芳「韋応物悼亡詩的時間感悟与審美選擢」（『湖南科技学院學報』第三三巻第七期、二〇一二年）
張珊「左芬入宮諸問題考」（『管子学刊』二〇一四年第三期）
王輝斌「左思左芬生平系年」（『太原師範学院学報』社会科学版第六巻第五期、二〇〇七年）
王輝斌「女文学家之冠冕：左棻文学成就総論」（『重慶教育学院学報』第二二巻第四期、二〇〇九年）
王增斌・董振歐「論西晋孫楚」（『山西文献』第四五期、一九九五年）
袁琳「論左棻宮怨文学作品的新変及原因」（『黄岡師範学院学報』第三三巻第五期、二〇一三年）

五　和文論文

赤井益久「韋応物伝記伝本攷」（『國學院雜誌』第七九巻、第十号、一九七八年）
赤井益久「白居易と韋応物に見る〈閑居〉」（『國學院雜誌』第九四巻、第八号、一九九三年）
赤井益久「唐釋皎然の詩論について――中國詩學「景情交融」の主題に即して――」『松浦友久博士追悼記念中国古

典文學論集』（研文出版、二〇〇六年）
浅見洋二「〈詩中有畫〉をめぐって――中国における詩と絵画」（『集刊東洋学』第七八号、一九九七年）
池田知久「中國思想史における〈自然〉の誕生」（『中国―社会と文化』第八号、一九九三年）
入谷仙介「悼亡詩について――潘岳から元稹まで――」『入矢教授、小川教授退休記念中國文學語學論集』（筑摩書房、一九七四年）
内田誠一「王維のナルシシズム――扮装する詩人の夢と孤独――」（『中國文學研究』第三一号、二〇〇五年）
内田誠一「王維の自閉的志向」『松浦友久博士追悼記念中國古典文學論集』（研文出版、二〇〇六年）
大矢根文治郎「沈約の詩論とその詩」（『早稲田大学教育学部学術研究』一、一九五二年）
嘉瀬達男「『漢書』揚雄傳所収「揚雄自序」をめぐって」（『学林』第二八・二九号、一九九八年）
嘉瀬達男「揚雄〈元后誄〉の背景と文体」（『学林』第四六・四七号、二〇〇八年）
黒田眞美子「六朝・唐代における幽婚譚の登場人物――神婚譚との比較」（『日本中國學會報』第四八集、一九九六年）
黒田眞美子「江淹詩の叙景表現について――その色彩を中心として――」（『お茶の水女子大学中国文学会報』第二十号、二〇〇一年）
黒田眞美子「魏晉の悲愴――『世説新語』傷逝篇を中心として――」佐藤保・宮尾正樹編『ああ　哀しいかな――死と向き合う中国文学――』（汲古書院、二〇〇二年）
黒田眞美子「韋応物詩論――雨の時空――」（『日本文学誌要』第六六号、二〇〇六年）
興膳宏「文心雕龍の自然観照――その源流を求めて――」（『白川静博士古稀記念　中國文史論叢』、一九八一年）
齋藤希史「潘岳〈悼亡〉詩論」（『中國文學報』第三九冊、一九八八年）

佐竹保子「『詩経』から謝霊運詩までの頂真格の修辞——押韻句を跨ぐもの」（『東北大学中国語学文学論集』第十九号、二〇一四年）
佐竹保子「同韻の二聯間における頂真格の修辞——『詩経』から謝霊運まで——」（『集刊東洋学』第一一四号、二〇一六年）
鈴木敬「瀟湘臥遊図巻について」（『東洋文化研究所紀要』第七九冊、一九七九年）
鈴木敏雄「韋應物の雜擬詩について——模倣の様式とその意味——」（『日本中國學會報』第四二集、一九九〇年）
鈴木敏雄「韋應物〈擬古詩十二首〉考」（『中國中世文學研究』第二十号、一九九一年）
高橋和巳「潘岳論」（『中國文學報』第七冊、一九五七年）
高橋和巳「江淹の文学」『吉川幸次郎博士退休記念論文集』（筑摩書房、一九六八年）
多田伊織「揚雄論」（『日本研究』第一一号、一九九四年）
谷口洋「揚雄の〈解嘲〉をめぐって——「設論」文學ジャンルとしての成熟と變失——」（『中國文學報』第四五冊、一九九二年）
土谷彰男「中国国家図書館所蔵『韋蘇州集』善本について」（『早稲田大学大学院文學研究科紀要』第五〇輯第二分冊、二〇〇五年）
土谷彰男「韋應物〈驪山行〉詩考」（『中國詩文論叢』第二五集、二〇〇六年）
中原健二「詩人と妻——中唐士大夫意識の一断面」（『中國文學報』四七、一九九三年）
深澤一幸「韋應物の悼亡詩」（『飆風』第五号、一九七三年）
深澤一幸「韋應物の歌行」（『中國文學報』第二四冊、一九七四年）

深澤一幸「韋應物の抒情詩」（『飆風』第七号、一九七四年）
福山泰男「建安の〈寡婦賦〉について」（『山形大学人文学部研究年報』2、二〇〇五年）
松原朗「盛唐から中唐へ――樂府文學の變容を手掛かりとして――」（『中國詩文論叢』第十八集、一九九九年）
松原朗「韋應物詩考――灃上退去と「變風」の形成」『村山吉廣教授古稀記念中國古典學論集』（汲古書院、二〇〇〇年）
松原朗「韋応物送別詩考――五言古体詩型の活用と大暦様式の超克」（『専修大学人文科学年報』第三〇号、二〇〇〇年）
松原朗「誄と哀辭と哀策――魏晉南朝における誄の分化――」（『中国詩文論叢』二六、二〇〇七年）
矢田博士「〈昔爲倡家女　今爲蕩子婦〉考――漢代の「倡家」の實態に卽して――」（『中國詩文論叢』第十五集、一九九六年）
山田和大「韋應物の自然詩について――「賞」字の使われ方――」（『中国中世文學研究』第五一号、二〇〇七年）
山田和大「新出土韋応物妻元蘋墓誌銘」（『中国学研究論集』第二一号、二〇〇八年）
山田和大「子どもを詠む韋応物詩――悼亡詩を中心に――」（『中国学研究論集』第二一号、二〇〇八年）
山田和大「韋応物の終焉の状況について」（『中國中世文學研究』第五六号、二〇〇九年）
山田和大「韋應物の植物詩――「花意」をてがかりにして――」（『中国文史論叢』第八号、二〇一二年）
吉川幸次郎「推移の悲哀――古詩十九首の主題――」（『中國文學報』第十四冊、一九六一年）
吉田文子「民間楽府における表現形式とその機能について――頂真格を中心に――」（『お茶の水女子大学中国文学会報』第二三号、二〇〇四年）

渡邉義浩「揚雄の「劇秦美新」と賦の正統化」（『大東文化大学漢学会誌』第五二号、二〇一三年）

六　その他

プラトン『国家』（藤沢令夫訳、岩波書店、二〇一二年）
アリストテレス『詩学』（松本仁助・岡道夫訳、岩波書店、二〇一三年）
ニーチェ『悲劇の誕生』（秋山英夫訳、岩波書店、二〇一三年）
F・デーヴィス『ノスタルジアの社会学』間場寿一等訳（世界思想社、一九九〇年）
『文淵閣四庫全書』（迪志文化出版、上海人民出版社、一九九九年）
SAT 大正新脩大蔵經テキストデータベース（大蔵出版社、一九九八年）http://21dzk.l.u-tokyo.ac.jp/SAT/

【附録】参　初出掲載誌一覧

本稿各章の初出時の論題、掲載誌、発表年月は、以下の通り。但し、総論として一貫性を保つため、加筆補訂した。

序章　書き下ろし

第一章「韋應物悼亡詩論――十九首構成への懐疑――」
『お茶の水女子大学中国文学会報』第三〇号、二〇一一年四月、三五―六二頁。

第二章「韋應物　悼亡詩論――潘岳の哀傷作品との関わり――」
『法政大学文学部紀要』第六五号、二〇一二年十月、一七―三七頁。

第三章「韋應物　悼亡詩論――江淹詩篇との関わり――」
『法政大学文学部紀要』第六六号、二〇一三年三月、一―二三頁。

第四章「韋應物　悼亡詩論――「古詩十九首」との関わり　其の一――」
『法政大学文学部紀要』第六八号、二〇一四年三月、五五―七五頁。

「韋應物　悼亡詩論――「古詩十九首」との関わり　其の二――」
『法政大学文学部紀要』第六九号、二〇一四年十月、一―三二頁。

第五章「韋應物　自然詩の変容――洛陽時代を中心に――　其の一」
『法政大学文学部紀要』第七一号、二〇一五年十月、一―二七頁。

「韋應物　自然詩の変容――洛陽時代を中心に――　其の二」
『法政大学文学部紀要』第七二号、二〇一六年三月、一―三二頁。

終章　書き下ろし

附章　「江淹の悼亡詩について」
『日本文學誌要』第五八号、一九九八年七月、三―十六頁。

あとがき

「さまざまな文学論がある。多様な視点は、議論の深化に不可欠であろう。しかし、いかなる文学論であろうと、文学の対象が人間である限り、人間の生の本質に根差していないならば、空論でしかありえない。人間の生の本質、それを真に把握するためには、死を直視せねばならない。死という極限状況を前にした時、人間は己の生を凝視せざるを得ない。つまり、生は死との対峙によって、初めてその本質を露呈するのである。換言すれば、死こそ生の凝縮を映し出す反射鏡といえよう。

悼亡詩は、妻の死を悼む作である。詩人が妻の死に直面するとき、何を感じ、何を想い、何を考えるか、それらが渾然として表出された〈詩〉の世界は、詩人の生の本質を基盤として構築されているに違いない」

この文は、四十年ほど前、お茶の水女子大学に提出した修士論文の「序」冒頭である。題目は「王漁洋の悼亡詩について——詩人の隠棲願望——」。大上段に構えていて恥じ入るばかりだが、当時の考えや心情をありありと思い出す。その一つが、高橋和巳氏への心酔である。学部生の時、『悲の器』に惹かれたことから始まったが、その後、論文も読むようになり、文体まで影響を受けた。筆者の「悼亡詩」研究の発端は、同氏の「潘岳論」が、探照灯の役割を果たしてくれた。当時、修論作成を意識するようになっても、テーマを決めかねていた。自らの狭小な読書量や貧弱な読解力に自己嫌悪を覚えながら、中国文学という底知れぬ巨大な海に溺れかかっていた。それでも生意気に、中国文学は、どうしてこうも男性中心、女性差別的なのだと嘯いて、怠惰の言い訳にしていた。右の「序」にもあるように、文学は人間の生と死を凝視すべきであり、生をもっとも根源的に物語るのは、愛。然るに中国古典文学には、愛が欠落している。女性の存在を忌避し、対象にしない。いわば片輪の文学ではないかという思いである。ぐるぐるとぐろを巻くように呪縛されると、巨大な海は、暗闇を増していった。かような状況の中で、和巳氏によって「悼亡詩」が提示された。一条の光が射した。「悼亡詩」は、まさに愛と死の絶唱である。それにすがるように書いたのが、漁洋の悼亡詩であった。なぜ王漁洋かといえば、清代詩文がご専門の近藤光男先生が指導教授だったからである。先生の厳しくも懇切なるご指導の御蔭で、修了することができた。学問の基本を叩きこまれたように思う。だがそれから紆余曲折の長い旅が始まる。

漁洋は、周知の如く、清初の詩壇に「神韻」をもって新風を吹き込み、「一代の正宗」と称された清を代表する詩人である。七絶三十五首の悼亡詩が、彼の人生にとって、またその文学において、いかなる意味を有しているかを考察するために、必死になって詩集を繙いた。主に死生観を探ろうと読むうちに、意外にも怪異に基づく成語や故事が数多く詩語詩句に用いられている。出典を調べて、詩に偏した読書範囲の狭さを思い知らされた。六朝志怪、唐代伝奇との遭遇であった。そこには、素朴で生々しく、時として衝撃的な愛と死が溢れていた。これこそが求めていた文学との思いが強くなり、竹田晃先生の門を叩いた。約三十年後、竹田先生のご指導の下、『聊齋志異』を訳注出版して知ることになるが、作者蒲松齢は、王家の近隣に住まい、漁洋やその親族と交流があり、漁洋は蒲松齢を励まし、『聊齋志異』に評語までつけていた。漁洋が神怪故事に詳しいのは、当然だったのである。

竹田先生はあたたかく迎えてくださり、爾来今日に至るまで四十年間、少しも変わることなく公私に亙って慈父のように見守ってくださった。先生の励ましと明快なご指導によって、二度目の修論「溫庭筠の『乾䐶子《そん》』について――唐代小説の広がりの中で――」を提出した。溫庭筠は、晩唐を代表する詩人である。『乾䐶子』の中に詩篇はないが、お茶大時代、佐藤保先生の授業で晩唐詩を学び、「滅びの美」というべき魅力を感じていた。『乾腝子』にも、次第に崩れてゆく時代状況を背景にした溫のアナーキーな美意識が看取され、詩と小説との関わりを興味深く認識した。恋人がいながら他の相手との結婚を強要された女性は、幽霊となって愛する人のもとに出奔する話（「柳参軍」）や、親友を殺してその妻子を横取りした男は、成長した親友の息子に報復される話（「陳義郎」）など愛と死が、小説的構造と技巧によって展開されていた。伝奇研究では、大東文化大学の内山知也先生にも、ご指導を賜った。「長年、理解できなかった鶯鶯の言動がやっとわかったよ」と仰った先生の笑顔を思い出す。そのお導きもあって、伝奇の代表作、元稹「鶯鶯傳」に至る。ここには多くの詩篇が挿入されて、プロットの展開にも寄与している。鶯鶯との恋は、元稹の妻韋叢の存在を想起させた。韋叢は早世し、彼は悼亡詩を詠む。悼亡詩との再会である。それは驚くべきことに、三十首を超えていた。拙著第一章で述べたように、韋應物の悼亡詩が与えた影響である。その頃、齋藤希史「潘岳〈悼亡〉詩論」を読んだ。潘岳の修辞や技巧が、テキスト論に拠って余すことなく考察されていて、斬新さに驚愕した。今思えば悼亡詩研究へと回帰してゆく契機になった。二十年余り後、博論の指導教授としてお世話になる僥倖を得るとは、この時まだ知る由もなかったが。この巡り会わせは、心中ひそかに韋應物様のご配慮ではないかと思っている。もっともそれからすぐに悼亡詩研究を再開したわけではない。

その後、法政日本文学科に着任して、専門外の学生に教える必要に迫られた。自分の関心よりも、歴史の波に洗われて残ってきた漢詩文の粋を優先することになる。ほぼ白紙状態の学生らは、「漢詩がこんなに奥深いとは思わなかった」「故事成語の裏にこんなドラマがあったとは。励まされる」「たった一文字で、気持ちの変化を表わしたり、意味が真逆になったりするのが面白い」など、素直に驚き、感動してくれた。若い感性に刺激やヒントを受けることもあった。ダメ教師にとって、教えることは最高の学びであり、名詩名文はさすがに含蓄に富み、単なる知識ではなく、多くの魅力に気づかされた。中でも、王孟韋柳を中心とした自然詩人の詩篇に心惹かれるようになる。山水美をともに楽しむ喜びは言うまでもないが、読み解き調べる中で、なぜ彼らが自然に魅せられ埋没するようになったのかが見えてくる。四者とも、各人各様に挫折感や生き難さを抱えていた。いわば皆人間嫌いである。自然を美しく詠めば詠むほど人間界に背を向け、遠ざかっていく。特に韋應物の描く自然美は、王孟と異なる独特の魅力を備えていた。その所以は何かと探る中で、「悼亡詩」にも再会する。長く捜し求めていた理想の詩人にようやく出会えたという思いを抱いた。かつて吉川幸次郎氏は、韋詩を「唐詩のうち、最も清冽なものである」と述べられた（『中國詩史』下）。李杜が「たくましく慾ばった目」で「カオスをカオスのままになまぐさくえがこうとする」のとは異なり、韋詩は「抽象されたコスモスを抽出し結晶させようとするもの」で、彼の詩境は王孟と近いが、王孟の「温雅さ」は、韋の求めるものではないと説かれる。唐詩すべてを読破していない筆者には、碩学の言を批評する資格は元よりないが、「清冽」は、安史の乱によって青春の蹉跌を体験せざるを得なかった韋詩の特質の一つであることは、間違いない。ただ拙著を終えた今、韋詩を敢えて一言で批評するならば、「清冽」の意を「清」に含めて、「清麗」という言葉を選びたい。そこには、妻に対する愛と哀がうるわしく奏でられているからである。

二〇〇七年、十一月、決定的なことが起った。当時、国外研修で、十月から上海にいた。魯迅公園に近い部屋で、夕方、テレビニュースを見ていると、突然画面下にテロップが流れた。「韋應物墓誌銘発見！」 体が震えた。この話をすると皆笑うので、常識的にはおかしいのかもしれないが、その時、筆者は、雷に打たれたように思った。これは韋應物の私へのメッセージ、悼亡詩を書かなくてはならないと。そう感じたのは、妻元蘋の墓誌銘も同時に発掘されたからかもしれない。無意識の裡にずっと漁洋や元稹の悼亡詩が心の澱《おり》となっていたこともあろう。単に文怪の読み過ぎとも解せる。だが自分の直観を信じたい。ここにおいて漁洋に始まる悼亡詩研究に回帰することになったのである。いわば小説からの転向であるが、小説研究がご専門の竹田先生からは、一言のご叱責もなく、大らかに見守ってくださった。帰国後、出発点のお茶大中国文学会で「韋應物の悼亡詩について」を発表した。後に博論審査で、精細な御批正を賜ることになった和田英信先生には、この時からのご指導になる。また韋應物詩研究に関しては、第一人者の赤井益久先生の御玉稿を、毎篇追跡するようにして拝読し、多くのことを学んだ。韋詩研究のみならず、伝奇、元稹詩文と筆者の関心の赴くところには、不思議なことに必ず赤井先生の存在があった。二十年以上、勝手ながら、「学縁」と思っていた。直接のご指導を受けたことは無かったが、國學院大學学長という激務にも関わらず、博論の審査委員をお引き受けいただくことができた。これも韋應物様のご配慮かもしれない。望外の喜びであった。拙著の刊行を是非実現するようにとのお言葉に、胸が熱くなった。

いつのまにか華甲を過ぎて、次第に残り時間を意識するようになり、研究をまとめなくてはと思うようになってはいた。だが同世代や後輩の博論が次々に上梓されるのに敬意を覚えつつ、自らに確信をもてずにまだまだとの思いが強かった。そうこうするうち、修士以来、終始一貫、親身の励ましをしてくださる田仲一成先生に、博論をまとめる意義を説かれた。背中を押されたように感じた。先生はわざわざ東大まで出向いて、博論作成の意志を伝えて推薦してくださり、再入学の許可を得ることが出来た。どんなに感謝してもしきれない。昨年二〇一六年三月二十四日、東京大学から博士号（文学）を授与された。拙著は、二〇一五年度に提出した博士論文に、主査の藤井省三先生を初めとする審査委員の先生方の御教示を参考にして修正補筆したものである。諸先生の熱意あるご指導に、衷心より感謝する次第である。これによって、これまで多大の恩恵を受けてきた法政大学を去る前に、微小ながら報恩を果たせることに安堵している。博論との関わりで言えば、初出誌の殆んどは文学部の紀要であり、書き出せば長くなる悪弊を毎回大目に見てもらって、窮屈な思いをせずに執筆することが出来た。また日文科の同僚からは、浅学菲才の筆者を様々にサポートしていただいた。個性的魅力的な面々と大変楽しく有意義な時間を共に過ごさせていただいたこと、この場を借りて、心よりお礼を申し上げたい。

物心ついてから人見知り、内弁慶で、集団や組織が苦手だった。韋應物に心惹かれたのも、隠遁と出仕を繰り返すその心情に共感したからともいえる。それにも関わらず、今顧みれば、狭いサークルの中でも、優秀で魅力的な人々に恵まれてきたことは、奇跡的にも思える。右の諸先生方の他にも、戸倉英美先生は、引っ込み思案の筆者をいつも引っ張ってくださった。東大の非常勤にも呼んでくださり、授業では韋應物詩をも扱って、院生諸君の溌溂とした感性に触れることができ、大きな刺激を受けたことを有り難く思い出す。何かに困惑したり行き詰まると、その都度、まるで救世主のように救いの啓示を授けてくださった。博論の審査委員も務めていただき、御退官後もお世話になっている。また戸沼市子学姉には、どれほど大きな励ましを戴いたことか、筆舌に尽くしがたい。折々に下さる文章やお言葉は、人生の先輩として、力強い道しるべであった。冗漫で長々しい拙論を、ご専門でもないのに根気よく読んでくださり、的確な批評は、ともすれば自己嫌悪で落ち込む筆者をいつも前向きな気持ちに変えてくださった。本当に得難い姉上たちに出会うことが出来た。

今回、ようやく拙著をまとめながら、これまでの紆余曲折の経緯を顧みて、お名前を挙げないまでも、多くの方々からあたたかい手をさしのべて頂いたことに、しみじみ感謝の念を禁じ得ない。最後に身内ながら、愚息史彦に謝意を表すのをお許し頂きたい。陰に陽に我儘な愚母を支えてくれた。

拙著の出版に関しては、汲古書院の小林詔子氏に大変お世話になった。小林氏とは、十年以上前に知り合い、種々迷惑をかけてきた。それにも関わらず、今回の出版を三井久人社長ともども御快諾いただき、一年近く伴走してくださった。御礼の言葉もない。

以上、縷々記すうちに、謝辞に溢れることになってしまった。その恩恵に対して未熟且つ不十分なわが身が不甲斐ない。葦應物様、これでご満足いただけるでしょうか。かくなる上は、せめてもの報恩に、今後も微力を尽くしながら、前に進んでいきたいと決意する次第である。

二〇一七年一月

著　者

〈付記〉本書の刊行に当って、平成二十八年度日本学術振興会科学研究費補助金（研究成果公開促進費）の交付を受けた。

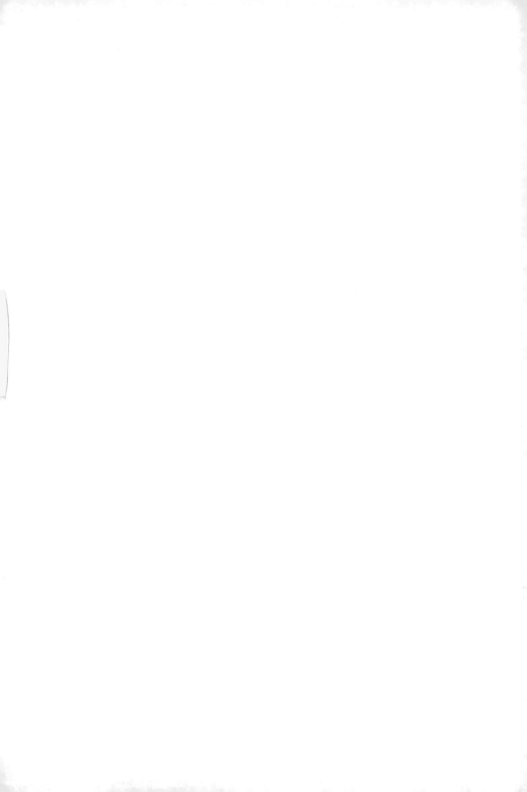

著者紹介
黒田　眞美子（くろだ　まみこ）

1982年　お茶の水女子大学大学院修士課程修了
1985年　東京大学大学院修士課程修了
1991年　東京大学大学院博士課程満期退学
2016年　博士（文学）取得
現在　法政大学教授
編著　『中国古典小説選』全12巻（竹田晃共編、明治書院）
など

韋應物詩論
――「悼亡詩」を中心として――

平成二十九年二月二十二日　発行

著　者　黒田眞美子
発行者　三井久人
整版印刷　富士リプロ㈱

発行所　汲古書院
〒102-0072 東京都千代田区飯田橋二-五-四
電話　〇三（三二六五）九七六四
FAX　〇三（三二二二）一八四五

ISBN978 - 4 - 7629 - 6588 - 3　C3098

Theories on Wei Ying wu's Poetry

—— Mainly Poetry of Mourning ——

by

Mamiko KURODA

2017

KYUKO-SHOIN

TOKYO

索　引

人　名

書　名

作品名(韋應物)

作品名(その他)